El psicoanalista

JOHN KATZENBACH

Para mis compañeros de pesca:
Ann, Peter, Phil y Leslie

PRIMERA PARTE
UNA CARTA AMENAZADORA

1

El año en que esperaba morir se pasó la mayor parte de su quincuagésimo tercer cumpleaños como la mayoría de los demás días, oyendo a la gente quejarse de su madre. Madres desconsideradas, madres crueles, madres sexualmente provocativas. Madres fallecidas que seguían vivas en la mente de sus hijos. Madres vivas a las que sus hijos querían matar. El señor Bishop, en particular, junto con la señorita Levy y el realmente desafortunado Roger Zimmerman, que compartía su piso del Upper West Side y al parecer su vida cotidiana y sus vívidos sueños con una mujer de mal genio, manipuladora e hipocondríaca que parecía empeñada en arruinar hasta el menor intento de independizarse de su hijo, dedicaron sus sesiones a echar pestes contra las mujeres que los habían traído al mundo.

Escuchó en silencio terribles impulsos de odio asesino, para agregar sólo de vez en cuando algún breve comentario benévolo, evitando interrumpir la cólera que fluía a borbotones del diván. Ojalá alguno de sus pacientes inspirara hondo, se olvidara por un instante de la furia que sentía y comprendiera lo que en realidad era furia hacia sí mismo. Sabía por experiencia y formación que, con el tiempo, tras años de hablar con amargura en el ambiente peculiarmente distante de la consulta del analista, todos ellos, hasta el pobre, desesperado e incapacitado Roger Zimmerman, llegarían a esa conclusión por sí solos.

Aun así, el motivo de su cumpleaños, que le recordaba

de un modo muy directo su mortalidad, lo hizo preguntarse si le quedaría tiempo suficiente para ver a alguno de ellos llegar a ese momento de aceptación que constituye el eureka del analista. Su propio padre había muerto poco después de haber cumplido cincuenta y tres años, con el corazón debilitado por el estrés y años de fumar sin parar, algo que le rondaba sutil y malévolamente bajo la conciencia. Así, mientras el antipático Roger Zimmerman gimoteaba en los últimos minutos de la última sesión del día, él estaba algo distraído y no le prestaba toda la atención que debería. De pronto oyó el tenue triple zumbido del timbre de la sala de espera.

Era la señal establecida de que había llegado un posible paciente. Antes de su primera sesión, se informaba a cada cliente nuevo de que, al entrar, debía hacer dos llamadas cortas, una tras otra, seguidas de una tercera, más larga. Eso era para diferenciarlo de cualquier vendedor, lector de contador, vecino o repartidor que pudiera llegar a su puerta.

Sin cambiar de postura, echó un vistazo a su agenda, junto al reloj que tenía en la mesita situada tras la cabeza del paciente, fuera de la vista de éste. A las seis de la tarde no había ninguna anotación. El reloj marcaba las seis menos doce minutos, y Roger Zimmerman pareció ponerse tenso en el diván.

—Creía que todos los días yo era el último.

No contestó.

—Nunca ha venido nadie después de mí, por lo menos que yo recuerde —añadió Zimmerman—. Jamás. ¿Ha cambiado las horas sin decírmelo?

Siguió sin responder.

—No me gusta la idea de que venga alguien después de mí —espetó Zimmerman—. Quiero ser el último.

—¿Por qué cree que lo prefiere así? —le preguntó por fin.

—A su manera, el último es igual que el primero —contestó Zimmerman con una dureza que implicaba que cualquier idiota se daría cuenta de eso.

Asintió. Zimmerman acababa de hacer una observación

fascinante y acertada. Pero, como era propio del pobre hombre, la había hecho en el último momento de la sesión. No al principio, cuando podrían haber mantenido un diálogo fructífero los cincuenta minutos restantes.

—Intente recordar eso mañana —sugirió—. Podríamos empezar por ahí. Me temo que hoy se nos ha acabado el tiempo.

—¿Mañana? —Zimmerman vaciló antes de levantarse—. Corríjame si me equivoco, pero mañana es el último día antes de que usted empiece esas malditas vacaciones de agosto que toma cada año. ¿De qué me servirá eso?

Una vez más permaneció callado y dejó que la pregunta flotara por encima de la cabeza del paciente. Zimmerman resopló con fuerza.

—Lo más probable es que quienquiera que esté ahí fuera sea más interesante que yo, ¿verdad? —soltó con amargura. Luego, se incorporó en el diván y miró al analista—. No me gusta cuando algo es distinto. No me gusta nada —dijo con dureza. Le lanzó una mirada rápida y penetrante mientras se levantaba. Sacudió los hombros y dejó que una expresión de contrariedad le cruzara el semblante—. Se supone que siempre será igual —prosiguió—. Vengo, me tumbo, empiezo a hablar. El último paciente todos los días. Es como se supone que será. A nadie le gusta cambiar. —Suspiró, pero esta vez más con una nota de cólera que de resignación—. Muy bien. Hasta mañana, pues. La última sesión antes de que se marche a París, a Cape Cod, a Marte, o adondequiera que vaya y me deje solo.

Zimmerman se volvió con brusquedad y cruzó furibundo la pequeña consulta para salir por una puerta sin mirar atrás.

Permaneció un instante en el sillón escuchando el tenue sonido de los pasos del hombre enfadado que se alejaban por el pasillo exterior. Después se levantó, resintiéndose un poco de la edad, que le había anquilosado las articulaciones y tensado los músculos durante la larga y sedentaria tarde tras el diván, y se dirigió a la entrada, una segunda puerta que daba a su modesta sala de espera. En ciertos aspectos, esa habitación con su diseño improbable y curioso, donde había montado su consulta hacía décadas, era singular, y había sido la única razón por la que había alquilado el piso al año siguiente de haber terminado el período de residencia y el motivo de haber seguido en él más de un cuarto de siglo.

La consulta tenía tres puertas: una que daba al recibidor, reconvertido en una pequeña sala de espera; una segunda que daba directamente al pasillo del edificio, y una tercera que llevaba a la cocina, el salón y el dormitorio del resto del piso. Su consulta era una especie de isla personal con portales a esos otros mundos. Solía considerarla un espacio secundario, un puente entre realidades distintas. Eso le gustaba, porque creía que la separación de la consulta del exterior contribuía a que su trabajo le resultara más sencillo.

No tenía ni idea de a cuál de sus pacientes se le habría ocurrido volver. Así, de pronto, no recordaba un solo caso en que alguno lo hubiera hecho en todos sus años de ejercicio.

Tampoco era capaz de imaginar qué paciente sufriría una crisis tal que lo llevara a introducir un cambio tan inesperado en la relación entre analista y analizado. Él se basaba en la rutina; en ella y en la longevidad, con las que el peso de las palabras pronunciadas en la inviolabilidad artificial pero absoluta de la consulta se abriera finalmente paso hacia la vía de la comprensión. En eso Zimmerman tenía razón. Cambiar iba en contra de todo. Así que cruzó la habitación con brío, con el impulso que genera la expectativa, un poco inquieto ante la idea de que algo urgente se hubiese colado en una vida que con frecuencia temía que se hubiese vuelto demasiado imperturbable y totalmente previsible.

Abrió la puerta y observó la sala de espera.

Estaba vacía.

Eso lo desconcertó un instante, y pensó que a lo mejor había imaginado el sonido del timbre, pero Zimmerman también lo había oído, y él, además, había reconocido el ruido inconfundible de alguien en la sala de espera.

—¿Hola? —dijo, aunque era evidente que no había nadie que pudiera oírlo.

Arrugó la frente sorprendido y se ajustó las gafas de montura metálica sobre la nariz.

—Curioso —afirmó en voz alta.

Y entonces vio el sobre que alguien había dejado en el asiento de la única silla que había para los pacientes que esperaban. Soltó el aire despacio, sacudió la cabeza y pensó que eso era algo demasiado melodramático, incluso para sus actuales pacientes.

Se acercó y recogió el sobre. Tenía su nombre mecanografiado.

—Qué extraño —musitó.

Dudó antes de abrir la carta, que levantó a la altura de la frente como haría alguien que quisiera demostrar sus poderes mentales en un número de variedades, intentando adivinar cuál de sus pacientes la habría dejado. Pero era un acto inusual. A todos les gustaba expresar quejas sobre sus supuestas deficiencias e incompetencia de forma directa y con frecuencia, lo que, aunque molesto a veces, formaba parte del proceso.

Abrió el sobre y extrajo dos hojas mecanografiadas. Leyó sólo la primera línea:

Feliz 53.º cumpleaños, doctor. Bienvenido al primer día de su muerte.

Inspiró hondo. El aire cargado del piso parecía marearlo, y apoyó la mano contra la pared para no perder el equilibrio.

El doctor Frederick Starks, un hombre dedicado profesionalmente a la introspección, vivía solo, perseguido por los recuerdos de otras personas.

Se dirigió a su pequeño escritorio de arce, una antigüedad que su esposa le había regalado hacía quince años. Ella había muerto hacía tres años, y cuando se sentó tras la mesa le pareció que todavía podía oír su voz. Extendió las dos hojas de la carta delante de él, en el cartapacio. Pensó que había pasado una década desde la última vez que se había asustado, y en aquella ocasión se había tratado del diagnóstico que el oncólogo hizo a su mujer. Ahora, el renovado sabor seco y ácido en su boca era tan desagradable como la aceleración de su corazón, que sentía desbocado en el pecho.

Dedicó unos segundos a intentar sosegar sus rápidos latidos y esperó con paciencia hasta notar que recuperaba su ritmo habitual. Era muy consciente de su soledad en ese momento, y detestó la vulnerabilidad que esa soledad le provocaba.

Ricky Starks —no solía dejar que nadie supiera cuánto prefería el sonido afable y amistoso de la abreviación informal al más sonoro Frederick— era un hombre rutinario y ordenado. Su minuciosidad y formalidad rozaban sin duda la obsesión; creía que imponer tanta disciplina a su vida cotidiana era la única forma segura de intentar interpretar el desconcierto y el caos que sus pacientes le acercaban a diario. No era espectacular físicamente: no llegaba al metro ochenta, con un cuerpo delgado y ascético al que contribuía una caminata diaria a la hora del almuerzo y una negativa férrea a darse el gusto de tomar los dulces y los helados que en secreto le encantaban.

Llevaba gafas, algo habitual en un hombre de su edad, aunque se enorgullecía de que su graduación siguiera siendo mínima. También se sentía orgulloso de que el cabello, aunque menos abundante, todavía le cubriese la cabeza como trigo en una pradera. Ya no fumaba, y tomaba sólo un ocasional vaso de vino alguna que otra noche para conciliar mejor el sueño. Era un hombre acostumbrado a su soledad, y no lo desanimaba comer solo en un restaurante ni ir a un espectáculo de Broadway o al cine sin compañía. Consideraba que tanto su cuerpo como su mente estaban en excelentes condiciones. La mayor parte de los días se sentía mucho más joven de lo que era. Pero no se le escapaba que el año que acababa de empezar era el mismo que su padre no había logrado superar, y a pesar de la falta de lógica de esta observación pensaba que él tampoco sobreviviría a los cincuenta y tres, como si tal cosa fuera injusta o, de algún modo, inadecuada. Sin embargo, en contradicción consigo mismo, mientras contemplaba de nuevo las primeras palabras de la carta, pensó que todavía no estaba preparado para morir. Entonces siguió leyendo, despacio, deteniéndose en cada frase, dejando que el terror y la inquietud arraigaran en él.

Pertenezco a algún momento de su pasado.

Usted arruinó mi vida. Quizá no sepa cómo, por qué o cuándo, pero lo hizo. Llenó todos mis instantes de desastre y tristeza. Arruinó mi vida. Y ahora estoy decidido a arruinar la suya.

Ricky Starks inspiró hondo otra vez. Vivía en un mundo donde las amenazas y las promesas falsas eran corrientes, pero aquellas palabras sonaban muy distintas de las divagaciones atroces que estaba acostumbrado a oír a diario.

Al principio pensé que debería matarlo para ajustarle las cuentas, sencillamente. Pero me di cuenta de que eso era demasiado sencillo. Es un objetivo patéticamente fácil, doctor. De día, no cierra las puertas con llave. Da siempre el mismo paseo por la misma ruta de lunes a viernes. Los fines de semana sigue siendo de lo más predecible, hasta la salida del domingo por la mañana para comprar el *Times* y tomar un bollo y un café con dos terrones de azúcar y sin leche en el moderno bar situado dos calles más abajo de su casa.

Demasiado fácil. Acecharlo y matarlo no habría supuesto ningún desafío. Y, dada la facilidad de ese asesinato, no estaba seguro de que me proporcionara la satisfacción necesaria. He decidido que prefiero que se suicide.

Ricky Starks se movió incómodo en el asiento. Podía notar el calor que desprendían las palabras, como el fuego de una estufa de leña que le acariciara la frente y las mejillas. Tenía los labios secos y se los humedeció en vano con la lengua.

Suicídese, doctor.

Tírese desde un puente. Vuélese la tapa de los sesos con una pistola. Arrójese bajo un autobús. Láncese a las vías del metro. Abra el gas de la estufa. Encuentre una buena viga y ahórquese. Puede elegir el método que quiera.

Pero es su mejor oportunidad.

Su suicidio será mucho más adecuado, dadas las circunstancias de nuestra relación. Y, sin duda, una manera más satisfactoria de que pague lo que me debe.

Verá, vamos a jugar a lo siguiente: tiene exactamente quince días, a partir de mañana a las seis de la mañana, para descubrir quién soy. Si lo consigue, tendrá que poner uno de esos pequeños anuncios a una columna que salen en la parte inferior de la portada del *New York Times* y publicar en él mi nombre. Eso es todo: publique mi nombre.

Si no lo hace... Bueno, ahora viene lo divertido. Observará que en la segunda hoja de esta carta aparecen los nombres de cincuenta y dos parientes suyos. Su edad comprende desde un bebé de seis meses, hijo de su sobrino, hasta su primo, el inversor de Wall Street y extraordinario capitalista, que es tan soso y aburrido como usted. Si no logra poner el anuncio según lo descrito, tiene una opción: suicidarse de inmediato o me encargaré de destruir a una de estas personas inocentes.

Destruir.

Una palabra muy interesante. Podría significar la bancarrota financiera. Podría significar la ruina social. Podría significar la violación psicológica.

También podría significar el asesinato. Es algo que deberá preguntarse. Podría ser alguien joven o alguien viejo. Hombre o mujer. Rico o pobre. Lo único que le prometo es que será la clase de hecho que ellos —sus seres queridos— no superarán nunca, por muchos años que hagan psicoanálisis.

Y usted vivirá hasta el último segundo del último minuto que le quede en este mundo sabiendo que fue el único responsable.

Salvo, por supuesto, que adopte la postura más honorable y se suicide para salvar así de su destino al objetivo que he elegido.

Tiene que decidir entre mi nombre o su necrológica. En el mismo periódico, por supuesto.

Como prueba de mi alcance y del extremo de mi planificación, me he puesto en contacto hoy con uno de los nombres de la lista con un mensaje muy modesto. Le insto a pasar el resto de esta tarde averiguando quién ha sido el destinatario y cómo. Así por la mañana podrá empezar, sin demora, la tarea que le espera.

Lo cierto es que no espero que sea capaz de adivinar mi identidad, por supuesto.

Así pues, para demostrarle mi deportividad, he decidido que a lo largo de los próximos quince días voy a proporcionarle una pista o dos de vez en cuando. Sólo para que las cosas sean más interesantes, aunque alguien intuitivo e inteligente como usted debería suponer que esta carta está llena de pistas. Aun así, ahí va un anticipo, y gratis.

> *La vida era alegre en el pasado:*
> *un retoño y sus padres a su lado.*
> *El padre soltó amarras, se largó,*
> *y entonces todo eso se acabó.*

La poesía no es mi fuerte.

El odio sí.

Puede hacer tres preguntas que se contesten con sí o no.

Use el mismo método, los anuncios de la portada del *New York Times*.

Contestaré a mi propia manera en veinticuatro horas.

Buena suerte. Tal vez desee también dedicar tiempo a los preparativos de su funeral. La incineración es probablemente mejor que un entierro tradicional. Sé cuánto le desagradan las iglesias. No creo que sea buena idea llamar a la policía. Lo más seguro es que se burlen de usted, y sospecho que su altanería no lo encajará demasiado bien. Además, podría enfurecerme más; no se imagina usted lo inestable que soy en realidad. Podría reaccionar de modo imprevisible, de muchas formas malvadas. Pero puede estar seguro de algo: mi cólera no conoce límites.

La carta estaba firmada en mayúsculas: RUMPLESTIL-TSKIN.

Ricky Starks se reclinó en la silla, como si la furia que emanaba de aquellas palabras le hubiera propinado un puñetazo en la cara. Se puso de pie, se acercó a la ventana y la abrió, de modo que los sonidos de la ciudad irrumpieron en la calma de la pequeña habitación transportados por una inesperada brisa de finales de julio que auguraba una tormenta nocturna. Inspiró buscando alivio para el calor que le embargaba. Oyó el aullido agudo de una sirena de policía y la cacofonía regular de los cláxones, que es como el ruido uniforme de Manhattan. Respiró hondo dos o tres veces antes de cerrar la ventana y dejar fuera todos los sonidos de la vida urbana normal.

Volvió a la carta.

«Tengo un problema», pensó. Pero todavía no estaba seguro de lo grave que era.

Era consciente de que había recibido una amenaza terrible, pero los parámetros de la misma seguían sin estar claros. Una parte de él le decía que no prestara atención a la carta, que se negara a participar en algo que no se parecía en nada a un juego. Resopló una vez y dejó que este pensamiento aflorara. Toda su formación y experiencia sugerían que lo más razonable era no hacer nada. Después de todo, el analista suele encontrarse con que guardar silencio y no contestar al comportamiento provocador y escandaloso de un paciente es la forma más inteligente de llegar a la verdad psicológica de esos actos. Se levantó y rodeó dos veces la mesa, como un perro que husmea un olor inusual.

A la segunda, se detuvo y observó de nuevo la carta.

Sacudió la cabeza. Comprendió que eso no resultaría. Sintió una fugaz admiración por la sutileza del autor. Con un desapego cercano al aburrimiento, Ricky pensó que seguramente había recibido una amenaza de muerte. Después de todo, había vivido mucho y bastante bien, así que una amenaza de esa índole no significaba gran cosa. Pero no se enfrentaba sólo a eso. La amenaza era más indirecta. Estaba previsto que otra persona sufriera si él no hacía nada. Alguien inocente, y seguramente joven, porque los jóvenes son mucho más vulnerables.

Ricky tragó saliva. Se culparía a sí mismo y el resto de sus días se convertirían en una verdadera agonía.

En eso el autor tenía toda la razón.

O si no, el suicidio. Notó un amargor repentino en la boca. El suicidio era la antítesis de todo aquello con lo que siempre se había identificado. Sospechaba que la persona que firmaba como *Rumplestiltskin* lo sabía.

De golpe se sintió como si estuviera en el banquillo de los acusados.

Empezó de nuevo a pasearse mientras evaluaba la carta. La voz interior insistía en restarle importancia, hacer caso omiso de todo el mensaje y considerarlo una exageración y una fantasía sin ninguna base real, pero era incapaz de hacerlo.

«Que algo te incomode no significa que debas ignorarlo», se reprendió.

Pero no tenía la menor idea de cómo reaccionar. Dejó de caminar y regresó a su asiento. «Locura —pensó—. Pero una locura con un inconfundible toque de inteligencia, porque provocará que me sume a ella.»

—Debería llamar a la policía —dijo para sí. Pero se detuvo.

¿Qué diría? ¿Marcaría el 911 y explicaría a algún sargento gris y sin imaginación que había recibido una carta amenazadora? ¿Y escucharía cómo el hombre le replicaba «¿y qué?»? Hasta donde sabía, no se había infringido ninguna ley. A no ser que sugerir a alguien que se suicidara fuera alguna clase de delito. ¿Extorsión, tal vez? Se preguntó qué clase de homicidio podría ser. Le pasó por la cabeza llamar a un abogado, pero se dio cuenta de que la situación que planteaba Rumplestiltskin no era legal. Se había acercado a él en un terreno que dominaba. Sugería que se trataba de un juego de intuición y psicología; era cuestión de emociones y de miedos. Sacudió la cabeza y se dijo que podía lidiar en ese ámbito.

—Así pues, ¿qué tenemos aquí? —se preguntó en la habitación vacía.

«Alguien conoce mis costumbres —pensó—. Sabe cómo entran mis pacientes a la consulta. Sabe cuándo almuerzo y qué hago los fines de semana. Ha sido lo bastante inteligente como para preparar una lista de familiares; eso requiere bastante ingenio. Y sabe cuándo es mi cumpleaños. —Inspiró hondo de nuevo—. Me ha estudiado. No lo sabía, pero alguien estaba observándome. Evaluándome. Alguien ha dedicado tiempo y esfuerzo a crear este juego y no me ha dejado demasiado margen para contraatacar.»

Tenía la lengua y los labios secos. De repente sintió mucha sed, pero no quería abandonar la inviolabilidad de su consulta para ir por un vaso de agua a la cocina.

—¿Qué he hecho para que alguien me odie tanto? —se preguntó, y fue como un puñetazo en el estómago.

Sabía que, como muchos profesionales, tenía la arrogancia de pensar que su rinconcito del mundo se había beneficiado del conocimiento y la aceptación de su existencia. La idea de haber provocado en alguien un odio monstruoso le producía un profundo desasosiego.

—¿Quién eres? —preguntó mirando la carta. Empezó a

repasar precipitadamente la retahíla de pacientes, remontándose décadas atrás, pero se detuvo. Sabía que tendría que hacer eso, pero de manera sistemática, disciplinada y tenaz, y aún no estaba preparado para dar ese paso.

No se consideraba demasiado cualificado para hacer las veces de policía. Pero sacudió la cabeza al percatarse de que, en cierto modo, eso no era cierto. Durante años había sido una especie de detective. La diferencia radicaba en la naturaleza de los delitos investigados y las técnicas utilizadas. Reconfortado por este pensamiento, Ricky Starks volvió a sentarse tras su escritorio, buscó en el cajón superior derecho y sacó una vieja libreta de direcciones sujeta con una goma elástica.

«Para empezar —se dijo—, puedes averiguar con qué familiar se ha puesto en contacto. Debe de ser un antiguo paciente, alguien que interrumpió el psicoanálisis y se sumió en una depresión. Alguien que ha albergado una fijación casi psicótica durante varios años.»

Sospechó que, con un poco de suerte y quizás uno o dos empujoncitos en la dirección adecuada a partir del familiar con quien se hubiera puesto en contacto, podría identificar al ex paciente contrariado. Trató de convencerse, empáticamente, de que Rumplestiltskin en realidad le estaba pidiendo ayuda. Luego, casi con la misma rapidez, descartó este pensamiento inconsistente. Con la libreta de direcciones en la mano, pensó en el personaje del cuento de hadas cuyo nombre utilizaba el autor de la carta. Cruel, pensó. Un enano mágico con el corazón tenebroso que no es superado en inteligencia, sino que pierde su contienda por pura mala suerte. Esta observación no lo hizo sentir mejor.

La carta parecía brillar en la mesa, delante de él.

Asintió lentamente.

«Te dice mucho —pensó—. Mezcla las palabras de la carta con lo que su autor ya ha hecho y probablemente estarás a medio camino de averiguar quién es.»

Así que abrió la libreta de direcciones para buscar el número del primer familiar de los cincuenta y dos de la lista. Hizo una mueca y empezó a marcar los números del teléfono. En la última década había tenido poco contacto con sus familiares y sospechaba que ninguno de ellos tendría demasiadas ganas de tener noticias suyas. En especial, dado el cariz de la llamada.

2

Ricky Starks se mostró muy poco apto para sonsacar información a familiares que se sorprendían al oír su voz. Estaba acostumbrado a interiorizar todo lo que oía a los pacientes en la consulta y a conservar el control de todas las observaciones e interpretaciones. Pero al marcar un número tras otro, se encontró en territorio desconocido e incómodo, incapaz de concebir un guión verbal que pudiera seguir, algún saludo estereotipado seguido de una breve explicación del motivo de su llamada. En lugar de eso, sólo oía vacilación e indecisión en su voz cuando se atascaba con saludos trillados e intentaba obtener una respuesta a la pregunta más idiota: «¿Te ha ocurrido algo extraño?»

Por consiguiente, aquel atardecer estuvo lleno de conversaciones telefónicas de lo más irritantes. Sus parientes se llevaban una sorpresa desagradable al oírlo, sentían curiosidad y pesadumbre por el hecho de que llamara después de tanto tiempo, estaban ocupados en alguna actividad que él interrumpía o, sencillamente, se mostraban maleducados. Cada contacto poseía cierta brusquedad, y más de una vez se lo quitaron de encima con rudeza. Hubo varios lacónicos: «¿De qué diablos va todo esto?», a los que mentía asegurando que un antiguo paciente había logrado obtener de algún modo una lista con los nombres de sus familiares y le preocupaba que pudiera importunarlos. No mencionaba que alguien pudiera estar enfrentándose a una amenaza, lo que quizás era la mayor mentira de todas.

Ya casi eran las diez de la noche, la hora en que se acostaba, y todavía le quedaban más de dos docenas de nombres en la lista. Hasta entonces no había conseguido detectar nada lo bastante fuera de lo corriente como para que mereciera investigar más. Pero, a la vez, dudaba de su habilidad para preguntar. La extraña vaguedad de la carta de Rumplestiltskin le hacía temer que la conexión se le hubiera pasado por alto. Y también era posible que, en cualquiera de las breves conversaciones que había mantenido esa tarde, la persona con que el autor de la carta se había puesto en contacto no hubiera contado la verdad a Ricky. Por lo demás, había habido unas cuantas llamadas frustrantes sin contestar, y en tres ocasiones tuvo que dejar un mensaje forzado y críptico en un contestador automático.

Se negaba a creer que la carta recibida ese día fuese una mera broma pesada, aunque eso habría estado bien. La espalda se le había entumecido. No había comido y estaba hambriento. Tenía dolor de cabeza. Se mesó el cabello y se frotó los ojos antes de marcar el número siguiente, sintiendo una especie de agotamiento que le martilleaba las sienes. Consideró que el dolor de cabeza era una pequeña penitencia por la conclusión a la que estaba llegando: estaba aislado y distanciado de la mayoría de su familia.

«El pago del olvido», pensó mientras se disponía a llamar el vigésimo primer nombre de la lista que le proporcionó Rumplestiltskin. Seguramente no era razonable esperar que los parientes de uno aceptaran un contacto repentino tras tantos años de silencio, sobre todo los parientes lejanos, con quienes tenía poco en común. Más de uno se había quedado callado al oír su nombre, como si tratara de recordar quién era exactamente. Esas pausas le hacían sentir un poco como un viejo ermitaño que bajara de la cima de una montaña, o un oso durante los primeros minutos después de una larga hibernación.

El vigésimo primer nombre sólo le resultaba remotamente familiar. Se esforzó en intentar asignar una cara y una categoría a las palabras que tenía delante. Una imagen se formó despacio en su cabeza. Su hermana mayor, que había fallecido diez años antes, tenía dos hijos, y éste era el mayor de los dos. Eso convertía a Ricky en un tío bastante desangelado. No había tenido contacto con ningún sobrino desde el entierro de su hermana. Se devanó los sesos tratando de recordar no sólo el aspecto, sino algo del nombre. ¿Tenía esposa? ¿Hijos? ¿Profesión? ¿Quién era?

Sacudió la cabeza. No recordaba nada. La persona con quien tenía que hablar apenas si poseía más entidad que un nombre extraído de un listín telefónico. Estaba enfadado consigo mismo. «No está bien —se dijo—. Deberías recordar algo.»

Pensó en su hermana, quince años mayor que él, una diferencia de edad que los convertía en miembros de la misma familia situados en órbitas distintas. Ella era la mayor; él era fruto de un accidente, destinado a ser siempre el bebé de la familia. Ella había sido poetisa, titulada por una universidad para mujeres de buena familia en los años cincuenta. Había trabajado primero en el mundo editorial y se había casado bien después con un abogado de Boston especializado en derecho mercantil. Sus dos hijos vivían en Nueva Inglaterra.

Ricky observó el nombre en la hoja que tenía delante. Leyó una dirección de Deerfield, Massachusetts, con el prefijo 413. De repente recordó algo: su sobrino era profesor en un instituto privado de esa ciudad. Se preguntó qué enseñaría. La respuesta llegó en unos segundos: historia; historia de Estados Unidos. Entornó los ojos y visualizó un hombre bajo y enjuto con chaqueta de *tweed*, gafas con montura de concha y un cabello rubio rojizo que le clareaba con rapidez. Un hombre con una esposa como mínimo cinco centímetros más alta que él.

Suspiró y, provisto por lo menos con algo de información, marcó el número y esperó mientras el timbre sonaba media docena de veces antes de que contestara una voz que tenía el tono inconfundible de la juventud. Grave pero impaciente.

—¿Diga?

—Hola —dijo Ricky—. Quisiera hablar con Timothy Graham. Soy su tío Frederick. El doctor Frederick Starks.

—Soy Tim hijo.

—Hola, Tim —dijo Ricky tras vacilar un momento—. Me parece que no nos conocemos...

—Pues sí, nos conocemos. Nos vimos en el entierro de la abuela. Estabas sentado justo detrás de mis padres en el segundo banco de la iglesia y dijiste a papá que era una bendición que la abuela no hubiera durado más. Recuerdo lo que dijiste porque entonces no lo entendí.

—Debías de tener...

—Siete años.

—Y ahora tendrás...

—Casi diecisiete.

—Pues para ser nuestro único encuentro lo recuerdas muy bien.

El joven consideró esta afirmación antes de contestar.

—El entierro de la abuela me impresionó mucho. —No entró en detalles, sino que cambió de tema—. ¿Querías hablar con papá?

—Sí, si es posible.

—¿Para qué?

Ricky pensó que se trataba de una pregunta poco corriente para alguien joven. No tanto porque Timothy hijo quisiera saber para qué, ya que la curiosidad es consustancial a la juventud, sino porque su tono sonó con un ligero matiz protector. Ricky pensó que la mayoría de adolescentes se habría limitado a llamar a su padre a gritos para que contestara y habría vuelto a sus quehaceres, ya fuera ver la tele, hacer deberes o jugar a videojuegos, porque la llamada repentina de un familiar mayor y lejano no era algo que incluyeran en su lista de prioridades.

—Bueno, se trata de algo un poco extraño —dijo.

—Hemos tenido un día extraño —contestó el adolescente.

—¿Y eso? —quiso saber Ricky.

Pero el muchacho no contestó a la pregunta.

—No estoy seguro de que papá quiera hablar con alguien ahora, a no ser que sepa de qué se trata —indicó.

—Entiendo —dijo Ricky con cautela—, pero lo que tengo que decirle podría interesarle.

El joven, respondió:

—Papá está ocupado en este momento. La policía todavía no se ha ido.

—¿La policía? —Ricky inspiró con rapidez—. ¿Ha pasado algo?

El muchacho obvió la pregunta para hacer una a su vez:

—¿Para qué has llamado? Es que no hemos sabido nada de ti en...

—Muchos años. Diez por lo menos. Desde el entierro de tu abuela.

—Eso, exacto. ¿Por qué ahora de repente?

Ricky pensó que el chico tenía razón en recelar. Empezó el discurso que tenía preparado.

—Un antiguo paciente mío... Recuerdas que soy médico, ¿verdad, Tim? El caso es que podría intentar ponerse en contacto con algún familiar mío. Y, aunque no hemos estado en contacto en todos estos años, quería avisaros. Por eso he llamado.

—¿Qué clase de paciente? Eres psiquiatra, ¿no?

—Psicoanalista.

—¿Y ese paciente es peligroso? ¿O está loco? ¿O las dos cosas?

—Creo que debería hablar de esto con tu padre.

—Ahora está con la policía, ya te lo dije. Creo que están a punto de irse.

—¿Por qué está con la policía?

—Tiene que ver con mi hermana.

—¿Con tu hermana? —Ricky intentó recordar el nombre de la chica y visualizarla, pero sólo recordaba una niñita rubia, varios años menor que su hermano. Los veía a los dos sentados a un lado en la recepción después del funeral de su hermana, incómodos con su ropa oscura y rígida, callados pero impacientes, ansiosos de que aquella sombría reunión se disipara y la vida volviera a la normalidad.

—Alguien la siguió... —empezó a contar el chico, pero se detuvo—. Mejor voy a buscar a mi padre —añadió con energía. Ricky oyó el ruido del auricular al dejarlo sobre la mesa, y voces apagadas de fondo.

Enseguida recogieron el auricular y Ricky oyó una voz que sonaba como la del adolescente, sólo que con mayor cansancio. Al mismo tiempo, contenía una urgencia agobiada, como si su dueño estuviera presionado o lo hubieran pillado en un momento de indecisión. A Ricky le gustaba considerarse un experto en voces, en la inflexión y el tono, en la elección de palabras y el ritmo, todas señales reveladoras de lo que se ocultaba en ellas. El padre del adolescente habló sin preámbulos.

—¿Tío Frederick? Es una sorpresa oírte, y estoy en medio de una pequeña crisis familiar, así que espero que sea algo verdaderamente importante. ¿Qué puedo hacer por ti?

—Hola, Tim. Perdona que llame así, de improviso...

—Tim me ha dicho que tienes problemas con un paciente...

—En cierto sentido. Hoy he recibido una carta amenazadora de alguien que podría ser un antiguo paciente. Está dirigida a mí, pero también indica que su autor podría ponerse en contacto con uno de mis parientes. He estado llamando a la familia para alertaros y para averiguar si ha ocurrido algo.

Se produjo un silencio frío y sepulcral que duró casi un minuto.

—¿Qué clase de paciente? —soltó de golpe Tim padre, haciéndose eco de la pregunta de su hijo—. ¿Se trata de alguien peligroso?

—No sé quién es exactamente. La carta no está firmada. Estoy suponiendo que es un ex paciente pero no lo sé con certeza. De hecho, podría no serlo. Lo cierto es que todavía no sé nada seguro.

—Eso suena vago. Extremadamente vago.

—Es verdad. Lo siento.

—¿Crees que la amenaza es real?

Ricky advirtió el tono duro y áspero que envolvió la voz de su sobrino.

—No lo sé. Es evidente que me preocupó lo suficiente como para hacer algunas llamadas.

—¿Has llamado a la policía?

—No. Que me envíen una carta no parece algo ilegal, ¿verdad?

—Es justamente lo que acaban de decirme esos cabrones.

—¿A qué te refieres?

—La policía. Llamé a la policía y han venido a decirme que no pueden hacer nada.

—¿Por qué los llamaste?

Timothy Graham no contestó enseguida. Pareció inspirar hondo pero, en lugar de tranquilizarse, fue como si liberara un arrebato de rabia contenida.

—Ha sido asqueroso. Un chalado de mierda. Un hijo de puta repugnante. Si alguna vez le pongo las manos encima, lo mato. Lo mato con mis propias manos. ¿Es un chalado de mierda tu ex paciente, tío Frederick?

El repentino arranque de cólera sorprendió a Ricky. Parecía absolutamente impropio de un profesor de historia de un instituto privado, exclusivo y conservador. Ricky esperó, al principio un poco inseguro de cómo contestar.

—No lo sé —dijo—. Cuéntame qué ha pasado que te ha disgustado tanto.

Tim vaciló otra vez mientras inspiraba hondo, y el sonido recordó el siseo de una serpiente al otro lado de la línea.

—El día de su cumpleaños, si te lo puedes creer. El día que cumple catorce años ni más ni menos. Es asqueroso...

Ricky se puso tenso en su asiento. Algo le estalló de repente en la cabeza, como una revelación. Debería haber visto la conexión de inmediato. De todos sus parientes, uno cumplía años, por pura coincidencia, el mismo día que él. La niña cuya cara le costaba tanto recordar y a la que sólo había visto una vez, en un entierro.

«Ésta debería haber sido tu primera llamada», se recriminó. Pero no permitió que nada de eso le asomara a la voz.

—¿Qué pasó? —preguntó sin rodeos.

—Alguien le dejó una felicitación en la taquilla del colegio. Ya sabes, una de esas bonitas tarjetas sensibleras y nada originales, de tamaño gigante, que venden en cualquier centro comercial. Todavía no entiendo cómo ese cabrón pudo entrar y abrir la taquilla sin que nadie lo viera. ¿Qué coño pasó con la vigilancia? Increíble. El caso es que, cuando Mindy llegó al colegio, se encontró la tarjeta, creyó que era de alguno de sus amigos y la abrió. ¿Y sabes qué? Estaba llena de pornografía asquerosa. Porno a todo color que no deja nada librado a la imaginación. Fotos de mujeres atadas con cuerdas, cadenas y cueros, y penetradas de todas las formas imaginables con todos los objetos posibles. Porno duro, triple equis. Y ese bastardo escribió en la tarjeta: «Esto es lo que te voy a hacer en cuanto te pille sola.»

Ricky se movió incómodo en el asiento.

«Rumplestiltskin», pensó, y preguntó:

—¿Y la policía? ¿Qué te ha dicho?

Timothy Graham soltó un resoplido de desdén que Ricky imaginó que habría usado con los alumnos vagos durante años y que debía de paralizarlos de miedo pero que, en este contexto, más bien reflejaba impotencia y frustración.

—La policía local es idiota —dijo con energía—. Idiota de remate. Me han dicho tan tranquilos que, a no ser que haya pruebas de peso y creíbles de que alguien está acosando a Mindy, no pueden hacer nada. Quieren alguna clase de acto manifiesto. Dicho de otro modo, tienen que atacarla primero. Idiotas. Creen que la tarjeta y su contenido son una broma probablemente de alumnos de los últimos cursos. Tal vez de alguien al que puse mala nota el trimestre pasado. Por supuesto no deja de ser una posibilidad, pero... —El profesor de historia se detuvo—. ¿Por qué no me hablas de tu antiguo paciente? ¿Es un obseso sexual?

—No —aseguró Ricky tras vacilar—. En absoluto. No parece cosa suya. Es inofensivo, de verdad. Sólo irritante.

Se preguntó si su sobrino percibiría la mentira en su voz. Lo dudaba. Estaba furioso, nervioso e indignado, y no era probable que fuera capaz de discernir con claridad durante cierto tiempo.

—Lo mataré —aseguró Timothy Graham con frialdad tras un instante de silencio—. Mindy se ha pasado el día llorando. Cree que alguien quiere violarla. Sólo tiene catorce años y jamás ha hecho daño a nadie. Además, es de lo más impresionable y nunca había visto esa clase de porquerías. Parece que fue ayer que todavía jugaba con el osito de peluche y la muñeca Barbie. Dudo que pueda dormir esta noche, o en unos días. Sólo espero que el susto no la haya cambiado.

Ricky no dijo nada, y su sobrino prosiguió tras tomar aliento.

—¿Es eso posible, tío Frederick? Tú eres el bendito experto. ¿Puede cambiarle a alguien la vida tan de repente?

Tampoco contestó esta vez, pero la pregunta resonó en su interior.

—Es horrible, ¿sabes? Horrible —soltó Timothy Graham—. Intentas proteger a tus hijos de lo asqueroso y malvado que es el mundo, pero bajas la guardia un segundo y ¡zas!, ocurre. Puede que no sea el peor caso de inocencia perdida que hayas escuchado, tío Frederick, pero tú no tienes que oír cómo la niña de tus ojos llora desconsolada el día que cumple catorce años porque alguien, en alguna parte, quiere hacerle daño.

Y tras esas palabras, Timothy Graham colgó.

Ricky Starks se inclinó hacia la mesa. Soltó el aire despacio entre los incisivos produciendo un largo silbido. Estaba disgustado e intrigado a la vez por lo que Rumplestiltskin había hecho. Recapituló rápidamente. El mensaje que había enviado a la adolescente no tenía nada de espontáneo; era calculado y efectivo. Era obvio que, además, había dedicado cierto tiempo a estudiarla. Mostraba también algunas habilidades a las que sería prudente prestar atención. Rumplestiltskin había logrado superar la vigilancia del colegio y tenido la pericia de un ladrón para abrir una cerradura sin destrozarla. Había salido del colegio sin ser descubierto y viajado después desde Massachusetts hasta Nueva York para dejar su segundo mensaje en la sala de espera de Ricky. No había problemas de tiempo; en coche el viaje no era largo, quizá cuatro horas. Pero denotaba planificación.

Pero eso no era lo que molestaba a Ricky. Cambió de postura en el asiento.

Las palabras de su sobrino parecían resonar en la consulta, rebotando en las paredes y llenando el espacio con una especie de calor: «inocencia perdida».

Ricky pensó en ello. A veces, en el transcurso de una sesión, un paciente decía algo que resultaba impactante, porque eran momentos de conocimiento, flases de comprensión, percepciones que indicaban un progreso. Eran los momentos que todo psicoanalista buscaba. Solían ir acompañados de una sensación de aventura y satisfacción, porque señalaban logros a lo largo del tratamiento.

Esta vez no.

Ricky sintió una incontrolable desesperación acompañada de miedo.

Rumplestiltskin había atacado a la hija de su sobrino en un momento de vulnerabilidad infantil. Había elegido un momento que debería guardarse en el gran baúl de los recuerdos como uno de alegría, de despertar: su decimocuarto cumpleaños. Y lo había vuelto feo y aterrador. Era la amenaza más fuerte que Ricky podía imaginar, la más provocadora que podía concebir.

Se llevó una mano a la frente como si tuviera fiebre. Le sorprendió no encontrarse sudor en ella.

«Pensamos en las amenazas como en algo que compromete nuestra seguridad —se dijo—. Un hombre con una pistola o un cuchillo víctima de una obsesión sexual. O un conductor borracho que acelera sin precaución por la carretera. O alguna enfermedad insidiosa, como la que mató a mi esposa, que empieza a carcomernos las entrañas.»

Se levantó de la silla y empezó a pasearse nerviosamente arriba y abajo.

«Tememos que nos maten. Pero es mucho peor que nos destruyan.»

Echó un vistazo a la carta de Rumplestiltskin. Destruir. Había usado esa palabra, junto con arruinar.

Su oponente era alguien que sabía que, a menudo, lo que nos amenaza de verdad y cuesta más de combatir es algo que procede de nuestro interior. El impacto y el dolor de una pesadilla puede ser mucho mayor que el de un puñetazo. Asimismo, a veces lo que duele no es tanto ese puñetazo como la emoción tras él. Se detuvo de golpe y se volvió hacia la pequeña estantería que había contra una de las paredes laterales de la consulta, repleta de obras, en su mayoría libros de medicina y revistas profesionales. Esos libros contenían literalmente centenares de miles de palabras que diseccionaban clínica y fríamente las emociones humanas. De pronto comprendió que era probable que todos esos conocimientos no le sirvieran de nada.

Lo que quería era sacar un libro de un estante, hojear el índice y encontrar una entrada en la R para Rumplestiltskin que incluyera una descripción sucinta y sencilla del hombre que le había enviado aquella carta. Sintió miedo porque sabía que no existía tal entrada. Y se encontró volviendo la espalda a los libros que hasta ese momento habían definido su profesión, y lo que recordó a cambio fue una secuencia de una novela que no releía desde su época de universitario.

«Ratas —pensó—. Ponían a Winston Smith en una habitación con ratas porque sabían que era la única cosa del mundo que le daba miedo de verdad. No la muerte ni la tortura, sino las ratas.»

Miró alrededor; su piso y su consulta eran dos lugares que en su opinión lo definían bien y donde se había sentido cómodo y feliz durante muchos años. Se preguntó, en ese instante, si todo eso iba a cambiar y si de repente iba a convertirse en su Habitación 101 de ficción. El lugar donde guardaban lo peor del mundo.

3

Ya era medianoche y se sentía estúpido y completamente solo.

Su consulta estaba llena de carpetas, montones de cuadernos de taquigrafía, montañas de papeles y un anticuado minicasete que llevaba una década obsoleto bajo una pequeña pila de cintas. Todo ello contenía la desordenada documentación que había acumulado sobre sus pacientes a lo largo de los años. Había notas sobre sueños y entradas anotadas que enumeraban asociaciones críticas hechas por los pacientes o que se le habían ocurrido a él durante el tratamiento: palabras, frases, recuerdos reveladores. Si hubiera alguna escultura concebida para expresar la creencia de que el análisis era tanto arte como medicina, no podría ser mejor que el desorden que lo rodeaba. Había formularios nada metódicos donde constaban estaturas, pesos, razas, religiones y lugares de origen. Tenía documentos sin orden alfabético que definían tensiones arteriales, temperaturas, pulsaciones y cantidades de orina. Ni siquiera contaba con tablas organizadas y accesibles donde figurasen listas de nombres, direcciones, parientes más cercanos y diagnósticos de los pacientes.

Ricky Starks no era internista, cardiólogo o patólogo, especialistas que visitan a cada paciente buscando una respuesta claramente definida a una dolencia y que conservan notas detalladas sobre el tratamiento y la evolución. La especialidad que había elegido desafiaba la ciencia que ocupaba a las demás ramas de la medicina. Eso era lo que convertía al analista en una especie de intruso dentro de la medicina y lo que atraía a la mayoría de quienes se dedicaban a esta profesión.

Pero en ese momento, Ricky estaba en medio de un revoltijo creciente y se sentía como un hombre que sale de un refugio subterráneo después de haber pasado un tornado. Se le ocurrió que había ignorado el caos que era en realidad su vida hasta que algo grande y perjudicial había irrumpido en ella desestabilizando los cuidadosos equilibrios que él le había impuesto. Seguramente sería inútil intentar revisar décadas de pacientes y centenares de terapias diarias.

Porque ya sospechaba que Rumplestiltskin no estaba ahí.

Por lo menos, no de una manera fácil de identificar.

Estaba convencido de que, si la persona que había escrito la carta hubiera honrado alguna vez su diván durante cierto tiempo para recibir tratamiento, lo habría reconocido. El tono. El estilo de la escritura. Todos los estados evidentes de cólera, rabia y furia. Para él, estos elementos habrían sido tan distintivos e inconfundibles como las huellas dactilares para un detective. Pistas reveladoras a las que habría estado atento.

Sabía que esta suposición contenía bastante arrogancia. Y pensó que no debería subestimar a Rumplestiltskin hasta que supiera mucho más sobre él. Pero estaba seguro de que ningún paciente al que hubiera psicoanalizado con normalidad volvería años más tarde resentido y enfurecido, tan cambiado como para ocultarle su identidad. Podía regresar, todavía con las cicatrices internas que lo habían impulsado a acudir a él en principio. O regresar frustrado y enfurecido porque el análisis no es como un antibiótico para el alma; no erradica la desesperación infecciosa que incapacita a algunas personas. O regresar enfadado, con la sensación de haber desperdiciado años hablando sin que nada hubiera cambiado demasiado para él. Eran posibilidades, aunque en las casi tres décadas de Ricky como analista, había habido pocos fracasos así. Por lo menos, que él supiera. Pero no era tan engreído como para creer que cualquier tratamiento, por largo que fuera, conseguía invariablemente un éxito total. Siempre habría terapias con peores resultados que otras.

Tenía que haber pacientes a los que no hubiera ayudado. O a los que hubiera ayudado menos. O que hubieran retrocedido de las percepciones que proporciona el análisis hacia algún estado anterior. Incapacitados de nuevo. Desesperados de nuevo.

Pero Rumplestiltskin presentaba un retrato muy distinto. El tono de la carta y el mensaje transmitido a la hija de catorce años de su sobrino mostraban a una persona calculadora, agresiva y, contra toda lógica, segura de sí misma.

«Un psicópata», pensó Ricky asignando un término clínico a alguien todavía confuso en su mente. Eso no significaba que tal vez una o dos veces a lo largo de las décadas de su carrera profesional no hubiera tratado a individuos con tendencias psicopáticas. Pero nadie había mostrado nunca el grado de odio y obsesión de Rumplestiltskin. Aun así, el autor de la carta era alguien relacionado con un paciente al que había tratado sin éxito.

El secreto estaba en determinar quiénes eran esos ex pacientes y en seguirles el rastro hasta Rumplestiltskin. Porque, ahora que lo había meditado varias horas, no le quedaba duda de que ahí estaba la relación. La persona que quería que se suicidara era el hijo, el cónyuge o el amante de alguien. Así pues, la primera tarea consistía en determinar qué paciente había dejado el tratamiento en malas circunstancias. A partir de ahí podría empezar a retroceder.

Se abrió paso por entre el revoltijo que había organizado hacia la mesa y tomó la carta de Rumplestiltskin. «Pertenezco a algún momento de su pasado.» Ricky observó fijamente las palabras y luego echó un vistazo a los montones de notas esparcidos por la consulta.

«De acuerdo —se dijo—. La primera tarea es organizar mi historial profesional. Encontrar la partes que puedan eliminarse.»

Soltó un profundo suspiro. ¿Había cometido algún error como interno en el hospital hacía más de veinticinco años que volviera ahora para perseguirlo? ¿Podría recordar siquiera a esos primeros pacientes? Cuando efectuaba su formación psicoanalítica, había participado en un estudio de esquizofrénicos paranoides ingresados en la sala psiquiátrica del hospital Bellevue. El objeto del estudio era determinar los factores previsibles de los crímenes violentos, pero no había sido un éxito clínico. Sin embargo, había conocido y participado en el tratamiento de hombres que cometieron delitos graves. Era lo más cerca que había estado nunca de la psiquiatría forense, y no le había gustado demasiado. En cuanto su trabajo en el estudio hubo terminado, se retiró de nuevo al mundo más seguro y físicamente menos exigente de Freud y sus seguidores.

Ricky sintió una sed repentina, como si tuviera la garganta reseca.

Se percató de que no sabía casi nada sobre el crimen y los criminales. No tenía ninguna experiencia especial en violencia. Lo cierto era que le interesaba poco ese campo. No creía conocer siquiera a ningún psiquiatra forense. Ninguno figuraba en el reducidísimo círculo de amigos y conocidos profesionales con que se mantenía de vez en cuando en contacto.

Miró los libros que ocupaban los estantes. Ahí estaba Krafft-Ebing, con su influyente obra sobre psicopatología sexual. Pero eso era todo, y dudaba mucho que Rumplestiltskin fuera un psicópata sexual, a pesar del mensaje pornográfico enviado a la hija de su sobrino.

—¿Quién eres? —dijo en voz alta, y sacudió la cabeza—. No —se corrigió—. En primer lugar, ¿qué eres?

Y se respondió que, si conseguía contestar a eso, descubriría quién era.

«Puedo hacerlo —pensó, tratando de fortalecer su confianza—. Mañana me sentaré y me esforzaré en preparar una lista de antiguos pacientes. Los dividiré en categorías que representen todas las fases de mi vida profesional. Después empezaré a investigar. Encontraré el fracaso que me conectará con Rumplestiltskin.»

Agotado y en absoluto seguro de haber logrado nada, Ricky salió de la consulta y se dirigió a su habitación. Era un dormitorio sencillo y austero, con una mesilla de noche, una cómoda, un modesto armario y una cama individual. Antes, había habido una cama de matrimonio con una cabecera elaborada y cuadros de colores muy vistosos en las paredes pero, tras la muerte de su esposa, se había desprendido de la cama y elegido algo más simple y estrecho. Los adornos y obras de arte alegres con que su mujer había decorado la habitación también habían desaparecido en su mayoría. Había dado su ropa a la beneficencia y enviado sus joyas y objetos personales a las tres hijas de su cuñada. En la cómoda conservaba una fotografía de los dos tomada quince años atrás delante de su casa de verano de Wellfleet una mañana clara y azul de verano. Pero desde su muerte había borrado de modo sistemático la mayoría de signos externos de su anterior presencia. Una muerte lenta y dolorosa seguida de tres años de borradura.

Se quitó la ropa, entreteniéndose en doblar con cuidado los pantalones y en colgar la chaqueta azul. La camisa fue a parar a la cesta de la ropa sucia. Dejó la corbata en la superficie de la cómoda. Luego, se dejó caer en el borde de la cama en ropa interior, pensando que le gustaría tener más energía. En el cajón de la mesilla tenía un frasco de somníferos que rara vez tomaba. Habían superado con creces su fecha de caducidad, pero supuso que todavía le harían efecto esa noche. Se tragó uno y un pedacito de otro con la esperanza de que lo sumieran pronto en un sueño profundo e insensibilizante.

Se sentó un instante, pasó la mano por las ásperas sábanas de algodón y pensó que era una extraña paradoja que un analista se enfrentase a la noche deseando desesperadamente que los sueños no perturbaran su descanso. Los sueños eran acertijos inconscientes e importantes que reflejaban el alma. Lo sabía, y solían ser vías que le gustaba recorrer. Pero esa noche se sentía abrumado y se acostó mareado, con el pulso aún acelerado, y ansioso de que la medicación lo sumiera en la oscuridad. Del todo agotado por el impacto de aquella carta amenazadora, en ese momento se sintió mucho más viejo que los cincuenta y tres años que había cumplido.

Su primera paciente de ese último día antes de sus proyectadas vacaciones de agosto llegó puntualmente a las siete de la mañana e indicó su presencia con las tres llamadas características del timbre de su consulta. Le pareció que la sesión había ido bien. Nada apasionante, nada dramático. Cierto progreso constante. La joven del diván era una asistente social psiquiátrica de tercer año que quería obtener su titulación en psicoanálisis sin pasar por la facultad de medicina. No era el camino mejor ni el más fácil para convertirse en analista, y estaba muy mal visto por algunos de sus colegas porque no incluía la titulación médica tradicional, pero constituía un método que él siempre había admirado. Requería una verdadera pasión por la profesión, una devoción inquebrantable al diván y lo que podía lograr. A menudo Ricky reconocía que hacía años que no había tenido que recurrir al «doctor» que precedía su nombre. La terapia de la joven se centraba en unos padres agresivos que habían rodeado su infancia de un ambiente cargado de logros pero falto de cariño. Por consiguiente, en sus sesiones con Ricky solía estar impaciente, ansiosa por lograr percepciones que encajaran con sus lecturas y trabajo del curso en el Instituto de Psicoanálisis de la ciudad. Ricky no dejaba de frenarla y de procurar que entendiese que conocer los hechos no implica necesariamente comprenderlos.

Cuando tosió un poco, cambió de postura en el asiento y dijo:

—Bueno, me temo que ya se ha acabado el tiempo por hoy.

La joven, que había estado hablando sobre un nuevo novio de dudosas posibilidades, suspiró.

—Bueno, veremos si sigue conmigo de aquí a un mes...
—Lo que hizo sonreír a Ricky.

La paciente se incorporó del diván y, antes de marcharse con brío, se despidió:

—Que le vayan bien las vacaciones, doctor. Nos veremos en septiembre.

Todo el día pareció transcurrir con la normalidad de siempre.

Recibió un paciente tras otro, sin demasiada aventura emocional. En su mayoría eran veteranos de la época de vacaciones y más de una vez sospechó que, de modo inconsciente, consideraban mejor no revelar sentimientos cuyo examen iba a demorarse un mes. Por supuesto, lo que se omitía era tan interesante como lo que se podría haber dicho, y con cada paciente estuvo alerta a esos agujeros en la narración. Tenía una confianza ilimitada en su habilidad de recordar con precisión palabras y frases pronunciadas que podrían estar provechosamente latentes durante el mes de paréntesis.

En los minutos entre una sesión y otra se dedicó a recordar sus años anteriores para empezar a preparar una lista de pacientes anotando nombres en un cuaderno. A medida que avanzaba el día, la lista fue creciendo. Pensó que su memoria seguía siendo buena, lo que lo animó. La única decisión que tuvo que tomar fue a la hora del almuerzo, cuando normalmente habría salido a dar su paseo diario, como Rumplestiltskin había descrito. Ese día vaciló. Por una parte quería romper la rutina que la carta detallaba con tanta exactitud, como una especie de desafío. Pero sería un desafío mucho mayor seguir la rutina para que Rumplestiltskin viera que su amenaza no lo había amedrentado. Así pues, salió a mediodía y recorrió la misma ruta de siempre, pasando por las mismas plazas y aspirando el aire opresivo de la ciudad con la misma regularidad con que lo hacía cada día. No estaba seguro de si quería que Rumplestiltskin lo siguiera o no, pero más de una vez tuvo que contener el impulso de darse la vuelta de repente para ver si alguien lo seguía. Cuando regresó al piso, suspiró aliviado.

Los pacientes de la tarde siguieron la misma pauta que los de la mañana.

Algunos estaban algo resentidos por las próximas vacaciones; era de esperar. Otros expresaron cierto miedo y bastante ansiedad. La rutina de las sesiones diarias de cincuenta minutos era poderosa, y a unos cuantos los desasosegaba saber que carecerían de ese sostén aunque fuera por tan poco tiempo. Aun así, tanto ellos como él sabían que el tiempo pasaría y, como todo en psicoanálisis, el tiempo pasado lejos del diván podría conllevar nuevas percepciones sobre el proceso. Todo, cada momento, cualquier cosa durante la vida cotidiana podía asociarse a la percepción. Y eso hacía que el proceso fuera fascinante tanto para el paciente como para el analista.

Cuando faltaba un minuto para las cinco, miró por la ventana. El día estival seguía dominando el mundo fuera de la consulta: sol brillante, temperaturas que superaban los 33 °C. El calor de la ciudad poseía una insistencia que exigía reconocimiento. Escuchó el zumbido del aire acondicionado y, de repente, recordó cómo era todo en sus inicios, cuando una ventana abierta y un viejo ventilador oscilante y ruidoso eran el único alivio que podía permitirse para el ambiente sofocante y neblinoso de la ciudad en el mes de julio. A veces le parecía como si no hubiera aire en ninguna parte.

Apartó los ojos de la ventana al oír los tres toques del timbre. Se puso de pie y se dirigió a abrir la puerta para que el señor Zimmerman entrara con toda su impaciencia. A Zimmerman no le gustaba esperar en la sala. Llegaba unos segundos antes del inicio de la sesión y esperaba ser recibido al instante. En una ocasión, Ricky había observado cómo se paseaba en la acera frente a su edificio, una tarde fría de invierno, sin dejar de consultar frenéticamente el reloj cada pocos segundos, deseando con todas sus fuerzas que pasara el tiempo para no tener que esperar dentro. En más de una ocasión, Ricky había tenido la tentación de dejar que esperara con impaciencia unos minutos para ver si así podía estimular su comprensión sobre por qué le resultaba tan importante ser tan preciso. Pero no lo había hecho. En lugar de eso, abría la puerta a las cinco en punto todos los días laborables para que ese hombre enojado entrara como una exhalación en la consulta, se echara en el diván y se pusiera de inmediato a contar con sarcasmo y con furia todas las injusticias que esa jornada le había deparado. Ricky inspiró hondo y puso su mejor cara de póquer. Tanto si Ricky sentía que tenía en la mano un *full* como una mano perdedora, Zimmerman recibía todos los días la misma expresión imperturbable. Abrió la puerta y empezó su saludo habitual:

—Buenas tardes...

Pero en la sala de espera no estaba Roger Zimmerman.

En su lugar, Ricky se encontró frente a una joven escultural y atractiva.

Llevaba una gabardina negra, con cinturón, que le llegaba hasta los zapatos, muy fuera de lugar en ese caluroso día veraniego, y unas gafas oscuras, que se quitó dejando al descubierto unos penetrantes y vibrantes ojos verdes. Tendría treinta y pocos años. Una mujer cuya belleza estaba en su punto álgido y cuyo conocimiento del mundo se había agudizado más allá de la juventud.

—Perdone... —se excusó Ricky, vacilante—, pero...

—Descuide —dijo la joven con displicencia a la vez que sacudía su melena rubia hasta los hombros y hacía un ligero gesto con la mano—. Hoy Zimmerman no vendrá. Estoy aquí en su lugar.

—Pero él...

—Ya no lo necesitará más —prosiguió la joven—. Decidió terminar su tratamiento exactamente a las dos treinta y siete de esta tarde. Aunque parezca mentira, tomó esa decisión en la parada de metro de la calle Noventa y dos después de una breve conversación con el señor R. Fue el señor R quien lo convenció de que ya no necesitaba ni deseaba sus servicios. Y, para nuestra sorpresa, a Zimmerman no le costó nada llegar a esa conclusión.

Y, dicho eso, pasó junto al sorprendido médico y entró en la consulta.

4

—Así que es aquí donde se desvela el misterio —dijo la joven alegremente.

Ricky la observaba mientras ella echaba un vistazo alrededor de la pequeña habitación. Su mirada pasó por el diván, su silla, su mesa. Avanzó y examinó los libros que había en los estantes, inclinando la cabeza a medida que leía los títulos densos y aburridos. Pasó un dedo por el lomo de un volumen y, al comprobar el polvo que se le acumulaba en la yema, meneó la cabeza.

—Poco usado... —murmuró. Levantó los ojos hacia él y comentó en tono de reproche—: ¿Cómo? ¿Ni un solo libro de poesía, ninguna novela?

Se acercó a la pared de color crema donde colgaban los diplomas y algunos cuadros de pequeñas dimensiones, junto con un retrato enmarcado en roble del Gran Hombre en persona. Freud sostenía en la foto su omnipresente puro y lucía una mirada triste con sus ojos hundidos. Una barba blanca le cubría la mandíbula precancerosa que iba a resultarle tan dolorosa en sus últimos años. La joven dio unos golpecitos al cristal del retrato con uno de sus largos dedos, en los que lucía uñas pintadas de rojo.

—Es interesante ver cómo cada profesión parece tener algún icono colgado de la pared. Me refiero a que si fueras sacerdote, tendrías a Jesús en un crucifijo. Un rabino tendría una estrella de David, o una menorá. Cualquier político de tres al cuarto tiene un retrato de Lincoln o de Washington.

Debería haber una ley que lo prohibiese. A los médicos les gusta tener a mano esos modelos de plástico desmontables de un corazón, una rodilla o algún otro órgano. Hasta donde sé, un programador informático de Sillicon Valley·tiene un retrato de Bill Gates en su despacho, donde lo venera cada día. Un psicoanalista como tú, Ricky, necesita la imagen de san Sigmund. Eso indica a quien entra aquí quién estableció en realidad las directrices. Y supongo que te confiere una legitimidad que, de otro modo, podría cuestionarse.

Ricky Starks agarró en silencio una silla y la situó frente a su escritorio. Luego lo rodeó e indicó a la joven que tomara asiento.

—¿Cómo? —dijo ésta con brío—. ¿No voy a ocupar el famoso diván?

—Sería prematuro —contestó Ricky con frialdad. Le indicó que se sentara por segunda vez.

La joven recorrió de nuevo la habitación con sus vibrantes ojos verdes como si procurara memorizar todo lo que contenía y, finalmente, se dejó caer en la silla. Lo hizo con languidez, a la vez que metía la mano en un bolsillo de la gabardina negra y sacaba un paquete de cigarrillos. Se colocó uno entre los labios y encendió un mechero transparente de gas, pero detuvo la llama a unos centímetros del pitillo.

—Oh —dijo la joven con expresión sonriente—. Qué maleducada soy. ¿Te apetece fumar, Ricky?

El psicoanalista negó con la cabeza.

—Claro que no —prosiguió ella sin dejar de sonreír—. ¿Cuándo fue que lo dejaste? ¿Hace quince años? ¿Veinte? De hecho, Ricky, creo que fue en 1977, si el señor R no me ha informado mal. Había que ser valiente para dejar de fumar, Ricky. En esa época mucha gente encendía el cigarrillo sin pensar en lo que hacía, porque, aunque las tabacaleras lo negaban, la gente sabía que era malo para la salud. Te mataba, era cierto. Así que la gente prefería no pensar en ello. La táctica del avestruz aplicada a la salud: mete la cabeza en un agujero e ignora lo evidente. Además, pasaban tantas otras cosas por aquel entonces. Guerras, disturbios, escándalos. Según me dicen, fueron unos años maravillosos de vivir. Pero Ricky, el joven doctor en ciernes, logró dejar de fumar cuando era un hábito popularísimo y estaba lejos de ser considerado socialmente inaceptable como ahora. Eso me dice algo.

La joven encendió el cigarrillo, dio una larga calada y dejó escapar parsimoniosamente el humo.

—¿Un cenicero? —pidió.

Ricky abrió un cajón del escritorio y sacó el que guardaba allí. Lo puso en el borde del escritorio. La joven apagó el cigarrillo de inmediato.

—Listos —dijo—. Sólo un ligero olor acre a humo para recordarnos esa época.

—¿Por qué es importante recordar esa época? —preguntó Ricky tras un momento.

La joven entornó los ojos, echó la cabeza atrás y soltó una larga carcajada. Fue un sonido discordante, fuera de lugar, como una risotada en una iglesia o un clavicémbalo en un aeropuerto. Cuando su risa se desvaneció, dirigió una mirada penetrante a Ricky.

—Es importante recordarlo todo. Todo lo de esta visita, Ricky. ¿No es eso cierto para todos los pacientes? No sabes qué dirán o cuándo dirán lo que te abrirá su mundo, ¿verdad? De modo que tienes que estar alerta todo el rato. Porque nunca sabes con exactitud cuándo podría abrirse la puerta que te revele los secretos ocultos. Así que debes estar siempre preparado y receptivo. Atento. Siempre pendiente de la palabra o la historia que se escapa y te descubre muchas cosas, ¿no? ¿No es ésta una buena evaluación del proceso?

Ricky asintió.

—Muy bien —soltó la joven con brusquedad—. ¿Por qué deberías pensar que esta visita es distinta de las demás? Aunque resulta evidente que lo es.

De nuevo, él permaneció callado unos segundos, contemplando a la joven con la intención de desconcertarla. Pero parecía extrañamente fría y serena, y el silencio, que sabía que a menudo es el sonido más inquietante de todos, no parecía afectarla. Por fin, habló en voz baja.

—Estoy en desventaja. Parece saber mucho sobre mí y, como mínimo, un poco de lo que pasa aquí, en esta consulta, y yo ni siquiera conozco su nombre. Me gustaría saber a qué se refiere cuando dice que el señor Zimmerman ha terminado su tratamiento, porque el señor Zimmerman no me ha dicho nada. Y me gustaría saber cuál es su conexión con el individuo al que usted llama señor R y que supongo es la misma persona que me mandó la carta amenazadora firmada a nombre de Rumplestiltskin. Quiero que conteste a estas preguntas de inmediato. Si no, llamaré a la policía.

La joven volvió a sonreír. Nada nerviosa.

—¿Vamos a lo práctico?

—Respuestas —la urgió él.

—¿No es eso lo que buscamos todos, Ricky? ¿Todos los que cruzan la puerta de esta consulta? ¿Respuestas?

Él alargó la mano hacia el teléfono.

—¿No imaginas que, a su manera, eso es también lo que quiere el señor R? Respuestas a preguntas que lo han atormentado durante años. Vamos, Ricky. ¿No estás de acuerdo en que hasta la venganza más terrible empieza con una simple pregunta?

Ricky pensó que ésa era una idea fascinante. Pero el interés de la observación se vio superado por la creciente irritación que le despertaba la actitud de la joven. Sólo mostraba arrogancia y seguridad. Puso la mano en el auricular. No sabía qué otra cosa hacer.

—Conteste mis preguntas enseguida, por favor —dijo—. De lo contrario llamaré a la policía y dejaré que ella se encargue de todo.

—¿No tienes espíritu deportivo, Ricky? ¿No te interesa participar en el juego?

—No veo qué clase de juego implica enviar pornografía asquerosa y amenazadora a una chica impresionable. Ni tampoco qué tiene de juego pedirme que me suicide.

—Pero, Ricky —sonrió la mujer—, ¿no sería ése el mayor juego de todos? ¿Superar a la muerte?

Eso detuvo la mano de Ricky, aún sobre el teléfono. La joven le señaló la mano.

—Puedes ganar, Ricky. Pero no si descuelgas ese teléfono y llamas a la policía. Entonces alguien, en algún sitio, perderá. La promesa está hecha y te aseguro que se cumplirá. El señor R es un hombre de palabra. Y cuando ese alguien pierda, tú también perderás. Estamos sólo en el primer día, Ricky. Rendirte ahora sería como aceptar la derrota antes del saque inicial. Antes de haber tenido tiempo de pasar siquiera del medio campo.

Ricky apartó la mano.

—¿Su nombre? —preguntó.

—Por hoy y con objeto del juego, llámame Virgil. Todo poeta necesita un guía.

—Virgil es nombre de hombre.

La mujer se encogió de hombros.

—Tengo una amiga que responde al nombre de Rikki. ¿Tiene eso alguna importancia?

—No. ¿Y su relación con Rumplestiltskin?

—Es mi jefe. Es muy rico y puede contratar todo tipo de ayuda. Cualquier clase de ayuda que quiera. Para lograr cualquier medio y fin que prevea para cualquier plan que tenga en mente. Ahora está concentrado en ti.

—Así pues, imagino que si es su jefe, usted tiene su nombre, una dirección, una identidad que podría darme y terminar con esta locura de una vez por todas.

—Lo siento pero no, Ricky —dijo Virgil sacudiendo la cabeza—. El señor R no es tan ingenuo como para revelar su identidad a meros *factotums* como yo. Y, aunque pudiera ayudarte, no lo haría. No sería deportivo. Imagina que cuando el poeta y su guía vieron el cartel que ponía «Abandonad, los que aquí entráis, toda esperanza», Virgil se hubiera encogido de hombros y contestado: «¡Joder! Nadie querría entrar ahí...» Eso habría arruinado el libro. No puedes escribir una epopeya cuyo héroe se dé la vuelta ante las puertas del infierno, ¿no crees, Ricky? No. Tienes que cruzar esa entrada.

—Entonces ¿por qué ha venido?

—Ya te lo dije. Creyó que podías dudar sobre su since-ridad, aunque esa jovencita con el papá aburrido y previsi-ble de Deerfield cuyas emociones adolescentes se alteraron con tanta facilidad debería de haberte bastado como mensa-je. Pero las dudas siembran vacilación y sólo te quedan dos semanas para jugar, lo que es poco tiempo. De ahí que te haya enviado un guía de fiar para que arranques. Yo.

—Muy bien —dijo Ricky—. Usted insiste con lo de un juego. Pero no es ningún juego para el señor Zimmerman. Lleva poco menos de un año de psicoanálisis, y su tratamien-to está en una fase importante. Usted y su jefe, el misterioso señor R, pueden joderme la vida si quieren. Eso es una cosa. Pero otra muy distinta es que involucren a mis pacientes. Eso supone cruzar un límite.

Virgil levantó una mano.

—Procura no sonar tan pomposo, Ricky —ronroneó.

Él la miró con dureza. Pero ella hizo caso omiso y, con un ligero gesto de la mano, añadió:

—Zimmerman fue elegido para formar parte del juego.

Ricky debió de parecer asombrado, porque Virgil pro-siguió.

—No demasiado contento al principio, según me han dicho, pero con un extraño entusiasmo después. Yo no par-ticipé en esa conversación, de modo que no puedo darte detalles. Mi función era otra. Sin embargo, te diré quién in-tervino. Una mujer de mediana edad y algo desfavorecida lla-mada Lu Anne, un nombre bonito y, sin duda, inusual y poco adecuado dada su precaria situación en este mundo. El caso, Ricky, es que cuando me vaya de aquí, te convendría hablar con Lu Anne. Quién sabe lo que podrías averiguar. Y estoy segura de que buscarás al señor Zimmerman para que te dé una explicación, pero también estoy segura de que no te será fácil encontrarlo. Como dije, el señor R es muy rico y está acostumbrado a salirse con la suya.

Ricky iba a pedirle que se explicara, pero Virgil se levantó.

—¿Te importa si me quito la gabardina? —preguntó con voz ronca.

—Como quiera —dijo Ricky con un gesto amplio de la mano; un movimiento que significaba aceptación.

Virgil sonrió de nuevo y se desabrochó despacio los botones delanteros y el cinturón. Después, con un movimiento brusco, dejó caer la prenda al suelo.

No llevaba nada debajo.

Se puso una mano en la cadera y ladeó el cuerpo provocativamente en su dirección. Se volvió y le dio la espalda un momento, para girar de nuevo y mirarlo de frente. Ricky asimiló la totalidad de su figura con una sola mirada. Sus ojos actuaron como una cámara fotográfica para captar los senos, el sexo y las largas piernas, y regresar, por fin, a los ojos de Virgil, que brillaban expectantes.

—¿Lo ves, Ricky? —musitó ella—. No eres tan viejo. ¿Notas cómo te hierve la sangre? Una ligera animación en la entrepierna, ¿no? Tengo una buena figura, ¿verdad? —Soltó una risita—. No hace falta que contestes. Conozco bien la reacción. La he visto antes, en muchos hombres.

Siguió mirándolo, como segura de que podía adivinar la dirección que seguiría la mirada de él.

—Siempre existe ese momento maravilloso, Ricky —comentó Virgil con una ancha sonrisa—, en que un hombre ve por primera vez el cuerpo de una mujer. Sobre todo el cuerpo de una mujer que no conoce. Una visión que es toda aventura. Su mirada cae en cascada, como el agua por un precipicio. Entonces, como pasa ahora contigo, que preferirías contemplar mi entrepierna, el contacto visual provoca algo de culpa. Es como si el hombre quisiera decir que todavía me ve como una persona mirándome a la cara pero, en realidad, está pensando como una bestia, por muy educado y sofisticado que finja ser. ¿No es acaso lo que está pasando ahora?

Él no contestó. Hacía años que no estaba en presencia de una mujer desnuda, y eso parecía generar una convulsión en su interior. Le retumbaban los oídos con cada palabra de Virgil, y era consciente de que se sentía acalorado, como si la elevada temperatura exterior hubiese irrumpido en la consulta.

Virgil siguió sonriéndole. Se dio la vuelta una segunda vez para exhibirse de nuevo. Posó, primero en una posición y luego en otra, como la modelo de un artista que trata de encontrar la postura correcta. Cada movimiento de su cuerpo parecía aumentar la temperatura de la habitación unos grados más. Finalmente, se agachó despacio para recoger la gabardina negra del suelo. La sostuvo un segundo, como si le costara volver a ponérsela. Pero enseguida, con un movimiento rápido, metió los brazos por las mangas y empezó a abrochársela. Cuando su figura desnuda desapareció, Ricky se sintió arrancado de algún tipo de trance hipnótico o, por lo menos, como creía que debía sentirse un paciente al despertar de una anestesia. Empezó a hablar, pero Virgil levantó una mano.

—Lo siento, Ricky —le interrumpió—. La sesión ha terminado por hoy. Te he dado mucha información y ahora te toca actuar. No es algo que se te dé bien, ¿verdad? Lo que tú haces es escuchar. Y después nada. Bueno, esos tiempos se han acabado, Ricky. Ahora tendrás que salir al mundo y hacer algo. De otro modo... Será mejor que no pensemos en eso. Cuando el guía te señala, tienes que seguir el camino. Que no te pillen de brazos cruzados. Manos a la obra y todo eso. Ya sabes, al que madruga Dios le ayuda. Es un consejo buenísimo. Síguelo.

Se dirigió con rapidez a la puerta.

—Espera —dijo Ricky impulsivamente—. ¿Volverás?

—Quién sabe —contestó Virgil con una sonrisita—. Puede que de vez en cuando. Veremos cómo te va. —Abrió la puerta y se marchó.

Escuchó un momento el taconeo de sus zapatos en el pasillo. Luego, se levantó de un brinco y corrió hacia la puerta. La abrió, pero Virgil ya no estaba en el pasillo. Se quedó ahí un instante y volvió a entrar en la consulta. Se acercó a la ventana y miró fuera, justo a tiempo de ver cómo la joven salía por el portal del edificio. Una limusina negra se acercó a la entrada y Virgil subió en ella. El coche se alejó calle abajo, de forma demasiado repentina para que Ricky pudiese haber visto la matrícula o cualquier otra característica de haber sido lo bastante organizado e inteligente como para pensar en ello.

A veces, frente a las playas de Cape Cod, en Wellfleet, cerca de su casa de veraneo, se forman unas fuertes corrientes de retorno superficial que pueden ser peligrosas y, en ocasiones, mortales. Se crean debido a la fuerza del océano al golpear la costa, que acaba por excavar una especie de surco bajo las olas en la restinga que protege la playa. Cuando el espacio se abre, el agua entrante encuentra de repente un nuevo lugar para regresar al mar y circula por este canal subacuático. Entonces, en la superficie se produce la corriente de retorno. Cuando alguien queda atrapado en esta corriente, hay un par de cosas que debe hacer y que convierten la experiencia en algo perturbador, quizás aterrador y sin duda agotador, pero más que nada molesto. Si no las hace, lo más probable es que muera. Como la corriente de retorno superficial es estrecha, no hay que luchar nunca contra ella. Hay que limitarse a nadar paralelo a la costa, y en unos segundos el tirón violento de la corriente se suaviza y lo deja a uno a poca distancia de la playa. De hecho, las corrientes de retorno superficial suelen ser también cortas, de modo que uno se puede dejar llevar por ellas y cuando el tirón disminuye situarse en el lugar adecuado y nadar de vuelta a la playa. Ricky sabía que se trataba de unas instrucciones sencillísimas que, comentadas en un cóctel en tierra firme, o incluso en la arena caliente a la orilla del mar, hacen que salir de una corriente de retorno superficial no parezca más difícil que sacudirse una pulga de mar de la piel.

La realidad, por supuesto, es mucho más complicada. Ser arrastrado inexorablemente hacia el océano, lejos de la seguridad de la playa, provoca pánico al instante. Estar atrapado por una fuerza muy superior es aterrador. El miedo y el mar son una combinación letal. El terror y el agotamiento ganan al bañista. Ricky recordaba haber leído en el *Cape Cod Ti-*

mes por lo menos un caso cada verano de alguien ahogado, a escasos metros de la costa y la seguridad.

Intentó controlar sus emociones, porque se sentía atrapado en una corriente de retorno superficial.

Inspiró hondo y luchó contra la sensación de que lo arrastraban hacia un lugar oscuro y peligroso. En cuanto la limusina que llevaba a Virgil hubo desaparecido de su vista, encontró el teléfono de Zimmerman en la primera página de su agenda, donde lo había anotado y después olvidado, ya que nunca se había visto obligado a llamarlo. Marcó el número pero no obtuvo respuesta. Ni Zimmerman. Ni su madre sobreprotectora. Ni un contestador ni servicio automático. Sólo un tono de llamada reiterado y frustrante.

En ese momento de confusión decidió que debía hablar directamente con Zimmerman. Aunque Rumplestiltskin lo hubiera sobornado de algún modo para que abandonara el tratamiento, quizá lograse arrojar algo de luz sobre la identidad de su torturador. Zimmerman era un hombre amargado pero incapaz de callarse nada. Ricky colgó con brusquedad el auricular y agarró la chaqueta. En unos segundos estaba fuera.

Las calles de la ciudad seguían llenas de luz diurna, aunque ya era el atardecer. El resto del tráfico de la hora punta atascaba aún la calzada, aunque la multitud de peatones que saturaba las aceras se había reducido un poco. Nueva York, como toda gran ciudad, aunque presumiera de veinticuatro horas de vida al día, seguía los mismos ritmos que cualquier otro sitio: energía por la mañana, determinación a mediodía, apetito por la noche. No prestó atención a los restaurantes abarrotados, aunque más de una vez percibió un olor apetitoso al pasar por delante de alguno. Pero en ese momento el apetito de Ricky Starks era de otro tipo.

Hizo algo que no hacía casi nunca. En lugar de tomar un taxi, se dispuso a cruzar Central Park a pie. Pensó que el tiempo y el ejercicio le ayudarían a dominar sus emociones, a controlar lo que le estaba pasando. Pero, a pesar de su formación y de sus cacareados poderes de concentración, le costaba recordar lo que Virgil le había dicho, aunque no tenía dificultad en evocar hasta el último matiz de su cuerpo, desde su sonrisa juguetona hasta la curva de sus senos o la forma de su sexo.

El calor del día se había prolongado al anochecer. Al cabo de pocos metros, notó que el sudor se le acumulaba en el cuello y las axilas. Se aflojó la corbata, se quitó la chaqueta y se la echó al hombro, lo que le daba un aspecto desenvuelto que contradecía lo que sentía. El parque todavía estaba lleno de gente que hacía ejercicio y más de una vez se hizo a un lado para dejar pasar a un grupo de corredores. Vio gente disciplinada que paseaba al perro en las zonas habilitadas para ello y pasó junto a varios partidos de béisbol en campos dispuestos de tal modo que los perímetros se tocaban. A menudo, un jugador exterior derecho estaba más o menos junto al exterior izquierdo de otro partido. Parecía existir una extraña etiqueta urbana para este espacio compartido, de modo que cada jugador concentraba la atención en su propio partido sin inmiscuirse en el otro. De vez en cuando, una pelota bateada invadía el terreno del otro campo, y los jugadores encajaban diligentemente esa interrupción antes de seguir con el suyo. Ricky pensó que la vida rara vez era tan sencilla y tan armoniosa.

«Normalmente, nos estorbamos los unos a los otros», pensó.

Tardó otro cuarto de hora de paseo a buen ritmo en llegar a la manzana de la casa de Zimmerman. Para entonces estaba sudado de verdad, y deseaba llevar unas zapatillas de deporte viejas en lugar de aquellos mocasines de piel que parecían irle pequeños y amenazaban con provocarle llagas. Tenía empapada la camiseta y manchada la camisa azul, el cabello apelmazado y pegado a la frente. Se detuvo frente al escaparate de una tienda para comprobar su aspecto y, en lugar del médico disciplinado y sereno que saludaba a sus pacientes con el rostro inexpresivo a la puerta de su consulta, vio a un hombre desaliñado y ansioso, perdido en un mar de indecisión. Parecía agobiado y acaso un poco asustado. Dedicó unos instantes a recobrar la compostura.

Nunca antes, en sus casi tres décadas de profesión, había roto la relación rígida y formal entre paciente y analista. Jamás había imaginado que iría a casa de un paciente a ver cómo estaba. Por muy desesperado que pudiese sentirse el paciente, era éste quien se desplazaba con su depresión hacia la consulta. Él quien se acercaba a Ricky. Si estaba angustiado y abrumado, lo llamaba y pedía hora. Eso formaba parte del proceso de mejora. Por difícil que les resultara a algunas personas, por mucho que sus emociones las incapacitaran, el mero acto físico de ir a su consulta era un paso fundamental. Verse fuera de la consulta era algo totalmente excepcional. A veces, las barreras artificiales y las distancias que creaba la relación entre paciente y médico parecían crueles, pero gracias a ellas se llegaba a la percepción.

Vaciló en la esquina, a media manzana del piso de Zimmerman, un poco sorprendido de estar ahí. Que su vacilación se diferenciara poco de las veces en que Zimmerman caminaba arriba y abajo frente a su edificio le pasó inadvertido.

Dio dos o tres pasos y se detuvo. Sacudió la cabeza y, en voz baja, masculló:

—No puedo hacerlo.

Una pareja joven que pasaba cerca debió de oír sus palabras, porque el chico dijo:

—Claro que puedes, tío. No es tan difícil.

La chica se echó a reír y simuló darle un golpecito como si lo reprendiera por ser tan ingenioso y maleducado a la vez. Siguieron adelante, hacia lo que les esperara esa noche, mientras que Ricky seguía parado, balanceándose como un bote amarrado, incapaz de desplazarse, pero aun así zarandeado por el viento y las corrientes.

Recordó las palabras de Virgil: Zimmerman había decidido dejar el tratamiento a las dos y treinta y siete de esa tarde en una parada de metro cercana.

No tenía sentido.

Miró hacia atrás y vio una cabina telefónica en la esquina. Se acercó, introdujo una moneda y marcó el número de

Zimmerman. De nuevo el teléfono sonó una docena de veces sin que nadie contestara.

Esta vez, sin embargo, Ricky se sintió aliviado. La ausencia de respuesta en casa de Zimmerman parecía eximirlo de la necesidad de llamar a su puerta, aunque le sorprendía que la madre no contestara. Según su hijo, se pasaba casi todo el día postrada en cama, incapacitada y enferma, salvo para sus inagotables exigencias y comentarios denigrantes que soltaba sin cesar.

Colgó y retrocedió. Echó un largo vistazo al edificio donde vivía Zimmerman y sacudió la cabeza. «Tienes que controlar esta situación», se dijo.

La carta amenazadora, el acoso a la hija de su sobrino y la aparición de aquella despampanante mujer en su consulta habían alterado su equilibrio. Necesitaba reimplantar el orden en los acontecimientos y trazarse un camino a seguir para salir del juego en que estaba atrapado. Lo que no debía hacer era malograr casi un año de análisis con Roger Zimmerman por estar asustado y actuando con precipitación.

Decirse estas cosas lo tranquilizó. Se dio media vuelta, decidido a regresar a su casa y hacer las maletas para irse de vacaciones.

Sin embargo, vio la entrada de la parada de metro de la calle Noventa y dos. Como muchas otras, consistía en unas simples escaleras que se hundían en la tierra, con un discreto rótulo de letras amarillas arriba. Avanzó en esa dirección, se detuvo un momento en lo alto de las escaleras y bajó, impulsado de repente por una sensación de error y de miedo, como si algo estuviera saliendo despacio de la niebla y volviéndose nítido. Sus pasos resonaron en los peldaños. La luz artificial zumbaba y se reflejaba en las baldosas de la pared. Un tren distante gruñó en un túnel. Lo asaltó un olor rancio, como al abrir un armario que lleva años cerrado, seguido de una sensación de moderado calor, como si las temperaturas del día hubiesen calentado la parada y ésta recién empezara a enfriarse. En ese momento había poca gente en la estación, y en la taquilla vio a una mujer negra. Esperó un momento hasta que no la atosigara nadie pidiéndole cambio y se acercó. Se inclinó hacia la rejilla plateada para hablar a través del cristal.

—Perdone —dijo.

—¿Quiere cambio? ¿Direcciones? En aquella pared de allí tiene los planos.

—No es eso. Me gustaría saber algo. Sé que suena extraño pero...

—¿Qué es lo que quiere?

—Bueno, me gustaría saber si hoy ocurrió algo aquí. Esta tarde...

—Para eso tendrá que hablar con la policía —afirmó la mujer con energía—. Ocurrió antes de mi turno.

—Pero ¿qué...?

—Yo no estaba. No vi nada.

—Pero ¿qué pasó?

—Un hombre se lanzó a las vías. O se cayó, no lo sé. La policía vino y se fue antes de que empezara mi turno. Lo limpiaron todo y se llevaron a un par de testigos. Eso es todo lo que sé.

—¿Qué policía?

—La comisaría de la Noventa y seis con Broadway. Hable con ellos. Yo no tengo detalles.

Ricky retrocedió con un nudo en el estómago. La cabeza le daba vueltas y sentía náuseas. Necesitaba aire y ahí dentro no lo había. Un tren inundó la estación con un chirrido insoportable, como si reducir la velocidad para parar fuera una tortura. El sonido lo taladró y lo sacudió como si le dieran puñetazos.

—¿Se encuentra bien? —gritó la mujer de la taquilla por encima del estrépito—. Parece enfermo.

Él asintió y susurró una respuesta que la mujer no pudo oír. Y, como un borracho que intenta conducir un coche por una carretera sinuosa, zigzagueó hacia la salida.

5

A Ricky le resultaba desconocido todo lo referente al mundo en que se sumió esa noche.

Las imágenes, los sonidos y los olores de la comisaría de la Noventa y seis con Broadway constituían una ventana a la ciudad a la que él nunca se había asomado y de cuya existencia sólo era vagamente consciente. Nada más entrar se notaba un ligero hedor a orina y vómito que pugnaba con otro más potente a desinfectante, como si alguien hubiese devuelto copiosamente y la posterior limpieza se hubiera hecho sin cuidado y con prisas. La acritud le hizo vacilar, lo suficiente para verse asaltado por una algarabía insólita, mezcla de lo rutinario y lo surrealista. Un hombre gritaba palabras ininteligibles desde alguna área de detención fuera de la vista, palabras que parecían reverberar incongruentemente en el vestíbulo, donde una mujer hecha un basilisco sostenía a un niño lloroso frente al ancho mostrador de madera del sargento de guardia a la vez que le soltaba imprecaciones en un español graneado. A su lado pasaban policías con la camisa azul empapada de sudor, y sus pistoleras de cuero hacían un extraño contrapunto al crujido de sus relucientes zapatos negros. Un teléfono sonó en alguna parte, pero nadie contestó. Había idas y venidas, risas y lágrimas, todo ello salpicado de juramentos de agentes bruscos o de los visitantes esporádicos, algunos de ellos esposados, que eran conducidos bajo los fluorescentes implacables de la recepción.

Ricky cruzó la puerta, confundido por todo lo que veía

y oía, nada seguro de lo que debía hacer. Un policía le rozó al pasar veloz a su lado mientras decía «Cuidado, que paso», lo que le hizo apartarse de golpe, como si hubieran tirado de él con una cuerda.

La mujer del mostrador levantó un puño y lo blandió ante el sargento de guardia con un torrente final de palabras que fluyeron como una sólida muralla de improperios y, tras dar al niño una sacudida para que se volviera, se giró con el entrecejo fruncido y, al salir, empujó a Ricky como si fuera tan insignificante como una cucaracha. Ricky se recompuso y se acercó al sargento. Alguien había grabado a escondidas *JODT* en la madera del mostrador, una opinión que, al parecer, nadie se había molestado en borrar.

—Disculpe —empezó Ricky, pero fue interrumpido.

—Nadie pide disculpas realmente. Lo dicen, pero nunca es de verdad. Pero, qué caray, yo escucho a todo el mundo. Así que, ¿por qué pide disculpas?

—No me ha entendido bien. Lo que quería decir es...

—Nadie dice lo que quiere decir. Eso es algo importante que te enseña la vida. Todo iría mejor si más gente lo aprendiera.

El sargento debía de tener cuarenta y pocos años y exhibía una sonrisa indiferente que parecía indicar que, llegado a este punto de su vida, ya había visto todo lo que valía la pena ver. Era un hombre fornido, de cuello ancho, de culturista, y un cabello negro y lacio que llevaba peinado hacia atrás. El mostrador estaba lleno de formularios e informes de incidentes, dispuestos, al parecer, sin orden ni concierto. De vez en cuando, agarraba un par y los grapaba con un puñetazo que propinaba a la anticuada grapadora antes de lanzarlos a una bandeja metálica de rejilla.

—Si me lo permite, volveré a empezar —dijo finalmente Ricky con brusquedad.

El sargento sonrió de nuevo sacudiendo la cabeza.

—Nadie puede volver a empezar, por lo menos que yo sepa. Todos decimos que queremos encontrar una manera de empezar la vida de nuevo, pero las cosas no son así. Pero, qué caray, pruebe. Quizá sea el primero. A ver, ¿en qué puedo ayudarle?

—Hoy ha habido un incidente en la parada de metro de la calle Noventa y dos. Un hombre se cayó...

—Saltó, he oído. ¿Es usted un testigo?

—No. Pero conocía a ese hombre, creo. Era su médico. Necesito información...

—Médico, ¿eh? ¿Qué clase de médico?

—Seguía un tratamiento psicoanalítico conmigo.

—¿Es psiquiatra?

Ricky asintió.

—Un trabajo interesante —comentó el policía—. ¿Usa un diván de ésos?

—Exacto.

—¿De veras? ¿Y la gente todavía tiene cosas que contar? En mi caso, me parece que me echaría una siesta en cuanto recostara la cabeza. Un bostezo y me quedaría frito. Pero la gente habla mucho, ¿verdad?

—A veces.

—Genial. Bueno, hay uno que ya no hablará más. Será mejor que hable con quien lleva el caso. Cruce la puerta doble, siga el pasillo, la oficina queda a la izquierda. Se lo han dado al detective Riggins. O lo que quedaba de él después de que el expreso de la Octava Avenida pasara por la estación de la calle Noventa y dos a casi cien kilómetros por hora. Si quiere detalles, ahí se los darán. Hable con Riggins.

El policía señaló un par de puertas que daban a las entrañas de la comisaría. En ese momento, Ricky oyó cómo un sonido creciente surgía de algún lugar que parecía situado debajo y encima de ellos alternativamente. El sargento sonrió.

—Ese tío me va a destrozar los nervios antes de que acabe mi turno —comentó, y se volvió para recoger un fajo de papeles y lo grapó, produciendo un ruido parecido a un disparo—. Si no se calla, lo más probable es que yo mismo precise un psiquiatra al final de la noche. Lo que usted necesita, doctor, es un diván portátil.

Se rió e hizo un movimiento con la mano para alejar a Ricky en la dirección correcta, y la brisa que levantó hizo vibrar los papeles.

A la izquierda había una puerta con el rótulo DETECTIVES. Ricky Starks la empujó para entrar en un despacho pequeño con mesas deprimentes de metal gris y la misma iluminación hiriente. Parpadeó un instante, como si el resplandor le escociera los ojos como agua salada. Un detective con camisa blanca y corbata roja sentado en la mesa más cercana lo miró.

—¿Qué quiere?

—¿Detective Riggins?

—No, no soy yo. —Sacudió la cabeza—. Está allí, hablando con el último testigo del hombre que se suicidó hoy.

Ricky miró al otro lado de la habitación y vio a una mujer de mediana edad con una camisa de hombre azul celeste y una corbata de seda a rayas con el nudo muy suelto, más como una soga alrededor del cuello que otra cosa, unos pantalones grises que parecían fundirse con la decoración y unas incongruentes zapatillas de deporte blancas con una banda naranja iridiscente. Llevaba el cabello rubio oscuro recogido con severidad en una coleta, lo que la hacía parecer un poco mayor de los treinta y cinco años que Ricky podría haberle dado. Tenía unas diminutas patas de gallo. La mujer estaba hablando con dos muchachos negros que vestían vaqueros exageradamente holgados y gorras colocadas en un ángulo extraño, como si se las hubieran pegado torcidas a la cabeza. Si Ricky hubiese estado un poco más al corriente de las cuestiones mundanas, habría reconocido la moda del momento, pero sólo pensó que su aspecto era extraño y un poco inquietante. Si se hubiese encontrado a ese par en la calle, sin duda se habría asustado.

El detective que estaba sentado frente a él le preguntó de golpe:

—¿Ha venido por el hombre que se suicidó hoy en el metro?

Ricky asintió. El hombre descolgó el teléfono y señaló unas sillas junto a una pared de la oficina. En una de ellas había una mujer desaliñada y sucia de edad indefinida, cuyo cabello plateado e hirsuto parecía explotarle en múltiples direcciones y que al parecer hablaba sola. La mujer llevaba un abrigo raído que no dejaba de ceñirse cada vez con más fuerza, y se balanceaba levemente en el asiento, como siguiendo el compás de la electricidad que le invadía el cuerpo. El diagnóstico de Ricky fue inmediato: indigente y esquizofrénica. No había atendido profesionalmente a nadie con su afección desde sus días de universidad, aunque a lo largo de los años se había cruzado con muchas personas parecidas que caminaban por las calles como casi cualquier otro neoyorquino. En los últimos años, el número de indigentes en la calle parecía haber disminuido, pero Ricky suponía que simplemente los habían enviado a otras ubicaciones en una maniobra política destinada a lograr que los turistas entusiastas y las personas acomodadas y adineradas que transitaban el centro de la ciudad no tuvieran que verlos con tanta frecuencia.

—Tome asiento al lado de Lu Anne —dijo el detective—. Informaré a Riggins de que está usted aquí.

Ricky se puso tenso al oír el nombre de la mujer. Inspiró hondo y se acercó a la hilera de sillas.

—¿Puedo sentarme aquí? —preguntó a la vez que señalaba la que estaba situada junto a la mujer. Ella levantó los ojos, algo sorprendida.

—El señor quiere saber si se puede sentar aquí. ¿Quién cree que soy yo? ¿La reina de las sillas? ¿Qué debería decirle? ¿Sí? ¿No? Puede sentarse donde quiera...

Lu Anne tenía unas uñas mugrientas y rotas, cicatrices y ampollas en las manos y, en una, un corte que parecía infectado, con la piel hinchada alrededor de una costra morada. Ricky pensó que debía de ser doloroso, pero no dijo nada. Lu Anne se frotó las manos como un cocinero que espolvorea un plato con sal.

Ricky se sentó en la silla. Se movió, como si tratara de ponerse cómodo, y preguntó:

—¿Así que usted estaba en el andén cuando ese hombre se cayó a la vía?

Lu Anne levantó la mirada hacia los fluorescentes y contempló el resplandor brillante e implacable.

—Así que el señor quiere saber si yo estaba ahí cuando el hombre saltó delante del tren —contestó después de estremecerse ligeramente—. No se imagina lo que yo vi, toda la sangre y la gente que gritaba, algo terrible. Y después llegó la policía.

—¿Usted vive en la estación de metro?

—El señor quiere saber si vivo ahí. Pues bien, debería decirle que a veces. A veces vivo ahí.

Lu Anne apartó por fin la mirada de los fluorescentes y, con un rápido parpadeo, pareció mover la cabeza como si viera fantasmas por la habitación. Pasado un momento, se volvió hacia Ricky.

—Lo vi —dijo—. ¿Estaba usted también ahí?

—No, pero conocía al hombre que murió.

—Oh, qué triste. —Lu Anne sacudió la cabeza—. Muy triste para usted. Algunos conocidos míos han muerto. Fue triste para mí entonces.

—Sí —respondió Ricky—, es muy triste. —Se obligó a sonreírle y ella le devolvió el gesto—. Dígame, Lu Anne, ¿qué vio?

La mujer tosió un par de veces, como para aclararse la garganta.

—El señor quiere saber qué vi —soltó mirando a Ricky—. Quiere saber sobre el hombre que murió y la mujer bonita.

—¿A qué mujer bonita se refiere? —preguntó Ricky intentando conservar la calma.

—El señor no sabe lo de la mujer bonita.

—No, no lo sé. Pero me interesa —aseguró para animarla.

Los ojos de Lu Anne se desviaron a lo lejos, como si se concentrara en algo más allá de su visión, como un espejismo, y habló con tono amable.

—El señor quiere saber lo de la mujer bonita que se me acerca justo después de que el hombre hiciera ¡zas! Y me habla muy bajito cuando me pregunta: «¿Lo has visto, Lu Anne? ¿Has visto cómo el hombre se lanzaba bajo el tren? ¿Has visto cómo se acercaba al borde cuando el tren iba a pasar? Era el expreso, claro, y no para, no, nunca para, tienes que tomar el metropolitano si quieres subirte a un tren. Y ¿has visto cómo se tiraba? ¡Terrible, terrible!» Ella me dice: «Lu Anne, ¿has visto cómo se suicidaba? Nadie lo empujó. Nadie en absoluto, Lu Anne. Tienes que estar totalmente segura de eso, Lu Anne. Nadie empujó al hombre. ¡Zas!, sólo se lanzó.» Eso me dice la mujer. Qué triste. Debía de tener muchas ganas de morirse de repente, ¡zas! Y entonces hay un hombre a su lado, al lado de la mujer bonita y me dice: «Lu Anne, tienes que contarle a la policía lo que has visto, decirle que viste que el hombre pasó entre los demás hombres y mujeres que había en el andén y saltó, ¡zas! Muerto.» Y la mujer bonita me dice: «Se lo dirás a la policía, Lu Anne. Es tu obligación como ciudadana contarles que viste saltar al hombre.» Y me da diez dólares. Diez dólares sólo para mí. Pero me lo hace prometer. Me dice: «Lu Anne, promete que irás a la policía y les contarás que viste al hombre saltar a la vía.» Y yo le digo: «Sí, lo prometo.» Y he venido a contárselo a la policía, tal como ella me dijo y como yo le prometí. ¿También le dio diez dólares a usted?

—No —musitó Ricky—. No me dio diez dólares.

—Oh, qué lástima —contestó Lu Anne meneando la cabeza—. Mala suerte.

—Sí. Es una lástima —coincidió Ricky—. Y mala suerte, también.

Levantó la mirada y vio que la detective cruzaba la oficina hacia ellos.

Parecía aún más agotada por los acontecimientos del día de lo que Ricky había supuesto antes, al verla al otro lado de la oficina. La detective Riggins se movía con una parsimonia que revelaba músculos doloridos, fatiga y un estado de ánimo socavado en parte por el calor del día y, sin duda, por pasarse la tarde tratando laboriosamente de recoger los restos del infortunado señor Zimmerman, y reconstruyendo después sus últimos momentos antes de lanzarse a las vías. Que lograra esbozar una leve sonrisa a modo de presentación le sorprendió.

—Hola —dijo—. Creo que está aquí por el señor Zimmerman. —Pero antes de que pudiera contestar, Riggins se volvió hacia Lu Anne y añadió—: Lu Anne, pediré a un agente que la lleve a pasar la noche al albergue de la calle Ciento dos. Gracias por venir. Ha sido de gran ayuda. Quédese en el albergue, ¿entendido? Por si necesito volver a hablar con usted.

—La señorita dice que me quede en el albergue pero no sabe que detestamos el albergue. Está lleno de gente mezquina y loca que te roba y te apuñala si se entera de que una mujer bonita te ha dado diez dólares.

—Me aseguraré de que nadie se entere y no correrá peligro. Por favor.

—Lo intentaré, detective —dijo Lu Anne, lo que contradecía la negación que hacía con la cabeza.

Riggins indicó la puerta, donde un par de agentes uniformados estaban esperando.

—Esos hombres la llevarán, ¿vale?

Lu Anne se levantó y sacudió la cabeza.

—El viaje en coche será divertido, Lu Anne. Si quiere, les pediré que pongan las luces y la sirena.

Eso hizo sonreír a Lu Anne, que asintió con entusiasmo infantil. La detective hizo señas a los policías de uniforme y dijo:

—Ponedle la alfombra roja a esta testigo. Luces y acción todo el trayecto, ¿de acuerdo?

Ambos agentes se encogieron de hombros, sonrientes. No tenían objeciones, siempre y cuando Lu Anne subiera y bajara del coche lo bastante rápido como para que su hedor a sudor y suciedad no se quedara impregnado en el interior.

Ricky observó que la mujer perturbada asentía y hablaba de nuevo consigo misma mientras se alejaba arrastrando los pies acompañada por los policías. Se volvió y vio que la detective Riggins también contemplaba su marcha.

—No está tan mal como otros —suspiró ella—. Y no se mueve demasiado. Siempre puedes encontrarla detrás del ultramarinos de la calle Noventa y siete, en la parada de metro donde estaba hoy o en la entrada al Riverside Park de la calle Noventa y seis. Desde luego está loca, pero no es desagradable, como otros. Me gustaría saber quién es realmente. ¿Cree que puede haber alguien en algún lugar preocupado por ella, doctor? ¿En Cincinnati o Minneapolis? Familia, amigos, parientes que se pregunten qué ha sido de su excéntrica tía o prima. A lo mejor es heredera de una fortuna del petróleo o ganadora de la lotería. Eso estaría bien, ¿verdad? Me gustaría saber qué le pasó para acabar así. Para que todas las sustancias químicas del cerebro le burbujeen descontroladas. Pero ése es su ámbito, no el mío.

—No soy demasiado partidario de las medicaciones —dijo Ricky—, a diferencia de algunos de mis colegas. Pero una esquizofrenia tan profunda como la suya necesita medicación. Lo que yo hago seguramente no ayudaría demasiado a Lu Anne.

Riggins le indicó su mesa, que tenía una silla dispuesta al lado. Cruzaron juntos la oficina.

—Usted se basa en hablar, ¿eh? La articulación de los problemas, ¿no? ¿Venga a hablar y hablar, y más hablar, y tarde o temprano todo se resuelve?

—Eso sería una simplificación excesiva, detective. Pero no imprecisa.

—Tengo una hermana que estuvo en terapia después de divorciarse. Le sirvió para enderezar su vida. Por otra parte, mi prima Marcie, que es una de esas personas que está siempre hundida, asistió a una durante tres años y acabó más jodida que antes de empezar.

—Lamento oír eso. Como en cualquier profesión, hay muchos grados de competencia. —Ambos se sentaron a la mesa—. Pero...

Riggins le interrumpió.

—Dijo que era el terapeuta del señor Zimmerman. ¿Correcto? —Sacó un bloc y un lápiz.

—Sí. Se psicoanalizó durante un año. Pero...

—¿Y detectó alguna tendencia suicida agudizada el último par de semanas?

—No. En absoluto —aseguró Ricky.

—¿De veras? —La mujer arqueó las cejas con leve sorpresa—. ¿Nunca?

—Así es. De hecho...

—Entonces ¿estaba haciendo progresos con su análisis? Ricky vaciló.

—¿Y bien? —le urgió ella—. ¿Estaba mejorando? ¿Logrando el control? ¿Se sentía más seguro? ¿Más preparado para enfrentarse al mundo? ¿Menos deprimido? ¿Menos enfadado?

De nuevo, Ricky dudó antes de responder.

—Diría que no había hecho lo que usted o yo consideraríamos un gran avance. Seguía luchando con los temas que lo atormentaban.

Riggins sonrió cansinamente. Sus palabras sonaron tensas:

—Así que, después de cerca de un año de tratamiento casi constante, cincuenta minutos al día, cinco días a la semana, pongamos cuarenta y ocho semanas al año, ¿podría decirse que seguía deprimido y frustrado?

Ricky se mordió el labio un instante y luego asintió.

Riggins hizo una anotación en el bloc. Ricky no pudo ver qué escribía.

—¿Sería «desesperación» una palabra demasiado fuerte para describir su estado?

—Sí —respondió Ricky, irritado.

—¿Aunque ésa sea la primera palabra que usó su madre, con quien vivía? ¿Y la misma que dijeron sus compañeros de trabajo?

—Sí —insistió Ricky.

—Así pues, ¿no cree que fuera suicida?

—Ya se lo dije, detective. No presentaba ninguna sintomatología clásica. De lo contrario yo habría adoptado medidas...

—¿Qué clase de medidas?

—Habría intentado concentrar de modo más específico las sesiones. Tal vez medicación, si hubiese creído que el peligro era real...

—¿No me ha dicho que no le gusta recetar pastillas?

—Ya, pero...

—¿No se va de vacaciones muy pronto?

—Sí. Mañana, por lo menos eso tengo previsto, pero ¿qué tiene eso que...?

—Así pues, a partir de mañana su cabo de salvamento terapéutico se iba de vacaciones.

—Sí, pero no alcanzo a ver...

—Palabras interesantes para que las diga un psiquiatra —sonrió la detective.

—¿Qué palabras? —preguntó Ricky, levemente exasperado.

—«No alcanzo a ver...» —repitió ella—. ¿No se acerca mucho eso a lo que se llama desliz freudiano?

—No.

—¿No cree que se suicidara?

—No. Sólo...

—¿Se había suicidado antes algún paciente suyo?

—Sí, por desgracia. Pero en ese caso los signos eran claros. Mis esfuerzos, sin embargo, no fueron suficientes para aliviar la profunda depresión de ese paciente.

—¿Ese fracaso le persiguió algún tiempo, doctor?

—Sí —contestó Ricky con frialdad.

—Sería malo para su consulta y muy malo para su reputación que otro de sus pacientes habituales decidiera tener un cara a cara con el expreso de la Octava Avenida, ¿verdad?

Ricky se recostó en la silla con el entrecejo fruncido.

—No me gusta lo que insinúa con esa pregunta, detective.

—Bueno, sigamos adelante. —Riggins sonrió y meneó la cabeza—. Si no cree que se suicidara, la alternativa es que alguien lo empujó. ¿Le habló alguna vez el señor Zimmerman de alguien que lo odiara, o que le guardara rencor, o que pudiera tener algún motivo para matarlo? Hablaba con usted cada día, de modo que cabe suponer que, si lo hubiera amenazado algún desconocido, se lo habría mencionado. ¿Lo hizo?

—No. Jamás mencionó a nadie que encajara en las categorías que usted menciona.

—¿No dijo nunca: «Fulano de tal quiere verme muerto...?»

—No.

—¿Y lo recordaría si lo hubiese dicho?

—Por supuesto.

—De acuerdo. En principio, al parecer nadie intentaba acabar con él. Pero y ¿un socio? ¿Una antigua amante? ¿Un marido cornudo? Usted cree que alguien pudo empujarle a la vía del tren. Pero ¿por qué? ¿Por simple diversión? ¿Alguna otra razón misteriosa?

Ricky vaciló. Era su oportunidad de contar a la policía lo de la carta, la visita de Virgil, el juego en que se le exigía participar. Lo único que tenía que hacer era decir que se había cometido un crimen y que Zimmerman era una víctima de un acto que no tenía nada que ver con él salvo su muerte. Empezó a abrir la boca para revelar todos estos detalles, para dejarlos fluir con libertad, pero lo que vio fue una detective aburrida y cansada que deseaba acabar una jornada absolutamente desagradable con un formulario mecanografiado que no disponía de ninguna casilla para la información que iba a proporcionarle.

En ese instante decidió abstenerse. Era su personalidad de psicoanalista, que no le dejaba compartir especulaciones u opiniones con facilidad.

—Quizá —dijo—. ¿Qué sabe de esa otra mujer, la que dio diez dólares a Lu Anne?

Riggins arrugó el entrecejo al parecer confusa.

—¿Qué pasa con ella?

—¿No le resulta sospechoso su comportamiento? ¿No parece que haya puesto palabras en la boca de Lu Anne?

—No lo sé —contestó la detective encogiéndose de hombros—. Una mujer y un hombre ven que uno de los ciudadanos menos afortunados de nuestra gran ciudad podría ser un testigo importante de un hecho y se aseguran de que el pobre testigo reciba alguna compensación por ofrecer su ayuda a la policía. Sería más civismo que algo sospechoso, porque Lu Anne se ha presentado y nos ha ayudado gracias, por lo menos en parte, a la intervención de esa pareja.

—¿Ha averiguado quiénes eran? —quiso saber Ricky tras dudar un momento.

—Lo siento. —La mujer movió la cabeza—. Llevaron a Lu Anne a uno de los primeros policías en llegar al andén y se marcharon después de informarle de que ellos no habían visto qué había pasado exactamente. Y no, no tengo el nombre de ninguno de los dos porque no eran testigos. ¿Por qué lo pregunta?

Ricky no sabía si quería contestar esa pregunta. En parte, pensaba que debería contarlo todo, pero ignoraba lo peligroso que eso podía ser. Intentaba calcular, adivinar, valorar y examinar, pero de repente le pareció como si todos los acontecimientos que lo rodeaban fueran borrosos e indescifrables, confusos y escurridizos. Sacudió la cabeza, como si así pudiera lograr que sus emociones adquirieran alguna definición.

—Dudo mucho que el señor Zimmerman quisiera suicidarse. Su estado no parecía tan grave —aseguró Ricky—. Anote eso, detective, y póngalo en su informe.

Riggins se encogió de hombros y sonrió con una fatiga mal disimulada y teñida de sarcasmo.

—Lo haré, doctor. Su opinión, en la medida de lo que vale, está anotada para que conste.

—¿Hubo algún otro testigo? ¿Alguien que quizá viera a Zimmerman separarse de la multitud en el andén? ¿Alguien que lo viera moverse sin ser empujado?

—Sólo Lu Anne, doctor. Los demás sólo vieron parte del hecho. Nadie vio que no lo empujaran. Dos chicos vieron que estaba solo, separado del resto de la gente que esperaba el metro. El perfil de los hechos, por cierto, es bastante habitual en este tipo de casos. La gente suele tener la mirada fija en el túnel por donde llegará el tren. Es típico que quienes se lanzan a la vía se sitúen detrás de la gente, no delante. Quieren acabar con su vida por los motivos que sea, no dar un espectáculo a la multitud del andén. Así que noventa y nueve de cada cien veces, se separan de la gente, hacia atrás. Tal como el señor Zimmerman hizo. —La detective sonrió y prosiguió—: Apuesto lo que quiera a que encontraré una nota entre sus pertenencias, en alguna parte. O puede que usted reciba una carta por correo esta semana. Si es así, mándeme una copia para mi informe. Claro que, como se va de vacaciones, a lo mejor no la recibe hasta su regreso. Aun así, resultaría útil.

Ricky quería replicar, pero contuvo el enojo que sentía.

—¿Podría darme su tarjeta, detective? Por si necesitara ponerme en contacto con usted —pidió con frialdad.

—Por supuesto. Llámeme cuando quiera —contestó con un tono despectivo que daba a entender justo lo contrario. Le entregó una tarjeta con una leve floritura.

Ricky se la guardó en el bolsillo sin mirarla y se levantó para marcharse. Cruzó deprisa la oficina y no miró atrás hasta cruzar la puerta. Entonces vio a la detective Riggins encorvada sobre una máquina de escribir anticuada, empezando su informe sobre la muerte al parecer intrascendente de Roger Zimmerman.

6

Ricky Starks cerró de un golpe la puerta de su casa al
entrar. El ruido retumbó en sus oídos y resonó en el rellano
vacío y poco iluminado de la escalera. Giró la llave en el doble cerrojo de la puerta principal que tan pocas veces usaba.
Movió el picaporte para asegurarse. Después, inseguro de
que bastara con los cerrojos, atrancó una silla contra la puerta a modo de anticuado refuerzo. Le costó refrenarse para no
amontonar también el escritorio, cajas, estanterías, todo lo
que tuviera a mano, contra la puerta para atrincherarse dentro. El sudor le escocía los ojos y, aunque el aire acondicionado zumbaba afanoso fuera de la ventana de la consulta,
sentía oleadas repentinas de calor. Un soldado, un policía, un
piloto, un montañista, cualquiera versado en las diversas ver-
tientes del peligro, las habría reconocido como lo que eran:
ataques de pánico. Pero Ricky se había pasado tantos años
apartado de todos esos extremos que desconocía hasta los
signos más evidentes.

Se alejó de la puerta y contempló su casa. Una tenue luz
sobre la puerta proyectaba unas extrañas sombras en los rin-
cones de la sala de espera. Oyó el aire acondicionado y, más
allá, los ruidos apagados de la calle, pero aparte de eso, sólo
un silencio agobiante.

La puerta de la consulta estaba abierta. De pronto tuvo
la sensación de que, cuando había dejado el refugio de su hogar esa tarde minutos después de la visita de Virgil, había
cerrado esa puerta tras él, como era su costumbre. La apren-

sión le carcomió y lo llenó de dudas. Contempló la puerta abierta mientras trataba de recordar con desesperación sus pasos exactos al irse.

Se vio poniéndose la corbata y la chaqueta, inclinándose para anudarse los cordones de los zapatos, dándose unas palmaditas en los bolsillos para comprobar que llevaba la cartera y las llaves. Se vio cruzando el piso y saliendo por la puerta principal, esperando a que bajara el ascensor del tercer piso, saliendo a la calle, donde el bochorno seguía. Todo esto estaba de lo más claro. No había sido una salida distinta a millares de otras en millares de días. Fue a la vuelta cuando todo parecía torcido o algo deforme, como ver su imagen reflejada en un espejo de feria, distorsionada por mucho que uno se contorneara y girara.

«¿Cerraste esta puerta?», gritó para sus adentros. Se mordió el labio, frustrado, y procuró recordar el tacto del pomo en la mano, el ruido de la puerta al cerrarse a su espalda. El recuerdo le eludió, y permaneció inmóvil, incapaz de recordar ese simple acto cotidiano. Y entonces se hizo una pregunta aún peor, aunque todavía no se percató demasiado de ello: «¿Por qué no puedes recordarlo?»

Inspiró hondo y se tranquilizó pensando que debió de dejarla abierta por descuido.

Pero siguió sin moverse. De repente se sintió desfallecer. Casi como si se hubiese estado peleando, o al menos, lo que imaginaba que sería pelear con alguien, porque de golpe cayó en la cuenta de que nunca se había peleado con nadie, aparte de las esporádicas peleas de adolescentes que parecían increíblemente distantes en el tiempo.

La oscuridad parecía burlarse de él. Aguzó el oído hacia la habitación oscura. «Ahí dentro no hay nadie», se aseguró. Pero, como si quisiera subrayar la mentira, dijo en voz alta:

—¿Hola?

El sonido de esa única palabra pronunciada en aquel reducido espacio tensó a Ricky. Lo invadió la sensación de estar haciendo el ridículo. Se dijo que un niño se asustaba de las sombras, no un adulto. En particular, uno como él, que había pasado toda su vida adulta tratando con secretos y terrores ocultos.

Avanzó intentando recobrar la compostura. Se recordó que estaba en casa. Estaba a salvo.

Aun así, quiso encender la luz deprisa mientras vacilaba en el penumbroso umbral y palpó la pared con la mano hasta encontrar el interruptor, que accionó al instante.

No pasó nada. La negrura de la habitación permaneció intacta.

Soltó un grito ahogado. Pulsó el interruptor varias veces, como si se negara a admitir que no había luz en la habitación.

—¡Por todos los demonios! —maldijo en voz alta, pero no entró. En lugar de eso, esperó a que los ojos se le acostumbraran a la penumbra, sin dejar de escuchar atentamente para intentar captar cualquier ruido revelador de que no estaba solo. Se tranquilizó pensando que, cuando se tenía una experiencia inquietante como le había pasado a él esa tarde, la mente jugaba toda clase de malas pasadas. Aun así, esperó unos segundos hasta que pudo distinguir la habitación oscura y la recorrió con los ojos varias veces. Luego cruzó el reducido espacio en dirección a la mesa y la lámpara que había en un rincón. No se sentía distinto a un ciego, con las manos extendidas delante para intentar detectar obstáculos en un lugar donde no había ninguno. Al calcular mal la distancia se dio un buen golpe en la rodilla contra la mesa, lo que desató un torrente de improperios: varios «mierda» y «coño» y un solo «joder», nada propios de Ricky, quien antes de los acontecimientos de aquel día rara vez soltaba un juramento.

Rodeó con cuidado la mesa, encontró por fin la lámpara con la mano y, con un suspiro de alivio, accionó el interruptor.

Tampoco funcionaba.

Ricky se agarró a la mesa para tranquilizarse. Se dijo que probablemente se trataba de algún tipo de apagón, debido al calor y la demanda de electricidad de la ciudad, pero por la ventana podía ver que las farolas de la calle brillaban, y el aire acondicionado seguía zumbando alegremente. Se dijo entonces que no era imposible que dos bombillas se fundiesen a la vez. Poco probable, pero posible.

Con una mano en la mesa, se volvió hacia la tercera lámpara que tenía en la consulta. Era una lámpara de pie negra, de hierro fundido, que su mujer había comprado varios años atrás para llevar a su casa de veraneo en Wellfleet, pero de la que él se había adueñado para el rincón de su consulta, tras su butaca, a la cabeza del diván. La utilizaba para leer y, los días oscuros y lluviosos, para aligerar la habitación de la penumbra de la ciudad, de modo que la climatología no influyese demasiado en los pacientes. Se encontraba a unos cuatro metros de la lámpara, una distancia que ahora le pareció mucho mayor. Visualizó la consulta, sabiendo que lo separaban sólo unos cuantos pasos y no había nada entre él y su butaca, y que, una vez ahí, encontraría la lámpara. Deseó que entrara más luz de la calle por las ventanas, pero la poca que había parecía detenerse en el cristal, como si no fuera capaz de penetrar en la habitación. «Cuatro pasos —se dijo—. Y no te golpees la rodilla con la butaca.»

Avanzó con cuidado, palpando el vacío con los brazos extendidos. Doblaba la cintura un poco y alargaba las manos en busca del tacto tranquilizador de su vieja butaca de piel. Pareció tardar más de lo que había imaginado, pero la butaca estaba donde siempre, y encontró el brazo, el respaldo, y ocupó el asiento de piel con un crujido acogedor que agradeció. Localizó con las manos la mesita donde tenía el dietario y el reloj, y alargó la mano hacia la lámpara situada detrás. El conmutador estaba justo debajo de la bombilla y lo buscó a tientas hasta encontrarlo. La encendió con un tirón decidido.

La oscuridad no cambió.

Accionó el conmutador una docena de veces y la habitación se llenó de clics.

Nada.

Ricky se quedó inmóvil en el asiento, intentando dar con una explicación lógica para que ninguna de las lámparas de su consulta funcionara. No la encontró.

Respiraba hondo escuchando la noche, buscando distinguir los sonidos secundarios de la ciudad. Con los nervios de punta, aguzó el oído a la vez que el resto de sus sentidos se aunaban para decidir si estaba realmente solo. Una parte de él quería salir disparado hacia la puerta, huir por el pasillo y buscar a alguien que lo acompañara de vuelta a su casa. Contuvo este impulso y reconoció el pánico que implicaba. Se obligó a conservar la calma.

No oyó nada, pero eso no significaba que no hubiera nadie en su casa. Trató de imaginar dónde podría esconderse alguien, en qué armario o rincón, bajo qué mesa. Y se concentró en esos sitios, como si desde su asiento de analista tras el diván pudiera examinar esas zonas ocultas. Pero ese esfuerzo fue también infructuoso o, como mínimo, insatisfactorio. Intentó recordar dónde tenía una linterna o velas. Seguramente en un estante de la cocina, junto a las bombillas de recambio. Siguió sentado un minuto más, reacio a abandonar su conocido asiento, y sólo logró levantarse convenciéndose de que buscar alguna clase de luz era la única reacción razonable.

Se dirigió con cautela hacia el centro de la habitación, de nuevo con las manos extendidas delante, igual que un ciego. Estaba a mitad de camino cuando sonó el teléfono de la mesa.

El ruido lo paralizó.

Se volvió tambaleante hacia el escritorio y se inclinó sobre él. Con la mano tumbó un cubilete de bolígrafos y lápices. Agarró el teléfono justo antes del sexto timbrazo, que habría puesto en marcha el contestador automático.

—¿Diga? ¿Diga?

No hubo respuesta.

—¿Diga? ¿Quién llama?

La comunicación se cortó de golpe.

Ricky sostuvo el auricular en la oscuridad y maldijo, en silencio primero y no tan silenciosamente después.

—¡Por todos los demonios! —exclamó—. Maldita sea. Maldita sea. Maldita sea.

Colgó y apoyó las manos en la superficie de la mesa,

como si estuviera cansado y necesitara recuperar el aliento. Maldijo otra vez, aunque en voz más baja.

El teléfono volvió a sonar.

Dio un respingo, sorprendido, antes de alargar la mano para buscar a tientas el auricular, que golpeó el escritorio. Se lo llevó a la oreja.

—No tiene gracia —dijo.

—Doctor Ricky —susurró la voz profunda, aunque juguetona, de Virgil—. Nadie ha sugerido en ningún momento que se tratara de una broma. De hecho, el señor R no tiene demasiado sentido del humor, o eso me han dicho.

Ricky contuvo la sarta de improperios que le subió por la garganta y dejó que, en su lugar, el silencio hablara por él.

Pasados unos segundos, Virgil soltó una carcajada. El sonido resultó terrible a través de la línea telefónica.

—Todavía estás a oscuras, ¿verdad, Ricky?

—Sí —contestó—. Seguro que has estado aquí. Tú o alguien como tú entró mientras yo estaba fuera y...

—Tú eres el analista, Ricky —susurró Virgil, casi seductora—. Cuando estás a oscuras respecto a algo, en especial algo sencillo, ¿qué haces?

No respondió. Virgil rió de nuevo.

—Vamos, Ricky. ¿Y tú te consideras un maestro del simbolismo y de la interpretación de todo tipo de misterios? ¿Cómo arrojas luz sobre algo cuando sólo hay oscuridad? Vamos, es tu trabajo, ¿no?

No le permitió contestar.

—Sigue el camino más fácil hacia la respuesta.

—¿Cómo?

—Veo que vas a necesitar que te ayude mucho los próximos días si quieres esforzarte como es debido para salvar tu propia vida. ¿O prefieres quedarte sentado a oscuras hasta que llegue el día en que tengas que suicidarte?

Se sintió confundido.

—No entiendo —admitió.

—Lo harás muy pronto —aseguró Virgil y colgó, dejándolo agarrado al auricular con impotencia.

Pasaron unos segundos antes de que lo devolviera al soporte. La penumbra que reinaba en la habitación parecía envolverlo, cubriéndolo de desesperación. Repasó las palabras de Virgil, que le parecían obtusas, crípticas e incomprensibles. Quiso gritar que no tenía idea de su significado, frustrado tanto por la oscuridad que lo rodeaba como por la sensación de que su espacio privado había sido perturbado y violado. Apretó los dientes, aferrando el borde de la mesa y gruñendo de rabia. Quería coger algo y romperlo.

—¡Un camino fácil! —casi gritó—. ¡En la vida no hay caminos fáciles!

El sonido de sus propias palabras extinguiéndose en la habitación oscura tuvo el efecto inmediato de acallarlo. Le hervía la sangre, al borde de la furia.

—Fácil, fácil... —masculló.

Y entonces tuvo una idea. Le sorprendió que hubiera logrado superar su creciente cólera.

—No puede ser... —dijo mientras alargaba la mano izquierda hacia la lámpara de sobremesa. Palpó la base y encontró el cable. Lo sostuvo entre los dedos y lo siguió hacia abajo, hacia donde estaba empalmado a un alargo que recorría la pared hasta el enchufe. Se arrodilló en el suelo y encontró el extremo. Estaba desconectado. Tuvo que palpar unos segundos más para encontrar el final del alargo, pero lo logró. Lo conectó al cable y, de golpe, la habitación se iluminó. Se incorporó y se volvió hacia la lámpara situada tras el diván y vio que también estaba desenchufada. Alzó los ojos hacia la lámpara que colgaba del techo y supuso que simplemente habrían aflojado la bombilla del portalámparas.

En el escritorio, el teléfono sonó por tercera vez.

—¿Cómo conseguiste entrar? —preguntó al descolgar.

—¿Crees que el señor R no puede permitirse un buen cerrajero? —repuso Virgil con coquetería—. ¿O un atracador profesional? ¿Alguien experto en los cerrojos antiguos y pasados de moda que tienes en la puerta principal, Ricky? ¿No has pensado nunca en algo más moderno? ¿Sistemas de cerradura eléctricos con detectores de movimientos por infrarrojos y láser? ¿Tecnología dactilar o incluso esos sistemas de reconocimiento retinal que usan en las instalaciones del gobierno? Ya sabes que la gente puede conseguir bajo cuerda ese tipo de cosas a través de contactos turbios. ¿No has sentido nunca la necesidad de modernizar un poco tu seguridad personal? La luz sólo da una apariencia de seguridad.

—Nunca he necesitado esas tonterías —gruñó Ricky pomposamente.

—¿No te han entrado nunca en casa? ¿Nunca te han robado? ¿En todos los años que llevas en Manhattan?

—No.

—Bueno —dijo Virgil con petulancia—, supongo que nadie ha pensado que tengas nada valioso. Pero ya no es así, ¿verdad, doctor? Mi jefe lo cree, y parece más que dispuesto a conseguir su objetivo.

Ricky no contestó. Levantó los ojos de golpe para mirar por la ventana.

—Puedes verme —dijo, agitado—. Me estás viendo ahora mismo, ¿no? ¿Cómo, si no, ibas a saber que he conseguido dar la luz?

—Muy bien, Ricky —ironizó Virgil—. Estás haciendo algún progreso si puedes por fin afirmar lo evidente.

—¿Dónde estás?

—Cerca —respondió Virgil tras una pausa—. Detrás de ti, Ricky. Soy tu sombra. ¿De qué te serviría tener un guía hacia el infierno si no estuviera ahí cuando lo necesitaras?

Ricky no respondió.

—Bueno —prosiguió Virgil, y su voz volvió a adoptar el tono cantarín que Ricky empezaba a encontrar irritante—, te daré una pista, doctor. El señor R tiene un sano espíritu deportivo. Después de toda la planificación necesaria para su venganza, ¿crees que querría jugar con normas que no puedas percibir? ¿Qué has averiguado esta noche, Ricky?

—Que tú y tu jefe sois unas personas enfermas y asquerosas. Y no quiero tener nada que ver con vosotros.

La risa de Virgil sonó gélida y monocorde a través de la línea telefónica.

—¿Eso es lo que has averiguado? ¿Y cómo has llegado a tal conclusión? Fíjate que no te lo estoy negando. Pero me interesaría saber con qué teoría psicoanalítica o médica has llegado a este diagnóstico cuando, según mi modesta opinión, no nos conoces en absoluto. Por Dios, si tú y yo sólo tuvimos una sesión. Y todavía no tienes idea de quién es Rumplestiltskin. Pero estás dispuesto a sacar toda clase de conclusiones apresuradas. Mira, Ricky, me parece que eso es peligroso para ti, dada la precariedad de tu situación. Deberías intentar mantener una actitud más abierta.

—Zimmerman... —empezó él con una mezcla de frialdad y furia—. ¿Qué le pasó a Zimmerman? Tú estabas ahí. ¿Lo empujaste a la vía? ¿Le diste un golpecito para que perdiera el equilibrio? ¿Crees que puedes quedar impune de un asesinato?

—Sí, Ricky, lo creo —contestó Virgil con rotundidad tras una pausa—. Creo que hoy en día la gente queda impune de todo tipo de delitos, incluso el asesinato. Pasa continuamente. Pero, en el caso de tu infortunado paciente (¿o debería decir ex paciente?) las pruebas de que él se lanzó son irrefutables. ¿Qué te hace pensar que no se suicidó mediante una técnica barata y eficiente de uso habitual en Nueva York? Un método que pronto podrías verte obligado a plantearte tú mismo. Pensándolo bien, un modo no demasiado terrible de acabar con todo. Una sensación momentánea de miedo y de duda, una decisión, un único paso valiente adelante en el andén, un chirrido, un destello y después la bendita inconsciencia.

—Zimmerman no se habría suicidado nunca. No presentaba ninguno de los síntomas clásicos. Tú o alguien lo empujó delante de ese metro.

—Admiro tu seguridad, Ricky. Debe de proporcionar mucha felicidad estar tan seguro de todo.

—Voy a ir a la policía.

—Bueno, no hay inconveniente en que lo intentes otra vez si crees que te va a servir de algo. ¿Los encontraste especialmente serviciales? ¿Mostraron mucho interés en escuchar tu interpretación analítica de unos hechos que no presenciaste?

Esta pregunta silenció a Ricky. Hizo una pausa antes de contestar.

—Muy bien —dijo por fin—. ¿Y ahora qué?

—Te hemos dejado un regalo. En el diván. ¿Lo ves?

Ricky vio un sobre manila mediano donde sus pacientes solían recostar la cabeza.

—Lo veo —afirmó.

—Muy bien —dijo Virgil—. Esperaré a que lo abras. —Antes de dejar el auricular en el escritorio, la oyó tararear una melodía que le sonaba, pero que no consiguió identificar. Si hubiese mirado más la televisión, habría sabido que se trataba de la conocida música del concurso televisivo «Jeopardy».

Se levantó, cruzó la habitación y agarró el sobre. Era delgado; lo abrió rápidamente y extrajo una hoja. Era la página de un calendario. La fecha de ese día, primero de agosto, aparecía tachada con una gran equis roja. Los trece días siguientes estaban en blanco. Un círculo rojo rodeaba el decimoquinto. El resto de días del mes estaban borrados.

A Ricky se le secó la boca. Miró en el sobre, pero no había nada más.

Regresó despacio a la mesa y cogió el auricular.

—Muy bien —comentó—. No es difícil de entender.

—Un recordatorio, Ricky. —La voz de Virgil seguía fluida y casi dulce—. Nada más. Algo para ayudarte a ponerte en marcha. Ricky, Ricky, ya te lo he preguntado: ¿qué has averiguado?

Esa pregunta le enfureció y estuvo a punto de estallar de indignación. Pero contuvo la furia acumulada y, con un férreo control de sus emociones, contestó:

—He averiguado que no parece haber límites.

—Muy bien, Ricky, muy bien. Eso es un avance. ¿Qué más?

—Que no debo subestimar lo que está pasando.

—Excelente, Ricky. ¿Algo más?

—No. Hasta este momento.

Virgil chasqueó la lengua parodiando a una maestra de escuela.

—No es cierto, Ricky. Lo que has averiguado es que en este juego todo, incluido el probable resultado, se juega en un campo diseñado especialmente para ti. Creo que mi jefe ha sido de lo más generoso, si tenemos en cuenta sus opciones. Tienes una oportunidad, pequeña por supuesto, de salvar la vida de otra persona y la tuya propia contestando a una sencilla pregunta: ¿Quién es Rumplestiltskin? Y, como no quiere ser injusto, te ha dado una solución alternativa, menos atractiva para ti, sí, pero que dará a tu lamentable existencia algún significado en tus últimos días. No mucha gente tiene esa clase de oportunidad, Ricky, me refiero a irse a la tumba sabiendo que su sacrificio ha salvado a otra persona de algún horror desconocido. Es algo que raya en la santidad, Ricky. Y se te ofrece sin los encantadores tres milagros que la Iglesia católica suele exigir, aunque creo que perdonan uno o dos cuando el candidato es encomiable. ¿Cómo se hace para perdonar un milagro cuando es necesario para ser aceptado en el club? Bueno, ésa es una pregunta fascinante que podremos debatir con detenimiento en otro momento. Ahora, Ricky, deberías volver a las pistas que has recibido y ponerte en marcha. Estás perdiendo tiempo y no te queda mucho. ¿Has hecho alguna vez un análisis con una fecha límite, Ricky? Porque de eso se trata. Seguiré en contacto contigo. Recuerda, Virgil nunca está lejos. —Inspiró hondo y añadió—: ¿Lo has entendido todo, Ricky? —Como él guardó silencio, lo repitió, esta vez en tono más amenazador—. ¿Lo has entendido todo, Ricky?

—Sí —contestó él antes de colgar. Pero, por supuesto, no era así.

7

El fantasma de Zimmerman parecía estar riéndose de él. Era por la mañana, después de una mala noche. No había dormido demasiado, pero cuando lo había hecho había soñado vívidamente con su difunta mujer sentada a su lado en un coche deportivo biplaza color rojo que no había reconocido, pero que no obstante era suyo. Se habían detenido junto al mar, en una playa cercana a su casita de veraneo en Cape Cod. En el sueño, Ricky tenía la impresión de que las aguas grisáceas del Atlántico, color que adoptaban antes de una tormenta, se acercaban cada vez más a él y amenazaban con cubrir el coche en pleamar, de modo que trató de abrir la puerta pero, cuando fue a accionar el tirador, había visto una mancha de sangre y de pie, fuera del coche, a un sonriente Zimmerman que mantenía la puerta cerrada para dejarlo atrapado en su interior. El coche no arrancaba y sabía que, de todos modos, las ruedas estaban hundidas en la arena. En el sueño, su difunta esposa parecía tranquila, atractiva, casi como si le diera la bienvenida. Le había costado poco interpretarlo todo mientras estaba en la ducha y dejaba que el agua templada, ni demasiado caliente ni demasiado fría, le cayera sobre la cabeza en una cascada que resultaba un poco desagradable, pero que concordaba con su sombrío estado de ánimo.

Se puso unos pantalones caqui descoloridos y raídos que tenían las perneras deshilachadas y mostraban todos los signos de un prolongado uso por el que los adolescentes pagarían muchísimo en una tienda pero que, en su caso, eran consecuencia de haberlos usado años durante las vacaciones de verano, la única época en que los llevaba. Se calzó un par de náuticas igual de ajadas y se puso una camisa azul demasiado gastada para exhibirla en la calle. Se pasó un peine por el cabello. Se contempló en el espejo y pensó que tenía todo el aspecto de un triunfador que se vestía de modo informal para empezar las vacaciones. Pensó cómo durante años se había despertado el 1 de agosto y puesto, feliz, las ropas viejas y cómodas que señalaban que el mes que empezaba iba a abandonar la personalidad cuidadosamente elaborada y estricta del psicoanalista del Upper East Side de Manhattan para transformarse en algo distinto. Para Ricky, las vacaciones se definían como un tiempo para ensuciarse las manos en el jardín de Wellfleet, para que se le metiera arena entre los dedos de los pies al dar largos paseos por la playa, para leer novelas populares de misterio o de amor y para beber de vez en cuando un brebaje asqueroso llamado Cape Codder, una mezcla desafortunada de zumo de arándano y vodka. Estas vacaciones no prometían tal vuelta a la rutina, incluso aunque, con lo que alguien podría haber calificado de terquedad, o acaso esperanza ilusa, iba vestido para el primer día de las vacaciones.

Sacudió la cabeza y se arrastró hacia la cocina. Para desayunar se preparó una tostada y un poco de café solo que sabía amargo por mucho azúcar que le pusiera. Masticó la tostada con una desgana que lo sorprendió. No tenía nada de apetito.

Llevó el café a la consulta, donde puso la carta de Rumplestiltskin en el escritorio, frente a él. De vez en cuando lanzaba una mirada hacia la ventana, como si esperase vislumbrar a Virgil, desnuda, merodeando en la calle o asomada a una ventana de uno de los pisos de enfrente. Sabía que estaba cerca o, por lo menos, así lo creía conforme a lo que ella le había dicho.

Se estremeció de modo involuntario y contempló la carta.

Por un instante, sintió una mezcla de mareo y acaloramiento.

—¿Qué está pasando? —se preguntó en voz alta.

Roger Zimmerman pareció entrar en la habitación en ese momento, aun muerto tan irritante y exigente como en vida. Como siempre, quería respuestas a todas las preguntas equivocadas.

Marcó de nuevo el número del difunto con la esperanza de encontrar a alguien. Se sentía obligado a hablar con alguien sobre la muerte de Zimmerman, pero no sabía con quién exactamente. De modo inexplicable, la madre seguía sin aparecer, y Ricky se reprochó no haber preguntado a la detective Riggins por su paradero. Supuso que estaba con alguna vecina, o en un hospital. Zimmerman tenía un hermano menor que vivía en California y con quien no se relacionaba demasiado. El hermano trabajaba en la industria cinematográfica de Los Ángeles y no había querido tener nada que ver con los cuidados de su madre, una mujer difícil y parcialmente inválida, renuencia que había provocado que Zimmerman se quejara de él sin cesar. Zimmerman había sido un hombre que se deleitaba con lo espantosa que era su vida, y prefería quejarse a cambiarla. Para Ricky, era esa cualidad la que hacía casi imposible que se hubiese suicidado. Sabía que lo que la policía y sus compañeros de trabajo habían considerado desesperación era la verdadera y única dicha de Zimmerman. Vivía para sus odios. La tarea de Ricky como analista era darle la capacidad de cambiar. Había esperado que, a la larga, llegaría el momento en que Zimmerman se daría cuenta de cómo limitaba su vida el estar eternamente enfadado. El momento en que el cambio fuera posible habría sido peligroso porque probablemente la idea de que no necesitaba dirigir su vida del modo en que lo hacía habría sumido a Zimmerman en una depresión importante. Habría sido vulnerable entonces, cuando por fin se hubiera dado cuenta de la cantidad de días desperdiciados. Comprender eso podría haberle provocado una desesperación real y acaso mortal.

Pero para ese momento faltaban muchos meses, y más probable aún, muchos años.

Zimmerman acudía todos los días a su consulta pensando que el análisis era sólo una oportunidad de desahogarse cincuenta minutos, como el silbato de vapor de una locomotora a la espera del tirón del maquinista. Lo poco que había logrado percibir lo había usado para preparar nuevas vías para su cólera.

Quejarse le divertía. No estaba acorralado ni agobiado por la desesperación.

Ricky sacudió la cabeza. En veinticinco años había tenido tres pacientes que se habían suicidado. A dos de ellos se los habían enviado con todos los síntomas clásicos del suicida potencial y sólo los había tratado poco tiempo antes de que acabaran con sus vidas. En esas ocasiones se había sentido impotente, pero era una impotencia libre de culpa. La tercera muerte, en cambio, había sido de un paciente de mucho tiempo, cuya espiral descendente no había sido capaz de detener, ni siquiera con fármacos antidepresivos, tratamiento que rara vez recetaba, y no había querido mencionarlo a la detective Riggins, ni siquiera ahorrándole los detalles.

«Ése era el retrato de un suicida. Zimmerman no», pensó con un ligero estremecimiento, como si la habitación se hubiese enfriado de repente.

Pero la idea de que hubieran empujado a Zimmerman bajo un metro para enviarle a él una advertencia era mucho más horrenda. Le partía el alma. Era la clase de idea que evocaba una chispa alcanzando un charco de gasolina. Una idea imposible de transmitir con verosimilitud. Se imaginó volviendo a la oficina demasiado iluminada y bastante caótica de la Riggins para denunciar que unos desconocidos habían asesinado a una persona que no conocían y que no les importaba en absoluto para obligarle a él a participar en una especie de juego mortal. «Es cierto pero inverosímil, en especial para una detective mal pagada y con exceso de trabajo», pensó.

Y, al mismo tiempo, comprendió que ellos lo sabían.

El hombre que decía llamarse Rumplestiltskin y la mujer que se apodaba Virgil sabían que no había ninguna prueba sólida que los relacionase con este crimen horrendo aparte de las inconsistentes alegaciones de Ricky. Aunque la detective Riggins no lo echara riendo de su oficina (que lo haría), ¿qué motivo tendría para seguir la rocambolesca pista propuesta por un médico de quien creía, de modo acertado, que preferiría más una explicación grotesca, digna de una novela de misterio, para esa muerte antes que el evidente suicidio que profesionalmente lo dejaba en tan mal lugar?

Podía contestar a esa pregunta con una sola palabra: ninguno.

La muerte de Zimmerman había sido planeada para contribuir a la de Ricky. Y nadie lo sabría, salvo él. Aquello le dio náuseas.

Se retrepó en la silla y comprendió que estaba en un momento crítico. En las horas pasadas desde la aparición de la carta en la sala de espera, se había visto atrapado en una serie de hechos sobre los que carecía por completo de perspectiva. El análisis requiere paciencia y ahora él no tenía ninguna. Requiere tiempo y tampoco disponía de él. Miró el calendario que le había dado Virgil. Los catorce días que quedaban parecían un período demasiado corto. Pensó un instante en un condenado en el corredor de la muerte al que comunican que finalmente el gobernador ha firmado su sentencia con la fecha, la hora y el lugar de la ejecución. Era una imagen demoledora y la apartó diciéndose que, hasta en la cárcel, los hombres luchaban por sobrevivir. Inspiró con fuerza.

«El mayor lujo de nuestra existencia, por miserable que sea, es que no sabemos los días que nos han tocado en suerte», pensó. El calendario que había sobre el escritorio parecía burlarse de él.

—No es un juego —dijo a nadie—. Nunca lo ha sido.

Tomó la carta de Rumplestiltskin y examinó el poemita.

«Es una pista —se dijo—. La pista de un psicópata. ¡Mírala con atención!»

Un retoño y sus padres a su lado...

«Bueno —pensó—, es interesante que el autor utilice la palabra "retoño", porque así no especifica el sexo.»

El padre soltó amarras, se largó...

El padre se marchó. «Soltar amarras» podría ser literal o simbólico, pero en cualquier caso, el padre dejó a la familia. Fueran cuales fueran las causas del abandono, Rumplestiltskin debía de haber albergado su resentimiento durante años. Tuvo que ser alimentado por la madre, que se quedó sola. Él, Ricky, había colaborado en el desarrollo de una rabia que había tardado años en volverse asesina. Pero ¿de qué manera? Eso era lo que tenía que averiguar.

Llegado a ese punto, pensó que Rumplestiltskin era hijo de algún paciente. La pregunta era: ¿qué clase de paciente?

Un paciente infeliz y fracasado, evidentemente. Alguien que había interrumpido el tratamiento, lo más seguro. Pero ¿qué posición ocupaba el paciente: la madre que se quedó con los hijos sola y resentida o el padre que había abandonado a la familia? ¿Había fracasado en el tratamiento de la mujer abandonada o había dado ímpetu al hombre para dejar a su familia? Era un poco como la película japonesa *Rashomon*, en que se examina el mismo hecho desde posiciones diametralmente opuestas, con interpretaciones muy dispares. Él había interpretado un papel en una situación que desembocaba en una cólera asesina, pero no sabía en qué bando. Ricky pensó que todo debió de ocurrir veinte o veinticinco años atrás, porque Rumplestiltskin tuvo que convertirse en un adulto con los recursos necesarios para planear su venganza.

Se preguntó cuánto tiempo tardaría en forjarse un asesino. ¿Diez años? ¿Veinte? ¿Un solo instante? No lo sabía, pero supuso que conseguiría averiguarlo.

Eso le proporcionó la primera sensación de satisfacción desde que había abierto la carta en la sala de espera. Lo invadió una sensación que no era precisamente de confianza, sino de capacidad. Lo que no logró ver fue que en el mundo real y mugriento de la detective Riggins estaba perdido, superado y fuera de lugar, y que una vez había vuelto al mundo que conocía, al mundo de la emoción y la acción definidas por la psicología, se sentía cómodo.

Zimmerman, un hombre desdichado y necesitado de

mucha ayuda, desapareció de sus pensamientos, pero Ricky no se percató de una segunda cosa, la que podría haberlo parado en seco: comenzaba a participar en el juego y en un terreno concebido a propósito para él, como Rumplestiltskin había predicho que haría.

Un analista no es como el cirujano, que puede observar el monitor de ritmo cardíaco y comprobar su éxito o fracaso con el paciente a partir de los pitidos de la pantalla. Las mediciones son mucho más subjetivas. La curación, una palabra con toda clase de absolutos ocultos, no va unida a un tratamiento analítico, a pesar de que la profesión emplea muchas conexiones médicas.

Ricky había retomado la tarea de redactar una lista. Había tomado un período de diez años, desde 1975, cuando empezó su trabajo como residente, hasta 1985, y anotaba el nombre de todos aquellos a quienes había tratado en ese lapso de tiempo. Descubrió que era bastante fácil, mientras avanzaba año a año, recordar los nombres de los pacientes de hacía tiempo, aquellos que se habían sometido a análisis tradicionales. Esos nombres le venían a la cabeza, y le satisfacía poder recordar rostros, voces y detalles sobre sus situaciones. En algunos casos, recordaba los nombres de los cónyuges, familiares, hijos, dónde trabajaban y dónde se habían criado, además de su diagnóstico clínico y la evaluación de su problema. Todo ello le parecía muy útil, pero dudaba que nadie que se hubiera sometido a un tratamiento largo hubiera dado lugar a la persona que ahora lo amenazaba.

Rumplestiltskin debía de ser el hijo de alguien cuya relación había sido menos estrecha. Alguien que dejó el tratamiento de golpe. Alguien que había dejado de acudir a su consulta tras unas pocas sesiones.

Recordar esos pacientes era una tarea más difícil.

Se sentó en su despacho, con un bloc delante, estableciendo asociaciones mes a mes mientras trataba de imaginar a personas de hacía un cuarto de siglo. Era el equivalente psicoanalítico a levantar pesas; los nombres, las caras y los problemas le volvían despacio a la memoria. Deseó haber llevado unos archivos mejor organizados, pero lo poco que había podido encontrar, las contadas notas y documentos que conservaba de ese período, eran todos de pacientes que habían seguido un tratamiento y, a su propio modo, con el paso de los años se sinceraron con él, dejando huella en su memoria.

Tenía que encontrar a la persona que le había dejado una cicatriz.

Enfocaba el dilema de la única forma que sabía. Admitía que no era demasiado eficiente, pero no se le ocurría otro modo de actuar.

Se trataba de un proceso lento, y los minutos de la mañana se evaporaban en silencio a su alrededor. La lista que estaba elaborando crecía de forma azarosa. Un observador lo habría visto algo inclinado en la silla, con el bolígrafo en la mano, como un poeta bloqueado que buscara una rima imposible para una palabra como «impávido».

Ricky trabajó mucho y solo.

Se acercaba mediodía cuando sonó el timbre de la puerta.

El sonido pareció sacarlo de su ensimismamiento. Se enderezó con brusquedad y notó que los músculos de la espalda se le tensaban y la garganta se le secaba de repente. El timbre sonó una segunda vez, lo que indicaba que era alguien que desconocía la llamada asignada a sus pacientes.

Se levantó y salió de la consulta, cruzó la sala de espera y se acercó con cautela a la puerta que tan pocas veces cerraba con llave. En medio de la hoja de roble había una mirilla, que no recordaba cuándo había usado por última vez, a la que acercó el ojo mientras el timbre sonaba por tercera vez.

En el umbral había un joven con una camisa azul de Federal Express manchada de sudor que sujetaba un sobre y una tablilla en la mano. Cuando parecía a punto de marcharse, algo irritado, Ricky abrió la puerta, pero sin quitar la cadena.

—¿Sí? —preguntó.

—Traigo una carta para el doctor Starks. ¿Es usted?

—Sí.

—Tiene que firmar.

Ricky vaciló.

—¿Lleva alguna identificación?

—¿Qué? —Soltó el hombre con una sonrisa—. ¿No le basta el uniforme? —Suspiró y le enseñó una identificación plastificada con su fotografía que llevaba sujeta a la camisa—. ¿La ve bien? Sólo necesito una firma.

Ricky abrió a regañadientes la puerta.

—¿Dónde tengo que firmar?

El mensajero le pasó la tablilla y señaló la vigésima segunda línea.

—Aquí —dijo.

Ricky firmó. El mensajero comprobó la firma y pasó un lector electrónico por encima de un código de barras. El chisme pitó dos veces. Ricky no tenía idea de qué iba todo eso. El mensajero le entregó un sobre pequeño de envío urgente.

—Buenos días —se despidió, en un tono que indicaba que en realidad no le importaba que fuesen buenos o malos para Ricky, pero que le habían enseñado que debía decirlo y por tanto así lo hacía.

Ricky se quedó en la puerta contemplando la etiqueta del sobre. El remitente era la Sociedad Psicoanalítica de Nueva York, una organización de la que hacía mucho tiempo que era miembro, pero con la que apenas había tenido relación a lo largo de los años. La asociación era una especie de organismo rector para los psicoanalistas de Nueva York, pero Ricky siempre había rehuido el politiqueo y las relaciones sociales que acompañaban a cualquier organización de ese tipo. Iba a alguna que otra conferencia patrocinada por la asociación, y hojeaba la revista semestral para seguir en contacto con sus colegas y sus opiniones, pero evitaba participar en los debates que celebraban así como en sus cócteles y veladas.

Regresó a la sala de espera y cerró las puertas, sin dejar de preguntarse por qué le escribían en ese momento. Suponía que la asociación cerraba durante las vacaciones en agosto. Como tantos aspectos del proceso, en el mundo del psicoanálisis, el mes veraniego era sagrado.

Ricky abrió el sobre acolchado. En su interior había un sobre tamaño carta con el membrete de la asociación en relieve en una esquina. Llevaba su nombre mecanografiado y en la parte inferior figuraba una única línea: POR MENSAJERO - URGENTE.

El sobre contenía dos hojas. La primera llevaba el membrete oficial y era una carta del presidente de la asociación, un médico unos diez años mayor que él y a quien conocía ligeramente. No recordaba haber hablado con ese hombre, sólo un apretón de manos y las cortesías de rigor.

Leyó deprisa:

> Estimado doctor Starks:
> Tengo el desagradable deber de informarle de que la Sociedad Psicoanalítica ha recibido una queja importante con respecto a su relación con una antigua paciente. Le adjunto una copia de la carta de denuncia.
> Según las normas de la sociedad, y tras comentar este tema con la dirección, he traspasado todo este asunto a los investigadores del Colegio de Médicos. Muy pronto recibirá noticias de ellos.
> Me permito recomendarle que consulte a un abogado competente lo antes posible. Confío en que podremos mantener la naturaleza de esta denuncia fuera del alcance de los medios de comunicación, ya que imputaciones como éstas desacreditan a toda nuestra profesión.

Ricky apenas miró la firma antes de pasar a la segunda hoja de papel. También se trataba de una carta, pero iba dirigida al presidente de la asociación, con copias al vicepresidente, al presidente de la comisión de ética profesional, a los seis médicos que formaban esta comisión, al secretario de la sociedad y al tesorero. De hecho, como pudo observar Ricky, cualquier médico cuyo nombre estuviera vinculado de algún modo a la dirección de la sociedad había recibido una copia. Rezaba así:

Apreciado señor o señora:

Hace más de seis años inicié un tratamiento psicoanalítico con el doctor Frederick Starks, miembro de su organización. Pasados unos tres meses a razón de cuatro consultas semanales, empezó a hacerme lo que podría considerarse preguntas inoportunas. Siempre eran sobre mis relaciones sexuales con mis diversas parejas, incluido un marido del que me separé. Supuse que esas preguntas formaban parte del proceso analítico. Sin embargo, a medida que avanzaban las consultas, seguía pidiéndome detalles cada vez más explícitos de mi vida sexual. El tono de esas preguntas iba adquiriendo matices pornográficos. Cada vez que intentaba cambiar de tema, me obligaba a reanudarlo, siempre con una mayor cantidad de detalles. Me quejé, pero contestó que el origen de mi depresión residía en mi incapacidad de entregarme por completo en los encuentros sexuales. Poco después de esa sugerencia me violó por primera vez. Me dijo que si no accedía, jamás me sentiría mejor.

Practicar el sexo durante las consultas se convirtió en un requisito para el tratamiento. Era un hombre insaciable. Al cabo de seis meses, me dijo que mi tratamiento había terminado y que no podía hacer nada más por mí. Afirmó que yo estaba tan reprimida que seguramente necesitaría tratamiento farmacológico y hospitalización. Me instó a ingresar en una clínica psiquiátrica de Vermont, pero no quiso ni siquiera llamar al director de ese hospital. El día que finalizó el tratamiento, me obligó a practicar sexo anal con él.

He tardado varios años en recuperarme de mi relación con el doctor Starks. Durante este tiempo he sido hospitalizada en tres ocasiones, cada vez durante más de seis meses. Tengo cicatrices de dos intentos fallidos de suicidio. Por fin ahora, con la ayuda constante de un terapeuta abnegado, he empezado el proceso de curación. Esta carta forma parte de ese proceso.

Por el momento, creo que debo permanecer en el anonimato, aunque el doctor Starks sabrá quién soy. Si deciden investigar este asunto, les ruego se pongan en contacto con mi abogado y/o mi terapeuta.

La carta no estaba firmada, pero incluía el nombre de un abogado con bufete del centro de la ciudad y el de un psiquiatra de las afueras de Boston.

A Ricky le temblaban las manos. Se sintió mareado y se apoyó contra la pared para conservar el equilibrio. Se sentía como un boxeador que ha recibido una paliza: desorientado, dolorido, a punto de caer a la lona en el momento en que la campana lo deja milagrosamente de pie.

No había una sola verdad en la carta. Por lo menos que él supiera.

Se preguntó si eso tendría importancia.

8

Releyó las mentiras de aquella carta y sintió una aguda contradicción en su interior. Tenía el ánimo por los suelos y el corazón frío de desesperación, como si le hubieran arrebatado toda tenacidad, reemplazándola por una rabia tan alejada de su carácter normal que resultaba casi irreconocible. Empezaron a temblarle las manos, se le enrojeció la cara y unas gotitas de sudor le perlaron la frente. El mismo calor le subía por la nuca, las axilas y la garganta. Desvió la mirada de las cartas en busca de algo que romper, pero no encontró nada a su alcance, lo que lo encolerizó más aún.

Empezó a pasearse por la consulta. Era como si todo su cuerpo se viese asaltado por un tic nervioso. Por último, se dejó caer en su vieja butaca de piel, detrás de la cabeza del diván, y permitió que los crujidos familiares y el tacto de la tapicería lo tranquilizaran al menos un poco.

No tenía ninguna duda sobre quién se había inventado aquella denuncia. El anonimato de la falsa víctima se lo dejaba muy claro. Lo más importante era averiguar por qué. Sabía que había algo previsto y tenía que aislar e identificar qué era.

Ricky tenía un teléfono en el suelo, junto a la butaca, y se inclinó hacia él. En unos segundos obtuvo en información el número del despacho del presidente de la Sociedad Psicoanalítica. Rechazó la oferta electrónica de marcar el número por él y pulsó con rabia los dígitos del aparato. Se recostó para esperar que contestaran.

La voz vagamente familiar de su colega analista contestó al teléfono. Pero tenía el cariz artificial y monótono de una grabación.

«Hola. Ha llamado al despacho del doctor Martin Roth. Estaré fuera del 1 al 29 de agosto. En caso de emergencia, marque el 555 1716 para acceder a un servicio localizador durante mis vacaciones. También puede llamar al 555 2436 y hablar con el doctor Albert Michaels del hospital Columbia Presbyterian, que me sustituye este mes. Si cree que es una crisis grave, le ruego llame a ambos números. El doctor Michaels y yo nos pondremos en contacto con usted.»

Ricky colgó y marcó el primero de los dos números. Sabía que el segundo era el de un psiquiatra en su segundo o tercer año de residente en el hospital. Los residentes sustituían a los médicos de reconocido prestigio durante las vacaciones y eran una opción en que las recetas sustituían las charlas, que constituían el puntal del tratamiento analítico.

El primer número pertenecía a un servicio de contestador.

—Buenos días —respondió una voz de mujer cansada—. Al habla con el servicio del doctor Roth.

—Necesito dejar un mensaje para el doctor —dijo Ricky.

—El doctor está de vacaciones. En caso de urgencia, debe llamar al doctor Albert Michaels en el...

—Ya tengo ese número —la interrumpió Ricky—, pero no es esa clase de urgencia ni esa clase de mensaje.

—Bueno... —vaciló la mujer, más sorprendida que confusa—. No sé si debería llamarle durante sus vacaciones por un mensaje cualquiera...

—Querrá oír éste —le aseguró Ricky. Le costaba ocultar la frialdad de su voz.

—No sé —dijo la mujer—. Tenemos un procedimiento.

—Todo el mundo tiene un procedimiento —le espetó Ricky—. Los procedimientos existen para impedir el contacto, no para favorecerlo. La gente sin imaginación y sin ideas llena su cabeza con programas y procedimientos. La gente con carácter sabe cuándo prescindir de los procedimientos. ¿Es usted esa clase de persona, señorita?

—¿Cuál es el mensaje? —le preguntó la mujer tras vacilar un instante.

—Diga al doctor Roth que el doctor Frederick Starks... Será mejor que lo anote, porque quiero que me cite con exactitud...

—Lo estoy anotando —dijo la mujer con aspereza.

—Dígale que el doctor Starks recibió su carta y examinó la denuncia. Y que desea informarle de que no hay ni una sola palabra cierta en ella. Es una fantasía total y absoluta.

—Ni una sola palabra cierta... Muy bien. Fantasía. ¿Quiere que lo llame para darle este mensaje? Está de vacaciones.

—Todos estamos de vacaciones. Sólo que algunos tienen vacaciones más interesantes que otros. Este mensaje hará que las del doctor sean mucho más interesantes. Asegúrese de que lo recibe en estos términos exactos o me encargaré de que en septiembre tenga que buscarse otro empleo. ¿Está claro?

—Descuide —contestó la mujer. No parecía intimidada—. Pero ya se lo dije: tenemos unos procedimientos muy estrictos. No me parece que esto se ajuste a nada...

—Intente no ser tan previsible —aconsejó Ricky—. De ese modo, podrá salvar su trabajo. —Y colgó.

Se reclinó en el asiento. No recordaba haber sido tan grosero y exigente, por no decir amenazador, en años. Además, no era su forma de ser. Pero sabía que probablemente tendría que actuar en contra de su forma de ser muchas veces a lo largo de los siguientes días.

Volvió a mirar la carta del doctor Roth y, a continuación, releyó la denuncia anónima. Luchando todavía con la indignación de quien es acusado falsamente, trató de medir el impacto de las cartas y dar una respuesta a la pregunta «¿por qué?». Era evidente que Rumplestiltskin tenía en mente algún efecto concreto, pero ¿cuál?

Empezó a ver con claridad algunas cosas.

La denuncia en sí era mucho más sutil de lo que cabía suponer. La autora anónima lo acusaba de violación pero situaba el momento del delito tan atrás en el tiempo que había prescrito. La policía no intervendría, pero desencadenaría una investigación enojosa e inútil del Colegio de Médicos. Sería lenta e ineficaz y era poco probable que entorpeciera el avance del juego. Una denuncia que exigiera la intervención de la policía obtendría una respuesta inmediata, y estaba claro que Rumplestiltskin no quería que la policía interviniese, salvo tangencialmente. Y, al hacer la denuncia de forma provocativa pero anónima, la autora mantenía la distancia. Nadie de la Sociedad Psicoanalítica seguiría el asunto. Lo pasarían, como al parecer habían hecho, a un tercer organismo y se lavarían las manos para evitar lo que podría ser una verdadera lacra para su reputación.

Ricky leyó las dos cartas por tercera vez, y vio una respuesta.

—Me quiere solo —dijo en voz alta.

Se recostó un instante y contempló el techo, como si su blanco liso pudiese ofrecerle claridad de algún modo. Hablaba solo, y su voz parecía resonar huecamente en la consulta.

—No quiere que consiga ayuda. Quiere que juegue sin el menor apoyo. Por eso ha tomado medidas para asegurarse de que no pudiera hablar con nadie más de la profesión.

Casi sonrió ante la índole modestamente diabólica del plan de Rumplestiltskin. Sabía que Ricky estaría trastornado por los interrogantes que rodeaban la muerte de Zimmerman. Sabía que sin duda estaría asustado por el allanamiento de su hogar y su consulta. Sabía que estaría inquieto e inseguro, quizá sobrecogido ante la rápida sucesión de los acontecimientos. Rumplestiltskin había previsto todo eso y especulado sobre la primera reacción de Ricky: buscar ayuda. ¿Y adónde hubiera recurrido? Habría querido hablar, no actuar, porque ésa era la naturaleza de su profesión, y por tanto habría acudido a otro analista. Un amigo que pudiera servirle de caja de resonancia. Alguien que habría vacilado y escuchado todos los detalles y ayudado a Ricky a revisar la multitud de cosas desencadenadas con tanta rapidez.

Pero eso ya no ocurriría.

La carta con las acusaciones de violación, incluida la gratuita y desagradable descripción de la última sesión, había sido enviada a la jerarquía de la Sociedad Psicoanalítica justo cuando todos se preparaban para las vacaciones de agosto. No había tiempo para negar con razones la acusación, ni ningún foro disponible donde hacerlo con efectividad. La horrible acusación recorrería veloz el mundo del psicoanálisis neoyorquino como un chisme en un estreno de Hollywood. Ricky era un hombre con muchos colegas y pocos amigos de verdad, y él lo sabía. No era probable que esos colegas quisieran mancillar su reputación entrando en contacto con un médico que podía haber violado el tabú más importante de la profesión. La acusación de haber abusado de su posición como terapeuta y analista para obtener los favores sexuales más abyectos y sucios, y de haber dado la espalda al daño psicológico que había provocado era el equivalente psicoanalítico de la peste, lo que le convertía a él en una moderna «María Tifoidea», la famosa portadora de la bacteria *Salmonella typhi* que contagió a tanta gente en Nueva York. Con esta acusación pendiendo sobre su cabeza, no era probable que nadie lo ayudara, por más que suplicara y por más que la negara, hasta que el asunto estuviera resuelto. Y eso tardaría meses.

Había otro efecto secundario: la gente que creía conocer a Ricky se plantearía ahora qué sabía de él y cómo. Comprendió que era una mentira envenenada porque el mero hecho de negarla haría que los miembros de su profesión pensaran que se estaba encubriendo.

«Estoy solo —se dijo—. Aislado. Desorientado.» Respiró hondo, como si el aire de la consulta se hubiese solidificado. Comprendió que eso era lo que Rumplestiltskin quería: que estuviese solo.

Volvió a mirar las dos cartas. En la denuncia falsa, su autora había incluido los nombres de un abogado de Manhattan y de un psiquiatra de Boston. No pudo evitar estremecerse. Sabía que esos nombres figuraban ahí para él. Se suponía que era el camino que debía seguir.

Pensó en la espantosa oscuridad de la consulta la noche

anterior. Lo único que había tenido que hacer para tener luz era seguir el camino fácil y enchufar lo que estaba desconectado. Sospechaba que esto era más o menos lo mismo. Sólo que no sabía dónde podría conducirlo ese camino.

Dedicó el resto del día a examinar todos los detalles de la carta de Rumplestiltskin, tratando de diseccionarla más, y a escribir notas precisas sobre todo lo ocurrido, prestando la mayor atención a cada palabra hablada, recreando los diálogos como un reportero que prepara una noticia, buscando una perspectiva que se le escapaba con facilidad. Lo que le resultaba más escurridizo eran las palabras exactas de la mujer, Virgil. No tenía problemas para recordar su figura o la picardía de su voz, pero su belleza era como una cubierta protectora de sus palabras. Eso le inquietaba, porque contradecía su preparación y su costumbre. Como cualquier buen analista, se preguntó por qué era tan incapaz de concentrarse, cuando la verdad era tan evidente que cualquier adolescente reincidente se la podría haber dicho.

Estaba acumulando notas y observaciones, buscando refugio en el mundo interior en el que se sentía cómodo. Pero, a la mañana siguiente, después de haberse puesto traje y corbata, y de haber dedicado un momento a marcar con una equis otro día en el calendario, empezó de nuevo a sentir la presión de tener el tiempo en contra. Pensó que era importante formular por lo menos su primera pregunta y llamar al *Times* para publicarla en un anuncio.

El calor de la mañana parecía burlarse de él y se le condensó debajo del traje casi de inmediato. Supuso que lo seguían, pero se negó a volverse para comprobarlo. De todos modos, tampoco sabría descubrir a una persona que lo siguiera. En las películas, al héroe no le costaba demasiado detectar las fuerzas del mal que lo acechaban. Los malos llevaban sombreros negros y una mirada furtiva en los ojos. En la vida real era muy distinto. Todo el mundo es sospechoso. Todo el mundo está absorto. El repartidor de la esquina delante de una tienda de comestibles, el empresario que caminaba deprisa por la acera, el indigente en un hueco, los rostros tras los cristales del restaurante o un coche que pasaba. Cualquiera podría estar observándole o no. Imposible saberlo. Estaba acostumbrado al mundo concentrado de la consulta de analista, en que los papeles eran mucho más claros. En la calle, era imposible saber quién podía estar tomando parte en el juego y vigilándole, y quién era sólo uno más de los ocho millones de personas que poblaban de repente su mundo.

Ricky se encogió de hombros y paró un taxi en la esquina. El taxista tenía un nombre extranjero impronunciable y estaba escuchando una extraña emisora de música de Oriente Medio. Una cantante se lamentaba con una voz aguda que vibraba al cambiar de tono. Cuando empezó una nueva melodía, sólo cambió el compás; los gorgoritos parecían los mismos. No entendía ninguna palabra, pero el conductor, encantado, tamborileaba el volante con los dedos siguiendo el ritmo. Asintió cuando Ricky le dio la dirección, y se internó con rapidez en el tráfico. Ricky se preguntó cuánta gente subiría a ese taxi cada día. El taxista no tenía forma de saber si llevaba a sus pasajeros a algún acontecimiento trascendental de su vida o a sólo un momento más. El taxista hizo sonar el claxon en un cruce y lo condujo a través de las calles abarrotadas sin pronunciar palabra.

Un camión de mudanzas blanco bloqueaba el lado de la calle donde estaba situado el bufete del abogado, sólo dejando espacio para que los coches pasaran justo. Tres o cuatro hombres fornidos entraban y salían por la puerta principal del modesto y corriente edificio de oficinas, y subían una rampa de acero hacia el camión con cajas de cartón y algún que otro mueble, sillas, sofás y similares. Un hombre con una chaqueta azul y una insignia de seguridad vigilaba cómo trabajaban los transportistas a la vez que observaba a los transeúntes con un recelo que indicaba que su presencia obedecía a un solo objetivo y su rigidez se encargaría de que éste se cumpliera. Ricky bajó del taxi y se acercó al hombre de la chaqueta.

—Estoy buscando las oficinas del señor Merlin. Es abogado...

—Sexto piso, arriba del todo —contestó el hombre sin apartar la vista del desfile de transportistas—. ¿Tenía hora concertada? Están muy ocupados con lo del traslado.

—¿Se trasladan?

—Ya lo ve —señaló el hombre de la chaqueta—. Les va muy bien; ganan mucho, según tengo entendido. Puede subir, pero no estorbe.

El ascensor zumbaba pero, gracias a Dios, no tenía música ambiental. Cuando se abrieron las puertas en el sexto piso, Ricky vio de inmediato el bufete del abogado. Una puerta se abrió de golpe y aparecieron dos hombres que se peleaban con una mesa, levantándola e inclinándola, para pasar por el umbral. Una mujer de mediana edad con vaqueros, zapatillas de deporte y una camiseta de diseño los contemplaba atentamente.

—Ésa es mi mesa, maldita sea, y me conozco todas sus manchas y rayas. Si le hacen una nueva, tendrán que comprar otra.

Los dos hombres se esmeraron con el entrecejo fruncido. La mesa pasó por la puerta con unos milímetros de margen. Detrás de los hombres había cajas amontonadas en el pasillo interior, estanterías vacías y mesas: todos los elementos que se relacionarían normalmente con una oficina ajetreada, preparados para ser trasladados. La mujer de los vaqueros echó la cabeza atrás y agitó su melena color caoba con evidente irritación. Tenía el aspecto de una mujer a la que le gustaba la organización, y el caos de la mudanza le resultaba casi doloroso. Ricky se acercó a ella.

—Estoy buscando al señor Merlin —dijo.

—¿Es un cliente? —La mujer se volvió hacia él—. Hoy no hemos dado ninguna hora. Es el día del traslado.

—En cierto modo —contestó Ricky.

—Bueno, ¿a qué modo se refiere? —repuso la mujer con frialdad.

—Soy el doctor Frederick Starks. El señor Merlin y yo tenemos algo que discutir. ¿Está en la oficina?

La mujer pareció sorprendida. Sonrió de modo desagradable a la vez que asentía con la cabeza.

—Sé quién es usted. Pero no creo que el señor Merlin esperara su visita tan pronto.

—¿De veras? Yo me imaginaba que era justo lo contrario.

La mujer aguardó mientras salía otro hombre con una lámpara en una mano y una caja de libros bajo el otro brazo. Se volvió y le comentó:

—Una cosa en cada viaje. Si lleva demasiadas, se romperá algo. Deje eso y vuelva a buscarlo después.

El hombre se encogió de hombros y dejó la lámpara sin demasiado cuidado.

La mujer se volvió hacia Ricky.

—Como verá, doctor, ha llegado en un mal momento...

Ricky tuvo la impresión de que iba a despacharlo, cuando un hombre más joven, de treinta y pocos años, algo obeso y un poco calvo que llevaba unos pantalones caqui planchados, una camisa *sport* de diseño y unos relucientes mocasines con borlas, salió de la parte trasera de la oficina. Su aspecto era incongruente porque iba demasiado bien vestido para levantar y cargar cosas, y demasiado informal para hacer negocios. La ropa que llevaba era ostentosa y cara, y ponía de manifiesto que su aspecto, incluso en esas circunstancias, seguía unas normas rígidas. Además, en aquella vestimenta no había nada relajado para sentirse cómodo.

—Yo soy Merlin —dijo el hombre, que se sacó un pañuelo impecablemente doblado del bolsillo y se limpió las manos antes de tender una a Ricky—. Si no le importa todo este caos, podríamos hablar unos momentos en la sala de reuniones. Todavía conserva la mayoría del mobiliario, aunque es imposible saber por cuánto tiempo. —El abogado señaló una puerta.

—¿Quiere que tome notas, señor Merlin? —preguntó la mujer.

—No creo que sea necesario.

Ricky fue conducido a una habitación presidida por una

larga mesa de cerezo con sillas. En el otro extremo había una mesilla auxiliar con una cafetera y una jarra de agua con vasos. El abogado indicó un asiento y fue a comprobar si había café. Se volvió hacia Ricky encogiéndose de hombros.

—Lo siento, doctor —dijo—. No queda café y la jarra de agua está vacía. No puedo ofrecerle nada.

—No importa. No he venido hasta aquí porque tuviera sed.

—No. —Su respuesta hizo sonreír al abogado—. Por supuesto que no. Bien, en qué puedo ayudarlo...

—Merlin es un nombre poco corriente —le interrumpió Ricky—. ¿Acaso es usted una especie de mago?

—En mi profesión, doctor Starks, un nombre como el mío es una ventaja —afirmó el abogado, sonriente de nuevo—. Los clientes nos piden a menudo que saquemos el consabido conejo de la chistera.

—¿Sabe hacerlo?

—Pues, por desgracia, no. No tengo ninguna varita mágica. Sin embargo, se me ha dado muy bien obligar a conejos adversarios reacios y recalcitrantes a salir de escondrijos en todo tipo de sombreros, no tanto con la ayuda de poderes mágicos como de avalanchas de documentos legales y oleadas de demandas, por supuesto. Quizás en este mundo, esas cosas vengan a ser lo mismo. Ciertos juicios parecen funcionar de un modo muy parecido a las maldiciones y hechizos que lanzaba mi tocayo Merlín.

—Veo que se trasladan.

El abogado sacó un tarjetero de piel de un bolsillo. Tomó una tarjeta y se la pasó por encima de la mesa a Ricky.

—El nuevo local —dijo—. El éxito exige expandirse. Contratar más abogados. Más espacio.

—¿Y yo voy a ser otro trofeo en la pared? —preguntó Ricky. La tarjeta indicaba una dirección en el centro de la ciudad.

—Es probable —asintió Merlin con una sonrisa—. De hecho, es bastante seguro. No debería hablar con usted, sobre todo sin estar presente su abogado. ¿Por qué no le pide que me llame para que comentemos su póliza de seguros por negligencia...? Está asegurado, ¿verdad, doctor? Así podremos arreglar este asunto con rapidez y de modo satisfactorio para ambas partes.

—Tengo un seguro, pero dudo que cubra la denuncia que se ha inventado su cliente. No creo haber tenido motivo para leer la póliza desde hace décadas.

—¿No está asegurado? Es una pena... E «inventado» es una palabra que podría desaprobar.

—¿Quién es su cliente? —preguntó Ricky.

—Todavía no estoy autorizado a divulgar su nombre. —El abogado meneó la cabeza—. Está en proceso de recuperación y...

—Nada de eso ha pasado —le espetó Ricky—. Todo es pura fantasía. Una invención. No hay ni una palabra cierta. Su cliente verdadero es otra persona, ¿no?

—Puedo asegurarle que mi clienta es verdadera —dijo el abogado tras una pausa—. Lo mismo que sus acusaciones. La señorita X es una mujer muy angustiada...

—¿Por qué no la llama señorita R? —repuso Ricky—. R de Rumplestiltskin. ¿No sería más adecuado?

—Me parece que no le entiendo, doctor. —Merlin parecía algo confundido—. X, R, como quiera. Eso no importa en realidad, ¿no?

—Exacto.

—Lo que importa, doctor Starks, es que está metido en un buen lío. Y le aseguro que le interesa que este lío desaparezca de su vida lo antes posible. Si tengo que presentar una demanda, bueno, el daño ya estará hecho. La caja de Pandora, doctor. Todas las cosas malas saldrán a la luz pública. Acusaciones y desmentidos, aunque según mi experiencia, el desmentido nunca logra el mismo impacto que la acusación, ¿verdad? No es el desmentido lo que recuerda la gente, ¿no? —Meneó la cabeza.

—Yo nunca he abusado de ningún paciente. Ni siquiera creo que exista esta persona. No tengo ningún historial de esta paciente.

—Bueno, doctor, me alegra saberlo. Espero que esté del todo seguro de eso. —Mientras hablaba, la voz del abogado bajó de tono y cada palabra se afilaba cada vez más—. Porque, para cuando me haya entrevistado con todos sus pacientes de la última década, haya hablado con todos los colegas con quienes haya tenido alguna disputa y haya diseccionado todas las facetas de su vida, que mi clienta exista o no carecerá de importancia, porque ya no le quedará ni vida ni reputación. Ninguna en absoluto.

Ricky se abstuvo de replicar. Merlin siguió mirándole directamente, sin flaquear ni un segundo.

—¿Tiene algún enemigo, doctor? ¿Algún colega envidioso? ¿Cree que todos sus pacientes han quedado satisfechos con su tratamiento? ¿Dio alguna vez una patada a un perro? ¿No pudo frenar a tiempo cuando una ardilla se le cruzó delante del coche cerca de su casa de veraneo en Cape Cod? —El abogado sonrió de nuevo, ahora de modo desagradable—. Ya estoy informado de ese sitio —aseguró—. Una bonita casa al borde de un bosque, con jardín y vistas al mar. Cinco hectáreas. Compradas en 1984 a una mujer de mediana edad cuyo marido acababa de morir. ¿Cómo no aprovecharse de una afligida viuda en esas circunstancias? ¿Tiene idea de cómo ha aumentado el valor de esa propiedad? Estoy seguro de que sí. Permítame que le comente una cosa nada más, doctor Starks. Haya o no algo de cierto en la acusación de mi clienta, me quedaré con esa propiedad antes de que esto haya acabado. Y también con su piso, su cuenta bancaria en el Chase y su plan de jubilación en Dean Witter que todavía no ha tocado, y con la modesta cartera de valores que mantiene en la misma agencia de corredores. Pero empezaré por su casa de veraneo. Cinco hectáreas. Creo que podré subdividirlas y forrarme. ¿Qué le parece, doctor?

A Ricky todo le daba vueltas.

—¿Cómo sabe...? —empezó sin convicción.

—Me encargo de saber esas cosas —le interrumpió Merlin—. Si usted no tuviera nada que yo quisiera, no me tomaría ninguna molestia. Pero lo tiene y puedo asegurarle que no vale la pena luchar, doctor. Y su abogado le dirá lo mismo.

—Luchar por mi integridad sí —contestó Ricky.

—No está viendo las cosas con claridad, doctor. —Se encogió de hombros otra vez—. Estoy intentando decirle cómo dejar su integridad más o menos intacta. Usted, como un ingenuo, parece creer que esto tiene relación con tener razón o no. Con decir la verdad en lugar de mentir. Me resulta curioso viniendo de un psicoanalista veterano como usted. ¿Es la verdad, la verdad auténtica y clara, algo que oiga a menudo? ¿O más bien verdades ocultas y encubiertas por toda clase de trucos psicológicos, esquivas y escurridizas una vez identificadas? Y jamás blancas o negras por completo, más bien de tonalidades grises, marrones e incluso rojas. ¿No es eso lo que predica su profesión?

Ricky se sintió como un imbécil. Aquellas palabras le sacudían como otros tantos puñetazos en un combate desigual. Inspiró hondo y pensó en lo estúpido que había sido ir al bufete, y que lo más inteligente era marcharse. Iba a levantarse, cuando Merlin añadió:

—El infierno puede adoptar muchas formas, doctor Starks. Piense en mí como en una de ellas.

—¿A qué se refiere? —repuso Ricky, y recordó lo que Virgil había dicho en su primera visita: que iba a ser su guía hacia el infierno, y que de ahí procedía su nombre.

—En tiempos del rey Arturo —prosiguió el abogado, sonriente y nada desagradable, con la confianza de un hombre que ha medido al adversario y lo ha visto claramente inferior—, el infierno era muy real para toda clase de personas, incluso las educadas y refinadas. Creían de verdad en demonios, diablos, posesiones de espíritus malignos, lo que usted quiera. Podían oler el fuego y el azufre que esperaban a los impíos y creían que los abismos en llamas y las torturas eternas eran consecuencias razonables de una mala vida. En la actualidad, las cosas son más complicadas, ¿verdad, doctor? No creemos que vayamos a sufrir la maldición del fuego eterno. Y ¿qué tenemos en su lugar? Los abogados. Y le aseguro, doctor, que puedo convertirle fácilmente la vida en algo que recuerde una imagen medieval plasmada por uno de esos artistas de pesadilla. Tendría que elegir el camino fácil, doctor. El camino fácil. Será mejor que vuelva a comprobar su póliza de seguros.

La puerta de la sala de reuniones se abrió de golpe y dos de los hombres de la mudanza vacilaron antes de entrar.

—Nos gustaría llevarnos esto ahora —comentó uno de ellos—. Es lo único que falta.

—Muy bien. —Merlin se levantó—. Creo que el doctor Starks ya se iba.

—Sí. —Ricky asintió y también se puso de pie. Echó un vistazo a la tarjeta del abogado—. ¿Es aquí dónde debería ponerse en contacto con usted mi abogado?

—Exacto.

—Muy bien —dijo—. ¿Y podremos localizarlo...?

—Cuando quiera, doctor. Creo que lo mejor sería que lo solucionara cuanto antes. Seguro que no le apetece desperdiciar las vacaciones preocupándose por mí, ¿no?

Ricky no contestó, aunque se percató de que no le había mencionado su intención de irse de vacaciones. Se limitó a asentir, se volvió y salió de la oficina sin mirar atrás.

Ricky subió a un taxi para ir al hotel Plaza. Estaba a sólo doce manzanas de distancia. Para lo que Ricky tenía en mente, parecía la mejor elección. El taxi recorrió veloz el centro de ese modo tan particular que tienen los taxis urbanos, con aceleraciones rápidas, adelantamientos, frenazos, cambios de marcha y eslálones a través del tráfico, sin lograr ni mejor ni peor tiempo que si hubieran seguido un camino regular, tranquilo y recto. Ricky observó la licencia del taxista que, como era de esperar, tenía otro incomprensible apellido extranjero. Se recostó y pensó en lo difícil que resulta a veces encontrar taxi en Manhattan. Era extraño que hubiera uno libre para él con tanta facilidad cuando salió, aturdido, del bufete del abogado. Como si lo hubiese estado esperando.

El taxista se detuvo en seco junto al bordillo de la entrada del hotel. Ricky pagó la carrera a través de la separación de plexiglás y bajó del coche. Sin prestar atención al portero, subió presuroso la escalinata y cruzó las puertas giratorias. El vestíbulo estaba repleto de gente. Avanzó con rapidez entre varios grupos, montones de maletas y botones apresurados, hacia The Palm Court. En el extremo donde estaba el restaurante se detuvo, observó el menú un instante y luego se dirigió hacia el pasillo al paso más rápido que podía sin atraer la atención, más bien como alguien que va a perder un tren. Fue directo a la puerta del hotel que daba al sur de Central Park y salió a la calle.

Había un portero que estaba pidiendo taxis para los clientes que salían. Ricky se adelantó a una familia reunida en la acera.

—¿Me permiten? —dijo a un padre de mediana edad vestido con una camisa de estampado hawaiano y rodeado por tres niños alborotadores de entre seis y diez años. Junto a ellos, una esposa anodina cuidaba de toda la prole—. Se trata de una emergencia. No quisiera ser grosero, pero... —El padre miró a Ricky como si ningún viaje familiar de Idaho a Nueva York estuviera completo si alguien no te roba el taxi, y asintió sin decir nada. Ricky subió y oyó cómo la mujer decía:

—¿Qué estás haciendo, Ralph? Era nuestro taxi.

«Este taxista, por lo menos, no es alguien contratado por Rumplestiltskin», pensó Ricky mientras le daba la dirección del local de Merlin.

Como sospechaba, el camión de mudanzas ya no estaba aparcado a la puerta. El guarda de seguridad con la chaqueta azul también había desaparecido.

Ricky se inclinó y dio un golpecito al plástico que lo separaba del conductor.

—He cambiado de idea —dijo—. Lléveme a esta dirección, por favor. —Leyó la dirección que aparecía en la tarjeta del abogado—. Pare a una manzana de distancia, ¿de acuerdo? No quiero bajarme delante.

El taxista se encogió de hombros y asintió.

Tardaron un cuarto de hora a causa del tráfico. La dirección en la tarjeta de Merlin estaba cerca de Wall Street. Olía a prestigio.

El conductor se detuvo una manzana antes de la dirección.

—Es ahí —indicó el hombre—. ¿Quiere que lo acerque más?

—No —respondió Ricky—. Aquí está bien. —Pagó y abandonó el reducido asiento trasero.

Como medio sospechaba, no había rastro del camión de mudanzas frente al gran edificio de oficinas. Miró arriba y abajo, pero no vio rastro del abogado, de la empresa ni del mobiliario de oficina. Comprobó la dirección de la tarjeta y se aseguró de estar en el sitio correcto. Echó un vistazo al interior del edificio y vio un mostrador de seguridad en el vestíbulo. Un guardia uniformado leía una novela de bolsillo detrás de un grupo de pantallas de vídeo y de un tablero electrónico que mostraba los movimientos del ascensor. Ricky entró en el edificio y se acercó a un directorio de oficinas colocado en la pared. Lo comprobó deprisa y no encontró a nadie llamado Merlin. Se dirigió hacia el guardia, que levantó la vista.

—¿Puedo ayudarle? —preguntó.

—Sí —contestó Ricky—. Tal vez me he confundido. Tengo la tarjeta de este abogado, pero no lo encuentro en el directorio. Debería instalarse aquí hoy.

El guardia estudió la tarjeta, frunció el entrecejo y meneó la cabeza.

—La dirección es correcta —afirmó—. Pero no tenemos a nadie con este nombre.

—¿Quizás una oficina vacía? Como le dije, se trasladaban hoy.

—Nadie avisó de eso a seguridad. Y no hay ningún local vacío, desde hace años.

—Qué extraño. Debe de ser un error de imprenta.

—Podría ser —dijo el guardia, y le devolvió la tarjeta.

Ricky pensó que había ganado su primera escaramuza

con el hombre que lo acechaba. Pero no estaba seguro de qué obtenía con ello.

Cuando llegó a casa, todavía se sentía algo petulante. No sabía muy bien a quién había conocido en aquel bufete y se preguntaba si Merlin no sería en realidad el propio Rumplestiltskin. Pensó que era una posibilidad cierta, porque no había duda de que el cerebro del asunto querría ver a Ricky en persona, cara a cara. No estaba seguro de por qué lo creía, pero parecía tener algún sentido. Era difícil imaginar a alguien que obtuviera placer torturándolo sin desear ver sus logros personalmente.

Pero esta observación no empezaba siquiera a colorear el retrato que sabía que tendría que trazar para adivinar la identidad de ese hombre.

«¿Qué sabes sobre los psicópatas?», se preguntó mientras subía la escalinata del edificio de piedra rojiza que albergaba su vivienda y consulta, además de otros cuatro pisos. «No mucho», se contestó. Sus conocimientos se referían a los problemas y las neurosis de personas normales y corrientes, y a las mentiras que se contaban a sí mismas para justificar su conducta. Pero no sabía nada sobre alguien que creara todo un mundo de mentiras para provocar una muerte. Se trataba de un territorio desconocido para él.

La satisfacción que había sentido al ser por una vez más hábil que Rumplestiltskin se evaporó. Se recordó con frialdad lo que había en juego.

Vio que habían repartido el correo y abrió su buzón. Un sobre largo y estrecho llevaba el membrete de la policía de Nueva York en la esquina superior izquierda. Lo abrió y comprobó que contenía un trozo de papel unido a una hoja fotocopiada. Leyó la carta pequeña.

Estimado doctor Starks:
En nuestra investigación descubrimos la hoja adjunta entre los efectos personales de Zimmerman. Como le

menciona y parece comentar su tratamiento, se la envío. Por cierto, el caso sobre esta muerte está cerrado.

Atentamente,
Detective J. RIGGINS

Ricky leyó la fotocopia. Era breve, estaba mecanografiada y le provocó un miedo difuso.

A quien lo lea:
Hablo y hablo pero no mejoro. Nadie me ayuda. Nadie escucha a mi yo real. He dejado todo dispuesto para los cuidados de mi madre. Lo encontrarán en mi oficina junto con mi testamento, los papeles del seguro y los demás documentos. Pido perdón a todos los implicados, salvo al doctor Starks. Adiós a los demás.

ROGER ZIMMERMAN

Hasta la firma estaba mecanografiada. Ricky contempló la nota de suicidio y sintió que sus emociones lo abandonaban.

9

Para Ricky, la nota de Zimmerman no podía ser auténtica.

En su fuero interno se mantenía firme: era tan poco probable que Zimmerman se suicidara como que lo hiciera él mismo. No mostraba ningún signo de tendencias suicidas, inclinaciones a la autodestrucción ni propensión a la violencia contra sí mismo. Zimmerman era neurótico y testarudo, y estaba apenas empezando a comprender la percepción analítica; era un hombre al que todavía había que empujar para que consiguiese algo, como sin duda habían tenido que empujarlo a la vía del metro. Pero Ricky empezaba a tener problemas para discernir la realidad de lo que no lo era. Incluso con la nota de Riggins delante, tras su visita a la estación de metro y la comisaría, seguía costándole aceptar la realidad de la muerte de Zimmerman. Seguía alojado en algún lugar surrealista de su mente. Bajó los ojos hacia la carta de suicidio y comprendió que él era la única persona nombrada. Volvió a reparar en que no estaba firmada a mano, sólo habían mecanografiado el nombre. O lo había hecho el propio Zimmerman si es que él la había escrito.

La cabeza le daba vueltas y sintió un mareo acompañado de náuseas que sin duda eran psicosomáticas. Subió en ascensor con la sensación de arrastrar un peso atado a los tobillos y otro sobre los hombros. Las primeras sombras de autocompasión se cernieron sobre su corazón y la pregunta «¿por qué yo?» perseguía sus pasos lentos. Para cuando llegó a su consulta, estaba agotado.

Se desplomó sobre la silla del despacho y cogió la carta de la Sociedad Psicoanalítica. Tachó mentalmente el nombre del abogado, aunque no era tan tonto como para pensar que ya no sabría nada más de Merlin, quienquiera que fuese. En la carta figuraba el nombre del terapeuta de Boston que su supuesta víctima estaba visitando, y Ricky supo que sin duda se pretendía que ése fuera su siguiente contacto. Por un momento deseó ignorar el nombre, no hacer lo que se esperaba de él, pero al mismo tiempo pensó que no proclamar con decisión su inocencia se consideraría propio de un hombre culpable, de modo que, aunque estuviera previsto y resultara inútil, tenía que hacer esa llamada.

Todavía con el estómago revuelto, marcó el número del terapeuta. Sonó una vez y, como medio esperaba, saltó un contestador automático:

«Le habla el doctor Martin Soloman. En este momento no puedo atender su llamada. Por favor, deje su nombre, su número y su mensaje y le llamaré lo antes posible.»

«Por lo menos no se ha ido aún de vacaciones», pensó Ricky.

—Doctor Soloman —dijo, intentando sonar con rabia e indignación—, soy el doctor Frederick Starks, de Manhattan. Una paciente suya me ha acusado de una grave falta de ética. Me gustaría informarle de que todas esas acusaciones son totalmente falsas. Son una fantasía, sin ninguna base en lo esencial ni en la realidad. Gracias.

Y colgó. La solidez del mensaje lo reanimó un poco. Consultó su reloj. «Cinco minutos —pensó—. Diez como mucho, para que me devuelva la llamada.»

En eso acertó. Al cabo de siete minutos, sonó el teléfono.

Contestó con un grave y sólido:

—Al habla el doctor Starks.

Su interlocutor pareció inspirar hondo antes de hablar.

—Soy Martin Soloman, doctor. Recibí su mensaje y me pareció que lo mejor sería llamarle de inmediato.

Ricky esperó un momento antes de hablar, lo que llenó la línea de silencio.

—¿Quién es esa paciente que me ha acusado?

Fue correspondido con un silencio igual antes de que Soloman contestara.

—No estoy autorizado aún a divulgar su nombre. Me ha dicho que, cuando los investigadores del Colegio de Médicos se pongan en contacto conmigo, se pondrá a su disposición. El mero hecho de denunciarlo a la Sociedad Psicoanalítica de Nueva York ha sido un paso importante en su recuperación. Necesita seguir con precaución. Pero esto me parece increíble, doctor. Seguro que sabe quiénes han sido sus pacientes en un margen tan corto de tiempo. Y acusaciones como la suya, con los detalles que me ha dado en los últimos seis meses, sin duda dan crédito a lo que dice.

—¿Detalles? ¿Qué clase de detalles?

—Bueno, no sé si debo... —vaciló el médico.

—No sea ridículo. No he creído ni por un momento que esta persona exista —lo interrumpió Ricky con brusquedad.

—Le aseguro que es real. Y su dolor es considerable —replicó el terapeuta, en una imitación de lo que el abogado Merlin había afirmado antes ese mismo día—. Francamente, doctor, encuentro sus desmentidos muy poco convincentes.

—A ver, entonces, ¿qué detalles?

—Le ha descrito física e íntimamente —afirmó Soloman tras vacilar—. Ha descrito su consulta. Puede imitar su voz de un modo que ahora me resulta asombrosamente exacto...

—Imposible —soltó Ricky.

—Dígame, doctor —quiso saber Soloman tras otra pausa—, en la pared de su consulta, junto al retrato de Freud, ¿tiene una xilografía azul y amarilla de un ocaso en Cape Cod?

Ricky se quedó sin respiración. De las pocas obras de arte que quedaban en su monástica casa, ésa era una. Se la había regalado su mujer en su decimoquinto aniversario de bodas, y era una de las pocas cosas que habían sobrevivido a la purga de su presencia después de que sucumbiera al cáncer.

—La tiene, ¿verdad? —continuó Soloman—. Mi paciente dijo que se concentraba en esa obra e intentaba transportarse a la imagen mientras usted abusaba sexualmente de ella. Como una experiencia extracorpórea. He conocido otras víctimas de delitos sexuales que hacían lo mismo, imaginarse en otro sitio fuera de la realidad. Es un mecanismo de defensa bastante habitual.

—Nada de eso tuvo lugar nunca. —Ricky tragó saliva con dificultad.

—Bueno —repuso Soloman con brusquedad—, no es a mí a quien tiene que convencer.

Ricky vaciló antes de preguntar:

—¿Cuánto tiempo hace que atiende a esta paciente?

—Seis meses. Y todavía nos queda mucho camino por recorrer.

—¿Quién se la mandó?

—¿Cómo dice?

—¿Quién la mandó a su consulta?

—No lo recuerdo...

—¿Me está diciendo que una mujer que sufre esta clase de trauma emocional eligió su nombre en la guía telefónica?

—Tendría que buscarlo en mis notas.

—Sería suficiente con que lo recordara.

—Aun así, tendría que buscarlo.

—Comprobará que nadie se la mandó —siseó Ricky—. Lo eligió por alguna razón evidente. Así que se lo preguntaré otra vez: ¿por qué usted, doctor?

—Tengo fama en esta ciudad por mis logros con las víctimas de delitos sexuales —afirmó Soloman tras pensarlo.

—¿A qué se refiere con eso de «fama»?

—He escrito algunos artículos sobre mi trabajo en la prensa local.

—¿Declara a menudo en juicios? —Ricky pensaba con rapidez.

—No tan a menudo. Pero estoy familiarizado con el proceso.

—¿Qué a menudo es no tan a menudo?

—Dos o tres veces. Y sé adónde quiere ir a parar. Sí, han sido casos prominentes.

—¿Ha sido alguna vez un testigo experto?

—Pues sí. En varios pleitos civiles, incluido uno contra un psiquiatra acusado más o menos de lo mismo que usted. Soy profesor en la Universidad de Massachusetts, donde enseño diversos métodos de recuperación para las víctimas.

—¿Apareció su nombre en la prensa poco antes de que esta paciente fuera a verlo? ¿De modo destacado?

—Sí, en un artículo del *Boston Globe*. Pero no veo qué...

—¿E insiste en que su paciente es creíble?

—Sí. He hecho terapia con ella durante seis meses. Dos horas a la semana. Ha sido de lo más coherente. Nada de lo que ha dicho hasta este momento me haría dudar de su palabra. Doctor, usted y yo sabemos que resulta casi imposible mentir a un terapeuta, sobre todo durante un espacio prolongado de tiempo.

Unos días antes, Ricky habría estado de acuerdo con esta afirmación. Ahora ya no estaba tan seguro.

—¿Y dónde se encuentra ahora su paciente?

—De vacaciones hasta la tercera semana de agosto.

—¿No le dejó un número de teléfono donde poder localizarla en agosto?

—No. Creo que no. Le di hora para finales de mes y nada más.

Ricky se lo pensó muy bien e hizo otra pregunta:

—¿Y tiene unos extraordinarios, sorprendentes y penetrantes ojos verdes?

Soloman vaciló. Cuando habló, fue con una reserva glacial.

—Así pues, la conoce.

—No —dijo Ricky—. Sólo intentaba adivinar.

Y colgó.

«Virgil», se dijo.

Ricky contemplaba el grabado que figuraba de modo tan prominente en los recuerdos ficticios de la falsa paciente de Soloman. No tenía ninguna duda de que Soloman era real, ni de que había sido escogido con cuidado. Tampoco había duda de que el famoso doctor Soloman no volvería a ver a la joven tan bella y tan angustiada que había solicitado sus cuidados. Por lo menos en el contexto que Soloman esperaba. Ricky sacudió la cabeza. Había muchos terapeutas cuya vanidad era tan grande que les encantaba la atención de la prensa y la devoción de sus pacientes. Actuaban como si tuvieran una percepción totalizadora y completamente mágica de las costumbres del mundo y los actos de las personas, y expresaban opiniones y hacían declaraciones apresuradas con ligereza muy poco profesional. Ricky sospechaba que Soloman correspondía al tipo de esos psiquiatras de tertulia que adoptan la postura de saber las cosas sin el trabajo que cuesta llegar a percibirlas. Es más fácil escuchar a alguien un rato e improvisar que sentarse día tras día y penetrar las capas de lo mundano y trivial en búsqueda de lo profundo. Lo único que le inspiraban los miembros de su profesión que se prestaban a dictámenes judiciales y artículos periodísticos era desprecio.

Pero Ricky comprendía que la reputación, la fama y la popularidad de Soloman darían credibilidad a la acusación. Al aparecer su nombre en esa carta, ésta ganaba el peso suficiente para el propósito de la persona que la concibió.

«¿Qué has averiguado hoy?», se preguntó Ricky.

Mucho. Pero sobre todo que los hilos de la red en que se encontraba atrapado habían sido tendidos meses antes.

Volvió a contemplar el grabado de la pared.

«Estuvieron aquí —pensó—. Mucho antes del otro día.» Recorrió la consulta con la mirada. No había nada seguro. Nada era privado. Habían estado ahí meses atrás y él no lo había sabido.

La rabia le sacudió como un puñetazo en el estómago, y su primera reacción fue agarrar aquel grabado y arrancarlo de la pared. Lo tiró a la papelera que tenía junto a la mesa, con lo que se partió el marco y el cristal se hizo añicos. Resonó como un disparo en las reducidas dimensiones de la habitación. De sus labios salieron palabrotas, inusitadas y fuertes, que llenaron el aire de dardos. Se volvió y se aferró a los lados del escritorio, como para no perder el equilibrio.

Con la misma rapidez que surgió, la cólera desapareció, sustituida por otra oleada de náuseas. Se sentía mareado y la cabeza le daba vueltas, como cuando uno se levanta demasiado deprisa, sobre todo si tiene una gripe o un fuerte resfriado. Ricky se tambaleó emocionalmente. Respiraba con dificultad, más bien resollaba, y parecía que alguien le hubiera ceñido una cuerda alrededor del tórax.

Tardó varios minutos en recobrar el equilibrio y, aun así, seguía sintiéndose débil, casi agotado.

Echó un nuevo vistazo alrededor de la consulta, pero ahora parecía distinta. Era como si todos los objetos cotidianos se hubieran vuelto siniestros. Pensó que ya no podía fiarse de nada de lo que tenía a la vista. Se preguntó qué más habría contado Virgil al médico de Boston; qué otros detalles de su vida estarían ahora expuestos en una denuncia presentada al Colegio de Médicos. Recordó las veces en que pacientes suyos lo habían visitado, consternados, después de que les entraran a robar en casa o de que los atracaran, y habían hablado de cómo una sensación de violación les había afectado la vida. Él los escuchaba con comprensión y objetividad clínica, sin haber entendido nunca en realidad lo primaria que era esa sensación. Ahora lo comprendía mejor.

Él también se sentía violado.

De nuevo recorrió la habitación con la mirada. Lo que antes le parecía seguro estaba perdiendo con rapidez esa cualidad. «Hacer que una mentira parezca real es complicado —pensó—. Exige planificación.» Se ubicó detrás del escritorio y vio que el contestador automático parpadeaba. El contador de mensajes estaba también iluminado en rojo, y marcaba el número cuatro. Pulsó la tecla que activaba la máquina para escuchar el primer mensaje. Reconoció de inmediato la voz de un paciente, un redactor de mediana edad del *New*

York Times; un hombre atrapado en un empleo bien remunerado pero monótono, dedicado a revisar textos para la sección de ciencia escritos por reporteros más jóvenes e impetuosos. Era un hombre que ansiaba hacer más cosas con su vida, investigar la creatividad y la originalidad, pero que temía el trastorno que satisfacer ese deseo pudiera acarrear a una vida muy bien reglamentada. Sin embargo, este paciente era inteligente, culto, y efectuaba grandes avances en la terapia desde que había comprendido la relación entre la rígida educación que le habían inculcado sus padres, profesores de universidad del Medio Oeste, y su miedo a correr riesgos. A Ricky le caía bastante bien, y creía muy probable que terminara el psicoanálisis y viera la libertad que le proporcionaría como una oportunidad, lo que es una enorme satisfacción para cualquier terapeuta.

«Doctor Starks —decía el hombre despacio, casi renuente, al identificarse—, lamento dejarle un mensaje en el contestador durante sus vacaciones. No quiero importunarle pero en el correo de esta mañana me ha llegado una carta muy inquietante.»

Ricky inspiró hondo. La voz del paciente siguió despacio.

«Es una fotocopia de una denuncia presentada en su contra ante el Colegio de Médicos y la Sociedad Psicoanalítica de Nueva York. Soy consciente de que la naturaleza anónima de la acusación la hace muy difícil de rebatir. Por cierto, la fotocopia fue remitida a mi casa, no a mi oficina, y carecía de remitente o de cualquier otra característica identificadora.»

El paciente vaciló de nuevo.

«Me encuentro ante un serio conflicto de intereses. No tengo duda de que la denuncia es una noticia importante y de que debería pasarla a uno de nuestros periodistas de información local para que la investigara. Por otra parte, eso comprometería mucho nuestra relación. Estoy muy preocupado por las acusaciones, que supongo usted negará...»

El paciente pareció recuperar el aliento para añadir con un tinte de amargura:

«Todo el mundo niega siempre haber obrado mal. "No lo hice, no lo hice, no lo hice"... Hasta que los hechos y las circunstancias son tan evidentes que ya no pueden mentir más. Presidentes, funcionarios, empresarios, médicos... Hasta monitores de *boyscouts* y entrenadores de ligas infantiles, por el amor de Dios. Cuando por fin se ven obligados a decir la verdad, esperan que todo el mundo entienda que se vieron obligados a mentir, como si fuese correcto seguir mintiendo hasta que estás tan atrapado que ya no puedes hacerlo más.»

El paciente se detuvo otra vez y, después, colgó. El mensaje parecía cortado, como si faltara la pregunta que quería que Ricky contestara.

A Ricky le temblaba la mano cuando pulsó de nuevo el *play* del contestador. El siguiente mensaje era sólo el llanto de una mujer. Por desgracia, lo reconoció y supo que era otra paciente de hacía tiempo. Sospechó que ella también habría recibido una copia de la carta. Avanzó la cinta. Los dos mensajes restantes eran asimismo de pacientes. Uno, un destacado coreógrafo de Broadway, farfulló de rabia apenas contenida. El otro, una fotógrafa de estudio de cierto renombre, parecía tan confundida como consternada.

Lo invadió la desesperación. Quizá por primera vez en su carrera profesional, no sabía qué decir a sus pacientes. Imaginó que los que todavía no habían llamado no habrían abierto aún el correo.

Uno de los elementos fundamentales del psicoanálisis es la curiosa relación entre paciente y terapeuta, en que el paciente revela cada detalle íntimo de su vida a una persona que no corresponde del mismo modo y que muy rara vez reacciona a una información incluso de lo más provocadora. En el juego infantil de la verdad, se establece la confianza a través del riesgo compartido. Tú me cuentas, yo te cuento. Tú me muestras lo tuyo, yo te muestro lo mío. El psicoanálisis desnivela esta relación y la convierte en totalmente unilateral. Ricky sabía que la fascinación de los pacientes por quién era él, por lo que pensaba y sentía y por cómo reaccionaba eran dinámicas importantes y formaban parte del gran proceso de transferencia que tenía lugar en su consulta, en el que sentado en silencio detrás de sus pacientes tumbados en el diván, se convertía simbólicamente en muchas cosas pero, sobre todo, pasaba a simbolizar algo distinto y perturbador para cada uno de ellos, y así, al adoptar esos diferentes papeles para cada paciente, podía guiarlos a través de sus problemas. Su silencio pasaba a representar psicológicamente la madre de un paciente, el padre de otro, el jefe de un tercero. Su silencio pasaba a representar el amor y el odio, la cólera y la tristeza. Podía convertirse en pérdida, y también en rechazo. En ciertos sentidos, en su opinión, el analista era un camaleón, que cambia de color ante la superficie de cualquier objeto que toca.

No devolvió ninguna de las llamadas de sus pacientes. Por la noche, todos habían telefoneado. Pensó que el redactor del *Times* tenía razón. Vivimos en una sociedad que ha cambiado el concepto de la negación. La negación va acompañada ahora de la suposición de que es sólo una mentira de conveniencia para ser adaptada en algún momento posterior, cuando se ha negociado una verdad aceptable.

Una sola mentira bien elaborada había atacado de un modo salvaje horas que sumaban días y semanas que se convertían en meses y se volvían años con cada uno de los pacientes. No sabía muy bien cómo reaccionar ante sus pacientes o si no debería hacerlo en absoluto. El clínico que había en él sabía que examinar la reacción de cada paciente a las acusaciones sería provechoso, pero a la vez parecía inútil.

Para cenar se preparó una sopa de pollo enlatada.

Mientras la tomaba, se preguntó si algunos de los cacareados poderes medicinales y reconstituyentes de aquel brebaje le fluirían hasta el corazón.

Todavía no tenía ningún plan de actuación. Ningún mapa que pudiera seguir. Un diagnóstico, seguido de un tratamiento. Hasta ese momento, Rumplestiltskin le recordaba una especie de cáncer insidioso que atacaba distintas partes de su persona. Aún tenía que definir cómo abordarlo. El problema era que eso contrariaba su formación. Si hubiera sido oncólogo, como los médicos que trataron sin éxito a su esposa, o incluso un dentista, que podía ver el diente cariado y extraerlo, lo habría hecho. Pero la formación de Ricky era muy distinta. Un analista, aunque reconoce algunas características y síndromes definibles, deja en última instancia que el paciente invente el tratamiento en el simple contexto del proceso. Ricky se veía limitado en su forma de abordar la cuestión de Rumplestiltskin y sus amenazas por la misma cualidad que lo había mantenido en tan buen lugar durante tantos años. La pasividad que constituía el sello de su profesión era, de repente, peligrosa.

A última hora de la noche, le preocupó por primera vez que Rumplestiltskin pudiera matarlo.

10

Por la mañana, marcó otro día en el calendario de Rumplestiltskin y redactó los siguientes versos:

Me dediqué a buscar a destajo
en veinte años de mi trabajo.
¿Es ese número acertado?
El tiempo casi se ha terminado
y no puedo dejar de preguntar:
¿a la madre de R debo encontrar?

Se dio cuenta de que se estaba apartando de las normas de Rumplestiltskin. En primer lugar, hacía dos preguntas en lugar de una, y además no las formulaba para obtener una simple respuesta afirmativa o negativa como le habían instruido. Pero intuía que si usaba la misma rima infantil que su torturador, lo induciría a pasar por alto la violación de las normas y, tal vez, a contestar con un poco más de claridad. Sabía que necesitaba información para deducir quién le había tendido esa trampa. Mucha más información. No se hacía ilusiones de que Rumplestiltskin fuera a revelar algún detalle que le indicara con exactitud dónde buscarlo, ni que pudiera proporcionarle al instante una vía hacia un nombre que podría dar a las autoridades (si lograba deducir con qué autoridades debía ponerse en contacto). Ese hombre había planeado su venganza con demasiada precisión para que eso pasara ahora mismo. Pero un analista se considera un científico de lo indirecto y lo oculto. Así que Ricky debería ser un especialista en las cosas escondidas y encubiertas, y si tenía que averiguar el nombre real de Rumplestiltskin, debería hacerlo a partir de un desliz que él, por muy intrincados que fueran sus planes, no hubiera previsto.

La mujer del *Times* que tomó el pedido para el anuncio de una columna en portada pareció agradablemente intrigada por el poema.

—No es habitual —comentó—. Suelen ser anuncios del tipo «Felices bodas de oro, papá y mamá» o ganchos publicitarios para algún producto nuevo que alguien quiere vender. Esto parece distinto. ¿Cuál es el motivo? —preguntó.

—Forma parte de un elaborado juego —contestó Ricky, procurando ser educado con una mentira eficiente—. Una diversión veraniega de un par de amigos a los que nos gustan los acertijos y los rompecabezas.

—Vaya —replicó la mujer—. Suena divertido.

Ricky no respondió, porque aquello no tenía nada de divertido. La mujer del periódico le leyó el poema una última vez para asegurarse de haberlo anotado bien, y luego le tomó los datos. Le preguntó si quería que le mandara una factura o que le cargara el importe a una tarjeta de crédito. Se decidió por esta última opción. Oyó a la mujer teclear en el ordenador los números de su Visa a medida que se los iba diciendo.

—Bien, eso es todo —añadió la mujer—. El anuncio saldrá mañana. Buena suerte con el juego. Espero que gane.

—Yo también —dijo. Le dio las gracias y colgó.

Volvió a concentrarse en el montón de notas y expedientes.

«Delimita y elimina —pensó—. Sé sistemático y meticuloso. Descarta a los hombres o descarta a las mujeres. Descarta a los viejos, concéntrate en los jóvenes. Encuentra la secuencia temporal adecuada. Encuentra la relación correcta. Eso te dará un nombre. Un nombre llevará a otro.»

Respiraba con fuerza. Se había pasado la vida intentando ayudar a la gente a conocer las fuerzas emocionales que motivaban su comportamiento. Lo que hace un analista es aislar la culpa e intentar traducirla en algo manejable, porque la necesidad de venganza es tan incapacitante como cualquier neurosis. El analista busca que el paciente encuentre un modo de superar esa necesidad y esa cólera. No es inusual que un paciente empiece una terapia manifestando una furia que parece exigir una actuación. Se elabora un tratamiento destinado a eliminar ese impulso, de modo que pueda seguir con su vida sin la necesidad compulsiva de vengarse.

Vengarse, en su mundo, era una debilidad. Quizás hasta una enfermedad.

Ricky meneó la cabeza.

Mientras procuraba revisar lo que sabía y cómo aplicarlo a su situación, sonó el teléfono del escritorio. Lo sobresaltó y dudó antes de cogerlo, pensando que podía ser Virgil.

No lo era. Se trataba de la mujer de los anuncios del *Times*.

—¿El doctor Starks?

—Sí.

—Lamento tener que llamarle, pero hemos tenido un problema.

—¿Un problema? ¿Qué clase de problema?

La mujer vaciló, como si le costara hablar.

—La tarjeta Visa que me dio está cancelada. ¿Está seguro de haberme dado bien el número?

—¿Cancelada? —Ricky se sonrojó y afirmó, indignado—: Eso es imposible.

—Bueno, a lo mejor lo anoté mal.

Ricky sacó la tarjeta para volver a leer los números, pero esta vez despacio.

—Pues es el número para el que pedí autorización —dijo la mujer—. Me lo devolvieron diciendo que la tarjeta había sido cancelada recientemente.

—No lo entiendo —repuso Ricky con frustración creciente—. Yo no he cancelado nada. Y pago todo el saldo cada mes...

—Las compañías de tarjetas de crédito cometen muchos errores —comentó la mujer, apenada—. ¿Tiene otra tarjeta?

¿O prefiere que le mande una factura para pagar con un talón?

Ricky empezó a sacar otra tarjeta de la cartera pero se detuvo. Tragó saliva con fuerza.

—Lamento las molestias —dijo despacio, y de repente le costaba mucho contenerse—. Llamaré a los de Visa. Mientras tanto, mándeme la factura, por favor.

La mujer accedió y comprobó su dirección.

—Suele pasar —añadió—. ¿Perdió la cartera? A veces los ladrones obtienen el número en extractos viejos que se han tirado. O compramos algo y el dependiente vende el número a un sinvergüenza. Hay millones de maneras de falsificar las tarjetas, doctor. Pero será mejor que llame a Visa y lo solucione. O acabará recibiendo cargos que no son suyos. En cualquier caso, seguramente le mandarán una tarjeta nueva en un par de días.

—Descuide —dijo Ricky, y colgó.

Despacio, extrajo todas sus tarjetas de crédito. «No sirven de nada —se dijo—. Las han cancelado todas.» No sabía cómo pero sabía quién.

No obstante, empezó el tedioso proceso de llamar para averiguar lo que ya sabía. El servicio de atención al cliente de las distintas compañías fue agradable pero no demasiado servicial. Cuando intentaba explicar que él no había cancelado las tarjetas, le informaban que sí lo había hecho. Era lo que aparecía en el ordenador, y lo que ponía el ordenador tenía que ser cierto. Preguntó a cada compañía cómo había sido cancelada la tarjeta y cada vez le contestaron que la petición se había hecho electrónicamente a través de Internet. Le indicaron, diligentes, que esas operaciones sencillas podían hacerse con unos cuantos golpes de teclado, que era un servicio que el banco ofrecía para facilitar la situación financiera de sus clientes, aunque Ricky, en su situación actual, podría haber discutido ese punto. Todos le ofrecieron abrirle nuevas cuentas.

Dijo a cada compañía que ya la llamaría. Luego, tomó unas tijeras y cortó los inservibles plástico por la mitad. No se le escapaba que eso era precisamente lo que algunos pacientes se habían visto obligados a hacer cuando habían superado su crédito e incurrido en gravosas deudas.

Ricky no sabía hasta qué punto habría logrado Rumplestiltskin penetrar en sus finanzas. Ni cómo.

«"Deuda" es un concepto próximo a su juego —pensó—. Cree que le debo algo que no puede pagarse con un talón o una tarjeta de crédito.»

Por la mañana tendría que hacer una visita a la sucursal de su banco. También telefoneó al hombre que se encargaba de su modesta cartera de inversiones y le dejó un mensaje pidiendo que el corredor le devolviera la llamada lo antes posible. Después se recostó un momento e intentó imaginar cómo Rumplestiltskin habría accedido a esa parte de su vida.

Ricky no sabía nada de informática. Sus conocimientos de Internet, páginas web, chats y ciberespacio se limitaban a estar vagamente familiarizado con las palabras, pero no con la realidad. Sus pacientes hablaban a menudo de una vida conectada a Internet y, de ese modo, se había hecho alguna idea de lo que un ordenador podía hacer, pero más aún de lo que un ordenador les hacía a ellos. Jamás había tenido interés en aprender nada de eso. Efectuaba sus anotaciones con bolígrafo en libretas. Si tenía que redactar una carta, usaba una antigua máquina de escribir eléctrica que tenía más de veinte años y que guardaba en un armario. Pero tenía ordenador. Su mujer había comprado uno el año en que había enfermado y lo había actualizado un año antes de morir. Sabía que ella lo utilizaba para conectarse con grupos de apoyo a los enfermos de cáncer y para hablar con otras víctimas de la enfermedad en ese mundo curiosamente impersonal de Internet. No había participado con ella en esas cosas, pensando que respetaba su intimidad al no inmiscuirse, aunque también podría haber pensado que no mostraba suficiente interés. Poco después de su muerte, había quitado la máquina de la mesa del rincón del dormitorio que su mujer ocupaba cuando conseguía reunir energía suficiente para levantarse de la cama y la había guardado en los trasteros del sótano del edificio. Tenía intención de tirarlo o de donarlo a una escuela o biblioteca, pero aún no lo había hecho. Pensó que ahora lo necesitaría.

Porque sospechaba que Rumplestiltskin sabía usar muy bien un ordenador.

Se levantó del asiento, decidido a recuperar el ordenador de su difunta esposa. En el cajón superior derecho de la mesa guardaba la llave de un candado, y la cogió.

Se aseguró de cerrar con llave la puerta de su casa y bajó en ascensor hasta el sótano. Hacía meses que no iba a los trasteros y arrugó la nariz al oler su aire mohoso y viciado. Tenía un matiz rancio y nauseabundo, que el calor diario incrementaba. Salir del ascensor le produjo una opresión en el pecho. Se preguntó por qué la dirección del edificio no limpiaba nunca esa zona. Pulsó el interruptor de la luz y se encendió una bombilla pelada que daba escasa luz al sótano. Dondequiera que se dirigía, proyectaba sombras y cruzaba oscuridad y humedad. Cada uno de los seis pisos del edificio tenía un trastero delimitado por tela metálica clavada a unas estructuras baratas de madera con el número del piso. Era un lugar de sillas rotas y cajas de papeles viejos, bicicletas oxidadas, esquíes, baúles y maletas innecesarias. La mayoría de las cosas estaba cubierta de polvo y telarañas, y casi todo se incluía en la categoría de algo un pelín valioso para tirar pero no tanto como para tenerlo a mano cada día. Cosas reunidas con el tiempo que habían descendido a la categoría de «mejor guardarlo porque algún día podríamos necesitarlo», aunque eso es difícil.

Ricky se agachó un poco a pesar de que no tocaba el techo, impulsado por el ambiente cerrado. Se acercó a su trastero con la llave en la mano.

Pero el candado estaba abierto. Colgaba del cerrojo como un adorno olvidado en un árbol de Navidad. Lo observó más de cerca y vio que lo habían reventado.

Retrocedió un paso, sorprendido, como si una rata hubiera pasado corriendo frente a él.

Su primer impulso fue dar media vuelta y correr; el segundo, avanzar. Fue lo que hizo. Abrió la puerta de tela metálica y vio que lo que había ido a buscar, la caja que contenía el ordenador de su mujer, no estaba allí. Se adentró más en el trastero. Su cuerpo tapaba en parte la luz, así que sólo unas franjas afiladas de iluminación horadaban el espacio. Echó un vistazo alrededor y vio que faltaba otra cosa: un archivador de plástico donde guardaba sus ejemplares de las declaraciones de la renta.

El resto de las cosas parecía intacto, si eso servía de algo.

Prácticamente paralizado por una sensación abrumadora de derrota, regresó al ascensor. De vuelta a la luz del día y al aire más puro, y fuera de la suciedad y el polvo de los recuerdos almacenados abajo, empezó a pensar en el impacto que podrían tener el ordenador y las declaraciones de renta desaparecidos.

«¿Qué me han robado?», se preguntó. Y se estremeció al responderse: «Es probable que todo.»

Las declaraciones de la renta desaparecidas le provocaron una sensación horrible. No era extraño que Merlin supiera tanto sobre sus activos; seguramente lo sabía todo sobre sus modestas finanzas. Una declaración de la renta es como un mapa de carreteras que abarca desde la identidad hasta las donaciones benéficas. Muestra todas las rutas recorridas en la existencia de uno, sin la historia. Como un mapa, indica a alguien cómo ir de aquí a allá en la vida de otra persona, dónde están las autopistas y dónde empiezan las carreteras secundarias. Lo único que le falta es color y descripción.

El ordenador desaparecido también le preocupaba. No tenía idea de lo que quedaba en el disco duro, pero sabía que había algo. Intentó recordar las horas que su mujer había pasado ante esa máquina antes de que la enfermedad le robara incluso las fuerzas para teclear. Desconocía qué cantidad de su dolor, recuerdos, ideas y recorridos electrónicos habría en él. Lo único que sabía era que un informático cualificado podía recuperar todo tipo de trayectos a partir de la memoria del ordenador. Supuso que Rumplestiltskin tenía la habilidad necesaria para extraer de la máquina lo que ésta contuviera.

Ricky se desplomó al llegar a su casa. Se sentía como si lo hubiesen cortado con una hoja de afeitar caliente. Miró alrededor y supo que todo lo que creía tan seguro y privado en su vida era vulnerable.

Nada era secreto.

De haber sido un niño, se habría echado a llorar en ese mismo instante.

Esa noche sus sueños estuvieron poblados de imágenes sombrías y violentas. En uno, se vio intentando avanzar por una habitación mal iluminada, sabiendo todo el rato que si tropezaba y se caía, sería engullido por la penumbra del olvido, pero aun así cruzaba la estancia con paso vacilante, agarrándose a paredes vaporosas con dedos entumecidos, en un recorrido que parecía imposible. Despertó en medio de la negrura de su habitación, lleno de ese pánico momentáneo que se tiene al pasar de la inconsciencia a la conciencia, con la chaqueta del pijama manchada de sudor, la respiración superficial y la garganta seca, como si llevara horas gritando desesperado. Por un instante no estuvo seguro de haber dejado atrás la pesadilla y, hasta que encendió la lámpara de la mesilla y vio el conocido espacio de su habitación, su corazón no empezó a recuperar su ritmo normal. Dejó caer la cabeza de nuevo sobre la almohada, necesitado de reposo y a sabiendas de que no lo obtendría. No le costó interpretar sus sueños. Eran tan malignos como estaba empezando a serlo su vida.

El anuncio apareció esa mañana en la portada del *Times*, en la parte inferior, como Rumplestiltskin había especificado. Lo leyó varias veces y pensó que, por lo menos, daría a su torturador algo en qué pensar. No sabía cuánto tiempo tardaría en contestarle, pero esperaba alguna clase de respuesta con rapidez, tal vez en el periódico de la mañana siguiente. Mientras tanto, decidió que lo mejor sería seguir trabajando en el rompecabezas.

Con la publicación del anuncio, sintió un sentimiento momentáneo e ilusorio de triunfo, como animado por haber dado un paso adelante. La desesperación abrumadora del día anterior al descubrir la falta del ordenador y el robo de las declaraciones de la renta quedaba, si no del todo olvidada, por lo menos aparcada. El anuncio dio a Ricky la sensación de que por lo menos ese día no era una víctima. Se encontró concentrado, capaz de centrarse, con una memoria más aguda y precisa. El día le pasó volando, tan deprisa como lo habría hecho uno normal con pacientes, mientras recuperaba recuerdos y viajaba por su propio paisaje interior.

Al final de la mañana, había elaborado dos listas de trabajo independientes. Limitándose aún al período que empezaba en 1975 y acababa en 1985, en la primera lista identificó unas setenta y tres personas a las que había proporcionado tratamiento. Éste variaba desde un máximo de siete años para un hombre muy perturbado hasta tres meses para una mujer que pasaba por una crisis matrimonial. Como promedio, la mayoría de sus pacientes se situaba en la gama de tres a cinco años. En casi todos los casos se trataba de tradicionales análisis freudianos, de cuatro a cinco sesiones semanales, con el uso del diván y las diversas técnicas de la profesión. En unos pocos no era así; se trataba de encuentros cara a cara, sesiones más sencillas de conversación en los que había actuado menos como analista y más como un terapeuta corriente, con opiniones y consejos, que son precisamente las cosas que un analista más se esfuerza en evitar. A mediados de los años ochenta había ido dejando esta clase de pacientes para limitarse exclusivamente a la experiencia exhaustiva del psicoanálisis.

Sabía que también había varios pacientes, tal vez dos docenas en esos diez años, que habían empezado tratamientos y los habían interrumpido. Los motivos para abandonar la terapia eran diversos: algunos no disponían del dinero o el seguro médico necesario para pagar las sesiones; otros se habían visto obligados a mudarse debido a exigencias profesionales o escolares. Unos pocos habían decidido que no recibían suficiente ayuda o que ésta no era lo bastante rápida, o estaban demasiado enfadados con el mundo como para continuar. Eran pocos, pero existían.

Integraban su segunda lista, mucho más difícil de elaborar.

Se dio cuenta enseguida de que se trataba de una lista más peligrosa. Incluía personas que podían haber transformado su rabia en una obsesión por Ricky, y haber transmitido ésta después.

Ubicó ambas listas en la mesa, frente a él, y pensó que debería empezar el rastreo de nombres. Cuando tuviera la respuesta de Rumplestiltskin, podría eliminar a varias personas de cada una de ellas y seguir adelante.

Toda la mañana había esperado que sonara el teléfono, con una respuesta de su agente de bolsa. Le sorprendía un poco no tener noticias de él, porque en el pasado había manejado siempre el dinero de Ricky con diligencia y seriedad. Marcó el número otra vez y volvió a salirle la secretaria.

Pareció algo nerviosa al oír su voz.

—Oh, doctor Starks, el señor Williams estaba a punto de llamarle. Ha habido cierta confusión con su cuenta —aseguró.

—¿Confusión? —A Ricky se le hizo un nudo en el estómago—. ¿Cómo puede confundirse el dinero? Las personas pueden confundirse. Los perros pueden confundirse. El dinero no.

—Le pasaré con el señor Williams —dijo la secretaria.

Tras un breve silencio se oyó en la línea la no exactamente conocida pero tampoco irreconocible voz del corredor. Todas las inversiones de Ricky eran conservadoras, fondos mutuos y bonos. Nada arriesgado ni agresivo, sólo un crecimiento modesto y regular. Tampoco eran demasiado considerables. De todos los profesionales relacionados con el ámbito de la medicina, los psicoanalistas figuraban entre los más limitados en cuanto a lo que podían cobrar y a la cantidad de pacientes que podían atender. No eran como los radiólogos, que tenían tres pacientes a la misma hora en salas distintas, ni como los anestesistas, que iban de una operación a otra como si de una cadena de montaje se tratara. Los psicoanalistas no solían hacerse ricos, y Ricky no era la excepción. La casa de Cape Cod y el piso eran de propiedad, pero eso era todo. Ningún Mercedes. Ningún yate fondeado en Long Island Sound. Sólo algunas inversiones prudentes destinadas a proporcionarle suficiente dinero para jubilarse, si alguna vez decidía reducir el volumen de pacientes. Ricky hablaba con su corredor una o dos veces al año, nada más. Siempre había supuesto que era uno de los peces más pequeños de la firma.

—¿Doctor Starks? —El agente de bolsa se dejó oír con brusquedad y hablando deprisa—. Disculpe que le haya hecho esperar, pero estábamos intentando resolver un problema...

—¿Qué clase de problema? —Ricky parecía tener el estómago contraído.

—Bueno, ¿ha abierto usted una cuenta bursátil con uno de esos nuevos corredores de bolsa *on line*? Porque...

—No, no lo he hecho. En realidad, no sé de qué me está hablando.

—Bueno, eso es lo extraño. Al parecer ha habido muchas operaciones de un día en su cuenta.

—¿Operaciones de un día?

—Es contratar operaciones bursátiles con rapidez para intentar mantenerse por delante de las fluctuaciones del mercado.

—Entiendo. Pero yo no lo he hecho.

—¿Alguien más tiene acceso a sus cuentas? Tal vez su esposa...

—Mi esposa murió hace tres años —repuso Ricky con frialdad.

—Por supuesto —contestó el agente de inmediato—. Lo recuerdo. Disculpe. Pero acaso alguien más. ¿Tiene hijos?

—No. ¿Dónde está mi dinero? —Ricky fue cortante, exigente.

—Bueno, estamos comprobándolo. Puede convertirse en un asunto para la policía, doctor Starks. De hecho, es lo que estoy empezando a pensar. Es decir, si alguien logró acceder de modo ilegal a su cuenta...

—¿Dónde está mi dinero? —insistió Ricky.

—No puedo afirmarlo con precisión —contestó el agente tras vacilar—. Nuestros auditores internos están revisando la cuenta. Lo único que puedo decirle es que ha habido una actividad importante...

—¿Qué quiere decir? El dinero estaba ahí...

—Bueno, no exactamente. Hay literalmente docenas, puede que incluso centenares de contrataciones, transferencias, ventas, inversiones...

—¿Dónde está ahora?

—Una serie de transacciones complicadas y agresivas —prosiguió el corredor.

—No está contestando mi pregunta —se quejó Ricky con exasperación—. Mi dinero. Mi plan de jubilación, mis fondos en efectivo...

—Estamos comprobándolo. He puesto a mis mejores hombres a trabajar en ello. Nuestro jefe de seguridad lo llamará en cuanto hayan hecho algún progreso. No puedo creer que, con toda esta actividad, nadie haya detectado nada extraño.

—Pero mi dinero...

—Ahora mismo no hay dinero —indicó el agente lentamente—. O por lo menos no lo encontramos.

—No es posible.

—Ojalá, pero lo es. No se preocupe, doctor Starks. Nuestros investigadores rastrearán las transacciones. Llegaremos al fondo de esto. Y sus cuentas, o parte de ellas, están aseguradas. Al final lo arreglaremos. Sólo llevará algo de tiempo y, como le dije, puede que tengamos que involucrar a la policía y a la comisión de vigilancia del mercado de valores porque, por lo que me dice, cabe suponer algún tipo de robo.

—¿Cuánto tiempo?

—Es verano y tenemos parte del personal de vacaciones. Supongo que un par de semanas, como mucho.

Ricky colgó. No disponía de un par de semanas.

Al final del día había podido determinar que su única cuenta que no había sido robada y reventada era la cuenta corriente del First Cape Bank de Wellfleet. Era una cuenta destinada sólo a facilitar las cosas en verano. Su saldo era de diez mil dólares, dinero que usaba para pagar facturas en el mercado de pescado y la tienda de ultramarinos, la tienda de licores y la ferretería. Con ella pagaba sus herramientas de jardinería y las plantas y semillas. Era dinero para disfrutar de las vacaciones sin problemas. Una cuenta doméstica para el mes que pasaba en la casa de veraneo.

Le sorprendió un poco que Rumplestiltskin no hubiera arremetido también contra esos fondos. Estaba jugando con él, casi como si hubiera dejado en paz esa parte de dinero para burlarse de él. A pesar de eso, pensó que necesitaba encontrar una forma de hacerse con los fondos antes de que desaparecieran también en algún extraño limbo financiero. Llamó al director del First Cape Bank y le dijo que iba a cerrar la cuenta y quería retirar el saldo en efectivo.

El director le informó que tendría que estar presente para esa transacción. Ricky deseó que las demás instituciones que manejaban su dinero hubieran seguido la misma política. Explicó al director que había tenido algunos problemas con otras cuentas y que era importante que nadie excepto él tuviera acceso al dinero. El director se ofreció a librar un cheque bancario, que guardaría personalmente hasta la llegada de Ricky.

Ahora el problema era cómo ir hasta allí.

Olvidado en el escritorio, había un billete de avión abierto de La Guardia a Hyannis, Massachusetts. Se preguntó si la reserva seguiría operativa. Abrió la cartera y contó unos trescientos dólares en efectivo. En el cajón superior de la cómoda de su dormitorio tenía otros mil quinientos dólares en cheques de viaje. Era un anacronismo; en esta era de efectivo al instante obtenido en cajeros automáticos que pululaban por todas partes, la idea de que alguien guardara cheques de viaje para emergencias era arcaica. Ricky sintió cierta satisfacción al pensar que sus ideas anticuadas resultaran útiles. Se preguntó si no sería una noción que debería tener más presente.

Pero no tenía tiempo para cavilar acerca de ello.

Podría ir a cape Cod, y volver. Tardaría veinticuatro horas como mínimo. De pronto, lo invadió una sensación de letargo, casi como si no pudiera mover los músculos, como si las sinapsis cerebrales que emitían órdenes a los tendones y los tejidos de todo su cuerpo se hubieran declarado en huelga. Un profundo agotamiento que parodiaba su edad le recorrió el cuerpo. Se sintió torpe, estúpido y fatigado.

Se balanceó en la silla con la cabeza echada atrás. Reconoció los signos de una incipiente depresión clínica con la misma rapidez con que una madre identificaría un resfriado al primer estornudo de su hijo. Extendió las manos delante para detectar algún temblor. Su pulso seguía firme.

«¿Durante cuánto tiempo más?», se preguntó.

11

Ricky tuvo una respuesta en el *Times* de la mañana siguiente, pero no del modo que esperaba. Le dejaron el periódico a la puerta de su casa como cada día salvo los domingos, cuando solía caminar hasta el quiosco del barrio para comprar el grueso periódico antes de dirigirse a la cafetería cercana, como Rumplestiltskin había mencionado en su carta. La noche anterior había tenido más problemas para dormir, así que cuando oyó que el repartidor dejaba caer el periódico a la puerta, estaba pendiente y, en unos segundos, lo había recogido y abierto en la mesa de la cocina. Sus ojos se dirigieron a los pequeños anuncios de la parte inferior de la portada, pero sólo vio una felicitación de cumpleaños, el gancho de un servicio informático de citas y un anuncio de una sola columna: OPORTUNIDADES ESPECIALIZADAS, VÉASE PÁGINA B-16.

Ricky lanzó el periódico al otro lado de la pequeña cocina, frustrado. Al chocar contra la pared, hizo el ruido de un pájaro que intentara volar con un ala rota. Enfurecido, se sintió presa de un arrebato de cólera. Había esperado un poema o alguna respuesta enigmática y burlona en la parte inferior de la primera plana, del mismo modo que él había formulado la pregunta. «Ningún poema, ninguna respuesta», gruñó para sí.

—¿Cómo esperas que lo consiga antes de tu maldita fecha límite si no contestas de modo oportuno? —increpó a alguien que no estaba físicamente presente pero que ocupaba todos sus pensamientos.

Notó que le temblaban las manos y se preparó un café. La infusión no sirvió demasiado para tranquilizarlo. Intentó relajarse con unos ejercicios de respiración profunda, pero sólo le redujeron el ritmo cardíaco. La rabia le invadía el cuerpo como si fuera capaz de alcanzar hasta el último órgano y oprimirlo. Tenía la cabeza a punto de estallar y se sentía atrapado dentro del apartamento que antes consideraba su hogar. El sudor le resbalaba por las axilas, la frente le ardía y tenía la garganta seca y rasposa.

Debió de estar sentado a la mesa, inmóvil por fuera y revuelto por dentro, durante horas, casi en trance, incapaz de imaginar su próximo paso. Sabía que tenía que hacer planes, tomar decisiones y actuar en determinadas direcciones, pero no obtener una respuesta cuando la esperaba lo había paralizado. Le pareció que apenas podía moverse, como si de repente todas sus articulaciones se hubiesen paralizado y no estuvieran dispuestas a obedecer órdenes.

No tenía idea de cuánto rato había permanecido sentado así antes de fijar la mirada en el *Times* que seguía donde lo había tirado. Ni tampoco cuánto tiempo había contemplado el revoltijo de páginas antes de fijarse en una raya roja que asomaba bajo el montón. Y entonces, tras captar esta anomalía (después de todo, en el pasado no se llamaba al *Times* la Dama Gris por nada), de relacionarla con él. Observó la raya y, por fin, se dijo: «El *Times* no utiliza tinta roja. Suele ser de un sobrio blanco y negro dispuesto en un formato de siete columnas y dos secciones con una regularidad absoluta. Incluso las fotografías en color del presidente o las modelos que exhiben la última moda de París parecen adoptar automáticamente el tinte monótono y apagado del periódico.»

Se levantó de la silla y se agachó sobre el revoltijo del periódico. Alargó la mano hacia la salpicadura de color y tiró de ella.

Era la página B-16. Las necrológicas.

Pero, escrito en una tinta roja fluorescente sobre las imágenes, artículos y esquelas, leyó lo siguiente:

Siguiendo la pista estás
al volver la vista atrás.
Veinte años sitúa cuándo,
y a mi madre estás buscando.
Saber su nombre es otro cantar,
así que una pista te voy a dar.
Te diré que, cuando la atendiste,
como señorita la conociste.
Y los días que se sucedieron,
sus labios jamás sonrieron.
Dejaste tus promesas sin cumplir.
Y la venganza de su hijo vas a sufrir.
El padre lejos, la madre fallecida:
por eso quiero acabar con tu vida.
Y será mejor que termine esta rima,
o el tiempo se te echará encima.

Bajo el poema había una gran R roja y, debajo, en tinta negra, un rectángulo dibujado alrededor de una necrológica, con una gran flecha que señalaba la cara y la reseña del fallecido, y las palabras: «Aquí encajarás a la perfección.»

Estudió el poema durante un momento que se convirtió en minutos y, por último, se acercó a la hora, mientras digería cada palabra del modo que un *gourmet* haría con una excelente comida parisina, sólo que Ricky encontraba su sabor amargo y salado. Ya era bien entrada la mañana, otro día más tachado, cuando se percató de lo evidente: Rumplestiltskin había tenido acceso a su periódico entre la llegada al edificio de piedra rojiza y la entrega en su puerta. Sus dedos volaron hacia el teléfono y, en unos minutos, obtuvo el número del servicio de reparto. El teléfono sonó dos veces antes de que contestara una grabación:

«Si desea suscribirse, por favor, pulse uno. Si tiene alguna queja sobre el reparto o si no ha recibido su periódico, por favor, pulse dos. Para obtener información sobre su cuenta, por favor, pulse tres.»

Ninguna de estas opciones le pareció adecuada, pero sospechó que una queja podría arrancarle una respuesta humana, así que probó el dos. Eso provocó un timbre de llamada, seguido de una voz de mujer:

—¿Cuál es su dirección, por favor? —dijo sin más.

Ricky dudó pero se la dio.

—Todos los repartos a esa dirección aparecen como efectuados —afirmó la mujer.

—Sí, recibí mi periódico, pero quiero saber quién lo repartió.

—¿Cuál es el problema, señor? ¿Necesita un segundo reparto?

—No.

—Este número es para las personas que no han recibido el periódico.

—Ya lo sé —replicó él, empezando a exasperarse—. Pero hubo un problema en el reparto.

—¿No fue a tiempo?

—Sí fue a tiempo.

—¿Hizo demasiado ruido el repartidor?

—No.

—Este número es para quejas del reparto.

—Sí, ya me lo ha dicho. O no exactamente eso, y lo entiendo.

—¿Cuál es su problema, señor?

Ricky vaciló mientras buscaba palabras corrientes para hablar con la joven.

—Mi periódico estaba pintarrajeado —soltó al fin.

—¿Quiere decir que estaba roto, mojado o ilegible?

—Quiero decir que alguien lo había alterado.

—A veces los periódicos salen de prensa con errores en la paginación o el doblado. ¿Se trata de esa clase de problema?

—No —respondió Ricky—. Lo que quiero decir es que alguien escribió cosas ofensivas en mi periódico.

—Ésta es nueva —comentó la mujer tras una pausa. Su reacción casi la convirtió en una persona real en lugar de la típica voz incorpórea—. Nunca la había oído antes. ¿Qué clase de cosas ofensivas?

Ricky decidió mostrarse vago. Habló deprisa y con agresividad.

—¿Es usted judía, señorita? ¿Sabe cómo sería recibir un periódico en el que alguien hubiera dibujado una esvástica? ¿O puertorriqueña? ¿Cómo le sentaría que alguien le hubiera puesto «Vuélvete a San Juan»? ¿Es afroamericana? Conoce la palabra que genera odio, ¿verdad?

—¿Alguien le dibujó una esvástica en el periódico? —preguntó la chica, a quien parecía costarle seguirle el ritmo.

—Algo así. Por eso necesito hablar con la persona encargada del reparto.

—Creo que será mejor que hable con mi supervisor.

—De acuerdo. Pero antes quiero el nombre y el teléfono de la persona que efectúa los repartos en mi edificio.

La mujer vaciló, y Ricky pudo oír cómo revolvía unos papeles. Luego hubo una serie de repiqueteos de teclas de fondo. Cuando ella volvió a hablar fue para leer el nombre de un supervisor de ruta, un conductor, sus números de teléfono y sus direcciones.

—Me gustaría que hablara con mi supervisor —dijo tras darle la información.

—Pídale que me llame —respondió Ricky antes de colgar.

En unos segundos estaba llamando al número que acababan de darle. Le contestó otra mujer.

—Reparto de Prensa.

—Con el señor Ortiz, por favor —pidió con educación.

—Ortiz está en la zona de carga. ¿De qué se trata?

—Un problema con el reparto.

—¿Ha llamado a Envíos?

—Sí. Es cómo conseguí este número. Y su nombre.

—¿De qué clase de problema se trata?

—¿Qué le parece si comento eso con el señor Ortiz?

—A lo mejor no vuelve hasta mañana —repuso la mujer tras un momento de duda.

—¿Por qué no lo comprueba? —sugirió Ricky con frialdad—. De este modo podemos evitar una situación tan innecesaria como desagradable.

—¿Qué clase de situación desagradable? —preguntó la mujer, a la defensiva.

—Pues que me presentara ahí acompañado de un policía y tal vez de mi abogado. —Ricky se marcó un farol con su mejor tono patricio de «soy un varón blanco rico y el mundo me pertenece».

La mujer hizo una pausa.

—Espere un momento —dijo después—. Avisaré a Ortiz.

Unos segundos más tarde, un hombre con acento hispano cogió el teléfono.

—Soy Ortiz. ¿Qué ocurre?

—Hacia las cinco y media de esta mañana dejaron un ejemplar del *Times* en la puerta de mi casa, como todos los días —explicó Ricky—. La única diferencia es que hoy alguien me ha puesto un mensaje dentro del periódico. Por eso llamo.

—No sé nada sobre...

—Señor Ortiz, no ha infringido ninguna ley y no es usted quien me interesa. Pero si no coopera conmigo, montaré un buen escándalo. Dicho de otro modo, todavía no tiene ningún problema, pero se lo voy a crear a no ser que me dé unas cuantas respuestas útiles.

Ortiz intentó asimilar la amenaza de Ricky.

—No sé de ningún problema —aseguró—. Ese tío me dijo que no habría ningún problema.

—Yo diría que mintió. Cuéntemelo —exigió Ricky en voz baja.

—Enfilamos la calle donde mi sobrino Carlos y yo tenemos repartos en seis edificios. Ésa es nuestra ruta. Había una limusina negra aparcada en mitad de la calle con el motor en marcha, esperándonos. Un hombre bajó y nos dijo que necesitaba un periódico de ese edificio. Le pregunté por qué. Dijo que no era asunto mío y que no me preocupase, que sólo quería dar una sorpresa a un viejo amigo en su cumpleaños. Quería escribirle algo en el periódico.

—Continúe.

—Me dijo el piso y la puerta. Entonces sacó un bolígrafo y escribió en una página del periódico. Lo hizo sobre el capó de la limusina, pero no pude ver qué ponía.

—¿Había alguien más?

Ortiz reflexionó un momento.

—Bueno, tenía que haber alguien al volante, eso seguro. Las ventanillas de la limusina eran oscuras, pero tal vez había alguien más. El hombre miró dentro, como si comprobara con alguien si lo estaba haciendo bien, y terminó. Me devolvió el periódico y me dio veinte dólares...

—¿Cuánto?

—Puede que fueran cien... —rectificó Ortiz en tono vacilante.

—¿Y luego qué?

—Hice lo que me pidió, dejar el periódico en la puerta correcta.

—¿Le esperaba fuera cuando salió?

—No. La limusina se había ido.

—¿Podría describirme a ese hombre?

—Blanco, de traje oscuro, quizás azul. Corbata. Ropa muy buena. Parecía un tío forrado. Sacó el billete de cien de un fajo como si fuera calderilla para un mendigo.

—¿Y su aspecto?

—Gafas oscuras, no demasiado alto, con un cabello bastante curioso, como si se lo hubieran dejado caer sobre la cabeza.

—¿Como si llevase peluquín?

—Sí, podría haber sido un peluquín. Y una barbita, también. A lo mejor también era postiza. No era corpulento, pero sin duda estaba bien alimentado. De unos treinta años... —Ortiz vaciló.

—¿Qué?

—Recuerdo que las farolas se le reflejaban en los zapatos. Los llevaba muy lustrados. Eran carísimos. Esos mocasines con borlitas delante, ¿cómo se llaman?

—No lo sé. ¿Cree que podría reconocerlo si lo viera?

—Lo dudo. La calle estaba muy oscura. La única luz era

la de las farolas. Y me parece que miré más el billete de cien que a él.

A Ricky eso le pareció razonable.

—¿Anotó la matrícula de la limusina?

Ortiz tardó un momento en contestar.

—No, joder. No se me ocurrió. Mierda. Debería haberlo hecho, ¿verdad?

—Sí —dijo Ricky. Pero sabía que no era necesario, porque ya conocía al hombre que había estado esa mañana en la calle esperando la furgoneta de reparto: era el abogado que decía llamarse Merlin.

A media mañana recibió una llamada telefónica del director del First Cape Bank, el hombre que guardaba el efectivo que le quedaba en un cheque bancario a su nombre. El directivo del banco parecía nervioso y alterado. Mientras hablaba, Ricky intentó recordar su cara, pero no pudo, aunque estaba seguro de que lo había visto en persona alguna vez.

—¿Doctor Starks? Soy Michael Thompson, del banco. Hablamos el otro día.

—Sí. Me está guardando un dinero, ¿verdad?

—Lo tengo bajo llave en el cajón de mi escritorio. No le llamo por eso. Ha habido un movimiento inusual en su cuenta.

—¿Qué clase de movimiento inusual? —quiso saber Ricky.

El hombre pareció reflexionar antes de contestar.

—Bueno, no me gusta especular, pero parece que han intentado acceder a su cuenta sin autorización.

—¿De qué modo?

Pareció dudar de nuevo.

—Bueno, como ya sabe, estos últimos años hemos incorporado la banca electrónica, como todo el mundo. Pero como somos una entidad pequeña y localizada..., bien, nos gusta considerarnos anticuados en muchos sentidos...

Ricky sabía que esas palabras eran el eslogan publicitario del banco. También sabía que el consejo de administración del banco acogería con entusiasmo cualquier absorción por parte de uno de los megabancos el día en que le llegara alguna oferta lo bastante jugosa.

—Sí —afirmó—. Ése ha sido siempre uno de los mayores atractivos que ofrecen a los clientes.

—Gracias. Nos gusta pensar que ofrecemos un servicio personalizado.

—Pero ¿qué hay de ese acceso sin autorización?

—Poco después de haber cerrado la cuenta de acuerdo con sus instrucciones, alguien quiso efectuar cambios en ella a través de nuestros servicios de banca electrónica. Nos enteramos de estos intentos porque un individuo llamó después de que el acceso les fuera denegado.

—¿Llamaron?

—Alguien que afirmó ser usted.

—¿Qué dijo?

—Era para quejarse. Pero en cuanto oyó que la cuenta estaba cerrada, colgó. Fue todo muy misterioso y algo desconcertante, porque nuestros registros informáticos indican que conocía su contraseña. ¿Se la ha proporcionado a alguien?

—No —dijo Ricky, pero por un momento se sintió idiota. Su contraseña era 37383, el equivalente en cifras de las letras que componían la palabra FREUD, y era tan obvio que casi se sonrojó. Usar la fecha de su cumpleaños podría haber sido peor, pero lo dudaba.

—Bueno, supongo que hizo bien en cerrar la cuenta.

Ricky reflexionó por un instante antes de preguntar:

—¿Tiene alguna forma de rastrear el número de teléfono o el ordenador que se usó para intentar acceder a mi cuenta?

El hombre vaciló.

—Pues sí —dijo—. Pero la mayoría de ladrones electrónicos saben burlar a los investigadores. Usan ordenadores robados, códigos de teléfono ilegales y ese tipo de cosas para ocultar su identidad. A veces el FBI tiene éxito, pero disponen del sistema de seguridad informático más sofisticado del mundo. Nuestro sistema local es bastante menos efectivo. Y no se produjo ningún robo, de modo que la responsabilidad penal es limitada. La ley nos exige que informemos del intento a las autoridades bancarias, pero se tratará sólo de una entrada más en lo que lamentablemente es un archivo creciente. De todos modos, pediré que se ejecute ese programa para usted. Aunque no creo que nos lleve a ninguna parte. Los ladrones de banca electrónica son muy listos. Solemos acabar en un callejón sin salida.

—¿Podría intentarlo y decirme cómo ha ido, por favor? Enseguida. Tengo algunas limitaciones de tiempo —dijo Ricky.

—Lo probaremos y le llamaremos —contestó el hombre antes de colgar.

Ricky se reclinó en la silla y se permitió la fantasía de que el banco le daría un nombre y un número de teléfono y que así descubriría la identidad de su torturador. Luego sacudió la cabeza, porque no se imaginaba que Rumplestiltskin, tan meticuloso y precavido en todo, cometiera un error tan simple. Era más probable que hubiese accedido a esa cuenta y hecho la llamada posterior con la precisa intención de proporcionar a Ricky un camino a seguir. Esa idea le preocupó.

Aun así, a medida que el día empezó a escapársele de las manos, Ricky se percató de que sabía mucho más sobre el hombre que lo acechaba. La pista de Rumplestiltskin en el poema había sido curiosamente generosa, en especial para alguien que había insistido al principio en que sus preguntas pudieron contestarse con un «sí» o un «no». La respuesta había acortado mucho la distancia que le separaba del nombre del hombre. Veinte años atrás lo situaban en un período entre 1978 y 1983. Y su paciente era una mujer soltera, lo que descartaba bastante gente. Ahora tenía una base para trabajar.

Se dijo que sólo necesitaba reconstruir cinco años de terapias. Examinar todas las pacientes femeninas de ese período. En algún lugar estaría la mujer que poseía la combinación adecuada de neurosis y trastornos que habría sido dirigida después al niño.

«Encuentra la psicosis en flor», pensó.

Siguiendo su formación y su costumbre, se sentó e intentó aislarse para recordar.

«¿Quién era yo hace veinte años? —se preguntó—. ¿A quién trataba?»

El psicoanálisis tiene un principio que está en la base de toda terapia: todo el mundo lo recuerda todo. Puede que no se recuerde con precisión fotográfica, que las percepciones y las reacciones estén enturbiadas o sesgadas por todo tipo de fuerzas emocionales, que los hechos recordados con claridad sean en realidad turbios pero, cuando por fin se revisa, todo el mundo lo recuerda todo. Las heridas y los temores pueden acechar escondidos bajo capas de estrés, pero están ahí y pueden encontrarse, por muy potentes que sean las energías psicológicas de la negación. Ricky era partidario de este proceso de eliminación de capas para llegar al meollo de los recuerdos y descubrir la capa dura de debajo.

Así pues, empezó a sondear su propia memoria. De vez en cuando lanzaba una mirada a los retazos de notas que constituían sus archivos, enfadado consigo mismo por no ser más preciso. A cualquier otro médico, enfrentado con un asunto de años anteriores, le bastaría con quitar el polvo a una carpeta y extraer de ella los datos necesarios. Pero su tarea era mucho más compleja, porque todas sus carpetas estaban archivadas en su memoria. Aun así, Ricky sintió que podía lograrlo. Muy concentrado, con un bloc en el regazo, se dedicó a reconstruir su pasado.

Una tras otra, fueron cobrando forma imágenes de personas. Era un poco como intentar conversar con fantasmas.

Descartó a los hombres para dejar sólo a las mujeres. Los nombres le acudieron despacio; de modo bastante curioso, casi era más fácil recordar las quejas. Anotó en el bloc cada imagen de una paciente, cada detalle sobre un tratamiento. Todavía era disperso, inconexo, ineficiente y poco coherente, pero se dijo que estaba avanzando.

Cuando alzó los ojos, la consulta se había llenado de sombras. El día había pasado mientras él estaba absorto. En las hojas que tenía delante había plasmado doce recuerdos distintos del período en cuestión. En esa época, dieciocho mujeres como mínimo habían hecho algún tipo de terapia con él. Era una cifra manejable, pero le preocupaba que hubiera otras que era incapaz de recordar. Del grupo que recordaba, sólo tenía el nombre de la mitad. Y se trataba de pacientes de mucho tiempo. Tenía la inquietante sensación de que la madre de Rumplestiltskin era una mujer a la que sólo había visto brevemente.

La memoria y los recuerdos eran como las amantes de Ricky: ahora le parecían esquivas y veleidosas.

Al levantarse de la silla, tenía las rodillas y los hombros entumecidos. Se estiró despacio, se agachó y se frotó la recalcitrante rodilla, como si pudiera vigorizarla. Se dio cuenta de que no había probado bocado en todo el día y, de repente, se sintió hambriento. No tenía demasiadas cosas para preparar en la cocina, y se volvió para mirar por la ventana la noche que caía sobre la ciudad, a sabiendas de que tendría que salir a comprar algo. La idea de salir de casa casi apagó su hambre y le secó la garganta.

Era una reacción curiosa. Había tenido tan pocos miedos en la vida, tan pocas dudas. Ahora, el mero hecho de salir de casa le hacía vacilar. Pero se armó de valor y decidió dirigirse dos manzanas al sur, a un bar donde podría tomar un bocadillo. No sabía si le estarían vigilando (esto se estaba convirtiendo en una duda constante para él), pero decidió ignorar la sensación y continuar. Y se recordó que había hecho progresos.

El calor de la calle pareció abofetearle, como si hubiera encendido una estufa de gas en su cara. Caminó las dos manzanas como un soldado, con la mirada al frente. El local estaba a mitad de la manzana, con media docena de mesitas fuera en verano y un interior estrecho y mal iluminado, una barra situada en un lado y otras diez mesas apiñadas en el resto del espacio. Había una mezcla de adornos en las paredes que iban desde recuerdos deportivos hasta pósters de Broadway, fotografías de actores y actrices y algún que otro político. Era como si el local no hubiese logrado forjarse del todo una identidad como punto de reunión de un grupo concreto y, por ello, procurara satisfacer a una clientela diversa creando un batiburrillo en su interior. Pero la cocina, como en muchos sitios parecidos de Manhattan, preparaba una hamburguesa y un bocadillo de carne con queso más que aceptables y, de vez en cuando, incluía algún plato de pasta en el menú, todo a precios bastante económicos, algo en lo que Ricky no pensó hasta entrar por la puerta. Ya no tenía ninguna tarjeta de crédito disponible, y su efectivo era escaso. Tomó nota mentalmente de que debía empezar a llevar cheques de viaje encima.

El interior del local estaba en penumbra, y parpadeó para que sus ojos se habituasen a la luz mortecina. Había unas cuantas personas en el bar y una mesa o dos vacías. Una camarera de mediana edad lo vio vacilar.

—¿Quieres cenar, cariño? —le preguntó con una familiaridad que parecía fuera de lugar en un bar que favorecía el anonimato.

—Sí —contestó.

—¿Mesa para uno? —Su tono indicaba que sabía que iba solo y que comía solo todas las noches, pero que alguna cortesía anticuada, fuera de lugar en la gran ciudad, le exigía hacer esa pregunta.

—Sí otra vez.

—¿Prefieres sentarte a la barra o a una mesa?

—Una mesa. A ser posible, en el fondo.

La camarera se giró, vio una vacía en la parte de atrás y asintió.

—Sígueme —indicó. Lo condujo hasta una mesa y abrió un menú delante de Ricky—. ¿Algo de beber?

—Una copa de vino. Tinto, por favor.

—Marchando. El especial del día son los *linguini* con salmón. Están de rechupete.

Ricky observó cómo la camarera se dirigía hacia la barra.

El menú tenía cubiertas de plástico y era mucho más grande físicamente de lo necesario para la modesta selección que ofrecía. Ricky estudió la lista de hamburguesas y de entrantes descritos con un florido entusiasmo literario que quería ocultar la simplicidad de su realidad. Dejó el menú sobre la mesa, a la espera de que la camarera le sirviese el vino. La chica había desaparecido; seguramente había ido a la cocina.

En su lugar, delante de él, estaba Virgil.

Sostenía en las manos dos copas de vino tinto. Vestía unos vaqueros desteñidos y una camiseta lila, y llevaba bajo el brazo un caro portafolios de piel color caoba. Dejó las bebidas en la mesa, apartó una silla y se sentó frente a él. Alargó la mano y le arrebató el menú.

—Ya he pedido el especial para los dos —dijo con una sonrisita seductora—. La camarera tiene toda la razón: está de rechupete.

12

La sorpresa lo atenazaba, pero no reaccionó exteriormente. Miró con dureza a la joven, con esa inexpresiva cara de póquer que tan bien conocían sus pacientes.

—¿Así que crees que el salmón será fresco? —se limitó a decir.

—Seguro que da coletazos y boqueadas —contestó Virgil.

—Eso parecería apropiado.

La joven bebió un sorbo de vino. Ricky apartó su vaso a un lado y bebió agua.

—Con la pasta y el pescado se bebe vino blanco —indicó Virgil—. Pero bueno, no estamos en la clase de lugar que sigue las normas, ¿no? No me imagino a ningún sumiller que se acerque con ceño para comentarnos lo inadecuado de nuestra elección.

—Yo tampoco —contestó Ricky.

Virgil continuó hablando con rapidez pero sin ningún nerviosismo. Sonaba más bien como un niño entusiasmado por su cumpleaños.

—Por otra parte, beber tinto da un aire más despreocupado, ¿no crees, Ricky? Un atrevimiento que sugiere que, en realidad, no nos importa lo que digan las convenciones y hacemos lo que queremos. ¿Puedes sentir eso, Ricky? Me refiero a cierto espíritu de aventura y anarquía, a alejarse de las normas. ¿Qué opinas?

—Opino que las normas están cambiando todo el rato.

—¿Las de etiqueta?

—¿Estamos hablando de eso? —repuso.

Virgil sacudió la cabeza, con lo que su melena rubia se agitó seductora. Echó un poco la cabeza atrás para reír y Ricky pudo ver su cuello largo y atractivo.

—No, claro que no, Ricky. En eso tienes razón.

La camarera les llevó una cestita de mimbre llena de panecillos y mantequilla, lo que les sumió en un silencio glacial, un momento de complicidad compartida. Cuando la camarera se marchó, Virgil cogió un panecillo.

—Estoy hambrienta —afirmó.

—¿Arruinarme la vida quema calorías? —repuso Ricky.

—Eso parece —sonrió ella—. Me gusta, de verdad. ¿Cómo deberíamos llamarlo, doctor? ¿Qué tal «dieta de la destrucción»? ¿Te gusta? Podríamos amasar una fortuna y marcharnos a alguna exótica isla paradisíaca, solos tú y yo.

—No me parece —soltó Ricky con aspereza.

—Lo imaginaba —contestó Virgil mientras untaba el panecillo con abundante mantequilla. Mordió la punta con un ruido crujiente.

—¿Por qué estás aquí? —preguntó Ricky en voz baja, calmada, pero que contenía toda la insistencia que podía imprimirle—. Tú y tu jefe parecéis tener muy bien planeada mi ruina. Paso a paso. ¿Has venido a burlarte de mí? ¿A añadir un poco de tormento a su juego?

—Nadie ha descrito nunca mi compañía como un tormento —dijo Virgil con fingida expresión de sorpresa—. Querría pensar que la encontrabas, si no agradable, por lo menos interesante. Y piensa en tu propia situación, Ricky. Viniste aquí solo, viejo, nervioso, lleno de dudas y ansiedad. Quien se hubiera dignado siquiera a mirarte habría sentido una lástima fugaz y habría seguido comiendo y bebiendo sin hacer caso del anciano en que te has convertido. Pero todo eso cambia cuando yo estoy sentada frente a ti. De repente ya no eres tan previsible, ¿verdad? —Sonrió—. No puede ser tan malo.

Ricky sacudió la cabeza. Se le había hecho un nudo en el estómago y tenía mal sabor de boca.

—Mi vida... —empezó.

—Tu vida ha cambiado. Y seguirá cambiando. Por lo menos durante unos días más. Y entonces... Bueno, ése es el problema, ¿no?

—¿Disfrutas con esto? —preguntó Ricky—. ¿Con verme sufrir? Es curioso porque no te habría tomado por una sádica tan entregada. A tu señor R puede que sí, pero no estoy tan seguro sobre él porque sigue un poco distante. Aunque acercándose, supongo. Pero tú, señorita Virgil, no creía que poseyeras la psicopatología necesaria. Claro que podría equivocarme. Y de eso se trata, ¿no? De cuándo me equivoqué en algo, ¿no es así?

Ricky bebió un sorbo de agua con la esperanza de haber inducido a la joven a revelarle algo. Por un instante vio que la cólera le dibujaba unas arruguitas en las comisuras de los ojos y unas minúsculas señales oscuras en las de los labios. Pero se recobró y ondeó el panecillo a medio comer en el aire que los separaba como si desechara sus palabras.

—Interpretas mal mi función, Ricky.

—Vuelve a explicármela.

—Todo el mundo necesita un guía que lo lleve hacia el infierno, Ricky. Ya te lo dije.

—Lo recuerdo.

—Alguien que te conduzca por las costas rocosas y los bajíos escondidos del averno.

—Y tú eres ese alguien, ya lo sé. Me lo dijiste.

—Bueno, ¿estás ya en el infierno, Ricky?

Él se encogió de hombros buscando enfurecerla. No lo logró.

—¿Quizá llamando a las puertas del infierno? —sonrió la joven.

Ricky sacudió la cabeza, pero ella lo ignoró.

—Eres un hombre orgulloso, doctor Ricky. Te duele perder el control de tu vida, ¿no? Demasiado orgulloso. Y todos sabemos lo que sigue directamente al orgullo. Oye, este vino no está mal. Deberías probarlo.

Ricky tomó su copa y se la llevó a los labios, pero habló en lugar de beber:

—¿Eres feliz delinquiendo, Virgil?

—¿Qué te hace pensar que he cometido algún delito, doctor?

—Todo lo que tu jefe y tú habéis hecho es delictivo. Todo lo que habéis planeado lo es.

—¿De veras? Creía que eras experto en neurosis de la clase alta y ansiedad de la clase media alta. Pero supongo que estos últimos días has desarrollado una vena forense.

Ricky dudó. No le gustaba jugar a las cartas. El psicoanalista las reparte despacio, en busca de reacciones, intentando propiciar recuerdos, pero sin participar. Sin embargo, tenía muy poco tiempo, y mientras observaba cómo la joven cambiaba de postura en la silla, no estuvo del todo seguro de que esa reunión fuera tal como el esquivo señor R había previsto. Sintió cierta satisfacción al pensar que estaba desbaratando las consecuencias precisas, aunque sólo fuera un poco.

—Por supuesto —afirmó—. Hasta ahora habéis cometido varios delitos graves, empezando por el posible asesinato de Roger Zimmerman.

—La policía lo ha considerado un suicidio.

—Conseguisteis que un asesinato pareciera un suicidio. Estoy convencido.

—Bueno, si vas a ser tan obstinado, no intentaré que cambies de opinión. Pero creía que tener una actitud abierta era una característica de tu profesión.

Ricky no hizo caso de esa pulla e insistió.

—También robo y fraude.

—Oh, dudo que haya alguna prueba de ello. Es un poco como lo del árbol que cae en el bosque: si no hay nadie presente, ¿hace ruido? Si no existe prueba, ¿tuvo realmente lugar un delito? Y si la hay, está en el ciberespacio, junto con tu dinero.

—Por no mencionar tu pequeña difamación con esa denuncia falsa a la Sociedad Psicoanalítica. Fuiste tú, ¿verdad? Engañaste a ese idiota de Boston con una actuación muy elaborada. ¿También te quitaste la ropa para él?

Ella se apartó de nuevo el cabello de la cara y se retrepó en la silla.

—No fue necesario. Es uno de esos hombres que se comportan como cachorros cuando les reprochas algo. Se pone boca arriba y expone los genitales con unos patéticos gemidos. ¿No es sorprendente lo mucho que puede creer una persona cuando quiere creer?

—Limpiaré mi reputación —le espetó Ricky.

—Para eso tienes que estar vivo, y ahora mismo tengo mis dudas. —Virgil sonrió.

Él no contestó porque también tenía sus dudas. Vio que la camarera se acercaba con los platos. Los puso en la mesa y les preguntó si deseaban algo más. Virgil pidió un segundo vaso de vino, pero Ricky negó con la cabeza.

—Eso está bien —afirmó Virgil cuando la camarera se marchó—. Mantente despejado.

Ricky observó la comida humeante frente a él.

—¿Por qué estás ayudando a ese hombre? —preguntó de pronto—. ¿Qué ganas tú con ello? ¿Por qué no te olvidas de toda esta patraña, dejas de portarte como una idiota y vas conmigo a la policía? Podríamos detener este juego y yo me encargaría de que recuperaras alguna apariencia de vida normal. Sin cargos. Podría hacerlo.

Virgil mantuvo la mirada en el plato mientras con el tenedor jugueteaba con la pasta y el trozo de salmón. Cuando levantó la mirada para encontrarse con la de Ricky, sus ojos apenas ocultaban la rabia.

—¿Tú te encargarías de que volviera a tener una vida normal? ¿Eres mago? Y ¿qué te hace pensar que una vida normal sea tan maravillosa?

—Si no eres una delincuente, ¿por qué estás ayudando a uno? —insistió él, sin hacer caso a su pregunta—. Si no eres una sádica, ¿por qué trabajas para uno? Si no eres una psicópata, ¿por qué te unes a uno? Y si no eres una asesina, ¿por qué ayudas a uno?

Virgil lo siguió mirando. Toda la excentricidad y la vivacidad despreocupada de su actitud habían desaparecido, sustituidas por una repentina severidad glacial.

—Quizá porque me paga bien —dijo despacio—. Hoy en día hay mucha gente dispuesta a hacer cualquier cosa por dinero. ¿Podrías creer eso de mí?

—Me costaría —contestó Ricky, prudente, aunque probablemente no le costaría nada.

—Así que descartas el dinero como mi móvil. ¿Sabes?, no estoy segura de que debas hacerlo. —Meneó la cabeza—. ¿Otro motivo tal vez? ¿Qué otros motivos podría tener? Tú debes ser el experto en ese terreno. ¿No define bastante bien lo que haces el concepto «búsqueda de motivos»? ¿Y no forma también parte del juego que estamos practicando? Vamos, Ricky. Ya hemos tenido dos sesiones juntos. Si no es el dinero, ¿cuál es mi motivo?

—No te conozco suficiente... —empezó sin convicción mientras la miraba con dureza. La joven dejó el cuchillo y el tenedor con una lentitud que indicaba que no le gustaba esta respuesta.

—Hazlo mejor, Ricky. Por mí. Después de todo, a mi modo, estoy aquí para guiarte. El problema es que la palabra «guía» tiene connotaciones positivas que pueden ser incorrectas. Puede que tenga que dirigirte hacia dónde no quieras ir. Pero una cosa sí es segura: sin mí no te acercarás a una respuesta, lo que significará tu muerte, o la de alguien cercano a ti y que no sabe nada de todo esto. Y morir a ciegas es estúpido, Ricky. Un crimen peor en cierto sentido. Así que contesta a mi pregunta: ¿qué otros motivos podría tener?

—Me odias. Tanto como ese R, sólo que no sé por qué.

—El odio es una emoción imprecisa, Ricky. ¿Crees que la conoces?

—Es algo acerca de lo que oigo todos los días en mi consulta.

—No, no, no. —Virgil sacudió la cabeza—. Oyes hablar de cólera y frustración, que son elementos secundarios del odio. Oyes hablar de abuso y crueldad, que también tienen papeles destacados en ese escenario, pero que son sólo comparsas. Y, sobre todo, oyes hablar de inconveniencias. Las aburridas y monótonas inconveniencias de siempre. Y eso guarda tan poca relación con el puro odio como una aislada nube negra con una tormenta. Esa nube tiene que unirse a otras y crecer vertiginosamente antes de descargar.

—Pero tú...

—No te odio, Ricky. Aunque quizá podría llegar a hacerlo. Prueba con otra cosa.

No se lo creyó en absoluto, pero en ese momento se sentía perdido al intentar dar con una respuesta. Inspiró con fuerza.

—Amor, entonces —soltó Ricky de repente.

—¿Amor? —Virgil sonrió de nuevo.

—Intervienes porque estás enamorada de ese hombre, Rumplestiltskin.

—Es una idea curiosa. Sobre todo porque te dije que no sé quién es. Nunca lo he visto.

—Sí, ya me lo dijiste. Pero no me lo creo.

—Amor. Odio. Dinero. ¿Son los únicos motivos que se te ocurren?

—Acaso miedo —aventuró Ricky tras dudar.

—Eso está bien pensado, Ricky —asintió ella—. El miedo puede provocar todo tipo de comportamiento inusual, ¿verdad?

—Sí.

—¿Sugiere tu análisis que tal vez el señor R me amenace de algún modo? ¿Como un secuestrador que obliga a sus víctimas a desembolsar dinero con la patética esperanza de que les devuelva al perro, al hijo o a quien sea que se haya llevado? ¿Me comporto como una persona a la que piden que actúe en contra de su voluntad?

—No —admitió Ricky.

—Muy bien. ¿Sabes, Ricky?, eres un hombre que no aprovecha las oportunidades que se le presentan. Es la segunda vez que me he sentado frente a ti, y en lugar de intentar ayudarte a ti mismo, me has suplicado que te ayude, cuando no tienes nada que te haga merecedor de mi colaboración. Debería haberlo previsto, pero tenía esperanzas. De verdad. Ya no muchas, sin embargo... —Agitó la mano en el aire para descartar una respuesta—. Vamos al grano. ¿Recibiste la respuesta a tus preguntas en el periódico de esta mañana?

—Sí —confirmó Ricky tras una pausa.

—Perfecto. Es por eso que me ha enviado aquí esta noche. Para comprobarlo. Pensó que no sería justo que no recibieras las respuestas que estabas buscando. Me sorprendió, por supuesto. El señor R ha decidido acercarte mucho a él. Más de lo que a mí me parecería prudente. Elige bien tus próximas preguntas, Ricky, si quieres ganar. Me parece que te ha dado una gran oportunidad. Pero mañana por la mañana sólo te quedará una semana. Siete días y dos preguntas más.

—Sé el tiempo que tengo.

—¿De verdad? Creo que aún no lo has captado. Aún no. Pero, ya que hemos estado hablando sobre motivaciones, el señor R te manda algo para ayudarte a acelerar el ritmo de tu investigación.

Virgil se agachó y levantó el portafolios, que había dejado en el suelo. Lo abrió con lentitud y sacó un sobre de papel manila parecido a los otros que Ricky había recibido. Se lo tendió por encima de la mesa.

—Ábrelo —dijo—. Está lleno de motivación.

Ricky lo hizo. Contenía media docena de fotografías en blanco y negro de 20 × 25. Las sacó y las examinó. Había tres sujetos distintos, cada uno en el centro de dos fotografías. Las primeras instantáneas eran de una joven de unos dieciséis años, de vaqueros y con una camiseta manchada de sudor; llevaba un cinturón de herramientas a la cintura y empuñaba un martillo. Parecía estar trabajando en unas obras. Las dos fotografías siguientes eran de otra chica, más joven, de unos doce años, que remaba en una canoa en un lago de una región boscosa. La primera instantánea tenía mucho grano, mientras que la segunda, tomada al parecer con un teleobjetivo, era un primer plano tan cercano que permitía verle el aparato corrector en la boca. Y, por último, dos más de otro adolescente, un muchacho de pelo largo y sonrisa despreocupada que hablaba con un vendedor ambulante en lo que parecía una calle de París.

Las seis fotografías tenían todo el aspecto de haber sido tomadas sin que los que aparecían en ellas lo supieran.

Ricky las observó con atención y alzó los ojos hacia Virgil. La joven ya no sonreía.

—¿Reconoces a alguien? —preguntó con frialdad.

Ricky negó con la cabeza.

—Vives en un aislamiento increíble, Ricky. Míralas un poco más. ¿Sabes quiénes son estos chicos?

—No. No lo sé.

—Son fotografías de algunos de tus parientes lejanos. Cada uno de esos chicos está en la lista de nombres que el señor R te envió al principio del juego.

Ricky observó de nuevo las fotografías.

—París, Francia; Habitat for Humanity, Honduras, y el lago Winnipesaukee en Nueva Hampshire —enumeró ella—. Tres chicos de veraneo. Igual que tú.

Ricky asintió.

—¿Ves lo vulnerables que son? ¿Crees que costó demasiado sacarles esas fotos? ¿Podría cambiar alguien la cámara por un fusil de largo alcance? ¿Sería fácil eliminar a alguno de esos chicos del ambiente que están disfrutando? ¿Crees que alguno de ellos tiene idea de lo cerca que podría estar de la muerte? ¿Imaginas que alguno tiene siquiera la más remota sospecha de que su vida podría terminar de modo repentino y sangriento en siete breves días? —Virgil señaló las fotografías—. Échales otro vistazo, Ricky —pidió. Esperó a que él asimilara las imágenes y luego alargó la mano hacia las fotografías—. Creo que bastará con que conserves los retratos mentales, Ricky. Métete en la cabeza las sonrisas de esos chicos. Intenta imaginar las sonrisas que podrían esbozar en el futuro cuando crezcan y lleguen a ser adultos. ¿Qué clase de vida podrían tener? ¿En qué clase de personas se convertirían? ¿Le robarás el futuro a uno de ellos, o a alguien como ellos, con tu empeño en aferrarte a los pocos y patéticos años que te quedan? —Hizo una pausa y luego, con la rapidez de una serpiente, le arrebató las fotografías de las manos—. Yo me las quedaré —comentó mientras volvía a guardarlas en el portafolios. Apartó la silla a la vez que dejaba caer un billete de cien dólares sobre el plato a medio comer—. Me has hecho perder el apetito —dijo—. Pero sé que tu situación financiera se ha deteriorado. Así que invito yo.

Se volvió hacia la camarera, que estaba en una mesa cercana.

—¿Tienen pastel de chocolate? —preguntó.

—De queso con chocolate —respondió la mujer.

Virgil asintió.

—Tráigale un trozo a mi amigo —pidió—. Su vida se ha vuelto amarga de repente y necesita algo dulce para superar los próximos días.

Luego se giró y se marchó. Ricky se quedó solo. Cogió el vaso de agua y la mano le tembló, haciendo vibrar los cubitos.

Volvió a casa en la oscuridad creciente de la ciudad, en un aislamiento casi total.

El mundo a su alrededor parecía una desaprobación llena de conexiones, un fastidio casi constante de gente que se encontraba con gente en la interacción de la existencia. Sintió que era casi invisible a su paso por las calles de vuelta a casa. Casi transparente. Nadie que pasara a su lado a pie o en coche, ni una sola persona, repararía en él en su visión del mundo. Su rostro, su aspecto, su ser, no significaban nada para nadie salvo para el hombre que lo acechaba. Y su muerte se había convertido en algo de, y nunca mejor dicho, vital importancia para un familiar anónimo. Rumplestiltskin, y en su nombre Virgil y Merlin, y puede que otros personajes que todavía no conocía, eran puentes entre la vida y la muerte. Ricky tenía la impresión de haber entrado en el infierno que ocupaban las personas a las que un médico había dado el peor diagnóstico o a las que un juez había fijado la fecha de su ejecución, las pocas que conocían el día de su muerte. Notaba una especie de nube de desesperación suspendida sobre su cabeza. Recordó el famoso personaje de dibujos animados de su juventud, el fabuloso Joe Bflspk de Al Capp, condenado a caminar bajo una nube de lluvia personal de la que caían gotas de agua y relámpagos allá donde fuera.

Las caras de los tres adolescentes de las fotografías eran como fantasmas para él: etéreas, diáfanas. Sabía que tenía que rodearlos de sustancia para que le resultaran reales. Le hubiera gustado conocer sus nombres, y sabía también que tenía que tomar algunas medidas para protegerlos. Mientras fijaba sus caras en su memoria reciente, apretó el paso. Vio el aparato corrector en una sonrisa, la melena, el sudor del esfuerzo desinteresado, y a medida que veía cada fotografía con la misma claridad que cuando Virgil se las había enseñado en el restaurante, sus músculos se tensaron y se dio más prisa. Oía el repiqueteo de sus zapatos en la acera, casi como si el sonido procediera de algún lugar ajeno a su vida, hasta que reparó en que casi estaba corriendo. Algo se desató en su interior, y se dejó vencer por una sensación que no reconoció, pero que para los que se apartaban a un lado para dejarlo pasar debía de parecer verdadero pánico.

Ricky corrió, y el aire no le llegaba a los pulmones y le raspaba los labios. Una manzana después de otra, sin detenerse para cruzar las calles y dejando a su paso un estallido de cláxones de taxis y palabrotas, sin ver ni oír, con la cabeza llena sólo de imágenes de muerte. No redujo la velocidad hasta que vio la entrada de su casa. Entonces se detuvo y se agachó para tomar aliento, con los ojos escocidos de sudor. Permaneció así, intentando recobrarse durante lo que parecieron varios minutos, eliminándolo todo salvo el calor y el dolor muscular, sin oír otra cosa que su respiración dificultosa.

«No estoy solo», pensó cuando levantó por fin los ojos.

No era una sensación distinta a la experimentada los últimos días al verse desbordado por esa misma ansiedad. Era casi previsible, basada sólo en una brusca paranoia. Intentó controlarse para no rendirse a la sensación, casi como si no quisiera ceder a una pasión secreta, como el antojo de comer un dulce o las ganas de fumar. No fue capaz.

Se volvió rápidamente para descubrir a quien lo estuviera observando, aunque sabía que eso era inútil. Sus ojos volaron de los posibles sospechosos que paseaban sin prisas por la calle a las ventanas vacías de los edificios cercanos. Fue girando como si buscase algún movimiento delator que desenmascarase la persona encargada de vigilarlo, pero todas las posibilidades parecían remotas, escurridizas.

Observó su casa. Se le ocurrió que alguien la había allanado en su ausencia. Virgil había sido el cebo. Avanzó y se detuvo. Con un acopio de fuerza de voluntad, se obligó a controlar las emociones que se revolvían en su interior y se ordenó conservar la calma, concentrarse y estar atento. Inspiró hondo y se recordó que había muchas probabilidades de que, en cuanto salía de su casa, con independencia del motivo, Rumplestiltskin o sus secuaces se colaran en ella. Esa vulnerabilidad no podía remediarse con una visita del cerrajero y había quedado demostrada el otro día, cuando se había encontrado sin luces al llegar.

Tenía el estómago tenso, como un atleta al llegar a la meta. Pensó que todo lo que le había pasado operaba a dos niveles. Cada mensaje de Rumplestiltskin era a la vez simbólico y literal.

Su casa ya no era segura.

Inmóvil en la calle frente a la casa en que había vivido la mayoría de su vida adulta, Ricky se sintió casi apabullado al darse cuenta de que quizá no quedara ningún rincón de su existencia en el que Rumplestiltskin no hubiera penetrado.

«Tengo que encontrar un lugar seguro», pensó por primera vez.

Sin tener idea de dónde podría descubrir tal sitio (si interna o externamente), subió los peldaños de la entrada.

Para su sorpresa, no había ningún indicio de intrusión. La puerta no estaba entornada. Las luces iban bien. El aire acondicionado zumbaba de fondo. No tuvo la sensación abrumadora de temor ni la intuición de que hubiera entrado nadie.

Cerró la puerta con llave con alivio. Sin embargo, el corazón le seguía palpitando y tenía el mismo temblor en las manos que había notado antes en el restaurante, cuando Virgil se había ido. Levantó una mano frente a la cara para comprobar la existencia de tics nerviosos, pero tenía el pulso engañosamente firme. Ya no se fiaba de eso; era casi como si pudiera notar que una flojedad se había apoderado de sus músculos y tendones, y que en cualquier instante perdería el control.

El agotamiento alcanzaba hasta el último rincón de su cuerpo con un martilleo terrible. Le costaba respirar, pero no entendía por qué.

—Necesitas una buena noche de descanso —se dijo en voz alta, y reconoció el tono que usaría con un paciente dirigido a sí mismo—. Tienes que dormir, pensar y avanzar.

Por primera vez, se planteó coger el recetario y prescribirse algún medicamento que le ayudara a relajarse. Sabía que tenía que concentrarse y le parecía que eso le estaba resultando cada vez más difícil. Detestaba las pastillas pero pensó que, por esta vez, podía necesitarlas. Un antidepresivo. Un somnífero para descansar un poco. Y quizás unas anfetaminas para concentrarse por la mañana y el resto de la semana hasta que se cumpliera el plazo de Rumplestiltskin.

Ricky tenía en el escritorio un *vademecum* que rara vez usaba y se dirigió hacia ahí con la idea de que la farmacia abierta veinticuatro horas que había a un par de manzanas le mandaría a casa lo que pidiera por teléfono. Ni siquiera tendría que aventurarse a salir.

Sentado tras el escritorio, repasó con rapidez las entradas del *vademecum* y no tardó en decidir lo que necesitaba. Encontró el recetario y, al llamar a la farmacia, leyó su número de colegiado por primera vez en lo que le parecieron años. Tres fármacos distintos.

—¿Nombre del paciente? —preguntó el farmacéutico.

—Son para mí —dijo Ricky.

—No son medicamentos que puedan mezclarse, doctor Starks —comentó el farmacéutico tras vacilar—. Debería ir con cuidado con las dosis y las combinaciones.

—Descuide. Iré con cuidado.

—Sólo quería que supiera que una sobredosis podría ser mortal.

—Ya lo sé —aseguró Ricky—. Pero cualquier cosa tomada en exceso puede matarnos.

El farmacéutico lo consideró un chiste y rió.

—Supongo que sí —contestó—. Pero con algunas cosas te vas de este mundo con una sonrisa en los labios. El chico estará en su casa antes de una hora. ¿Quiere que se lo anote en la cuenta? Hace mucho que no la usa.

—Sí, gracias —dijo Ricky tras pensar un momento. Sintió una punzada de dolor, como si el hombre le hubiese atravesado el corazón con la pregunta más inocente del mundo. La última vez que había usado la cuenta de la farmacia había sido cuando su mujer yacía agonizante y había comprado morfina para que le enmascarara el dolor. De eso hacía por lo menos tres años.

Aplastó el recuerdo mentalmente, e inspiró hondo.

—Diga al chico que llame a la puerta tal como voy a decirle, por favor: tres timbres cortos, tres timbres largos, tres timbres cortos —explicó—. De ese modo sabré que es él y abriré.

El farmacéutico pareció pensar un instante.

—¿No es eso un SOS en código Morse? —preguntó.

—Exacto —confirmó Ricky.

Colgó y se reclinó en la silla. Tenía la cabeza llena de imágenes de su esposa en sus últimos días. Era demasiado doloroso para él, así que sus ojos se dirigieron hacia el escritorio. Observó que la lista de familiares que Rumplestiltskin le había enviado estaba situada en un lugar destacado en el centro del cartapacio y, en un ofuscante momento de duda, no recordó haberlo dejado en ese sitio. Alargó la mano despacio hacia la hoja, pensando de repente en las imágenes de los adolescentes de las fotografías que Virgil le había enseñado. Empezó a repasar los nombres para tratar de relacionar las caras con las palabras, que se mostraban borrosas como un espejismo en una carretera. Intentó serenarse, pensando que tenía que establecer la relación, que era importante, que la vida de un inocente podría correr peligro.

Mientras intentaba concentrarse, bajó la mirada.

Se sintió súbitamente confuso. Empezó a mirar alrededor con rapidez mientras lo asaltaba una inquietud terrible. Se le secó la boca y, de golpe, sintió náuseas.

Recogió las notas, los blocs y demás papeles de la mesa, buscando.

Pero, a la vez, supo que lo que buscaba ya no estaba.

Alguien se había llevado de la mesa la carta de Rumplestiltskin, la que describía los parámetros del juego y contenía la primera pista. La prueba material de la amenaza a Ricky había desaparecido. Lo único que quedaba, como supo de inmediato, era la realidad.

13

Tachó otro día con una equis en el calendario y anotó dos números de teléfono en un bloc. El primero era el de la detective Riggins. El segundo era uno que no usaba desde hacía años y, aunque dudaba que siguiera en funcionamiento, había decidido probar de todos modos. Era del doctor William Lewis. Veinticinco años antes, el doctor Lewis había sido su mentor, el médico que psicoanalizó a Ricky mientras éste obtenía su título. Es una faceta curiosa del psicoanálisis que cualquiera que quiera practicarlo deba antes someterse a él. Un cirujano cardíaco no ofrecería su propio tórax al bisturí como parte de su formación, pero un analista lo hace.

Esos dos números representaban polos opuestos de ayuda. No estaba seguro de que ninguno de ellos pudiera proporcionarle ninguna pero, a pesar de la recomendación de Rumplestiltskin de que no contara los hechos a nadie, ya no creía poder evitarlo. Necesitaba hablar con alguien. Pero ¿quién?

La detective contestó al segundo tono anunciando simplemente y con brusquedad quién era:

—Riggins al aparato.

—Soy el doctor Frederick Starks. No sé si se acordará pero la semana pasada hablamos sobre la muerte de uno de mis pacientes.

Hubo un momento de duda que no obedecía a la dificultad de reconocerlo, sino más bien a la sorpresa.

—Claro, doctor. Le mandé una copia de la nota de suicidio que encontramos el otro día. Creía que eso dejaba las cosas bastante claras. ¿Qué le preocupa ahora?

—¿Podría hablar con usted sobre algunas de las circunstancias que rodearon la muerte del señor Zimmerman?

—¿Qué clase de circunstancias, doctor?

—Preferiría no comentarlo por teléfono.

—Eso suena muy melodramático, doctor. —Soltó una risita—. De acuerdo. ¿Quiere venir aquí?

—Supongo que tendrán alguna sala donde podamos hablar en privado.

—Por supuesto. Tenemos una horrible sala de interrogatorios donde obtenemos confesiones de los sospechosos. Más o menos lo mismo que usted hace en su consulta, sólo que menos civilizado y más expeditivo.

Ricky paró un taxi en la esquina y pidió que le llevara unas diez manzanas al norte y le dejara en la esquina de Madison con la Noventa y seis. Entró en la primera tienda que vio, una zapatería femenina, dedicó noventa segundos exactos a examinar los zapatos a la vez que miraba con disimulo por el escaparate a la espera de que cambiara el semáforo de la esquina. En cuanto lo hizo, salió, cruzó la calle y paró otro taxi. Pidió al conductor que se dirigiera al sur hasta la estación Grand Central.

Grand Central no estaba demasiado abarrotada para ser un mediodía de verano. Un flujo regular de gente se dispersaba por el interior cavernoso hacia los trenes de cercanías o los enlaces del metro evitando los esporádicos indigentes que cantaban o murmuraban cerca de las entradas sin prestar atención a los grandes anuncios vibrantes que llenaban la estación de una luz que parecía de otro mundo. Ricky se incorporó a la corriente de personas que procuraba vacilar lo menos posible en su paso por la estación. Era un lugar en que la gente intentaba no mostrar indecisión, y se unió al desfile de personas decididas y resueltas con esa pétrea expresión urbana que parecía servirles de armadura frente a los demás, de modo que todos los que viajaban eran como una pequeña isla emocional, anclada interiormente, que no iba a la deriva flotando, sino que se movía de modo constante en una corriente diferenciada y reconocible. Él, por otro lado, carecía de rumbo pero disimulaba. Tomó el primer metro que llegó, en dirección al oeste, viajó sólo una parada y bajó deprisa para abandonar el sofocante andén y sumergirse en el aire caliente de la calle y parar de nuevo el primer taxi que vio. Se aseguró de que el coche estuviera orientado hacia el sur, que era el sentido contrario al que se dirigía. Pidió al taxista que diera la vuelta a la manzana y bajara por una calle lateral, en la que tuvo que abrirse paso entre camiones de reparto sin que Ricky dejara de mirar por la ventanilla trasera para detectar si alguien lo seguía.

Pensó que si Rumplestiltskin, Virgil, Merlin o cualquier otro secuaz podía seguirlo a lo largo de esa ruta sin que él lo viera, no tenía la menor posibilidad. Se arrellanó en el asiento y viajó en silencio hasta la comisaría de la Noventa y seis con Broadway.

Riggins se levantó cuando Ricky cruzó la puerta de la oficina de detectives. Parecía menos exhausta que la primera vez que se vieron, aunque su vestimenta no había cambiado demasiado: elegantes pantalones oscuros, zapatillas de deporte, camisa de hombre azul celeste, y una corbata roja anudada con holgura. La corbata rozaba la pistolera que llevaba en el hombro izquierdo. A Ricky le pareció un aspecto de lo más curioso. La mujer combinaba la ropa masculina con una presencia femenina: el maquillaje y el perfume contradecían la masculinidad del atuendo. El cabello le caía en rizos lánguidos sobre los hombros, pero las zapatillas de deporte delataban urgencia e inmediatez.

Le estrechó la mano con firmeza.

—Me alegro de verle, doctor. Aunque debo decir que es un poco inesperado.

Pareció valorar con rapidez su aspecto, mirándolo de arriba a abajo como un sastre examina a un caballero poco en forma que quiere encajarse un traje moderno y con estilo.

—Gracias por recibirme —empezó, pero ella le interrumpió.

—Tiene un aspecto terrible, doctor. Quizá se esté tomando demasiado en serio el pequeño enfrentamiento de Zimmerman con el metro.

—No duermo muy bien —admitió Ricky a la vez que meneaba la cabeza con una leve sonrisa.

—No me diga —contestó ella. Hizo un ademán con el brazo en dirección a una sala anexa.

La sala de interrogatorios era lóbrega e inquietante, un recinto estrecho desprovisto de cualquier adorno, con una mesa metálica en el centro y tres sillas plegables de metal, iluminada por un fluorescente. La mesa tenía la superficie de linóleo, estropeada con arañazos y manchas de tinta. Ricky pensó en su consulta y, en particular, en el diván y en cómo cada objeto a la vista del paciente tenía un efecto en el análisis. Pensó que esta sala, tan yerma como un paisaje lunar, era un lugar horrible para explicarse pero, acto seguido, comprendió que las explicaciones que se daban en ese sitio eran terribles de por sí.

Riggins debió de percatarse del modo en que examinaba la habitación porque dijo:

—El presupuesto oficial para decoración es muy exiguo este año. Tuvimos que prescindir de los Picasso en las paredes y de los muebles de Roche Bobois. —Señaló una de las sillas de metal—. Siéntese, doctor. Cuénteme qué le preocupa. —La detective Riggins intentó contener una sonrisa—. ¿No es eso más o menos lo que diría usted?

—Más o menos. Aunque no sé qué le resulta tan divertido.

Ella asintió y parte del humor de su voz desapareció.

—Disculpe —dijo—. Es la inversión de papeles, doctor Starks. No solemos recibir profesionales destacados de la zona residencial. Solemos tratar con delitos bastante rutinarios y feos. Atracos en su mayoría. Bandas. Indigentes que entablan peleas que acaban en homicidios. ¿Qué le preocupa tanto? Prometo tomármelo muy en serio.

—Le divierte verme...

—Estresado. Sí, lo admito.

—¿No le gusta la psiquiatría?

—No. Tuve un hermano clínicamente deprimido y esquizofrénico. Entró y salió de todas las instituciones mentales de la ciudad y todos los médicos hablaron y hablaron pero no lo ayudaron en absoluto. Esta experiencia me predispuso en contra. Dejémoslo así.

Ricky esperó un momento y dijo:

—Mi mujer murió hace unos años de cáncer de ovarios, pero yo no detesté a los oncólogos que no lograron salvarla. Detesté la enfermedad.

—*Touché* —admitió Riggins.

Ricky no sabía muy bien por dónde empezar, pero decidió que Zimmerman era un comienzo tan bueno como cualquier otro.

—Leí la nota de suicidio —comentó—. Para serle franco, no sonaba demasiado a mi paciente. ¿Podría decirme dónde la encontró?

—Claro. —Riggins se encogió de hombros—. Estaba sobre la almohada de su cama, en su casa. Bien doblada y colocada con cuidado; era imposible no verla.

—¿Quién la encontró?

—Pues yo. El día después de hablar con los testigos y con usted, y de acabar con el papeleo, fui a casa de Zimmerman y la vi en cuanto entré en su habitación.

—La madre de Zimmerman es inválida...

—Estaba tan consternada tras recibir la llamada telefónica inicial que tuve que mandar una ambulancia para que la llevara al hospital a pasar un par de noches. Creo que la van a trasladar a un centro de viviendas con asistencia en el condado de Rockland en los próximos días. El hermano se está encargando de eso. Por teléfono, desde California. No parece muy afectado por lo ocurrido ni rebosar bondad humana, en especial en lo que a su madre se refiere.

—A ver si lo entiendo. Llevan a la madre al hospital y al día siguiente usted encuentra la nota.

—Exacto.

—Así que no tiene modo de saber cuándo pusieron esa nota en la habitación, ¿verdad? La casa estuvo vacía bastante tiempo.

La detective Riggins sonrió.

—Bueno, sé que Zimmerman no la puso después de las tres de la tarde porque fue entonces cuando tomó ese tren antes de que parara, lo que no es una idea nada acertada —comentó.

—Alguien más pudo ponerla ahí.

—Claro. Lo creería si yo fuese la clase de persona que ve conspiraciones por todas partes y cree en la teoría de los múltiples francotiradores en el asesinato de Kennedy. No era feliz y se lanzó a la vía, doctor. Esas cosas pasan.

—Esa nota estaba mecanografiada —prosiguió Ricky—. Y sin firmar, salvo a máquina.

—Sí. En eso tiene razón.

—Escrita en un ordenador, supongo.

—Bingo. Está empezando a sonar como un detective, doctor.

—Creo haber oído en algún sitio que las máquinas de escribir podían localizarse, que el modo en que las teclas golpean el papel es reconocible —comentó Ricky tras pensar un momento—. ¿Pasa lo mismo con una impresora?

—No. —Riggins meneó la cabeza.

—No sé demasiado sobre ordenadores —dijo Ricky tras vacilar por un instante—. Nunca los necesité en mi trabajo —prosiguió con la mirada fija en la mujer, que parecía algo incómoda con sus preguntas—. Pero ¿no conservan un registro interno de todo lo que se ha escrito en ellos?

—También acierta en eso. Normalmente en el disco duro. Y ya veo dónde quiere llegar. No, no comprobé el ordenador personal de Zimmerman para asegurarme de que hubiera escrito realmente la nota en él. Tampoco verifiqué el ordenador de su trabajo. Un hombre se lanza a la vía del metro y encuentro una nota de suicidio sobre su almohada en su casa. Esta situación no incita a investigar más.

—En cuanto al ordenador del trabajo, mucha gente podría acceder a él, ¿verdad?

—Supongo que tendría una contraseña para proteger sus archivos. Pero la respuesta es sí.

Ricky asintió y guardó silencio un momento.

Riggins se movió en la silla antes de continuar:

—Dijo que quería hablar de las «circunstancias» que rodearon la muerte. ¿Cuáles son?

Ricky inspiró hondo antes de contestar.

—Un pariente de una antigua paciente me ha estado amenazando a mí y a los miembros de mi familia con daños indeterminados. Con este fin, ha adoptado algunas medidas para trastornarme la vida. Entre ellas están acusaciones falsas contra mi integridad profesional, ataques electrónicos a mi situación financiera, robos en mi casa, invasiones en mi vida personal y la sugerencia de que me suicide. Tengo motivos para creer que la muerte de Zimmerman formaba parte de este sistema de acoso que he estado sufriendo esta última semana. No creo que fuera un suicidio.

Riggins enarcó las cejas.

—Por Dios, doctor Starks, parece que está metido en un buen lío. ¿Una antigua paciente?

—No. El hijo de una antigua paciente. Todavía no sé cuál.

—¿Y cree que esta persona que quiere perjudicarlo convenció a Zimmerman de que se lanzara a las vías del metro?

—No lo convenció. Probablemente lo empujaron.

—Estaba lleno de gente y nadie vio nada semejante. En absoluto.

—La falta de testigos no descarta que sucediera. Cuando el metro se acerca, todos los que están en el andén miran en la dirección que llega el convoy. Si Zimmerman estaba detrás de la gente, lo que viene sugerido por la falta de testigos presenciales precisos, ¿cuánto habría costado darle el codazo o empujón necesario?

—Bueno, eso es cierto, doctor. No sería difícil. Ni mucho menos. A lo largo de los años, hemos tenido unos cuantos asesinatos con esas características. Y también tiene razón en que la gente se vuelve en esa dirección cuando se acerca el tren, lo que permite que al final del andén pueda pasar casi cualquier cosa más o menos inadvertida. Pero en este caso tenemos a Lu Anne, que dice que saltó, y aunque no sea demasiado fiable, es algo. Y tenemos una nota de suicidio y un hombre deprimido, enfadado y desdichado que mantenía una relación difícil con su madre y se enfrentaba a una vida que muchos considerarían más bien decepcionante...

—Ahora es usted quien parece dar excusas —comentó Ricky sacudiendo la cabeza—. De lo que más o menos me acusó a mí la primera vez que hablamos.

Este comentario silenció a la detective Riggins, que dirigió una larga mirada a Ricky antes de proseguir.

—Me parece que debería hablar de esto con alguien que pueda ayudarle, doctor.

—¿Con quién? Usted es policía. Le he hablado de delitos, o de lo que podrían serlo. ¿No debería hacer alguna clase de informe?

—¿Quiere presentar una denuncia formal?

Ricky la miró con dureza.

—¿Debería hacerlo? ¿Cómo sigue el trámite?

—Yo le presento a mi supervisor, que pensará que es una locura y la canalizará a través de la burocracia policial, y en un par de días recibirá una llamada de algún detective que se mostrará todavía más escéptico que yo. ¿A quién ha contado todo esto?

—Bueno, a mi banco y a la Sociedad Psicoanalítica.

—Si creen que existe actividad delictiva deberían pasar el asunto al FBI o a la policía estatal. Tal vez deba usted hablar con alguien de Extorsión y Fraudes. Yo en su lugar, me plantearía contratar un detective privado. Y un buen abogado, porque podría necesitarlos.

—¿Cómo puedo ponerme en contacto con el departamento de Extorsión y Fraudes?

—Le daré un nombre y un teléfono.

—¿No cree que usted debería investigar estas cosas como seguimiento del caso Zimmerman?

Esta pregunta hizo dudar a la detective Riggins. No había tomado ninguna nota durante la conversación.

—Podría hacerlo —indicó con precaución—. Me lo pensaré. Cuesta reabrir un caso una vez se ha cerrado.

—Pero no es imposible.

—Difícil. Pero no imposible.

—¿Puede obtener autorización de un superior? —preguntó Ricky.

—No creo que quiera abrir aún esa puerta. Si digo a mi jefe que hay un problema oficial, deberán seguirse muchos pasos burocráticos. Creo que echaré un vistazo por mi cuenta. ¿Sabe qué, doctor?, comprobaré algunas cosas y luego hablaré con usted. Primero iré a examinar el ordenador personal de Zimmerman. Puede que el archivo que contiene la nota de suicidio indique la hora. Lo haré esta noche o mañana. ¿Qué le parece?

—Bien. Esta noche sería mejor que mañana. Tengo algunas limitaciones de tiempo. Y entonces podría darme también el nombre y el teléfono de alguien de Extorsión y Fraudes.

Parecía un acuerdo razonable. La mujer asintió. Ricky sintió cierta satisfacción al observar que su tono algo burlón y sarcástico había cambiado después de que él planteara la posibilidad de que hubiera metido la pata. Incluso aunque considerara remota esta posibilidad, en un mundo donde las promociones y los ascensos estaban tan relacionados con las investigaciones bien acabadas, haber pasado por alto un asesinato y haberlo catalogado de suicidio era un error muy perjudicial para la hoja de servicios.

—Espero que me llame lo antes que pueda —dijo Ricky.

Después se levantó, como si se hubiera anotado un punto. No era una sensación de victoria pero, por lo menos, le hacía sentir menos solo en el mundo.

Fue en taxi hasta el Metropolitan Opera House, que estaba vacía salvo por unos cuantos turistas y algunos guardias de seguridad. Sabía que había una hilera de cabinas telefónicas frente a los lavabos. La ventaja era que desde ese sitio podía hacer una llamada a la vez que vigilaba que nadie intentara acercarse lo suficiente para averiguar a quién llamaba.

El número del doctor Lewis había cambiado, como esperaba. Pero lo pasaron a otro número con un prefijo distinto.

Tuvo que insertar la mayoría de monedas de veinticinco centavos que tenía. Mientras el teléfono sonaba, pensó que Lewis debía de tener ya unos ochenta años, y no estaba seguro de si sería de ayuda. Pero Ricky sabía que era el único modo en que podría apreciar su situación más o menos como era debido y, por desesperado que fuera ese paso, debía darlo.

El teléfono sonó por lo menos ocho veces antes de que contestaran.

—¿Diga?

—El doctor Lewis, por favor.

—Al habla.

Ricky llevaba veinte años sin oír aquella voz, y aun así se emocionó, lo que le sorprendió. Era como si en su interior se desatara de repente un torbellino de odios, miedos, amores y frustraciones. Se obligó a conservar cierta calma.

—Doctor Lewis, soy el doctor Frederick Starks.

Ambos guardaron silencio un momento, como si el mero encuentro telefónico después de tantos años resultara abrumador.

Lewis habló primero.

—¡Vaya! Me alegro de oírte, Ricky, incluso después de tantos años. Estoy bastante sorprendido.

—Siento ser tan brusco, doctor. Pero no sabía a quién más recurrir.

De nuevo se produjo un breve silencio.

—¿Tienes problemas, Ricky?

—Sí.

—Y las herramientas del autoanálisis no son suficientes.

—Así es. Me preguntaba si tendría un rato para hablar conmigo.

—Ya no recibo pacientes —dijo Lewis—. La jubilación. La edad. Los achaques. El envejecimiento, que es terrible. Vas perdiendo toda clase de cosas.

—¿Me recibirá?

—Por tu voz parece bastante urgente —comentó el anciano tras una pausa—. ¿Es importante? ¿Son problemas graves?

—Corro un gran peligro, y tengo poco tiempo.

—Vaya, vaya, vaya. —Ricky pudo captar la sonrisa en el rostro del viejo analista—. Eso suena verdaderamente enigmático. ¿Crees que puedo ayudarte?

—No lo sé. Pero podría ser.

El viejo analista reflexionó antes de contestar.

—Has hablado como alguien de nuestra profesión. Está bien, pero tendrás que venir aquí. Ya no tengo consulta en la ciudad.

—¿Dónde debo ir?

—Estoy en Rhinebeck —dijo Lewis, y añadió una dirección en River Road—. Un lugar maravilloso para un jubilado, excepto que en invierno hace un frío terrible. Pero ahora está precioso. Puedes tomar un tren en la estación Pennsylvania.

—¿Le iría bien esta tarde?

—Cuando quieras. Ésa es una de las ventajas de la jubilación. No hay compromisos impostergables. Toma un taxi en la estación y te estaré esperando hacia la hora de cenar.

Se apretujó en un asiento del rincón lo más al final del tren y se pasó la mayoría de la tarde mirando por la ventanilla. El tren viajó directo al norte siguiendo el curso del río Hudson, a veces tan cerca de la orilla que el agua quedaba sólo a unos metros de distancia. Ricky se sintió fascinado por las distintas tonalidades de azul verdoso que adquiría el río:

el casi negro cerca de las orillas, que se convertía en un azul más claro y vibrante hacia el centro. Unos veleros surcaban el agua y dejaban una estela blanca a su paso, y algún que otro buque portacontenedores enorme y desgarbado navegaba por la zona más profunda. A lo lejos, las Palisades se elevaban convertidas en columnas de roca entre grises y marrones, coronadas por grupos de árboles verde oscuro. Había mansiones con amplios jardines; casas tan enormes que la riqueza que encerraban parecía inimaginable. En West Point atisbó la academia militar en lo alto de una colina con vistas al río; los edificios imperturbables le parecieron tan grises y tensos como las líneas uniformadas de cadetes. El río era ancho y cristalino, y le resultó fácil imaginar al explorador que dio su nombre a estas aguas quinientos años antes. Observó un rato la superficie, sin saber muy bien en qué sentido discurría la corriente, si hacia la ciudad de Nueva York para desembocar en el océano, o si ascendía al norte, empujada por las mareas y la rotación de la Tierra. El hecho de no saberlo, de ser incapaz de decir en qué dirección corría el agua a partir de la observación de su superficie, le inquietó un poco.

Sólo un grupo reducido de personas bajó del tren en Rhinebeck, y Ricky se entretuvo en el andén para observarlas, preocupado aún por si, a pesar de sus esfuerzos, alguien hubiera logrado seguirle. Unos adolescentes con vaqueros o pantalón corto se reían; una madre de mediana edad tiraba de tres niños e intentaba mostrarse paciente con un chiquillo rubio que no paraba de corretear; un par de empresarios agobiados hablaban por el móvil mientras salían de la estación. Ninguna de las personas que bajaron del tren miró siquiera a Ricky, salvo el niño rubio, que se detuvo y le dirigió una mueca antes de subir corriendo el tramo de escaleras que conducía al exterior del andén. Ricky esperó hasta que el tren se puso en marcha con unos fuertes resoplidos metálicos a medida que ganaba impulso. Seguro de que nadie se había rezagado, subió al vestíbulo. Era un viejo edificio de ladrillo con un suelo embaldosado donde los pasos resonaban y recorrido por un aire fresco que desafiaba el calor de última hora de la tarde. Un único cartel con una flecha roja sobre una ancha puerta doble rezaba: TAXIS. Salió de la estación y vio uno solo: un sedán blanco enlodado, con un distintivo en la puerta, un símbolo apagado en el techo y una abolladura enorme en el guardabarros delantero. El conductor parecía a punto de marcharse, pero vio a Ricky y retrocedió con brusquedad hacia el bordillo.

—¿Quiere que lo lleve? —preguntó.

—Sí, por favor.

—Pues soy el único que queda. Ya me iba cuando le vi salir por la puerta. Suba.

Ricky lo hizo y le dio la dirección del doctor Lewis.

—Ah, una propiedad excelente —afirmó el conductor, y aceleró haciendo rechinar los neumáticos.

Una estrecha carretera serpenteante llevaba hasta la casa del viejo analista. Unos robles majestuosos creaban una cubierta que sombreaba el asfalto, de modo que la tenue luz de la tarde veraniega se filtraba lentamente, como harina a través de un cedazo, y proyectaba sombras a derecha e izquierda. El paisaje mostraba unas colinas suaves, como las olas de un modesto mar. Vio manadas de caballos en algunos campos y, a lo lejos, grandes mansiones. Las casas más cercanas a la carretera eran antiguas, a menudo de madera, y tenían placas en un lugar destacado, de modo que se supiese que tal casa se había construido en 1788 o tal otra en 1802. Vio jardines coloridos y más de un propietario en camiseta montado en una cortadora de césped para segar con dinamismo una franja inmaculada de hierba. Le pareció que era un lugar de escapada. Supuso que la mayoría de esa gente tenía su vida principal en el ajetreado Manhattan, trabajando con dinero, poder y/o prestigio. Eran casas de fin de semana y de veraneo, carísimas pero con un auténtico concierto de grillos por la noche.

El taxista comentó:

—No está mal, ¿verdad? Algunas de estas casas cuestan unos cuantos dólares.

—Imagino que ha de ser imposible encontrar mesa en un restaurante los fines de semana —contestó Ricky.

—Así es, en verano y en vacaciones. Pero no todos son de ciudad. Hay algunas personas que han echado raíces, las suficientes para que no sea un pueblo fantasma. Es un lugar bonito. —Redujo la velocidad y dobló a la izquierda para tomar un camino de entrada—. El problema es que está demasiado cerca de la ciudad. Bueno, ya hemos llegado. Es aquí —dijo.

El doctor Lewis vivía en una vieja casa de labranza reacondicionada, con un diseño sencillo de dos plantas, pintada de un blanco reluciente y con una placa que indicaba 1791. No era ni mucho menos la más grande de las casas que habían pasado. Tenía un enrejado con parras, flores plantadas en el sendero de entrada y un pequeño estanque con peces al borde del jardín. A un lado había una hamaca y unas cuantas tumbonas de madera con la pintura blanca medio desconchada. Un Volvo familiar azul de diez años estaba estacionado frente a un antiguo establo que ahora servía de garaje.

El taxi se marchó y Ricky se detuvo al final del camino de grava. De repente, se dio cuenta de que había ido con las manos vacías. No llevaba ninguna bolsa, ningún detalle, ni siquiera la proverbial botella de vino blanco. Inspiró hondo y sintió una oleada de emociones contradictorias. No era precisamente miedo, pero sí la sensación que un niño tiene al saber que debe informar de alguna travesura a sus padres. Ricky sonrió, porque sabía que ese nerviosismo era normal; la relación entre analista y analizado es profunda y provocadora, y opera de muchas formas distintas, incluso como entre alguien con autoridad y un niño. Eso formaba parte del proceso de transferencia, en el que el analista va adoptando distintos papeles que conducen, en última instancia, a la comprensión. Pocas profesiones médicas ejercen un impacto así en sus pacientes. Seguramente un traumatólogo ni siquiera recuerda la rodilla o la cadera que operó años atrás. Pero es probable que el analista recuerde, si no todo, sí gran parte, ya que la mente es mucho más sofisticada que una rodilla, aunque a veces no tan eficiente.

Avanzó despacio hacia la entrada, asimilando todo lo que veía. Recordó que ésta es otra de las claves del análisis: el terapeuta conoce casi todas las intimidades emocionales y sexuales del paciente, que por su parte apenas sabe nada sobre el terapeuta. El misterio imita los misterios fundamentales de la vida y la familia; y adentrarse en lo desconocido produce siempre fascinación e inquietud.

«El doctor Lewis me conoce —pensó—. Pero ahora yo sabré algo de él, y eso cambia las cosas.» Esta observación le inquietó aún más.

A mitad de los peldaños de la entrada, la puerta principal se abrió de golpe. Oyó su voz antes de verlo.

—Me apuesto a que te sientes algo incómodo.

—Me ha leído los pensamientos —contestó Ricky, en lo que era una especie de broma entre analistas.

Lewis lo condujo a un estudio, junto al recibidor de la vieja casa. Ricky dirigió los ojos de un lado a otro para grabarse los detalles mentalmente. Libros en un estante. Una pantalla de Tiffany. Una alfombra oriental. Como muchas casas antiguas, el interior tenía una atmósfera oscura, en contraste con unas relucientes paredes blancas. Le pareció fresco, nada cargado, como si las ventanas hubiesen estado abiertas la noche anterior y la casa hubiese conservado el recuerdo de unas temperaturas más bajas. Detectó un ligero olor a lila y oyó los ruidos distantes de una cocina en la parte de atrás.

El doctor Lewis era un hombre delgado, algo encorvado, calvo, con unos agresivos mechones de pelo que le salían detrás de las orejas, lo que le confería un aspecto de lo más curioso. Llevaba unas gafas apoyadas en la punta de la nariz, de modo que rara vez parecía mirar realmente a través de ellas. Tenía algunas manchas de la edad en el dorso de las manos y un ligerísimo temblor de dedos. Se movió despacio, cojeando un poco, y se instaló por fin en un sillón de orejas de piel roja, muy mullido, a la vez que indicaba a Ricky que se sentara en una butaca algo más pequeña. Ricky se arrellanó entre los cojines.

—Estoy encantado de verte, Ricky, incluso después de tantos años. ¿Cuánto hace?

—Más de una década, sin duda. Tiene buen aspecto, doctor.

Lewis sonrió y meneó la cabeza.

—No deberías empezar con una mentira tan evidente, aunque a mi edad las mentiras se agradecen más que la verdad. Las verdades son siempre inoportunas. Necesito una cadera nueva, una vejiga nueva, una próstata nueva, ojos y orejas nuevos, y unos cuantos dientes nuevos. Unos pies nuevos también me irían bien. Quizá necesitaría también un corazón nuevo. Además, no estaría de más renovar el coche del garaje y las cañerías de la casa. Ahora que lo pienso, las mías también. El tejado está bien, sin embargo. —Se dio unos golpecitos en la frente y añadió en tono socarrón—: El mío también. Pero no has venido para saber cómo estoy. He olvidado tanto mi formación como mis modales. Supongo que te quedarás a cenar, y he pedido que te preparen la habitación de huéspedes. Y ahora será mejor que cierre la boca, que es lo que creemos hacer tan bien en nuestra profesión, para dejar que me cuentes el motivo de tu visita.

Ricky vaciló, sin saber muy bien por dónde empezar. Miró al anciano hundido en el sillón de orejas y sintió como si una cuerda se rompiera de repente en su interior. Notó que perdía el dominio de sí mismo, y habló con labios temblorosos:

—Creo que sólo me queda una semana de vida.

Lewis enarcó las cejas.

—¿Estás enfermo?

Ricky meneó la cabeza.

—Me parece que tendré que suicidarme —contestó.

El viejo analista se inclinó hacia delante.

—Eso es un problema —dijo.

14

Ricky habló durante más de una hora sin ser interrumpido por el menor comentario o pregunta. Lewis permaneció casi inmóvil en su asiento balanceando el mentón en la palma de una mano. Ricky se levantó un par de veces y se paseó por la habitación, como si el movimiento de los pies fuera a facilitarle la narración, antes de regresar a la mullida butaca y proseguir su relato. En más de una ocasión notó que le sudaban las axilas, aunque la temperatura de la habitación era agradablemente fresca, con las ventanas abiertas a esa primera hora de la noche en el valle del Hudson.

Oyó un trueno lejano procedente de las montañas Catskills, a kilómetros de distancia al otro lado del río, en una ráfaga explosiva que parecía fuego de artillería. Recordó que según una leyenda local ese sonido era el ruido que hacían unos elfos y unos enanos al jugar a bolos en las verdes hondonadas. Le habló de la primera carta, del poema y de las amenazas, de lo que estaba en juego. Describió a Virgil y a Merlin, y el bufete inexistente del abogado. Intentó no dejarse nada, desde las intrusiones electrónicas en sus cuentas bancarias y de valores hasta el mensaje pornográfico que recibió su pariente lejana en su cumpleaños. Habló largo y tendido sobre Zimmerman, su tratamiento, su muerte y las dos visitas a la detective Riggins. Le contó lo de la falsa acusación de abusos sexuales presentada ante el Colegio de Médicos, y se ruborizó un poco al hacerlo. A veces divagaba, como cuando mencionó los robos en su consulta y la extraña sensación de violación que sentía, o cuando describió su poema en el *Times* y la respuesta de Rumplestiltskin. Terminó mencionando las fotografías de los tres adolescentes que le había enseñado Virgil. Después se reclinó, guardó silencio y, por primera vez, miró al viejo analista, que se había llevado ambas manos al mentón para apoyar la cabeza meditabundo, como si intentara valorar la totalidad de la maldad que se había abatido sobre Ricky.

—Muy interesante —dijo por fin Lewis, que se reclinó y soltó un largo suspiro—. Me gustaría saber si ese tal Rumplestiltskin es un filósofo. ¿No era Camus quien afirmaba que la única verdadera elección de cualquier hombre es si suicidarse o no? La pregunta existencial por excelencia.

—Tenía entendido que era Sartre —contestó Ricky, encogiéndose de hombros.

—Supongo que ésta es la pregunta clave del caso, Ricky; la primera y más importante que te ha hecho Rumplestiltskin.

—Perdone, pero ¿qué...?

—¿Te matarías para salvar a otra persona?

—No estoy seguro —balbuceó Ricky, desconcertado por la pregunta—. Me parece que no me he planteado realmente esta opción.

—No es una pregunta poco razonable —dijo Lewis, cambiando de postura en su asiento—. Y estoy seguro de que tu torturador ha dedicado muchas horas a intentar adivinar tu respuesta. ¿Qué clase de hombre eres, Ricky? ¿Qué clase de médico? Porque, a fin de cuentas, ésa es la esencia de este juego: ¿te suicidarás? Parece haberte demostrado la seriedad de sus amenazas o, por lo menos, te ha hecho creer que ya ha cometido un asesinato, de modo que es probable que no le importe cometer otro. Y se trata, aunque suene duro, de asesinatos muy fáciles de cometer. Los sujetos no significan nada para él. Son meros vehículos para llegar a ti. Y tienen la ventaja añadida de ser homicidios que seguramente ningún detective del mundo, ni siquiera un Maigret, un Hercules Poirot o una miss Marple, ni una de las creaciones de Mickey Spillane o de Robert Parker, podría resolver con efectividad. Piénsalo, Ricky, porque es verdaderamente diabólico y extraordinariamente existencial: un asesinato tiene lugar en París, en Honduras o en el lago Winnipesaukee, Nueva Hampshire. Es repentino, espontáneo, y la víctima ignora lo que le va a pasar. La ejecutan en un segundo. Como si la partiera un rayo. Y la persona que se supone que va a sufrir debido a esta muerte está a centenares, a miles de kilómetros. Una pesadilla para cualquier policía, que tendría que encontrarte, encontrar al asesino creado en tu pasado y, después, relacionaros de alguna forma con este crimen en un lugar lejano, con todo el papeleo y la burocracia que eso conlleva. Y eso suponiendo que pudieran dar con el asesino. Seguro que se ha protegido tanto con identidades y pistas falsas que eso sería imposible. La policía ya tiene bastantes problemas para obtener condenas cuando tiene confesiones, pruebas de ADN y testigos presenciales. No, Ricky, supongo que sería un crimen que quedaría impune.

—Me está diciendo que...

—Tu elección, a mi entender, es bastante simple: ¿puedes ganar?, ¿puedes averiguar la identidad de Rumplestiltskin en los pocos días que te quedan? En caso contrario, ¿te suicidarás para salvar a otra persona? Es la pregunta más interesante que se le puede hacer a un médico. Después de todo, nuestra profesión consiste en salvar vidas. Pero nuestros recursos para la salvación son los medicamentos, los conocimientos, la habilidad con el bisturí. En este caso, puede que tu vida signifique la curación de alguien. ¿Puedes hacer ese sacrificio? Y, si no estás dispuesto a ello, ¿podrás vivir contigo mismo después? En apariencia, como mínimo, no es demasiado complicado. La parte complicada es..., bueno, interna.

—Está sugiriendo... —empezó Ricky con un ligero balbuceo. Vio que el viejo analista se había recostado en el sillón, de modo que una sombra que proyectaba la lámpara de la mesa parecía bisecarle la cara.

Lewis hizo un gesto con una mano similar a una garra, con los dedos largos, adelgazados por la edad.

—No estoy sugiriendo nada. Sólo estoy comentando que hacer lo que este caballero ha pedido es una opción viable. La gente se sacrifica sin cesar para que otros puedan vivir. Los soldados en combate. Los bomberos en un edificio en llamas. Los policías en las calles de la ciudad. ¿Es tu vida tan feliz, tan productiva y tan importante para que asumamos automáticamente que es más valiosa que la que podría costar?

Ricky se movió en la butaca, como si la suave tapicería se hubiese vuelto de madera bajo su cuerpo.

—No puedo creer que... —empezó, pero se interrumpió.

—Lo siento —dijo Lewis, y se encogió de hombros—. Por supuesto, no te lo has planteado de modo consciente. Pero me pregunto si no te has hecho estas preguntas en tu subconsciente, que es lo que te indujo a buscarme.

—He venido a pedir ayuda —replicó Ricky, quizá demasiado deprisa—. Necesito ayuda para participar en este juego.

—¿De veras? Tal vez en cierto nivel. Pero en otro has venido para otra cosa. ¿Permiso? ¿Bendición?

—Debo rebuscar en el período de mi pasado en que la madre de Rumplestiltskin era paciente mía. Necesito que me ayude a hacerlo, porque he bloqueado esa parte de mi vida. Es como si estuviera fuera de mi alcance. Necesito que me ayude a llegar a ella. Sé que puedo identificar a la paciente relacionada con Rumplestiltskin, pero necesito ayuda, y creo que esa paciente era una mujer a la que atendía en la misma época en que seguía el tratamiento con usted, cuando era mi mentor. Debo de haberle mencionado a esta mujer durante nuestras sesiones. Así que lo que necesito es una caja de resonancia. Alguien que despierte esos recuerdos dormidos. Estoy seguro de que puedo desenterrar ese nombre de mi inconsciente.

Lewis asintió de nuevo.

—No es una petición poco razonable, y no cabe duda de que el planteamiento es inteligente. Es el planteamiento de un psicoanalista. Hablar y no actuar es una curación. ¿Sueno cruel, Ricky? Supongo que la vejez me ha vuelto irascible y estrafalario. Claro que te ayudaré. Pero me parece que, a medida que analicemos, sería conveniente mirar también el presente, porque vas a tener que encontrar respuestas tanto en el pasado como en el presente. Acaso también en el futuro. ¿Podrás hacerlo?

—No lo sé.

—Es la respuesta clásica de un psicoanalista. —Lewis sonrió torcidamente—. Un futbolista, un abogado o un empresario moderno dirían: «¡Ya lo creo que sí!» Pero nosotros, los analistas, siempre cubrimos nuestras apuestas, ¿verdad? La certeza es algo que nos resulta incómodo. —Inspiró hondo y se movió en el sillón—. El problema es que este hombre que quiere tu cabeza en una bandeja no parece tan indeciso o inseguro sobre las cosas, ¿me equivoco?

—No —contestó Ricky de inmediato—. Parece tenerlo todo bien planeado. Al parecer ha previsto todos mis actos, casi como si los hubiera dispuesto de antemano.

—Estoy seguro de que lo ha hecho.

Ricky asintió. El doctor Lewis siguió con sus preguntas.

—¿Dirías que es psicológicamente astuto?

—Ésa es mi impresión.

—En algunos juegos eso es fundamental. —Lewis asintió—. En el fútbol quizás. En el ajedrez sin duda.

—¿Está insinuando que...?

—Para ganar una partida de ajedrez hay que ser más previsor que el adversario. Ese único movimiento que escapa a su perspicacia es lo que permite derrotarlo. Creo que deberías hacer lo mismo.

—¿Cómo voy a...?

—Lo pensaremos durante una cena sencilla y el resto de la velada. —Lewis, que se había levantado, esbozó una leve sonrisa—. Has tenido en cuenta un factor importante, ¿verdad?

—¿Cuál? —quiso saber Ricky.

—Bueno, parece bastante evidente que Rumplestiltskin ha pasado meses, tal vez años, planeando todo esto. Es una venganza que toma en consideración muchos elementos y, como tú señalas, ha previsto prácticamente todos tus pasos.

—Sí, es cierto.

—No entiendo entonces por qué supones que no me ha reclutado a mí, quizá mediante amenazas o presiones de algún tipo, para ayudarle a cumplir su propósito —dijo el doctor Lewis despacio—. Quizá me haya pagado de alguna forma. ¿Por qué supones que estoy de tu parte en todo esto, Ricky?

Y con un amplio gesto para que Ricky lo acompañara en lugar de contestar a su pregunta, el viejo analista lo condujo a la cocina, cojeando un poco mientras avanzaba.

Había dos cubiertos dispuestos en una mesa antigua en medio de la cocina. Una jarra de agua fría y unas rebanadas de pan en una cesta de mimbre adornaban el centro de la mesa. Lewis cruzó la habitación y retiró una fuente del horno, la puso en un salvamanteles y sacó luego una ensalada del frigorífico. Mientras terminaba de poner la mesa, tarareó un poco. Ricky reconoció unos cuantos compases de Mozart.

—Siéntate, Ricky. Este mejunje que tenemos delante es pollo. Sírvete, por favor.

Ricky vaciló. Alargó la mano y se sirvió un vaso de agua, que se bebió como un hombre que acabara de cruzar un desierto. El líquido apenas sació su repentina sed.

—¿Lo ha hecho? —preguntó de golpe. Apenas reconoció su propia voz, que sonó aguda y estridente.

—¿Si ha hecho qué?

—¿Se ha puesto Rumplestiltskin en contacto con usted? ¿Forma parte de todo esto?

El doctor Lewis se sentó, se puso con cuidado la servilleta en el regazo y se sirvió una generosa ración de pollo y ensalada antes de responder.

—Permíteme que te pregunte algo, Ricky —dijo—. ¿Qué importancia tendría eso?

—Toda la importancia del mundo —balbuceó Ricky—. Necesito saber que puedo confiar en usted.

—¿De verdad? Creo que la confianza está sobrevalorada. Por otra parte, ¿qué he hecho hasta ahora para que me retires la confianza que te trajo hasta aquí?

—Nada.

—Entonces deberías comer. El pollo lo ha preparado mi criada y te aseguro que es bastante bueno, aunque no tanto, por desgracia, como el que mi mujer solía cocinar antes de su muerte. Y estás pálido, Ricky, como si no te cuidaras.

—Tengo que saberlo. ¿Le ha reclutado Rumplestiltskin?

Lewis sacudió la cabeza, pero no era una respuesta negativa a la pregunta de Ricky, sino más bien un comentario de la situación.

—Me parece que lo que necesitas son conocimientos, Ricky. Información. Comprensión. Nada de lo que hasta ahora ha hecho este hombre ha sido concebido para engañarte. ¿Cuándo ha mentido? Bueno, quizás el abogado cuyo bufete no estaba donde se suponía, pero eso parece un engaño bastante simple y necesario. En realidad, todo lo que ha hecho hasta ahora está concebido para llevarte hasta él. Por lo menos, podría interpretarse así. Te da pistas. Te manda una joven atractiva para que te ayude. ¿Crees que en realidad desea que no seas capaz de averiguar quién es?

—¿Le está ayudando?

—Estoy intentando ayudarte a ti, Ricky. Ayudarte a ti podría ayudarle a él también. Es una posibilidad. Ahora siéntate y come. Es un buen consejo.

Ricky apartó una silla pero el estómago se le cerró ante la mera idea de probar bocado.

—Tengo que saber que está de mi parte.

—Tal vez consigas la respuesta a esta pregunta al final del juego. —El viejo psicoanalista se encogió de hombros. Clavó el tenedor en el pollo y se llevó un trozo enorme a la boca.

—He venido a verle como amigo. Como antiguo paciente. Usted fue la persona que me ayudó a formarme, por el amor de Dios. Y ahora...

El doctor Lewis agitó el tenedor en el aire, como un director con una batuta frente a una orquesta descoordinada.

—¿Consideras amigos tuyos a las personas a las que tratas?

—No. —Ricky sacudió la cabeza, vacilante—. Claro que no. Pero la función del mentor es distinta.

—¿De verdad? ¿No tienes algún paciente en más o menos la misma situación?

La pregunta quedó suspendida en el aire. Ricky sabía que la respuesta era afirmativa, pero no lo dijo en voz alta. Pasados unos momentos, Lewis movió la mano para descartar la pregunta.

—Necesito saberlo —insistió Ricky con brusquedad a modo de respuesta.

El doctor Lewis esbozó un gesto exasperantemente inexpresivo, apto para una mesa de póquer. Ricky se exaltó al reconocer esa actitud vaga: la misma expresión evasiva que no indica aprobación, desaprobación, espanto, sorpresa, temor ni cólera que él utilizaba con sus pacientes. Es la especialidad del analista, una parte fundamental de su coraza. La recordaba de su tratamiento hacía un cuarto de siglo y le irritó volverla a ver.

—No lo necesitas, Ricky. —El anciano meneó la cabeza—. Sólo necesitas saber que estoy dispuesto a ayudarte. Mis motivos son irrelevantes. Quizá Rumplestiltskin tiene algo para presionarme. Quizá no. Si blande una espada sobre mi cabeza o tal vez sobre uno de los miembros de mi familia, es algo independiente de tu situación. La pregunta pende siempre en nuestro mundo, ¿no? ¿Existe alguien absolutamente fiable? ¿Hay alguna relación carente de peligro? ¿No nos lastiman aquéllos a quienes amamos y respetamos más que aquéllos a quienes odiamos y tememos?

Ricky no contestó; Lewis lo hizo por él.

—La respuesta que no puedes articular en este momento es: sí. Ahora, cena un poco. Nos espera una noche muy larga.

Los dos analistas comieron en relativo silencio. El pollo estaba exquisito, y lo siguió un pastel de manzana casero con una pizca de canela. También tomaron café solo, que parecía anunciar que les esperaban horas que requerían energía. Ricky pensó que jamás había tenido una cena tan corriente y tan extraña a la vez. Estaba hambriento e indignado por igual. La comida sabía maravillosa un instante y, acto seguido, se le volvía terrosa y fría en el paladar. Por primera vez en lo que le parecieron años, recordó comidas que había tomado solo, en unos minutos robados a la cabecera de la cama de su mujer cuando la medicación contra el dolor la sumía en una especie de sopor los últimos días de su agonía. El sabor de esa cena le resultó muy parecido.

El doctor Lewis retiró los platos y los amontonó en el fregadero. Se llenó la taza de café por segunda vez e hizo un gesto a Ricky para regresar al estudio. Se sentaron en los asientos que habían ocupado antes, uno frente a otro.

Ricky contuvo su enfado ante el carácter esquivo del anciano. Se propuso usar la frustración en beneficio propio. Era más fácil decirlo que hacerlo. Se movió en la butaca sintiéndose como un niño al que riñen injustamente.

Lewis lo miró, y Ricky supo que el anciano era perfectamente consciente de todos los sentimientos que lo invadían, con la misma habilidad de un adivino en una feria.

—A ver, Ricky, ¿por dónde quieres empezar?

—Por el pasado. Hace veintitrés años. La primera vez que nos vimos.

—Recuerdo que eras todo teorías y entusiasmo.

—Creía que podía salvar al mundo de la desesperación y la locura. Yo solo.

—¿Y fue así?

—No. Ya lo sabe. Es imposible.

—Pero salvaste a unos cuantos...

—Espero que sí. Eso creo.

—Una vez más —dijo Lewis con una sonrisa algo felina—, la respuesta de un psicoanalista. Evasiva y escurridiza. La edad proporciona otras interpretaciones, por supuesto. Las venas se endurecen, lo mismo que las opiniones. Deja que te haga una pregunta más concreta: ¿a quién salvaste?

Ricky dudó, como si rumiara la respuesta. Quiso guardarse lo primero que le vino a la cabeza pero le resultó imposible, y las palabras le resbalaron de la lengua como si estuvieran recubiertas de aceite.

—No pude salvar a la persona que más quería.

—Sigue, por favor.

—No. Ella no tiene nada que ver en esto.

—¿De verdad? —El viejo psicoanalista enarcó las cejas—. Supongo que estás hablando de tu mujer.

—Sí. Nos conocimos. Nos enamoramos. Nos casamos. Fuimos inseparables durante años. Después se puso enferma. No tuvimos hijos debido a su enfermedad. Murió. Seguí adelante solo. Fin de la historia. No está relacionada con esto.

—Claro que no —dijo Lewis—; pero ¿cuándo os conocisteis?

—Poco antes de que usted y yo empezáramos mi análisis. Nos conocimos en una fiesta. Los dos acabábamos de titularnos; ella era abogada y yo médico. Nuestro noviazgo tuvo lugar mientras hacía mi análisis con usted. Debería recordarlo.

—Lo recuerdo. ¿Y cuál era su profesión?

—Abogada. Acabo de decirlo. También debería recordarlo.

—Sí, pero ¿qué clase de abogada?

—Bueno, cuando nos conocimos acababa de incorporarse a la Oficina de Defensores de Oficio de Manhattan como abogada de acusados por delitos de poca importancia. Se fue abriendo paso hasta el departamento de delitos graves, pero se cansó de ver que todos sus clientes iban a la cárcel o, peor aún, que no iban. Así que de ahí pasó a un bufete privado muy exclusivo y modesto. En su mayoría, litigios de derechos civiles y trabajos para la Unión Americana de Derechos Civiles. Demandar a caseros de apartamentos de los barrios pobres y presentar apelaciones para condenados equivocadamente. Era una persona bien intencionada que hacía lo que podía. Le gustaba bromear diciendo que pertenecía a la pequeña minoría de licenciados de Yale que no ganaba dinero.

—Ricky sonrió, oyendo mentalmente las palabras de su

mujer. Era una broma que habían compartido felices muchos años.

—Entiendo. En el período en que empezaste el tratamiento, el mismo en que conociste y cortejaste a tu mujer, ella se dedicaba a defender a delincuentes. Siguió adelante y trató con muchos tipos marginales enfadados a los que, sin duda, enfureció aún más al emprender acciones legales en su contra. Y ahora tú pareces estar mezclado con alguien que se incluye en la categoría de delincuente, aunque mucho más sofisticado que los que tu mujer debió de conocer; pero ¿crees que no hay ningún posible vínculo?

Ricky vaciló con la boca abierta antes de contestar. Se había quedado helado.

—Rumplestiltskin no ha mencionado...

—Sólo era una sugerencia —comentó Lewis, agitando una mano en el aire—. Algo en qué pensar.

Ricky dudó mientras se esforzaba en recordar. El silencio se prolongó. Ricky empezó a imaginarse como un hombre joven, como si de golpe se hubiera abierto una fisura en un muro en su interior. Podía verse mucho más joven, rebosante de energía, en un momento en que el mundo se abría para él. Era una vida que guardaba poco parecido y relación con su existencia actual. Esa incongruencia, que tanto negaba e ignoraba, de repente lo asustó.

Lewis debió de notarlo, porque dijo:

—Hablemos de quién eras hace unos veinte años. Pero no del Ricky Starks ilusionado con su vida, su profesión y su matrimonio, sino del Ricky Starks lleno de dudas.

Quiso contestar deprisa, descartar esta idea con un movimiento rápido de la mano, pero se detuvo en seco. Se sumergió en un recuerdo profundo y rememoró la indecisión y la ansiedad que había sentido el primer día que cruzó la puerta de la consulta del doctor Lewis en el Upper East Side. Miró al anciano sentado frente a él, que al parecer estudiaba cada gesto y movimiento que hacía, y pensó lo mucho que el hombre había envejecido. Se preguntó si a él le había pasado lo mismo. Tratar de recuperar los dolores psicológicos que lo habían llevado a un psicoanalista tantos años atrás era un poco como el dolor fantasma que sienten los amputados: la pierna ha sido cortada, pero la sensación permanece, emana de un vacío quirúrgico real e irreal a la vez.

«¿Quién era yo entonces?», pensó Ricky. Pero contestó con cautela.

—Me parece que había dos clases de dudas, dos clases de ansiedades, dos clases de temores que amenazaban con incapacitarme. La primera clase se refería a mí mismo y surgía de una madre demasiado seductora, un padre frío y exigente que murió joven, y una infancia llena de logros en lugar de cariño. Era, con mucho, el más joven de mi familia, pero en lugar de tratarme como a un bebé querido, me fijaron unos niveles imposibles de alcanzar. Por lo menos, ésa es la situación simplificada. Es el tipo que usted y yo examinamos a lo largo del tratamiento. Pero el acopio de esas neurosis hizo mella en las relaciones que tenía con mis pacientes. Durante mi tratamiento trataba pacientes en tres sitios: en la clínica para pacientes externos del hospital Columbia Presbyterian, una breve temporada atendiendo enfermos graves en Bellevue...

—Sí —asintió el doctor Lewis—. Un estudio clínico. Recuerdo que no te gustaba demasiado tratar a los verdaderos enfermos mentales.

—Sí. Exacto. Administrar medicaciones psicotrópicas e intentar evitar que las personas se lastimen a sí mismas o a los demás... —Ricky pensó que la afirmación de Lewis contenía alguna provocación, un anzuelo que él no había picado—. Y también en esos años, quizá de doce a dieciocho pacientes en terapia que se convirtieron en mis primeros análisis. Eran los casos que le mencioné mientras estaba en terapia con usted.

—Sí, lo recuerdo. ¿No tenías un analista supervisor, alguien que observaba tus progresos con esos pacientes?

—Sí. El doctor Martin Kaplan. Pero él...

—Murió —lo interrumpió el viejo analista—. Le conocía. Un ataque cardíaco. Muy triste.

Ricky empezó a hablar pero reparó en que Lewis hablaba con un tono extrañamente impaciente. Tomó nota de ello y prosiguió.

—Tengo problemas para relacionar nombres y caras.

—¿Están bloqueados?

—Sí. Debería recordarlos perfectamente, pero resulta que no consigo relacionar caras y nombres. Recuerdo una cara y un problema, pero no logro asignarle un nombre. Y viceversa.

—¿Por qué crees que te pasa?

—Estrés —contestó Ricky tras una pausa—. Debido a la clase de tensión a la que estoy sometido, las cosas sencillas se vuelven imposibles de recordar. La memoria se distorsiona y deteriora.

El anciano asintió de nuevo.

—¿No te parece que Rumplestiltskin lo sabe? ¿No te parece que conoce bastante los síntomas del estrés? Tal vez, a su modo, tiene mucho más conocimiento que tú, el médico. ¿Y eso no te dice mucho sobre quién podría ser?

—¿Un hombre que sabe cómo reacciona la gente ante la presión y la ansiedad?

—Claro. ¿Un soldado? ¿Un policía? ¿Un abogado? ¿Un empresario?

—O un psicólogo.

—Sí. Alguien de nuestra propia profesión.

—Pero un médico nunca...

—Nunca digas nunca.

Ricky se reclinó, escarmentado.

—He de concretar más —dijo—. Debo descartar a las personas que atendí en Bellevue, porque estaban demasiado enfermas para producir a alguien tan malvado. Eso me deja mi consulta privada y los pacientes que traté en la clínica.

—Empecemos por la clínica.

Ricky cerró los ojos por un momento, como si eso pudiera ayudarle a evocar el pasado. La clínica para pacientes externos del Columbia Presbyterian era un laberinto de pequeñas salas en la planta baja del enorme hospital, cerca de la entrada de urgencias. La mayoría de los pacientes provenía de Harlem o del South Bronx. Eran sobre todo personas de clase obrera, pobres y luchadoras, de varias razas, tendencias y posibilidades, que consideraban la enfermedad mental y la neurosis como algo exótico y distante. Ocupaban la tierra de nadie de la salud mental, entre la clase media y la indigencia. Sus problemas eran reales: drogadicciones, abusos sexuales, malos tratos físicos, madres abandonadas por su marido con hijos de ojos fríos y endurecidos, cuyas metas en la vida parecían reducirse a unirse a una banda callejera. Sabía que en este grupo de desesperados y necesitados había bastantes personas que se habían convertido en peligrosos delincuentes. Traficantes de droga, proxenetas, ladrones y asesinos. Recordó que algunos pacientes producían una sensación de crueldad, casi como un olor perceptible. Eran los padres que contribuían diligentemente a crear la generación siguiente de psicópatas criminales de las zonas deprimidas de la ciudad, personas crueles que dirigirían su cólera contra los suyos. Si atacaban a alguien de un nivel económico distinto, era por casualidad, no por designio: el ejecutivo en un Mercedes que tiene una avería en el Cross Bronx Expressway de camino a su casa en Darien después de trabajar hasta tarde en la oficina del centro, el turista rico de Suecia que toma la línea de metro equivocada a la hora equivocada en la dirección equivocada.

«Vi mucha maldad —pensó—. Pero me alejé de ella.»

—No lo sé —contestó Ricky por fin—. Las personas que atendí en la clínica eran todas desfavorecidas. Gente marginada. Yo diría que la persona que busco está entre los primeros pacientes que tuve en mi consulta. Rumplestiltskin ya me ha dicho que se trata de su madre. Pero yo la conocí por su apellido de soltera. Se refirió a una «señorita».

—Significativo —afirmó el doctor Lewis, al parecer muy interesado—. Entiendo por qué piensas eso. Y creo que es importante limitar los ámbitos de una investigación. Así que, de todos esos pacientes, ¿cuántos eran mujeres solteras?

Ricky lo pensó y recordó un puñado de rostros.

—Siete —contestó.

—Siete —repitió Lewis tras una pausa—. Muy bien. Ahora ha llegado el momento de hacer un acto de fe, ¿no crees? Debes tomar una decisión.

—No le entiendo.

El anciano esbozó una lánguida sonrisa.

—Hasta este instante te has limitado a reaccionar a la horrenda situación en que estás atrapado, Ricky. Fuegos que necesitaban sofocarse y extinguirse. Tus finanzas. Tu reputación profesional. Tus pacientes. Tu carrera. Tus parientes. De todo este embrollo has logrado plantear una sola pregunta a tu torturador, y eso te ha proporcionado una dirección: una mujer que engendró al niño que se ha convertido en el psicópata que busca tu suicidio. Pero lo que tienes que plantearte es esto: ¿te han dicho la verdad?

Ricky tragó saliva con dificultad.

—Tengo que suponer que sí.

—¿No es una suposición peligrosa?

—Claro que sí —contestó Ricky—. Pero ¿qué opción tengo? Si creyera que Rumplestiltskin me está llevando en una dirección equivocada, no tendría posibilidad alguna, ¿no?

—¿Has pensado que tal vez no debas tener ninguna posibilidad?

Era una afirmación tan directa y aterradora que sintió la nuca húmeda de sudor.

—En ese caso, debería suicidarme y punto.

—Supongo que sí. O no hacer nada; vivir y ver qué le pasa a otro. Quizá se trate de un farol, ¿sabes? Quizá no pase nada. Quizá tu paciente, Zimmerman, se lanzó a esa vía del metro en un momento inoportuno para ti y ventajoso para Rumplestiltskin. Quizá, quizá, quizás. A lo mejor el juego consiste en que no tengas ninguna posibilidad. Sólo estoy pensando en voz alta, Ricky.

—No puedo abrir la puerta a esa idea.

—Una respuesta interesante para un psicoanalista —aseguró Lewis—. Una puerta que no puede abrirse. Va en contra de todo aquello en lo que creemos.

—Es que no tengo tiempo, ¿sabe?

—El tiempo es elástico. Quizá sí. Quizá no.

Ricky se movió incómodo. Tenía la cara enrojecida y se sentía como un adolescente con pensamientos y sentimientos de adulto pero considerado aún un niño.

Lewis se frotó el mentón con la mano, todavía pensativo.

—Creo que tu torturador es alguna clase de psicólogo —indicó, casi sin darle importancia, como si hiciera una observación sobre el tiempo—. O de una profesión relacionada.

—Creo que tiene razón. Pero su razonamiento...

—El juego, como lo definió Rumplestiltskin, es como una sesión en el diván. Sólo que dura más de cincuenta minutos. En cualquier sesión de un psicoanálisis, debes examinar una serie mareante de verdades y ficciones.

—Tengo que trabajar con lo que hay.

—Ya. Pero nuestro trabajo consiste a menudo en ver lo que el paciente no dice.

—Cierto.

—Entonces...

—Quizá sea todo mentira. Lo sabré en una semana. Justo antes de suicidarme o de poner otro anuncio en el *Times*. Lo uno o lo otro.

—Es una idea interesante. —El viejo médico parecía cavilar—. Podría lograr el mismo objetivo e impedir que lo localizara la policía u otra autoridad simplemente mintiendo. Nadie podría descubrirlo. Y tú estarías muerto o arruinado. Es diabólico, e ingenioso a su propio modo.

—No creo que estas especulaciones me estén resultando útiles —dijo Ricky—. Siete mujeres en tratamiento, una de las cuales dio a luz a un monstruo. ¿Cuál?

—Recuérdamelas —pidió Lewis, a la vez que señalaba con la mano el exterior y la noche que parecía envolverlos, como si quisiera que la memoria de Ricky saliera de la oscuridad rumbo a la habitación bien iluminada.

15

Siete mujeres.

De las siete que acudieron a él por aquel entonces para recibir tratamiento, dos estaban casadas, tres prometidas o con relaciones estables y dos sexualmente inactivas. Su edad oscilaba entre los veinte y pocos y los treinta y pocos años. Todas eran lo que solía llamarse «mujeres profesionales», en el sentido de que eran corredoras de bolsa, secretarias ejecutivas, abogadas o empresarias. Había también una editora y una profesora universitaria. Cuando Ricky se concentró, empezó a recordar las distintas neurosis que habían llevado a cada una de ellas a su puerta. Cuando estas enfermedades empezaron a aflorar a su memoria, los tratamientos hicieron lo mismo.

Despacio, volvieron a él voces, palabras pronunciadas en su consulta. Momentos concretos, avances, comprensiones que regresaron a su conciencia, propiciados por las preguntas directas del viejo médico. La noche envolvió a los dos hombres y lo anuló todo salvo la pequeña habitación y los recuerdos de Ricky Starks. No estaba seguro de cuánto rato había pasado en el proceso, pero sabía que era tarde. Se detuvo casi a mitad de un recuerdo y miró de repente al hombre sentado frente a él.

Los ojos del doctor Lewis seguían brillando con una energía de otro mundo, alimentada, en opinión de Ricky, por el café, pero más bien por los recuerdos o quizá por otra cosa, alguna fuente oculta de entusiasmo.

Ricky sintió sudor en la nuca. Lo atribuyó al aire húmedo que se colaba por las ventanas abiertas y que auguraba una lluvia refrescante que no llegaba.

—No está ahí, ¿verdad, Ricky? —preguntó de pronto el doctor Lewis.

—Son las mujeres que traté.

—Y todos los tratamientos tuvieron más o menos éxito por lo que me cuentas y por lo que recuerdo que me dijiste en nuestras sesiones. Y apostaría a que todas ellas siguen llevando una vida relativamente productiva. Detalle, añadiré, que podría comprobarse investigando un poco.

—Pero ¿qué...?

—Y las recuerdas a todas. Con precisión y detalle. Y ése es el fallo, ¿no crees? Porque la mujer que buscas en tu memoria es alguien que no sobresale. Alguien a quien has bloqueado de tu capacidad de recuerdo.

Ricky empezó a tartamudear una respuesta, pero se detuvo porque la veracidad de esta afirmación le resultaba evidente.

—¿No recuerdas ningún fracaso, Ricky? Porque ahí es donde encontrarás tu relación con Rumplestiltskin. No en los éxitos.

—Creo que ayudé a esas mujeres a solucionar los problemas a que se enfrentaban. No consigo recordar a ninguna que se marchara aún trastornada.

—No seas orgulloso, hombre. Inténtalo otra vez. ¿Qué te dijo el señor R en su pista?

Ricky se sorprendió un poco cuando el viejo analista usó la misma abreviatura que a Virgil le gustaba emplear. Intentó recordar con rapidez si había dicho «señor R» durante la tarde, y le pareció que no. Pero, de repente, ya no estuvo seguro. Pensó que podría haberlo dicho. La indecisión, la incapacidad de estar seguro, la pérdida de convicción eran como vientos encontrados en su interior. Se sintió zarandeado y mareado, a la vez que se preguntaba cómo su capacidad de recordar un simple detalle había desaparecido de modo tan vertiginoso. Se movió en el asiento, con la esperanza de que la alarma que sentía no se reflejara en su cara o su postura.

—Me dijo que la mujer que buscaba estaba muerta —comentó—. Y que yo le prometí algo que luego no cumplí.

—Bueno, concéntrate en esa segunda parte. ¿Hubo alguna mujer a la que negaras tratamiento que se sitúe en este margen de tiempo? ¿Quizá brevemente, unas cuantas sesiones, y que después se marchara? Sigues queriendo pensar en las mujeres con las que empezaste tu consulta privada. ¿Tal vez fuera alguien en la clínica donde trabajabas?

—Podría ser, pero ¿cómo podría...?

—De algún modo, este otro grupo de pacientes era menos importante para ti, ¿verdad? ¿Acaso no eran tan prósperas? ¿Tenían menos talento? ¿Menos educación? Y tal vez no aparecieron con tanta nitidez en la pantalla del radar del joven doctor Starks.

Ricky se abstuvo de responder, porque vio tanto la verdad como el prejuicio en lo que decía el viejo médico.

—¿No constituye una especie de promesa que un paciente cruce la puerta y empiece a hablar? La de desahogarse. Tú, como analista, ¿no estás a la vez afirmando algo? ¿Y, por lo tanto, prometiendo? Tú ofreces la esperanza de una mejora, de una readaptación, de un alivio para el tormento, como cualquier otro médico.

—Por supuesto, pero...

—¿Quién vino y después dejó de hacerlo?

—No lo sé...

—¿A quién atendiste durante quince sesiones, Ricky? —La voz del viejo analista era de repente exigente e insistente.

—¿Quince? ¿Por qué quince?

—¿Cuántos días te dio Rumplestiltskin para averiguar su identidad?

—Quince.

—Dos semanas más un día. Una cifra que se suele mencionar pero no significar. Deberías haber prestado más atención a ese número, porque ahí está la conexión. ¿Y qué quiere que hagas?

—Que me suicide.

—Así pues, Ricky, ¿con quién tuviste quince sesiones y después se suicidó?

Ricky cambió de postura. De repente le dolía la cabeza. «Debería haberlo visto —pensó—. Es muy obvio.»

—No lo sé —balbució.

—No lo sabes —dijo el viejo analista, con cierto enfado—. Lo que sucede es que no quieres saberlo. Hay una gran diferencia. —Lewis se levantó—. Es tarde y estoy decepcionado. He pedido que te prepararan la habitación de huéspedes. Está en el primer piso, a la derecha. Tengo algunas cosas que resolver esta noche. Quizá por la mañana, después de que hayas reflexionado un poco más, podamos hacer verdaderos progresos.

—Creo que necesito más ayuda —indicó Ricky con voz débil.

—Has recibido ayuda —contestó Lewis, y señaló el hueco de la escalera.

El dormitorio, pulcro y ordenado, tenía el toque impersonal de una habitación de hotel. Estaba claro que no solía usarse. A mitad del pasillo había un baño con un aspecto parecido. Ninguno de los dos espacios proporcionaba demasiada indicación sobre el doctor Lewis o su vida. No había frascos de medicamentos en el armario del baño ni revistas junto a la cama o libros en algún estante, ni fotografías familiares en las paredes. Ricky se metió en la cama tras comprobar en el reloj que ya pasaba mucho de la medianoche. Estaba agotado y necesitaba dormir, pero no se sentía seguro y la cabeza le daba vueltas, de modo que al principio el sueño le fue esquivo. El canto de los grillos y alguna que otra luciérnaga que chocaba contra la ventana armaban el doble de jaleo que la ciudad. Echado en la cama en medio de la penumbra, fue filtrando ruidos hasta que pudo distinguir la voz distante del doctor Lewis. Aguzó el oído y, pasado un momento, decidió que el viejo analista estaba enfadado por algo, que su tono, tan regular y modulado durante las horas que pasó con Ricky, tenía ahora un mayor apremio y tenor. Intentó distinguir las palabras, pero no lo consiguió. Luego oyó el sonido inconfundible de un teléfono al ser colgado de golpe. Unos segundos más tarde, oyó los pasos del viejo médico en las escaleras y una puerta que se abría y cerraba con rapidez.

Luchó por mantener los ojos abiertos en la oscuridad.

«Quince sesiones y después murió —pensó—. ¿Quién fue?»

No supo cuándo se durmió, pero despertó cuando unos haces de luz brillante entraron por la ventana y le dieron en la cara. La mañana de verano podría haber parecido perfecta, pero Ricky arrastraba el peso del recuerdo y la decepción. Había esperado que el viejo médico le condujese directo a un nombre, pero en lugar de eso seguía tan a la deriva como antes en el mar embravecido de la memoria. Esta sensación de fracaso era como una resaca que le martilleaba las sienes. Se puso los pantalones, los zapatos y la camisa, cogió la chaqueta y, después de mojarse la cara y peinarse para procurar tener un aspecto algo presentable, bajó las escaleras. Caminaba con determinación, pensando que lo único en que se concentraría sería en el escurridizo nombre de la madre de Rumplestiltskin. Iba con la sensación de que la observación del doctor Lewis sobre relacionar días y sesiones era acertada. Aún seguía oculto el contexto de la mujer. Tal vez había descartado con demasiada rapidez y arrogancia a las modestas mujeres que había atendido en la clínica psiquiátrica para concentrarse en las que habían sido sus primeros psicoanálisis particulares. Pensó que había atendido a esa mujer en un momento en que él mismo estaba haciendo elecciones: sobre su rumbo profesional, sobre convertirse en analista, sobre enamorarse y casarse. Era una época en que miraba directamente al frente, y su fracaso se había producido en un mundo que había querido descartar.

Pensó que por eso estaba tan bloqueado. Su paso escaleras abajo cobró vigor con la idea de que podría atacar estos recuerdos como un bombardero de la Segunda Guerra Mundial: bastaría con lanzar una bomba lo bastante potente al tejado de la historia reprimida para hacerla saltar por completo. Confiaba en que, con la ayuda del doctor Lewis, podría llevar a cabo ese ataque.

La luz solar y el calor del campo que entraban en la casa parecían disipar todas las dudas y preguntas que hubiera podido tener sobre el viejo analista. Los aspectos inquietantes de su anterior conversación se desvanecieron con la claridad de la mañana. Asomó la cabeza en el estudio en busca de su anfitrión, pero la habitación estaba vacía. Cruzó el pasillo central de la casa hacia la cocina, donde podía oler aroma de café.

El doctor Lewis tampoco estaba ahí.

Ricky probó con un «hola» en voz alta, pero no obtuvo respuesta. Miró la cafetera y vio que el recipiente se calentaba sobre la placa térmica y que había preparada una taza para él. Había un papel apoyado contra ella, con su nombre escrito a lápiz en la parte exterior. Se sirvió café y abrió la nota mientras sorbía la infusión amarga y caliente. Leyó:

> Ricky:
> He tenido que irme de modo inesperado y no creo que regrese a tiempo de verte. Creo que para encontrar a la persona fundamental deberías examinar el ámbito que dejaste y no el ámbito al que llegaste. También me pregunto si al ganar el juego no perderás o, al revés, si al perder puedes ganar. Evalúa bien tus alternativas.
> Te ruego que no vuelvas a ponerte en contacto conmigo por ninguna razón ni propósito.
>
> DOCTOR LEWIS

Retrocedió de golpe, como si le hubiesen abofeteado.

El café pareció escaldarle la lengua y la garganta. Se sonrojó, lleno de confusión y rabia. Releyó las palabras tres veces, pero en cada ocasión se volvían más confusas y menos claras, cuando debería verlas más nítidas. Dobló la hoja de papel y se la metió en el bolsillo. Se acercó al fregadero y vio que el montón de platos de la noche anterior estaban lavados y ordenados sobre la encimera. Vertió el café en la pila de porcelana blanca, abrió el grifo y observó cómo el líquido marrón se arremolinaba desagüe abajo. Aclaró la taza y la dejó a un lado. Se agarró un momento al borde del mármol para intentar tranquilizarse. Entonces oyó un coche que subía por el camino de entrada de grava.

Lo primero que se le ocurrió fue que se trataba de Lewis, que volvía con una explicación, así que casi corrió hasta la puerta. Pero lo que vio, en cambio, lo sorprendió.

Era el mismo taxista que lo había recogido el día anterior en la estación de Rhinebeck. El hombre le saludó con la mano y bajó la ventanilla a la vez que el coche se detenía.

—Hola, doctor. ¿Cómo está? Será mejor que se dé prisa si no quiere perder el tren.

Ricky vaciló. Se volvió hacia la casa porque le pareció que tendría que hacer algo, dejar una nota o hablar con alguien —pero, por lo que sabía, estaba vacía—. Una mirada al establo reacondicionado le indicó que el coche de Lewis tampoco estaba.

—Venga, doc. No tenemos mucho tiempo y el próximo tren no sale hasta última hora de la tarde. Se pasará el día en la estación si pierde éste. Suba, tenemos que ponernos en marcha.

—¿Cómo ha sabido que tenía que recogerme? —preguntó Ricky—. Yo no lo llamé.

—Pues alguien lo hizo. Seguramente el hombre que vive aquí. Recibí un mensaje en el busca diciendo que viniera aquí a recoger al doctor Starks enseguida, y que me asegurara de que llegara al tren de las nueve y cuarto. Así que quemé neumáticos y aquí estoy, pero si no sube no va a tomar ese tren, y le aseguro que aquí no hay demasiado que hacer para distraerse todo un día.

Poco después, Ricky se sentaba en el asiento trasero. Sintió algo de culpa por dejar la casa abierta, pero la desechó con un interior «a la mierda».

—Muy bien —dijo—. Vámonos.

El taxista aceleró con brusquedad, levantando grava y polvo.

En unos minutos, llegaron al cruce en que la carretera de acceso al puente de Kingston-Rhinecliff sobre el Hudson se encuentra con River Road. Un policía de tráfico de Nueva York ocupaba el centro de la calzada y bloqueaba el paso por la serpenteante carretera nacional. El policía, un hombre joven con un sombrero de ala ancha, una guerrera gris y una típica expresión dura de estar de vuelta de todo que contradecía su juventud, indicó al taxi que se parara a la izquierda. El conductor bajó la ventanilla y le gritó desde el otro lado de la carretera.

—Oiga, ¿no puedo pasar? Tengo que llegar antes de que salga el tren.

—Imposible —dijo el policía sacudiendo la cabeza—. La carretera está bloqueada a un kilómetro de aquí hasta que la ambulancia y la grúa terminen con su trabajo. Tendrán que dar un rodeo. Si se dan prisa, llegarán a tiempo.

—¿Qué ha pasado? —preguntó Ricky. El taxista se encogió de hombros.

—¡Oiga! —gritó el hombre al policía—. ¿Qué ha pasado?

—Un hombre mayor que iba con prisas se salió de la carretera en una curva —explicó el policía—. Se estrelló contra un árbol. Puede que tuviera un ataque cardíaco y perdiera el conocimiento.

—¿Ha muerto? —quiso saber el taxista.

El policía se encogió de hombros.

—Los de la ambulancia están ahí ahora. Han pedido unas tijeras hidráulicas.

—¿Qué coche era? —preguntó Ricky, que se incorporó de golpe y, asomado a la ventanilla del conductor, repitió gritando—: ¿Qué clase de coche era?

—Un viejo Volvo azul —dijo el policía mientras indicaba al taxi que siguiera la marcha.

El taxista aceleró.

—Mierda —dijo—. Tenemos que dar la vuelta. Vamos a llegar justos.

—¡He de verlo! —exclamó Ricky, presa del nerviosismo—. El coche...

—Si nos paramos no llegaremos a tiempo.

—Pero ese coche, el doctor Lewis...

—¿Cree que es su amigo? —preguntó el taxista, y siguió alejándose del lugar del accidente, de modo que Ricky no alcanzó a verlo.

—Tenía un viejo Volvo azul.

—Joder, aquí hay a montones.

—Pare, por favor...

—La policía no le dejará acercarse. Y aunque pudiera, ¿qué haría?

Ricky no tenía respuesta a eso. Se dejó caer de nuevo en el asiento, como si le hubieran abofeteado. El taxista aceleró bruscamente.

—Llame a la policía de tráfico de Rhinebeck. Ahí le darán detalles. O llame a urgencias del hospital y ellos le informarán. A no ser que quiera ir ahora, pero no se lo aconsejo. Estaría sentado esperando a los médicos de urgencias y tal vez al forense y al policía que lleve la investigación, y seguiría sin saber mucho más que ahora. ¿No tiene que ir a algún lugar importante?

—Sí —afirmó Ricky, aunque no estaba seguro de ello.

—¿Era un buen amigo suyo?

—No —contestó Ricky—. No era ningún amigo. Sólo alguien a quien conocía. A quien creía conocer.

—Pues ya ve —dijo el taxista—. Creo que llegaremos a tiempo a la estación. —Volvió a acelerar para pasar un semáforo en ámbar justo cuando se ponía rojo.

Ricky se recostó en el asiento, tras echar un solo vistazo por encima del hombro a través de la ventanilla trasera, donde el accidente y quien lo hubiera tenido permanecían fuera de su vista. Intentó ver luces parpadeantes y oír sirenas, pero no lo consiguió.

Arribaron a la estación en el último minuto. Las prisas en llegar parecían haber obstaculizado cualquier oportunidad de analizar su visita al doctor Lewis. Corrió frenético por el andén casi vacío, sus zapatos resonando con fuerza, mientras el tren se detenía con el ruido agresivo de sus frenos hidráulicos. Como en el viaje de ida, sólo había unas pocas personas esperando para viajar a Nueva York entre semana y a media mañana. Un par de hombres de negocios que hablaban por sus móviles, tres mujeres que al parecer iban de compras y algunos adolescentes con ropa informal. El calor creciente del verano parecía exigir un ritmo lento que no era habitual en Ricky. Le pareció que la urgencia del día estaba fuera de lugar y que no volvería a la normalidad hasta que hubiese regresado a la ciudad.

El vagón estaba casi vacío, sólo había unas pocas personas repartidas por las hileras de asientos. Se dirigió a la parte posterior, se sentó en un rincón y apoyó la mejilla contra la ventanilla para contemplar el paisaje, sentado de nuevo en el lado donde podía ver el río Hudson.

Se sentía como una boya soltada de su amarre: antes, un indicador sólido y fundamental de bajíos y corrientes peligrosas; ahora, a la deriva y vulnerable. No sabía muy bien qué pensar de la visita al doctor Lewis. Tal vez había avanzado algo, pero no estaba seguro. No se sentía más próximo a lograr encontrar su relación con el hombre que le amenazaba que antes de haber viajado río arriba. Después, pensándolo mejor, se dio cuenta de que eso no era cierto. El problema era que tenía alguna clase de bloqueo entre él y el recuerdo adecuado. La paciente correcta, la relación correcta parecía estar fuera de su alcance, por mucho que alargara la mano hacia ella.

Había algo de lo que estaba seguro: todo lo que había logrado en la vida era irrelevante.

El error que había cometido, origen de la cólera de Rumplestiltskin, se situaba en sus inicios en el mundo de la psiquiatría y el psicoanálisis. Se situaba justo en el momento en que había abandonado el difícil y frustrante trabajo de tratar a los necesitados y se había dirigido hacia los más inteligentes y adinerados: los ricos neuróticos, como un colega suyo solía llamar a sus pacientes. Los hipocondríacos.

Admitirlo le enfureció. Los hombres jóvenes cometen errores, eso es inevitable en cualquier profesión. Ahora ya no era joven y no cometería el mismo error, fuera cual fuese. La idea de que le siguieran considerando responsable de algo que había hecho hacía más de veinte años y de una decisión similar a las que tomaban decenas de otros médicos en las mismas circunstancias le sacaba de quicio. Lo encontraba injusto y nada razonable. Si no hubiera estado tan afectado por todo lo ocurrido, podría haber visto que en esencia su profesión se basaba más o menos en el concepto de que el tiempo sólo agrava las heridas de la psique. Reconduce estas heridas, pero nunca las cura.

Al otro lado de la ventanilla, el río fluía. No sabía cuál debería ser su siguiente paso, pero había algo de lo que estaba seguro: quería regresar a su casa, quería estar en un lugar seguro, aunque sólo fuera un rato.

Siguió mirando por la ventanilla todo el viaje, casi en trance. En las distintas paradas, apenas alzó los ojos o se movió en su asiento. La última parada antes de la ciudad era Croton-on-Hudson, a unos cincuenta minutos de la estación Pennsylvania. El vagón seguía vacío en un noventa por ciento, con muchos asientos libres, así que a Ricky le sorprendió que otro pasajero se sentara a su lado, dejándose caer en el asiento con un ruido sordo.

Se volvió de golpe, asombrado.

—Hola, doctor —le saludó el abogado Merlin—. ¿Está libre este asiento?

16

' Merlin parecía agitado y tenía la cara un poco sonrojada, como alguien que ha tenido que correr los últimos cincuenta metros para alcanzar el tren. El sudor le perlaba ligeramente la frente y se secó la cara con un pañuelo de hilo blanco.

—Casi pierdo el tren —explicó innecesariamente—. Tengo que hacer más ejercicio.

Ricky inspiró hondo antes de preguntar:

—¿Por qué está aquí? —Aunque pensó que era una pregunta bastante estúpida, dadas las circunstancias.

El abogado terminó de secarse la cara y se extendió el pañuelo en el regazo, alisándolo antes de doblarlo y volvérselo a guardar en el bolsillo. Luego dejó un maletín de piel y una pequeña bolsa de viaje impermeable junto a sus pies.

—Para animarlo, doctor Starks —contestó tras aclararse la garganta—. Para animarlo.

La sorpresa inicial de Ricky había desaparecido. Cambió de postura para procurar ver mejor al hombre que tenía sentado a su lado.

—Me mintió. Fui a su nueva dirección.

—¿Fue a las nuevas oficinas? —El abogado pareció algo aturdido.

—En cuanto acabamos de hablar. No habían oído hablar de usted, nadie del edificio. Y no habían alquilado ninguna oficina a nadie llamado Merlin. ¿Quién es usted, señor Merlin?

—Soy quien soy —afirmó—. Esto es insólito.

—Sí —coincidió Ricky—. Insólito.

—Y un poco desconcertante. ¿Por qué fue a mis nuevas oficinas después de hablar conmigo? ¿Cuál era el propósito de su visita, doctor Starks? —El tren ganó algo de velocidad y dio una sacudida que hizo que los hombros de ambos entrechocaran con una intimidad incómoda.

—Porque no creí que fuera quien dijo ser, ni tampoco nada más de lo que me contó. Una sospecha que poco después confirmé, porque cuando llegué al lugar que indicaba su tarjeta de visita...

—¿Le di una tarjeta? —Merlin meneó la cabeza y esbozó una sonrisa.

—Sí —aseguró Ricky, irritado—. Lo hizo. Estoy seguro de que lo recordará.

—¿El día del traslado? Eso lo explica todo. Fue un día difícil. Turbador. ¿Acaso no dicen que la muerte, un divorcio y una mudanza son las tres cosas más estresantes que existen? Afectan el corazón. Y apuesto que también la mente.

—Eso me han dicho.

—Bueno, el primer lote de tarjetas de visita que ordené a la imprenta llegó con una dirección equivocada. Las nuevas oficinas están sólo a una manzana. El encargado de la tienda lo anotó mal y no nos dimos cuenta enseguida. Debí de haber entregado una docena antes de ver el error. Son cosas que pasan. Según tengo entendido, a ese pobre hombre lo despidieron porque la imprenta tuvo que comerse todo el pedido y hacer tarjetas nuevas. —Merlin se metió la mano en el interior de la chaqueta y sacó un tarjetero de piel—. Tenga. Ésta está bien.

Ricky la observó e hizo un gesto de rehusarla.

—No le creo —soltó—. No voy a creer nada de lo que me diga. Ni ahora ni nunca. También merodeó por mi casa con el mensaje en el *Times* un par de días después. Sé que era usted.

—¿Por su casa? Qué extraño. ¿Cuándo fue eso?

—A las cinco de la mañana.

—Vaya. ¿Cómo puede estar tan seguro de que era yo?

—El repartidor describió sus zapatos a la perfección. Y el resto de su persona de forma aceptable.

Merlin sacudió de nuevo la cabeza. Sonrió del modo felino que Ricky recordaba de su primer encuentro. El abogado confiaba en su habilidad de seguir mostrándose escurridizo para que no pudiera comprometerlo. Una aptitud importante para cualquier abogado.

—Bueno, supongo que me gusta pensar que mi ropa y mi aspecto son exclusivos, doctor Starks, pero imagino que la realidad es menos exigente. Mis zapatos, por bonitos que sean, pueden comprarse en muchas zapaterías y no son demasiado inusuales en el centro de Manhattan. Mis trajes son de confección, los típicos azul oscuro de raya diplomática que se llevan en la ciudad. Bonitos, pero que puede comprar cualquiera que tenga quinientos dólares en el bolsillo. Quizás en un futuro próximo me incorpore al grupo que viste ropa hecha a medida. Tengo aspiraciones en ese sentido. Pero de momento sigo estando en la franja del cuarto piso, moda de caballero, de la plebe. ¿Le describió ese repartidor mi cara? ¿Y mi calva incipiente? ¿No? Por su expresión adivino la respuesta. Así pues, yo dudaría que cualquier identificación que usted crea que hizo alguien resistiera un intenso examen profesional. Sin duda, una identificación que le ha convencido de un modo tan absoluto. Creo que esto es más bien consecuencia de su profesión, doctor. Valora demasiado lo que la gente le dice. Considera las palabras dichas como un medio de llegar a la verdad. Yo las considero un medio para ocultarla.

El abogado lo miró sonriendo y añadió:

—Parece estar bajo presión, doctor.

—Seguro que lo sabe bien, señor Merlin. Porque usted o su jefe son quienes han creado esta situación.

—Me ha contratado una mujer joven de quien usted abusó, como ya le dije antes, doctor. Eso es lo que me ha puesto en contacto con usted.

—Por supuesto. Pues bien, señor Merlin —soltó Ricky

a medida que su rabia crecía—, vaya a sentarse a otra parte. Este sitio está ocupado. Por mí. No quiero seguir hablando con usted. No me gusta que me mientan tan descaradamente, y no pienso escucharlo más. Hay muchos asientos en este tren... —Ricky señaló el vagón casi vacío—. Siéntese por ahí y déjeme solo. O por lo menos deje de mentirme.

Merlin no se movió.

—Eso no sería sensato —aseguró.

—Puede que esté cansado de comportarme de modo sensato —contestó Ricky—. Tal vez debería actuar sin reflexionar. Déjeme solo. —Pero no esperaba que el abogado lo hiciera.

—¿Es así cómo se ha comportado? ¿De modo sensato? ¿Se ha puesto en contacto con un abogado como le aconsejé? ¿Ha tomado medidas para protegerse y proteger también sus posesiones de un juicio y del bochorno? ¿Ha sido racional e inteligente en sus acciones?

—He tomado medidas —contestó Ricky. No estaba seguro de que eso fuera exacto.

Era evidente que el abogado no le creía.

—Bueno, me alegra oír eso —sonrió—. Tal vez podríamos llegar a un acuerdo entonces. Usted, su abogado y yo.

—Ya sabe cuál es el acuerdo que yo quiero, señor Merlin, o comoquiera que se llame. Así que, por favor, ¿podría dejar la farsa que se obstina en representar y decirme el motivo de que esté en este tren y sentado a mi lado?

—Ah, doctor Starks, detecto cierta desesperación en su voz.

—Bueno, ¿cuánto tiempo cree que me queda, señor Merlin?

—¿Tiempo, doctor Starks? ¿Tiempo? Todo el que necesite, hombre...

—Hágame un favor, señor Merlin: váyase o deje de mentir. Sabe muy bien de qué hablo.

Merlin lo miró con atención, con la misma sonrisita de gato de Cheshire en los labios. Pero, a pesar de ese aire de autosuficiencia, había abandonado parte de su afectación.

—Bueno, doctor. Tictac, tictac. La respuesta a su última pregunta es: diría que le queda menos de una semana.

—Por fin una afirmación veraz. —Ricky inspiró con fuerza—. Y ahora dígame quién es usted.

—Eso no importa. Un jugador más. Alguien contratado para hacer un trabajo. Y no soy la clase de persona que usted cree, ni mucho menos.

—Entonces, ¿por qué está aquí?

—Ya se lo dije: para animarlo.

—Muy bien —dijo Ricky con firmeza—. Anímeme.

Merlin pareció pensar por un instante y, acto seguido, contestó:

—Creo que la frase inicial de *Cuidados del bebé y del niño*, del doctor Spock, sería adecuada en este momento.

—No he tenido ocasión de leer ese libro —comentó Ricky con amargura.

—La frase es: «Sabe más de lo que piensa.»

Ricky reflexionó un momento antes de contestar con sarcasmo:

—Espléndido. Genial. Intentaré recordarlo.

—Valdría la pena que lo hiciera.

Ricky no respondió.

—¿Por qué no me da su mensaje? —dijo en cambio—. Después de todo, es eso, ¿no? Un mensajero. Así que, adelante. ¿Qué quiere decirme?

—Urgencia, doctor. Ritmo. Velocidad.

—¿Cómo?

—Acelere —soltó Merlin, sonriente, con un acento desconocido—. Tiene que hacer su segunda pregunta en el periódico de mañana. Tiene que avanzar, doctor. Si no desperdiciando el tiempo, por lo menos está dejándolo escapar.

—Todavía no he elaborado la segunda pregunta.

El abogado hizo una ligera mueca, como si estuviera incómodo en el asiento o notara los primeros indicios de un dolor de muelas.

—Eso se temían en ciertos círculos —indicó—. De ahí la decisión de darle un empujoncito.

Merlin levantó el maletín de piel que tenía entre los pies y se lo puso en el regazo. Cuando lo abrió, Ricky vio que contenía un ordenador portátil, varias carpetas y un teléfono móvil. También había una pistola semiautomática azul acero en una funda de piel. El abogado apartó el arma y sonrió al ver que Ricky la observaba. Cogió el teléfono y lo abrió, haciendo brillar ese exclusivo verde electrónico tan habitual en el mundo moderno. Se volvió hacia Ricky.

—¿No le queda ninguna pregunta por hacer sobre esta mañana?

Ricky siguió mirando la pistola antes de responder:

—¿A qué se refiere?

—¿Qué vio esta mañana, de camino a la estación?

Ricky vaciló. No sabía que Merlin, Virgil o Rumplestiltskin supieran lo de su visita al doctor Lewis, pero entonces, de repente, comprendió que debían de saberlo si habían enviado a Merlin a reunirse con él en el tren.

—¿Qué vio? —insistió Merlin.

—Un accidente —contestó con voz dura.

El abogado asintió.

—¿Tiene la certeza de eso, doctor?

—Sí.

—La certeza es una presunción maravillosa —comentó Merlin—. La ventaja de ser abogado en lugar de, pongamos por caso, psicoanalista es que los abogados trabajan en un mundo desprovisto de certeza. Vivimos en el mundo de la persuasión. Pero ahora que lo pienso, quizá no sea demasiado distinto para usted, doctor. Después de todo, ¿no lo persuaden de cosas?

—Vaya al grano.

—Apuesto a que nunca usó esta frase con un paciente —sonrió el abogado de nuevo.

—Usted no es paciente mío.

—Cierto. Así que cree que vio un accidente. ¿De quién?

Ricky no estaba seguro de cuánto sabía Merlin sobre el doctor Lewis. Era posible que lo supiera todo. O que no supiera nada. Guardó silencio.

El abogado contestó por fin a su propia pregunta.

—De alguien que conocía y en quien confiaba, y a quien fue a visitar con la esperanza de que pudiera ayudarle en su situación actual. Tenga... —Pulsó una serie de números del móvil y se lo pasó a Ricky—. Haga su pregunta. Pulse OK para conectar la llamada.

Ricky vaciló antes de hacerlo. El timbre sonó una vez y una voz contestó:

—Policía de tráfico de Rhinebeck. Agente Johnson. ¿En qué puedo servirle?

Ricky dudó lo suficiente para que el policía repitiera:

—Policía de tráfico, ¿diga?

—Buenos días —dijo entonces—, soy el doctor Frederick Starks. Esta mañana me dirigía hacia la estación de trenes y, al parecer, en River Road había un accidente. Me preocupa que pudiera tratarse de un conocido mío. ¿Podría informarme?

La respuesta del policía fue curiosa, pero enérgica:

—¿En River Road? ¿Esta mañana?

—Sí —afirmó Ricky—. Había un agente de policía que dirigía el tráfico hacia un desvío...

—¿Dice que fue hoy?

—Sí. Hará menos de dos horas.

—Lo siento, doctor, pero no tengo noticia de que haya habido ningún accidente esta mañana.

—Pero vi... Se trataba de un Volvo azul. —Ricky se reclinó con fuerza—. El nombre de la víctima era doctor William Lewis. Vive en River Road.

—Hoy no. De hecho no hemos tenido ningún aviso de accidente desde hace semanas, lo que no es nada habitual en verano. Y he estado de servicio en centralita desde las seis de la mañana, de modo que, si hubiera habido cualquier llamada a la policía o petición de ambulancia, la habría recibido yo. ¿Está seguro de lo que vio?

—Debo de haberme confundido —dijo Ricky tras inspirar hondo—. Gracias.

—De nada —contestó el hombre, y colgó.

—Pero yo vi... —empezó Ricky. La cabeza le daba vueltas.

—¿Qué vio? —Merlin meneó la cabeza—. ¿Lo vio realmente? Piense, doctor Starks. Piénselo bien.

—Vi un policía de tráfico.

—¿Vio el coche patrulla?

—No. Estaba dirigiendo el tráfico y dijo...

—«Dijo...», qué gran palabra. Así que «dijo» algo y usted pensó que era cierto. Vio a un hombre con aspecto de policía de tráfico y supuso que lo era. ¿Lo vio desviar a otro vehículo mientras estuvo en ese cruce?

Ricky se vio obligado a sacudir la cabeza.

—No.

—Así que, en realidad, podría haber sido cualquiera con un sombrero de ala ancha. ¿Examinó con atención su uniforme?

Ricky visualizó al joven, y lo que recordó fueron unos ojos que asomaban bajo el sombrero de ala ancha. Intentó recordar otros detalles, pero no lo logró.

—Parecía un policía de tráfico —aseguró.

—Las apariencias no significan demasiado. Ni en su profesión ni en la mía, doctor. ¿Sigue estando seguro de que hubo un accidente? ¿Vio alguna ambulancia? ¿Un coche de bomberos? ¿Otros policías o miembros del equipo sanitario? ¿Oyó sirenas? ¿Quizás el chop-chop-chop delator de un helicóptero de salvamento?

—No.

—¿De modo que aceptó la palabra de un hombre de que había habido un accidente que posiblemente afectaba a alguien con quien usted había estado el día antes, pero no le pareció necesario comprobar nada más? ¿Salió corriendo para tomar un tren porque creía que tenía que regresar a la ciudad? Pero ¿cuál era la urgencia real?

Ricky no respondió.

—Y, por lo visto, al parecer no hubo ningún accidente en esa carretera.

—No lo sé. Puede que no. No puedo estar seguro.

—No, no puede estarlo —admitió Merlin—. Pero podemos estar seguros de algo: pensó que lo que tuviera que hacer era más importante que averiguar si alguien necesitaba ayuda. Quizá debería recordar esta observación, doctor.

Ricky intentó moverse en el asiento para mirar a Merlin a los ojos. Era difícil. Merlin siguió sonriendo, con el irritante aspecto de quien controla la situación por completo.

—¿Quizá debería intentar llamar a la persona a la que visitó? —Señaló con la mano el móvil—. Para asegurarse de que está bien.

Ricky marcó deprisa el número del doctor Lewis. Sonó varias veces, pero nadie contestó.

La sorpresa asomó a su rostro, lo que Merlin detectó. Antes de que Ricky pudiera decir nada, el abogado hablaba de nuevo.

—¿Por qué está tan seguro de que esa casa era realmente el lugar de residencia del doctor Lewis? —preguntó Merlin con formalidad profesional—. ¿Qué vio que relacionara al doctor directamente con ese sitio? ¿Había fotos familiares en las paredes? ¿Vio algún signo de otras personas? ¿Qué documentos, adornos, lo que podríamos llamar mobiliario de la vida, probaba que usted estaba en la casa del doctor? Aparte de su presencia, claro.

Ricky se concentró, pero no recordó nada. El estudio donde habían estado sentados la mayoría de la noche era un estudio típico. Libros en las paredes. Sillas. Lámparas. Alfombras. Algunos papeles sobre la mesa, pero ninguno que hubiera examinado. Nada que fuera exclusivo y destacara en su recuerdo. La cocina era simplemente una cocina. Los pasillos conectaban las habitaciones. La habitación de huéspedes donde había dormido era impersonal.

Siguió sin decir nada, pero sabía que su silencio era tan bueno para el abogado como una respuesta.

Merlin inspiró hondo con las cejas arqueadas a la espera de una respuesta. Después las bajó, relajado, y pasaron a formar parte de la sonrisa de complicidad que esbozó. Ricky recordó una ocasión en su época de universidad, sentado ante una mesa de póquer mirando a otro estudiante y sabiendo que, tuviera las cartas que tuviese, no bastarían para vencer a su adversario.

—Permita que resuma la situación, doctor —dijo Merlin—. Siempre va bien dedicar un momento a evaluar, sacar una conclusión y, después, proceder. Éste podría ser uno de esos momentos. Lo único de lo que puede estar seguro es de que pasó unas horas en presencia de un médico al que conocía de tiempo atrás. No sabe si estuvo en su casa o no, o si tuvo un accidente o no. No sabe con certeza si su antiguo analista está vivo o no, ¿verdad?

Ricky fue a contestar, pero se contuvo.

Merlin prosiguió, y bajó la voz con tono de complicidad.

—¿Cuál fue la primera mentira? ¿Cuál fue la mentira fundamental? ¿Qué vio? Todas estas preguntas... —Agitó un dedo y meneó la cabeza, como se haría para corregir a un niño díscolo—. Ricky, Ricky, Ricky. Le preguntaré una cosa: ¿hubo un accidente de coche esta mañana?

—No.

—¿Está seguro?

—Acabo de hablar con la policía de tráfico. El agente dijo...

—¿Cómo sabe que habló con la policía de tráfico?

Ricky vaciló. Merlin sonrió.

—Marqué el número y le pasé el teléfono. Usted pulsó OK, ¿no? Por lo tanto, podría haber marcado cualquier número, de modo que hubiera alguien esperando la llamada. Puede que ésa sea la mentira, Ricky. Puede que ahora mismo su amigo, el doctor Lewis, esté en el depósito del condado de Dutchess esperando a que algún familiar vaya a identificarlo.

—Pero...

—No está captando la idea, Ricky.

—De acuerdo —soltó con brusquedad—. ¿Cuál es la idea?

Los ojos del abogado se entrecerraron un poco, como si la respuesta brusca de Ricky le hubiera irritado. Indicó la bolsa de viaje impermeable que tenía a los pies.

—Puede que no hubiera ningún accidente pero que, en cambio, en esta bolsa tenga su cabeza cortada. ¿Es eso posible?

Ricky dio un respingo, sorprendido.

—¿Es posible, Ricky? —insistió el abogado, con voz sibilante.

Los ojos de Ricky se dirigieron a la bolsa. Tenía una forma corriente, sin ningún indicio externo acerca de su contenido. Era bastante grande como para que cupiera la cabeza de una persona, e impermeable, de modo que no habría manchas ni filtraciones.

Mientras tenía en cuenta todos estos detalles, notó que se le secaba la garganta y no sabía qué le aterraba más: la idea de que a sus pies hubiera la cabeza de un hombre que conocía o la duda de si era así.

—Es posible —susurró a la vez que alzaba los ojos hacia Merlin.

—Es importante que entienda que todo es posible: simular un accidente automovilístico, presentar una denuncia por acoso sexual ante el organismo rector de su profesión, invadir sus cuentas bancarias, matar a sus familiares, sus amigos o incluso sus conocidos. Tiene que actuar, Ricky. ¡Actúe!

—¿Hay algún límite? —preguntó Ricky con un ligero temblor en la voz.

—Ninguno. —Merlin sacudió la cabeza—. Eso es lo que hace que todo sea tan fascinante para nosotros, los participantes. En las reglas de juego que estableció mi jefe todo puede formar parte de la actividad. Lo mismo es válido para su profesión, imagino. ¿No es así, doctor Starks?

—Supongo —repuso Ricky en voz ronca, mientras se movía inquieto en su asiento—. Tendría que largarme ahora mismo. Dejarlo aquí sentado con lo que contenga esa bolsa.

Merlin sonrió de nuevo. Se agachó y dobló un poco la parte superior de la bolsa para dejar al descubierto las letras F.A.S. grabadas en ella. Ricky observó las iniciales.

—¿Cree que no hay nada en esta bolsa con una cabeza que le relacione a usted, Ricky? ¿No cree que la bolsa fue comprada con una de sus tarjetas de crédito antes de que fueran canceladas? ¿Y no cree que el taxista que le recogió esta mañana y le llevó a la estación recordará que lo único que llevaba era una bolsa de viaje azul de tamaño mediano? ¿Y que lo dirá a cualquier policía que se moleste en preguntárselo?

Ricky intentó humedecerse los labios para encontrar algo de humedad en este mundo.

—Por supuesto —prosiguió Merlin—, yo podría llevarme la bolsa. Y usted podría actuar como si no la hubiera visto nunca.

—¿Cómo...?

—Haga su segunda pregunta, Ricky. Llame ahora al *Times*.

—No creo que...

—Ahora, Ricky. Estamos llegando a la estación Pennsylvania y, cuando estemos en un túnel subterráneo, el teléfono no tendrá cobertura y esta conversación terminará. Decídase de una vez. —Para subrayar sus palabras, empezó a marcar un número en el móvil—. Tenga —dijo—. He marcado el departamento de clasificados del *Times*. Haga la pregunta, Ricky.

Ricky tomó el teléfono y pulsó el OK. Oyó la misma voz de mujer que había atendido su llamada la semana anterior.

—Soy el doctor Starks —dijo despacio—. Me gustaría poner otro anuncio clasificado en la portada. —Mientras hablaba buscaba desesperadamente las palabras.

—Por supuesto, doctor. ¿Cómo va la gincana? —quiso saber la mujer.

—Voy perdiendo —contestó Ricky, y añadió—: El anuncio tendría que decir lo siguiente... —Se detuvo, inspiró profundamente y dijo:

Hace veinte años, como profesional,
traté a gente pobre en un hospital.
Me marché para mejorar de posición.
¿Fue eso lo que motivó esta situación?
¿Que, al irme, en el olvido la dejara
provocó que esa mujer se suicidara?

La mujer repitió las palabras de Ricky.

—Es una pista muy extraña para una gincana —concluyó.

—Es un juego extraño —respondió Ricky. Le dio de nuevo la dirección para que mandara la factura y colgó.

—Muy bien, muy bien —dijo Merlin asintiendo con la cabeza—. Muy inteligente, teniendo en cuenta el estrés al que está sometido. Es usted muy hábil, doctor Starks. Quizá mucho más de lo que se imagina.

—¿Por qué no llama a su jefe y le informa? —replicó Ricky. Pero Merlin sacudió la cabeza.

—¿No le parece que nosotros estamos tan aislados de él como usted? ¿No le parece que un hombre con sus capacidades habrá interpuesto suficientes barreras entre él y la gente que ejecuta sus órdenes?

Ricky pensó que probablemente fuera cierto.

El tren reducía la velocidad y se metió de repente en un túnel dejando atrás la luz del mediodía mientras avanzaba hacia la estación. Las luces del vagón se encendieron y confirieron a todo y a todos un aspecto pálido, amarillento. Al otro lado de la ventanilla, se veía pasar la forma oscura de vías, trenes y columnas de hormigón. A Ricky le pareció una sensación parecida a la de ser enterrado.

Merlin se levantó cuando el tren se detuvo.

—¿Lee alguna vez el *New York Daily News*, Ricky? No, supongo que no le va la prensa sensacionalista. El mundo de la refinada clase alta del *Times* es más su estilo. Mis orígenes son mucho más humildes. Me gustan el *Post* y el *Daily News*. A veces cuentan historias que el *Times* no publicaría. Ya sabe, el *Times* cubre cosas sobre el Kurdistán y el *News* y el *Post* sobre el Bronx. Pero me parece que hoy a su mundo le iría bien leer esos periódicos en lugar del *Times*. ¿He hablado suficientemente claro, Ricky? Lea el *Post* y el *News* hoy porque incluyen una noticia que puede importarle. Yo diría que le resultará fundamental.

Merlin hizo un ligero movimiento con la mano.

—Ha sido un viaje muy interesante, ¿no le parece, doctor? —prosiguió—. Los kilómetros han pasado volando.

—Señaló la bolsa de viaje—. Es para usted, doctor. Un regalo. Para animarlo, como dije.

Acto seguido, Merlin se alejó, dejando a Ricky solo en el vagón.

—¡Espere! —gritó Ricky—. ¡Alto!

Merlin siguió andando. Unas cuantas cabezas se volvieron hacia Ricky. Otro grito iba a salir de sus labios, pero lo contuvo. No quería que se fijaran en él. No quería llamar la atención de nadie. Quería sumergirse en la penumbra de la estación y unirse al anonimato general. La bolsa de viaje con sus iniciales le bloqueaba la salida al pasillo, como un iceberg inmenso en su camino.

No podía dejar la bolsa, y tampoco llevársela.

El ánimo y las manos de Ricky temblaban. Se inclinó y la levantó del suelo. Algo cambió de posición en su interior y Ricky sintió náuseas. Levantó los ojos en busca de algo en el mundo a lo que aferrarse, algo normal, rutinario, corriente, que le recordara alguna clase de realidad y lo anclara a ella.

No lo encontró.

Así que sujetó la cremallera de la bolsa, vaciló, inspiró hondo y la abrió despacio. Contempló el interior.

La bolsa contenía un melón. Del tamaño de una cabeza y redondo.

Ricky soltó una risotada. El alivio lo invadió en un estallido de carcajadas y risitas. El sudor y el nerviosismo se disiparon. El mundo que había girado fuera de control a su alrededor se detuvo y pareció volver a ordenarse.

Cerró la cremallera y se puso de pie. El vagón estaba vacío, lo mismo que el andén, salvo por un par de mozos y dos revisores de chaqueta azul.

Ricky se echó la bolsa al hombro y recorrió el andén. Empezó a planear su siguiente paso. Estaba seguro de que Rumplestiltskin iba a ofrecerle datos sobre el tratamiento de su madre. Se permitió la ferviente esperanza de que la clínica hubiera conservado los historiales de los pacientes de hacía dos décadas. El nombre que su memoria había encontrado tan escurridizo podría figurar en una lista en el hospital.

Siguió adelante y sus zapatos resonaron en el andén en penumbras. El vestíbulo central de la estación Pennsylvania estaba más adelante y avanzó a un ritmo constante y rápido hacia el brillo de las luces. Mientras caminaba con determinación militar hacia el iluminado vestíbulo, divisó a uno de los mozos, sentado en una carretilla y enfrascado en la lectura del *Daily News* mientras esperaba la llegada del siguiente tren. En ese mismo instante, el hombre abrió el periódico de modo que Ricky pudo ver el gran titular de portada, impreso en esas mayúsculas inconfundibles que buscan llamar la atención: UNA AGENTE DE POLICÍA EN COMA TRAS UN ATROPELLO CON FUGA. Y debajo el subtítulo: SE SOSPECHA DEL VIOLENTO MARIDO.

17

Ricky se sentó en un banco de madera en medio de la estación con un ejemplar del *News* y otro del *Post* en el regazo, ajeno al flujo de gente que lo rodeaba, encorvado como un árbol solitario que se inclina bajo la fuerza de un vendaval. Cada palabra que leía parecía acelerarse, deslizándose por su imaginación como un coche fuera de control, con los frenos bloqueados y un chirrido de impotencia, incapaz de detenerse en su trayectoria hacia un choque inevitable.

Las dos historias contenían los mismos detalles: Joanne Riggins, una detective de treinta y cuatro años de la policía de Nueva York, había sido víctima de un atropello con fuga la noche anterior a menos de media manzana de su casa cuando cruzaba la calle. La mujer estaba en coma, conectada a sistemas de mantenimiento de vida, en el Brooklyn Medical Center después de una operación de urgencia. Pronóstico reservado. Los testigos contaron a ambos periódicos que habían visto huir del lugar del accidente un Pontiac Firebird rojo, un vehículo como el que poseía el ex marido de la detective. Aunque todavía no se había encontrado el automóvil, la policía estaba interrogando al ex marido. El *Post* informaba que el hombre afirmaba que le habían robado el coche la noche anterior al atropello. El *News* revelaba que la víctima había obtenido una orden de restricción contra él durante el divorcio y que otra mujer policía había obtenido una segunda, precisamente la misma mujer que había acudido en ayuda de la detective Riggins segundos después de ser embestida por el coche. El periódico informaba también que el ex marido había amenazado en público a su esposa durante el último año de su matrimonio.

Era una historia ideal para un periódico sensacionalista, llena de indicios de un sórdido triángulo sexual, de una infidelidad tempestuosa y de pasiones desatadas que al final habían desembocado en violencia.

Ricky sabía también que era básicamente falsa.

No la mayoría de la historia, por supuesto; sólo un pequeño aspecto: el conductor del coche no era el ex marido, aunque éste fuese el sospechoso más obvio. Ricky sabía que tardarían mucho tiempo en llegar a creer las declaraciones de inocencia del ex marido y todavía más en examinar cualquier coartada que arguyera. Probablemente al hombre se lo podría acusar de pensar y desear que se produjera un hecho así, y sin duda quien había preparado este accidente también lo sabía.

Estrujó el *News*, furioso, casi como si retorciera el cuello de un animalito, y lo arrojó a un lado, esparciendo las hojas sobre el banco de madera. Pensó en llamar a los policías que investigaran el caso, incluso al jefe de Riggins en la comisaría. Intentó imaginar a uno de los compañeros de trabajo de Riggins escuchando su relato. Sacudió la cabeza con creciente desesperación. No había ninguna posibilidad de que alguien prestara atención a su historia. Ni una palabra.

Levantó la cabeza despacio, una vez más con la sensación de que lo estaban observando. Inspeccionando. Sus reacciones eran medidas como si fuera objeto de algún siniestro estudio clínico. La sensación le dejó la piel fría y sudorosa. Se le puso carne de gallina en los brazos. Miró alrededor del amplio vestíbulo. En pocos segundos, decenas, centenares, quizás hasta millares de personas pasaron por su lado. Pero él se sentía completamente solo.

Se levantó y, como un hombre herido, se dirigió hacia el exterior de la estación, en dirección a la parada de taxis. Junto a la entrada había un indigente que pedía limosna, lo que sorprendió a Ricky; la policía solía desalojarlos de los lugares destacados. Se detuvo y echó toda la calderilla que tenía en el vaso de plástico vacío del hombre.

—Tenga —dijo Ricky—. No lo necesito.

—Gracias, señor, gracias —contestó el menesteroso—. Que Dios le bendiga.

Ricky lo observó un momento y vio llagas en sus manos y lesiones que le marcaban la cara medio ocultas por una barba raquítica. Suciedad, mugre, harapos. Con estragos debidos a las calles y a la enfermedad mental, el hombre podría tener cualquier edad entre cuarenta y sesenta años.

—¿Se encuentra bien? —preguntó Ricky.

—Sí, señor. Sí, señor. Gracias. Que Dios le bendiga por su generosidad. Que Dios le bendiga. ¿Tiene calderilla? —El indigente había girado la cabeza hacia otra persona que salía de la estación—. ¿Tiene calderilla? —Repetía el estribillo sin prestar atención a Ricky, que seguía de pie frente a él.

—¿De dónde es? —le preguntó Ricky.

El vagabundo lo observó con repentina desconfianza.

—De aquí —afirmó con cautela señalando su lado de la acera—. De allá —añadió, señalando el otro lado de la calle—. De todas partes —concluyó haciendo un círculo con los brazos alrededor de la cabeza.

—¿Dónde está su hogar?

El hombre se señaló la frente. Eso tenía sentido para Ricky.

—Bueno, pues, que le vaya bien —dijo Ricky.

—Sí, señor. Sí, señor. Que Dios le bendiga —retomó su letanía el hombre—. ¿Tiene calderilla?

Ricky se alejó y, de repente, se preguntó si habría condenado a ese indigente por el mero hecho de hablar con él. Se dirigió hacia la parada de taxis. ¿Acaso todas las personas con las que se relacionase se convertirían en un blanco? Le había sucedido a la detective, podía haberle ocurrido a Lewis. Y Zimmerman. Un herido, un desaparecido, un muerto.

«Si tuviera un amigo, no podría llamarlo —pensó—. Si tuviera una amante, no podría ir a verla. Si tuviera un abogado, no podría pedirle hora. Si tuviera dolor de muelas, ni siquiera podría ir a que me pusieran un empaste sin poner en peligro al dentista. Las personas a quienes toco se convierten en vulnerables.»

Ricky se detuvo en la acera y se observó las manos.

«Veneno —pensó—. Me he convertido en veneno.»

Abatido por esa idea, pasó de largo la fila de taxis que esperaban. Siguió por la ciudad en dirección a Park Avenue. Los ruidos y el ajetreo de la ciudad, un movimiento y un sonido incesantes, no lo alcanzaban, de modo que avanzaba en lo que le parecía un silencio absoluto, ajeno al mundo que lo rodeaba, mientras era como si su propio mundo se redujera con cada paso que daba. Estaba a unas sesenta manzanas de su casa y las recorrió todas apenas consciente de haber respirado siquiera durante el trayecto.

Se encerró en su casa y se desplomó en la butaca de su consulta. Ahí pasó el resto del día y toda la noche, temeroso de salir, temeroso de estarse quieto, temeroso de recordar, temeroso de dejar la mente en blanco, temeroso de estar despierto, temeroso de dormir.

Debió de haber echado una cabezada en algún momento hacia la madrugada porque, cuando se despertó, el día ya brillaba en las ventanas. Tenía el cuello rígido y todas las articulaciones le crujieron irritadas por haber pasado la noche sentado. Se levantó con cuidado y fue al cuarto de baño, donde se cepilló los dientes y se mojó la cara. Se miró un momento en el espejo y observó que la tensión parecía haber dejado huella en todas sus líneas y ángulos. Pensó que desde los últimos días de su mujer no había tenido un aspecto tan cercano a la desesperación, sentimiento que, según admitió compungido, era el más parecido emocionalmente a la muerte.

El calendario con la equis en la mesa ya tenía más de dos terceras partes llenas.

Marcó otra vez el número del doctor Lewis en Rhinebeck, en vano. Llamó a información de esa zona, pensando que tal vez tuviera un nuevo teléfono, pero no logró nada. Pensó en llamar al hospital o al depósito de cadáveres para averiguar qué era cierto y qué era falso, pero se abstuvo. No estaba seguro de querer saber la respuesta.

Lo único a lo que podía aferrarse era un comentario que había hecho Lewis durante su conversación. Todo lo que Rumplestiltskin estaba haciendo era, al parecer, para acercar más a Ricky hacia él.

Pero Ricky no podía imaginar con qué fin, aparte de la muerte.

El *Times* estaba frente a su puerta, lo recogió y vio su pregunta en la parte inferior de la portada, junto a un anuncio que pedía hombres para un experimento sobre la impotencia. El rellano de su casa estaba silencioso y vacío. Era un espacio poco iluminado, polvoriento. El único ascensor pasó de largo con un crujido. Las demás puertas, pintadas todas de negro con un número dorado en el centro, estaban cerradas. Supuso que la mayoría de los inquilinos estarían de vacaciones.

Repasó con rapidez las páginas del periódico, con cierta esperanza de que la respuesta estuviera en su interior porque, después de todo, Merlin había oído la pregunta y seguramente la habría transmitido a su jefe. Pero no encontró ningún indicio de Rumplestiltskin en el periódico. No le sorprendió. No le parecía probable que usara la misma técnica dos veces, porque eso lo haría más vulnerable, tal vez más reconocible.

La idea de tener que esperar la respuesta veinticuatro horas le resultaba agobiante. Sabía que tenía que avanzar incluso sin ayuda. Lo único que le pareció viable fue intentar encontrar los historiales de las personas que atendió en la clínica donde había trabajado tan poco tiempo veinte años atrás. Era una posibilidad muy remota pero, por lo menos, le daría la impresión de que estaba haciendo algo más que esperar que venciera el plazo. Se vistió deprisa y se dirigió a la puerta de su piso. Pero una vez estuvo con la mano en el pomo, a punto de salir, se detuvo. Una oleada repentina de ansiedad le recorrió el cuerpo; el corazón se le aceleró y las sienes empezaron a palpitarle. Era como si un calor insoportable le hubiese traspasado hasta el centro de su cuerpo. Una parte de él le gritaba advirtiéndole que no saliera, que fuera de su casa no estaba seguro. Por un instante, le hizo caso y retrocedió.

Inspiró hondo para intentar controlar este pánico desmedido.

Reconoció lo que le estaba pasando. Había tratado a muchos pacientes con ataques de ansiedad parecidos. En el mercado había Xanax, Prozac y antidepresivos de toda clase, y a pesar de su renuencia a recetar, se había visto obligado a hacerlo en más de una ocasión.

Se mordió el labio inferior al comprender que una cosa es tratar algo y otra vivirlo. Se alejó otro paso de la puerta con la mirada puesta en la hoja mientras imaginaba lo que había al otro lado, tal vez en el rellano, sin duda en la calle, donde le esperaban todo tipo de terrores. Había demonios aguardándole en la acera, como una muchedumbre enfurecida. Un oscuro viento parecía envolverlo y pensó que, si salía, seguramente moriría.

En ese instante fue como si todos los músculos le gritaran que retrocediera, que se refugiara en la consulta y se escondiera.

Clínicamente, conocía la naturaleza de su pánico.

La realidad, sin embargo, era mucho más dura.

Combatió el impulso de retroceder y notó cómo sus músculos se tensaban y se quejaban, igual que cuando uno tiene que levantar algo muy pesado del suelo y se produce esa medición instantánea de la fuerza frente al peso, términos de una ecuación que da como resultado levantarlo y transportarlo o dejarlo en el suelo. Éste era uno de esos momentos para Ricky, y necesitó hasta el último ápice de voluntad para superar la sensación de miedo total y absoluto.

Como un paracaidista que se lanza a la oscuridad sobre territorio enemigo, logró obligarse a abrir la puerta y salir. Dar ese paso le resultó casi doloroso.

Cuando llegó a la calle, estaba sudando y mareado por el esfuerzo. Debía de tener los ojos desorbitados, estar pálido e ir desaliñado, porque un joven que pasaba se volvió y lo miró antes de acelerar el paso y alejarse deprisa. Ricky avanzó casi tambaleante hacia la esquina, donde podía parar con más facilidad un taxi.

Llegó a la esquina, se paró para enjugarse el sudor de la cara y se acercó al bordillo con la mano en alto. En ese instante, un taxi amarillo se detuvo milagrosamente delante de él para que bajara un pasajero. Ricky sostuvo la puerta abierta para quien se apeaba, de ese modo tan habitual en la ciudad, parar conseguir taxi.

Quien salió fue Virgil.

—Gracias, Ricky —dijo la mujer con ligereza. Se ajustó las gafas de sol que llevaba y sonrió ante la consternación que debió de reflejar el rostro de él—. Te he dejado el periódico para que lo leas —añadió.

Y sin más, se alejó deprisa por la calle. En unos segundos, había doblado la esquina y desaparecido.

—Oiga, ¿quiere que lo lleve o no? —le urgió con brusquedad el taxista. Ricky seguía sujetando la puerta, de pie en el bordillo. Miró dentro y vio un ejemplar del *Times* de ese día doblado en el asiento, así que subió al coche—. ¿Adónde? —preguntó el hombre.

Ricky fue a contestar pero se detuvo.

—La mujer que acaba de bajar, ¿dónde la recogió? —preguntó a su vez.

—Era muy rara —contestó el taxista—. ¿La conoce?

—Sí. Más o menos.

—Bueno, me para a dos manzanas de aquí, me dice que siga allí mismo con el taxímetro en marcha todo el rato mientras ella está ahí sentada sin hacer nada excepto mirar por la ventanilla y tener el móvil pegado a la oreja, pero sin hablar con nadie, sólo escuchando. De repente me dice «¡Vamos allí!» y me señala dónde está usted. Me pasa un billete de veinte por el cristal y me dice: «Ese hombre es su próximo cliente. ¿Lo entiende?» Le contesto: «Lo que usted diga, señora», y hago lo que me ha pedido. Y aquí está usted. Era muy atractiva, la señora. ¿Adónde vamos?

—¿No se lo dijo ella? —preguntó Ricky tras una pausa.

—Ya lo creo, joder —sonrió el taxista—. Pero me dijo que tenía que preguntárselo de todos modos, para ver si lo adivinaba.

—Al hospital Columbia Presbyterian —asintió Ricky—. La clínica para pacientes externos de la Ciento cincuenta y dos con West End.

—¡Bingo! —exclamó el conductor, que puso en marcha el taxímetro y aceleró para unirse al tráfico de media mañana.

Ricky tomó el periódico que yacía en el asiento. Al hacerlo, se le ocurrió una pregunta y se inclinó hacia la mampara de plástico entre conductor y pasajero.

—Oiga —dijo—. ¿Esa mujer le dijo qué hacer si yo le daba otra dirección? ¿Un sitio distinto del hospital?

El taxista sonrió.

—¿Qué es esto, alguna clase de juego?

—Podría decirse así —contestó Ricky—. Pero no creo que le gustara jugarlo.

—No me importaría jugar a una o dos cosas con ella, ya me entiende.

—Sí le importaría —le contradijo Ricky—. Puede pensar que no, pero yo le aseguro que sí.

—Ya —asintió el hombre—. Algunas mujeres con el aspecto de ésa causan más problemas de lo que valen. Podría decirse que no valen lo que cuesta la entrada.

—Exactamente —aseguró Ricky.

—En cualquier caso, tenía que llevarle al hospital dijera lo que dijera. Me explicó que usted lo entendería cuando llegáramos. Me dio cincuenta dólares para que lo llevara.

—Tiene dinero —dijo Ricky, y se reclinó en el asiento. Respiraba con dificultad y el sudor le seguía nublando los ojos y manchándole la camisa. Abrió el periódico.

Encontró lo que buscaba en la página A-13, escrito con el mismo bolígrafo rojo y en mayúsculas sobre un anuncio de lencería de los almacenes Lord & Taylor, de modo que las palabras cubrían la figura esbelta de la modelo y tapaban la ropa interior que lucía.

Ricky se acerca cada vez más,
en su búsqueda hacia atrás.
La ambición la mente le nubló,
y lo que decía la mujer ignoró.
La dejó confusa, a la deriva,
tan perdida que le costó la vida.
El hijo, que vio la equivocación,
quiere vengarse sin dilación.
Antes era pobre y rico ahora;
cumplirá su deseo sin demora.
¿Visitar los archivos del hospital
bastará para lograr el triunfo final?
Hay algo que Ricky no puede olvidar:
tiene setenta y dos horas para jugar.

Los versos parecían burlones y cínicos a pesar de su estructura infantil. Le recordó un poco la infinita tortura del patio de un jardín de infancia, con burlas e insultos cantarines. Sin embargo, los resultados que Rumplestiltskin tenía en mente no tenían nada de infantil. Ricky arrancó la página, la dobló y se la metió en un bolsillo. Arrojó el resto del *Times* al suelo del taxi. El conductor maldecía entre dientes al tráfico, manteniendo una conversación constante con todos los camiones, coches y algún que otro ciclista o peatón que le obstruían el paso. Lo más interesante de su conversación era que nadie podía oírla. No bajaba la ventanilla y gritaba palabrotas, ni tocaba el claxon como hacen algunos taxistas en una reacción nerviosa al tráfico que los rodea. En lugar de eso, ese hombre se limitaba a hablar, daba instrucciones, lanzaba desafíos e indicaba maniobras mientras conducía, con lo que, en cierto modo extraño, debía sentirse relacionado, o por lo menos como si interactuara con todo lo que se situaba en su campo visual. O en su punto de mira, según como se viera. Ricky pensó que era algo insólito pasarse todos los días de la vida teniendo conversaciones que nadie oía. Pero después se preguntó si no hacemos todos lo mismo.

El taxi lo dejó frente al enorme complejo del hospital.

Vio la entrada de urgencias al final del edificio, con un rótulo de grandes letras rojas y una ambulancia delante. Un escalofrío le recorrió la espalda a pesar del sofocante calor del verano. Fue un frío determinado por la última vez que había estado en el hospital, con ocasión de una visita a su esposa, cuando ésta todavía luchaba contra la enfermedad que acabaría con su vida, sometiéndose a radio y quimioterapia así como a las demás medidas contra la terrible dolencia que destruía su cuerpo. La sección de oncología ocupaba otra parte del complejo, pero eso no lo libró de la sensación de impotencia y temor que volvió a surgir en él, idéntica a la última vez que había estado en la calle frente al hospital. Alzó los ojos hacia los imponentes edificios de ladrillos. Pensó que había estado en el hospital tres veces en su vida: la primera, cuando trabajó seis meses en la clínica para pacientes externos, antes de montar una consulta privada; la segunda, cuando ese centro se sumó a la larga serie que su mujer recorrió en su batalla fútil contra la muerte; y esta tercera, en que regresaba para averiguar el nombre de la paciente a la que había ignorado o desatendido y que ahora amenazaba su propia vida.

Avanzó en dirección a la entrada y, curiosamente, detestó el hecho de saber dónde se guardaban los historiales médicos.

En el mostrador de los archivos de historiales médicos había un empleado panzudo de mediana edad con una estridente camisa de estampado hawaiano y unos desastrados pantalones caqui. Miró a Ricky con asombro cuando éste le explicó el motivo de su visita.

—¿Qué quiere exactamente de hace veinte años? —dijo con incredulidad.

—Todos los historiales de la clínica psiquiátrica para pacientes externos correspondientes al período de seis meses en que trabajé en ella. Cada paciente que venía recibía un número clínico y se le abría un expediente, incluso aunque sólo viniera una vez. Esos expedientes contienen todas las notas que se tomaban del caso.

—No estoy seguro de que esos historiales se hayan introducido en el ordenador —comentó el empleado.

—Apuesto a que sí. Vamos a comprobarlo.

—Llevará algún tiempo, doctor —aseguró el hombre—. Y tengo muchas otras peticiones.

Ricky reflexionó un momento sobre lo fácil que les resultaba a Virgil y Merlin lograr que la gente hiciera cosas sencillas ofreciéndoles dinero. Llevaba doscientos cincuenta dólares en la cartera y sacó doscientos, que dejó sobre el mostrador.

—Esto facilitará las cosas —dijo—. Quizá me ponga el primero de la cola.

El empleado miró alrededor, vio que nadie lo estaba observando y cogió el dinero.

—Estoy a su disposición, doctor —repuso con una sonrisita. Se metió el dinero en el bolsillo y movió la mano—. Veamos qué podemos encontrar —dijo, y empezó a teclear en el ordenador.

Los dos hombres tardaron el resto de la mañana en obtener una lista de números de expediente. Si bien consiguieron aislar el año en cuestión, no se podía determinar informáticamente si esos números eran de hombres o de mujeres, y tampoco había ningún código que identificara qué médico había visitado a cada paciente. Ricky había estado en la clínica desde marzo hasta principios de septiembre. El empleado logró ceñirse a ese período. Para reducir aún más la selección, Ricky supuso que la madre de Rumplestiltskin había acudido en los meses de verano, hacía veinte años. En ese lapso se habían abierto doscientos setenta y nueve expedientes de nuevos pacientes en la clínica.

—Si quiere encontrar a una persona concreta —dijo el hombre—, tendrá que examinar cada expediente. Yo se los puedo buscar, pero después es cosa suya. No será fácil.

—No pasa nada —aseguró Ricky—. No esperaba que lo fuera.

El empleado condujo a Ricky a una mesita metálica en un rincón de su oficina. Ricky se sentó en una silla de madera mientras el hombre empezaba a llevarle los expedientes. Tardó por lo menos diez minutos en reunir los doscientos setenta y nueve, que depositó en el suelo al lado de Ricky. Luego le proporcionó un bloc y un bolígrafo y se encogió de hombros.

—Procure no desordenarlos —pidió—. Así no tendré que archivarlos de nuevo uno a uno. Y vaya con cuidado con todas las entradas, por favor; no mezcle los documentos y las notas de un expediente con los de otro. No es que piense que alguien quiera volver a consultarlos, desde luego. No sé ni por qué los guardamos. Pero yo no dicto las normas. ¿Usted sabe quién dicta las normas?

—No —contestó Ricky mientras alargaba la mano hacia el primer archivo—. No lo sé. La dirección del hospital, seguramente.

El hombre se carcajeó con desdén.

—Oiga —dijo mientras regresaba al mostrador—. Usted es psiquiatra, doctor. Creía que lo suyo era ayudar a la gente a crear sus propias normas.

Ricky no contestó pero consideró que era una afirmación inteligente. El problema era que todas las personas seguían sus propias normas. Sobre todo Rumplestiltskin. Tomó el primer expediente del primer montón y lo abrió. De repente pensó que era como abrir una carpeta de la memoria.

Las horas le pasaron volando. Leer aquellos expedientes era un poco como estar en medio de una catarata de desesperación. Cada uno contenía el nombre de una paciente, su dirección, parientes cercanos e información del seguro, si la había. En las hojas de diagnóstico, había notas mecanografiadas. También había el tratamiento sugerido. De forma sucinta y rápida, cada nombre estaba desglosado en su esencia psicológica. La terminología utilizada era incapaz de ocultar las amargas verdades que yacían tras la llegada de cada persona a la clínica: abusos sexuales, rabia, palizas, drogadicciones, esquizofrenia, delirios: una caja de Pandora de las enfermedades mentales. La clínica para pacientes externos del hospital había sido un vestigio del activismo de los años sesenta, un plan de buenas obras para ayudar a los menos afortunados abriendo las puertas del hospital a la comunidad. La palabra clave de la época era «devolver». La realidad había sido más dura y menos utópica. Los pobres de la ciudad padecían una amplia serie de enfermedades, y muy pronto la clínica había descubierto que no era más que un mero dedo en un dique que tenía millares de fugas de agua. Ricky había llegado al término de su formación psicoanalítica. Al menos, ésta había sido su razón oficial. Pero cuando se incorporó al personal de la clínica, estaba lleno del idealismo y la determinación de la juventud. Recordaba haber cruzado las puertas con aversión por el elitismo de la profesión a la que accedía, decidido a llevar las técnicas analíticas a una amplia gama de personas desesperadas. Este sentido liberal del altruismo le había durado una semana.

Los cinco primeros días, un paciente que quería muestras de fármacos había disparado contra la mesa de Ricky; un loco que oía voces y lanzaba puñetazos le había atacado; un proxeneta furioso había interrumpido una sesión con una mujer joven, provisto de una navaja con la que logró rajar la cara a su ex novia y el brazo al guardia de seguridad antes de ser reducido; y había tenido que enviar a una preadolescente a urgencias para que le curaran quemaduras de cigarrillo en brazos y piernas cuya autoría no quiso revelar. La recordaba muy bien; era puertorriqueña y tenía unos bonitos y dulces ojos negros del mismo color que su cabello, y había ido a la clínica sabiendo que alguien estaba enfermo y que muy pronto ella aprendería en carne propia que los malos tratos generan malos tratos de una forma mucho más dramática de lo que cualquier estudio gubernamental de ensayos clínicos llegara a determinar nunca. No tenía seguro ni forma de pagar, así que Ricky la visitó cinco veces, que era lo que el Estado permitía, e intentó sonsacarle información, pero ella sabía que revelar quién la torturaba probablemente le costaría la vida. Ricky recordaba que era un caso perdido. Y sabía que, si sobrevivía, seguiría estando condenada.

Tomó otro expediente y se preguntó cómo había logrado durar seis meses en la clínica. Pensó que todo ese tiempo se había sentido impotente, y que la impotencia que ahora sentía ante Rumplestiltskin no era distinta.

Con ese pensamiento impulsando sus emociones, se dedicó a la lectura de los doscientos setenta y nueve expedientes de las personas que había tratado tantos años atrás.

Dos terceras partes de esas personas eran mujeres. Como muchas de las casadas con la pobreza, exhibían los harapos de la enfermedad mental de modo tan evidente como los cortes y cardenales de los malos tratos que recibían a diario. Lo había visto todo, desde la adicción hasta la esquizofrenia. Cuán impotente se había sentido. Había huido de vuelta a la clase media alta de donde procedía, donde la baja autoestima y los problemas que la acompañaban podían hablarse para lograr, si no su curación, sí su aceptación. Se había sentido estúpido al intentar hablar con algunos de los pacientes de la clínica, como si el diálogo pudiera resolver su angustia mental, cuando lo más probable era que un revólver y unas buenas agallas les hubieran sido más útiles, elección que, según recordaba, unos cuantos habían hecho después de darse cuenta de que una cárcel era preferible a la otra.

Abrió otro expediente y vio sus notas escritas a mano. Las sacó y procuró relacionar el nombre del paciente con las palabras que había garabateado. Pero las caras parecían etéreas, ondulantes, como el calor distante sobre una carretera un día de verano.

«¿Quién eres? —preguntó en silencio, y añadió—: ¿Qué ha sido de ti?»

A unos pasos de distancia, al empleado de los archivos se le cayó un lápiz al suelo y, soltando un juramento, se agachó a recogerlo.

Ricky lo observó incorporarse de nuevo ante la pantalla de su ordenador. Y en ese instante vio algo. Fue como si el modo en que la espalda del hombre se encorvaba un poco, el tic nervioso que le llevaba a repiquetear la mesa con el lápiz y la forma en que se inclinaba hablaran un lenguaje que Ricky debería haber entendido desde el primer momento, a partir del modo en que el hombre había cogido el dinero. Pero Ricky era sólo un principiante en estos menesteres y pensó que eso explicaba por qué había tardado en comprender. Se levantó de la mesa y se situó detrás del hombre.

—¿Dónde está? —preguntó en voz baja, y sujetó con fuerza la nuca del hombre.

—¡Oiga! ¿Qué...? —Lo había pillado por sorpresa. Intentó cambiar de posición, pero la presa de Ricky le limitaba los movimientos—. ¡Ay! ¿Qué demonios hace?

—¿Dónde está? —repitió Ricky con fiereza.

—¿De qué habla? ¡Joder! ¡Suélteme!

—No hasta que me diga dónde está —dijo Ricky, y con la otra mano empezó a apretar el cuello del hombre—. ¿No le dijeron que yo era un desesperado? ¿No le dijeron la presión a la que estoy sometido? ¿No le dijeron que puedo ser inestable, que podría hacer cualquier cosa?

—¡No! ¡Por favor! ¡Ay! ¡No, mierda, no lo dijeron! ¡Suélteme!

—¿Dónde está?

—¡Se lo llevaron!

—No le creo.

—¡De verdad!

—De acuerdo. ¿Quién se lo llevó?

—Un hombre y una mujer. Hace dos semanas. Vinieron aquí.

—¿El hombre iba bien vestido, era barrigón y se presentó como abogado? ¿La mujer era muy atractiva?

—¡Sí! Los mismos. ¿De qué mierda va todo esto?

Ricky soltó al hombre, que al instante se apartó de él.

—Dios mío —exclamó mientras se frotaba la clavícula—. ¿A qué viene tanto follón?

—¿Cuánto le pagaron?

—Más que usted. Mucho más. No pensé que fuese tan

importante, ¿sabe? Sólo era un viejo expediente que nadie había mirado en dos décadas. ¿Qué problema hay?

—¿Para qué le dijeron que era?

—El hombre explicó que tenía relación con un asunto legal referente a una herencia. No lo vi claro, ¿sabe? La gente que viene a esta clínica no suele recibir gran cosa en herencia. Pero el hombre me dio su tarjeta y me dijo que devolvería el expediente cuando ya no lo necesitase. No vi ningún problema en ello.

—Sobre todo cuando le dio dinero.

El hombre parecía renuente, pero se encogió de hombros.

—Mil quinientos. En billetes nuevos de cien. Los sacó de un fajo, como un gángster antiguo. Tengo que trabajar dos semanas para ganar ese dinero, ¿sabe?

La coincidencia de la cantidad no pasó desapercibida a Ricky. El valor en centenares de quince días. Echó un vistazo al montón de expedientes y se desesperó al pensar en las horas desperdiciadas. Miró otra vez al empleado.

—¿Así que el archivo ya no está?

—Lo siento, doctor. No pensé que fuera tan importante. ¿Quiere la tarjeta de ese abogado?

—Ya tengo una. —Siguió mirándolo fijamente—. Tomaron el expediente y le pagaron, pero usted no es tan estúpido, ¿verdad?

—¿Qué quiere decir? —El hombre se movió con nerviosismo.

—Quiero decir que no es tan estúpido. Y no ha trabajado en un archivo de historiales todos estos años sin aprender algo sobre guardarse las espaldas, ¿no? Por lo tanto, en estos montones falta un expediente, pero usted hizo algo.

—¿De qué está hablando?

—No entregó ese expediente sin fotocopiarlo antes, ¿verdad? No importa cuánto le pagara ese hombre, pensó que tal vez alguien más interesado podría tener más dinero que el abogado y la mujer. De hecho, puede que incluso ellos le dijeran que alguien podría venir a buscarlo, ¿me equivoco?

—Puede que lo dijeran.

—Y tal vez, usted pensó que podría sacar otros mil quinientos o incluso más si lo fotocopiaba, ¿correcto?

—¿Va a pagarme también? —repuso el hombre.

—Considere como pago que no llame a su jefe —dijo Ricky.

El hombre suspiró a la vez que calibraba esta afirmación, hasta que vio suficiente cólera y estrés en la cara de Ricky para creérsela.

—No había gran cosa en el expediente —indicó despacio—. Un formulario de ingreso y un par de hojas con notas e instrucciones unidas a un formulario de diagnóstico. Es lo que fotocopié.

—Deme esos papeles —exigió Ricky.

El hombre vaciló.

—No quiero más problemas —soltó—. Suponga que viene alguien más buscando este material.

—Yo soy la única persona que podría venir —aseguró Ricky.

El hombre se agachó y abrió un cajón, de donde sacó un sobre que entregó a Ricky.

—Tenga —dijo—. Y ahora déjeme en paz.

Contenía los documentos necesarios. Ricky resistió el impulso de estudiarlos ahí mismo, diciéndose que tenía que estar solo cuando investigara su pasado. Se guardó el sobre en la chaqueta.

—¿Eso es todo? —preguntó.

El hombre vaciló, volvió a agacharse y sacó otro sobre, éste más pequeño, del cajón de la mesa.

—Tenga —dijo—. Esto también va. Estaba sujeto al exterior del expediente, con un clip. No se lo di al hombre. No sé por qué. Imaginé que ya lo tenía, porque parecía saberlo todo sobre el caso.

—¿Qué es?

—Un informe policial y un certificado de defunción.

Ricky inspiró hondo y se llenó los pulmones con el aire viciado del sótano del hospital.

—¿Qué es tan importante sobre una pobre mujer que vino al hospital hace veinte años? —preguntó el empleado.

—Alguien cometió un error —contestó Ricky.

—Y ahora alguien tiene que pagar, ¿eh? —comentó el hombre, que pareció aceptar esa explicación.

—Eso parece —respondió Ricky mientras se disponía a marcharse.

18

Ricky salió del hospital sintiendo aún un cosquilleo en las manos, en especial en los dedos que había hincado en la nuca del empleado. No recordaba ningún momento de su vida en que hubiera usado la fuerza para lograr algo. Pensaba que vivía en un mundo de persuasión y de diálogo; la idea de haber usado la fuerza física para amenazar al empleado, aunque fuera de modo tan modesto, le indicaba que estaba cruzando algún tipo de barrera extraña o superando alguna clase de demarcación tácita. Él era un hombre de palabras o, por lo menos, eso había creído hasta recibir la carta de Rumplestiltskin. En el bolsillo llevaba el nombre de la mujer que había tratado en un momento de transición en su propia vida. Se preguntó si había llegado a otra demarcación de ese tipo. Y, al mismo tiempo, si estaría al borde del camino que lo llevaría a convertirse en algo nuevo.

Se dirigió hacia el río Hudson cruzando el enorme complejo hospitalario. Había un patio pequeño cerca de la parte delantera del Harkness Pavilion, una rama de las instalaciones que se encargaba de los especialmente ricos y especialmente enfermos. Eran edificios inmensos, de varias plantas, construidos con ladrillo y piedra, lo que reflejaba solidez y resistencia, y se elevaban desafiantes ante las muchas caras de los infinitesimales y enclenques organismos patógenos. Recordaba el patio como un lugar tranquilo, donde uno podía sentarse en un banco y dejar que los ruidos de la ciudad se desvanecieran para quedarse a solas con el odioso problema que lo corroyera por dentro.

Por primera vez en casi dos semanas, la sensación de ser seguido y observado había desaparecido. Estaba seguro de estar solo. No esperaba que esta situación durara.

No tardó mucho en localizar un banco y en unos momentos estaba sentado, con el expediente y el sobre que le había dado el empleado en el regazo. Para un transeúnte, parecería sólo un médico o un familiar que dedicaba un rato fuera del hospital a reflexionar sobre alguna cuestión o a dar un bocado para almorzar. Ricky vaciló, un poco inseguro sobre lo que podría desenterrar al leer los documentos, y abrió la carpeta.

El nombre de aquella paciente que había visitado hacía veinte años era Claire Tyson.

Contempló las letras del nombre. No le decían nada.

Ninguna cara le vino a la memoria. Ninguna voz le resonó en el oído, recordada tras tanto tiempo. Ningún gesto, expresión ni tono cruzó la barrera de los años. Los acordes de la memoria permanecieron silenciosos. Sólo era un nombre entre los muchos de aquella época.

Su incapacidad de recordar un solo detalle lo dejó frío.

Leyó con rapidez el formulario de ingreso. La mujer presentaba un estado de depresión aguda acompañada de ansiedad fóbica. Había llegado a la clínica desde urgencias, donde había ido por contusiones y laceraciones. Había indicios de violencia doméstica con un hombre que no era el padre de sus tres hijos pequeños, de diez, ocho y cinco años. Tenía sólo veintinueve años y había dado la dirección de un piso cerca del hospital; Ricky recordó que era una parte inmunda de la ciudad. No tenía seguro de enfermedad y trabajaba de dependienta a tiempo parcial en una tienda de comestibles. No era originaria de Nueva York, y en la casilla de parientes próximos figuraba su familia en una pequeña población al norte de Florida. Sus números de la seguridad social y de teléfono eran los únicos otros datos incluidos en el formulario de ingreso.

Pasó a la segunda hoja, un formulario de diagnóstico, y reconoció su letra. Las palabras le llenaron de terror.

Eran sucintas, secas, concisas. Carecían de pasión y compasión.

La señorita Tyson afirma tener veintinueve años y ser madre de tres hijos pequeños. Actualmente mantiene una relación conflictiva con un hombre que no es el padre de los niños. Afirma que éste la abandonó hace unos años para irse a trabajar a una plataforma petrolífera en el suroeste. No tiene seguro de enfermedad y sólo puede trabajar a tiempo parcial, ya que no dispone de medios para contratar una niñera que se ocupe de sus hijos. Recibe prestaciones sociales del estado, del programa federal de ayuda a familias con menores dependientes, vales canjeables por alimentos y vivienda subvencionada. También manifiesta que no puede regresar a su Florida natal porque se distanció de sus padres debido a su relación con el padre de sus hijos. Afirma, además, que no dispone de fondos para ese traslado.

Clínicamente, la señorita Tyson parece una mujer de inteligencia superior a la media, que se preocupa mucho por sus hijos y su bienestar. Posee titulación secundaria y dos años de universidad, estudios que dejó al quedarse embarazada. Parece muy desnutrida y presenta un tic persistente en el párpado derecho. Evita el contacto visual al comentar su situación y sólo levanta la cabeza cuando se le pregunta por sus hijos, a quienes afirma querer mucho. Niega oír voces, pero admite llantos espontáneos de desesperación que no puede controlar. Dice que sólo sigue viva por sus hijos, pero niega cualquier tendencia suicida. Niega tener dependencia o adicción a las drogas y no se han detectado signos visibles de consumo de narcóticos, pero se ha ordenado un estudio toxicológico.

Diagnóstico inicial: depresión aguda persistente debida a la pobreza. Trastornos de la personalidad. Posible consumo de drogas.

Recomendación: tratamiento como paciente externo durante las cinco sesiones que establece el estado.

Y había firmado al final de la página. Mientras observaba su firma se preguntó si en realidad no habría firmado su sentencia de muerte.

En otra hoja se señalaba que Claire Tyson había vuelto a verlo a la clínica cuatro veces pero que no se había presentado a la quinta y última sesión. Ricky pensó que al menos en eso su viejo mentor, el doctor Lewis, estaba equivocado. Pero entonces se le ocurrió otra cosa, así que desdobló la copia del certificado de defunción y comparó su fecha con la inicial del tratamiento en el formulario de la clínica.

Quince días.

Se retrepó en el banco. La mujer había ido al hospital, se la habían pasado a él, y medio mes después estaba muerta.

El certificado de defunción parecía quemarle la mano. Claire Tyson se había ahorcado en el cuarto de baño de su casa con un cinturón de hombre pasado por una cañería descubierta. La autopsia reveló que poco antes de su muerte había recibido una paliza y que estaba embarazada de tres meses. Un informe policial grapado al certificado de defunción indicaba que se había interrogado a un hombre llamado Rafael Johnson respecto de la paliza, pero no había sido detenido. Los tres niños habían pasado a disposición del Departamento de Servicios a Asistencia al Menor.

«Aquí está», pensó Ricky.

Ninguna de las palabras impresas en los formularios conseguía transmitir el horror de la vida y la muerte de Claire Tyson. La palabra «pobreza» no reflejaba un mundo lleno de ratas, suciedad y desesperación. La palabra «depresión» a duras penas sugería el peso terrible que debió de sobrellevar. En el remolino de la vida que atrapó a la joven Claire Tyson sólo había habido una cosa que le daba significado: los tres niños.

«El mayor —pensó Ricky—. Debió de contarle al mayor que iba al hospital a verme y recibir ayuda. ¿Le diría que era su única posibilidad? ¿Que era la promesa de algo distinto? ¿Qué dije que le dio alguna esperanza; esperanza que transmitió a sus hijos?

Fuera lo que fuese, resultó insuficiente porque se había suicidado.

El suicidio de Claire Tyson tuvo que ser el momento fundamental en la vida de esos tres niños, en particular del mayor. Pero no había dejado la menor huella en su propia vida. Cuando la mujer no se presentó a su última cita, él no había hecho nada. No recordaba haber hecho siquiera una llamada para interesarse por ella. En lugar de eso, había archivado los documentos en una carpeta y se había olvidado de ella. Y de los niños.

Y ahora, uno de ellos quería acabar con él.

«Encuentra a ese niño y encontrarás a Rumplestiltskin», pensó.

Se levantó del banco pensando que tenía mucho que hacer, extrañamente satisfecho de que las presiones de tiempo fueran tan acuciantes porque, de otro modo, se habría visto obligado a reflexionar sobre lo que había hecho, o no hecho, veinte años antes.

Ricky pasó el resto del día en el infierno burocrático de Nueva York.

Provisto sólo de un nombre y una dirección de hacía veinte años, lo fueron pasando de una oficina a otra y de un funcionario a otro por todo el Departamento de Asistencia al Menor del centro de Manhattan en su intento de averiguar qué les había ocurrido a los tres hijos de Claire Tyson. Lo más frustrante de su incursión en el mundo administrativo era que él, y todos los funcionarios de todas las oficinas que recorrió, sabían que en alguna parte había algún archivo sobre los niños. Encontrarlo entre los registros informáticos inadecuados y las salas llenas de archivadores resultó imposible, por lo menos en principio. Era evidente que iba a ser una indagación larga y persistente. Ricky deseó haber sido un periodista de investigación o un detective privado, el tipo de personalidad con paciencia para pasar interminables horas con viejos registros. Él no la tenía. Y tampoco tiempo.

«Hay tres personas en este mundo unidas a mí a través de este frágil hilo y podría costarme la vida», se dijo mientras se enfrentaba a otro funcionario de otra oficina. La idea le confirió una urgencia extrema.

Estaba de pie frente a una mujer corpulenta y agradable de origen hispano en el registro del tribunal de menores. Tenía una mata enorme de cabello negro que se apartaba con brusquedad de la cara para que unas gafas de montura plateada extrañamente modernas dominaran su aspecto.

—No es mucho para empezar, doctor —dijo.

—Es lo único que tengo —contestó él.

—Si estos tres niños fueron adoptados, seguramente los registros fueron sellados. Pueden abrirse, pero sólo con orden judicial. No es imposible de obtener, pero sí difícil, ya me entiende. Lo que tenemos, en su mayoría, son niños que han crecido y buscan a sus padres biológicos. Existe un procedimiento para estos casos, pero lo que usted pide es distinto.

—Lo entiendo. Y tengo ciertas limitaciones de tiempo.

—Todo el mundo tiene prisa. Siempre vamos con prisas. ¿Qué es tan urgente después de veinte años?

—Es una emergencia médica.

—Hombre, pues seguro que un juez le escuchará. Aporte documentos y consiga una orden judicial. Entonces podríamos ayudarle en su búsqueda.

—Tardaría días en conseguir una orden judicial.

—Cierto. Los asuntos de palacio van despacio. A no ser que conozca a algún juez. Vaya a verlo y que le firme algo deprisa.

—El tiempo es importante.

—Lo es para la mayoría de la gente. Lo siento. Pero ¿sabe cómo podría irle mejor?

—¿Cómo?

—Podría lograr más información sobre estas personas que busca si se instala uno de esos fantásticos programas de búsqueda en su ordenador. Puede que lo consiga. Sé que algunos huérfanos que investigaban su pasado lo han hecho.

Va muy bien. Si contrata a un investigador privado, es lo primero que hará después de meterse su dinero en el bolsillo.

—No uso demasiado el ordenador.

—¿No? Es el mundo moderno, doctor. Mi hijo de trece años puede encontrar cosas que ni se creería. De hecho, localizó a mi prima Violetta, de la que no sabía nada desde hacía diez años. Trabajaba en un hospital de Los Ángeles, pero la encontró. Y no le llevó más de un par de días. Debería intentarlo.

—Lo tendré presente —contestó Ricky.

—Iría muy bien que consiguiera el número de la Seguridad Social o algo así —comentó la funcionaria.

Su voz con acento era melodiosa, y resultaba evidente que hablar con Ricky suponía para ella una pausa interesante en su rutina diaria. Era casi como si, aunque le estaba diciendo que no podía ayudarlo, fuera reacia a dejarle partir. Era última hora de la tarde y Ricky pensó que ella tal vez se iría a casa después de atenderle a él, de modo que prolongaba la conversación. Pensó que debería marcharse, pero no estaba seguro de cuál podría ser su siguiente paso.

—¿Qué clase de médico es usted? —quiso saber la mujer.

—Psicoanalista —dijo Ricky, y vio cómo la respuesta le hacía entornar los ojos.

—¿Puede leer la mente de la gente, doctor?

—No se trata de eso.

—No, tal vez no. Eso le convertiría en una especie de brujo, ¿no? —Soltó una risita—. Pero seguro que se le da bien adivinar qué va a hacer la gente a continuación.

—Un poco. No tanto como se imagina.

—Bueno, en este mundo, si tienes un poco de información y sabes tocar las teclas adecuadas, puedes hacer buenas suposiciones —sonrió la mujer—. Así es cómo funciona. —Señaló con la cabeza el teclado y la pantalla que tenía delante.

—Supongo que sí.

Ricky vaciló y bajó los ojos hacia las hojas del expediente del hospital. Miró el informe policial y vio algo que podría ayudarle. Los agentes que habían interrogado a Rafael Johnson, el compañero violento de la difunta, habían anotado su número de la Seguridad Social.

—Oiga —dijo de repente—, si le doy un nombre y un número de la Seguridad Social, ¿ese ordenador suyo me encontraría a alguien?

—¿Vive aún aquí? ¿Vota? ¿Lo han detenido, tal vez?

—Puede que las tres cosas. O por lo menos dos de ellas. No sé si vota.

—Podría. ¿Qué nombre es?

Ricky le mostró el nombre y el número que figuraban en el informe policial. La mujer echó un vistazo rápido alrededor para comprobar que nadie la estaba observando.

—No debería hacer algo así —murmuró—. Pero como usted es médico y todo eso, bueno, vamos a ver.

Movió unas uñas pintadas de rojo por el teclado.

El ordenador emitió unos ruidos y unos pitidos electrónicos. Ricky vio que aparecía una entrada en la pantalla. La mujer arqueó las cejas, sorprendida.

—Se trata de un chico muy malo, doctor. ¿Seguro que quiere encontrarlo?

—¿Qué ha salido?

—Tiene un robo, otro robo, una agresión, sospechoso de una red de robo de automóviles, cumplió seis años en Sing Sing por agresión con agravantes. Eso son palabras mayores. Son antecedentes bastante feos.

La mujer siguió leyendo.

—¡Oh! —exclamó de repente.

—¿Qué?

—No podrá ayudarlo, doctor.

—¿Por qué?

—Alguien debió de atraparlo.

—¿Y?

—Ha muerto. Hace seis meses.

—¿Muerto?

—Sí. Aquí pone «fallecido», y una fecha. Seis meses. Diría que nos libramos de un buen elemento, la verdad. Hay un informe con la entrada. Lleva el nombre de un inspector de la comisaría 41, del Bronx. El caso sigue abierto. Parece que alguien apaleó a Rafael Johnson hasta la muerte. Oh, asqueroso, muy asqueroso.

—¿Qué pone?

—Parece que después de la paliza, alguien lo colgó de una cañería con su propio cinturón. Eso es feo. Muy feo. —La mujer sacudió la cabeza pero con una sonrisita. No sentía compasión por Rafael Johnson, un hombre que seguramente habría visitado su oficina demasiado a menudo.

Ricky dio un respingo. No le costó adivinar quién había encontrado a Rafael Johnson. Y por qué.

Desde el teléfono del vestíbulo pudo localizar al inspector que había efectuado el informe de la investigación sobre la muerte de Rafael Johnson. No sabía si la llamada daría grandes resultados, pero pensó que, de todos modos, debía hacerla. El inspector mostró una actitud eficiente y enérgica por teléfono, y después de que Ricky se identificara, pareció sentir curiosidad por el motivo de su llamada.

—No recibo demasiadas llamadas de médicos del centro. No suelen moverse en los mismos círculos que el difunto y poco llorado Rafael Johnson. ¿Por qué le interesa este caso, doctor Starks?

—Johnson estaba relacionado con una antigua paciente mía, hace unos veinte años. Estoy intentando ponerme en contacto con sus familiares y esperaba que él pudiera guiarme en la dirección adecuada.

—Lo dudo, doctor, a no ser que estuviera dispuesto a pagarle. Rafi habría hecho cualquier cosa por cualquiera, siempre que hubiera dinero de por medio.

—¿Conocía a Johnson?

—Bueno, digamos que era uno de los puntos de interés de unos cuantos policías de la zona. Era una especie de indeseable. Le costaría mucho encontrar a alguien por aquí que dijera algo bueno de él. Traficante. Matón a sueldo. Allanamientos de morada, robos, agresiones sexuales. Más o menos el típico hijoputa de mierda. Y acabó como cabía esperar y, para serle sincero, doctor, no creo que se derramaran muchas lágrimas en su entierro.

—¿Sabe quién lo mató?

—Ésa es la pregunta del millón, doctor. Pero tenemos una idea bastante clara.

El corazón le dio un vuelco a Ricky.

—¿De veras? —preguntó—. ¿Han detenido a alguien?

—No. Y no es probable que lo hagamos. Por lo menos, no demasiado pronto.

Con la misma rapidez con que se había llenado de esperanza, volvió a poner los pies en la tierra.

—¿Y eso por qué?

—Bueno, el caso es que no hay demasiadas pruebas forenses. Ni siquiera encontramos restos de sangre del agresor porque al parecer Rafi estaba muy bien amarrado cuando lo apalearon y su verdugo llevaba guantes. Así que lo que esperamos es sacarle un nombre a uno de sus colegas y preparar el caso pasando de un tío a otro hasta llegar el asesino.

—Entiendo.

—Pero nadie quiere delatar a quien creemos que mató a Rafael Johnson.

—¿Por qué no?

—Ah, lealtad entre la escoria. El código de Sing Sing. Pensamos en un hombre con quien Rafael tuvo problemas mientras compartían celda. Parece que se trató de un verdadero problema. Probablemente discutieron sobre quién poseía qué parte del mercado de drogas carcelario, e intentaron matarse mutuamente. Con cuchillos caseros. Una forma muy desagradable de morir, según dicen. Parece que los dos se llevaron la mala sangre a la calle. Puede que sea una de las historias más viejas del mundo. Tendremos al tipo que se cargó a Rafi cuando detengamos por algo serio a alguno de sus colegas. Tarde o temprano uno de ellos caerá y entonces haremos un trato. Necesitamos poder apretar las clavijas, ¿sabe?

—¿Así que creen que el asesino fue alguien que Johnson conoció en la cárcel?

—Con toda seguridad. Un tipo llamado Rogers. ¿Conoce a alguien con ese nombre? Un mal bicho. Tan malo como Rafael Johnson, y puede que incluso algo peor porque todavía sigue suelto mientras que Johnson está criando malvas en Staten Island.

—¿Por qué están tan seguros de que fue él?

—No debería decírselo...

—Comprendo que no quiera darme detalles... —dijo Ricky.

—Bueno, fue poco corriente —prosiguió el policía—. Mire, no pasa nada porque usted lo sepa, siempre que no se lo cuente a nadie. Rogers dejó una tarjeta de visita. Al parecer quería que todos los colegas de Johnson supieran quién se lo había cargado de una forma tan brutal. Un mensaje para los que seguían en la trena, me imagino. Mentalidad de preso. En cualquier caso, tras atizar a Johnson, dejarle la cara hecha un mapa, romperle ambas piernas y seis dedos, y antes de colgarlo por el cuello, el cabrón dedicó un momento a grabar su inicial en el pecho de Johnson. Una R enorme y sangrienta abierta en la carne. Muy desagradable, pero el mensaje será efectivo, sin duda.

—¿La letra R?

—Exacto. Menuda tarjeta de visita, ¿eh?

«Lo es —pensó Ricky—. Y la persona a quien iba dirigida acaba de recibirla.»

Ricky prefirió no imaginarse los instantes finales de Rafael Johnson. Se preguntó si el ex convicto y matón habría tenido la menor idea de quién le estaba dando muerte. Cada golpe que Johnson había infligido a la desdichada Claire Tyson veinte años antes le había sido devuelto con intereses. Ricky se dijo que no debería dar demasiadas vueltas a lo que había averiguado, pero había algo evidente: Rumplestiltskin había concebido su venganza con considerable atención y cuidado. Y el alcance de esa venganza era mucho mayor de lo que Ricky había imaginado.

Por tercera vez, marcó el número de la sección de anuncios del *New York Times* para hacer su última pregunta. Todavía estaba en la cabina del vestíbulo del Palacio de Justicia y tenía que taparse una oreja con un dedo para mitigar el ruido de la gente que salía del trabajo. Al empleado del periódico pareció molestarle que Ricky hubiera llamado un minuto antes de las seis, la hora límite para poner un anuncio.

—Muy bien, doctor. ¿Qué quiere que diga el anuncio? —Su voz fue cortante, directa.

Ricky pensó y dijo:

> *¿Es quien busco uno de tres?*
> *¿Huérfano de niño, rico después,*
> *busca a quienes fueron crueles?*

El empleado le leyó las frases sin hacer ningún comentario, como si fuera inmune a la curiosidad. Tomó deprisa la información para enviarle la factura y con la misma rapidez colgó. Ricky no consiguió imaginar qué cosa tan interesante podría esperarle en casa para que su extraño anuncio no le suscitara el menor comentario, pero se sintió agradecido por ello.

Salió a la calle y fue a parar un taxi pero, curiosamente, pensó que prefería ir en metro. Las calles estaban abarrotadas del tráfico de la hora punta y un flujo regular de gente se adentraba en las entrañas de Manhattan para tomar un tren hasta casa. Se unió a él y encontró un refugio extraño entre la multitud. El metro iba lleno y no encontró asiento, así que viajó al norte aferrado a una barra de metal, sacudido y empujado por el vaivén del tren y la masa humana. Era casi un lujo ser engullido por tanto anonimato.

Procuró no pensar que por la mañana sólo le quedarían cuarenta y ocho horas. Aunque había hecho la pregunta en el periódico, seguramente ya sabía la respuesta, lo que le daba dos días para averiguar los nombres de los hijos huérfanos de Claire Tyson. Ignoraba si lo lograría pero, por lo menos, era algo en lo que podía concentrarse, una información concreta que podría obtener o no, un hecho puro y simple que existía en algún lugar del mundo documental y judicial. No era un mundo en el que se sintiera cómodo, como había quedado demostrado esa tarde. Pero, como mínimo, era un mundo reconocible, y eso le daba alguna esperanza. Escarbó en su memoria, a sabiendas de que su difunta esposa había tenido amistad con varios jueces, y pensó que a lo mejor uno de ellos podría firmarle una orden para registrar los archivos de adopciones. Sonrió al pensar que eso sería una maniobra que Rumplestiltskin no había previsto.

El vagón, que se balanceaba y sacudía, redujo la marcha, lo que le obligó a aferrarse con más fuerza a la barra de metal. Era difícil conservar el equilibrio y chocó contra un joven de pelo largo y mochila, que ignoró el repentino contacto físico.

La parada de metro estaba a dos manzanas de su casa, y Ricky salió de la estación, agradecido de volver al aire libre. Se detuvo, inspiró el aire caliente de la calle y avanzó con rapidez. No se sentía precisamente seguro, sólo lleno de resolución. Decidió que buscaría la libreta de direcciones de su mujer en el trastero del sótano y que esa noche empezaría a llamar a los jueces que ella conocía. Alguno estaría dispuesto a ayudarlo. No era un gran plan pero, por lo menos, era algo. Mientras caminaba con rapidez, se preguntó si había llegado hasta ese punto porque así lo quería Rumplestiltskin o porque había sido inteligente. Y, de forma extraña, la idea de que Rumplestiltskin se hubiera vengado de modo tan terrible de Rafael Johnson, el hombre que había atormentado a su madre, le animó de repente. Pensó que tenía que haber una gran diferencia entre la pequeña negligencia que él había cometido, debida en realidad a las deficiencias burocráticas, y los malos tratos físicos que Johnson había infligido. Se permitió la idea optimista de que tal vez todo lo que le había pasado a él, a su carrera, a sus cuentas bancarias y a sus pacientes, y todos los trastornos y la confusión que había sufrido su vida podrían terminar ahí, con un nombre y algún tipo de disculpa, y que después podría dedicarse a reorganizar su vida.

No se permitió reflexionar sobre la verdadera naturaleza de la venganza, algo con lo que no estaba familiarizado en absoluto. Tampoco pensó en la amenaza a uno de sus familiares que todavía lo acechaba en segundo plano.

Lleno, en cambio, de pensamientos si no del todo positivos, por lo menos con cierto viso de normalidad, y con la creencia de que podría tener una oportunidad de ganar el juego, dobló en la esquina de su calle y se detuvo en seco.

Delante de su edificio de piedra rojiza había tres coches de policía con las luces parpadeando, un camión de bomberos y dos vehículos amarillos de obras públicas. Las luces de emergencia se fundían con el tenue atardecer.

Ricky se tambaleó hacia atrás, como un hombre borracho o uno que acaba de recibir un puñetazo en la cara. Cerca de los peldaños de entrada varios policías charlaban con obreros que llevaban cascos y petos manchados de sudor. Había un par de bomberos junto al grupo, pero, cuando él se acercó, se separaron y se subieron al camión. Con un rugido de motor mezclado con la estridencia de una sirena, el vehículo se marchó calle abajo.

Ricky avanzó a grandes zancadas, consciente sólo a nivel subliminal de que aquellos hombres no tenían prisa. Llegó al portal de su casa casi sin aliento. Uno de los policías se volvió para mirarlo.

—Pare, hombre —dijo.

—Es mi casa —contestó Ricky con ansiedad—. ¿Qué ha pasado?

—¿Vive aquí? —preguntó el policía, aunque ya había oído la respuesta a esta pregunta.

—Sí. ¿Qué ha pasado?

—Vaya. —El policía no contestó de forma directa—. Será mejor que hable con el caballero del traje —indicó.

Ricky dirigió la mirada hacia otro grupo de hombres. Uno de sus vecinos, un corredor de bolsa que vivía dos pisos más arriba y que presidía la asociación de vecinos discutía y gesticulaba con un hombre de Obras Públicas que llevaba un casco amarillo. Había otros dos hombres cerca. Ricky vio que uno de ellos era el supervisor del edificio y el otro, el encargado de mantenimiento.

El hombre de Obras Públicas hablaba fuerte y, cuando Ricky se acercó al grupo, le oyó decir:

—Me da lo mismo lo que digan sobre las molestias. Yo soy quien decide la habitabilidad, y ya les digo que ni hablar.

El corredor de bolsa se volvió frustrado hacia Ricky. Lo saludó con la mano y se dirigió hacia él mientras los demás seguían discutiendo.

—Doctor Starks —dijo a la vez que le tendía la mano—. Creía que ya se había ido de vacaciones.

—¿Qué ha pasado? —preguntó Ricky.

—Un desastre. Un desastre terrible.

—¿El qué?

—¿No se lo ha dicho la policía?

—No. ¿Qué ha pasado?

—Al parecer ha habido un problema serio con la instalación de agua en el tercer piso —explicó el corredor tras suspirar y encogerse de hombros—. Varias cañerías han reventado a la vez porque habían acumulado presión. Explotaron como bombas. El agua ha inundado los dos primeros pisos y los del tercero y el cuarto no tienen ningún servicio. Luz, gas, agua, teléfono... Nada funciona.

El corredor debió de advertir el asombro de Ricky porque siguió con solicitud.

—Lo siento —añadió—. Sé que su piso fue uno de los más afectados. No lo he visto, pero...

—¿Mi piso...?

—Sí. Y ahora este idiota del Departamento de Obras Públicas quiere que evacuemos el edificio hasta que lo compruebe un equipo de ingenieros y contratistas.

—Pero mis cosas...

—Alguien de Obras Públicas lo acompañará para que recoja lo que necesite. Dicen que todo el edificio corre peligro. Espero que tenga a quien acudir. Un lugar adonde ir.

¿No solía pasar el agosto en Cape Cod? Creía que estaría allí.

—Pero ¿cómo...?

—No lo saben. El problema empezó en el piso que está justo encima del suyo. Y los Wolfson están veraneando en los Adirondacks. Mierda, tengo que llamarles. Espero que figuren en la guía. ¿Conoce algún buen contratista general? ¿Alguien que se encargue de techos, suelos y todo lo que hay en medio? Y será mejor que llame a su compañía de seguros, aunque no creo que se alegren mucho. Tendrán que venir enseguida para hacer un peritaje, aunque ya hay un par de hombres dentro sacando fotos.

—Todavía no lo entiendo.

—El hombre dijo que las cañerías explotaron sin más. Tal vez debido a una obstrucción. Pasarán semanas antes de que lo sepamos. Puede haber sido una acumulación de gas. En todo caso, bastó para provocar una explosión. Fue como una bomba.

Ricky retrocedió y alzó los ojos hacia su hogar durante un cuarto de siglo. Era un poco como enterarse de la muerte de alguien viejo y conocido, importante y cercano. Tuvo la sensación de que tenía que verlo de primera mano, examinarlo, tocar para creer. Como aquella vez que había acariciado la mejilla de su mujer y tenía el tacto de la porcelana fría; y de pronto comprendió lo que había ocurrido por fin. Hizo un gesto hacia el encargado de mantenimiento.

—Lléveme dentro —pidió—. Enséñemelo.

—No le gustará —asintió el hombre con tristeza—. No, señor. Y se le van a arruinar los zapatos. —Y le entregó un casco plateado, surcado de arañazos.

Cuando Ricky entró en el edificio, todavía había agua que goteaba del techo, se deslizaba por las paredes del vestíbulo y desconchaba la pintura. La humedad era palpable; el ambiente de repente húmedo y mohoso, como en la selva. Se notaba un ligero hedor a excrementos humanos en el aire, y en el suelo de mármol se habían formado charcos, volviéndolo resbaladizo, como la superficie helada de un lago en invierno. El encargado de mantenimiento caminaba unos pasos delante y observaba con cuidado dónde ponía los pies.

—¿Nota ese olor? No querrá pillar algún tipo de infección, ¿verdad? —soltó por encima del hombro.

Subieron despacio las escaleras zigzagueando entre el agua estancada, aunque los zapatos de Ricky ya emitían ruidos fangosos a cada paso, y notaba que la humedad se iba filtrando hacia sus pies. En el segundo piso, dos hombres jóvenes con peto, botas de caucho, guantes de látex, mascarillas y unas fregonas enormes, intentaban recoger las aguas residuales. Las fregonas hacían un ruido como de manotazos cuando las pasaban por el estropicio. Los hombres trabajaban despacio y a conciencia. Un tercer hombre, también con botas de caucho y mascarilla, pero con un traje marrón barato y la corbata floja, estaba de pie a un lado. Sujetaba una cámara Polaroid y sacaba una instantánea tras otra de la destrucción. Los destellos de los flases semejaban pequeñas explosiones, y Ricky vio una bolsa enorme en el techo, como un furúnculo gigantesco a punto de reventar, donde el agua se había acumulado y amenazaba con descargar sobre el hombre que sacaba fotografías.

La puerta del piso de Ricky estaba abierta de par en par.

—Lo siento, tuvimos que abrirla —se disculpó el encargado de mantenimiento—. Estábamos intentando encontrar la causa del problema... —Se detuvo, como si no fuera necesaria más explicación, pero añadió una palabra—: Mierda.

—Eso tampoco necesitaba explicaciones.

Ricky entró a su casa pero se detuvo en seco.

Era como si un huracán hubiera arrasado su hogar. El agua lo cubría todo un par de centímetros. Las bombillas se habían fundido y olía a cable quemado. Las alfombras estaban empapadas y la mayor parte de los muebles estropeados por el agua. Grandes secciones del techo estaban arqueadas y combadas, otras se habían desplomado y había polvo de yeso esparcido por todas partes. En más sitios de los que podía contar seguía goteando una nociva agua amarronada. Al adentrarse en el piso, el hedor a excrementos que se había insinuado en el vestíbulo aumentó y se volvió casi insoportable.

Había destrozos por todas partes. Sus cosas estaban anegadas o esparcidas, como si una ola gigante hubiese golpeado su casa. Llegó con precaución hasta su consulta sin pasar del umbral. Una enorme placa de mampostería había caído sobre el diván y la mesa. En el techo había por lo menos tres agujeros, todos goteando y con cañerías destrozadas que colgaban al descubierto como estalactitas en una cueva. El agua cubría el suelo. Algunos cuadros, sus diplomas y el retrato de Freud habían caído, de modo que había trozos de cristal en más de un lugar.

—Parece un ataque terrorista, ¿verdad? —comentó el encargado de mantenimiento. Cuando Ricky avanzó, le agarró por el brazo a la vez que le indicaba—: Ahí no.

—Mis cosas... —protestó Ricky.

—Me parece que el suelo ya no es seguro —dijo el hombre—. Y esas cañerías que cuelgan podrían soltarse en cualquier momento. Además, lo más probable es que todo esté destrozado. Mejor dejarlo. Este sitio es mucho más peligroso de lo que cree. Huela un momento, doctor. ¿Lo nota? No es sólo a mierda y demás. También huele a gas.

Ricky vaciló y luego asintió.

—¿Y el dormitorio? —preguntó.

—Igual. Toda la ropa estropeada y la cama aplastada bajo un trozo de techo.

—Tengo que verlo —dijo Ricky.

—No —contestó el hombre—. Ninguna pesadilla que pueda imaginarse igualará la realidad, así que mejor déjelo y vámonos de aquí. El seguro se lo pagará todo.

—Pero mis cosas...

—Las cosas sólo son cosas, doctor. Un par de zapatos o un traje pueden reemplazarse con bastante facilidad. No vale la pena arriesgarse a pillar una infección o lastimarse. Tenemos que salir de aquí y dejar que los expertos hagan su trabajo. No confío en que lo que queda del techo vaya a aguantar. Y tampoco respondo del suelo. Tendrán que derruir el edificio, de arriba a abajo.

Así era como se sentía Ricky en ese momento. Derruido de arriba a abajo. Se volvió y salió detrás del hombre. Un trocito de techo cayó a su espalda, como para subrayar lo que éste le había dicho.

De nuevo en la calle, el supervisor del edificio y el corredor de bolsa, acompañados del hombre de Obras Públicas, se acercaron a él.

—Muy mal, ¿no? —preguntó el corredor—. Menudo desastre.

Ricky sacudió la cabeza.

—Los del seguro ya están de camino —dijo el corredor, y le dio su tarjeta de visita—. Llámeme a la oficina en un par de días. Mientras tanto, ¿tiene adónde ir?

Ricky asintió mientras se guardaba la tarjeta en el bolsillo. Sólo le quedaba un lugar intacto en su vida. Pero no tenía muchas esperanzas de que siguiera así.

19

El final de la noche lo cubrió como un traje que le sentara mal, ajustado e incómodo. Apoyó la mejilla contra el cristal de la ventanilla y sintió que la frialdad de la madrugada lo traspasaba, casi como si pudiera calarle directamente, mientras la oscuridad que reinaba fuera se unía a la penumbra que sentía por dentro. Ansiaba la llegada del amanecer, ya que esperaba que la luz del sol pudiera vencer la negrura de su porvenir, aunque sabía que era una esperanza fútil. Inspiró despacio, saboreando el aire viciado, intentando deshacerse del peso de la desesperación que lo aplastaba. No lo logró.

Estaba en la sexta hora del viaje nocturno del autobús Bonanza desde Port Authority hasta Provincetown. Oía el zumbido del motor diésel, un constante sube y baja, a medida que el conductor cambiaba de marcha. Tras una parada en Providence, el autobús había llegado por fin a la carretera 6 hacia Cape Cod, y avanzaba lento y decidido por la carretera descargando pasajeros en Bourne, Falmouth, Hyannis, Eastham y, por último, en la parada de Wellfleet, antes de dirigirse a Provincetown en la punta de Cape Cod.

Dos terceras partes del autobús ya iban vacías. A lo largo del recorrido, los pasajeros habían sido hombres o mujeres jóvenes que habían terminado la universidad y entraban en la edad laboral, y que iban a pasar el fin de semana a Cape Cod.

«La previsión meteorológica debe de ser buena —pensó—. Cielos despejados, temperaturas cálidas.»

Los jóvenes se habían mostrado bulliciosos las primeras horas del viaje, riendo, charlando y relacionándose mediante ese método que resulta tan fácil a la juventud, y habían ignorado a Ricky, que iba sentado solo en la parte posterior, separado de ellos por abismos más insalvables que la mera edad. Pero la vibración sorda y regular del motor había tenido su efecto en casi todos los pasajeros, salvo en él, y ahora dormían en diversas posturas, de modo que Ricky era el único que observaba los kilómetros que se deslizaban bajo el vehículo mientras sus pensamientos pasaban con la misma rapidez que el asfalto.

Estaba seguro de que ningún accidente de la instalación de agua había destrozado su piso. Esperaba que no hubiera ocurrido lo mismo con su casa de veraneo.

Sabía que eso era casi lo único que le quedaba.

Calculó qué le esperaba, en un inventario modesto que sirvió más para deprimirlo que para animarlo. Una casa llena de recuerdos. Un Honda Accord de diez años algo abollado y rayado que guardaba en el granero, detrás de la casa, para usar sólo durante las vacaciones, ya que en Manhattan nunca había necesitado un vehículo. Unas prendas de vestir gastadas: pantalones caqui, polos y jerséis con el cuello raído y agujeros de polilla. Un cheque bancario por diez mil dólares (más o menos) en el banco. Una profesión hecha jirones. Una vida sumida en la confusión.

Y unas treinta y seis horas antes del plazo de Rumplestiltskin.

Por primera vez en días, se concentró en sus opciones: encontrar el nombre, o su propio obituario. De otro modo, alguien inocente se enfrentaría a un castigo que Ricky no podía ni imaginarse. Cualquier cosa terrible desde la ruina hasta la muerte. Ya no le quedaba ninguna duda del empeño de ese hombre. Ni de su alcance y resolución.

«A pesar de todas mis idas y venidas, de mis especulaciones y mis intentos de resolver los enigmas que se me planteaban, las opciones no han cambiado —pensó Ricky—. Estoy en la misma posición que cuando la primera carta llegó a mi consulta.»

Eso no era del todo cierto. Su situación había empeorado. El doctor Frederick Starks que había leído aquella carta en su consulta de la zona alta de la ciudad, rodeado de una vida bien ordenada, con control sobre cada minuto de cada día, ya no existía. Había sido un hombre de chaqueta y corbata, sereno e inmutable. En la ventanilla del autobús captó su imagen reflejada en el cristal oscuro. El hombre que lo miraba apenas se parecía al que creía haber sido antes. Rumplestiltskin había querido jugar. Pero lo que le había ocurrido a Ricky no tenía nada de deportivo.

El autobús dio una ligera sacudida y el motor aminoró las revoluciones, lo que indicaba que se acercaba otra parada. Ricky echó un vistazo al reloj y vio que llegaría a Wellfleet hacia el amanecer.

Quizá lo más maravilloso del inicio de las vacaciones anuales era la llegada. El ritual era el mismo cada año, un conjunto de pequeños actos que tenían la familiaridad del reencontrarse con un viejo amigo después de una larga ausencia. Tras la muerte de su mujer, Ricky había sido inflexible en cuanto a seguir llegando del mismo modo a la casa de veraneo. Cada año, el 1 de agosto, tomaba el mismo vuelo desde La Guardia hasta el pequeño aeropuerto de Provincetown, donde la misma compañía de taxis lo recogía y lo llevaba por carreteras viejas y conocidas los veinte kilómetros que había hasta su casa. El proceso de abrir la casa era el mismo, desde abrir las ventanas de par en par para que entrara el aire limpio de Cape Cod hasta quitar y doblar las sábanas viejas y raídas que cubrían el mobiliario y limpiar el polvo acumulado en las superficies y los estantes. Tiempo atrás había compartido todas las tareas con su mujer. Los últimos años las había hecho solo, pensando siempre, mientras repasaba el habitual montoncito de correo (la mayoría inauguraciones de galerías e invitaciones a fiestas que rechazaría), que seguir haciendo estas cosas antes compartidas confería a su mujer una presencia fantasmagórica en su vida, lo que no le molestaba. Curiosamente, le hacía sentir menos aislado.

Este año todo era distinto. No llevaba nada en las manos, pero el equipaje que cargaba pesaba más que nunca, más incluso que el primer verano tras la muerte de su esposa.

El autobús lo depositó en el macadán negro del estacionamiento del restaurante Lobster Shanty. En todos los años que llevaba yendo a Cape Cod, nunca había comido allí, suponía que desanimado por la sonriente langosta con babero y un tenedor en las pinzas que adornaba el cartel sobre la puerta del local. Dos coches esperaban a dos pasajeros y se marcharon deprisa después de recogerlos. La mañana era fría y húmeda, y una neblina cubría algunas colinas. La luz del alba convertía el mundo que lo rodeaba en gris y vaporoso, como una fotografía algo desenfocada. Se estremeció, de pie en la acera, al sentir cómo la mañana le traspasaba la ropa. Sabía muy bien dónde estaba, a unos cinco kilómetros de su casa, en un lugar por el que había pasado cientos de veces. Pero verlo a esa hora y en esas circunstancias le daba un aspecto desconocido, un poco falto de armonía, como un instrumento que tocara las notas correctas en el tono equivocado. Barajó la idea de llamar a un taxi, pero finalmente se marchó andando por la carretera con el paso vacilante de un soldado cansado del combate.

Tardó poco menos de una hora en llegar al camino rural que llevaba a su casa. Para entonces, el calor y la luz del sol de aquella mañana de agosto habían disipado parte de la niebla de las laderas circundantes. Cerca de la entrada de su casa vio tres cuervos negros que picoteaban el cadáver de un mapache, a unos veinte metros camino abajo. El animal había elegido un mal momento para cruzar la noche anterior y se había convertido en el desayuno de otro animal. Los cuervos tenían una forma de comer que llamó la atención de Ricky: picoteaban al animal muerto sin dejar de volverse a derecha e izquierda para detectar cualquier amenaza, como si supieran el peligro que suponía estar en medio del camino y ni siquiera el hambre, por grande que fuera, les impidiese abandonar su cautela. Introducían sus largos picos en el cadáver y lo desgarraban con crueldad, y se picaban entre sí, reacios a compartir la abundancia que les había procurado un BMW o un SUV la noche anterior. Era una imagen habitual y normalmente Ricky apenas se habría fijado en ella. Pero esta mañana le enfureció, como si la exhibición de los pájaros estuviera dirigida a él.

«Carroñeros —masculló Ricky—. Comecadáveres.» Empezó a agitar los brazos, frenético, en su dirección. Pero los pájaros hicieron caso omiso de él hasta que dio unos pasos amenazadores hacia ellos. Entonces, graznando de alarma, se elevaron, describieron círculos sobre los árboles y volvieron segundos después de que Ricky accediese al sendero de entrada a su casa.

«Son más decididos que yo», pensó, casi sumido en la frustración, y volvió la espalda a la escena para recorrer con paso regular pero tembloroso el túnel de árboles levantando nubecitas de polvo con los pies.

Su casa estaba a sólo medio kilómetro de la carretera, pero no se veía desde ella.

La mayoría de las construcciones nuevas de Cape Cod exhibían la arrogancia del dinero tanto en el diseño como en la ubicación. En todas las laderas y los promontorios había casas grandes, dispuestas para tener el máximo de vistas del Atlántico. Y, si eso no era posible, estaban inclinadas de tal modo que daban a los claros o a los raquíticos bosques —debido a los fuertes vientos— que dominaban el paisaje. Las casas nuevas estaban diseñadas para ver algo. La de Ricky era distinta. Construida más de cien años atrás, había sido en su día una granja y estaba situada junto a unos campos donde antaño crecía maíz y que ahora formaban parte de una zona protegida, con lo que el lugar estaba aislado. La casa no proporcionaba paz y soledad por las vistas que ofrecía sino más bien por su antigua conexión con la tierra bajo sus cimientos. Era un poco como un jubilado viejo y canoso, algo maltrecho y deteriorado, un poco ajado, que lucía sus medallas en vacaciones pero prefería pasarse las horas echando una cabezada al sol. La casa había cumplido su misión durante décadas y ahora descansaba. Carecía de la energía de las viviendas modernas, donde la relajación es casi una exigencia y un requisito apremiante.

Ricky cruzó las sombras bajo los árboles hasta que el sendero surgió del bosquecillo y vio la casa asentada en el extremo de un campo abierto. Casi le sorprendió que siguiera en pie.

Se detuvo en la entrada, aliviado de haber encontrado la llave de repuesto bajo la losa gris suelta, como era de esperar. Vaciló un momento y luego abrió la puerta y entró. El olor a cerrado fue casi un alivio. Sus ojos absorbieron con rapidez aquel mundo interior. Polvo y calma.

Mientras consideraba las tareas que lo esperaban (ordenar, barrer y acondicionar la casa) un agotamiento casi mareante se apoderó de él. Subió el angosto tramo de escaleras hacia el dormitorio. Las tablas del suelo, combadas y viejas, crujieron bajo su peso. En su habitación, abrió la ventana para sentir el aire cálido. Conservaba una foto de su mujer en un cajón de la cómoda; un lugar curioso para guardar su imagen y su recuerdo. Lo sacó y, aferrado a ella como un niño a un osito de peluche, se echó en la cama de matrimonio donde había dormido en soledad los tres últimos veranos. Casi de inmediato se sumió en un sueño profundo pero agitado.

Cuando abrió los ojos a primera hora de la tarde, notó que el sol había recorrido el cielo. Estuvo desorientado un momento hasta que el mundo a su alrededor se enfocó, un mundo conocido y entrañable, pero verlo le resultaba duro, casi como si la vista más reconfortante quedara curiosamente fuera de su alcance. No le daba placer contemplar el mundo que lo rodeaba. Como la fotografía de su mujer que seguía sujetando en la mano, era distante y, de algún modo, lo había perdido.

Fue al baño para mojarse la cara. Su imagen en el espejo parecía la de un hombre más viejo. Apoyó las manos en el borde del lavabo y, mientras se observaba, pensó que tenía mucho que hacer y poco tiempo para hacerlo.

Encaró con rapidez las tareas habituales del verano. Fue al granero para retirar la lona que cubría el viejo Honda y conectar el cargador de baterías que tenía para ese momento de cada verano. Después, mientras el coche se llenaba de energía, regresó a la casa para quitar las cubiertas de los muebles y barrer el suelo. En el armario había un plumero, que usó, convirtiendo el interior de la casa en un mundo de ácaros del polvo arremolinados en los haces del sol.

Como tenía por costumbre en Cape Cod, dejó la puerta abierta al salir. Si lo habían seguido, lo que era posible, no quería que Virgil, Merlin o quienquiera que fuese se viera obligado a forzar la entrada. Era como si con ello minimizara de algún modo la violación. No sabía si podría soportar que se rompiese algo más en su vida. Su piso de Nueva York, su carrera, su reputación, todo lo relacionado con lo que Ricky creía ser y todo lo que había construido en su vida había sido sistemáticamente destruido. Sintió que una especie de fragilidad inmensa descendía sobre su alma, como si una sola rajadura en el cristal de una ventana, una raya en la madera, una taza rota o una cuchara doblada fuera más de lo que podría soportar.

Soltó un suspiro de alivio cuando el Honda arrancó. Probó los frenos y parecieron funcionar. Sacó el coche marcha atrás con cautela, sin dejar de pensar todo el rato: «Así es como uno debe de sentirse al estar cerca de la muerte.»

Una recepcionista simpática señaló a Ricky el despacho acristalado del director del banco. El First Cape Bank era un edificio pequeño con revestimiento de madera, como muchas de las casas más antiguas de la zona. Pero el interior era tan moderno como el que más, y las oficinas combinaban lo antiguo con lo nuevo. Algún arquitecto lo había considerado una buena idea, pero a Ricky le pareció que sólo se había creado un espacio que no pertenecía a ninguna parte. Aun así, se alegró de que estuviera ahí y todavía abierto.

El director era un hombre bajo, extrovertido, con un vientre prominente y una calva que el sol había quemado en exceso ese verano. Estrechó la mano de Ricky con fuerza. Luego retrocedió y lo evaluó con la mirada.

—¿Se encuentra bien, doctor? ¿Ha estado enfermo?

—Estoy bien —contestó Ricky tras vacilar—. ¿Por qué lo pregunta?

El director sacudió la mano como si quisiese borrar la pregunta que acababa de formular.

—Disculpe. No quiero ser indiscreto.

Ricky pensó que su aspecto debía de reflejar el estrés de los últimos días.

—He tenido uno de esos resfriados veraniegos. Me dejó hecho polvo —mintió.

—Pueden ser difíciles —asintió el director—. Espero que se haya hecho las pruebas de la enfermedad de Lyme. Aquí, a la que alguien no anda muy fino, es lo primero en lo que pensamos.

—Estoy bien —mintió Ricky de nuevo.

—Bueno, le estábamos esperando, doctor Starks. Creo que lo encontrará todo en orden, pero debo decirle que es el cierre de cuenta más extraño que he visto nunca.

—¿Y eso por qué?

—En primer lugar, hubo un intento de acceder a su cuenta sin autorización. Eso ya fue bastante extraño para una institución como ésta. Y hoy un mensajero nos entregó un sobre a su nombre.

—¿Un sobre?

El director le entregó un sobre de correo urgente. Llevaba el nombre de Ricky y el del director del banco. Procedía de Nueva York. En la casilla del remitente había el número de un apartado de correos y el nombre: «R. S. Skin.» Ricky lo cogió, pero no lo abrió.

—Gracias —dijo—. Perdone las irregularidades.

El director sacó un sobre más pequeño de un cajón de la mesa.

—El cheque bancario —aclaró—. Por diez mil setecientos setenta y dos dólares. Lamentamos cerrar su cuenta, doctor. Espero que no vaya a llevar el dinero a la competencia.

—No. —Ricky echó un vistazo al cheque.

—¿Ha puesto en venta la casa, doctor? Podríamos ayudarle en esa transacción.

—No. No la vendo.

—¿Por qué cierra entonces la cuenta? —preguntó el director—. La mayoría de las veces, cuando cerramos una cuenta antigua es porque ha habido un cambio importante en la familia. Una muerte o un divorcio. Una quiebra en ocasiones. Alguna especie de tragedia que provoca que la gente se reorganice y empiece de nuevo en otra parte. Pero en este caso...

El director estaba sondeándolo.

Ricky no quería contestar. Observó el cheque.

—¿Puedo cobrarlo en efectivo aquí mismo?

—Podría ser peligroso llevar tanto dinero encima, doctor. —El director entornó los ojos—. ¿Tal vez cheques de viaje?

—No, gracias, pero le agradezco su preocupación. Prefiero el efectivo.

—Muy bien. —El director asintió—. Enseguida vuelvo. ¿De cien?

—De acuerdo.

Ricky permaneció sentado unos instantes. Muerte, divorcio, quiebra. Enfermedad, desesperación, depresión, chantaje, extorsión. Pensó que a él se le podría aplicar cualquiera de esas palabras, o quizá todas.

El director regresó y le entregó otro sobre que contenía el efectivo.

—¿Quiere contarlo? —preguntó.

—No; confío en usted —aseguró Ricky mientras se lo guardaba en el bolsillo.

—Tenga mi tarjeta, doctor Starks. Por si precisara nuestros servicios otra vez.

Ricky la aceptó murmurando su agradecimiento. Se volvió para irse, pero de repente miró de nuevo al director.

—¿Por qué motivos dijo que la gente suele cerrar sus cuentas?

—Bueno, suele haberles pasado algo muy grave. Tienen que mudarse a otro sitio, empezar una nueva carrera. Crear una nueva vida para ellos y para su familia. Muchas, debería decir la inmensa mayoría, se cierran porque fallecen clientes muy mayores, de toda la vida, y los hijos que heredan el patrimonio que hemos administrado se lo llevan a mercados más rentables o a Wall Street. Creo que casi el noventa por ciento de los cierres de nuestras cuentas están relacionados con una defunción. Puede que un porcentaje aún mayor. Por eso me preguntaba sobre el suyo, doctor. No se ajusta a lo que estamos acostumbrados.

—Interesante —comentó Ricky—. No sé qué decirle. Pero le aseguro que si en el futuro necesito un banco, acudiré aquí.

Eso apaciguó un poco al director.

—Estaremos a su disposición —dijo mientras Ricky, que de repente reflexionaba sobre las palabras del director, salía para vivir lo que quedaba de su penúltimo día.

Cuando llegó a la casa, la penumbra ingrávida del atardecer ya lo envolvía todo. Recordó que en verano la verdadera noche, densa y negra, se demoraba hasta casi la medianoche. En los campos que se extendían alrededor cantaban los grillos, y las primeras estrellas salpicaban el cielo.

«Todo parece tan apacible —pensó—. En una noche como ésta nadie debería tener inquietudes ni preocupaciones.»

Esperaba encontrarse con Merlin o Virgil, pero la casa estaba silenciosa y vacía. Encendió las luces y se dirigió a la cocina para prepararse una taza de café. Se sentó en la mesa de madera en la que había compartido tantas comidas con su mujer a lo largo de los años y abrió el sobre acolchado que había recibido en el banco, que a su vez contenía un sobre con su nombre impreso.

Ricky lo abrió y extrajo una hoja. El membrete de la parte superior confería a la carta el aspecto de una transacción comercial más o menos corriente. El membrete ponía:

Investigaciones Privadas R. S. Skin
«Máxima confidencialidad»
Aptdo. de correos 66-66
Church Street Station
Nueva York, N. Y. 10008

Debajo del membrete leyó lo siguiente, escrito en un estilo comercial, sucinto y rutinario:

Apreciado doctor Starks:

Con relación a su reciente consulta a esta oficina, nos satisface informarle de que nuestros agentes han confirmado que sus suposiciones son correctas. Sin embargo, en este momento no podemos facilitarle más detalles sobre los individuos en cuestión. Sabemos que cuenta con limitaciones importantes de tiempo. Por lo tanto, a menos que recibamos una petición suya, en el futuro no podremos proporcionarle más información. Si sus circunstancias cambiaran, le rogamos se ponga en contacto con nuestra oficina para cualquier consulta adicional.

Será facturado por nuestros servicios en veinticuatro horas.

Muy atentamente,

R. S. SKIN, presidente
Investigaciones Privadas R. S. Skin

Ricky leyó la carta tres veces antes de dejarla sobre la mesa.

Le pareció un documento verdaderamente excepcional. Sacudió la cabeza casi con admiración y sin duda con desesperación. Seguro que la dirección y la empresa eran falsas por completo. Pero ése no era el mérito de la carta, sino lo nimia que resultaría a cualquiera salvo a Ricky. Cualquier otra relación con Rumplestiltskin había sido erradicada de su vida. Los poemitas, la primera carta, las pistas y las instrucciones habían sido destruidos o robados. Y la carta decía a Ricky lo que necesitaba saber, pero de tal forma que si alguien más la leía, no le llamaría la atención. Y conduciría a cualquiera que pudiera sentir curiosidad hacia un callejón sin salida. Un rastro que no iba a ninguna parte.

«Es inteligente», pensó Ricky.

Sabía quiénes querían que se suicidara, pero no conocía sus nombres. Sabía por qué querían que se suicidara. Y sabía que, si no satisfacía su exigencia, tenían la capacidad de cumplir lo que le habían prometido desde el primer día. La factura por sus servicios.

Sabía que el caos desatado en esas dos últimas semanas se evaporaría cuando se cumpliera el plazo. Los falsos abusos sexuales que habían arruinado su carrera, el dinero, el piso, todo lo que le había ocurrido en el transcurso de catorce días se aclararía al instante en cuanto él estuviera muerto.

Pero más allá de eso, lo peor era que a nadie le importaría.

Los últimos años se había aislado profesional y socialmente. Estaba, si no separado, sí alejado y distanciado de sus familiares. No tenía una verdadera familia, ni verdaderos amigos. Pensó que a su funeral asistiría gente en traje negro, con expresiones de dolor y pesar meramente formales. Serían sus colegas. Tal vez algunos asistentes serían antiguos pacientes a los que creía haber ayudado, y mostrarían sus emociones de modo adecuado. Pero el pilar del psicoanálisis es que un tratamiento exitoso lleva al paciente a un estado libre de ansiedad y depresión. Eso era lo que había buscado proporcionar a sus pacientes durante los años de sesiones diarias. Así que no sería razonable pedirles que ahora derramaran lágrimas por él.

La única persona que experimentaría verdadera emoción en el banco de la iglesia sería el hombre que le había causado la muerte.

«Estoy completamente solo», pensó Ricky.

¿De qué serviría rodear con un círculo el nombre «R. S. Skin» de la carta y dejarlo para algún inspector con la nota: «Éste es el hombre que me obligó a suicidarme»?

Ese hombre no existía. Por lo menos, a un nivel en el que fuera capaz de encontrarlo un policía local de Wellfleet, Massachusetts, en plena temporada veraniega, cuando los delitos consistían básicamente en hombres de mediana edad que conducían a casa borrachos después de una fiesta, en riñas domésticas entre los ricos y en adolescentes escandalosos que querían comprar sustancias ilegales.

Y peor aún: ¿quién lo creería? En lugar de eso, lo que cualquiera que investigara su vida descubriría casi de inmediato sería que su mujer había muerto, que su carrera estaba destrozada debido a una acusación por abusos sexuales, que sus finanzas eran un caos y que un accidente había destruido su casa. Una base fértil para una depresión suicida.

Su suicidio tendría sentido para cualquiera que lo examinara. Incluidos todos sus colegas de Manhattan. En apariencia, que se hubiera quitado la vida sería un caso típico de manual. Nadie vería en ello nada de raro.

Por un instante, sintió un arrebato de cólera contra sí mismo: «Te has convertido en un blanco muy fácil.» Cerró los puños y golpeó con fuerza el tablero de la mesa.

—¿Quieres vivir? —dijo en voz alta tras inspirar hondo.

La habitación permaneció en silencio. Escuchó, como si esperara alguna respuesta fantasmagórica.

—¿Qué hay en tu vida que haga que valga la pena vivirla? —preguntó.

De nuevo, la única respuesta fue el rumor distante de la noche veraniega.

—¿Podrás vivir si eso le cuesta la vida a otra persona?

Inspiró otra vez y se respondió sacudiendo la cabeza.

—¿Tienes elección?

El silencio le respondió.

Ricky comprendió algo con una claridad meridiana: en veinticuatro horas, el doctor Frederick Starks tenía que morir.

20

Pasó el último día de su vida efectuando preparaciones febriles. En la tienda de suministros del puerto deportivo compró dos depósitos de veinte litros para combustible de motores fueraborda, del tipo pintado en rojo que va al fondo de un esquife, conectado con el motor. Eligió el par más barato, después de pedir ayuda a un adolescente que trabajaba en la tienda. El muchacho intentó convencerlo de que se llevara unos depósitos un poco más caros que iban provistos de indicador del combustible y de válvula de seguridad, pero Ricky los rechazó con fingido desdén. El chico le preguntó para qué necesitaba dos y Ricky le indicó que uno solo no le bastaba para lo que tenía en mente. Simuló cólera e insistencia, y fue todo lo prepotente y desagradable que pudo hasta el momento en que pagó en efectivo.

Entonces aparentó recordar algo y pidió con brusquedad al adolescente que le mostrara pistolas de bengalas. El muchacho le enseñó media docena y Ricky eligió también la más barata, aunque el dependiente le advirtió que era de muy poco alcance, y tal vez no más de quince metros de altura. Sugirió otros modelos, un poco más caros, de mayor potencia y que proporcionaban más seguridad. Pero Ricky siguió desdeñoso y comentó que sólo esperaba usar la bengala una vez. Luego pagó en efectivo, tras quejarse del precio total.

Ricky imaginó que el adolescente estaría encantado de verlo marchar.

Su siguiente parada fue en una farmacia, donde pidió ver

al farmacéutico encargado. El hombre, con una chaqueta blanca y un aire algo oficioso, salió de la trastienda. Ricky se presentó.

—Necesito que me suministre una receta —dijo, y le dio su número de colegiado—. Elavil. Una dosis de pastillas de treinta miligramos para treinta días. Nueve mil miligramos en total.

El hombre sacudió la cabeza, sorprendido.

—No he suministrado una cantidad así en mucho tiempo, doctor. Y en el mercado hay algunos fármacos nuevos que son mucho más efectivos, con menos efectos secundarios y no tan peligrosos como el Elavil. Es casi una antigualla. Hoy en día apenas se usa. Verá, tengo algo almacenado que todavía no ha caducado, pero ¿está seguro de que lo quiere?

—Por completo —contestó Ricky.

El farmacéutico se encogió de hombros, sugiriendo que había hecho todo lo posible por convencerlo de que se llevara un antidepresivo más eficaz.

—¿Qué nombre debo poner en la etiqueta? —preguntó.

—El mío —indicó Ricky.

Al salir, Ricky se dirigió a una pequeña papelería. Sin prestar atención a las hileras de tarjetas de felicitación para desear una pronta recuperación, dar el pésame, felicitar por el nacimiento de un bebé, por un cumpleaños o por un aniversario que abarrotaban los pasillos, tomó un bloc barato de papel de carta pautado, doce sobres gruesos y dos bolígrafos. En el mostrador, donde pagó, también consiguió sellos para los sobres. Necesitaba once. La joven cajera ni siquiera le miró a los ojos mientras marcaba los precios.

Lanzó todo al asiento trasero del viejo Honda y condujo deprisa por la carretera 6 hacia Provincetown. Esta población, al final del cabo, tenía una relación curiosa con los demás centros vacacionales cercanos. Recibía visitantes mucho más jóvenes y modernos, a menudo gays o lesbianas, que parecían el polo opuesto de los médicos, abogados, escritores y académicos que atraían Wellfleet y Truro. Estas dos poblaciones eran para relajarse, tomar cócteles y hablar de libros y de política, y de quién se divorciaba y quién tenía alguna aventura amorosa y, por lo tanto, estaban rodeadas de una especie de pesadez y monotonía casi constantes. En verano, Provincetown poseía ritmo musical y energía sexual. No se trataba de relajarse y recuperar biorritmos, sino de divertirse y relacionarse. Era un lugar donde las exigencias de la juventud y la energía eran primordiales. Había pocas oportunidades de que allí lo viera algún conocido. Por consiguiente, era el lugar ideal para su siguiente compra.

En una tienda de deportes se proveyó de una mochila negra como las que usan los estudiantes para llevar los libros. También de la billetera más barata y de un par de zapatillas de deporte normales. Al hacer estas compras, habló lo menos posible con el dependiente y evitó el contacto visual aunque no actuó de modo furtivo, lo que podría haber atraído su atención, sino que tomó las decisiones con presteza para que su presencia en la tienda pasara inadvertida.

Luego se dirigió a otra farmacia, donde compró tinte negro para el pelo, unas gafas de sol baratas y unas muletas ajustables de aluminio, no del tipo que llega hasta la axila y que prefieren los atletas lesionados, sino de la clase que utilizan las personas incapacitadas por alguna que otra enfermedad, con un asidero y un soporte semicircular para la mano y el antebrazo.

Hizo otra parada en Provincetown, en la terminal de autobuses Bonanza, una pequeña oficina junto a la carretera con un solo mostrador, tres sillas para esperar y un estacionamiento asfaltado con capacidad para varios autobuses. Esperó fuera con las gafas de sol puestas hasta que llegó un autobús del que bajó un grupo de visitantes de fin de semana y entró a efectuar su compra con rapidez.

En el Honda, de regreso a casa, pensó que apenas le quedaba tiempo suficiente ese día. La luz del sol daba en el parabrisas y el calor circulaba por las ventanillas abiertas. Era ese momento de la tarde veraniega en que las personas se reúnen en la orilla del mar, llaman a los niños para que salgan del agua, recogen las toallas, las neveras portátiles, los cubos y las palas de plástico y emprenden el camino algo incómodo hacia sus vehículos: un momento de transición antes de sumergirse en la rutina nocturna de la cena y una película, una fiesta o un rato tranquilo leyendo una vieja novela en rústica. Era el momento en que Ricky, los años anteriores, habría disfrutado de una ducha caliente y luego habría charlado con su mujer sobre cosas corrientes de su vida: alguna fase especialmente difícil de un paciente en su caso, un cliente que no podía salir de un aprieto en el de ella. Pequeños momentos que llenaban días, sencillos pero fascinantes, en el esquema de su apacible vida conyugal. Recordó esos momentos y se preguntó por qué no había pensado en ellos desde que ella había muerto. Recordar no lo puso triste, como sucede a veces al pensar en el cónyuge desaparecido, sino que lo reconfortó. Sonrió porque, por primera vez en meses, pudo recordar el sonido de su voz. Se preguntó si ella había pensado en las mismas cosas, no en los momentos grandes y extraordinarios de la vida sino en los pequeños momentos que rayan en lo corriente, cuando se preparaba para la muerte. Sacudió la cabeza. Supuso que lo habría intentado pero que el dolor del cáncer era demasiado intenso y, cuando la morfina lo enmascaraba, esos recuerdos quedaban bloqueados. Ricky lamentó haberse dado cuenta de ello.

«Mi muerte parece distinta», se dijo.

Muy distinta.

Entró en una gasolinera Texaco y se detuvo frente a los surtidores. Bajó del Honda y sacó el par de bidones del maletero para proceder a llenarlos de gasolina normal. Un empleado joven vio lo que hacía Ricky en la zona de autoservicio y le gritó:

—Oiga, si son para un fueraborda tiene que dejar espacio para el aceite. Algunos van con una mezcla de cincuenta a uno, otros de cien a uno.

—No son para un fueraborda, gracias. —Ricky meneó la cabeza.

—Son depósitos de fueraborda —insistió el muchacho.

—Sí. Pero yo no tengo un fueraborda.

El chico se encogió de hombros. Debía de trabajar ahí todo el año. Ricky supuso que sería un alumno local de secundaria que no imaginaba que los depósitos pudieran usarse para otra cosa distinta que para la que estaban concebidos, y que le había incluido en la categoría que los habitantes de Cape Cod reservaban a los veraneantes, consistente en un ligero desprecio y en el convencimiento de que nadie de Nueva York o Boston tenía la menor idea de lo que estaba haciendo en ningún instante. Ricky pagó, puso los depósitos llenos en el maletero, algo que incluso él comprendió que era muy peligroso, y se marchó a su casa.

Dejó los depósitos de gasolina en el salón y fue a la cocina. Se sintió repentinamente agotado, como si hubiese gastado mucha energía, y se bebió con avidez una botella de agua que había en el frigorífico. Su corazón parecía aumentar su ritmo a medida que las horas de su último día menguaban. Se obligó a conservar la calma.

Extendió los sobres y el bloc de papel en la mesa de la cocina, se sentó y escribió la siguiente nota:

Al Departamento de Protección de la Naturaleza:
Les ruego acepten el donativo adjunto. No busquen más porque no tengo nada más que dar y, después de esta noche, no estaré aquí para darlo.
Atentamente,

DOCTOR FREDERICK STARKS

Tomó un billete de cien dólares del fajo y lo metió junto con la carta en uno de los sobres con estampilla.

Después redactó notas parecidas e incluyó una cantidad similar en los demás sobres, salvo uno. Hizo donativos a la Sociedad Americana contra el Cáncer, al Sierra Club, a la Asociación de Conservación Costera, a la organización benéfica

CARE y al Comité Nacional Demócrata. En cada caso, se limitó a escribir el nombre de la institución en el sobre.

Cuando terminó, miró el reloj y vio que se aproximaba la hora límite del *Times* para aceptar anuncios. Fue al teléfono y por cuarta vez llamó a la sección de clasificados.

Esta vez, sin embargo, el mensaje para el anuncio que dictó al empleado era distinto. Nada de rima, poemas o preguntas. Sólo la sencilla frase:

Señor R: Usted gana. Lea el *Cape Cod Times*.

Ricky volvió a sentarse en la cocina y tomó el bloc. Mordisqueó la punta del bolígrafo y luego se puso a redactar una última carta. Escribió con rapidez:

A quien pueda interesar:

He hecho esto porque estoy solo y no soporto el vacío de mi vida. Me resultaría imposible causar más daño a ninguna otra persona.

He sido acusado de cosas de las que soy inocente. Pero soy culpable de cometer errores con personas a las que amaba, y eso me ha llevado a dar este paso. Agradecería que alguien enviara por correo los donativos que he dejado. Todos los bienes y fondos restantes de mi patrimonio deberían ser vendidos y lo recaudado entregado a las mismas organizaciones benéficas. Lo que quede de mi casa aquí, en Wellfleet, debería convertirse en zona protegida.

A mis amigos, si los hay, espero que me perdonéis.

A mis familiares, espero que lo entendáis.

Y al señor R, que me ayudó a llegar a esta situación, espero que encuentre muy pronto su propio camino hacia el infierno, porque ahí le estaré esperando.

Firmó esta carta con una rúbrica, la metió en el último sobre y la dirigió al Departamento de Policía de Wellfleet.

Con el tinte y la mochila en la mano, se dirigió hacia el baño del piso superior. Minutos después, tenía un cabello casi negro azabache. Se echó un vistazo en el espejo, le pareció que ofrecía un aspecto algo tonto y se secó con una toalla. Eligió ropas viejas y raídas de verano que guardaba en la cómoda y las metió, junto con una cazadora gastada, en la mochila. Tomó una muda más, doblada con cuidado, y la puso encima. Después volvió a ponerse la ropa que había llevado ese día. En un bolsillo exterior de la mochila metió la fotografía de su difunta esposa. En otro bolsillo metió el último mensaje de Rumplestiltskin y los pocos documentos que revelaban la causa de lo ocurrido. Los documentos sobre la muerte de la madre de Rumplestiltskin.

Llevó la mochila y la muda de ropa, las muletas de aluminio y el montón de cartas al coche y los dejó en el asiento del pasajero junto a las gafas de sol y las zapatillas de deporte. Volvió dentro y se sentó tranquilamente en la cocina a esperar que pasaran las horas que quedaban de la noche. Estaba inquieto y un poco intrigado, y de vez en cuando le asaltaba el miedo. Intentó no pensar en nada y tarareó para sí mismo para dejar la mente en blanco. Sin resultado, por supuesto.

Sabía que no podía causar la muerte de otra persona, ni siquiera de alguien a quien no conocía y con quien sólo estaba relacionado a través de lazos de sangre y matrimonio. En eso Rumplestiltskin había tenido razón desde el primer día. Nada en su vida, en su pasado, en todos los pequeños momentos que lo habían convertido en quien era, en quien se había transformado, en quien podría aún llegar a ser, valía algo frente a esta amenaza. Sacudió la cabeza al pensar que R le conocía mejor que él mismo. Lo había calado desde el principio.

Ignoraba a quién podría estar salvando, pero sabía que se trataba de alguien.

«Piensa en eso», se dijo.

Poco después de medianoche, se levantó y se permitió un último recorrido por la casa para recordar cuánto amaba cada rincón, y cada crujido de las tablas del suelo.

Le tembló un poco la mano cuando llevó un depósito de

gasolina al primer piso, donde lo vertió abundantemente por el suelo. Roció la ropa de cama.

Utilizó el otro de la misma forma en la planta baja.

En la cocina, abrió todas las llaves de la vieja cocina de gas, de modo que la habitación se llenó al instante del olor característico a huevos podridos mientras la cocina siseaba. Se mezcló con el hedor a gasolina que ya le había impregnado la ropa.

Tomó la pistola de bengalas y se dirigió al viejo Honda. Lo puso en marcha y lo alejó de la casa, orientado hacia la carretera con el motor en marcha.

Después se situó frente a las ventanas del salón. El olor a gasolina que rezumaba la casa se mezclaba con el que tenía en las manos y la ropa. Pensó en lo incongruentes que resultaban esos olores fuertes, en contraste con el calor del verano, la madreselva y las flores silvestres más un ligerísimo toque salobre del mar que impregnaban la brisa que se deslizaba inocentemente entre los árboles. Inspiró hondo una sola vez, procuró no pensar en lo que estaba haciendo, apuntó con la pistola, la amartilló y disparó a la ventana central. La bengala formó un arco en medio de la noche y dejó una estela de luz blanca en la oscuridad entre su posición y la casa para atravesar la ventana con un tintineo de cristales rotos. Esperaba una explosión, pero en su lugar oyó un ruido sordo y apagado, seguido de un brillante chisporroteo. En unos segundos vio las primeras llamas danzando por el suelo y propagándose por el salón.

Corrió hacia el Honda. Para cuando había subido al coche, toda la planta baja estaba en llamas. Mientras bajaba por el sendero de entrada, oyó la explosión cuando el fuego alcanzó el gas de la cocina.

Decidió no mirar atrás y aceleró hacia la noche cada vez más oscura.

Condujo con cuidado y sin pausa hasta un lugar que conocía desde hacía años, Hawthorne Beach. Estaba a unos cuantos kilómetros por un angosto y solitario camino asfaltado, alejado de toda urbanización, aparte de un par de casas viejas parecidas a la suya. Al pasar frente a cualquier casa que pudiera estar habitada, apagaba las luces. En la zona de Wellfleet había varias playas que habrían servido para su propósito, pero ésta era la más aislada y en la que tenía menos probabilidades de encontrar algún grupo de adolescentes de juerga. Había un pequeño estacionamiento a la entrada de la playa, donde solía operar el Trustees of Reservations, la asociación ecológica de Massachusetts dedicada a proteger los lugares naturales del estado. El aparcamiento tenía capacidad para unos veinte coches y a las nueve y media de la mañana solía estar lleno porque la playa era espectacular: una amplia extensión de arena a los pies de un acantilado de unos quince metros recubierto de matas de Zostera verde, con algunas de las olas más fuertes del cabo. La combinación gustaba tanto a las familias que disfrutaban del paisaje como a los surfistas que gozaban con las olas y la fuerza de la marea, de modo que su deporte incluía siempre algo de riesgo. Al final del estacionamiento había un cartel de advertencia: CORRIENTES FUERTES Y RESACA PELIGROSA. NO NADAR SIN LA PRESENCIA DEL SALVAVIDAS. ATENCIÓN A LAS CONDICIONES AMENAZADORAS.

Ricky aparcó junto al cartel. Dejó las llaves puestas. Colocó los sobres con los donativos en el salpicadero y dejó el sobre con la carta dirigida a la policía de Wellfleet en el asiento del conductor.

Tomó las muletas, la mochila, las zapatillas de deporte y la muda, y se alejó del coche. Puso esas cosas en lo alto del acantilado, a unos metros de la valla de madera que señalaba el angosto sendero que bajaba a la playa, después de sacar la fotografía de su mujer del bolsillo exterior de la mochila y ponérsela en el bolsillo de los pantalones. Oía el batir de las olas y notó una leve brisa del sureste. Eso le alegró, porque le indicaba que el oleaje había aumentado en las horas posteriores al atardecer y golpeaba la costa como un luchador frustrado.

Había luna llena y su resplandor se extendía por la playa. Eso facilitó su recorrido lleno de resbalones y tropezones desde el acantilado hasta la orilla.

Como había previsto, el oleaje rugía como un hombre enloquecido y rompía lanzando una lluvia de espuma blanca a la arena.

Un ligero frío, llegado con un soplo de viento, le golpeó el pecho y le hizo vacilar e inspirar hondo.

Después se desnudó, dobló la ropa y la dejó en un montón ordenado, que situó con cuidado en la arena lejos de la marca que la marea alta de la tarde había dejado, donde lo vería la primera persona que se asomara en lo alto del acantilado por la mañana. Tomó el frasco de pastillas, se lo vació en la mano y dejó el recipiente de plástico con la ropa.

«Nueve mil miligramos de Elavil —pensó—. Tomados de golpe, dejarían a una persona inconsciente en cuatro o cinco minutos.»

Lo último que hizo fue colocar la fotografía de su mujer en lo alto del montón, sujeto por la punta de un zapato.

«Hiciste mucho por mí cuando estabas viva —pensó—. Hazme este último favor.»

Levantó la cabeza y observó el inmenso océano negro frente a él. Las estrellas salpicaban el cielo, como si estuviesen encargadas de señalar la línea de demarcación entre el oleaje y el firmamento.

«Una noche bastante bonita para morir», se dijo.

Y entonces, desnudo como el amanecer que estaba sólo a unas horas, caminó despacio hacia el agua embravecida.

SEGUNDA PARTE

EL HOMBRE QUE NUNCA EXISTIÓ

21

Dos semanas después de la noche en que murió, Ricky estaba en una habitación de motel, sentado a los pies de una cama llena de bultos que crujía cada vez que cambiaba de postura, escuchando el ruido del tráfico distante que se mezclaba con el sonido del televisor de una habitación contigua. Estaban viendo un partido de béisbol con el volumen alto. Se concentró un momento en el sonido y supuso que los Red Sox jugaban en Fenway y la temporada estaba acabando, lo que significaba que estaban cerca del primer puesto pero no lo bastante. Se planteó encender el televisor de su habitación, pero decidió no hacerlo. Se dijo que perderían y no quería experimentar ninguna pérdida, ni siquiera la pasajera que le proporcionaría el siempre frustrado equipo de béisbol. En lugar de eso, se volvió hacia la ventana y contempló la noche. No había cerrado las persianas y veía cómo las luces bajaban por la cercana carretera interestatal. Junto al camino de entrada del motel había un cartel de neón rojo que informaba de tarifas diarias, semanales y mensuales, además de ofrecer habitaciones con cocina como la que él ocupaba, aunque Ricky no concebía que nadie quisiera permanecer en ese sitio más de una noche.

«Nadie excepto yo», pensó con tristeza.

Se dirigió al pequeño cuarto de baño. Examinó su aspecto en el espejo del lavabo. El tinte negro desaparecía deprisa del cabello, que empezaba a recuperar su gris habitual. Pensó que era algo irónico, porque si alguna vez volviera a parecerse al hombre que era antes, jamás volvería a ser en realidad esa persona.

Durante dos semanas apenas había salido de la habitación del motel. Al principio se había sumido en una especie de *shock* autoprovocado, como un yonqui viviendo una abstinencia obligada, temblando, sudando y retorciéndose de dolor. Luego, esta fase inicial fue sustituida por una indignación abrumadora, una furia atroz, candente, que le hizo pasearse enfurecido por la reducida habitación con los dientes apretados y el cuerpo casi contorsionado de rabia. Más de una vez había dado, frustrado, un puñetazo a la pared. En una ocasión, había sujetado un vaso del cuarto de baño con tanta fuerza que lo rompió y se cortó. Se había inclinado sobre el retrete y visto cómo la sangre goteaba en el agua de la taza mientras deseaba vaciarse hasta de la última gota que tuviera en su interior. Pero el dolor que sentía en la mano lastimada le recordó que seguía vivo y acabó conduciéndole a otra fase en que el temor y la rabia por fin remitieron, como el viento después de una tormenta. Esta nueva fase le parecía fría, como el tacto del metal pulido una mañana de invierno.

En esta fase empezó a urdir planes.

La habitación del motel era un lugar destartalado, decrépito, que hospedaba a camioneros, viajantes y adolescentes del lugar que necesitaban unas horas de intimidad lejos de las miradas indiscretas de los adultos. Estaba situado en las afueras de Durham, Nueva Hampshire, un sitio que Ricky había elegido al azar porque era una ciudad universitaria y, por ello, albergaba a una población díscola. Había creído que el ambiente académico le garantizaría el acceso a los periódicos nacionales que necesitara y le proporcionaría un entorno transitorio que le permitiría esconderse. Esto había resultado cierto hasta el momento.

A finales de su segunda semana de fallecido, empezó a hacer salidas al mundo exterior. En una de las primeras ocasiones, se limitó a la distancia que lo llevaron los pies. No habló con nadie, evitó el contacto visual, se mantuvo en calles poco frecuentadas y barrios tranquilos, temiendo ser reconocido o, peor aún, oír a su espalda los tonos burlones de Virgil o Merlin. Pero su anonimato permaneció intacto y su confianza creció. Amplió con rapidez su horizonte tras encontrar un autobús que recorría la ciudad y del que se bajaba en puntos aleatorios para explorar el mundo en que se había introducido.

En uno de esos trayectos, había descubierto una tienda de ropa de segunda mano donde consiguió una chaqueta azul barata que le iba muy bien, unos pantalones raídos y camisas. Había encontrado una cartera de piel en una tienda de consignación cercana. Cambió las gafas por unas lentillas, que compró en una óptica. Estos elementos, junto a una corbata, le daban el aspecto de un profesor respetable pero no importante. Pensó que no desentonaba nada, y agradeció su invisibilidad.

En la mesa de la cocina de su habitación tenía ejemplares del *Cape Cod Times* y del *New York Times* de los días inmediatamente posteriores a su muerte. El periódico de Cape Cod había publicado la historia en la parte inferior de la portada, con el titular: SUICIDIO DE UN DESTACADO PSICOANALISTA; ANTIGUA CASA DE VERANEO CONSUMIDA POR EL FUEGO. El periodista había logrado obtener la mayoría de los detalles dispuestos por Ricky, desde la gasolina comprada esa mañana en recipientes recién adquiridos hasta la nota de suicidio y los donativos a organizaciones benéficas. También había conseguido averiguar que recientemente se había presentado una «acusación por una acción inmoral» contra Ricky, aunque el reportero ignoraba lo esencial: que era una invención planeada por Rumplestiltskin y llevada a cabo por Virgil de modo muy eficaz. El artículo también mencionaba el fallecimiento de su mujer tres años atrás y sugería que Ricky había sufrido hacía poco «reveses financieros» que podrían haber contribuido a su suicidio. A Ricky le pareció un texto excelente, bien documentado y lleno de detalles convincentes, tal como había esperado. La nota necrológica del *New York Times*, que apareció un día después, había sido desalentadoramente breve, con sólo una o dos sugerencias sobre los motivos de su muerte. La había leído con irritación, un poco enfadado y ofendido al ver que todos los logros de su vida parecían poder resumirse a la perfección en cuatro párrafos de jerga periodística sucinta y opaca. Creía haber aportado más al mundo, pero comprendió que quizá no era así, lo que le hizo vacilar unos momentos. La necrológica indicaba también que no había previsto ningún oficio religioso, algo que supuso una consideración mucho más importante para Ricky. Sospechaba que la falta de un oficio en su memoria era una consecuencia del trabajo de Rumplestiltskin y Virgil con la acusación de abusos sexuales. Ninguno de sus colegas de Manhattan querría mancillarse con la asistencia a un acto que recordara la vida y la obra de Ricky cuando una parte tan importante de ella se había visto cuestionada. Supuso que habría muchos compañeros analistas en la ciudad que, al leer la noticia de su muerte, pensarían que era una prueba de la veracidad de la acusación y que, a la vez, era algo afortunado porque la profesión se ahorraba el mal trago de que la desagradable noticia fuese publicada por el *New York Times*, como habría sido inevitable que pasara. Esta idea enfureció un poco a Ricky con sus colegas y por un momento se dijo que tenía suerte de haber terminado con su vida profesional.

Se preguntó si hasta el primer día de esas vacaciones había sido igual de ciego.

Ambos periódicos contaban que, al parecer, había muerto ahogado y que los guardacostas estaban rastreando las aguas de Cape Cod en busca del cadáver. Sin embargo, el *Cape Cod Times*, para alivio de Ricky, citaba al comandante local, que afirmaba que era muy poco probable recuperar el cuerpo dadas las fuertes mareas de la zona de Hawthorne Beach.

Cuando reflexionó al respecto, Ricky pensó que era la mejor muerte que se le podía haber ocurrido con tan poca antelación.

Esperaba que encontraran todas las pistas de su suicidio, desde la receta para la sobredosis que al parecer se había tomado antes de adentrarse en el mar hasta sus malos modos con el joven de la tienda de artículos náuticos. Se dijo que eso bastaría para satisfacer a la policía local, a pesar de no tener ningún cadáver al que practicarle la autopsia. Esperaba que bastara también para convencer a Rumplestiltskin de que su plan había salido bien.

Leer sobre su propio suicidio lo impresionó profundamente. El estrés de sus últimos quince días de vida, desde el momento en que había aparecido Rumplestiltskin hasta el momento en que se había acercado a la orilla del agua con cuidado de dejar huellas en la arena húmeda, había sometido a Ricky a algo que no creía que saliese en ningún texto de psiquiatría.

Lo había invadido el miedo, la euforia, la confusión, el alivio (toda clase de emociones contradictorias) casi desde el primer paso, cuando, con el agua lamiéndole los pies, había lanzado el puñado de pastillas al mar y luego había caminado por la zona cubierta de agua unos cien metros, lo bastante lejos para que el nuevo grupo de huellas al salir del agua que le rodeaba los tobillos pasara desapercibido a la policía o a cualquier persona que inspeccionara el lugar de su desaparición.

Solo en la cocina, las horas siguientes le parecían el recuerdo de una pesadilla, como esos detalles de un sueño que permanecen después de despertarse y confieren una sensación de inquietud al nuevo día. Se veía vistiéndose en el acantilado con la muda extra, poniéndose las zapatillas con prisa frenética para escapar de la playa sin ser visto. Había sujetado las muletas a la mochila, que se había cargado a los hombros. Era una carrera de unos diez kilómetros hasta el estacionamiento del Lobster Shanty, y sabía que tenía que estar ahí antes del amanecer, antes de que llegase alguien que tomara el expreso de las seis de la mañana a Boston.

El aire le quemaba los pulmones mientras cubría la distancia. El mundo seguía sumido en la oscura noche, y mientras sus pies tocaban la carretera, pensó que era como correr por una mina de carbón. Un único par de ojos que detectara su presencia habría acabado con la remota probabilidad de supervivencia a que se aferraba, y tuvo que correr con toda esa urgencia imprimida en cada zancada que daba en el asfalto oscuro.

Cuando llegó, el estacionamiento estaba vacío, y se deslizó hacia las sombras que proyectaba la esquina del restaurante. Allí soltó las muletas de la mochila y se las colocó. En unos instantes, oyó el sonido distante de unas sirenas. Le satisfizo un poco cuánto habían tardado en advertir que su casa se quemaba. Unos momentos después, algunos coches empezaron a dejar personas en el estacionamiento para esperar el autobús. Era un grupo heterogéneo, en su mayoría gente joven de vuelta a su trabajo en Boston y un par de empresarios de mediana edad que parecían molestos por tener que ir en autobús, a pesar de la comodidad que suponía. Ricky se había mantenido atrás pensando que era la única de esas personas que esa mañana fresca y húmeda de Cape Cod esperaba bañada en sudor debido al miedo y al esfuerzo. Cuando el autobús llegó dos minutos tarde, se había puesto en la cola. Dos jóvenes se apartaron para dejarle subir con las muletas. Una vez arriba, entregó al conductor el billete comprado el día antes. Se sentó en el fondo pensando que, incluso aunque Virgil, Merlin o cualquier secuaz que Rumplestiltskin designara para comprobar el suicidio tuviera la idea de preguntar al conductor del autobús o a cualquier pasajero de ese viaje a primera hora de la mañana, lo único que éstos recordarían sería a un hombre con el cabello oscuro y muletas, sin saber que había llegado corriendo a la parada.

Había tenido que esperar una hora hasta la salida del autobús a Durham. En ese rato, se había alejado dos manzanas de la terminal de autobuses de South Street hasta encontrar un contenedor de basuras frente a un edificio de oficinas. Había echado las muletas en él y regresado a la terminal.

Pensó que Durham tenía otra ventaja: nunca había estado en esa ciudad y no conocía a nadie que viviera allí. Lo que le gustaba eran las matrículas de Nueva Hampshire, con el lema del estado: «Vive en libertad o muere.» Pensó que era un sentimiento adecuado para él.

«¿He logrado escapar?», se preguntó.

Creía que sí, pero no estaba seguro.

Se dirigió a la ventana y volvió a observar una penumbra que le resultaba desconocida. «Hay tanto que hacer», se dijo. Sin dejar de contemplar la noche que envolvía la habitación del motel, Ricky apenas distinguía su reflejo en el cristal. «El doctor Frederick Starks ya no existe —pensó—. Es otra persona.»

Inspiró hondo y supo que su primera prioridad era crearse una nueva identidad. Una vez lo lograse, podría encontrar un hogar para el invierno que se acercaba. Necesitaría trabajar para complementar el dinero que le quedaba, así como consolidar su anonimato y reforzar su desaparición.

Echó un vistazo a la mesa. Había conservado el certificado de defunción de la madre de Rumplestiltskin, el informe policial del asesinato de su antigua pareja y la copia del archivo de sus meses en la clínica del Columbia Presbyterian, donde la mujer había acudido a pedirle una ayuda que él no había sabido darle. Pensó que había pagado un precio muy caro por un solo acto de negligencia.

El pago estaba hecho y no había vuelta atrás.

«Pero ahora yo también tengo una deuda que cobrar —pensó con frialdad—. Le encontraré —se prometió—. Y le haré lo que él me hizo a mí.»

Apagó la luz para sumir la habitación en la penumbra. De vez en cuando, el barrido de unos faros recorría las paredes. Se echó en la cama, que crujió bajo su peso.

«Tiempo atrás estudié mucho para salvar vidas —se recordó—. Ahora debo aprender a acabar con una.»

Ricky se sorprendió de la organización que era capaz de imponer a sus pensamientos y sentimientos. El psicoanálisis, la profesión que acababa de abandonar, es quizá la disciplina médica más creativa, precisamente debido a la naturaleza

cambiante de la personalidad humana. Si bien hay enfermedades reconocibles y tratamientos establecidos en el ámbito
de la terapia, en último extremo todos se individualizan porque no hay dos tristezas exactamente iguales. Ricky había
pasado años aprendiendo y perfeccionando la flexibilidad
del terapeuta, ya que cualquier paciente concreto podía acudir a su consulta cualquier día con algo idéntico o algo distinto por completo, y tenía que estar preparado a todas horas para los increíbles cambios de los estados de ánimo.
Ahora debía valerse de las capacidades que había desarrollado durante los años pasados junto al diván y aplicarlas al
único objetivo que le permitiría recuperar su vida.

No iba a permitirse soñar con volver a ser quien era. No
se haría ilusiones de recuperar su hogar en Nueva York y
reanudar la rutina de su vida. Ése no era el objetivo. El objetivo era conseguir que el hombre que le había arruinado la
vida pagara por su diversión.

Cuando la deuda estuviera pagada, tendría libertad para
convertirse en lo que quisiera. Hasta que el fantasma de
Rumplestiltskin no desapareciera de su vida, no tendría un
momento de paz ni un segundo de libertad.

De eso no tenía la menor duda.

Tampoco estaba seguro aún de que Rumplestiltskin creyera que se había suicidado. Era posible que sólo hubiese ganado algo de tiempo para él o para el familiar inocente que
hubiese sido elegido. Era una situación de lo más inquietante. Rumplestiltskin era un asesino. Y Ricky tenía que lograr
jugar mejor que él a su propio juego.

Lo primero sería convertirse en alguien nuevo y totalmente distinto al hombre que había sido.

Tenía que inventar ese nuevo personaje evitando cualquier indicio que revelara que el doctor Frederick Starks seguía existiendo. Su pasado le había sido arrebatado. No sabía dónde Rumplestiltskin podía haber puesto una trampa,
pero estaba seguro de que había una esperando el menor indicio de que su cuerpo no estaba flotando en las aguas de
Cape Cod.

Sabía que necesitaba un nuevo nombre, una historia inventada, una vida verosímil.

Se percató de que, en ese país, la gente era ante todo números. Un número de la Seguridad Social. Números de cuentas bancarias y tarjetas de crédito. Un número de identificación fiscal. Un número de carné de conducir. Números de teléfonos y direcciones. Así pues, lo más importante era crear esos números. Y después tendría que encontrar un empleo, una casa, crear un mundo a su alrededor que resultara verosímil a la vez que anónimo. Tenía que convertirse en un hombre insignificante, para así empezar a obtener la información que necesitaba para localizar y ejecutar al hombre que le había obligado a suicidarse.

Crear la historia y la personalidad de su nuevo yo no le preocupaba. Al fin y al cabo era un experto en la relación entre los hechos y las impresiones que dejan en el yo. Más preocupante era cómo obtener los números que harían verosímil al nuevo Ricky.

Su primera salida con tal fin fue un fracaso. Fue a la biblioteca de la Universidad de Nueva Hampshire y resultó que necesitaba una tarjeta de identificación de la institución para que el guardia de seguridad le dejara pasar. Observó con nostalgia a los estudiantes que deambulaban por los estantes llenos de libros. Sin embargo, había una segunda biblioteca, mucho más pequeña, situada en la calle Jones. Pertenecía a las bibliotecas del condado y, si bien carecía del espacio y la tranquilidad de la universidad, tenía lo que Ricky creía necesitar, es decir libros e información. También tenía una ventaja secundaria: la entrada era libre. Cualquiera podía ir, leer un periódico, una revista o un libro en una de las cómodas sillas dispersas por el edificio de dos plantas. Pero para sacar un libro se necesitaba un carné. Aquella biblioteca disponía también de cuatro ordenadores para los usuarios. Vio una lista impresa de normas para el funcionamiento de los mismos, que empezaba por la de que su uso se asignaría por riguroso orden de llegada, seguida de las instrucciones de manejo.

Ricky echó un vistazo a los ordenadores y pensó que

quizá le serían útiles. Sin saber muy bien por dónde empezar, con una especie de actitud antigua hacia los aparatos modernos, Ricky, el antiguo hombre de diálogo, recorrió los estantes de libros en busca de una sección de informática. No tardó más de unos minutos en encontrarla. Ladeó un poco la cabeza para leer el título de los lomos hasta que dio con *Informática para principiantes - Una guía para profanos y miedicas.*

Se sentó en una silla y empezó a leer. La prosa le pareció irritante y empalagosa, dirigida a verdaderos idiotas. Pero contenía mucha información, y si Ricky hubiese sido un poco más perspicaz, se habría dado cuenta de que ese léxico infantil estaba pensado para personas como él, porque cualquier niño de once años podría entenderlo.

Tras una hora de lectura, se acercó a los ordenadores. Era media mañana, a mitad de semana a finales de verano, y la biblioteca estaba casi vacía. Tenía la zona para él solo. Hizo clic en una de las máquinas y se dispuso a ello. En la pared, como había visto, había instrucciones y pasó a la parte en que explicaban cómo acceder a Internet. Siguió las instrucciones y la pantalla del ordenador cobró vida ante él. Siguió haciendo clics y tecleando instrucciones y en unos momentos se había sumido por completo en el mundo de la informática. Abrió un buscador, como había visto en las instrucciones, e introdujo la expresión: *Falsa identidad.*

Menos de diez segundos después, el ordenador le decía que había más de cien mil entradas en esa categoría. Empezó a leer desde el principio.

Al final de la mañana había averiguado que el negocio de crear identidades nuevas era próspero. Había docenas de empresas esparcidas por todo el mundo que le proporcionarían cualquier clase de documentación falsa, toda ella vendida con una declinación de responsabilidad que rezaba A EFECTOS DE OCIO SOLAMENTE. Pensó que había algo delictivo en una empresa francesa que vendía carnés de conducir de California. Pero, aunque obvio, no era claramente ilegal.

Preparó listas de lugares y documentos, y reunió así una

cartera ficticia. Sabía lo que necesitaba, pero obtenerlo era algo difícil, ya que la gente que buscaba una identidad falsa ya era alguien.

Él no.

Tenía un bolsillo lleno de efectivo y lugares donde podría gastarlo. El problema era que todos ellos pertenecían al mundo de la informática. El efectivo que tenía era inútil. Pedían números de tarjetas de crédito. Él no tenía ninguna. Pedían direcciones electrónicas. Él no tenía ninguna. Pedían una dirección real donde entregar el material. Él no tenía ninguna.

Afinó la búsqueda y empezó a leer sobre robos de identidades. Descubrió que era una floreciente actividad delictiva en Estados Unidos. Leyó uno tras otro relatos terribles sobre personas que un día se despertaban y su vida era un caos porque alguien había incurrido en cuantiosas deudas a su nombre.

No le costó nada recordar cómo habían intervenido sus cuentas bancarias y de valores, y sospechó que Rumplestiltskin lo había conseguido fácilmente tras haber obtenido algunos números de Ricky. Eso explicaba por qué la caja que contenía sus antiguas declaraciones de la renta había desaparecido. No era demasiado complicado ser otra persona en el mundo de la informática. Se prometió que quienquiera que llegara a ser no volvería a tirar a la basura una solicitud preaprobada de tarjeta de crédito que hubiera recibido por correo sin haberla pedido.

Se levantó del ordenador y salió de la biblioteca. El sol brillaba con fuerza y el aire seguía lleno del calor del verano. Caminó casi sin rumbo hasta encontrarse en un barrio de sencillas casas de dos pisos con estructura de madera y jardines pequeños donde a menudo había desparramados juguetes de plástico de colores vivos. Oyó voces infantiles que procedían de un jardín trasero, fuera de la vista. Un perro de raza indefinida lo miró desde donde estaba echado, sujeto con una correa a un grueso roble. El perro movió la cola con vivacidad, como si invitara a Ricky a acercarse y acariciarle las orejas. Ricky echó un vistazo alrededor, a las calles arboladas, donde las tupidas ramas creaban zonas de sombra en la acera. Una ligera brisa recorría las copas verdes y hacía que las vetas y las manchas de penumbra de la calle cambiaran de forma y posición antes de volver a detenerse. Avanzó calle abajo y en la ventana delantera de una casa vio un cartelito escrito a mano: SE ALQUILA HABITACIÓN. INFORMACIÓN AQUÍ.

Ricky se dijo que era lo que necesitaba, pero se detuvo. «No tengo nombre. Ni pasado. Ni referencias», pensó.

Anotó mentalmente la dirección de la casa y siguió adelante mientras pensaba: «Tengo que ser alguien. Alguien que no pueda rastrearse. Alguien solo pero real.»

Una persona muerta podía volver a la vida. Pero eso suscitaba un interrogante, un pequeño desgarro en la tela, que alguien podía descubrir. Una persona inventada podía surgir de repente de la imaginación, pero eso también suscitaba interrogantes.

El problema de Ricky era distinto al de los delincuentes, al de los hombres que querían huir del pago de una pensión alimenticia, al de los antiguos miembros de una secta que temían que los siguieran, al de las mujeres que se escondían de maridos violentos.

Tenía que convertirse en alguien que estuviera muerto y vivo a la vez.

Pensó en esta contradicción y sonrió. Levantó la cabeza hacia el sol abrasador.

Sabía exactamente lo que tenía que hacer.

No tardó demasiado en encontrar una tienda de ropa del Ejército de Salvación. Se encontraba en un pequeño centro comercial, por donde pasaba la principal línea de autobús. Era un lugar con edificios cuadrados, de pintura descolorida y desconchada, no exactamente decrépito y no precisamente venido a menos, sino un lugar que reflejaba el desgaste del abandono en las papeleras sin vaciar y en las grietas del estacionamiento asfaltado. La tienda del Ejército de Salvación estaba pintada de un blanco monótono y reflectante, de modo que brillaba al sol de la tarde. El interior era parecido a un pequeño almacén, con electrodomésticos como tostadoras y planchas para hacer gofres en un lado, e hileras de ropa donada en percheros que ocupaban el centro de la tienda. Algunos jóvenes repasaban los percheros en busca de pantalones anchos de faena y otros artículos anodinos, y Ricky se deslizó tras ellos para inspeccionar el mismo montón de ropa. A primera vista le pareció que nadie donaba al Ejército de Salvación nada que no fuera marrón o negro, lo que se ajustaba a su idea.

Encontró enseguida lo que buscaba: un abrigo largo y desgarrado de lana que le llegaba a los tobillos, un jersey gastado y unos pantalones dos tallas más grandes que la suya. Todo era barato, pero eligió lo más barato, casi lo más estropeado e inadecuado para el final todavía cálido del verano de Nueva Inglaterra.

El cajero era un voluntario mayor, con gafas gruesas y una camiseta incongruentemente roja que destacaba en el ámbito sombrío de la ropa donada. El hombre se acercó el abrigo a la nariz y lo olisqueó.

—¿Está seguro de que quiere éste?

—Sí —contestó Ricky.

—Huele como si hubiese estado en algún sitio desagradable —dijo el hombre—. A veces tenemos material que logra llegar a los percheros pero no debería hacerlo. Hay cosas más bonitas si busca un poco más. Éste apesta y se le tendría que haber remendado ese desgarrón antes de ponerlo a la venta.

—Es justo lo que necesito —dijo Ricky.

El hombre se encogió de hombros, se ajustó las gafas y miró la etiqueta.

—Bueno, no pienso cobrarle los diez dólares que piden por él. ¿Qué le parece tres? Me parece más justo. ¿Qué dice?

—Muy generoso por su parte —dijo Ricky.

—¿Para qué quiere esta basura? —quiso saber el hombre, con una curiosidad nada malsana.

—Es para una producción teatral —mintió Ricky.

—Espero que no sea para la estrella del espectáculo —asintió el dependiente—. Porque si huele este abrigo, exigirá que contraten a otro encargado de vestuario.

El hombre soltó una carcajada ruidosa con la broma, y sus sonidos entrecortados sonaron más fatigosos que divertidos. Ricky se le unió con una risa falsa.

—Bueno, el director me dijo que consiguiera algo raído, así que supongo que la culpa será suya —afirmó—. Yo sólo soy el recadero. Teatro local, ¿sabe? El presupuesto es reducido.

—¿Quiere una bolsa?

Ricky asintió, pagó y salió de la tienda con su compra bajo el brazo. Vio que un autobús llegaba a la parada del centro comercial y corrió para tomarlo. El esfuerzo le hizo sudar y, una vez se sentó en el asiento trasero, sacó el jersey viejo y se secó la frente y las axilas con él.

Antes de llegar a la habitación del motel esa noche, Ricky llevó todas sus compras a un parque, donde se dedicó a ensuciarlas con algo de tierra junto a unos árboles.

Por la mañana, metió la ropa vieja que había comprado en una bolsa de papel marrón. Todo lo demás (los pocos documentos que tenía sobre Rumplestiltskin, los periódicos y las otras prendas que había comprado) fue a parar a la mochila. Pagó la cuenta en la recepción del motel y dijo al hombre que seguramente regresaría en unos días, información que no hizo que éste alzara los ojos de la sección de deportes del periódico que lo mantenía absorto.

Había un autobús de Trailways que salía para Boston a media mañana y con el que Ricky ya estaba algo familiarizado. Como siempre, se sentó en la parte posterior y evitó el contacto visual con el pequeño grupo de pasajeros para mantener la soledad y el anonimato en cada paso. Se aseguró de ser el último en bajar en Boston. Al inhalar la mezcla de gases de escape y de calor que parecía estar suspendida en la calle, tosió. Pero el interior de la terminal de autobuses tenía aire acondicionado, aunque incluso ese ambiente parecía sucio.

Había filas de asientos de plástico de color naranja y amarillo sujetos al suelo de linóleo, muchos de los cuales exhibían señales y marcas dejadas por personas aburridas que habían tenido que esperar horas a que llegara o saliera su autobús. Se notaba un fuerte olor a fritura, y a un lado de la terminal había una hamburguesería junto a una tienda de Donuts. Un quiosco ofrecía los periódicos del día y revistas además de la pseudopornografía más corriente. Ricky se preguntó cuántas personas comprarían en aquella terminal un ejemplar de *U. S. News & World Report* y la revista pornográfica *Hustler* a la vez.

Se sentó lo más cerca posible frente a los aseos de hombres y esperó. En unos veinte minutos, se convenció de que los aseos estaban vacíos, en especial después de que un policía con su camisa azul manchada de sudor hubiera entrado y salido poco después quejándose en voz alta a su compañero, de lo más divertido, sobre el desagradable efecto de un perrito caliente ingerido hacía poco. Ricky entró deprisa en cuanto los dos policías se alejaron con un repiqueteo de tacones en el sucio suelo de la terminal.

Con movimientos rápidos, se encerró en un retrete y se quitó la ropa normal que llevaba para cambiarla por las prendas compradas al Ejército de Salvación. Arrugó la nariz ante la dura combinación de sudor y almizcle que le llegó al ponerse el abrigo. Metió la ropa en la mochila, junto con todo lo demás, incluido el dinero en efectivo, salvo cien dólares en billetes de veinte, que hundió dentro de un desgarro del abrigo, de modo que si bien no estaban del todo seguros, por lo menos estaban resguardados. Tenía un poco de calderilla, que se metió en el bolsillo de los pantalones. Al salir del retrete se miró en el espejo del lavabo. No se había afeitado en un par de días y eso ayudaba.

Un grupo de taquillas de metal azul cubría una pared de la terminal. Metió la mochila en una, aunque conservó la bolsa de papel que había usado para llevar las prendas viejas. Echó dos monedas de veinticinco y giró la llave. Cerrar los pocos objetos que tenía le hizo vacilar. Pensó un instante que

ahora estaba más aislado que nunca. Ahora, salvo la llaveci-
ta de la consigna número 569 que llevaba en la mano, no había nada que lo vinculara a nada. No tenía identidad y ninguna relación con nadie.

Inspiró hondo y se metió la llave en el bolsillo.

Se marchó deprisa de la terminal y sólo se detuvo una
vez, cuando creyó que nadie le observaba, para coger algo de
tierra del suelo y restregársela por el cabello y la cara.

Para cuando había recorrido dos manzanas, las axilas y
la frente habían empezado a sudarle, y se los secó con la man-
ga del abrigo.

Antes de haber llegado a la tercera manzana, pensó:
«Ahora parezco lo que soy. Un sin techo.»

22

Durante dos días Ricky caminó por las calles, invisible para todo el mundo.

Su aspecto era el de un indigente, un alcohólico trastornado por las drogas o esquizofrénico, o incluso las tres cosas, aunque si alguien le hubiera mirado con atención a los ojos, habría visto un propósito claro, lo que no es habitual en un vagabundo. Ricky se encontró observando a la gente de la calle, imaginando quién era y lo que hacía, casi envidioso del sencillo placer que la identidad proporciona a una persona. Una mujer de cabello plateado que avanzaba con prisas cargada con paquetes de compra de las tiendas de Newbury Street le sugirió una historia, mientras que el adolescente que llevaba unos vaqueros cortados, una mochila y una gorra de los Red Sox ladeada le apuntó otra. Vio empresarios y taxistas, repartidores de electrodomésticos e informáticos. Había corredores de bolsa, médicos, técnicos y un hombre que pregonaba periódicos en un quiosco de una esquina. Todos, desde la loca más indigente que murmuraba y oía voces hasta el ejecutivo con traje de Armani que se subía a una limusina, tenían una identidad definida por lo que eran. Él no tenía ninguna.

En lo que él se había convertido asustaba y era un lujo a la vez. No pertenecer a ninguna parte era como ser invisible. A pesar del alivio que sentía de momento por estar a salvo del hombre que había destruido su vida anterior, sabía que eso era algo fugaz. Su existencia estaba inextricablemente unida al hombre que sólo conocía como Rumplestiltskin pero que había sido el hijo de una mujer llamada Claire Tyson, a quien él había fallado cuando lo necesitaba. Y ahora estaba solo debido a ese fallo.

Pasó la noche solo bajo un puente sobre el río Charles. Se envolvió con el abrigo, sudando aún debido al calor residual del día, y se apoyó contra un muro para intentar robarle unas horas a la noche. Un calambre en el cuello lo despertó poco después del alba, y todos los músculos de la espalda y las piernas se quejaron indignados. Se levantó y se desperezó lentamente, intentando recordar la última vez que había dormido al aire libre y pensando que no lo hacía desde la infancia. La rigidez de las articulaciones le indicó que no era muy recomendable. Imaginó su aspecto y pensó que ni siquiera el más dedicado actor de método lo habría hecho así.

Una niebla se elevaba del río Charles con masas grises y vaporosas suspendidas sobre las orillas. Ricky salió del paso inferior y avanzó hacia el carril de bicicletas que seguía el margen del río. De pie, pensó que el agua tenía el aspecto sedoso de una anticuada cinta negra de máquina de escribir, en su serpenteo a través de la ciudad. Lo contempló y se dijo que el sol tendría que elevarse mucho más antes de que el agua se volviera azul y reflejara los edificios majestuosos de la ribera. A esa primera hora de la mañana, el río ejercía un efecto casi hipnótico en él, y por unos instantes se quedó inmóvil contemplando la vista que tenía delante.

Su ensueño se vio interrumpido por el sonido de pasos presurosos en el carril de bicicletas. Se volvió y vio a dos hombres que corrían juntos y se acercaban a él deprisa. Llevaban unos relucientes pantalones cortos y modernas zapatillas de deporte. Supuso que ambos tenían una edad parecida a la suya.

Uno de los hombres gesticuló con el brazo en dirección a Ricky.

—¡Apártate! —le gritó.

Ricky dio un paso atrás con brusquedad y los dos hombres pasaron por delante.

—¡Quítate de en medio, tío! —exclamó uno de los dos mientras se ladeaba para no rozar a Ricky.

—¡Muévete! —soltó el otro hombre—. ¡Joder!

Mientras se alejaban, uno de ellos gritó:

—¡Vagabundo de mierda! ¡Búscate un trabajo!

Su compañero rió y comentó algo, pero Ricky no distinguió las palabras. Dio un par de pasos tras los hombres, lleno de una cólera repentina.

—¡Oigan! —gritó—. ¡Alto!

No le hicieron caso. Uno de ellos se volvió para mirarlo por encima del hombro antes de acelerar. Ricky los siguió unos metros más.

—No soy... —empezó—. No soy lo que creen.

Pero entonces se dio cuenta de que podría muy bien serlo.

Regresó hacia el río. En ese instante comprendió que estaba más cerca de ser lo que parecía que de lo que había sido. Inspiró hondo y admitió que se encontraba en la más precaria de las situaciones psicológicas. Había matado a quien había sido para poder huir de un hombre dispuesto a arruinarlo. Si pasaba mucho más tiempo sin ser alguien, ese anonimato terminaría por engullirlo.

Con la idea de que estaba tan en peligro en ese momento como cuando sentía el aliento de Rumplestiltskin en la nuca, avanzó decidido a poner en práctica la primera y fundamental medida.

Se pasó el día yendo de un albergue a otro por toda la ciudad, buscando.

Fue un viaje por el mundo de los necesitados. Un desayuno temprano con huevos mal cocidos y tostadas frías servido en la cocina de una iglesia católica de Dorchester. Luego una hora delante de una agencia de trabajo temporal, donde se reunió con hombres que buscaban trabajo para un día rastrillando hojas o vaciando papeleras. De ahí se dirigió a un albergue estatal en Charlestown, donde el hombre de recepción le dijo que no podía entrar sin algún documento oficial, lo que a Ricky le pareció una exigencia tan demencial como los delirios que sufrían los propios enfermos mentales. Salió enfadado a la calle, donde un par de prostitutas que buscaban clientes durante la hora del almuerzo se rieron de él cuando les preguntó por una dirección. Avanzó por la acera, pasando por delante de callejones y edificios abandonados. A veces, cuando alguien se le acercaba demasiado, refunfuñaba para sí. El lenguaje es el aspecto brusco de la locura, y junto con su creciente hedor, una coraza muy buena frente al contacto con cualquiera que no fuese un indigente. Los músculos se le entumecieron y los pies empezaron a dolerle, pero siguió buscando. En una esquina, un policía lo observó con atención y avanzó hacia él, pero al parecer se lo pensó mejor y siguió su camino.

Ya bien entrada la tarde, con un sol que aún provocaba onduladas estrías de calor en las calles, Ricky detectó una posibilidad.

El hombre estaba hurgando en un cubo de basuras en el linde de un parque, cerca del río. Era de una estatura y un peso parecidos a los suyos, con un pelo castaño de incipiente calvicie. Llevaba un gorro de lana, unos pantalones cortos hechos jirones y un abrigo de lana hasta los tobillos que casi le tapaba el calzado, compuesto por un mocasín marrón y una bota de obrero. Farfullaba en voz baja, absorto en el contenido del cubo de basuras. Ricky se acercó lo suficiente para ver sus lesiones en la cara y en el dorso de las manos. Mientras escarbaba, tosió varias veces, sin advertir la presencia de Ricky. A unos diez metros había un banco, y Ricky se sentó en él. Alguien había dejado ahí parte del periódico del día, y Ricky lo agarró y simuló leer mientras se dedicaba a observar al hombre. Vio que sacaba una lata de refresco del cubo y la echaba en un carrito de la compra del tipo de los que hay que tirar de ellos. El carrito estaba casi lleno de latas vacías.

Ricky contempló al hombre y se dijo: «Hace sólo unas semanas eras médico. Haz tu diagnóstico.»

El hombre pareció enfurecerse cuando sacó de la basura una lata que no le gustó. La lanzó con brusquedad al suelo y la envió de un puntapié a un arbusto cercano.

«Bipolar —pensó Ricky—. Y esquizofrénico. Oye voces y no recibe medicación, o por lo menos una que esté dispuesto a tomarse. Propenso a ataques repentinos de energía frenética. Seguramente violento, además, pero más una amenaza para él mismo que para los demás. Las lesiones podrían ser llagas abiertas por vivir en la calle o también sarcoma de Kaposi.»

El sida era una posibilidad evidente. Así como la tuberculosis o el cáncer de pulmón, dada la tos convulsiva del hombre. También podía ser neumonía, aunque la estación no era la adecuada. Estaba tan cerca de la vida como de la muerte.

Pasados unos minutos, el hombre decidió que ya tenía todo lo que había de valor en la basura y se dirigió al siguiente cubo. Ricky permaneció sentado sin perderlo de vista. Tras unos momentos dedicados a hurgar en la basura, el hombre se marchó tirando del carrito. Ricky lo siguió.

No tardó mucho en llegar a una calle de Charlestown llena de tiendas mugrientas. Era un lugar para los necesitados de todo tipo. Una tienda de muebles de saldo que ofrecía en grandes letras escritas en los escaparates facilidades y créditos. Dos casas de empeños, una tienda de electrodomésticos, una tienda de modas cuyos maniquíes parecían carecer todos de un brazo o una pierna, como si hubieran quedado mutilados o marcados en algún accidente. Ricky observó cómo el hombre se dirigía directo hacia la mitad de la manzana, hacia un edificio cuadrado pintado de amarillo con un cartel prominente en la fachada: REFRESCOS Y LICORES DE AL. Debajo había un segundo cartel, con las mismas letras, casi igual de grandes: CENTRO DE CANJE. Este cartel tenía una flecha que señalaba la parte posterior.

El hombre que tiraba del carrito lleno de latas dobló la esquina del edificio. Ricky lo siguió.

En la parte trasera de la tienda había una puerta de postigo, con un cartel sobre el dintel: CANJEAR AQUÍ. El hombre tocó un timbre que había a un lado. Ricky se apretó contra la pared para no dejarse ver.

En unos segundos apareció un joven. La transacción sólo

llevó unos minutos. El vagabundo entregó la colección de latas, el muchacho las contó y después tomó un par de billetes de un fajo que se sacó del bolsillo. El hombre cogió el dinero, se metió la mano en un bolsillo del abrigo y sacó una gruesa y vieja cartera de piel llena de papeles. Puso los billetes en ella y entregó otro al chico. El adolescente desapareció y regresó instantes después con una botella, que entregó al hombre.

Ricky se sentó en el suelo del callejón y esperó a que el hombre pasara por su lado. La botella, que Ricky supuso sería de vino barato, ya había desaparecido entre los pliegues del abrigo. El hombre lanzó una mirada a Ricky, pero no pudo verle los ojos porque éste agachó la cabeza. Ricky aguardó unos segundos y luego le siguió.

En Manhattan, Ricky había servido de ratón a los gatos Virgil, Merlin y Rumplestiltskin. Ahora estaba en el lado opuesto de la misma ecuación. Aminoraba o aceleraba el paso para no perder de vista al vagabundo en ningún momento, lo bastante cerca para seguirlo, lo bastante alejado para no ser descubierto. Provisto ahora de una botella, el hombre caminaba con resolución, como en una rápida marcha militar con un destino determinado. Giraba a menudo la cabeza para mirar en todas direcciones, sin duda temeroso de que le siguieran. Ricky pensó que su comportamiento paranoico estaba bien fundado.

Cubrieron decenas de manzanas y se adentraron y se alejaron del tráfico mientras el barrio se volvía cada vez más sórdido. El sol menguante del día proyectaba sombras en la calzada, y la pintura desconchada y las fachadas decrépitas parecían imitar el aspecto de Ricky y su objetivo.

De pronto el hombre vaciló en mitad de una manzana y se volvió hacia Ricky, que se apretujó contra un edificio para esconderse. Con el rabillo del ojo vio cómo el hombre se adentraba en un callejón, un angosto pasaje entre dos edificios de ladrillo. Inspiró hondo y lo siguió.

Se acercó a la boca del callejón y se asomó con cuidado. Era un lugar que parecía acoger la noche con bastante antelación. Ya estaba a oscuras; el tipo de lugar confinado que jamás se caldeaba en invierno ni se refrescaba en verano. Sólo pudo distinguir un montón de cajas de cartón abandonadas y un contenedor de basuras verde al fondo. El callejón lindaba con un edificio, y Ricky supuso que no tenía salida.

A una manzana de distancia había pasado por una tienda de ocasión y por otra de bebidas alcohólicas baratas. Se dirigió hacia allí. Sacó uno de sus valiosos billetes de veinte dólares del forro del abrigo y lo sujetó en la palma de la mano, donde quedó impregnado de sudor.

Fue primero a la tienda de bebidas. Era un local pequeño, con las ofertas anunciadas con letras rojas en el escaparate, pero estaba cerrado. Por el escaparate vio a un dependiente sentado tras la caja registradora. Intentó entrar y la puerta vibró. El dependiente miró en su dirección, se agachó y habló por un micrófono. Una vocecita salió por un altavoz pegado a la puerta.

—Lárguese si no tiene dinero, viejo de mierda.

—Tengo dinero —dijo Ricky.

El dependiente era un hombre barrigón de mediana edad, de más o menos los mismos años que él. Cuando cambió de postura, vio que llevaba un revólver enfundado a la cintura.

—¿Sí? ¿Tiene dinero? Ya. Muéstremelo.

Ricky levantó el billete de veinte dólares. El hombre le echó un vistazo desde detrás de la caja.

—¿De dónde lo ha sacado?

—Me lo encontré en la calle —contestó Ricky.

Se oyó el zumbido de la puerta, y Ricky la empujó para entrar.

—Sí, seguro —comentó el dependiente—. Muy bien, tiene dos minutos. ¿Qué quiere?

—Una botella de vino.

El hombre alargó la mano hacia un estante que tenía detrás y eligió una botella. No era como ninguno de los vinos que Ricky había bebido hasta entonces. Llevaba tapón de rosca y en la etiqueta ponía Silver Satin. Costaba dos dólares. Ricky asintió y entregó el billete de veinte. El hombre metió la botella en una bolsa de papel, abrió la caja y sacó un billete de diez y dos de un dólar. Se los dio a Ricky.

—¡Oiga! —se quejó éste—. Falta cambio.

—Creo que el otro día le vendí a crédito —contestó el hombre con una sonrisa torcida y la mano en la culata del revólver—. Sólo me estoy cobrando la deuda, viejo.

—Eso es mentira —soltó Ricky, enfadado—. Nunca he estado aquí.

—¿Cree que voy a discutir, escoria? —El dependiente hizo un amago de lanzarle un puñetazo. Ricky retrocedió y lo miró con dureza. El hombre se rió y añadió—: Ya le he dado algo de cambio. Y más del que se merece. Ahora lárguese. Márchese de aquí, si no quiere que lo eche. Y si me hace salir de detrás del mostrador, le quitaré la botella y el cambio de una buena patada en el culo. ¿Qué decide?

Ricky se dirigió despacio hacia la puerta. Se volvió mientras intentaba pensar en una réplica adecuada, pero sólo consiguió que el dependiente dijera:

—¿Qué pasa? ¿Tiene algún problema?

Ricky salió oyendo la risa del dependiente a su espalda.

Fue hasta la tienda de ocasión, donde lo recibieron con la misma pregunta: «¿Tiene dinero?» Mostró el billete de diez dólares. Dentro, compró un paquete de los cigarrillos más baratos que encontró, un par de chocolatinas, un par de magdalenas y una linterna pequeña. El dependiente de la tienda era un chico joven, que echó las cosas en una bolsa de plástico y dijo con sarcasmo:

—Buena cena.

Ricky regresó a la calle. La noche había invadido la zona. La tenue luz de las tiendas que seguían abiertas lanzaba cuadraditos de claridad a la penumbra. Ricky cruzó hacia la boca del callejón. Se metió con el menor ruido posible, se apoyó contra la pared de ladrillo y se deslizó hacia abajo para sentarse y esperar, sin dejar de pensar que hasta esa noche no había sabido lo fácil que es ser odiado en este mundo.

Fue como si la oscuridad lo envolviera poco a poco del mismo modo que el calor durante el día. Era una negrura densa que le traspasó el cuerpo. Ricky dejó pasar un par de horas. Estaba en un estado de semisueño, con la cabeza llena de imágenes de quién había sido, de la gente que había llegado a su vida para destruirla y del plan que había elaborado para recuperarla. Le habría reconfortado, al estar ahí apoyado contra la pared de un callejón sombrío de una parte de una ciudad que le era desconocida, haber recordado a su mujer, o quizás a un viejo amigo, o tal vez incluso algún momento feliz de su infancia: una mañana de Navidad, una graduación, el momento de lucir su primer esmoquin en el baile del instituto o el ensayo de la cena la víspera de su boda. Pero todos esos momentos parecían pertenecer a otra existencia y otra persona. Jamás había creído demasiado en la reencarnación, pero era casi como si hubiese vuelto al mundo como alguien distinto. Al percibir el hedor creciente de su abrigo de vagabundo, levantó la mano en la oscuridad e imaginó que tendría las uñas llenas de tierra. Antes, las tenía así los días felices porque significaba que se había pasado horas en el jardín de su casa de Cape Cod. Se le hizo un nudo en el estómago y pudo oír el estrépito de la gasolina encendida al propagarse por la casa. Era un recuerdo auditivo que parecía proceder de otra época, recuperado de un pasado distante por un arqueólogo.

Ricky levantó la vista y vio a Virgil y Merlin sentados en el callejón frente a él. Distinguió sus rostros, cada matiz y expresión del corpulento abogado y de la escultural joven.

«Me dijo que sería mi guía hacia el infierno —pensó—. Tenía razón, quizá más de lo que se imaginaba.»

Sintió la presencia del tercer miembro del triunvirato, pero Rumplestiltskin seguía siendo una sombra que se fundía con la noche e inundaba el callejón como una marea que sube de forma constante.

Se le habían entumecido las piernas. No sabía cuántos kilómetros habría caminado desde su llegada a Boston. Tenía el estómago vacío, así que abrió el paquete de magdalenas y se las comió de dos o tres mordiscos. El chocolate le sentó como una vulgar anfetamina y le proporcionó cierta energía. Se puso de pie y se volvió hacia el fondo del callejón.

Oyó un leve sonido y miró en esa dirección antes de reconocer lo que era: alguien cantando en voz baja y desentonada.

Avanzó con cuidado hacia la voz. A su lado oyó algún animal, supuso que una rata que se escabullía con un sonido de arañazos. Sujetó la linterna con la mano, pero intentó dejar que los ojos se le adaptaran a la oscuridad del callejón. Eso era difícil, y tropezó una o dos veces cuando los pies se le enredaron con desperdicios indefinidos. Estuvo a punto de caerse en una ocasión, pero conservó el equilibrio y siguió adelante.

Cuando estaba casi sobre el hombre, éste dejó de cantar. Hubo un silencio tenso durante un par de segundos.

—¿Quién anda ahí? —oyó preguntar.

—Soy yo —contestó Ricky.

—No se acerque más —dijo la voz—. Le haré daño. Puede que le mate. Tengo un cuchillo.

Arrastraba las palabras con la imprecisión que confiere la bebida. Ricky había esperado que el vagabundo hubiese perdido el conocimiento pero, en cambio, seguía bastante alerta, aunque no demasiado ágil porque no oyó que se apartara de su camino o procurara esconderse. No creía que tuviera ningún arma, pero no estaba seguro del todo. Permaneció inmóvil.

—Este callejón es mío —advirtió el hombre—. Váyase.

—Ahora también es mío —replicó Ricky. Inspiró hondo y se metió en el terreno que tendría que encontrar para comunicarse con el hombre. Era como sumergirse en un lago de agua oscura, sin saber lo que hay bajo la superficie.

«Acepta la locura —se dijo mientras intentaba evocar todos los conocimientos que había adquirido en su anterior vida y existencia—. Crea el delirio. Establece la duda. Alimenta la paranoia.»

—Me dijo que teníamos que hablar —aventuró—. Eso me dijo: «Encuentra al hombre del callejón y pregúntale cómo se llama.»

—¿Quién se lo dijo? —preguntó el hombre en tono vacilante.

—¿Quién crees? Él. Me habla y me dice a quién buscar, y tengo que hacerlo porque él me lo dice, y por eso estoy aquí —contestó con rapidez.

—¿Quién te habla? —Sus preguntas llegaban en medio de la oscuridad con un torpor que luchaba contra la bebida que le nublaba una mente ya de por sí entrecruzada.

—No estoy autorizado a decir su nombre, no en voz alta o donde alguien pueda oírme. ¡Chitón! Pero dice que sabrás por qué he venido si eres quien debes ser, y que no tendré que explicar nada más.

El hombre pareció dudar mientras procuraba comprender este galimatías.

—¿A mí? —preguntó.

—Si eres quien debes ser. —Ricky asintió en la oscuridad—. ¿Lo eres?

—No lo sé —contestó y, tras una pausa, añadió—: Eso creía.

Ricky siguió deprisa para reforzar el delirio.

—Él me da los nombres, ¿sabes? Y yo tengo que buscarlos y hacerles las preguntas porque tengo que encontrar al que es. Es lo que hago, una y otra vez, y eso es lo que tengo que hacer. ¿Eres tú? Tengo que saberlo, ¿comprendes? Si no, he perdido el tiempo.

El hombre parecía intentar asimilar todo eso.

—¿Cómo sé que puedo fiarme de ti? —dijo el hombre con lengua estropajosa.

Ricky se puso la linterna bajo el mentón, del modo que haría un niño que quisiera asustar a sus amigos. La encendió para iluminarse la cara y luego la dirigió hacia el hombre, dedicando unos segundos a examinar lo que los rodeaba. El vagabundo estaba sentado, apoyado contra la pared de ladrillos, con la botella de vino en la mano. Había desperdicios, y una caja de cartón a su lado, que Ricky supuso sería su casa. Apagó la linterna.

—¿Y bien? —soltó Ricky, tajante—. ¿Necesitas más pruebas?

El hombre cambió de posición.

—No puedo pensar —gimió—. Me duele la cabeza.

Ricky estuvo tentado de agacharse y agarrar lo que necesitaba. Las manos le temblaron con la seducción de la violencia. Estaba solo en un callejón desierto con aquel vagabundo y se le ocurrió que las personas que lo habían puesto en esa situación no habrían dudado en utilizar la violencia. Para vencer el impulso tuvo que controlarse al máximo. Sabía lo que necesitaba, pero quería que el hombre se lo diera.

—¡Dime quién eres! —exclamó Ricky en un susurro.

—Quiero estar solo —suplicó el hombre—. No he hecho nada. Ya no quiero estar aquí.

—No eres el que busco —soltó Ricky—. Podría jurarlo. Pero necesito estar seguro. Dime tu nombre.

—¿Qué quieres? —gimoteó el hombre.

—Tu nombre. Quiero tu nombre.

Ricky podía oír las lágrimas que se formaban con cada palabra que decía el hombre.

—No lo diré —contestó—. Tengo miedo. ¿Vas a matarme?

—No —respondió Ricky—. No te haré daño si me demuestras quién eres.

El hombre vaciló.

—Tengo una cartera —afirmó despacio.

—¡Dámela! —ordenó Ricky con brusquedad—. ¡Es el único modo de estar seguro!

El hombre se levantó como pudo y se metió la mano en el abrigo. Con los ojos a duras penas adaptados a la oscuridad, Ricky pudo ver que le tendía algo. Lo agarró y se lo metió en el bolsillo.

El hombre empezó a sollozar. Ricky suavizó la voz.

—Ya puedes dejar de preocuparte —dijo—. Ahora me iré.

—Por favor —suplicó el hombre—. Vete.

Ricky se agachó y sacó la botella de vino que había comprado. También tomó un billete de veinte dólares del forro del abrigo. Se los dio al hombre.

—Toma —dijo—. Te lo doy porque no eres el hombre que busco, pero no es culpa tuya, y él quiere que te compense por haberte molestado. ¿Te parece bien?

El hombre agarró la botella, sin contestar, pero luego pareció asentir.

—¿Quién eres? —preguntó otra vez con una mezcla de temor y confusión.

Ricky sonrió para sí y pensó que tener una formación clásica tenía sus ventajas.

—Me llamo Nadie —anunció.

—Nadia es nombre de mujer.

—No. Nadie. Así que, si alguien te pregunta quién te visitó esta noche, puedes decir que fue Nadie. —Ricky suponía que el policía de ronda tendría la misma paciencia para esa historia que los hermanos cíclopes de Polifemo para la ficción que había creado siglos antes otro hombre perdido en un mundo desconocido y peligroso—. Bebe un poco y duerme. Cuando te despiertes, todo seguirá igual.

El hombre gimoteó. Pero acto seguido bebió un largo sorbo de vino.

Ricky se levantó y avanzó con cuidado por el callejón, pensando que no había robado lo que buscaba y tampoco lo había comprado. Se dijo que había hecho lo necesario y que se ajustaba a las reglas del juego. Por supuesto, Rumplestiltskin no sabía que seguía jugando. Pero pronto lo sabría. Se dirigió sin detenerse por la penumbra hacia la luz de la calle que veía delante.

23

Ricky no abrió la cartera del hombre hasta después de haber llegado a la terminal de autobuses siguiendo una ruta que le obligó a cambiar dos veces de metro y después de haber recuperado la ropa de la taquilla. En los aseos, logró limpiarse un poco la suciedad de cara y manos y frotarse los sobacos y el cuello con toallas de papel mojadas con agua templada y jabón muy perfumado. No podía hacer gran cosa respecto a la graseza que le cubría el cabello o al olor corporal que sólo una ducha lograría eliminar. Tiró las ropas sucias de vagabundo a la papelera y se puso los pantalones caqui y la camisa que llevaba en la mochila. Contempló su aspecto en el espejo y pensó que había cruzado una línea invisible de regreso hacia donde otra vez parecía un participante en la vida más que un habitante del infierno. Un peine barato de plástico contribuyó a su imagen, pero pensó que seguía situado en un extremo, o cerca de él, y muy alejado del hombre que era antes.

Salió de los aseos y compró un billete de autobús a Durham. Tenía que esperar casi una hora, así que se compró un bocadillo y un refresco y se dirigió a un rincón vacío del vestíbulo. Echó un vistazo alrededor para asegurarse de que nadie lo observaba y desenvolvió el bocadillo en el regazo. Después, abrió la cartera, que tapó con la comida.

Lo primero que vio le iluminó la cara y lo llenó de alivio: una tarjeta destrozada y descolorida, pero legible, de la Seguridad Social.

El nombre estaba mecanografiado: Richard S. Lively.

A Ricky le gustó. Lively significa «animado» en inglés y, por primera vez en semanas, era así como se sentía. Vio que había tenido una buena suerte adicional: no tendría que aprender a usar un nombre nuevo; la abreviatura corriente de Richard y de Frederick, el suyo, era la misma.

Echó la cabeza atrás y contempló los fluorescentes del techo. Pensó que había renacido en una terminal de autobuses. Supuso que había lugares mucho peores para reintegrarse al mundo.

La cartera olía a sudor seco, y Ricky repasó con rapidez su contenido. No había gran cosa, pero lo que contenía era una especie de mina de oro. Además de la tarjeta de la Seguridad Social había un carné de conducir de Illinois caducado, un carné de biblioteca de un sistema suburbano de las afueras de San Luis, Misuri, y una tarjeta de la cadena de estaciones de servicio Triple A del mismo estado. Ninguna de esas identificaciones requería foto, salvo el carné de conducir, que aportaba detalles como el color del cabello y los ojos, la estatura y el peso, junto a una fotografía algo desenfocada de Richard Lively. También había una tarjeta de identificación de un hospital de Chicago señalada con un asterisco rojo en una esquina.

«Sida —pensó Ricky—. Seropositivo.»

Había tenido razón sobre las llagas en la cara del hombre. Todos los documentos identificativos incluían direcciones distintas. Ricky se los metió en el bolsillo. Había también dos recortes de periódico ajados y amarillentos, que desdobló con cuidado y leyó. El primero correspondía a la necrológica de una mujer de setenta y tres años. El otro era un artículo sobre reducciones de personal de una fábrica de recambios de automóvil. Ricky supuso que la primera era la madre de Richard Lively y el segundo, el empleo que el hombre había tenido antes de hundirse en el mundo del alcohol que lo había conducido a las calles. No tenía idea de qué le habría impulsado a viajar del centro del país a la Costa Este, pero ese cambio le era propicio. Las probabilidades de que alguien le relacionara con ese hombre se reducían mucho.

Leyó deprisa los dos recortes y memorizó los detalles. Observó que sólo se mencionaba un miembro de la familia de la mujer, al parecer un ama de casa de Albuquerque, Nuevo México. Supuso que sería una hermana que se habría olvidado de su hermano hacía muchos años. La madre había sido bibliotecaria del condado y antigua directora de colegio, lo que constituía la pequeña aportación al mundo que había propiciado la necrológica. Se decía que su marido había fallecido unos años antes. La fábrica donde había trabajado Richard Lively producía pastillas de freno y había sido víctima de la decisión empresarial de trasladarse a un lugar de Guatemala donde se fabricaría la misma pieza con costes más reducidos. Ricky pensó que eso provocaba amargura, y era una razón más que suficiente para dejar que la bebida dominara la vida de uno. No tenía modo de saber cómo el hombre había contraído la enfermedad. Probablemente a través de alguna aguja. Devolvió los recortes a la cartera y echó ésta a una papelera. Pensó en la tarjeta de identificación del hospital con su delatora señal roja y se la sacó del bolsillo. La dobló hasta partirla por la mitad, la envolvió con el papel del bocadillo y la dejó en el fondo de la papelera.

«Sé lo suficiente», pensó.

Por la megafonía se anunció su autobús, pronunciado casi ininteligiblemente por algún empleado tras una mampara de cristal. Ricky se levantó, se cargó la mochila al hombro, recluyó al doctor Starks en algún lugar recóndito de su interior y dio su primer paso como Richard Lively.

Su vida empezó a tomar forma con rapidez.

En una semana había logrado dos trabajos a tiempo parcial. El primero como cajero de un establecimiento Dairy Mart local durante cinco horas por la noche y el segundo reponiendo estantes en un supermercado de alimentación Stop and Shop otras cinco horas por la mañana, un horario que le dejaba libres las tardes. En ninguno de los dos sitios le habían hecho demasiadas preguntas, aunque el encargado de la tienda de comestibles quiso saber si participaba en un programa de Alcohólicos Anónimos, a lo que Ricky contestó afirmativamente. Resultó que el encargado también y, tras darle una lista de iglesias y centros cívicos con sus reuniones previstas, le entregó el consabido delantal verde y le puso a trabajar.

Usó el número de la Seguridad Social de Richard Lively para abrir una cuenta corriente donde depositó el efectivo que le quedaba. Una vez hecho esto, encontró que las salidas del laberinto burocrático eran bastante sencillas. Obtuvo una tarjeta nueva de la Seguridad Social con sólo rellenar un formulario en el que había plasmado su propia firma. En la dirección de Tráfico ni siquiera ojearon la fotografía del carné de Illinois cuando Ricky se presentó para solicitar un carné de conducir de Nueva Hampshire, esta vez con su fotografía y su firma, su color de ojos, su estatura y su peso. También alquiló un apartado de correos en un centro de servicios postales Mailboxes Etc., lo que le proporcionó una dirección para los extractos bancarios y la demás correspondencia que podría originar con rapidez. Agradeció recibir catálogos. Se hizo socio de un videoclub y del YMCA. Cualquier cosa que le proporcionara otra tarjeta con su nuevo nombre. Otro formulario y un cheque de cinco dólares le valió una copia del certificado de nacimiento de Richard Lively, que un funcionario le envió por correo desde Chicago.

Procuró no pensar en el verdadero Richard Lively. No le había costado demasiado engañar a un hombre borracho, enfermo y desquiciado para arrebatarle su cartera y su identidad. Aunque se decía que haberlo hecho así era mejor que sacársela a golpes, eso no lo tranquilizaba del todo.

Se fue sacudiendo el sentimiento de culpa a medida que ampliaba su mundo. Se prometió que devolvería su identidad a Richard Lively cuando hubiera logrado recuperar la suya de Rumplestiltskin. Lo único que no sabía era cuánto tiempo le llevaría.

Sabía que tenía que marcharse del motel, así que regresó a la zona cercana a la biblioteca pública en busca de la casa con el cartel de SE ALQUILA HABITACIÓN. Le alivió ver que seguía en la ventana de la modesta casa de madera.

Tenía un jardín pequeño, sombreado gracias a un roble y repleto de juguetes de plástico esparcidos. Un niño de cuatro años jugaba con un volquete y una colección de soldaditos en la hierba, mientras que una mujer mayor sentada en una silla de jardín a poca distancia leía el periódico sin dejar de echar de vez en cuando un vistazo al niño, que emitía sonidos de motor y de combate mientras jugaba. Ricky vio que el niño llevaba un audífono en una oreja.

La mujer alzó los ojos y vio a Ricky.

—Hola —la saludó—. ¿Es suya esta casa?

—Sí. —La mujer asintió a la vez que doblaba el periódico en el regazo y dirigía la mirada hacia el niño.

—He visto el cartel. Sobre la habitación —explicó Ricky.

—Solemos alquilarla a estudiantes —contestó la mujer, que lo observaba con cautela.

—Soy una especie de estudiante —dijo Ricky—. Es decir, espero cursar un posgrado, pero voy un poco despacio porque también tengo que trabajar para ganarme la vida. Eso complica las cosas —concluyó con una sonrisa.

—¿Qué clase de posgrado? —preguntó la mujer a la vez que se levantaba.

—En criminología —improvisó Ricky—. Permita que me presente. Me llamo Richard Lively. Mis amigos me llaman Ricky. No soy de por aquí. De hecho, he llegado hace poco, necesito un lugar donde vivir.

—¿No tiene familia? —La mujer seguía mirándolo con recelo—. ¿Ni raíces?

Ricky sacudió la cabeza.

—¿Ha estado en la cárcel? —quiso saber la mujer.

Ricky pensó que la verdadera respuesta a eso era que sí. Una cárcel concebida por un hombre al que no conocía pero que lo odiaba.

—No —contestó—. Pero es una pregunta razonable. He estado en el extranjero.

—¿Dónde?

—En México —mintió.

—¿Qué hacía en México?

—Un primo mío se fue a Los Ángeles y se involucró en el tráfico de drogas. Luego desapareció —inventó con rapidez—. Fui para intentar encontrarlo y viví seis meses de evasivas y mentiras. Pero eso fue lo que me llevó a interesarme por la criminología.

La mujer sacudió la cabeza, recelosa de ese relato descabellado.

—Ya —dijo—. ¿Y qué le trajo a Durham?

—Quería alejarme para siempre de ese mundo —explicó Ricky—. No me gané demasiados amigos haciendo preguntas sobre mi primo. Imaginé que tendría que ir a algún lugar lejos de ese mundo, y el mapa me sugirió Nueva Hampshire o Maine, y así fue cómo aterricé aquí.

—No sé si creerlo —respondió la mujer—. Es toda una historia. ¿Cómo sé que es de fiar? ¿Tiene referencias?

—Cualquiera puede conseguir referencias que digan lo que sea —aseguró Ricky—. Sería mucho mejor que me escuchara la voz y me mirara a la cara y sacara sus propias conclusiones después de charlar un rato conmigo.

—Una actitud muy de Nueva Hampshire —sonrió la mujer—. Le enseñaré la habitación, pero aún no estoy segura.

—Está bien —concedió Ricky.

La habitación era un desván acondicionado, con cuarto de baño propio y espacio suficiente para una cama, un escritorio y un sillón viejo demasiado relleno. Contra una pared había una estantería vacía y una cómoda. Una cortina rosa, de niña, enmarcaba una bonita ventana con una media luna superior que daba al jardín y a la tranquila calle lateral. Las paredes estaban decoradas con pósters de viaje que anunciaban los cayos de Florida y las montañas de Vail, en Colorado: una submarinista en bikini y un esquiador que daba un puntapié a una capa de nieve inmaculada. Al lado de la habitación había un huequecito que contenía un pequeño frigorífico y una mesa con una placa térmica. Un estante atornillado a la pared sostenía algunos elementos de vajilla blanca. Ricky pensó que aquel sitio tenía muchas características de la celda de un monje, que era como se veía en ese momento a sí mismo.

—No podrá cocinar en realidad —indicó la mujer—. Sólo tentempiés y pizzas, ese tipo de cosas. No ofrecemos servicio de cocina.

—Suelo comer fuera —comentó Ricky—. De todos modos, tampoco soy demasiado comilón.

—¿Cuánto tiempo piensa quedarse? —La propietaria seguía observándolo—. Solemos alquilarla por un año académico.

—Eso me iría bien —aseguró—. ¿Quiere que firmemos un contrato?

—No. Sólo exigimos un apretón de manos. Nosotros pagamos los servicios, excepto el teléfono. Tiene una línea independiente. La compañía se la activará en cuanto quiera. Nada de huéspedes. Nada de fiestas. Nada de música a todo volumen. Nada de trasnochadas...

—¿Y suele alquilarla a estudiantes? —la interrumpió Ricky con una sonrisa.

La mujer captó la contradicción.

—Bueno, a estudiantes serios.

—¿Vive sola con su hijo?

—Me halaga. —La propietaria meneó la cabeza con una sonrisita—. Es mi nieto. Mi hija está en clase. Está divorciada y estudia contabilidad. Yo cuido del niño mientras ella trabaja o estudia, que suele ser todo el tiempo.

—Soy bastante reservado —dijo Ricky—. Y bastante tranquilo. Tengo un par de trabajos, lo que me ocupa gran parte del día. Y en el tiempo libre, estudio.

—Es mayor para ser estudiante. Puede que demasiado.

—Nunca es demasiado tarde para aprender, ¿no cree?

—¿Es usted peligroso, señor Lively? ¿O está huyendo de algo?

Ricky reflexionó antes de contestar:

—He dejado de huir, señora...

—Williams, Janet. El niño se llama Evan y mi hija, Andrea.

—Bueno, aquí es donde me detengo, señora Williams. No estoy huyendo de la justicia, de una ex mujer o de una secta cristiana de derechas, aunque usted podría dejar volar su imaginación en alguna de esas direcciones o en todas a la vez. Y, en cuanto a ser peligroso... Bueno, si lo fuera, ¿por qué tendría que huir?

—En eso lleva razón —dijo la señora Williams—. Es mi casa, ¿sabe? Y somos dos mujeres solas con un niño...

—Tiene motivos para ser precavida. No la culpo por preguntar.

—No sé si creo mucho de lo que me ha contado —contestó ella.

—¿Es tan importante creerlo, señora Williams? ¿Sería distinto si le dijera que soy un extraterrestre que ha sido enviado aquí para investigar los estilos de vida de la población de Durham, Nueva Hampshire, antes de que invadamos la Tierra? ¿O si le contara que soy un espía ruso o un terrorista árabe y le preguntara si no le importa que use el cuarto de baño para fabricar bombas? Podría inventarme todo tipo de historias pero, a la larga, todas serían irrelevantes. Lo que en realidad necesita saber es que no causaré problemas, que seré reservado, que pagaré el alquiler puntualmente y, en general, que no la molestaré a usted, ni a su hija o a su nieto. ¿No es eso lo que verdaderamente importa?

—Me cae bien, señor Lively. —La señora Williams sonrió—. Todavía no sé si fiarme demasiado de usted y, desde luego, no le creo. Pero me gusta su manera de decir las cosas, lo que significa que ha superado la primera prueba. ¿Qué le parece un mes de depósito y otro de alquiler, y luego pagos mensuales, de modo que si uno u otro se siente incómodo, podemos llevar las cosas a una rápida conclusión?

—Hasta donde sé, las conclusiones rápidas son difíciles de lograr —sonrió Ricky mientras estrechaba la mano de la mujer—. ¿Y cómo definiría «incómodo»?

La sonrisa de ella se ensanchó, sin soltar la mano de Ricky.

—Yo definiría la palabra «incómodo» con el número de la policía, marcado en el teléfono y la consiguiente serie de preguntas desagradables de hombres serios con uniforme azul. ¿Está claro?

—Perfectamente, señora Williams —aseguró Ricky—. Me parece que estamos de acuerdo.

—Eso creo —contestó la mujer.

La rutina llegó a la vida de Ricky con la misma rapidez que el otoño a Nueva Hampshire.

En la tienda de comestibles pronto le aumentaron el sueldo y le dieron nuevas responsabilidades, aunque el encargado le preguntó por qué no le había visto en ninguna reunión. Así que Ricky fue a varias en el sótano de una iglesia y en un par de ocasiones incluso acudió a una sala llena de alcohólicos para soltarles la típica historia de una vida arruinada por la bebida, lo que suscitó murmullos de comprensión y después varios abrazos sinceros que le resultó hipócrita aceptar. Le gustaba el trabajo en la tienda de comestibles y se llevaba bien, aunque sin explayarse, con los demás empleados, con quienes compartía de vez en cuando el almuerzo y bromeaba con una simpatía que ocultaba su aislamiento. El inventario era algo que parecía dársele bien, lo que le llevó a pensar que llenar los estantes de artículos no era del todo distinto a lo que había hecho con sus pacientes. Ellos también necesitaban que les rellenaran y repusieran los estantes.

Un paso más importante se produjo a mediados de octubre, cuando vio un anuncio de un trabajo a tiempo parcial como ayudante de mantenimiento en la universidad. Dejó el empleo de cajero en el Dairy Mart y empezó a barrer y fregar en los laboratorios de ciencias cuatro horas al día. Se dedicaba a esta tarea con tal determinación que impresionó a su supervisor. Pero lo más importante era que le proporcionaba un uniforme, una taquilla donde podía cambiarse de ropa y una tarjeta de identificación de la universidad que, a su vez, le daba acceso al sistema informático. Valiéndose de la biblioteca local y los teclados de los ordenadores, Ricky emprendió la tarea de crearse un mundo nuevo.

Se proporcionó un nombre electrónico: Ulises.

Eso dio origen a una dirección electrónica y al acceso a todo lo que Internet ofrecía. Abrió varias cuentas domiciliándolas en el apartado de correos de Mailboxes Etc.

Después, dio otro paso para crear una persona totalmente nueva. Alguien que no había existido nunca pero que tenía un lugar en este mundo en forma de una pequeña historia crediticia, licencias y la clase de pasado que puede documentarse con facilidad. Parte de ello era sencillo, como obtener una identificación falsa con otro nombre. Le maravillaron de nuevo los cientos de empresas que ofrecían en Internet identidades falsas «a efectos de ocio solamente». Empezó a pedir identificaciones de universidades y carnés de conducir falsos. También pudo conseguir un título de la Universidad de Iowa, promoción de 1970, y un certificado de nacimiento de un hospital inexistente de Des Moines. Asimismo, se incorporó a la lista de alumnos de un desaparecido instituto católico de esa ciudad. Se inventó un número ficticio de la Seguridad Social. Provisto de este material nuevo, fue a un banco distinto al que poseía la cuenta de Richard Lively y abrió otra a otro nombre, que eligió significativamente: Frederick Lazarus. Su nombre de pila asociado al de Lázaro, el hombre que se levantó de entre los muertos.

Fue con el personaje de Frederick Lazarus con el que Ricky empezó su búsqueda.

La idea era muy sencilla: Richard Lively sería real y llevaría una existencia segura y sin riesgos; estaría en casa. Frederick Lazarus sería ficticio. Y no existiría ninguna relación entre los dos personajes. Uno sería un hombre que respiraría el anonimato de la normalidad. El otro sería una creación y, si alguna vez llegaba alguien preguntando por Frederick Lazarus, descubriría que no poseía nada más que números falsos y una identidad imaginaria. Podría ser un hombre peligroso. Podría ser un criminal. Podría ser un hombre arriesgado. Pero sería una ficción concebida con un único objeto: descubrir al hombre que había arruinado la vida de Ricky y pagarle con la misma moneda.

24

Ricky dejó que las semanas se convirtieran en meses, dejó que el invierno de Nueva Hampshire lo envolviera y lo ocultase de todo lo que había sucedido. Dejó que su vida como Richard Lively fuera creciendo a diario, al tiempo que seguía añadiendo detalles a su personaje secundario, Frederick Lazarus. Richard Lively iba a partidos de baloncesto de la universidad cuando tenía una noche libre, hacía de vez en cuando de niñera para sus caseras, que habían depositado pronto su confianza en él, tenía un índice de asistencia ejemplar al trabajo y se había ganado el respeto de sus compañeros en la tienda de comestibles y el departamento de mantenimiento de la universidad al adoptar una personalidad simpática, bromista, casi despreocupada, que parecía no tomarse nada demasiado en serio salvo el trabajo diligente y duro. Cuando le preguntaban por su pasado, inventaba una historia, nada demasiado estrafalario que no pudiera creerse, o evitaba la pregunta con otra. Ricky, el antiguo psicoanalista, descubrió que era un experto en crear situaciones en que la gente solía pensar que había estado hablando de sí mismo cuando en realidad estaba hablando de su interlocutor. Le sorprendió lo fácil que le resultaba mentir.

Al principio trabajó una temporada como voluntario en un albergue y, después, convirtió eso en otro trabajo. Dos veces a la semana atendía como voluntario la línea local del Teléfono de la Esperanza, en el turno de diez de la noche a dos de la madrugada, con mucho el más interesante. Se pasó más de una noche hablando en voz baja con estudiantes amenazados por varios grados de estrés y, curiosamente, esa conexión con individuos anónimos pero atribulados le daba energía. Pensaba que era una buena forma de mantener afinadas sus aptitudes de analista. Cuando colgaba el teléfono tras haber convencido a algún chico de que no se precipitara, sino que fuera a la clínica de la universidad a buscar ayuda, pensaba que en cierto sentido estaba haciendo penitencia por su falta de atención veinte años antes, cuando Claire Tyson había ido a su consulta en aquella clínica con problemas que él no había sabido escuchar y en un peligro que no había sabido ver.

Frederick Lazarus era alguien distinto. Ricky elaboró este personaje con una frialdad sorprendente.

Frederick Lazarus era socio de un gimnasio, donde corría a solas kilómetros en una cinta de andar, levantaba pesos, se ponía en forma y ganaba fuerza a diario, con lo que el antiguo cuerpo delgado pero en esencia blando del analista de Nueva York cambió. Se le redujo la cintura y se le ensancharon los hombros. Hacía ejercicio solo y en silencio, salvo algún que otro gruñido mientras los pies golpeaban la cinta mecánica. Empezó a peinarse el cabello rubio hacia atrás, apartado de la frente, alisado con pulcritud. Se dejó barba. Sentía un placer glacial en el esfuerzo a que se sometía, en especial cuando dejó de jadear al acelerar el ritmo. El gimnasio ofrecía clases de autodefensa, básicamente para mujeres, pero se reorganizó los horarios para poder asistir y aprender las nociones elementales de los golpes con los codos y de los puñetazos rápidos y efectivos a la garganta, la cara o la entrepierna. Al principio las mujeres de la clase parecían algo incómodas con su presencia, pero ofrecerse como blanco para sus prácticas le valió una especie de aceptación. Por lo menos estaban dispuestas a arrearle sin piedad. Él lo consideraba una forma de endurecerse aún más.

La tarde de un sábado de finales de enero, caminó por la nieve y el hielo resbaladizo de las calles hasta la tienda de artículos deportivos R & R, situada fuera del área de la universidad en un centro comercial que incluía tiendas de neumáticos de saldo y una estación de servicio con engrasado rápido. R & R (no había ninguna indicación clara de lo que significaban las letras) era un discreto local cuadrado, lleno de dianas de plástico en forma de ciervo, prendas de caza anaranjadas, cañas y aparejos de pesca, arcos y flechas. En una pared había una amplia gama de rifles de caza, escopetas y armas de asalto modificadas que carecían incluso de la modesta belleza de las culatas de madera y los cañones bruñidos de sus hermanos más aceptables. Los AR-15 y los AK-47 tenían un aspecto frío y militar, un objetivo claro. En la vitrina del mostrador había hileras y más hileras de pistolas diversas. Azul acero. Cromo pulido. Metal negro.

Pasó un rato agradable comentando las virtudes de varias armas con un dependiente, un hombre barbudo y calvo de mediana edad que llevaba una camisa de caza y una pistola corta del calibre 38 remetida en su amplia cintura. Ambos debatieron sobre las ventajas de los revólveres frente a las pistolas automáticas, del tamaño contra la potencia, de la precisión en comparación con la velocidad de disparo. La tienda tenía un local de tiro en el sótano con dos carriles estrechos, uno junto a otro, separados por una pequeña mampara, un poco como una pista de bolos abandonada y oscura. Un sistema eléctrico de poleas bajaba dianas en forma de silueta contra una pared situada a unos quince metros y reforzada con sacos de serrín. El dependiente enseñó con entusiasmo a Ricky, que no había disparado un arma en su vida, cómo apuntar y qué postura adoptar, sujetando el arma con las dos manos de modo que el mundo se estrechara y sólo importasen la visión, la presión del dedo en el gatillo y el blanco que se tenía en la mira. Ricky disparó decenas de veces con una pequeña automática del 22, y una Magnum 357, la 9 milímetros que prefieren las fuerzas del orden y la del calibre 45 que se popularizó durante la Segunda Guerra Mundial y cuyo retroceso le sacudía hasta el hombro y el pecho al dispararla.

Se decidió por algo intermedio, una Ruger semiautomática 380 con un cargador de quince balas. Era un arma situada en la gama entre el gran disparo que prefería la policía y las mortíferas armas pequeñas que gustaban a las mujeres y los asesinos profesionales. Ricky eligió la misma arma que había visto en el maletín de Merlin en aquel tren, algo que le parecía ocurrido en un mundo totalmente distinto. Pensó que era una buena idea estar igualados, aunque sólo fuera en cuanto al arma.

Rellenó la solicitud de licencia de armas con el nombre de Frederick Lazarus y usó el número de la Seguridad Social falso que había conseguido para esta finalidad concreta.

—Tarda un par de días —comentó el dependiente—. Aunque aquí es más fácil que en Massachusetts. ¿Cómo la va a pagar?

—En efectivo.

—Un método anticuado —sonrió el hombre—. ¿No va a ser con tarjeta?

—Las tarjetas sólo te complican la vida.

—Una Ruger 380 la simplifica.

—De eso se trata, ¿no? —repuso Ricky.

El dependiente asintió mientras terminaba el papeleo.

—¿Está pensando en simplificar a alguien en particular, señor Lazarus?

—Qué pregunta tan extraña —contestó Ricky—. ¿Tengo el aspecto de ser un hombre con un enemigo por jefe? ¿Con un vecino que te suelte el chucho cada vez que pasas por su casa? ¿O casado con una mujer que te haya fastidiado demasiado a menudo?

—No —dijo el dependiente con una sonrisa—. No lo tiene. Pero es que tampoco tenemos muchos clientes nuevos. La mayoría son bastante habituales, de modo que al menos les conocemos la cara, si no el nombre. —Bajó los ojos hacia el formulario—. ¿Se la van a conceder, señor Lazarus?

—Claro. ¿Por qué no?

—Bueno, eso es más o menos lo que estoy preguntando. Detesto todo este follón legal.

—Las normas son las normas —dijo Ricky.

El hombre asintió.

—Ya lo puede decir, ya.

—¿Y para practicar? —quiso saber Ricky—. Porque ya me dirá de qué sirve una buena arma como ésta si no la maneja un experto.

—Tiene toda la razón, señor Lazarus —asintió el dependiente—. Mucha gente cree que cuando ha comprado la pistola ya no necesita nada más para protegerse. Pero es sólo el principio, coño. Hay que saber manejar el arma, sobre todo cuando las cosas se ponen, digamos, tensas, como cuando tienes un atracador en la cocina y tú estás en pijama en el dormitorio...

—Exacto —asintió Ricky—. No se puede estar tan asustado...

—... que uno termine cargándose a la mujer o al perro o al gato de la familia. —El dependiente terminó la frase por él y rió—. Aunque puede que eso no fuera lo peor. Si usted estuviera casado con mi parienta, después invitaría al atracador a tomar una cerveza. Y más si tuviera también ese maldito gato suyo que me hace estornudar a todas horas.

—Así pues, ¿el local de tiro...?

—Puede usarlo siempre que quiera. Las dianas cuestan sólo cincuenta centavos. El único requisito es que compre aquí la munición. Y que no entre por la puerta con un arma cargada. Tiene que llevarla enfundada y con el cargador vacío. Llenarlo aquí, donde alguien pueda ver qué hace. Luego podrá disparar todo lo que quiera. Al llegar la primavera organizamos un curso de combate en el bosque. A lo mejor le interesa probarlo.

—Por supuesto —dijo Ricky.

—¿Quiere que le llame cuando llegue la licencia, señor Lazarus?

—¿Cuarenta y ocho horas? Ya me pasaré por aquí. O telefonearé.

—Como quiera. —El hombre lo observó con atención—. A veces las licencias de armas son rechazadas debido a algún problema técnico. Igual hay algún que otro problema con los números que me dio, ¿sabe? Aparece algo en algún ordenador, ya me entiende.

—Todo el mundo puede equivocarse, ¿verdad? —dijo Ricky.

—Parece buena gente, señor Lazarus. Me daría rabia que le negaran la licencia por alguna metedura de pata burocrática. —El dependiente habló despacio, casi con cautela. Ricky oyó su tono—. Todo depende del funcionario que repasa la solicitud. Algunos se limitan a teclear los números sin apenas prestar atención. Otros se toman su trabajo muy en serio.

—Al parecer hay que asegurarse de que la solicitud llegue a la persona adecuada.

—No tendríamos que saber quién hace las comprobaciones —asintió el dependiente—, pero tengo amigos que trabajan ahí.

Ricky sacó la cartera y puso cien dólares en el mostrador.

—No es necesario —comentó el hombre sonriendo de nuevo, pero cogió el dinero—. Me aseguraré de que llegue al funcionario adecuado, uno que procesa las cosas con mucha rapidez y eficiencia.

—Es usted muy amable —aseguró Ricky—. Muy amable. Le deberé una.

—No es nada. Queremos que nuestros clientes queden satisfechos. —Se guardó el billete en el bolsillo—. Oiga, ¿le interesaría un rifle? Tenemos en oferta uno muy bueno del calibre 30 con mira telescópica para cazar ciervos. Y también escopetas...

—Tal vez —asintió Ricky—. Tengo que ver antes qué necesito. Cuando sepa que no hay problemas con la licencia, estudiaré mis necesidades. Tienen una pinta impresionante. —Señaló la colección de armas de asalto.

—Una ametralladora Uzi o una Ingram del 45 o un AK-47 que puede ir muy bien para acabar con cualquier disputa a la que se esté enfrentando —informó el hombre—. Suelen desalentar la disconformidad y favorecer la aceptación.

—Lo recordaré —contestó Ricky.

Ricky tenía cada vez más destreza con el ordenador.

Con su nombre informático hizo un par de búsquedas electrónicas sobre su árbol genealógico y, con rapidez desalentadora, descubrió lo fácil que le había sido a Rumplestiltskin obtener la lista de familiares que había constituido la base de su amenaza inicial. Los aproximadamente cincuenta miembros de la familia del doctor Frederick Starks surgieron a través de Internet en sólo un par de horas de búsqueda. Una vez obtenidos los nombres, no se tardaba demasiado en conseguir direcciones. Las direcciones se convertían en profesiones. No costaba imaginar cómo Rumplestiltskin (que tenía todo el tiempo y la energía necesarios) había logrado información sobre esas personas y encontrado a varios miembros vulnerables del extenso grupo.

Ricky estaba sentado frente al ordenador, algo perplejo.

Cuando su nombre apareció y el segundo programa de árboles genealógicos le mostró como recientemente fallecido, se puso tenso en la silla, sorprendido, aunque no debería haberlo estado; fue como el susto que se tiene cuando por la noche un animal cruza la carretera frente a un coche y desaparece entre los matorrales. Un instante de miedo que remite al instante.

Había trabajado décadas en un mundo de privacidad donde los secretos permanecían ocultos bajo nieblas emocionales y capas de dudas, encerrados en la memoria, oscurecidos por años de negaciones y depresiones. Si el análisis, en el mejor de los casos, consiste en ir desprendiéndose de frustraciones para dejar verdades al descubierto, el ordenador le pareció el equivalente clínico del bisturí. Los detalles y los datos simplemente se iluminaban en la pantalla, arrancados al instante con unas meras pulsaciones en el teclado. Lo detestaba y le apasionaba a la vez.

También se dio cuenta de lo desfasada que parecía su profesión.

Y también comprendió las pocas posibilidades que había tenido de ganar el juego de Rumplestiltskin. Cuando recordaba los quince días entre la carta y su pseudomuerte, veía lo fácil que le había sido a su perseguidor anticiparse a cada paso que él daba. La previsibilidad de su reacción ante cada situación era de lo más evidente.

Reflexionó sobre otro aspecto del juego. Cada momento había sido pensado por anticipado, cada momento lo había lanzado en direcciones que estaban claramente previstas. Rumplestiltskin lo había sabido tan bien como él mismo ahora. Virgil y Merlin habían sido el señuelo usado para distraerlo y evitar que pusiera las cosas en perspectiva. Le habían impuesto un ritmo vertiginoso, llenado sus últimos días de exigencias y convertido en real y palpable cada amenaza.

Cada escena de la obra figuraba en el guión. Desde la muerte de Zimmerman en el metro hasta la visita al doctor Lewis en Rhinebeck, pasando por el empleado del hospital donde tiempo atrás había atendido a Claire Tyson.

«¿Qué hace un psicoanalista? —se preguntó—. Establece normas muy sencillas pero inviolables.»

Una vez al día, cinco días a la semana, sus pacientes se presentaban a su puerta y tocaban el timbre de una forma muy concreta. A partir de eso, el caos de su vida cobraba forma. Y con ello, la capacidad de hacerse con el control.

Para Ricky, la lección era simple: no podía seguir siendo previsible.

Aunque eso no era del todo cierto, pensó. Richard Lively podía ser tan normal como fuera necesario, tan normal como él quisiera. Un hombre corriente. Pero Frederick Lazarus sería alguien diferente.

«Un hombre sin pasado puede forjar cualquier futuro», pensó.

Frederick Lazarus obtuvo un carné en la biblioteca y se sumergió en la cultura de la venganza. Cada página que leía rezumaba violencia. Leyó historias, obras de teatro, poemas y ensayos sobre el género del crimen verídico. Devoró novelas, desde narraciones de suspense escritas el año anterior hasta obras terroríficas del siglo XIX. Profundizó en el teatro y casi se aprendió de memoria *Otelo*, y después todavía más *La Orestíada*. Recuperó fragmentos de su memoria y releyó partes que recordaba de sus días de universitario. Absorbió la escena en que Ulises cierra las puertas de golpe a los pretendientes y asesina a todos los hombres que le suponían muerto.

Ricky no sabía demasiado sobre el crimen y los criminales, pero pronto se convirtió en un experto; por lo menos en la medida en que la palabra impresa es capaz de educar. Aprendió de Thomas Harris y Robert Parker, así como de Norman Mailer y Truman Capote. Mezcló Edgar Allan Poe y sir Arthur Conan Doyle con los manuales de formación del FBI disponibles en las librerías a través de Internet. Leyó *La máscara de la cordura* de Hervey Cleckley y terminó conociendo mucho mejor la naturaleza de los psicópatas. Leyó libros como *Por qué asesinan* y *Enciclopedia de los asesinos en serie*. Leyó sobre asesinatos en masa y con bombas, crímenes pasionales y asesinatos considerados perfectos. Nombres y crímenes llenaban su imaginación, desde Jack el Destripador hasta Billy el Niño, John Wayne Gacy y el Asesino de la Zodiac. Del pasado al presente. Leyó sobre crímenes de guerra y francotiradores, sobre sicarios y rituales satánicos, sobre mafiosos y sobre adolescentes desconcertados que iban a clase con fusiles de asalto para vengarse de compañeros que se habían burlado de ellos demasiado a menudo.

Le sorprendió descubrir que era capaz de compartimentar todo lo que leía. Cuando cerraba otro libro que detallaba algunos de los actos más truculentos que un hombre podía hacer a otro, dejaba a un lado a Frederick Lazarus y volvía a Richard Lively. El primero estudiaba cómo ejecutar con un garrote a una víctima desprevenida y por qué un cuchillo no servía como arma asesina, mientras que el segundo leía cuentos al nieto de cuatro años de su casera y se aprendía de memoria *En la granja de mi abuelo*, que el niño no se cansaba de escuchar a cualquier hora del día o la noche. Y mientras el primero estudiaba el impacto de las pruebas de ADN en la investigación de un crimen, el segundo se pasaba una larga noche hablando con un estudiante con sobredosis hasta que el peligroso colocón remitía.

«Jekyll y Hyde», pensó.

De modo perverso, descubrió que le gustaba la compañía de ambos hombres.

Quizás, y eso era bastante curioso, más que el hombre que era cuando Rumplestiltskin apareció en su vida.

Bien entrada una noche de principios de primavera, nueve meses después de su muerte, Ricky se pasó tres horas al teléfono con una mujer joven angustiada y muy deprimida que llamó, desesperada, al teléfono de la esperanza con un frasco de somníferos delante de ella, en la mesilla. Ricky habló con ella sobre aquello en que se había convertido su vida y en lo que podría convertirse. Le trazó con la voz una imagen verbal de un futuro libre de las penas y dudas que la habían llevado a su actual situación. Tejió esperanza en cada hilo de lo que dijo, y al final la muchacha se olvidó de la sobredosis que amenazaba con tomar y dijo que pediría hora al médico de una clínica.

Cuando él se marchó a casa, más vigorizado que exhausto, decidió que había llegado la hora de hacer su primera investigación.

Ese mismo día, cuando terminó su turno en el departamento de mantenimiento, usó su pase electrónico para acceder a la sala de informática de la facultad de ciencias. Era una habitación cuadrada, dividida en cubículos individuales, cada uno de los cuales tenía un ordenador conectado al sistema central de la universidad. Encendió uno, introdujo su contraseña y se metió en el sistema. En una carpeta a su izquierda, tenía la pequeña cantidad de información que había obtenido en su anterior vida sobre la mujer a la que no había sabido ayudar. Dudó un momento antes de continuar. Sabía que podría encontrar la libertad y una vida tranquila y sencilla si seguía el resto de sus días como Richard Lively. Tenía que admitir que la vida de empleado de mantenimiento no era tan mala. Se preguntó si no saber sería mejor que saber, porque era consciente de que, en cuanto empezara el proceso de averiguar las identidades de Rumplestiltskin y sus acólitos Merlin y Virgil, ya no podría detenerse. Se dijo que pasarían dos cosas: todos los años vividos como doctor Starks, dedicado a la idea de que desenterrar la verdad de lo más profundo de cada ser era una tarea valiosa, se apoderarían de él, y Frederick Lazarus exigiría venganza.

Ricky libró una batalla interior durante un rato, tal vez sólo unos segundos o tal vez horas ante la pantalla, con los dedos inmóviles sobre el teclado.

Decidió que no se comportaría como un cobarde. Pero dudó si la cobardía sería esconderse o actuar. Una sensación fría lo recorrió al tener que elegir.

«¿Quién eras, Claire Tyson? ¿Y dónde están ahora tus hijos?»

Pensó que había muchas clases de libertad. Rumplestiltskin le había matado para lograr una clase de libertad. Ahora él iba a encontrar la suya.

25

Esto era lo que Ricky sabía: hacía veinte años una mujer había muerto en Nueva York y las autoridades habían dado en adopción a sus tres hijos. Debido a ese único hecho, él se había visto obligado a suicidarse.

Los primeros intentos de Ricky en busca del nombre de Claire Tyson no dieron fruto. Era como si su muerte también la hubiese erradicado de los registros a que él tenía acceso electrónico. Al principio ni siquiera la copia del certificado de defunción lo sacó del atasco. Los programas para facilitar árboles genealógicos que habían mostrado la relación de sus familiares con tanta rapidez, resultaron bastante menos efectivos a la hora de localizar a Claire. Parecía que sus orígenes tenían una categoría muy inferior, y esta falta de identidad parecía disminuir su presencia en el mundo. Le sorprendió un poco la falta de información. Los programas del tipo «encuentre a sus familiares desaparecidos» prometían servir para encontrar a casi todo el mundo, y la aparente desaparición de Claire de todos los registros era inquietante.

Pero las primeras tentativas no fueron del todo inútiles. Una de las cosas que había aprendido en los últimos meses era a pensar de un modo bastante más práctico. Como psicoanalista, su método había consistido en seguir símbolos para llegar a realidades. Ahora usaba técnicas parecidas pero de una forma más concreta. Cuando el nombre de Claire Tyson no obtuvo resultado, empezó a buscar por otras vías. Los registros de la propiedad inmobiliaria de Manhattan le proporcionaron el propietario actual del edificio donde ella había vivido. Otra consulta le aportó nombres y direcciones de la burocracia municipal donde la mujer habría tenido que solicitar cualquier prestación social, vales canjeables por alimentos y ayuda a las familias a cargo de menores. El truco era imaginar la vida de Claire Tyson veinte años atrás y limitar eso a fin de conocer todos los elementos que estaban en juego en ese momento. En algún lugar de ese retrato habría un vínculo con el hombre que lo había acechado.

También consultó guías telefónicas electrónicas del norte de Florida. Claire Tyson era de esa zona y Ricky sospechaba que, si tenía algún familiar vivo (aparte de Rumplestiltskin), ahí lo localizaría. En el certificado de defunción figuraba la dirección del pariente más cercano, pero cuando la comprobó con el nombre, descubrió que otra persona vivía en ese sitio. Había varios Tyson en las afueras de Pensacola, y parecía una tarea desalentadora intentar averiguar quién era quién, hasta que Ricky recordó las notas que él mismo había garabateado durante sus pocas sesiones con la mujer. Recordaba que había terminado la secundaria y estudiado dos años en la universidad antes de dejarla para seguir a un marinero destinado en una base naval, el padre de sus tres hijos.

Imprimió los nombres de posibles parientes y la dirección de todos los institutos de secundaria de la zona.

Al contemplar hojas impresas le pareció que debería haber hecho aquello muchos años antes: intentar conocer y comprender a una mujer joven.

Pensó que los dos mundos no podían ser más distintos. Pensacola, Florida, es una zona muy religiosa. Fanatismo cristiano, alabado sea el Señor y ve a misa los domingos y cualquier otro día en que Su presencia sea necesaria. En opinión de Ricky, Nueva York debía de significar todo lo que cualquier persona crecida en Pensacola consideraría malo y diabólico. Le pareció una combinación inquietante. Pero estaba bastante seguro de algo: tenía más probabilidades de encontrar a Rumplestiltskin en la ciudad que en aquella zona rural del norte de Florida. Sin embargo no creía que su perseguidor no hubiera dejado huella en el sur.

Decidió empezar por ahí.

Solicitó un carné de conducir falso de Florida y una tarjeta de identificación de militar retirado a uno de los puntos de venta de este tipo de cosas en Internet. Los documentos tenían que ser remitidos al apartado de correos de Frederick Lazarus en Mailboxes Etc. Pero la identificación era a nombre de Rick Tyson.

Pensó que la gente estaría dispuesta a ayudar a un familiar desaparecido hacía mucho tiempo y que parecía querer encontrar sus raíces del modo más inocente. Para guardarse aún más las espaldas, inventó un centro ficticio para el tratamiento del cáncer y, con papel de carta falso, escribió «a quien corresponda» explicando que un pariente del señor Tyson, aquejado de la enfermedad de Hodgkin, precisaba una médula ósea compatible, y que cualquier ayuda para localizar a miembros de su familia, cuya médula ósea tenía más probabilidades de serlo, sería agradecida y quizás incluso serviría para salvarle la vida.

Ricky sabía que esta carta era de lo más cínica. Pero seguramente le abriría algunas puertas.

Hizo una reserva de avión, ultimó detalles con sus caseras y su jefe del departamento de mantenimiento de la universidad con objeto de cambiar algunas jornadas laborables. Después fue a una tienda de ropa de segunda mano y se compró un traje negro de verano, sencillo y muy barato. Era más o menos lo que, según él, llevaría alguien de pompas fúnebres y lo consideró adecuado a sus circunstancias. A última hora de la tarde del día antes de su partida, con la camisa y los pantalones de empleado de mantenimiento, entró en el departamento de teatro de la universidad. Una de sus llaves maestras abría el almacén donde se guardaban los trajes de las diversas producciones. No tardó mucho en encontrar lo que necesitaba.

El calor de la costa del Golfo contenía una altísima humedad oculta como una amenaza velada. Sus primeras bocanadas de aire al salir del aire acondicionado del vestíbulo del aeropuerto hacia la zona de alquiler de coches fueron de una calidez empalagosa y opresiva, desconocida en Cape Cod hasta en los días más calurosos, e incluso en Nueva York durante la canícula de agosto. Era casi como si el aire tuviera consistencia, como si transportara algo invisible y peligroso. Al principio pensó que serían enfermedades. Pero después supuso que esa idea era exagerada.

Su plan era sencillo: se alojaría en un motel barato e iría a la dirección que figuraba en el certificado de defunción de Claire Tyson. Llamaría a algunas puertas, haría preguntas, averiguaría si alguien que viviera ahí ahora conocía el paradero de su familia. Luego recorrería los institutos más cercanos a esa dirección. No era un plan demasiado brillante pero poseía cierta tenacidad periodística: llamar a puertas y averiguar quién tenía algo que decir.

Encontró un Motel 6 situado en un bulevar lleno de centros comerciales, restaurantes de comida rápida de todas las cadenas y tiendas de saldos. Era una calle bañada por el implacable sol del Golfo. Las esporádicas zonas de palmeras y matorrales parecían haber llegado con la corriente hasta aquella costa de comercio barato como restos flotantes tras una tormenta. Podía saborear el mar cercano, cuyo aroma llenaba el aire, pero la vista era la de un terreno urbanizado, casi infinito, como un período decimal de edificios de dos plantas y carteles chillones.

Se inscribió con el nombre Frederick Lazarus y pagó una estancia de tres días en efectivo. Dijo al recepcionista que era viajante, aunque el hombre no le prestó demasiada atención. Dejó la bolsa en la modesta habitación y luego cruzó el estacionamiento hacia la tienda de una gasolinera. Allí compró un plano detallado de la zona de Pensacola.

La extensión de viviendas cerca de la base naval poseía una uniformidad que le recordó un poco a uno de los primeros círculos del infierno. Hileras de casas de bloque de hormigón, con manchas de hierba achicharrada al sol y aspersores omnipresentes que salpicaban el césped. Al recorrer la zona en coche, Ricky pensó que cada manzana presentaba características que parecían definir las aspiraciones de sus habitantes: las manzanas con la hierba bien cortada en jardines cuidados y las casas recién pintadas de blanco reluciente al sol del Golfo parecían significar esperanza y posibilidades. Los coches aparcados en los senderos de entrada estaban limpios, pulidos, brillantes y nuevos. En algunos jardines había columpios y juguetes de plástico, y a pesar del calor de la mañana, algunos niños jugaban bajo la mirada atenta de sus padres. Pero la línea de demarcación era clara: unas manzanas más allá las casas tenían un aspecto notoriamente desgastado. La pintura vieja, pelada, y los canalones manchados por el uso. Franjas de tierra, alambradas, un par de coches sobre bloques, sin ruedas, oxidándose. Pocas voces de niños jugando, cubos de basuras desbordantes de botellas. Manzanas de sueños limitados.

El Golfo, a lo lejos, con su extensión de vibrantes aguas azules, y la base, con enormes barcos grises de la armada alineados, eran el eje sobre el que giraba todo. Pero, a medida que se alejaba del mar y se adentraba más en las carencias, el mundo que veía parecía limitado, sin rumbo y tan inútil como una botella vacía.

Encontró la calle donde vivía la familia de Claire Tyson y se estremeció. No era ni mejor ni peor que las demás, pero su mediocridad impulsaba a huir de allí.

Ricky buscaba el número trece, que estaba hacia mitad de la calle. Frenó y aparcó.

La casa en sí era similar a las demás de la calle, de una planta con dos o tres dormitorios y aparatos de aire acondicionado colgando de un par de ventanas. En el cochambroso porche había una oxidada barbacoa negra. La casa estaba pintada de un rosa apagado y lucía un estrafalario trece negro escrito a mano junto a la puerta. El uno era mucho más grande que el tres, lo que casi indicaba que la persona que había pintado la dirección en la pared había cambiado de idea a medio brochazo. Había un aro de baloncesto clavado sobre la puerta de un garaje que le pareció, a pesar de no ser ningún experto, estar entre quince y treinta centímetros por debajo de lo reglamentario. Además estaba doblado. No tenía red. Una pelota vieja y descolorida descansaba junto a un puntal. El jardín delantero tenía aire de abandono, la hierba invadida de maleza. Un perro grande, encadenado a una pared y limitado por una valla metálica al reducido jardín trasero, empezó a ladrar con furia cuando él subió el sendero de entrada. El periódico del día había caído cerca de la calle, y Ricky lo recogió y lo llevó hasta la puerta principal. Pulsó el timbre y lo oyó sonar en el interior. Un niño lloraba, pero se calló casi a la vez que una voz contestaba:

—Ya voy, ya voy.

La puerta se abrió y una joven negra con un pequeño a la cadera apareció frente a él. No abrió la puerta mosquitera.

—¿Qué quiere? —le espetó—. ¿Ha venido por el televisor? ¿Por la lavadora? ¿Acaso por los muebles o el biberón del niño? ¿Qué se llevarán ahora? —Miró hacia la calle, buscando con los ojos un camión y un grupo de hombres.

—No he venido a llevarme nada —contestó Ricky.

—¿Es de la compañía de la luz?

—No. No soy cobrador de facturas y tampoco vengo a llevarme nada pendiente de pago.

—¿Quién es entonces? —quiso saber. Su voz seguía sonando agresiva. Desafiante.

—Soy alguien que quiere hacer un par de preguntas —sonrió Ricky—. Y, si obtengo algunas respuestas, usted podría ganar algún dinero.

La mujer siguió observándolo con recelo, pero ahora también con curiosidad.

—¿Qué clase de preguntas? —dijo.

—Preguntas sobre alguien que vivió aquí antes, hace tiempo.

—No sé demasiado —dijo la mujer.

—Una familia apellidada Tyson.

—Será el hombre al que desalojaron antes de que nos instaláramos nosotros —asintió la joven.

Ricky sacó un billete de veinte dólares de la cartera. Lo levantó y la mujer abrió la puerta mosquitera.

—¿Es usted policía? —preguntó—. ¿Una especie de detective?

—No soy policía. Pero podría ser una especie de detective. —Entró en la casa.

Parpadeó un instante ya que tardó unos segundos en adaptarse a la oscuridad. El calor de la entrada era sofocante. Siguió a la mujer y al niño hacia el salón, donde las ventanas estaban abiertas pero el calor acumulado lo asemejaba a la celda de una cárcel. Había una silla, un sofá, un televisor y un corralito rojo y azul, que fue donde la mujer depositó al niño. Las paredes estaban vacías, salvo por un retrato del pequeño y una fotografía de boda que mostraba a la mujer y a un joven negro con uniforme de la Marina en una pose forzada. Ricky le echó diecinueve años a la pareja. Veinte como mucho. «Diecinueve —pensó tras lanzar una mirada furtiva a la muchacha—. Pero está envejeciendo deprisa.» Volvió a mirar la fotografía e hizo la pregunta obvia:

—¿Es su marido? ¿Dónde está?

—Embarcó —contestó la mujer. Su voz, una vez serena, poseía una dulzura cantarina. Hablaba con un acento inconfundible del sureste, y Ricky supuso que sería de Alabama o de Georgia, quizá de Misisipí. Imaginó que alistarse había sido la ruta de escape de alguna zona rural y que ella lo había seguido sin sospechar que tan sólo iba a sustituir una clase de pobreza por otra—. Está en algún sitio del golfo Pérsico, a bordo del *Essex*. Es un destructor. Le faltan dos meses para volver a casa.

—¿Cómo se llama usted?

—Charlene. ¿Son éstas las preguntas con las que voy a ganar dinero?

—¿Tan mala es su situación?

—Y que lo diga. —Rió como si fuera una broma—. La paga de la Marina es una miseria si no asciendes un poco. Ya nos quedamos sin coche y debemos dos meses de alquiler. También debemos parte de los muebles. Les ocurre más o menos lo mismo a todos los que vivimos en esta parte de la ciudad.

—¿La amenaza el casero? —quiso saber Ricky. La mujer, para su sorpresa, negó con la cabeza.

—El casero debe de ser un hombre bueno, no lo sé. Cuando tengo el dinero, lo ingreso en una cuenta bancaria. Pero un hombre del banco, o tal vez un abogado, me llamó y me dijo que no me preocupara, que pagara cuando pudiera. Dijo que comprendía que las cosas a veces eran difíciles para los militares. Mi marido Reggie no es más que marinero raso. Tiene que ascender si quiere recibir una buena paga. Pero aunque el casero es legal, nadie más lo es. Los de la compañía de luz dicen que la van a cortar. Por eso no puedo encender el aire acondicionado ni nada.

Ricky se sentó en la única silla, y Charlene lo hizo en el sofá.

—Cuénteme lo que sepa sobre la familia Tyson —pidió él—. ¿Vivía aquí antes de que llegaran ustedes?

—Sí. No sé demasiado sobre esa gente. Sólo sé algo del viejo. Vivía aquí solo. ¿Le interesa ese viejo?

Ricky tomó la cartera y mostró a la joven el carné de conducir falso a nombre de Rick Tyson.

—Es un pariente lejano y puede haber recibido una pequeña suma en herencia —mintió—. La familia me ha mandado para intentar localizarlo.

—No creo que necesite dinero donde está —soltó Charlene.

—¿Dónde está?

—En el asilo de veteranos del ejército que hay en Midway Road. Si todavía vive.

—¿Y su mujer?

—Murió hace más de dos años. Estaba delicada del corazón, o eso dijeron.

—¿Los llegó a conocer?

—Lo único que sé es lo que me contaron los vecinos —comentó Charlene, y meneó la cabeza.

—¿Y qué le contaron?

—Que el viejo y la vieja vivían aquí solos.

—Creía que tenían una hija.

—Eso parece, pero dicen que murió. Hace mucho.

—Ya. Continúe.

—Vivían de la Seguridad Social. Puede que cobraran algo de retiro, no lo sé. La vieja se puso enferma del corazón. No tenía seguro de enfermedad, sólo la sanidad pública. Las facturas se acumulaban. La vieja murió y dejó al viejo con un montón de facturas. Sin seguro. Era un hombre desagradable que no caía demasiado bien a ningún vecino, sin amigos y sin familia, que se supiera. Tenía sólo lo mismo que yo: facturas, gente que quería cobrar su dinero. Un día se retrasó con la hipoteca de la casa y descubrió que el banco ya no era el propietario de la deuda como él creía, porque alguien se la había comprado. No hizo ese pago, puede que tampoco otros, y los alguaciles vinieron con una orden de desalojo. Lo pusieron de patitas en la calle. Y ahora está en el asilo de veteranos del ejército. No creo que vaya a salir nunca de allí, a no ser con los pies por delante.

—¿Ustedes se instalaron aquí inmediatamente después del desalojo? —preguntó Ricky tras reflexionar un minuto.

—Exacto. —Charlene suspiró y meneó la cabeza—. Toda esta manzana era mucho más bonita hace un par de años. No había tanta basura, ni bebida, ni peleas. Creía que sería un buen lugar para empezar de cero, pero ahora no tenemos dinero para mudarnos. En todo caso, los vecinos de aquí enfrente fueron quienes me contaron la historia del viejo. Ya no están aquí. Seguramente ya no queda ninguno de los que conocían al viejo. Pero no parecía que hubiese tenido muchos amigos. El viejo tenía un pitbull encadenado donde ahora está nuestro perro. El nuestro sólo ladra, arma escándalo, como cuando usted se acercó. Si lo suelto lo más probable es que le lama la cara en lugar de morderlo. El pitbull de Tyson no era así.

Cuando ese hombre era más joven, le gustaba que peleara, ya sabe, en peleas con apuestas. En esos sitios hay muchos hombres blancos sudorosos que apuestan lo que no tienen, beben, blasfeman y arman jaleo. Ésa es la parte de Florida no apta para turistas. Es como Alabama o Misisipí. La mentalidad cerrada de Florida. La mentalidad cerrada y los pitbulls.

—Entiendo —dijo Ricky.

—En este barrio hay muchos niños. Los perros como ése pueden morder a alguno. Puede que hubiera otras razones por las que no cayera muy bien a la gente de por aquí.

—¿Qué otras razones?

—He oído historias.

—¿Qué clase de historias?

—Historias perversas. De cosas horribles, llenas de maldad. No sé si serán ciertas y, como mis padres me dicen que no repita cosas que no sepa seguro, quizá debería preguntar a alguien que no sea tan temeroso de Dios como yo. Pero no sé quién. Ya no quedan personas de esa época.

—¿Tiene el nombre o la dirección del hombre al que usted paga el alquiler? —preguntó Ricky tras reflexionar otro momento.

Charlene pareció sorprendida pero asintió.

—Claro. Hago el cheque a nombre de un abogado del centro y se lo mando a un hombre del banco. Cuando tengo el dinero. —Recogió un lápiz del suelo y anotó un nombre y una dirección en el dorso de un sobre de una casa de alquiler de muebles. El sobre llevaba estampado en rojo SEGUNDO AVISO—. Espero que esto le sirva de algo.

Ricky sacó dos billetes más de veinte dólares y se los entregó. Ella asintió para darle las gracias. Después de dudar un momento, él sacó un tercer billete.

—Para el niño —dijo.

—Es muy amable.

Se protegió los ojos del sol con la mano al salir a la calle. No había una sola nube en el cielo y el calor se había intensificado. Recordó los días veraniegos de Nueva York y cómo él huía hacia el clima más fresco de Cape Cod.

«Eso se acabó», pensó.

Miró hacia donde tenía aparcado el coche y trató de imaginarse a un anciano sentado entre sus escasas pertenencias en la acera. Sin amigos y desalojado de la casa donde había vivido una vida difícil, pero por lo menos suya propia, durante muchos años. Expulsado con rapidez y sin consideración. Abandonado a la vejez, la enfermedad y la soledad. Ricky se guardó el papel con el nombre y la dirección del abogado en el bolsillo. Sabía quién había desalojado al anciano. Sin embargo, se preguntó si aquel hombre mayor sentado en la acera sabía que el hombre que lo había echado a la calle era el hijo de su hija, a quien muchos años antes Ricky había dado la espalda.

A menos de siete manzanas de la casa de donde Claire Tyson había huido había un gran instituto de secundaria. Ricky aparcó en la zona de estacionamiento y contempló el edificio mientras intentaba imaginar cómo un adolescente podría encontrar individualidad, y mucho menos educación, entre aquellas paredes. Era un edificio enorme de color arena, con un campo de fútbol y una pista circular a un lado, tras una valla de tres metros de altura. Ricky tuvo la impresión de que quienquiera que hubiese diseñado aquella estructura se había limitado a dibujar un rectángulo inmenso y a añadir después un segundo rectángulo para crear un conjunto en forma de T y dar así por finalizada su obra. En la pared de ladrillo del edificio había un enorme mural de un antiguo barco griego junto con la leyenda: HOGAR DE LOS ESPARTANOS DEL SUR en una fluida y apagada letra roja. Todo el lugar estaba cocido como una crep en una sartén bajo el cielo despejado y el sol abrasador.

En la puerta principal había un control de seguridad, donde un guarda con camisa azul, pantalones negros y cinturón y zapatos de charol negro que, si bien no le conferían la categoría de policía, sí por lo menos el mismo aspecto, manejaba un detector de metales. El guarda dijo a Ricky cómo llegar a las oficinas administrativas y luego le hizo pasar entre los postes paralelos. Los zapatos de Ricky repiquetearon en el suelo de linóleo del vestíbulo. Era horario de clase, de modo que avanzó casi en solitario entre hileras de taquillas de color gris. Sólo algún que otro alumno pasó apresurado a su lado.

Al otro lado de la puerta que indicaba ADMINISTRACIÓN había una secretaria sentada a una mesa. Una vez le explicó el motivo de su visita, ella lo condujo a la oficina de la directora. Esperó fuera mientras la secretaria entró y luego aparecía en la puerta para hacerle pasar. Una mujer de mediana edad con una camisa blanca abrochada hasta la barbilla alzó los ojos del ordenador por encima de las gafas para dirigirle una mirada de maestra de escuela, casi regañona. Parecía un poco desconcertada por su presencia, y le señaló una silla mientras se desplazaba para situarse detrás de una mesa abarrotada de papeles. Ricky se sentó y pensó que aquel asiento habría sido utilizado sobre todo por alumnos atribulados, pillados en alguna fechoría, o por padres consternados a los que se informaba de ello.

—¿En qué puedo ayudarlo exactamente? —preguntó la directora sin rodeos.

—Estoy buscando información —asintió Ricky—. Necesito detalles de una joven que estudió en este instituto a finales de los años sesenta. Su nombre era Claire Tyson.

—Los expedientes académicos son confidenciales —replicó la directora—. Pero recuerdo a la joven.

—¿Lleva aquí mucho tiempo?

—Toda mi carrera —dijo la mujer—. Pero aparte de dejarle ver el anuario de 1967, no creo que pueda proporcionarle gran ayuda. Como le he dicho, los expedientes son confidenciales.

—Bueno, en realidad no necesito su expediente académico —indicó Ricky, que se sacó la carta del falso centro para el tratamiento del cáncer y se la entregó—. Lo que estoy buscando es alguien que pueda conocer a un familiar.

La mujer leyó la carta con rapidez. Su expresión se suavizó.

—Oh —exclamó a modo de disculpa—. Lo siento mucho. No sabía...

—Descuide. Es una posibilidad muy remota. Pero cuando tienes una sobrina tan enferma, estás dispuesto a aferrarte a cualquier posibilidad, por remota que sea.

—Por supuesto —dijo la mujer con rapidez—. Por supuesto que sí. Pero no creo que quede ningún Tyson de la familia de Claire por aquí. Por lo menos que yo recuerde, y recuerdo a casi todo el mundo que cruza esas puertas.

—Me sorprende que recuerde a Claire —comentó Ricky.

—Dejaba huella, en más de un sentido. Por aquel entonces yo era su tutora de orientación profesional. He ido subiendo de categoría.

—Es evidente —dijo Ricky—. Pero recordarla, en especial después de tantos años...

La mujer hizo un leve gesto, como para interrumpir su pregunta. Se levantó y se dirigió a una estantería para coger un viejo anuario encuadernado en imitación piel correspondiente a 1967. Se lo dio a Ricky.

Era un anuario de lo más típico. Páginas y páginas de cándidas instantáneas de alumnos en actividades o juegos diversos, reforzadas con algo de prosa entusiasta. El grueso del anuario lo formaban los retratos formales de la última clase. Eran retratos de estudio de gente joven que intentaba parecer mayor y más seria de lo que era. Ricky repasó las imágenes hasta que llegó a Claire Tyson. Le costó un poco identificar a la mujer a la que había visto una década después con la muchacha del anuario. Llevaba el cabello más largo, que le caía ondulado, sobre el hombro. Esbozaba una leve sonrisa, un poco menos forzada que la mayoría de sus compañeros de clase, con el tipo de expresión que adoptaría alguien que sabe un secreto. Leyó el texto junto a su foto. Relacionaba sus actividades extraescolares (francés, ciencias, el club de Futuras Amas de Casa y la sociedad teatral) y los deportes que practicaba, voleibol y béisbol universitarios. También figuraban sus méritos académicos, que incluían ocho semestres en el cuadro de honor y una distinción del programa de becas al mérito escolar. Había una cita, de cariz humorístico, pero que para Ricky tenía un tono algo premonitorio: «Haz a los demás antes de que los demás tengan ocasión de hacerte a ti.» Una predicción: «Quiere vivir a tope», y un vistazo a la bola de cristal adolescente: «De aquí a diez años estará en Broadway o bajo él.»

La directora miraba por encima de su hombro.

—No tenía ninguna posibilidad —aseguró.

—¿Perdone? —replicó Ricky, y la palabra formó una pregunta.

—Era la hija única de una pareja... bueno, difícil. Vivían en el límite de la pobreza. El padre era un tirano. Quizá peor aún...

—Quiere decir...

—Mostraba muchos signos clásicos de abusos sexuales. Hablé con ella a menudo cuando tenía sus ataques incontrolables de depresión. Lloraba y se ponía histérica. Después se quedaba tranquila, fría, casi ida, como si estuviera en otra parte, aunque estaba sentada conmigo en el despacho. Habría llamado a la policía si hubiera tenido alguna prueba, pero ella jamás admitió ante mí ningún abuso. En mi posición hay que ser prudente. Y entonces no sabíamos tanto sobre estas cosas como ahora.

—Por supuesto.

—Y, claro, sabía que huiría a la primera ocasión. Ese chico...

—¿Un novio?

—Sí. Estoy casi segura de que ya estaba embarazada cuando terminó aquella primavera.

—¿Cómo se llamaba? ¿Vive todavía por aquí? Sería fundamental encontrarlo, ¿sabe? Con eso del acervo genético... No entiendo la jerga de los médicos, pero...

—Hubo un hijo. Pero no sé qué pasó. No echaron raíces aquí, eso seguro. El chico pensaba alistarse en la Marina, aunque no sé si llegó a hacerlo, y ella se marchó a la universidad local. No creo que se casaran. Me la encontré una vez por la calle. Se paró para saludarme, pero nada más. Era como si ya no pudiera hablar sobre nada. Claire pasaba de sentirse avergonzada por una cosa a sentirse avergonzada por otra. Sin embargo era brillante, maravillosa en un escenario. Podía interpretar cualquier papel, desde Shakespeare a *Ellos y ellas*, y hacerlo muy bien. Tenía verdadero talento para la interpretación. Su problema era la realidad.

—Comprendo.

—Era una de esas personas a las que te gustaría ayudar pero no puedes. Su empeño era encontrar a alguien que cuidara de ella, pero siempre encontraba a la persona equivocada. Sin excepción.

—¿Y el chico?

—¿Daniel Collins? —La directora tomó el anuario y hojeó unas páginas hacia atrás antes de devolvérselo a Ricky—. Guapo, ¿eh? Volvía locas a las chicas. Jugaba a fútbol y a baloncesto, aunque no era ninguna estrella. Bastante listo, pero no se esforzaba en clase. El tipo de chico que siempre sabe dónde es la fiesta, dónde se obtiene alcohol o hierba o lo que sea, y al que no pillan nunca. Uno de esos muchachos que salía de una para meterse en otra. Tenía a todas las chicas en el bolsillo, pero sobre todo a Claire. Era una de esas relaciones que sabes que sólo pueden acabar mal pero no puedes hacer nada.

—Veo que no le gustaba demasiado ese chico.

—¿Por qué iba a gustarme? Era una especie de depredador. Y sin duda era bastante egoísta, sólo miraba por él mismo.

—¿Tiene la dirección de su familia?

La directora se sentó al ordenador y tecleó un nombre. Luego anotó un número en un trozo de papel que entregó a Ricky. Él asintió a modo de respuesta.

—¿Piensa que la abandonó?

—Seguro, después de haberla utilizado. Eso era lo que se le daba bien: utilizar a la gente y deshacerse de ella después. Si tardó un año o diez, no lo sé. Cuando te dedicas a este trabajo, llegas a pronosticar muy bien lo que ocurrirá a los chicos. Algunos te pueden sorprender, en un sentido u otro, pero no muchos. —Señaló la predicción del anuario. «En Broadway o bajo él.» Ricky sabía cuál de esas dos alternativas se había hecho realidad—. Los chicos siempre bromean cuando predicen. Pero la vida no suele ser tan divertida, ¿verdad?

Antes de dirigirse al hospital para veteranos del ejército, Ricky pasó por el motel para ponerse el traje negro. También recogió el objeto que había tomado prestado del departamento de teatro en la Universidad de Nueva Hampshire, se lo colocó en el cuello y se contempló en el espejo.

El edificio del hospital tenía el mismo aspecto impersonal que el instituto. Era de ladrillo blanqueado, de dos plantas, como si lo hubieran dejado caer en un espacio abierto entre por lo menos seis iglesias distintas, según el cómputo de Ricky. Pentecostal, baptista, católica, congregacionalista, unitaria y metodista episcopal africana, todas ellas con esos esperanzadores tableros de anuncios en el jardín de entrada que proclamaban una felicidad infinita ante la llegada inminente de Jesús, o como mínimo, el consuelo en las palabras de la Biblia, pronunciadas con fervor en un oficio diario y en dos los domingos. A Ricky, que había adquirido una saludable falta de respeto por la religión en su ejercicio profesional, le gustó bastante la yuxtaposición del hospital para veteranos del ejército y las iglesias: era como si la dura realidad de los abandonados, representada por el hospital, sirviera para equilibrar en cierta medida todo el optimismo que circulaba sin control en las iglesias. Se preguntó si Claire Tyson habría asistido con regularidad a la iglesia. Sospechaba que sí, dado el ambiente en que había crecido. Todo el mundo iba a la iglesia. El problema era que eso no impedía que los feligreses maltrataran a sus mujeres o a sus hijos los demás días de la semana; algo que estaba seguro de que Jesús desaprobaba, si es que opinaba al respecto.

El hospital para veteranos del ejército tenía dos mástiles con la bandera de Estados Unidos y la del estado de Florida, una junto a otra, colgando lánguidamente en aquel calor impropio de finales de la primavera. Había unos arbustos plantados sin ton ni son junto a la entrada, y Ricky vio unos cuantos ancianos con batas andrajosas y en sillas de ruedas, sentados solos en un pequeño porche lateral bajo el sol de la tarde. No estaban en grupo, ni siquiera en parejas. Cada uno parecía funcionar en una órbita exclusiva, definida por la edad y la enfermedad. Avanzó y cruzó la entrada. El interior estaba en penumbra. Se estremeció. Los hospitales a los que había llevado a su mujer antes de morir eran claros, modernos, diseñados para reflejar todos los avances de la medicina. Eran sitios que parecían llenos del propósito de sobrevivir. O, como era su caso, de la necesidad de luchar contra lo inevitable. De robar días a la enfermedad, como un jugador de fútbol americano que intenta ganar yardas, por muchos defensas que lo plaquen. Este hospital era todo lo contrario. Era un edificio en el peldaño inferior de la asistencia médica, donde los tratamientos eran tan anodinos y poco creativos como el menú diario. La muerte, tan regular y sencilla como el arroz blanco. Ricky sintió frío al adentrarse, porque supo que era un lugar triste al que aquellos ancianos iban a morir.

Vio a una recepcionista tras una mesa y se acercó.

—Buenos días, padre —le dijo la mujer afablemente—. ¿En qué puedo servirle?

—Buenos días, hija mía —contestó Ricky mientras se tocaba el alzacuellos que había tomado prestado del cuarto de atrezo—. Qué calor para llevar el traje elegido por el Señor —bromeó—. A veces me pregunto por qué el Señor no elegiría una de esas bonitas camisas hawaianas de colores tan alegres en lugar del alzacuellos —prosiguió—. Sería más cómodo en días como éste.

La recepcionista soltó una carcajada.

—¿En qué estaría pensando nuestro Señor? —añadió la mujer.

—He venido para ver a un paciente. Se llama Tyson.

—¿Es pariente suyo, padre?

—Pues no, hija mía. Pero su hija me rogó que lo visitara cuando algún asunto de la Iglesia me trajese aquí.

Esta respuesta pareció colar, tal como Ricky había previsto. No creía que nadie de aquella zona de Florida fuera a rechazar nunca a un sacerdote. La mujer comprobó unos datos en el ordenador. Sonrió cuando el nombre apareció en pantalla.

—Qué extraño —comentó—. Aquí no consta ningún familiar vivo. Ningún pariente próximo. ¿Está seguro de que era su hija?

—Han estado muy distanciados, y ella le volvió la espalda hace tiempo. Ahora, con mi ayuda y la bendición del Señor, quizás exista la probabilidad de una reconciliación en su vejez.

—Eso estaría bien, padre. Espero que así sea. De todos modos, ella debería figurar en nuestro ordenador.

—Le diré que le envíe sus datos —aseguró Ricky.

—Puede que él la necesite...

—Que Dios la bendiga, hija mía —dijo Ricky, disfrutando de la hipocresía de sus palabras y de su relato, del mismo modo que en el escenario un actor disfruta de esos momentos llenos de tensión y alguna duda, pero vigorizados por el público. Después de tantos años pasados tras el diván guardándose sus opiniones sobre la mayoría de las cosas, Ricky estaba ahora radiante por poder salir al mundo y mentir.

—No parece que haya mucho tiempo para una reconciliación, padre. Me temo que el señor Tyson está en la unidad de desahuciados —anunció la recepcionista—. Lo siento, padre.

—¿Está...?

—Terminal.

—Entonces puede que mi visita sea más oportuna de lo que esperaba. Tal vez pueda proporcionarle algo de consuelo para sus últimos días.

La recepcionista asintió. Señaló un plano esquemático del hospital.

—Tiene que ir aquí. La enfermera de guardia le ayudará.

Ricky recorrió el laberinto de pasillos que parecían descender a mundos cada vez más fríos y anodinos. Todo lo que había en el hospital le resultaba un poco raído. Le recordaba las distinciones entre las tiendas de ropa cara de Manhattan, que conocía de sus días de psicoanalista, y el mundo de segunda mano del Ejército de Salvación que había descubierto como empleado de mantenimiento en Nueva Hampshire. En aquel hospital para veteranos del ejército nada era nuevo, nada era moderno, nada parecía funcionar debidamente, todo tenía aspecto de usado. Hasta la pintura blanca de las paredes estaba descolorida y amarillenta. Le resultaba curioso caminar por un lugar que debería estar aseado y dedicado a la ciencia y tener la sensación de necesitar una ducha.

«La clase marginada de la medicina», pensó. Y, cuando pasó por las unidades de cardiología y pulmonar, y junto a una puerta cerrada que indicaba psiquiatría, el ambiente pareció volverse cada vez más decrépito y deteriorado, hasta que llegó a la fase final, una serie de puertas dobles con el rótulo UNIDAD DE DESAHUCIADOS, con las palabras mal alineadas.

Ricky observó que el alzacuellos y el traje de clérigo cumplían su objetivo de modo impecable. Nadie le pidió ninguna identificación; nadie pareció preguntarse qué hacía allí. Al entrar en la unidad, vio un puesto de enfermería y se acercó al mostrador. La enfermera de guardia, una corpulenta mujer negra, alzó los ojos hacia él.

—Ah, padre —dijo—, me han avisado de que venía hacia aquí. El señor Tyson está en la habitación 300. La primera cama al entrar.

—Gracias —contestó Ricky—. ¿Podría decirme qué tiene?

La enfermera le entregó con diligencia un historial médico. Cáncer de pulmón. Le quedaba poco tiempo y, en su mayoría, doloroso. Sintió un poco de compasión. «Bajo la capa de ser serviciales —pensó—, los hospitales hacen mucho por degradar.»

Eso era así, sin duda, en el caso de Calvin Tyson, que estaba conectado a varias máquinas y yacía incómodo en la cama, apuntalado con almohadas para ver el viejo televisor que colgaba entre su cama y la de su vecino. El aparato ofrecía una telenovela, pero el sonido estaba apagado. Además, la imagen se veía borrosa.

Tyson estaba escuálido, casi esquelético. Llevaba puesta una mascarilla de oxígeno que le colgaba del cuello y levantaba de vez en cuando para respirar mejor. Su nariz estaba teñida del inconfundible tono azulado del enfisema, y sus descarnadas piernas desnudas se extendían en la cama como ramitas que una tormenta hubiera arrancado de un árbol y desparramado por la calzada. El hombre que ocupaba la cama de al lado estaba en una situación muy parecida, y ambos resollaban en una agonía a dúo. Cuando Ricky entró, Tyson volvió la cabeza para mirarlo.

—No quiero hablar con ningún sacerdote —dijo.

—Pero este sacerdote quiere hablar con usted —sonrió Ricky con frialdad.

—Quiero que me dejen solo —insistió Tyson.

Ricky lo observó.

—Según parece —dijo con brío—, pronto va estar solo toda la eternidad.

—No necesito ninguna religión, ya no. —Tyson sacudió la cabeza con dificultad.

—Y yo no voy a ofrecerle ninguna —contestó Ricky—. Por lo menos, no como piensa.

Ricky cerró la puerta de la habitación. Vio que había unos auriculares para escuchar la televisión colgados en la pared. Rodeó los pies de la cama y observó al compañero de Tyson. El hombre lo miró con una expectación indiferente. Ricky le señaló los auriculares de su cama.

—¿Quiere ponérselos para que pueda hablar en privado con su vecino? —preguntó, pero en realidad ordenó.

El hombre se encogió de hombros y se los colocó en las orejas con cierta dificultad.

—Bien —dijo Ricky mientras se volvía hacia Tyson para preguntarle—: ¿Sabe quién me ha enviado?

—Ni idea —dijo con voz ronca Tyson—. No queda nadie a quien yo le importe.

—En eso se equivoca. —Se acercó y se inclinó hacia el hombre agonizante para susurrarle con frialdad—: Dígame la verdad, viejo, ¿cuántas veces se folló a su hija antes de que ella se marchara para siempre?

26

El anciano, sorprendido, abrió unos ojos como platos. Levantó una mano huesuda que agitó en el reducido espacio entre Ricky y su tórax hundido, como si pudiera alejar la pregunta, pero estaba demasiado débil para hacerlo. Tosió, se atragantó y tragó saliva antes de preguntar:

—¿Qué clase de sacerdote es usted?

—Un sacerdote de la memoria —contestó Ricky.

—¿Qué quiere decir con eso? —Las palabras del hombre eran apresuradas y atemorizadas. Recorrió la habitación rápidamente con la mirada como si buscara a alguien que lo ayudara.

Ricky esperó antes de responder. Bajó los ojos hacia Calvin Tyson, que, aterrado de repente, se retorcía en la cama, e intentó adivinar si tendría miedo de él o de la historia que parecía conocer. Sospechó que el viejo había pasado años solo sabiendo lo que había hecho y, aunque las autoridades escolares, los vecinos y su mujer hubieran sospechado de él, seguramente se habría convencido de que era un secreto que sólo compartía con su hija.

Ricky, con su provocadora pregunta, debía de parecerle una especie de ángel vengador. El anciano alargó la mano para buscar el timbre que colgaba de un cable en la cabecera, pero Ricky lo apartó de su alcance.

—No vamos a necesitar esto —aseguró—. Nuestra conversación será en privado.

El viejo dejó caer la mano en la cama y agarró la mascarilla de oxígeno para aspirar bocanadas profundas con los ojos todavía desorbitados de miedo. La mascarilla era anticuada, verde, y cubría la nariz y la boca con un plástico opaco. En unas instalaciones modernas, Tyson tendría un artilugio más pequeño sujeto entre los orificios de la nariz. Pero aquel hospital para veteranos del ejército era el tipo de sitio donde se envía el equipo viejo para que sea utilizado antes de desecharlo, más o menos como muchos de los pacientes que ocupaban aquellas camas. Ricky apartó la mascarilla de oxígeno de la cara de Tyson.

—¿Quién es usted? —preguntó el viejo, temeroso. Tenía acento del Sur. Ricky pensó que había algo de infantil en el terror que asomaba a sus ojos.

—Soy un hombre con algunas preguntas —dijo—. Un hombre que busca algunas respuestas. Verá, esto puede ser fácil o difícil; depende de usted.

Para su sorpresa, no le costó nada amenazar a un anciano decrépito que había abusado de su única hija y que después había vuelto la espalda a sus nietos huérfanos.

—Usted no es ningún predicador —dijo Tyson—. Usted no trabaja para el Señor.

—En eso se equivoca —aseguró Ricky—. Y teniendo en cuenta que va a estar frente a Él en cualquier momento, quizás haría bien en pecar de creyente.

Este argumento pareció tener algún sentido para el anciano, que cambió de postura y asintió.

—Su hija... —empezó Ricky, pero no pudo concluir la frase.

—Mi hija está muerta. No era buena. Nunca lo fue.

—¿No cree que usted tuvo algo que ver en eso?

—Usted no sabe nada. —Calvin Tyson sacudió la cabeza—. Nadie lo sabe. Lo que ocurrió ya es historia.

Ricky lo miró a los ojos. Vio que se endurecían como el cemento que fragua deprisa bajo un sol riguroso. Efectuó una rápida valoración psicológica. Tyson era un pedófilo despiadado, impenitente e incapaz de comprender el daño que había causado a su hija. Y yacía ahí, en su lecho de muerte, seguramente más asustado por lo que lo esperaba que por lo que había hecho en el pasado. Decidió seguir ese camino para ver adónde lo conducía.

—Puedo darle el perdón... —insinuó Ricky.

—No hay ningún predicador tan poderoso —gruñó el anciano con desdén—. Correré el riesgo.

—Su hija Claire tuvo tres hijos... —dijo Ricky tras una pausa.

—Era una puta; se marchó con ése de las prospecciones petrolíferas, y después acabó en Nueva York. Eso la mató. No yo.

—Cuando murió se pusieron en contacto con usted —prosiguió Ricky—. Era su pariente vivo más cercano. Alguien de Nueva York lo llamó para saber si se haría cargo de los niños.

—¿Para qué iba a querer a esos bastardos? Mi hija nunca se casó. Yo no los quería.

Ricky observó a Calvin Tyson y pensó que debió de ser una decisión difícil de tomar para él. Por una parte, no quería la carga económica de criar a los tres huérfanos de su hija. Pero, por otra, eso le habría proporcionado nuevas fuentes para saciar sus pervertidos impulsos sexuales. Eso debió de ejercer en él una seducción muy fuerte, casi irresistible. Un pedófilo dominado por el deseo es una fuerza poderosa e imparable. ¿Qué le haría rechazar una nueva fuente disponible de placer? Ricky siguió contemplando al anciano y entonces, en un instante, lo supo: Calvin Tyson tenía otros recursos. ¿Los hijos de los vecinos? ¿En la misma calle? ¿A la vuelta de la esquina? ¿En un parque? No lo sabía, pero era cerca.

—Así que firmó unos documentos para darlos en adopción, ¿no?

—Sí. ¿Por qué quiere saberlo?

—Porque tengo que encontrarlos.

—¿Para qué?

Ricky echó un vistazo alrededor. Señaló con un ligero gesto la habitación del hospital.

—¿Sabe quién lo echó a la calle? —preguntó—. ¿Sabe

quién ejecutó la hipoteca de su casa y lo desalojó de modo que terminó aquí, esperando solo la muerte?

—Alguien compró la deuda sobre la casa a la sociedad hipotecaria —comentó el anciano sacudiendo la cabeza—. No me dio la oportunidad de saldar la deuda cuando me atrasé en el pago de una cuota y ¡zas!, me quedé en la calle.

—¿Y qué le pasó entonces?

Los ojos del anciano se volvieron legañosos, de repente llenos de lágrimas. Ricky lo encontró patético. Pero refrenó cualquier sentimiento incipiente de lástima. Lo que Calvin Tyson había recibido era menos de lo que se merecía.

—Estaba en la calle. Enfermé. Me dieron una paliza. Ahora me estoy muriendo, como usted ha dicho.

—Pues el hombre que lo condujo a esta cama es el hijo de su hija —anunció Ricky.

Calvin Tyson abrió unos ojos como platos y meneó la cabeza.

—¿Cómo es posible?

—Él compró la deuda. Él lo desalojó. Lo más probable es que él organizara también que lo apalearan. ¿Lo violaron?

Tyson meneó la cabeza.

«Eso es algo que Rumplestiltskin no sabía —pensó Ricky—. Claire Tyson no debió de contar ese secreto a sus hijos. El viejo tuvo suerte de que Rumplestiltskin no se molestara en hablar con los vecinos ni con nadie del instituto de secundaria.»

—¿Me hizo todo eso? ¿Por qué?

—Porque usted les dio la espalda a él y a su madre. Así que le pagó con la misma moneda.

—Todo lo malo que me ha ocurrido... —sollozó el viejo.

—... es obra de un hombre —terminó Ricky por él—. El hombre que yo estoy intentando encontrar. Así que se lo preguntaré de nuevo: firmó unos documentos para dar a los niños en adopción, ¿verdad?

Tyson asintió.

—¿Recibió también dinero?

—Un par de los grandes —asintió otra vez el anciano.

—¿Cómo se llamaba la pareja que adoptó a los tres niños?

—Tengo un documento.

—¿Dónde?

—En la caja de mis cosas, en el armario. —Señaló una taquilla de metal gris cubierta de arañazos.

Ricky la abrió y vio unas cuantas prendas raídas colgadas en perchas. En el suelo había una caja de caudales barata. El cierre estaba roto. Ricky la abrió y revolvió con rapidez unos documentos viejos hasta que encontró unos sujetados con una goma elástica. Vio un sello del estado de Nueva York. Se metió los documentos en el bolsillo de la chaqueta.

—No los va a necesitar —dijo al anciano. Bajó los ojos hacia el hombre echado sobre las sucias sábanas de la cama del hospital y cuya bata apenas cubría su desnudez. Tyson aspiró un poco más de oxígeno. Estaba pálido—. ¿Sabe qué? —dijo Ricky despacio, con una crueldad que lo asombró—. Ahora ya puede morirse. Creo que será mejor que se dé prisa porque estoy seguro de que lo espera más dolor. Mucho más dolor. Tanto como el que usted causó en este mundo pero multiplicado por cien. Así que adelante, muérase.

—¿Qué va a hacer? —preguntó Tyson. Su voz era un suspiro horrorizado, con jadeos y resuellos provocados por la enfermedad que le carcomía los pulmones.

—Encontrar a esos niños.

—¿Por qué quiere hacer eso?

—Porque uno de ellos también me mató a mí —le espetó Ricky mientras se volvía para irse.

Justo antes de la hora de cenar, Ricky llamó a la puerta de una casa en buen estado, de dos habitaciones, en una calle tranquila bordeada de palmeras. Todavía llevaba la indumentaria sacerdotal, lo que le daba un poco más de seguridad, como si el alzacuellos le proporcionara un anonimato que desalentaría a cualquiera que pudiera hacer preguntas. Esperó hasta que la puerta se entreabrió y vio a una mujer mayor.

La puerta se abrió un poco más cuando la mujer vio el traje clerical, pero no salió de detrás de la mosquitera.

—¿Sí? —preguntó.

—Hola —contestó Ricky con tono afable—. Estoy intentando averiguar el paradero de un joven llamado Daniel Collins.

La mujer soltó un grito ahogado y se llevó la mano a la boca para ocultar su sorpresa. Ricky guardó silencio mientras observaba cómo la mujer se esforzaba en recobrar la compostura. Trató de interpretar los cambios que experimentó su rostro, desde la impresión inicial hasta una dureza que contenía una terrible frialdad. Por fin su cara compuso una expresión rígida y su voz, cuando pudo usarla, pareció utilizar palabras arrancadas al invierno.

—Lo damos por perdido —dijo. Unas lágrimas pugnaban por asomarle a los ojos y contradecían la fortaleza de su voz.

—Lo siento —comentó Ricky todavía en un tono jovial que escondía su repentina curiosidad—. No entiendo a qué se refiere con «perdido».

La mujer sacudió la cabeza sin contestar de modo directo. Miró su ropa de sacerdote y preguntó:

—¿Por qué busca a mi hijo, padre?

Ricky sacó la carta falsa y supuso que la mujer no la leería con tanta atención como para cuestionarla.

Cuando ella fue a ojear el documento, él empezó a hablar para que no pudiera concentrarse en lo que leía. Distraerla para que no le hiciera preguntas no parecía una tarea difícil.

—Verá, señora... Collins, ¿correcto? La parroquia está intentando encontrar a alguien que pueda ser donante de médula para esta joven que es pariente lejana suya. ¿Ve el problema? Le pediría que se hiciera un análisis de sangre pero supongo que supera la edad límite para la donación de médula. Tiene más de sesenta años, ¿verdad?

Ricky no tenía idea de si la médula ósea dejaba de ser viable a ninguna edad. Así que hizo una pregunta ficticia para una respuesta que era evidente. La mujer alzó los ojos de la carta para responder y Ricky aprovechó para arrebatársela de las manos.

—Esta carta incluye mucha terminología médica —comentó—. Se lo puedo explicar, si lo prefiere. ¿Podríamos sentarnos?

La mujer asintió a regañadientes y abrió del todo la puerta. Ricky entró en una casa que parecía tan frágil como su anciana ocupante. Estaba llena de objetos y figuritas de porcelana, jarrones vacíos y adornos, y el olor a cerrado superaba el aire viciado del aparato de aire acondicionado que funcionaba con un golpeteo que le hizo suponer que tendría alguna pieza suelta. Encima de la moqueta había alfombrillas de pasillo de plástico y el sofá una funda también de plástico, como si la mujer temiera ensuciar algo. Daba la impresión de que todo tenía su lugar en aquella casa, y de que la mujer que vivía en ella notaría al instante cualquier objeto fuera de su sitio, aunque sólo fuese unos milímetros.

El sofá chirrió cuando él se sentó.

—¿Podría localizar a su hijo? Verá, podría ser compatible —dijo Ricky, que cada vez mentía con más facilidad.

—Está muerto —indicó la mujer con más frialdad.

—¿Muerto? Pero ¿cómo...?

—Muerto para todos nosotros. —La señora Collins sacudió la cabeza—. Muerto para mí. Muerto y despreciable. Sólo nos ha causado sufrimiento, padre. Lo siento.

—¿Cómo ocurrió?

—Todavía no ha ocurrido —aclaró la mujer, sacudiendo de nuevo la cabeza—. Pero muy pronto, creo.

Ricky se recostó, lo que provocó el mismo chirrido.

—Me parece que no acabo de entenderla —dijo.

La mujer se agachó y tomó un álbum de recortes de un estante bajo la mesilla de centro. Lo abrió y volvió unas páginas. Ricky pudo atisbar artículos periodísticos sobre deportes y recordó que Daniel Collins era deportista en el instituto. Había una fotografía de su graduación, seguida de una página en blanco. La mujer se detuvo en ella y le pasó el álbum.

—Vuelva esa página —dijo con amargura.

Centrado en una sola hoja del álbum figuraba un único artículo del *Tampa Tribune*. El titular rezaba: HOMBRE DETENIDO TRAS UNA MUERTE EN UN BAR. Había pocos detalles, aparte de que habían detenido a Daniel Collins hacía poco más de un año, acusado de homicidio después de una pelea en un bar. En la página adyacente, otro titular: EL ESTADO PEDIRÁ LA PENA DE MUERTE PARA EL HOMICIDA DEL BAR. Este artículo, recortado y pegado en el centro de otra página iba acompañado de una fotografía de un Daniel Collins de mediana edad mientras era conducido esposado a un juzgado. Ricky echó un vistazo al artículo del periódico. Los hechos del caso parecían bastante simples. Dos borrachos se habían peleado. Uno de ellos había salido a la calle y esperado a que el otro hiciera lo mismo. Empuñando un cuchillo, según la fiscalía. El asesino, Daniel Collins, había sido detenido en la escena del crimen, inconsciente, borracho, con el cuchillo ensangrentado cerca de la mano y la víctima a unos metros de distancia. El periódico insinuaba que la víctima había sido eviscerada con particular crueldad antes de robarla. Al parecer, después de haberle asesinado y robado el dinero, Collins se había tomado otra botella de whisky, y al final se había caído inconsciente en la misma escena del crimen. Un caso clarísimo.

Leyó artículos más breves sobre un juicio y una sentencia. Collins había afirmado que no era consciente del crimen porque había bebido mucho esa noche. No era una coartada demasiado buena y no había convencido al jurado. Sus miembros sólo deliberaron noventa minutos. Tardaron un par de horas más en recomendar la pena de muerte, después de que la misma justificación se presentara como atenuante y fuera denegada. Una muerte oficial, clara, envuelta y servida del modo menos desagradable.

Ricky alzó los ojos. La anciana sacudía la cabeza.

—Mi querido muchacho —se lamentó—. Lo perdí primero por culpa de esa zorra, después por culpa de la bebida, y ahora está en el corredor de la muerte.

—¿Han fijado la fecha?

—No —respondió la anciana—. Su abogado dice que pueden apelar. Lo va a intentar en un juzgado y en otro. No lo entiendo demasiado bien. Lo único que sé es que mi muchacho dice que él no lo hizo, pero eso no sirvió de nada. —Dirigió una mirada llena de dureza al alzacuellos que llevaba Ricky—. En este estado, todos amamos a Jesús, y la mayoría de la gente va a la iglesia los domingos. Pero cuando la Biblia dice «No matarás», no parece aplicarse a nuestros tribunales. Ni a los nuestros ni a los de Georgia o Tejas. Son un mal sitio para cometer un delito en el que muera alguien, padre. Me gustaría que mi chico lo hubiera tenido en cuenta antes de coger ese cuchillo y meterse en esa pelea.

—¿Y él dice que es inocente?

—Sí. Dice que no recuerda nada de la pelea. Dice que se despertó cubierto de sangre y con ese cuchillo al lado cuando un policía lo tocó con la porra. Supongo que no recordar no es una defensa muy buena.

Ricky volvió la página, pero no había nada.

—Supongo que tengo que guardar una página —comentó la mujer—. Para un último artículo. Espero haber muerto antes de que llegue ese día porque no quiero verlo. —Sacudió la cabeza y añadió—: ¿Sabe una cosa, padre?

—¿Qué?

—Esto siempre me ha molestado. Cuando mi chico consiguió aquella victoria contra el South Side High, en el campeonato municipal, publicaron su foto en la portada. Pero todos estos artículos en Tampa donde nadie sabía gran cosa sobre mi chico, eran artículos pequeños, en el interior del periódico, donde apenas nadie los ve. En mi opinión, si vas a arrebatar la vida a un hombre en un tribunal, deberías darle más importancia. Debería ser especial y aparecer en portada. Pero no lo es. Sólo es otro articulito que figura junto a la noticia de alcantarilla rota y a la sección de jardinería. Es como si la vida ya no fuera importante.

Se levantó y Ricky la imitó.

—Hablar sobre esto me enferma el corazón, padre. Y no

encuentro consuelo en ninguna palabra, ni siquiera en la Biblia.

—Creo que debería abrir su corazón a la bondad que recuerda, hija mía, y de ese modo podrá consolarse.

Ricky pensó que en su intento de sonar como un sacerdote sus palabras resultaban trilladas e inútiles, que era más o menos lo que quería. Aquella mujer había criado a un muchacho que era, según todas las apariencias, un verdadero hijo de puta que había empezado su lamentable vida seduciendo a una compañera de clase, arrastrándola con él unos años para después abandonarla a ella y a sus hijos, y terminado matando a un hombre por ninguna razón que no fuera el exceso de alcohol. Si había algo positivo en la vida tonta e inútil de Daniel Collins, él todavía no lo había visto. Este cinismo, que le bullía en su interior, quedó más o menos confirmado por las palabras que dijo a continuación la anciana.

—La bondad terminó con esa chica. Cuando se quedó embarazada de mi hijo por primera vez, él se arruinó la vida para siempre. Ella lo sedujo, usó toda la astucia de una mujer, lo atrapó y después lo utilizó para marcharse de aquí. Ella tuvo la culpa de todos los problemas que tuvo mi hijo para ser alguien, para abrirse camino en el mundo.

La voz de la mujer no dejaba lugar a la duda. Era fría, abrupta y estaba totalmente aferrada a la idea de que su adorado hijo no había tenido nada que ver en los problemas que había encontrado en la vida. Y Ricky, el antiguo psicoanalista, sabía que existían pocas probabilidades de que ella advirtiese su culpabilidad. «Creamos y después, cuando la creación sale mal, queremos culpar a otros, cuando normalmente somos nosotros los responsables», pensó.

—¿Pero usted cree que es inocente? —preguntó Ricky. Sabía la respuesta. Y no dijo «del crimen» porque la anciana creía que su hijo era inocente de todo.

—Por supuesto. Si él lo dijo, yo le creo. —Sacó del álbum de recortes la tarjeta de un abogado y se la entregó a Ricky. Un abogado de oficio de Tampa. Observó el nombre y el teléfono y dejó que la mujer lo acompañara a la puerta.

—¿Sabe qué ocurrió con los tres niños? ¿Sus nietos? —preguntó Ricky mientras hacía un gesto con la carta falsa.

—Los dieron en adopción, según oí —contestó ella sacudiendo la cabeza—. Danny firmó algún documento cuando estaba en la cárcel, en Tejas. Lo pillaron robando pero no me lo creí. Estuvo un par de años en la cárcel. No volvimos a saber de ellos. Supongo que ya habrán crecido, pero nunca he visto a ninguno, de modo que no es como si pensara en ellos. Danny hizo bien en darlos en adopción cuando esa mujer murió. Él solo no podía criar a tres niños a los que apenas conocía. Y yo tampoco podía ayudarle, al estar aquí sola y enferma. Así que se convirtieron en el problema de otras personas y en los hijos de otras personas. Como dije, nunca supimos nada de ellos.

Ricky sabía que esta última afirmación no era cierta.

—¿Sabe por lo menos sus nombres? —preguntó.

La mujer negó con la cabeza. La crueldad de ese gesto casi le sacudió como un puñetazo, y supo de dónde había sacado el joven Daniel Collins su egoísmo.

Al sol de última hora de la tarde, permaneció un momento en la acera preguntándose si el alcance de Rumplestiltskin sería tal que hubiera llevado a Daniel Collins al corredor de la muerte. Suponía que sí. Lo que no sabía era cómo.

27

Ricky regresó a Nueva Hampshire y a la vida como Richard Lively. Todo lo que había averiguado en su viaje a Florida le inquietaba.

Dos personas habían marcado la vida de Claire Tyson en momentos críticos. Una la había abandonado junto a sus hijos y estaba ahora en una celda del corredor de la muerte clamando por su inocencia en un estado célebre por prestar oídos sordos a tales protestas. La otra había vuelto la espalda a la hija de la que había abusado y a los nietos que necesitaban ayuda y, años después, la habían echado a la calle con la misma crueldad y estaba ahora condenada a resollar sus últimos días en un corredor de la muerte distinto, pero igual de implacable.

Ricky amplió la ecuación que empezaba a formarse en su cabeza: el novio de Claire Tyson en Nueva York había muerto de una paliza con una R sangrienta grabada en el pecho. El perezoso doctor Starks, que debido a su indecisión no había prestado ayuda a una angustiada Claire Tyson, fue obligado a suicidarse después de que todos los recursos que podían proporcionarle ayuda hubieran sido sistemáticamente destruidos.

Tenía que haber más. Eso le heló el corazón.

Al parecer Rumplestiltskin había planeado varias venganzas siguiendo un simple principio: a cada cuál según quién era. Los delitos por omisión eran juzgados y las sentencias ejecutadas años más tarde. El novio, que sólo era un matón y un criminal, había sido tratado de una forma acorde a su condición. El abuelo que no había atendido las súplicas de su descendencia había sido castigado en consonancia. A Ricky le pareció un método muy original de infligir el mal. Su propio juego había sido planeado teniendo en cuenta su personalidad y formación. Los demás habían sido tratados con mayor brutalidad porque procedían de mundos donde ese rasgo prevalecía. Otra cosa parecía evidente: en la mente de Rumplestiltskin no existía plazo de prescripción.

Al final, los resultados parecían ser idénticos. Un camino implacable de muerte o perdición. Y cualquiera que se encontrase en medio, como el desventurado señor Zimmerman o la detective Riggins, era considerado un impedimento que se eliminaba sumariamente con la misma compasión que se concedería a un mosquito posado en el brazo.

Ricky se estremeció al comprender lo paciente, dedicado y despiadado que Rumplestiltskin era en realidad.

Empezó a elaborar una pequeña lista de personas que quizá tampoco hubieran ayudado a Claire Tyson y a sus tres hijos pequeños cuando lo necesitaban: ¿Habría habido un casero en Nueva York que exigiera el alquiler a la indigente? En ese caso, seguramente estaría en el arroyo, sin saber qué le había pasado a su edificio. ¿Un asistente social que no la hubiera incluido en una programa de ayuda? Seguramente se habría arruinado y se vería ahora obligado a solicitar su inclusión en ese mismo programa. ¿Un sacerdote que le hubiese sugerido que la plegaria podría llenar un estómago vacío? Lo más seguro es que para entonces estuviera rezando para sí mismo. Le costaba imaginarse lo lejos que la venganza de Rumplestiltskin habría llegado. ¿Qué le habría ocurrido al empleado de la compañía eléctrica que hubiera cortado la luz de su casa por impago? No sabía con exactitud dónde habría trazado Rumplestiltskin su línea divisoria para separar a las personas que consideraba culpables de las demás. Aun así, estaba seguro de algo: varias personas no habían estado a la altura tiempo atrás y ahora estaban pagando por ello. Seguramente ya habían pagado. Todas las personas que no habían ayudado a Claire Tyson, provocando que su única opción fuese suicidarse, desesperada.

Era el concepto más aterrador de justicia que Ricky había imaginado nunca. Asesinatos tanto del cuerpo como del alma. Desde que Rumplestiltskin había aparecido en su vida, había tenido miedo a menudo. Antes era un hombre de rutina y percepción. Ahora, nada era sólido y todo inestable. El miedo que sentía ahora era distinto. Algo que le costaba catalogar, pero le dejaba la boca seca y un regusto amargo. Como analista, había vivido las ansiedades intrincadas y frustraciones debilitantes de sus pacientes adinerados, pero éstos resultaban ahora uniformemente insignificantes y patéticamente autocompasivos.

El alcance de la furia de Rumplestiltskin lo dejaba estupefacto. Y, a la vez, tenía todo el sentido del mundo.

El psicoanálisis enseña una cosa: nada de lo que ocurre está aislado. Un solo acto malo puede tener toda clase de repercusiones. Se acordó de los chismes de movimiento continuo que algunos de sus colegas tenían en su escritorio. Una serie de cojinetes de bola colgaban en fila, de modo que si movías uno haciéndolo chocar contra el siguiente, la fuerza provocaba que sólo el último de la línea se desplazara como un péndulo, dando inicio a un movimiento de vaivén perpetuo en los cojinetes de los extremos que sólo se detenía si ponías la mano en medio. La venganza de Rumplestiltskin, de la que él sólo había sido una parte, era como esos chismes.

Había otros muertos. Otros destruidos. Sólo él, con toda probabilidad, veía la totalidad de lo ocurrido. Movimiento continuo.

Ricky sintió un gélido escalofrío.

Todos esos crímenes se situaban en un nivel definido por la impunidad. ¿Qué detective, qué autoridad policial podría vincularlos nunca entre sí? Lo único que las víctimas tenían en común era una relación con una mujer que llevaba muerta veinte años.

Pensó que eran crímenes en serie, con un hilo tan invisible que desafiaba toda lógica. Como el policía que le había explicado alegremente lo de la R grabada en el pecho de Rafael Johnson, siempre había alguien con más probabilidades de cargar con la culpa que el etéreo señor R. Las razones de su propia muerte eran de lo más evidentes: una carrera destrozada, una casa destruida, una mujer fallecida, unas finanzas arruinadas, relativamente sin amigos e introspectivo. ¿Por qué no iba a suicidarse?

Y había otra cosa que le resultaba muy clara: si Rumplestiltskin averiguaba que se había escapado, si tan sólo sospechaba que seguía respirando el aire de este planeta, le seguiría la pista con renovada furia. Ricky no creía que fuera a tener la oportunidad de participar en ningún otro juego. También sabía lo fácil que sería cargarse a su nueva identidad: Richard Lively era una persona insignificante. Su mismo anonimato convertía su probable muerte rápida y brutal en algo muy fácil. Richard Lively podía ser ejecutado a plena luz del día, y ningún policía de ninguna parte podría establecer las conexiones necesarias que le condujeran hasta Ricky Starks y hasta alguien apodado Rumplestiltskin. Lo que averiguarían sería que Richard Lively no era Richard Lively y, acto seguido, pasaría a ser un individuo no identificado, enterrado sin demasiadas ceremonias y sin lápida. Quizás algún inspector se preguntaría por un momento quién sería en realidad, pero, agobiado de trabajo, olvidaría pronto la muerte de Richard Lively. Para siempre.

Lo que tanta seguridad daba a Ricky lo volvía asimismo del todo vulnerable.

Así que, a su vuelta a Nueva Hampshire, reanudó las simples rutinas de su vida en Durham con un entusiasmo febril. Era como si quisiera abandonarse por entero a la monótona regularidad de levantarse cada mañana e ir a trabajar con el resto de los empleados de mantenimiento de la universidad, de fregar suelos, limpiar lavabos, abrillantar pasillos y cambiar bombillas, intercambiar bromas con los compañeros de trabajo y especular sobre las posibilidades de los Red Sox la temporada siguiente. Se movía en un mundo normal y mundano que parecía pedir a gritos que lo pintaran con los azules pálidos y los verdes claros institucionales. Una vez, mientras aplicaba una limpiadora de vapor a la moqueta de la facultad, descubrió que la sensación de la máquina que zumbaba y vibraba en sus manos y de la franja de alfombra limpia que creaba le resultaba casi hipnóticamente agradable. Era como si, en la nueva simplicidad de este mundo, pudiera dejar atrás quién había sido. Era una situación extrañamente satisfactoria: soledad, un trabajo que rezumaba rutina y regularidad, y las noches que atendía la centralita del Teléfono de la Esperanza, donde recordaba sus técnicas de terapeuta para dar consejo y tender la mano de una forma modesta y sencilla. Descubrió que no echaba demasiado de menos la dosis diaria de angustia, frustración y cólera que caracterizaba su vida de analista. Se preguntó si la gente que había conocido, o incluso su mujer, lo reconocería. De modo extraño, Ricky creía que Richard Lively estaba más cerca de la persona que quería ser, más cerca de la persona que se encontraba a sí misma durante los veranos en Cape Cod, de lo que había estado nunca el doctor Starks al tratar a los ricos, poderosos y neuróticos.

«El anonimato es atractivo», pensó.

Pero escurridizo. Cada segundo que se obligaba a sentirse cómodo siendo Richard Lively, el personaje vengativo de Frederick Lazarus gritaba órdenes contradictorias. Reanudó los ejercicios físicos y pasó las horas libres perfeccionando su puntería en el local de tiro. A medida que el tiempo seguía mejorando, con el consiguiente calor y estallido de colores, decidió que necesitaba añadir técnicas de prácticas al aire libre a su repertorio, así que se inscribió con el nombre de Frederick Lazarus a un curso de orientación que daba una compañía de excursionismo y cámping.

En cierto sentido se había triangulado a sí mismo, del mismo modo en que uno conoce su situación cuando se pierde en el bosque. Tres columnas: la persona que era antes, la persona en que se había convertido y la persona que necesitaba ser.

Por la noche, sentado solo en la penumbra de su habitación alquilada mientras una única lámpara de mesa apenas recortaba las sombras, se preguntó si podría dejar todo atrás. Abandonar cualquier conexión emocional con el pasado y lo que le había ocurrido, y convertirse en un hombre de sencillez absoluta. Vivir de sueldo en sueldo. Obtener placer de la rutina básica. Redefinirse. Dedicarse a pescar o cazar, incluso sólo a leer. Relacionarse con la menor gente posible. Vivir de modo monacal y en una soledad de ermitaño. Dejar atrás cincuenta y tres años de vida y convencerse de que todo se había reiniciado de cero el día en que había prendido fuego a su casa de Cape Cod. Era algo parecido al zen, y tentador. Podía evaporarse del mundo como un charco de agua un día soleado y caluroso, y elevarse hacia la atmósfera.

Esta posibilidad era casi tan aterradora como su alternativa.

Le pareció que había llegado el momento en que tenía que tomar una decisión. Como para Ulises, su nombre informático, su camino estaba entre Escila y Caribdis. Cada opción tenía costes y riesgos.

Por la noche, en su modesta habitación alquilada de Nueva Hampshire, extendió sobre la cama todas las notas que tenía sobre el hombre que le había obligado a abandonar su vida. Retazos de información, pistas y direcciones que podía seguir. O no. O bien iba a perseguir al hombre que le había hecho eso, con lo que se arriesgaba a ponerse al descubierto, o bien iba a olvidarse de todo y a llevar la vida que pudiera con lo que ya había establecido. Se sintió un poco como un explorador español del siglo XV contemplando vacilante en la cubierta de una carabela la enorme extensión del océano y acaso un nuevo e incierto mundo más allá del horizonte.

Entre el material diseminado estaban los documentos que se había llevado del lecho de muerte del viejo Tyson en el hospital. En ellos figuraban los nombres de los padres adoptivos que habían acogido a los tres niños hacía veinte años. Sabía que ése era el paso siguiente.

La decisión era darlo, o no.

Una parte de él insistía en que podía ser feliz como Richard Lively, encargado de mantenimiento. Durham era una ciudad agradable. Sus caseras eran amables.

Pero otra parte de él veía las cosas de otro modo.

El doctor Frederick Starks no se merecía morir. No por lo que había hecho, aunque estuviera mal, en un momento de indecisión y de dudas. Era innegable que podría haberlo hecho mejor con Claire Tyson. Podría haberle tendido la mano y tal vez ayudarla a encontrar una vida que valiera la pena vivir. Desde luego Ricky había tenido esa oportunidad y no la había aprovechado. Rumplestiltskin no se equivocaba en eso. Pero su castigo excedía con creces su culpabilidad.

Y esa idea enfurecía a Ricky.

—Yo no la maté —susurró.

Creía que aquella habitación era tanto un ataúd como un bote salvavidas.

Se preguntó si podría inspirar aire que no supiera a duda. ¿Qué clase de seguridad le ofrecía esconderse para siempre? ¿Sospechar siempre que cualquier persona al otro lado de una ventana era el hombre que lo había llevado al anonimato? Era una idea terrible. El juego de Rumplestiltskin no terminaría nunca para él. Ricky nunca sabría, nunca estaría seguro, nunca tendría un momento de paz, sin preguntas.

Tenía que encontrar una respuesta.

Tomó los papeles de la cama. Quitó la goma elástica de los documentos de adopción con tanta rapidez que emitió un chasquido.

—Muy bien —se dijo en voz baja a sí mismo y a todos los fantasmas que pudieran estar escuchándolo—. El juego vuelve a empezar.

Los servicios sociales de Nueva York habían colocado a los tres niños en sucesivos hogares de acogida los primeros seis meses tras la muerte de su madre, hasta que los adoptó una pareja que vivía en Nueva Jersey. Un informe de un asistente social afirmaba que había sido difícil colocar a los niños; que salvo en su último y no identificado hogar de acogida, se mostraban indisciplinados, ariscos y groseros en cada lugar. El asistente recomendaba terapia, en especial para el mayor. El informe estaba redactado en un lenguaje sencillo y burocrático con intención de cubrirse las espaldas, sin la clase de detalles que podría haber indicado a Ricky algo sobre el niño que se había convertido en el hombre que había destruido su vida. Averiguó que la Diócesis Episcopal de Nueva York se había encargado de la adopción a través de su ala benéfica. No había constancia de ningún intercambio de dinero, pero Ricky supuso que lo había habido. Había copias de documentos legales de renuncia a todo derecho sobre los niños firmados por el viejo Tyson, y un documento firmado por Daniel Collins durante su estancia en la cárcel, en Tejas. Ricky observó la simetría de ese elemento: Daniel Collins había rechazado a sus tres hijos cuando estaba en prisión. Años después, había vuelto a ella bajo la escabrosa batuta de Rumplestiltskin. Ricky pensó que, fuera como fuese que el hombre que había sido rechazado de niño lo hubiera conseguido, debía de haberle proporcionado una satisfacción increíble.

La pareja que había adoptado a los tres niños abandonados eran Howard y Martha Jackson, que vivían en West Windsor, una urbanización de clase media a unos kilómetros de Princeton, pero no se ofrecía más información sobre ellos. Habían adoptado a los tres niños, lo que interesó a Ricky. Cómo habían logrado permanecer juntos suscitaba interrogantes tan poderosos como por qué no los habían separado. Los niños eran Luke, de doce años; Matthew, de once, y Joanna, de nueve. Ricky reparó en que eran nombres bíblicos. Dudaba que esos nombres hubieran seguido relacionados con los niños.

Hizo algunas búsquedas informáticas, pero no obtuvo resultados. Eso lo sorprendió. Le parecía que debería haber alguna información disponible en Internet. Comprobó las páginas blancas electrónicas y encontró muchos Jackson en Nueva Jersey, pero ninguno que encajara con los nombres que aparecían en los documentos.

Sólo tenía la dirección que figuraba en ellos. Y eso significaba que había una puerta a la que podía llamar. Era su única opción.

Se planteó usar el traje de sacerdote y aquella carta falsa sobre el cáncer, pero decidió que ya habían cumplido su misión una vez y que era mejor reservarlos para otra ocasión. En lugar de eso, se dejó crecer una barba irregular. Compró en Internet una identificación falsa de una agencia inexistente de detectives privados. Otra visita nocturna al departamento de teatro le proporcionó una barriga postiza, una especie de cojín que podía sujetarse bajo la camiseta y que le daba el aspecto de pesar unos veinte kilos más de lo que su esbelta figura pesaba en realidad. Para su alivio, también encontró un traje marrón que se ajustaba a su nueva silueta. En las cajas de maquillaje consiguió un poco de ayuda adicional. Metió todos los objetos en una bolsa de plástico y se los llevó a casa. Cuando llegó a su habitación, añadió a la bolsa la pistola semiautomática y dos cargadores.

Alquiló un coche de cuatro años en la agencia Rent-A-Wreck local, que solía trabajar con estudiantes; sin hacer preguntas, el empleado anotó los datos del carné de conducir falso que Ricky le mostró. El siguiente viernes por la noche, cuando terminó su turno en el departamento de mantenimiento, Ricky condujo hacia el sur, hacia Nueva Jersey. Dejó que la noche lo envolviera, mientras los kilómetros zumbaban bajo las ruedas del coche con rapidez y regularidad, siempre a diez kilómetros por hora por encima del límite de velocidad. Cuando bajó la ventanilla, sintió un soplo de aire cálido y pensó que el verano volvía a acercarse con rapidez. Si hubiese estado en la ciudad, habría empezado a conducir a sus pacientes hacia alguna certeza a la que pudieran aferrarse cuando llegaran las vacaciones de agosto. Unas veces lo conseguía, otras no. Recordó sus paseos por la ciudad a finales de la primavera y principios del verano y cómo el estallido de vegetación y flores parecía derrotar las torres de ladrillo y hormigón que constituían Manhattan. En su opinión, era la mejor época de la ciudad, pero efímera, ya que enseguida era sustituida por un calor y una humedad agobiantes. Duraba sólo lo suficiente para ser fascinante.

Pasaba de la medianoche cuando bordeó la ciudad. Al cruzar el puente George Washington, lanzó una mirada hacia atrás por encima del hombro. Incluso a altas horas de la madrugada, Nueva York parecía resplandecer. El Upper West Side se alejaba de él, y sabía que ahí mismo estaba el hospital Columbia Presbyterian y la clínica donde había trabajado una temporada hacía tantos años, ajeno a las consecuencias de su proceder. Mientras dejaba atrás los peajes y llegaba a Nueva Jersey lo embargó una curiosa mezcla de emociones. Era como si se encontrase atrapado en un sueño, en una de esas series de imágenes y acontecimientos inquietantes y tensos que ocupan el inconsciente y rayan en la pesadilla, y estuviera saliendo de él. Le pareció que la ciudad representaba todo lo que él era, el coche que vibraba mientras conducía por la autopista representaba aquello en lo que se había convertido, y la oscuridad que tenía delante, lo que podría llegar a ser.

Un cartel de habitaciones libres en un motel Econo, en la carretera 1, le llamó la atención y se detuvo. El recepcionista de noche era un indio o paquistaní de ojos tristes, con una pegatina que lo identificaba como Omar, que pareció un poco molesto cuando se vio interrumpido por la llegada de Ricky. Le dio un plano de la zona antes de volver a su silla, a unos libros de química y a un termo con algún líquido caliente.

Por la mañana, Ricky pasó un rato en el lavabo de la habitación para pintarse con el maquillaje teatral un moratón y una cicatriz falsos junto al ojo izquierdo. Le añadió un tono rojo violáceo que seguro que atraería la atención de cualquiera con quien hablara.

«Psicología bastante elemental», pensó. Así como en Pensacola la gente no recordaría quién era, sino lo que era, aquí sus ojos se dirigirían inexorablemente hacia la imperfección facial, sin fijarse en los detalles de su cara propiamente dichos. La barba rala contribuía también a ocultar sus facciones. La barriga postiza colocada bajo la camiseta se añadía al retrato. Deseó haber conseguido además unas alzas para los zapatos, pero pensó que podría probar eso en el futuro. Tras ponerse el traje, se metió la pistola en el bolsillo, junto con el cargador de recambio.

La dirección a la que se dirigía suponía un paso importante hacia el hombre que había querido su muerte. Por lo menos, eso esperaba.

La zona que recorrió en coche le pareció sometida a una especie de pugna. Era un paisaje básicamente llano, verde, entrecruzado por carreteras que seguramente habrían sido rurales y tranquilas tiempo atrás, pero que ahora parecían soportar el peso del urbanismo a gran escala. Pasó ante varios complejos de viviendas que comprendían desde casas de clase media de dos y tres habitaciones hasta mansiones lujosas, con pórticos y columnas, con piscinas y garajes de tres coches para los inevitables BMW, Range Rover y Mercedes. «Viviendas de ejecutivos —pensó—. Lugares impersonales para hombres y mujeres que ganan dinero y lo gastan con la mayor rapidez posible y que piensan que, de algún modo, eso tiene sentido.»

La mezcla de lo viejo y lo nuevo era desconcertante; era como si esta parte del estado no pudiera decidir qué era y qué quería ser. Supuso que los antiguos propietarios de granjas y los actuales empresarios y corredores no se llevarían demasiado bien.

La luz del sol llenaba el parabrisas, y bajó la ventanilla. Le pareció un día perfecto: cálido y repleto de augurios primaverales. Notaba el peso de la pistola en el bolsillo de la chaqueta y pensó que él, en cambio, se llenaría de fríos pensamientos invernales.

Encontró un buzón junto a una carretera secundaria en medio de unos terrenos de labranza que concordaban con la dirección que tenía. Vaciló, sin saber qué esperar. En el camino de entrada sólo había un cartel: CRIADERO DE PERROS «LA SEGURIDAD ES LO PRIMERO». ALOJAMIENTO, CEPI-

LLADO Y ADIESTRAMIENTO. SISTEMAS DE SEGURIDAD «TO-TALMENTE NATURALES». Junto a esta frase había una imagen de un rottweiler, y Ricky intuyó sentido del humor en ello. Siguió el camino de entrada, bajo el dosel que formaban los árboles.

Después subió por un camino circular hasta una casa de una sola planta, estilo años cincuenta, con fachada de ladrillo. Se habían añadido elementos a la construcción en varias fases, con una parte de madera blanca que conectaba con un laberinto de jaulas de alambrada. En cuanto se detuvo y bajó del coche, lo recibió una cacofonía de ladridos. El olor a excrementos lo impregnaba todo, favorecido por el calor y el sol de última hora de la mañana. A medida que avanzaba, el barullo fue aumentando. En la parte añadida, un cartel indicaba: OFICINAS. Un segundo cartel, similar al de la entrada, adornaba la pared. En una jaula cercana, un gran rottweiler negro, fornido, de más de cuarenta kilos, se levantó sobre las patas traseras enseñando los dientes. De todos los perros que había en aquella perrera, y Ricky podía ver decenas moviéndose, corriendo, midiendo las dimensiones de su encierro, éste parecía el único tranquilo. El animal lo observó con atención, como si lo estuviera midiendo, lo que, según cabía suponer, estaba haciendo.

En las oficinas había un hombre de mediana edad sentado tras una vieja mesa metálica. El aire estaba cargado de hedor a orina. El hombre era delgado, calvo, larguirucho, con unos antebrazos gruesos que Ricky imaginó que el manejo de los animales había musculado.

—Enseguida lo atiendo —dijo. Estaba tecleando números en una calculadora.

—No se preocupe, me espero —contestó Ricky. Observó cómo marcaba unas cifras más y cómo sonreía al ver el total.

El hombre se levantó y se acercó a él.

—¿En qué puedo servirle? —preguntó—. Caramba, parece que ha tenido problemas.

Ricky asintió y bromeó:

—Ahora es cuando me tocaría decir: «Tendría que ver cómo quedó el otro.»

—Y a mí creerlo —rió el criador de perros—. Bueno, usted dirá. Aunque me permito comentarle que, si hubiera tenido a *Brutus* a su lado, no habría habido pelea. No señor.

—¿Es *Brutus* el perro de la jaula junto a la puerta?

—Lo ha adivinado. Desanima al más pintado. Y ha engendrado unos cuantos cachorros que podrán ser adiestrados en un par de semanas.

—Gracias, pero no.

El criador de perros pareció confundido.

Ricky sacó la falsa identificación de detective privado. El hombre la observó un instante y comentó:

—Supongo que no está buscando un cachorro, ¿verdad, señor Lazarus?

—No.

—Bueno, ¿en qué puedo ayudarle?

—Hace algunos años vivía aquí una pareja. Howard y Martha Jackson.

El hombre se puso rígido y su aspecto cordial desapareció, sustituido por un recelo repentino, que se vio acentuado por el paso atrás que dio, casi como si aquellos nombres le hubieran dado un empujón en el pecho. Su voz adoptó un tono cauteloso.

—¿Por qué está interesado en ellos?

—¿Eran parientes suyos?

—Compré la finca a sus sucesores. De eso hace mucho tiempo.

—¿Sus sucesores?

—Murieron.

—¿Murieron?

—Exacto. ¿Por qué está interesado en ellos?

—Estoy interesado en sus tres hijos.

El hombre vaciló de nuevo, como si sopesara las palabras de Ricky.

—No tenían hijos. Murieron sin descendencia. Sólo un hermano que vivía cerca de aquí. Él fue quién me vendió la finca. Yo la arreglé muy bien y convertí su negocio en algo rentable. Pero no había hijos. Nunca los hubo.

—Se equivoca —aseguró Ricky—. Los había. Adoptaron a tres huérfanos a través de la Diócesis Episcopal de Nueva York.

—No sé de dónde ha sacado esa información, pero no es así —replicó el criador con una repentina cólera apenas disimulada—. Los Jackson no tenían familia directa salvo ese hermano que me vendió la finca. Era sólo el matrimonio y murieron juntos. No sé de qué está hablando y creo que puede que ni siquiera usted mismo lo sepa.

—¿Juntos? ¿Cómo?

—Eso no fue asunto mío. Y creo que tampoco suyo.

—Pero sabe la respuesta, ¿verdad?

—Todos los que vivían aquí saben la respuesta. Puede verlo en los periódicos. O quizás ir al cementerio. Están enterrados carretera arriba.

—Pero ¿usted no va a ayudarme?

—Pues no. ¿Qué clase de detective privado es usted?

—Ya se lo dije —contestó Ricky—. Uno que está interesado en los tres hijos que los Jackson adoptaron en mayo de 1980.

—Y yo ya le dije que no había ningún hijo. Adoptado ni de otra clase. Así pues, ¿qué le interesa en realidad?

—Mi cliente necesita algunas respuestas. El resto es confidencial —repuso Ricky.

El hombre entrecerró los ojos e irguió los hombros, como si la impresión inicial hubiese dado paso a la agresividad.

—¿Un cliente? ¿Alguien le paga para que venga aquí a hacer preguntas? ¿Tiene tarjeta? ¿Un número al que pueda llamarlo si por casualidad recordara algo?

—Soy forastero.

—Las líneas telefónicas van de un estado a otro, hombre. —El criador de perros siguió observando a Ricky—. ¿Cómo puedo ponerme en contacto con usted? ¿Dónde le localizo si necesito hacerlo?

Era el turno de Ricky de ser precavido.

—¿Qué cree que va a recordar que no recuerde ahora? —preguntó.

La voz del hombre adquirió por fin una frialdad absoluta. Ahora lo estaba midiendo, evaluando, como si tratara de grabarse todos los detalles de su cara y su físico.

—Déjeme ver otra vez esa identificación —pidió—. ¿Tiene alguna placa?

El cambio repentino del hombre lanzaba advertencias a Ricky. En ese segundo comprendió que, de golpe, estaba cerca de algo peligroso, como si hubiera caminado a oscuras hasta el borde de algún terraplén escarpado.

Retrocedió un paso hacia la puerta.

—¿Sabe qué? Le daré un par de horas para pensárselo y le llamaré. Si quiere hablar, si ha recordado algo, entonces podemos vernos.

Ricky salió deprisa de la oficina y se dirigió hacia su coche. El criador salió detrás de él, pero se dirigió hacia la jaula de *Brutus*. El hombre abrió la puerta y el perro, con las fauces abiertas, pero todavía silencioso, se puso de inmediato a su lado. El criador le hizo una pequeña señal con la mano y el perro se quedó inmóvil con los ojos fijos en Ricky, a la espera de la siguiente orden.

Ricky se volvió hacia el perro y su propietario y dio los últimos pasos hasta la puerta del coche retrocediendo despacio. Se metió la mano en el bolsillo y sacó las llaves del automóvil. El perro emitió un gruñido grave, tan amenazador como los músculos tensos de las paletillas y las orejas levantadas, a la espera de la orden de su amo.

—Me parece que no volveré a verlo —dijo el criador—. Y no creo que regresar aquí a hacer más preguntas sea muy buena idea.

Ricky se pasó las llaves a la mano izquierda y abrió la puerta. A la vez, metió la mano derecha en el bolsillo de la chaqueta para empuñar la pistola. No apartó los ojos del perro y se concentró en lo que tal vez tendría que hacer. Quitar el seguro. Sacar la pistola. Amartillarla. Adoptar una posición de disparo y apuntar. Cuando lo hacía en el local de tiro no estaba acuciado, y aun así tardaba unos segundos. No sabía si podría disparar a tiempo, ni si haría blanco. Se le ocurrió, además, que podría necesitar varias balas para detener a aquella bestia.

El rottweiler seguramente cruzaría el espacio que los separaba en dos o tres segundos como mucho. El perro, ansioso, avanzó unos centímetros.

«No —pensó Ricky—. Menos aún. Un solo segundo.»

El criador vio que Ricky deslizaba la mano hacia el bolsillo.

—Señor detective privado, aunque lo que tenga en el bolsillo sea una pistola, no le servirá de nada, se lo aseguro —sonrió—. No con este perro. Ni hablar.

Ricky cerró la mano alrededor de la culata y rodeó el gatillo con el índice. Tenía los ojos entrecerrados y apenas reconoció los tonos regulares de su propia voz.

—Puede —dijo despacio y con cuidado—. Puede que ya lo sepa. Tal vez ni siquiera me moleste en intentar disparar a su perro, sino que le atraviese el pecho a usted con una bala. Es usted una diana ideal, se lo aseguro. Y estará muerto antes de tocar el suelo y ni siquiera tendrá la satisfacción de ver cómo su chucho me destroza.

Esta respuesta hizo vacilar al criador, que cogió el collar del perro para contenerlo.

—Matrícula de Nueva Hampshire —comentó tras una tensa pausa—. Con el lema «Vive en libertad o muere». Memorable. Y ahora lárguese.

Ricky subió al coche y cerró la puerta de golpe. Se sacó la pistola de la chaqueta y encendió el motor. Al alejarse vio al criador por el retrovisor, con el perro aún a su lado, observando cómo se iba.

Respiraba con dificultad. Era como si el calor del exterior hubiese invadido el aire acondicionado del automóvil. Mientras recorría el camino de entrada hacia la carretera bajó la ventanilla y aspiró una bocanada de viento. Tenía un sabor caliente.

Se detuvo a un lado de la carretera para recuperarse y, mientras lo hacía, vio la entrada del cementerio. Calmó sus nervios y trató de evaluar lo ocurrido en el criadero de perros. Era evidente que la mención de los tres huérfanos había desencadenado una reacción. Imaginaba que era muy profunda, casi un mensaje subliminal. Aquel hombre no pensaba en esos tres niños desde hacía años, hasta que Ricky llegó con su pregunta, y eso había suscitado una respuesta desde lo más profundo de su ser.

La reunión había tenido un cariz más peligroso que el propio *Brutus*. Era como si aquel hombre hubiera estado esperando durante años que él, o alguien como él, apareciera haciendo preguntas y, tras sorprenderse de que lo que llevaba años esperando hubiese llegado por fin, hubiese sabido exactamente qué hacer.

Se le revolvió un poco el estómago mientras este pensamiento cobraba forma.

Al cruzar la entrada del cementerio había un pequeño edificio de madera blanca a cierta distancia de la calle que separaba las hileras de tumbas. Ricky imaginó que era algo más que un cobertizo y se detuvo frente a él. Un hombre canoso con un uniforme de trabajo azul parecido al que él usaba en el departamento de mantenimiento, salió del edificio y se dirigió hacia una cortadora de césped, pero se detuvo al ver a Ricky bajar del coche.

—¿Puedo ayudarle? —preguntó el hombre.

—Estoy buscando un par de tumbas —dijo Ricky.

—Aquí hay mucha gente enterrada. ¿A quién está buscando en concreto?

—A un matrimonio llamado Jackson.

—Hace mucho tiempo que nadie viene a visitarlos —sonrió el hombre—. Puede que la gente piense que da mala suerte, pero yo creo que cualquiera que establezca aquí su residencia ya ha vivido toda su suerte, buena o mala, así que no me importa demasiado. Los Jackson están al fondo, en la última fila, a la derecha. Siga la calle hasta el final y tuerza a la derecha. Lo encontrará enseguida.

—¿Los conocía?

—No. ¿Es pariente?

—No —contestó Ricky—. Soy detective. Estoy interesado en sus hijos adoptivos.

—No tenían familia. No sé nada sobre hijos adoptivos. Eso habría salido en los periódicos cuando murieron, pero no lo recuerdo, y los Jackson fueron portada uno o dos días.

—¿Cómo murieron?

—¿No lo sabe? —soltó el hombre, algo sorprendido.

—¿Cómo?

—Bueno, fue lo que la policía denomina asesinato-suicidio. El hombre mató a su mujer de un disparo después de una de sus peleas y luego se suicidó. Los cadáveres estuvieron dos días en la casa antes de que el cartero se diera cuenta de que nadie recogía el correo, sospechara algo y llamara a la policía. Al parecer, los perros habían tenido acceso a los cuerpos, con lo que no quedaba mucho de ellos, sólo restos de lo más desagradables. Había mucho odio en esa casa, por lo visto.

—El hombre que la compró...

—No lo conozco, pero dicen que es un sujeto de cuidado. Tan repugnante como los perros. Se hizo cargo del criadero de los Jackson, aunque por lo menos sacrificó a todos los animales que se habían comido a los anteriores propietarios. Pero es probable que él acabe igual. Puede que eso le pase por la cabeza. Y que por eso sea tan mal bicho. —El hombre soltó una risa espeluznante y señaló la pendiente—. Ahí arriba. De hecho, un lugar bastante bonito para reposar eternamente.

—¿Sabe quién compró la tumba? —preguntó Ricky tras pensar un momento—. ¿Y quién paga el mantenimiento?

—Recibimos los cheques, pero no lo sé. —El hombre se encogió de hombros.

Ricky encontró la tumba sin dificultad. Permaneció un segundo en medio del silencio del sol del mediodía preguntándose un momento si alguien habría pensado en ponerle una lápida después de su suicidio. Lo dudaba. Él había vivido tan aislado como los Jackson. También se preguntó por qué no había puesto algún monumento conmemorativo para su mujer. Había ayudado a establecer un fondo para libros en su facultad de derecho y cada año hacía una contribución a la organización Nature Conservancy en su nombre, y se había dicho que esos actos eran mejores que un pedazo de piedra frío que montara guardia sobre una angosta franja de tierra. Pero al estar ahí de pie, no estuvo tan seguro. Se encontró absorto en la muerte, pensando en sus consecuencias permanentes para los que quedan. «Cuando alguien muere aprendemos más sobre la vida de lo que sabemos sobre el fallecido», pensó.

Estuvo largo rato ahí, frente a las tumbas, antes de examinarlas. Tenían una lápida común, que se limitaba a dar sus nombres y las fechas de su nacimiento y su muerte. Algo no encajaba, y observó esta breve información para intentar averiguar qué era. Le llevó unos segundos establecer una relación.

El mes de la fecha del asesinato-suicidio coincidía con el de la firma de los documentos de adopción.

Ricky dio un paso atrás. Y entonces comprendió algo más.

Los Jackson habían nacido en la década de los veinte. Ambos tenían más de sesenta años al morir.

Sintió calor de nuevo y se aflojó la corbata. La barriga postiza parecía tirar de él hacia abajo, y el moratón y la cicatriz pintados en la cara empezaron a picarle. «Nadie puede adoptar a un niño, y mucho menos a tres, a esa edad —pensó—. Las normas de las agencias de adopción descartarían a una pareja sin hijos de esa edad en favor de una pareja más joven y vigorosa.»

Permaneció junto a las tumbas pensando que estaba contemplando una mentira. No sobre su muerte, eso era cierto, sino sobre algo de su vida.

«Todo está mal —pensó—. Todo es distinto de lo que debería ser.»

La sensación de caminar por el borde de algo más terrible de lo que había previsto le produjo un estremecimiento. Una venganza sin límites.

Se dijo que lo que tenía que hacer era regresar a la seguridad de Nueva Hampshire y examinar lo que había averiguado para dar a continuación un paso racional e inteligente. Detuvo el coche frente a la recepción del motel Econo y entró. Otro empleado, James, que llevaba una corbata de nudo fijo que aun así seguía torcida, había sustituido a Omar.

—Me marcho —dijo Ricky—. Lazarus. Habitación 232.

El recepcionista obtuvo una factura en la pantalla del ordenador.

—Está todo listo. Pero tiene dos mensajes telefónicos.

—¿Mensajes telefónicos? —repitió Ricky tras vacilar un instante.

—Llamó un hombre de un criadero de perros y preguntó si todavía se alojaba aquí —contestó James—. Quería dejarle un mensaje en el teléfono de su habitación. Después hubo otro mensaje.

—¿Del mismo hombre?

—No lo sé. No hablé con la persona. Me aparece un número en el registro de llamadas. Habitación 232. Dos mensajes. Si quiere, descuelgue y teclee el número de su habitación. Así podrá oír los mensajes.

Ricky lo hizo. El primer mensaje era del propietario de *Brutus*.

«Pensé que se alojaría en algún lugar barato y cercano. No fue demasiado difícil averiguar en cuál. He estado pensando en sus preguntas. Llámeme. Me parece que tengo información que podría serle útil. Pero vaya preparando el talonario. Le va a costar una pasta.»

Ricky marcó el tres para borrar el mensaje. El siguiente se reprodujo automáticamente. La voz sonó abrupta, fría e incongruente, casi como encontrar un trozo de hielo en una acera caliente.

«Señor Lazarus, acabo de enterarme de su interés por los difuntos señores Jackson y creo que dispongo de información que facilitaría su investigación. Llámeme al 212 555 1717 cuando le vaya bien y podemos quedar para vernos.»

La persona no dejó nombre. No era necesario. Ricky reconoció la voz.

Era Virgil.

TERCERA PARTE

HASTA LOS MALOS POETAS AMAN LA MUERTE

28

Ricky huyó.

Hizo los petates a toda prisa y aceleró con un chirrido de neumáticos para alejarse de aquel motel de Nueva Jersey y de aquella voz odiosa. Apenas se detuvo a lavarse la cicatriz postiza de la mejilla. En el lapso de una mañana, al hacer unas preguntas en los lugares equivocados, había logrado convertir el tiempo de aliado en enemigo. Había pensado que iría arañando la identidad de Rumplestiltskin y, cuando lograse descubrir todo lo que necesitaba, se sentaría a planificar con calma su venganza. Se aseguraría de que todo estuviese a punto, con las trampas a punto, y aparecería en igualdad de condiciones. Ahora ya no podría darse ese lujo.

No tenía idea de cuál era la relación entre el hombre del criadero de perros y Rumplestiltskin, pero seguro que la había, porque mientras él permanecía ante la tumba de aquel matrimonio, el hombre había estado haciendo llamadas telefónicas. La facilidad con que había averiguado el motel donde se alojaba era desalentadora. Se dijo que tenía que preocuparse de borrar sus huellas.

Condujo mucho y deprisa, de vuelta a Nueva Hampshire, mientras intentaba valorar lo comprometido de su situación. En su interior retumbaban temores difusos y pensamientos pesimistas.

Pero una idea era primordial: no podía volver a la pasividad del psicoanalista. Ése era un mundo en el que uno esperaba a que algo ocurriera, para luego procurar interpretar y comprender todos los elementos en juego. Era un mundo de reacción lenta. De calma y sensatez.

Si caía en esa trampa, le costaría la vida. Sabía que tenía que actuar.

Por lo menos, se había creado la ilusión de que era tan peligroso como Rumplestiltskin.

Acababa de pasar el cartel de la carretera que rezaba BIENVENIDOS A MASSACHUSETTS cuando tuvo una idea. Vio una salida y, más adelante, el indicador habitual del paisaje estadounidense: un centro comercial. Salió de la autopista para dirigirse al aparcamiento. En unos minutos se incorporó a la demás gente que se dirigía a la serie de tiendas que vendían más o menos lo mismo por más o menos los mismos precios pero envasado de modo distinto, lo que daba a los compradores la sensación de haber encontrado algo único en medio de la semejanza. Ricky, que lo veía con una pizca de humor, consideró que era un lugar adecuado para lo que iba a hacer.

No tardó en encontrar unas cabinas telefónicas, cerca de la hamburguesería. Recordó el primer número con facilidad. A sus espaldas se oía el murmullo de las personas sentadas comiendo y charlando, y tapó un poco el auricular con la mano mientras marcaba el número.

—Anuncios clasificados del *New York Times*, buenos días.

—Sí —dijo Ricky en tono agradable—. Quisiera poner uno de esos anuncios pequeños que salen en la portada. —Leyó con rapidez el número de una tarjeta de crédito.

—¿Cuál es el mensaje, señor Lazarus? —preguntó el empleado después de anotar los datos.

Ricky vaciló un instante y dijo:

—«Señor R, empieza el juego. Una nueva Voz.»

—¿Es correcto? —preguntó el empleado tras leérselo.

—Correcto. No olvide poner «Voz» en mayúscula, ¿de acuerdo?

El empleado confirmó la petición y Ricky colgó. Se dirigió a un local de comida rápida, pidió una taza de café y cogió un puñado de servilletas. Encontró una mesa un poco apartada y se instaló con un bolígrafo en la mano mientras bebía la infusión. Se aisló del ruido y de la actividad y se concentró en lo que iba a escribir, dándose de vez en cuando golpecitos con el bolígrafo en los dientes, tomando después un sorbo de café, sin dejar de planificar. Usó las servilletas a modo de papel improvisado y, por fin, tras unos cuantos arranques e inicios, escribió lo siguiente:

Sabe quién era, no quién soy.
Por eso está en un lío hoy.
Ricky se fue; murió en el mar.
Y yo su sitio vine a ocupar.
Como Lázaro me he levantado,
y ahora le toca morir a otro pringado.
Otro juego, señor R, en un viejo lugar,
y cara a cara nos vamos a enfrentar.
Veremos a favor de quién está la suerte,
porque hasta los malos poetas aman la muerte.

Después de admirar su poema un momento, regresó a las cabinas. En unos instantes estaba hablando con la sección de clasificados del *Village Voice*.

—Quiero poner un anuncio en la sección de personales —dijo.

—Muy bien. Yo mismo le tomo los datos —contestó el empleado. A Ricky le divirtió que este empleado pareciese menos estirado que sus equivalentes del *Times*, lo que, mirándolo bien, era de esperar—. ¿Qué título quiere para el mensaje?

—¿Título? —se sorprendió Ricky.

—Ah —dijo el empleado—. Es su primera vez, ¿verdad? Pues me refiero a abreviaturas como HB para hombre blanco, SM para sadomasoquista...

—Entiendo —contestó Ricky. Pensó un momento y dijo—: El encabezamiento debe decir: «HM, 50 a., busca Sr. Regio para diversión y juegos especiales.»

El empleado lo repitió y añadió:

—¿Algo más?

—Ya lo creo —repuso Ricky, y le leyó el poema. Luego le pidió que repitiera el texto entero dos veces para asegurarse de que lo había anotado bien.

Cuando terminó de leer, el empleado guardó silencio un segundo.

—Vale —dijo—. Es distinto. Muy distinto. Seguramente los hará salir de todas partes. A los curiosos, como mínimo. Y quizás a unos cuantos chiflados. ¿Querrá tener un buzón de respuestas? Le damos un número de buzón y puede acceder a las respuestas por teléfono. Tal como funciona, mientras lo pague, sólo usted podrá escuchar las respuestas.

—Sí, gracias —dijo Ricky.

El empleado tecleó en un ordenador.

—Muy bien —indicó al terminar—. Su buzón es el 1313. Espero que no sea supersticioso.

—En absoluto —aseguró Ricky. Anotó en la servilleta el número de acceso a las respuestas y colgó.

Se planteó un instante llamar al número que le había dejado Virgil. Pero resistió la tentación. Antes tenía que preparar unas cosas más.

En *El arte de la guerra*, Sun-Tzu comenta la importancia de la elección del campo de batalla. Obtener un emplazamiento protegido y valerse de esa ventaja. Ocupar el terreno elevado. Ser capaz de esconder la propia fortaleza. Obtener ventaja a partir del conocimiento topográfico. Ricky pensó que estas lecciones también se le podían aplicar. El poema en el *Village Voice* era como un disparo que cruzara las defensas de su adversario, una salva inicial destinada a captar su atención.

Comprendió que no pasaría demasiado tiempo antes de que alguien fuera a Durham a buscarlo. La matrícula que el propietario de la perrera había observado lo garantizaba. No creía que resultara demasiado difícil averiguar que la matrícula pertenecía a un Rent-a-Wreck, y muy pronto aparecería alguien preguntando el nombre de quien había alquilado ese coche. Se enfrentaba a una cuestión compleja pero que se podía resumir en una pregunta sencilla: ¿Dónde quería librar la próxima batalla? Tenía que elegir el terreno.

Devolvió el coche de alquiler, pasó un momento por su habitación y luego se dirigió a su trabajo nocturno en la línea directa, aturdido por estas preguntas, pensando que no sabía cuánto tiempo había ganado con los anuncios del *Times* y el *Voice*, pero seguro que un poco. El *Times* lo publicaría a la mañana siguiente; el *Voice*, a finales de semana. Era razonable suponer que Rumplestiltskin no actuaría hasta haber leído ambos. De momento sólo sabía que un detective privado gordo y con una cicatriz había ido a un criadero de perros de Nueva Jersey a hacer preguntas inconexas sobre la pareja que, según los informes, lo había adoptado a él y a sus hermanos hacía años. Un hombre persiguiendo una mentira. No se engañaba pensando que Rumplestiltskin no vería las relaciones ni encontraría con rapidez otros signos de su existencia. Frederick Lazarus, sacerdote, aparecería investigando en Florida. Frederick Lazarus, detective privado, había llegado a Nueva Jersey. Su ventaja era que no había ningún vínculo evidente entre Frederick Lazarus y el doctor Frederick Starks o Richard Lively. Uno había sido dado por muerto. El otro seguía aferrado al anonimato. Al sentarse a una mesa en la oscura oficina de la centralita telefónica, se alegró de que el semestre universitario estuviera acabando. Esperaba que las llamadas obedecieran al estrés habitual, a la desesperación de los exámenes finales, algo que le resultaba cómodo. No pensó que alguien fuera a suicidarse por un examen final de química, aunque había oído cosas más tontas. Y, a altas horas de la noche, resultó que podía concentrarse con claridad.

«¿Qué quiero conseguir?», se preguntó.

¿Quería asesinar al hombre que lo había obligado a simular su propia muerte? ¿Que había amenazado a sus familiares lejanos y destruido todo lo que le convertía en lo que era? Pensó que en algunas de las novelas de misterio y de suspense que había devorado los últimos meses, la respuesta habría sido un simple sí. Alguien le había hecho mucho daño, de modo que le volvería las tornas a ese alguien. Lo mataría. Ojo por ojo, la esencia de todas las venganzas.

Torció el gesto y se dijo: «Hay muchas formas de matar a alguien.» En efecto, él había experimentado una. Tenía que haber otras, desde la bala de un asesino hasta los estragos de una enfermedad. Encontrar el crimen adecuado era fundamental. Y, para ello, tenía que conocer a su adversario. No sólo saber quién era, sino qué era.

Y tenía que resurgir de esa muerte con su vida intacta. No era como un piloto kamikaze que se tomaba una copa ritual de sake y se dirigía a su propia muerte sin la menor preocupación. Ricky quería sobrevivir.

Nunca volvería a ser el doctor Frederick Starks. Adiós al cómodo ejercicio de escuchar a diario los lamentos de los ricos y trastornados durante cuarenta y ocho semanas al año. Eso se había acabado, y él lo sabía.

Echó un vistazo alrededor, a la pequeña oficina donde se encontraba la línea directa para los desesperados. Era una habitación en el pasillo principal del edificio de servicios médicos para estudiantes. Era un lugar estrecho, nada cómodo, con una sola mesa, tres teléfonos y varios carteles dedicados a los programas de fútbol americano y béisbol, con fotografías de los deportistas. Había también un plano grande del campus y una lista mecanografiada de números de servicios de urgencias y de seguridad. También había unas normas que debían seguirse cuando el voluntario que atendía la línea estaba seguro de que alguien había intentado quitarse la vida. Los pasos a seguir consistían en llamar a la policía y hacer que el telefonista comprobara la línea, lo que localizaría el origen de la llamada. Este procedimiento sólo debía usarse en las emergencias más graves, cuando había una vida en juego y era necesario enviar ayuda. Ricky no había tenido que usarlo nunca. En las semanas que había trabajado en el turno de noche, siempre había conseguido hacer entrar en razones, o por lo menos entretener, incluso a las personas más desesperadas. Se preguntaba si alguno de los muchachos a los que había ayudado se habría asombrado de saber que la voz tranquila que le hacía recuperar la sensatez pertenecía a un empleado de mantenimiento de la facultad de química.

«Es algo que vale la pena proteger», se dijo Ricky.

Esa conclusión le hizo tomar una decisión. Tendría que alejar a Rumplestiltskin de Durham. Si quería sobrevivir a la confrontación que se acercaba, Richard Lively debía estar a salvo y seguir siendo anónimo.

—De vuelta a Nueva York —se susurró a sí mismo.

En ese momento sonó el teléfono en la mesa. Pinchó la línea correspondiente y descolgó el auricular.

—Teléfono de la Esperanza. ¿En qué puedo ayudarte? —dijo.

Hubo un instante de silencio y luego un sollozo apagado. Acto seguido oyó una serie de palabras entrecortadas que por separado significaban poco pero que juntas decían mucho:

—No puedo, es que no puedo, es demasiado, no quiero, oh, no sé...

«Una mujer joven», pensó Ricky.

Pronunciaba las palabras con claridad, aparte de los sollozos de emoción, así que no parecía haber problemas de drogas o alcohol. Sólo soledad y humana desesperación en plena noche.

—¿Podrías hablar más despacio e intentar contarme lo que pasa? —sugirió con dulzura—. No hace falta que sea todo. Sólo lo de ahora mismo, en este momento. ¿Dónde estás?

—En el dormitorio de la residencia. —La respuesta llegó tras una pausa.

—Muy bien —la animó Ricky con suavidad, para empezar con las preguntas—. ¿Estás sola?

—Sí.

—¿No hay una compañera de habitación? ¿Amigos?

—No. Sola.

—¿Es así como estás siempre? ¿O sólo tienes esa sensación?

Esta pregunta pareció hacer reflexionar a la joven.

—Bueno, he roto con mi novio y mis clases son todas terribles, y cuando regrese a casa mis padres me van a matar porque ya no estoy en el cuadro de honor. Puede que no apruebe el curso de literatura comparada y todo parece haber llegado a un punto crítico y...

—Y algo te hizo llamar a este teléfono, ¿verdad?

—Quería hablar. No es que quisiera hacerme algo...

—Eso es muy razonable. Al parecer no has tenido un semestre muy bueno.

—Ni que lo digas. —La muchacha rió con amargura.

—Pero habrá otros semestres, ¿verdad?

—Pues sí.

—Y tu novio, ¿por qué te dejó?

—Dijo que no quería estar atado...

—¿Y cómo te sentó esta respuesta? ¿Te deprimió?

—Sí. Fue como una bofetada. Me sentí como si me hubiera estado usando sólo por el sexo, ¿sabes? Y ahora que se acerca el verano habrá imaginado que ya no valía la pena. He sido como una especie de caramelo. Pruébame y tírame.

—Una buena forma de decirlo —aseguró Ricky—. Un insulto, entonces. Un golpe a tu dignidad.

La joven volvió a guardar silencio un momento.

—Supongo, pero no lo había visto de ese modo.

—Bueno —prosiguió Ricky con voz firme y suave—. En lugar de estar deprimida y de pensar que te pasa algo, deberías estar enfadada con ese cabrón, porque es evidente que el problema lo tiene él. Y el problema es el egoísmo, ¿no?

Pudo percibir cómo la muchacha asentía con la cabeza. Pensó que era una llamada de lo más típica. Había llamado desesperada por lo del novio y los estudios pero, al examinarla más de cerca, en realidad no lo estaba.

—Creo que eso es cierto —corroboró—. Es un cabronazo.

—Entonces, puede que estés mejor sin él. No es el único chico del mundo.

—Creía que lo quería —dijo la muchacha.

—Duele un poco, lo sé. Pero el dolor no es porque te haya roto el corazón. Es más bien porque comprendes que te engañó. Y ahora tu confianza se resiente.

—Tienes razón —dijo. Ricky notaba cómo se secaba las lágrimas al otro lado de la línea. Pasado un momento, la muchacha añadió—: Debes de recibir muchas llamadas como ésta. Todo parecía tan importante y tan terrible hace dos minutos. Lloraba sin parar y ahora...

—Todavía están las notas. ¿Qué pasará cuando llegues a casa?

—Se cabrearán. Mi padre dirá: «No me estoy gastando el dinero que tanto me cuesta ganar para que apruebes por los pelos.»

La joven había emitido un carraspeo e imitado la voz grave de su padre. Ricky rió, y ella hizo lo mismo.

—Lo superará —comentó él—. Sé sincera. Cuéntale las tensiones que has sufrido y lo de tu novio, y dile que intentarás mejorar. Lo comprenderá.

—Tienes razón.

—Mira, te daré una receta para esta noche y mañana —dijo Ricky—. Ahora acuéstate y duerme bien. Por la mañana, levántate y coge uno de esos cafés tan ricos, con mucha espuma y todas las calorías habidas y por haber. Luego sal fuera, siéntate en un banco, toma el café despacio y admira el tiempo. Y, si por casualidad ves al chico en cuestión, ignóralo. Y si él quiere hablar, aléjate. Busca otro banco. Piensa en lo que el verano te depara. Siempre hay posibilidades de que las cosas mejoren. Sólo tienes que encontrarlas.

—De acuerdo —contestó la joven—. Gracias por hablar conmigo.

—Si en los próximos días te sientes estresada hasta el punto de que la situación te resulte insoportable, deberías pedir hora a un consejero de los servicios médicos. Él te ayudará a superar tus problemas.

—Sabes mucho sobre la depresión —comentó la muchacha.

—Oh, sí. Es cierto. Suele ser transitoria, aunque a veces no. La primera es una situación corriente de la vida. La segunda es una auténtica enfermedad, y terrible. Creo que tú has tenido la primera.

—Me siento mejor —aseguró—. Puede que me compre una pasta con esa taza de café. Al infierno con las calorías.

—Ésa es una buena actitud —dijo Ricky. Iba a colgar, pero se detuvo—. Oye, ayúdame en algo...

La joven pareció un poco sorprendida, pero contestó:

—¿Qué? ¿Cómo? ¿Necesitas ayuda?

—Ésta es la línea directa para crisis —contestó Ricky con una nota de humor—. ¿Por qué crees que los que estamos a este lado no tenemos crisis?

—Ya —dijo la muchacha tras una breve pausa, como si asimilara la evidencia de esta frase—. ¿Cómo puedo ayudarte?

—Cuando eras pequeña, ¿a qué jugabas? —preguntó Ricky.

—Pues a juegos de mesa, ya sabes, la oca, el parchís...

—No. Me refiero a juegos al aire libre.

—¿Como el corro o la gallinita ciega?

—Sí. Pero ¿y si querías competir con los demás niños, jugar a algo en lo que uno tiene que perseguir a otro, mientras que a la vez lo persiguen a él? ¿Qué se te ocurre?

—El escondite.

—Sí. ¿Alguno más?

La muchacha vaciló y dijo, como si reflexionara en voz alta:

—Bueno, estaba la muralla, pero era más bien un desafío físico. Y las gincanas, pero eso era para encontrar objetos. También estaba el ¿quién para? y el rey...

—No. Estoy buscando algo que suponga un desafío un poco mayor...

—Pues entonces zorros y sabuesos —soltó—. Era el más difícil de ganar.

—¿Y cómo se juega?

—En verano, al aire libre. Hay dos equipos, los zorros y los sabuesos, evidentemente. Los zorros salen con quince minutos de ventaja. Llevan bolsas de plástico llenas de trocitos de periódico. Cada diez metros tienen que dejar un puñado. Los sabuesos siguen el rastro. La clave es dejar pistas falsas, volver sobre los pasos, confundir a los sabuesos. Los zorros ganan si regresan al punto de partida después del tiempo establecido, dos o tres horas más tarde. Los sabuesos ganan si atrapan a los zorros. Si ven a los zorros al otro lado de un campo, pueden perseguirlos. Y los zorros tienen que esconderse. Así que los zorros se aseguran de saber dónde están los sabuesos. Los espían, ya me entiendes.

—Ése es el juego que busco —afirmó Ricky con calma—. ¿Qué equipo solía ganar?

—Eso era lo bueno. Dependía de la ingenuidad de los zorros y la determinación de los sabuesos. Así que cualquier bando podía ganar en un momento dado.

—Gracias —dijo Ricky. Las ideas bullían en su mente.

—Buena suerte —contestó la joven antes de colgar.

Ricky pensó que eso era justamente lo que iba a necesitar: un poco de buena suerte.

A la mañana siguiente empezó a hacer preparativos. Pagó el alquiler del mes siguiente, pero explicó que seguramente tendría que ausentarse por un asunto familiar. Tenía una planta en su habitación y pidió que la regasen con regularidad. Le pareció el modo más simple de engañar a las mujeres; ningún hombre que pide que le rieguen una planta estaría pensando en marcharse. Habló con el supervisor del personal de mantenimiento y éste le autorizó a tomarse unos días y los que le correspondían por las horas extra acumuladas. Su jefe fue igual de comprensivo y, gracias al menor trabajo del final del semestre, le dio permiso para ausentarse sin poner en peligro su empleo.

En el banco local donde Frederick Lazarus tenía su cuenta, Ricky hizo una transferencia a una cuenta que había abierto electrónicamente en un banco de Manhattan.

También efectuó una serie de reservas de hotel en Nueva York, para días sucesivos. Eran hoteles nada recomendables, el tipo de lugar que no aparece en las guías turísticas de la ciudad. Confirmó todas las reservas con las tarjetas de crédito de Frederick Lazarus, excepto en el último hotel. Los dos últimos que había seleccionado se encontraban en la calle Veintidós Oeste, más o menos uno frente al otro. En uno reservó una estancia de dos noches a nombre de Frederick Lazarus. El otro ofrecía apartamentos por semanas. Reservó uno para quince días, usando la tarjeta Visa de Richard Lively.

Cerró los apartados de correos de Frederick Lazarus en Mailboxes Etc. y dejó el penúltimo hotel como dirección para que le remitieran la correspondencia.

Lo último que hizo fue meter el arma y la munición junto con varias mudas en una bolsa, y volver al Rent-A-Wreck. Como antes, alquiló un coche sencillo y anticuado. Pero esta vez procuró dejar un mayor rastro.

—Tiene kilometraje ilimitado, ¿verdad? —preguntó al empleado—. Porque tengo que ir a Nueva York y no quiero que me cobren porcentaje por los kilómetros recorridos.

El empleado era un joven universitario que había cogido aquel trabajo para el verano y, tras haber pasado sólo unos días en la oficina, ya estaba mortalmente aburrido.

—Sí. Kilometraje ilimitado. Por lo que respecta a nosotros, puede ir a California y volver.

—No; tengo negocios en Manhattan —repitió Ricky adrede—. Pondré mi dirección en la ciudad en el contrato de alquiler. —Escribió el nombre y el número de teléfono del primero de los hoteles donde había hecho una reserva a nombre de Frederick Lazarus.

—Claro. —El dependiente observó los vaqueros y la camisa *sport* de Ricky—. Negocios. Ya.

—Y si tengo que prolongar mi estancia...

—El contrato de alquiler pone un número. Llame ahí. Le cargaremos el importe adicional a la tarjeta de crédito, pero necesitamos tener constancia. Si no, pasadas cuarenta y ocho horas denunciamos el robo del coche.

—No quiero que eso ocurra.

—¿Quién lo querría? —contestó el muchacho.

—Sólo una cosa más —comentó Ricky, eligiendo las palabras con cierta cautela.

—Usted dirá.

—Dejé un mensaje a un amigo mío para que alquilara un coche aquí. Verá, los precios están bien, los vehículos son buenos y resistentes, y no hay tanto papeleo como en las grandes compañías de alquiler.

—Por supuesto —dijo el muchacho, como si le sorprendiera que alguien pudiera perder el tiempo teniendo cualquier clase de opinión sobre coches de alquiler.

—Pero no estoy seguro de que recibiera bien el mensaje.

—¿Quién?

—Mi amigo. Viaja mucho por negocios, como yo, así que siempre está buscando un buen trato.

—¿Y?

—Pues que si llega a venir para ver si es aquí donde yo alquilé el coche, oriéntelo y trátelo bien, ¿de acuerdo? —dijo Ricky.

—Si es mi turno... —dijo el empleado.

—Está aquí de día, ¿verdad?

El joven asintió con un gesto que parecía indicar que pasarse los primeros días de verano tras un mostrador era algo parecido a estar en la cárcel, y Ricky pensó que probablemente lo fuera.

—De modo que lo más seguro es que sea usted quien le atienda.

—Lo más seguro.

—Bueno, pues si pregunta por mí, dígale que me fui de viaje de negocios. A Nueva York. Él sabrá mis planes.

—Ningún problema. —El joven se encogió de hombros para añadir—: Eso si pregunta. En otro caso...

—Claro. Pero si alguien pregunta, ya sabe que será mi amigo.

—¿Y cómo se llama? —preguntó el empleado.

—R. S. Skin —sonrió Ricky—. Es fácil de recordar: señor R. S. Skin.

En el viaje por la carretera 95 hacia Nueva York se detuvo en tres centros comerciales distintos, situados todos junto a la carretera. Uno justo antes de Boston y los otros dos en Connecticut, cerca de Bridgeport y en New Haven. En cada uno de ellos, recorrió los pasillos centrales entre las hileras de tiendas de modas y los puestos de galletas de chocolate hasta encontrar un lugar donde vendían teléfonos móviles. Para cuando terminó de comprar, había adquirido cinco móviles diferentes, todos a nombre de Frederick Lazarus y todos con la promesa de cientos de minutos gratis y tarifas de larga distancia reducidas. Los teléfonos correspondían a cuatro compañías distintas y, aunque cada vendedor preguntó a Ricky al rellenar el contrato de compra y uso anual si tenía otros móviles, ninguno se molestó en comprobar que fuera cierto que no. Ricky contrató todos los extras de cada teléfono, con identificación de las llamadas, llamadas en espera y demás prestaciones, lo que hacía que los vendedores estuvieran ansiosos por finalizar el papeleo.

También se detuvo en un pequeño centro comercial donde, tras una pequeña búsqueda, encontró una tienda de material de oficina. En ella compró un ordenador portátil bastante barato y el hardware necesario. También compró una bolsa para llevarlo.

A primera hora de la tarde llegó a Nueva York. Dejó el coche en un aparcamiento descubierto junto al río Hudson, en la calle Cincuenta Oeste, y después tomó el metro hasta el hotel, situado en Chinatown. Se registró con un recepcionista llamado Ralph, que había tenido acné galopante de pequeño y lucía las marcas en las mejillas, lo que le confería un aspecto desagradable. Ralph no tenía mucho que decir, aparte de parecer algo sorprendido de que la tarjeta de crédito de Frederick Lazarus funcionara bien. La palabra «reserva» también le sorprendió. Ricky pensó que no era la clase de hotel que recibía muchas. Una prostituta que trabajaba en la habitación del final del pasillo le dirigió una sonrisa sugerente y una mirada invitadora, pero él negó con la cabeza y abrió la puerta de su habitación. Era un sitio tan mediocre como había imaginado. Era también la clase de lugar donde el hecho de que Ricky llegara sin equipaje y saliera de nuevo a los quince minutos no llamaría demasiado la atención.

Tomó otro metro hacia el último hotel de la lista, donde había alquilado un apartamento. Ahí se convirtió en Richard Lively y contestó con monosílabos al hombre de recepción. Al dirigirse a su apartamento llamó la menor atención posible.

Esa noche salió a comprarse un bocadillo y un par de refrescos. Se pasó el resto de la velada en silencio, haciendo planes, salvo por una salida a medianoche.

Un chaparrón aislado había dejado la calle brillante. Unas farolas amarillas lanzaban arcos de luz pálida sobre el asfalto. El aire nocturno era algo cálido, con un espesor que indicaba la proximidad del verano. Contempló la acera y pensó que nunca había sido consciente de la cantidad de sombras que ocupaban la noche de Manhattan. Supuso que él también era una.

Caminó por las calles con rapidez hasta que encontró una solitaria cabina de teléfono. Le pareció que había llegado el momento de comprobar si tenía mensajes.

Una sirena rasgó la noche a una manzana de la cabina. Ricky no sabía si sería la policía o una ambulancia. Sabía que los coches de bomberos tenían un sonido más grave y de inconfundible estridencia. Pero la policía y las ambulancias sonaban muy parecidas. Pensó que había pocos ruidos en el mundo que auguraran problemas como el de una sirena.

Era algo inquietante y temible, como si la estridencia del sonido atacase el equilibrio y la esperanza. Esperó a que el estrépito se desvaneciera en la oscuridad y regresara la tranquilidad habitual de Manhattan: el ruido regular de los coches y autobuses que circulaban por las calles y algún que otro temblor bajo la superficie al pasar un metro por los túneles subterráneos que entrecruzaban la ciudad.

Marcó el número del *Village Voice* y accedió a las respuestas a su anuncio personal en el buzón 1313. Había casi tres docenas.

La mayoría eran insinuaciones y promesas de aventuras sexuales. Casi todos mencionaban la «diversión y juegos especiales» del anuncio de Ricky, que parecían apuntar, como había imaginado, en una dirección determinada. Varias personas habían preparado pareados para contestar al suyo, pero incluyendo promesas de vigoroso sexo. Percibió un entusiasmo desenfrenado en sus voces.

El trigésimo era, como había esperado, muy distinto. La voz era fría, casi monótona, amenazadora. También poseía un sonido metálico, casi mecánico. Ricky supuso que habían usado un distorsionador de voz. Pero no escondía el ataque psicológico de la respuesta.

> *Ricky es listo, Ricky es muy astuto,*
> *pero ha cometido un error absoluto.*
> *Cree que está a salvo y quiere jugar,*
> *pero escondido se debería quedar.*
> *Que escapara una vez es impresionante*
> *pero no por ello debería estar exultante.*
> *Otro juego, en una segunda ocasión*
> *volverá a llegar a la misma conclusión.*
> *Sólo que ahora lo que me debe pagar,*
> *por fin completo me lo voy a cobrar.*

Escuchó la respuesta tres veces, hasta memorizarla. La voz tenía algo más que le inquietaba, como si las palabras dichas no fueran suficiente e incluso el tono estuviera cargado de odio. Pero, más allá de eso, le pareció que la voz tenía algo reconocible, casi familiar, que se sobreponía a la falsedad del distorsionador. Esta idea le sacudió, en especial al percatarse de que era la primera vez que oía hablar a Rumplestiltskin. Todos los demás contactos habían sido indirectos, sobre papel o repetidos por Merlin o Virgil. Oír la voz de ese hombre le hizo ver imágenes pesadillescas y sentir un escalofrío. Se dijo que no debía subestimar la magnitud del reto que se había impuesto.

Reprodujo los demás mensajes, a sabiendas de que al final habría otra voz mucho más conocida. La había. A continuación del silencio que acompañó al breve poema, Ricky oyó la voz grabada de Virgil. Escuchó con atención para captar matices que pudieran indicarle algo.

«Ricky, Ricky, Ricky. Qué agradable tener noticias tuyas, y qué sorprendente, además.»

—Seguro —murmuró Ricky para sí—. Me lo imagino.

Siguió escuchando a la joven. Los tonos que utilizaba eran los mismos que antes, agresivos, engatusadores y burlones un instante y duros e intransigentes al siguiente. Ricky pensó que Virgil participaba en el juego tanto como su jefe. Su peligro radicaba en los colores camaleónicos que adoptaba; tanto intentaba resultar amable como furiosa y directa. Si Rumplestiltskin simbolizaba la determinación para lograr un propósito, frío y concentrado, Virgil era voluble. Y Merlin, del que todavía no tenía noticias, era como un contable, desapasionado, con el enorme peligro que eso implicaba.

«... Cómo escapaste, bueno, debo decir que es algo que tiene a algunas personas de círculos importantes revisando su modo de enfocar las cosas. Un segundo examen minucioso de tu caso. Sirve para demostrar lo escurridiza que puede ser la realidad, ¿verdad, Ricky? Yo se lo advertí, ¿sabes? De veras. Les dije: "Ricky es muy inteligente. Intuitivo y de gran rapidez mental." Pero no me creyeron. Pensaban que eras tan tonto e inocente como los demás. Y mira dónde nos ha llevado eso. Eres el alfa y omega de los cabos sueltos, Ricky. El plato fuerte. Diría que muy peligroso para todos los implicados. —Resopló, como si sus propias palabras le dijeran algo. Prosiguió—: Me cuesta imaginar por qué quieres echar unas partidas más con el señor R. Es lo que cabría pensar al ver tu querida casa de veraneo consumida por las llamas; fue muy hábil e inteligente por tu parte, Ricky. Quemar toda esa felicidad junto con todos los recuerdos, era un mensaje claro para nosotros. De un psicoanalista, nada menos. No lo previmos, en absoluto. Pero habría imaginado que esa experiencia te habría enseñado que el señor R es un hombre muy difícil de superar en una contienda, en especial en las que planea él mismo. Deberías haberte quedado donde estabas, Ricky, bajo la piedra que hayas encontrado para esconderte. O quizá deberías huir ahora. Huir y ocultarte para siempre. Empezar a cavar un agujero en algún lugar lejano, frío y oscuro, y seguir cavando. Porque sospecho que esta vez el señor R querrá tener una prueba más clara de su victoria. Una prueba incontestable. Es una persona muy concienzuda. O eso tengo entendido.»

Virgil enmudeció, como si hubiera colgado el auricular

de golpe. Ricky oyó un siseo electrónico y accedió al siguiente mensaje telefónico. Era Virgil por segunda vez.

«Mira, Ricky, detestaría verte repetir el resultado del primer juego, pero si eso es lo que hace falta, bueno, tú lo has querido. ¿Cuál es ese "otro juego" del que hablas y cuáles son las reglas? A partir de ahora leeré el *Village Voice* con más atención. Y mi jefe está..., bueno, ansioso no parece la palabra más adecuada. Consumido de impaciencia, como un caballo de carreras, quizás. Así que estamos esperando la salida.»

—Ya ha pasado —dijo Ricky en voz alta tras colgar el auricular.

«Zorros y sabuesos —pensó—. Piensa como el zorro. Tienes que dejar un rastro para saber dónde están, pero mantener suficiente ventaja para que no te detecten y capturen. Y, a continuación, llevarlos directamente a donde quieres.»

Por la mañana, Ricky tomó el metro al centro hacia el primer hotel en el que se había registrado. Devolvió la llave de la habitación a un recepcionista que leía una revista pornográfica titulada *Profesiones del amor* tras el mostrador. El hombre ofrecía un aspecto de lo más desastrado, con prendas que le caían mal, la cara picada de acné y una cicatriz en un labio. Ricky pensó que en un cásting no podrían haber elegido a nadie mejor para ese puesto. El hombre tomó la llave sin pronunciar palabra, enfrascado en lo que se mostraba con imágenes vibrantes y explícitas en la revista.

—Hola —saludó Ricky, con lo que logró una mínima atención del hombre—. Podría ser que alguien viniera preguntando por mí para dejarme un paquete.

El hombre asintió distraídamente, absorto en los personajes retozones de la revista.

—El paquete significa algo —insistió Ricky.

—Claro —contestó el otro, casi sin hacer el menor caso a lo que Ricky decía.

Ricky sonrió. No podría haber imaginado una conversación más adecuada a sus intereses. Echó un vistazo alrededor para comprobar que estaban solos en aquel vestíbulo soso y deslucido, metió una mano en el bolsillo de la chaqueta y, por debajo del mostrador, amartilló su pistola, lo que hizo un ruido característico.

El recepcionista levantó la mirada con los ojos como platos.

—Conoce ese sonido, ¿verdad, imbécil? —Ricky le dedicó una sonrisa torcida.

El hombre levantó las manos y las puso sobre el mostrador.

—Quizás ahora me preste atención —dijo Ricky.

—Le estoy escuchando —aseguró el hombre. Parecía un veterano en el arte de ser robado o amenazado.

—Permita entonces que empiece otra vez —dijo Ricky—. Un hombre traerá un paquete para mí. Vendrá aquí a preguntar y usted le dará este número. Coja un lápiz y anote: 212 555 2798. Aquí podrá localizarme. ¿Entendido?

—Entendido.

—Pídale cincuenta dólares —sugirió Ricky—. Tal vez cien. Lo vale.

—¿Y si no estoy aquí? —El hombre pareció decepcionado, aunque había asentido—. Suponga que está el del turno de noche.

—Estará aquí si quiere los cien dólares —contestó Ricky. Y añadió—: Y a cualquier otra persona que venga preguntando, y me refiero a cualquiera que no traiga un paquete, usted le dirá que no sabe adónde fui, quién soy ni nada de nada. Ni una palabra. Ninguna información. ¿Entendido?

—Sólo al del paquete —confirmó el hombre—. Entendido. ¿Qué contiene el paquete?

—Es mejor que no lo sepa. Y estoy seguro de que no espera que yo se lo diga.

Esta respuesta parecía decirlo todo.

—Suponga que no veo ningún paquete. ¿Cómo sabré que es el hombre correcto?

—En eso tiene razón —asintió Ricky—. Le diré qué haremos. Le preguntará si conoce al señor Lazarus y él le responderá algo así como: «Todo el mundo sabe que Lázaro se levantó al tercer día.» Entonces usted le dará el número. Si lo hace bien, puede que consiga más de cien.

—El tercer día. Lázaro se levantó. Suena como sacado de la Biblia.

—Puede.

—Muy bien. Entendido.

—Perfecto —dijo Ricky, y volvió a guardarse el arma en el bolsillo después de devolver el percutor a su sitio con un sonido tan característico como el de amartillar—. Me alegra que hayamos tenido esta charla. Ahora mi estancia aquí me resulta mucho más satisfactoria. No interrumpiré más su educación —soltó con una sonrisa a la vez que señalaba la revista pornográfica. Y acto seguido se marchó.

Por supuesto, no existía el tal hombre del paquete. Pero alguien distinto llegaría pronto al hotel. Con toda probabilidad, el recepcionista soltaría la información pertinente a quien fuera, sobre todo ante el anzuelo del dinero o la amenaza de daño físico, que Ricky estaba seguro de que el señor R, Merlin o Virgil, o quienquiera que fuera, usaría en una sucesión relativamente rápida. Y entonces Rumplestiltskin tendría algo de que preocuparse. Un paquete que no existía. Con una información inexistente. Entregado a una persona que nunca existió. A Ricky le gustaba. Le daba a su perseguidor algo ficticio en lo que preocuparse.

Fue a registrarse al siguiente hotel.

La decoración era muy parecida a la del primero, lo que le tranquilizó. Un recepcionista distraído y desganado, sentado detrás de un largo mostrador de madera arañado. Una habitación sencilla, deprimente y deslucida. Se había cruzado con dos mujeres con falda corta, maquillaje brillante, tacones de aguja y medias negras de malla, de profesión inconfundible, que aguardaban en el pasillo y que lo habían observado con entusiasmo financiero cuando pasó. Había meneado la cabeza cuando una de ellas le había dirigido una mirada sugestiva. Oyó decir a una de ellas: «Policía», y se fueron, lo que le sorprendió. Pensó que se estaba adaptando bien, o por lo menos visualmente, al mundo al que había descendido. Pero tal vez fuera más difícil de lo que creía desprenderse del lugar que uno ha ocupado en la vida. Llevamos nuestras señas de identidad tanto interior como exteriormente.

Se dejó caer en la cama y los muelles cedieron bajo su peso. Las paredes eran delgadas y oyó el éxito de una compañera de trabajo de aquellas mujeres filtrarse a través del yeso: una serie de gemidos y traqueteos al hacer un buen uso de la cama. De no haber estado tan concentrado, le habrían deprimido bastante los sonidos y los olores, en particular el ligero hedor a orín que se filtraba por los conductos de aire. Pero ese entorno era justo lo que quería. Necesitaba que Rumplestiltskin pensara que se había familiarizado de algún modo con los barrios bajos.

Ricky alargó la mano hacia el teléfono.

La primera llamada que hizo fue al agente de bolsa que había manejado sus cuentas de inversiones cuando aún vivía. Habló con su secretaria.

—¿En qué puedo ayudarle? —preguntó ésta.

—Hola —dijo Ricky—. Me llamo Diógenes... —Deletreó despacio el nombre y, tras pedirle que lo anotara, prosiguió—: Represento al señor Frederick Lazarus, albacea testamentario del difunto doctor Frederick Starks. Queremos informarle de que estamos investigando las importantes irregularidades relativas a su situación financiera antes de su fallecimiento.

—Creo que nuestro personal de seguridad ya investigó esa situación.

—No a nuestra entera satisfacción. Les enviaremos a alguien para revisar esos registros y encontrar los fondos desaparecidos para que puedan ser entregados a sus legítimos herederos. Añadiré que hay personas muy disgustadas con el modo en que fue tratado este asunto.

—Ya veo, pero ¿quién...? —La secretaria se había puesto nerviosa, desconcertada por los tonos autoritarios y abruptos utilizados por Ricky.

—Me llamo Diógenes. Por favor, recuérdelo. Me pondré en contacto con ustedes mañana o pasado. Pida a su jefe que reúna los registros correspondientes a todas las transacciones, sobre todo las transferencias telegráficas y electrónicas para que no perdamos tiempo en nuestra reunión. En este examen inicial no me acompañarán los inspectores de la Comisión de Vigilancia del Mercado de Valores, pero tal vez sea necesario en el futuro. Es una cuestión de cooperación, ¿comprende?

Ricky supuso que aquella velada amenaza surtiría un efecto inmediato. A ningún corredor le gusta oír hablar de investigadores de la Comisión de Vigilancia.

—Creo que será mejor que usted hable con...

—Sin duda, pero cuando vuelva a llamar mañana o pasado. Ahora tengo una reunión, y otras llamadas que hacer respecto a este asunto, así que tengo que colgar. Gracias.

Y, dicho esto, colgó con una perversa sensación de satisfacción. No creía que su antiguo corredor de bolsa, un hombre aburrido, interesado sólo en el dinero que ganaba o perdía, reconociera el nombre del personaje que vagaba por la Antigüedad en su búsqueda infructuosa de un hombre honesto. Pero Ricky conocía a alguien que lo comprendería de inmediato.

Su siguiente llamada fue al presidente de la Sociedad Psicoanalítica de Nueva York.

Había coincidido con ese médico sólo un par de veces en el pasado, en la clase de reuniones del *stablishment* médico que tanto evitaba, y le había parecido un mojigato y un presuntuoso entusiasta de Freud, dado a hablar incluso a sus colegas con largos silencios y pausas vacías. Era un psicoanalista veterano de Nueva York y había tratado a muchos famosos con las técnicas del diván y el silencio, y de algún modo había usado todos esos pacientes destacados para darse importancia, como si tener a un actor ganador de un Oscar, a un escritor ganador del Pulitzer o a un financiero multimillonario en el diván lo convirtiera en mejor terapeuta o mejor ser humano. Ricky, que había vivido y ejercido su profesión en aislamiento y soledad hasta su suicidio, no creía que hubiera la menor posibilidad de que aquel hombre reconociera su voz, así que ni siquiera intentó disimularla.

Esperó a que faltaran nueve minutos para la hora. Sabía que tenía más probabilidades de que el médico contestara el teléfono en persona entre un paciente y otro.

Contestaron al segundo tono. Lo hizo una voz monótona, áspera, que se ahorró hasta el saludo:

—Soy el doctor Roth.

—Doctor, me alegra encontrarle. Soy el señor Diógenes, y represento al señor Frederick Lazarus, el albacea testamentario del difunto doctor Frederick Starks.

—¿En qué puedo ayudarle? —repuso Roth. Ricky hizo una pausa, un poco de silencio que incomodaría al doctor, más o menos la misma técnica que él mismo solía utilizar.

—Estamos interesados en saber cómo se resolvió exactamente la denuncia contra el malogrado doctor Starks —contestó Ricky con una agresividad que le sorprendió.

—¿La denuncia?

—Sí. La denuncia. Como usted sabe, poco antes de su muerte se hicieron algunas acusaciones relativas a abusos sexuales con una paciente. Queremos saber cómo se resolvió la investigación.

—No sé si hubo ningún veredicto oficial —dijo Roth con firmeza—. Desde luego, no de la Sociedad Psicoanalítica. El suicidio del doctor Starks tornó superfluas las investigaciones.

—¿De veras? ¿No se le ocurrió a usted ni a nadie de la sociedad que preside que tal vez su suicidio estuvo provocado por la injusticia y la falsedad de esas acusaciones, en lugar de ser una especie de confirmación de ellas?

—Por supuesto que lo tuvimos en cuenta —contestó Roth tras una pausa.

«Seguro que sí —pensó Ricky—. Mentiroso.»

—¿Le sorprendería saber que la joven que presentó las acusaciones ha desaparecido?

—¿Cómo dice?

—No volvió para continuar con la terapia de seguimiento con el médico de Boston a quien presentó las acusaciones iniciales.

—Es curioso...

—¿Y que sus intentos por localizarla arrojaron como resultado el inquietante hecho de que su identidad era falsa?

—¿Falsa?

—Y se averiguó también que sus acusaciones formaban parte de un engaño. ¿Lo sabía, doctor?

—Pues no, no. No lo sabía. Como le dije, el asunto se abandonó después del suicidio.

—Dicho de otro modo, se lavaron las manos.

—El caso se trasladó a las autoridades competentes.

—Pero ese suicidio les ahorró a ustedes y a su profesión una gran cantidad de publicidad negativa y embarazosa, ¿verdad?

—No lo sé. Bueno, por supuesto, pero...

—¿Ha pensado que quizá los herederos del doctor Starks querrían una reparación? ¿Que limpiar su nombre, incluso tras la muerte, podría ser importante para ellos?

—No me lo había planteado en esos términos.

—¿Sabe que se les podría considerar responsables de la muerte del doctor Starks?

Esta afirmación obtuvo una previsible respuesta violenta.

—¡En absoluto! Nosotros no...

—Hay otras clases de responsabilidad en el mundo además de la legal, ¿no es así, doctor? —le interrumpió Ricky.

Le gustó esta réplica. Se refería a la esencia misma del psicoanálisis. Pudo imaginar cómo aquel colega suyo cambiaba, incómodo, de postura en la silla. Tal vez el sudor empezaba a perlarle la frente.

—Por supuesto, pero...

—Pero nadie en la Sociedad Psicoanalítica quería realmente saber la verdad, ¿no? Era mejor que desapareciera en el mar junto con el doctor Starks, ¿correcto?

—No creo que deba contestar esta clase de preguntas, señor... esto...

—Claro que no. No en este momento. Quizá más adelante. Pero es curioso, ¿no cree, doctor?

—¿Qué?

—Que la verdad sea incluso más fuerte que la muerte —le espetó, y colgó.

Se echó de nuevo en la cama y contempló el techo blanco y la bombilla desnuda. Notaba que le sudaban las axilas como si hubiese hecho un gran esfuerzo para mantener esa conversación, pero no era un sudor nervioso, sino más bien el resultado de una justicia satisfactoria. En la habitación contigua, la pareja había vuelto a empezar, y por un momento escuchó los ritmos inconfundibles del sexo, que le resultaron divertidos y hasta placenteros.

«Más de uno se lo pasa en grande durante la jornada laboral», pensó.

Luego se levantó y buscó hasta encontrar un pequeño bloc de papel en el cajón de la mesilla de noche y un bolígrafo.

En el papel escribió los nombres y los teléfonos de los dos hombres a los que acababa de llamar. Bajo ellos, anotó «Dinero. Reputación.» Puso señales junto a esas palabras y escribió a continuación el nombre del tercer hotel sórdido en el que había hecho una reserva. Y debajo garabateó la palabra «casa».

Después arrugó el papel y lo lanzó a una papelera de metal. Dudaba que limpiaran con demasiada regularidad la habitación y pensó que había muchas probabilidades de que quien fuera a buscarlo a él encontrara el papel. Además, sería lo bastante listo como para comprobar las llamadas telefónicas de esa habitación, lo que reflejaría los números que acababa de marcar. Relacionar esos números con las conversaciones no era demasiado difícil.

«El mejor juego es aquel en el que no te das cuenta de que estás jugando», pensó.

30

En su recorrido por la ciudad, Ricky encontró una tienda de excedentes del ejército y la armada en la que compró varias cosas que tal vez le fueran de utilidad para la siguiente fase del juego que tenía en mente: una palanca pequeña, un candado para bicicletas, unos guantes de látex, una linterna minúscula, un rollo de cinta adhesiva de fontanería de color gris y el par más barato de prismáticos que tenían. También un aerosol de repelente de insectos que contenía cien por cien de DEET, lo que, como pensó compungido, era lo más cercano al veneno que se había planteado nunca ponerse en el cuerpo. Era una extraña colección de objetos, pero no estaba demasiado seguro de lo que iba a necesitar para la tarea que tenía prevista, así que con la variedad compensó la incertidumbre.

Esa tarde, temprano, regresó a su habitación y metió estas cosas, junto con la pistola y dos de los recién adquiridos teléfonos móviles, en una mochila pequeña. Usó el tercer teléfono móvil para llamar al siguiente hotel de su lista, el único en el que todavía no se había registrado, para dejar un mensaje urgente a Frederick Lazarus con la petición de que devolviera la llamada en cuanto llegara. Dio el número del móvil a un recepcionista y, acto seguido, metió ese teléfono en un bolsillo exterior de la mochila, después de marcarlo con un bolígrafo. Cuando llegó al coche, sacó el móvil y volvió a llamar al hotel para dejarse otro mensaje urgente a sí mismo. Lo hizo tres veces más mientras circulaba por la ciudad en dirección a Nueva Jersey y, en cada ocasión, pedía con más insistencia que el señor Lazarus le devolviera la llamada enseguida porque tenía que darle una información importante.

Tras el tercer mensaje con ese móvil, se paró en el área de descanso Joyce Kilmer, en la autopista de Jersey. Fue al aseo, se lavó las manos y dejó el teléfono en el borde de la pila. Al salir, varios adolescentes se cruzaron con él en dirección a los lavabos. Encontrarían el teléfono y lo usarían muy deprisa, que era lo que él quería.

Era casi de noche cuando llegó a West Windsor. El tráfico había sido denso a lo largo de toda la autopista, con los coches sin demasiada separación y circulando a excesiva velocidad hasta que todos aminoraron con un estrépito de cláxones, en medio de un calor sofocante, debido a un accidente cerca de la salida 11. Curiosear aminoraba aún más la marcha a medida que los coches pasaban junto a dos ambulancias, media docena de coches de policía y las carrocerías retorcidas y destrozadas de dos automóviles. Un hombre de camisa blanca y corbata se tapaba la cara con las manos, medio en cuclillas, junto a la cuneta. Cuando Ricky pasaba, una ambulancia arrancó con un agudo ruido de sirena y un policía de tráfico examinaba la marca de un patinazo. Otro estaba apostado junto a unos conos colocados en la carretera haciendo señas a los conductores de que circularan, con una expresión severa y de reproche, como si la curiosidad, la más humana de todas las emociones, estuviera fuera de lugar en esas circunstancias y sólo constituyese una molestia para él. Ricky pensó que la perspicacia de un analista, lo que él había sido antes, era como la mirada que exhibía en ese momento el policía.

Se detuvo en una cafetería de la carretera 1, cerca de Princeton, y para matar el tiempo tomó una hamburguesa con queso y patatas fritas que, por imposible que parezca, eran preparadas por una persona y no por máquinas y temporizadores. La luz de junio alargaba el día y, cuando salió, todavía faltaba un rato para que reinara la oscuridad. Condujo hasta el cementerio donde había estado dos semanas atrás. El encargado se había marchado, como él esperaba. Tuvo suerte de que la entrada no estuviera cerrada con llave, de modo que llevó el coche hasta detrás del cobertizo de madera blanca y lo dejó ahí, más o menos escondido de la carretera y, sin duda, con un aspecto bastante anodino para cualquiera que pudiera verlo.

Antes de colgarse la mochila al hombro, dedicó un momento a rociarse con el repelente de insectos y ponerse los guantes de látex. Sabía que no taparían su olor corporal, pero por lo menos le servirían para protegerse de las garrapatas. La luz del día empezaba a desvanecerse y el cielo de Nueva Jersey adquiría un anormal color gris amarronado, como si los extremos del mundo se hubiesen quemado con el calor de la tarde. Se puso la mochila al hombro y, con una sola mirada a la desierta carretera rural, echó a correr hacia el criadero de perros donde le esperaba la información que necesitaba. Del asfalto oscuro todavía se elevaba mucho calor, que pronto se le metió en los pulmones. Respiraba con dificultad pero sabía que no era debido al esfuerzo físico.

Dejó la carretera y se escondió entre los árboles para pasar frente al cartel de la entrada con la imagen del enorme rottweiler. Después, se adentró en la vegetación que ocultaba el criadero de la carretera, eligiendo con cuidado su ruta hacia la casa. Todavía oculto en el follaje y sumido en las primeras sombras de la noche que se aproximaba, sacó los gemelos de la mochila y examinó el exterior, cuya distribución pudo observar mejor que en su primera visita.

Dirigió primero la vista a las jaulas que había junto a la oficina, donde detectó a *Brutus*, que se paseaba con nerviosismo.

«Huele el repelente —pensó Ricky—. Y por debajo percibe mi olor. Pero aún está confundido.»

Para el perro aún era una leve señal de alarma. Ricky no se había acercado todavía lo suficiente para ser considerado una amenaza. Envidió un momento el mundo elemental de ese animal, definido por olores e instintos y libre de los caprichos de las emociones.

Describió un arco con los prismáticos y detectó una luz en el interior de la casa. Observó fijamente durante un par de minutos y vio el inconfundible resplandor de un televisor en una habitación cercana a la entrada. La oficina, que quedaba un poco a su izquierda, estaba a oscuras, y supuso que cerrada con llave. Hizo un último reconocimiento visual y vio un gran reflector cuadrado más o menos a la altura del tejado. Imaginó que se activaba por movimiento y que su radio de acción se situaba delante de la casa. Guardó los gemelos en la mochila y avanzó en paralelo al edificio, sin salir del margen de la maleza, hasta llegar al borde de la finca. Una carrera rápida lo situaría en la entrada de la oficina y quizás evitaría que se encendieran las luces exteriores.

Su presencia no sólo había puesto nervioso a *Brutus*. Otros perros se movían en sus recintos husmeando el aire. Unos cuantos ladraron una o dos veces, inquietos y recelosos ante un olor desconocido.

Ricky sabía con exactitud qué quería hacer y pensó que, como plan, tenía sus virtudes. No sabía si lo lograría, pero era consciente de algo: hasta ahora sólo había rozado la ilegalidad. Este paso era de otro tipo. Y era consciente de otro detalle: para ser un hombre al que le gustaba jugar, Rumplestiltskin no tenía normas. Por lo menos, ninguna impuesta por cualquier moralidad conocida. Ricky sabía que, aunque el señor R aún no se hubiera dado cuenta, él estaba a punto de introducirse un poco más en ese terreno.

Inspiró hondo. Pensó que el viejo Ricky jamás se habría imaginado en esta situación. El nuevo Ricky tenía una determinación fría e inquebrantable.

«Lo que era no es lo que soy —se dijo—. Y lo que soy no es aún lo que puedo ser.»

Se preguntó si había sido alguna vez algo de lo que era o algo de lo que iba a ser. Ésa era una cuestión complicada. Sonrió para sí. Una cuestión que tiempo atrás podía haberse pasado horas o días analizando en el diván. Ya no. La sepultó en lo más profundo de su ser.

Alzó los ojos al cielo y vio que la última luz del día había desaparecido por fin y que pronto iba a reinar la oscuridad. «Es el momento más variable del día —pensó—. Ideal para lo que voy a hacer.»

Así pues, sacó la palanca y el candado para bicicletas y los sujetó con la mano derecha. Luego volvió a ponerse la mochila al hombro, inspiró hondo y salió disparado de los arbustos a toda carrera hacia la fachada del edificio.

Un estrépito de perros nerviosos perturbó al instante la creciente penumbra. Aullidos, ladridos y gruñidos de toda clase y potencia rasgaron el aire, tapando el ruido de sus zapatos en la grava del camino de entrada. Era periféricamente consciente de que todos los animales corrían en sus reducidos recintos, retorciéndose y revolviéndose con una repentina agitación canina. Un mundo de marionetas espasmódicas, cuyos hilos eran manejados por la confusión.

En unos segundos había llegado a la parte delantera de la jaula de *Brutus*. El enorme perro parecía el único animal con algo de compostura, pero lleno de amenaza. Caminaba de un lado a otro por el suelo de cemento, pero se detuvo cuando Ricky llegó a la puerta. Lo miró un segundo para gruñirle y enseñarle los dientes y luego, con una velocidad asombrosa, lanzó sus más de cuarenta kilos contra la alambrada que lo contenía. La fuerza del ataque hizo estremecer a Ricky. *Brutus* cayó hacia atrás, echando espuma de rabia, y volvió a abalanzarse, entrechocando los dientes contra el metal.

Ricky se movió deprisa y logró pasar con rapidez el candado para bicicletas alrededor de las dos jambas de la puerta y cerrarlo antes de que el animal tuviera tiempo de llegar a él. Hizo girar la combinación del candado y lo dejó caer. *Brutus* rasgó de inmediato el forro de goma negra que envolvía la cadena.

—Que te jodan —susurró Ricky imitando el acento de un tipo duro—. No irás a ninguna parte.

Se dirigió a la entrada de la oficina. Pensó que sólo le quedaban unos segundos antes de que el propietario reaccionara por fin al creciente alboroto. Supuso que el hombre iría armado, pero no estaba seguro. Quizá la confianza que le inspiraba la compañía de *Brutus* lo hubiera hecho pensar que no necesitaba llevar armas.

Aplicó la palanca a la jamba de la puerta y arrancó el cerrojo con un crujido de madera astillada. Era vieja, estaba algo combada por los años y se partió con facilidad. Supuso que el propietario no tenía nada de demasiado valor en la oficina y no imaginaba que algún ladrón quisiera poner a prueba a *Brutus*. La puerta se abrió y Ricky entró. Metió la palanca en la mochila, sacó la pistola y la amartilló.

En el interior se oía un recital de ansiedad canina. El ruido era ensordecedor, lo que hacía difícil pensar, pero dio una idea a Ricky. Encendió la linterna y avanzó por el pasillo húmedo y maloliente donde había perros encerrados para abrir todas las jaulas a su paso.

En unos segundos estaba rodeado de un montón de pequeños animales de distintas razas que saltaban y ladraban. Algunos estaban aterrados, otros encantados. Husmeaban y aullaban confusos, pero conscientes de estar libres. Había unas tres docenas de perros, inseguros de lo que estaba pasando, pero más o menos resueltos a participar de todos modos. Ricky contaba con esa característica básica de los perros que hace que, a pesar de no entender demasiado qué ocurre, quieran participar en ello. Ver cómo los perros le olisqueaban las piernas le arrancó una sonrisa a pesar del nerviosismo de lo que estaba haciendo. Rodeado del grupo de animales que saltaban y brincaban, regresó a la oficina. Agitaba los brazos para animar a los perros a seguirle, como un Moisés impaciente a orillas del mar Rojo.

El foco se encendió en el exterior y oyó cerrarse una puerta de golpe.

«El propietario —pensó—. El jaleo lo ha alertado por fin y se pregunta qué mosca ha picado a los animales.»

Contó hasta diez. Tiempo suficiente para que el hombre se acercara a la jaula de *Brutus*. Oyó un segundo ruido por encima de los perros: el hombre estaba intentando abrir la jaula del rottweiler. Un ruido metálico y después una maldición, al caer en la cuenta de que la jaula no se abriría.

En ese momento Ricky abrió la puerta delantera de la oficina.

—Muy bien, chicos. Estáis libres —dijo agitando los brazos. Casi tres docenas de perros se abalanzaron hacia la noche cálida de Nueva Jersey, elevando un confuso concierto de ladridos en celebración de la libertad.

El propietario soltó palabrotas como un loco y corrió para situarse en el límite de la luz del foco.

Los impetuosos animales lo derribaron, haciéndolo permanecer hincado de rodillas ante la oleada de perros. Se incorporó con dificultad y trató de atraparlos a la vez que saltaban a su alrededor y le empujaban. Un *maremagnum* de emociones animales mezcladas: algunos perros asustados, otros felices, unos cuantos desorientados, todos inseguros de lo que estaba pasando, sabiendo sólo que se alejaba mucho de su rutina habitual y ansiosos de aprovecharlo, fuera lo que fuese. Ricky sonrió con picardía. Se figuró que era una distracción muy efectiva.

Cuando el propietario alzó los ojos, detrás de la masa revuelta de perros que husmeaban y saltaban vio la pistola de Ricky apuntándole a la cara. Soltó un grito ahogado y se echó hacia atrás sorprendido, como si la boca del cañón fuera tan contundente como la avalancha de perros.

—¿Está solo? —gritó Ricky para hacerse oír por encima de los ladridos.

—¿Qué?

—Si está solo. ¿Hay alguien más en la casa?

El hombre sacudió la cabeza.

—¿Hay algún colega de *Brutus* en la casa? ¿Su hermano, su madre o su padre?

—No. Sólo yo.

Ricky acercó más la pistola al hombre, lo suficiente para que el olor acre del metal y el aceite, y acaso de la muerte, le llenara la nariz sin necesidad de tener el olfato de un perro.

—Convencerme de que está diciendo la verdad es importante si quiere seguir con vida —indicó Ricky. Le sorprendió la facilidad con que lo amenazaba, aunque no se hacía ilusiones de engañarse a sí mismo con su farol.

Detrás de la alambrada, *Brutus* sufría un ataque de furia. Seguía lanzándose hacia el metal y clavaba los dientes en el obstáculo. La espuma le chorreaba por la boca y sus gruñidos vibraban en el aire. Ricky observó al perro con recelo.

«Tiene que ser duro que te críen y adiestren con un único objetivo y, cuando llega el momento de aplicar todo lo que has aprendido, te veas frenado por una puerta cerrada con una cadena para bicicletas», pensó Ricky.

El perro parecía casi abrumado por la impotencia y a Ricky le recordó a un microcosmos de la vida de algunos de sus ex pacientes.

—Sólo estoy yo. Nadie más.

—Muy bien. Entonces podremos hablar.

—¿Quién es usted? —quiso saber el hombre.

Ricky tardó un segundo en recordar que en su primera visita había ido disfrazado. Se frotó la mejilla con la mano. «Soy alguien con quien desearía haber sido más agradable la primera vez que nos vimos», pensó.

—Soy alguien a quien preferiría no conocer —dijo a la vez que con el arma le indicaba que se moviese.

Tardó unos segundos en conseguir que el propietario estuviera donde quería, es decir, sentado en el suelo con la espalda apoyada contra la jaula de *Brutus* y las manos en las rodillas, a la vista. Los otros perros no se acercaban demasiado al furioso rottweiler. Para entonces, algunos habían desaparecido en la oscuridad y el campo, otros se habían reunido a los pies del propietario y unos cuantos más saltaban y jugaban en el camino de grava.

—Sigo sin saber quién es usted —dijo el hombre. Miraba a Ricky con los ojos entrecerrados e intentaba identificarlo. La combinación de las sombras y el cambio de aspecto eran ventajosos para Ricky—. ¿Qué quiere? Aquí no tengo dinero y...

—No quiero robarle, a no ser que obtener información se considere un hurto, algo que yo antes creía así en cierto sentido —contestó Ricky enigmáticamente.

—No lo entiendo —dijo el hombre a la vez que sacudía la cabeza—. ¿Qué quiere saber?

—Hace poco, un detective privado vino a hacerle unas preguntas.

—Sí. ¿Y qué?

—Me gustaría que las contestara.

—¿Quién es usted? —insistió el hombre.

—Ya se lo dije. Pero ahora lo único que necesita saber es que yo voy armado y usted no. Y el único medio con que podría defenderse está encerrado en esa jaula y, por lo visto, le sienta fatal.

El propietario asintió, y de pronto aparentó recuperarse un poco.

—No parece la clase de persona que usaría una pistola. Así que a lo mejor no le digo nada sobre lo que sea que le interesa tanto. Váyase a la mierda, quienquiera que sea.

—Quiero saber detalles sobre el matrimonio que poseía este sitio. Y sobre cómo lo compró usted. Y, en particular, sobre los tres niños que ellos adoptaron aunque usted lo niegue. Y me gustaría que me hablara sobre la llamada telefónica que hizo después de que mi amigo Lazarus le hiciera una visita el otro día. ¿A quién llamó?

El hombre sacudió la cabeza.

—Le diré una cosa: me pagaron por hacer esa llamada —explicó—. Y también me salía a cuenta intentar retener aquí a ese hombre, quienquiera que fuera. Fue una lástima que se largara. Habría recibido una prima.

—¿De quién?

—Eso es cosa mía, señor tipo duro. —El hombre sacudió la cabeza—. Como le dije: jódase.

Ricky le encañonó la cara y el hombre sonrió burlón.

—He visto a tipos que saben usar ese chisme y apuesto lo que sea a que usted no es uno de ellos. —Su voz era un poco la de un jugador nervioso. Ricky supo que no estaba del todo seguro ni en un sentido ni en otro.

A Ricky no le temblaba la mano. Le apuntó entre los ojos. A medida que pasaban los segundos, más incómodo parecía el hombre, lo que, en opinión de Ricky, era bastante razonable. El sudor perló su frente. Pero, en ese sentido, cada segundo de demora respaldaba la interpretación que el hombre había hecho de él. Se dijo que podría tener que convertirse en un asesino, pero no sabía si podría matar a alguien que no fuera el blanco principal. Alguien simplemente superfluo y secundario, aunque detestable. Se lo planteó un momento y luego sonrió con frialdad. «Hay una gran diferencia entre disparar al hombre que te ha arruinado la vida y disparar a una pieza de ese engranaje», pensó.

—¿Sabe? —dijo despacio—. Tiene toda la razón. No me he encontrado muchas veces en esta situación. Resulta claro que no tengo mucha experiencia en este terreno, ¿verdad?

—Sí —respondió el hombre—. Es de lo más evidente. —Cambió un poco de postura, como si se relajara.

—Puede —concedió Ricky con tono inexpresivo—. Debería practicar un poco.

—¿Cómo?

—He dicho que debería practicar. ¿Cómo voy a saber si seré capaz de usar este chisme con usted si no me entreno antes con algo menos importante? Quizá mucho menos importante.

—Sigo sin entender —dijo el propietario.

—Claro que entiende. Pero no se está concentrando. Lo que le estoy diciendo es que no me gustan los animales.

A continuación, levantó un poco la pistola y, con todas las prácticas de tiro en Nueva Hampshire en mente, inspiró hondo lentamente, se calmó por completo y apretó el gatillo. El retroceso del arma en su mano fue brutal. Una única bala rasgó el aire y zumbó en la oscuridad.

Ricky supuso que había dado en la alambrada y se había desviado. No sabía si habría tocado o no al rottweiler. El hombre se quedó atónito, casi como si le hubieran abofeteado, y se tocó la oreja con una mano para comprobar si la bala le había rozado.

En el patio se armó de nuevo un revuelo canino, en una combinación de aullidos, ladridos y carreras. *Brutus*, el único animal encerrado, comprendió la amenaza a la que se enfrentaba y se lanzó otra vez con violencia hacia la alambrada que le impedía el paso.

—Debo de haber fallado —comentó Ricky con indiferencia—. Mierda. Y pensar que soy muy buen tirador. —Apuntó al furioso y frenético perro.

—¡Dios mío! —exclamó el propietario.

—Aquí no. —Ricky sonrió—. Ahora no. Caramba, yo diría que esto no tiene nada que ver con la religión. Lo importante es: ¿quiere a su perro?

—¡Dios mío! ¡Espere! —El hombre estaba casi tan frenético como los demás animales que corrían por el camino de entrada. Levantó la mano, como para detener a Ricky.

Éste le observó con la misma curiosidad que podría sentirse si un insecto empezara a suplicar piedad antes de recibir un manotazo. Interesada pero insignificante.

—¡Espere! —insistió el hombre.

—¿Tiene algo que decir? —preguntó Ricky.

—¡Sí, maldita sea! Espere, hombre.

—Estoy esperando.

—Ese perro vale miles de dólares —indicó el propietario—. Dios mío, es el macho alfa y he pasado años adiestrándolo. Es un campeón y usted va a dispararle, joder.

—No me deja opción. Podría dispararle a usted, pero entonces no averiguaría lo que quiero saber y si, por alguna casualidad, la policía lograra encontrarme, me enfrentaría a unas acusaciones graves, aunque eso no le produciría demasiada satisfacción a usted, por supuesto, ya que estaría muerto. Por otra parte, como le dije, no me gustan demasiado los animales. Y *Brutus*, bueno, puede que para usted represente un dinero y quizá más, puede que represente años de trabajo y puede que incluso le tenga algún cariño, pero para mí no es más que un chucho furioso y baboso que podría destrozarme, y el mundo estaría mucho mejor sin él. Así que, puestos a elegir, me parece que ha llegado la hora de que *Brutus* se dirija a la gran perrera del cielo —añadió con frío sarcasmo. Quería que el hombre lo creyera tan cruel como sonaba, lo que no era demasiado difícil.

—Espere —pidió el propietario.

—¿Lo ve? —contestó Ricky—. Ahora tiene algo en que

pensar. ¿Sacrifico la vida del perro por no revelar la información? Usted decide, imbécil. Pero hágalo ya, porque se me está acabando la paciencia. Hágase esta pregunta: ¿a quién soy leal? ¿Al perro, que ha sido mi compañero durante tantos años, o a unos desconocidos que me pagan para que guarde silencio? Elija.

—No sé quién es usted —empezó el hombre, lo que hizo que Ricky apuntara al perro. Esta vez sujetó el arma con ambas manos—. De acuerdo, le diré lo que sé.

—Eso sería lo más inteligente. Y seguramente *Brutus* le resarcirá con devoción y engendrando muchas camadas de bestias igual de bobas y salvajes.

—No sé gran cosa... —dijo el propietario.

—Empezamos mal. Da una excusa antes de haber dicho nada.

Acto seguido disparó por segunda vez en dirección a la jaula, acertando a la caseta de madera en la parte posterior del recinto. *Brutus* aulló, humillado y furioso.

—¡Alto! ¡Maldita sea! Se lo contaré.

—Pues empiece, por favor. Esta sesión ya se ha prolongado bastante.

—Se remonta a tiempo atrás —empezó el hombre tras pensar un momento.

—Lo sé.

—Tiene razón sobre el matrimonio que poseía este sitio. Desconozco los entresijos del plan, pero adoptaron a esos tres niños sólo sobre el papel. Los niños no estuvieron nunca aquí. No sé a quién servía de fachada la pareja porque yo llegué después de que los dos murieran. Había intentado comprarles este sitio un año antes de su muerte y, después de su muerte, recibí una llamada de un hombre que dijo ser el albacea testamentario de su herencia y me preguntó si quería la finca y el negocio. Y el precio era increíble.

—¿Bajo o alto?

—Estoy aquí, ¿no? Bajo. Era una ocasión, en especial con toda la finca incluida. Un negocio redondo. Firmamos los documentos enseguida.

—¿Con quién cerró el trato? ¿Con un abogado?

—Sí. En cuanto dije que sí, un abogado local se hizo cargo. Es un idiota. Sólo se dedica a cerrar ventas de propiedades y a multas de tráfico. Y estaba muy molesto, además, porque no dejaba de decir que lo que yo estaba haciendo era un robo. Pero mantuvo la boca cerrada porque supongo que le pagaban bien.

—¿Sabe quién vendió la finca?

—Sólo vi el nombre una vez. El abogado comentó que era el pariente más cercano del matrimonio. Un primo muy lejano. No recuerdo el nombre, salvo que era doctor en algo.

—¿Doctor?

—Exactamente. Y me dijeron una cosa, y muy clara además.

—¿Qué cosa?

—Si alguna vez, entonces o después, llegaba alguien preguntando por el trato, por el matrimonio o por los tres niños que nunca había visto nadie, tenía que llamar a un número.

—¿Le dieron algún nombre?

—No, sólo un número de Manhattan. Y unos seis o siete años después, un hombre me llamó un día y me dijo que el número había cambiado. Me dio otro número de Nueva York. Unos años después de eso, el mismo hombre me llamó y me dio otro número, esta vez del norte del estado de Nueva York. Me preguntó si había venido alguien. Le contesté que no. Dijo que muy bien. Me recordó el acuerdo y dijo que habría una prima si alguien se presentaba. Y eso no ocurrió hasta el otro día, cuando apareció ese tal Lazarus. Me hizo unas preguntas y lo eché. Luego llamé al número. Un hombre contestó el teléfono. Era viejo; se le notaba en la voz. Muy viejo. Me dio las gracias por la información. Cinco minutos después recibí otra llamada, de una mujer joven. Me dijo que me enviaba dinero en efectivo, mil dólares, y que si podía encontrar a Lazarus y retenerlo aquí, me darían mil más. Le dije que seguramente se alojaría en algún motel de por aquí. Y eso es todo, hasta que apareció usted. Y sigo sin saber quién demonios es.

—Lazarus es mi hermano —afirmó Ricky con calma.

Pensó un momento, añadió años a una ecuación que retumbaba en su interior y, por último, preguntó—: El número al que llamó, ¿cuál es?

El hombre soltó los diez números de un tirón.

—Gracias —dijo Ricky con frialdad. No necesitaba anotarlo. Era un número que conocía.

Le hizo un gesto con la pistola para que se echara de bruces.

—Ponga las manos a la espalda —ordenó.

—Venga, hombre. Se lo he dicho todo. Sea lo que sea, yo no soy importante, coño.

—Eso seguro.

—Entonces, suélteme.

—Tengo que limitar sus movimientos unos minutos. Los suficientes para irme antes de que usted encuentre una cizalla y libere a *Brutus*. Sin duda a ese perro le gustaría pasar unos momentos a solas conmigo en la oscuridad.

Eso hizo sonreír al propietario.

—Es el único perro que conozco capaz de guardar rencor. De acuerdo. Haga lo que tenga que hacer.

Ricky lo maniató con cinta adhesiva. Luego se levantó.

—Les llamará, ¿verdad?

—Si le dijera que no, se cabrearía porque sabría que estoy mintiendo —asintió el hombre.

—Muy perspicaz. —Ricky sonrió—. Tiene razón.

Reflexionó un momento qué quería que aquel hombre dijera. Se le ocurrieron unos versos.

—Muy bien, quiero que les diga lo siguiente:

Lázaro el cerco ha estrechado.
Ahora ya no está desorientado.
¿Está aquí? ¿Está allá? Vete a saber.
En cualquier parte puede aparecer.
El juego despacio va avanzando
y Lázaro cree que lo está ganando.
Quizás el señor R ya no pueda elegir
y las instrucciones del Voice deba seguir.

—Parece un poema —comentó el hombre, que yacía sobre el estómago en la grava e intentaba volver la cabeza hacia Ricky.

—Una especie de poema. Bien, hora de ir a clase. Repítamelo.

El propietario necesitó varios intentos para recitarlo más o menos bien.

—No lo entiendo —dijo al final—. ¿Qué está pasando?

—¿Juega al ajedrez? —preguntó Ricky.

—No muy bien —asintió el hombre.

—Bueno, puede estar contento de ser sólo un peón. Y no tiene que saber más de lo que necesita saber un peón. Porque, ¿cuál es el objetivo del ajedrez?

—Capturar a la reina y matar al rey.

—Bastante cerca —sonrió Ricky—. Ha sido un placer hablar con usted y con *Brutus*. ¿Quiere un consejo?

—Diga.

—Llame y recite el poema. Luego salga y procure reunir a todos los perros. Eso le llevará cierto tiempo. Después, mañana, despiértese y olvide que todo esto ha ocurrido. Vuelva a su vida habitual y no vuelva a pensar en ello.

El propietario se movió incómodo, con lo que provocó un sonido a arañazo en la grava del camino.

—Será difícil.

—Puede —repuso Ricky—. Pero podría ser prudente intentarlo.

Se levantó y dejó al hombre en el suelo. Algunos perros se habían echado, y se agitaron cuando él se movió. Guardó el arma en la mochila y echó a correr camino abajo con la linterna en la mano. Cuando hubo salido del haz que iluminaba el patio delantero, aceleró el paso, salió a la carretera y se dirigió hacia el cementerio, donde había estacionado el coche. Sus pies resonaban en el asfalto negro, y apagó la linterna, de modo que corría en medio de una oscuridad absoluta. Pensó que era un poco como nadar en un mar embravecido por una tormenta, cortando las olas que tiraban de él en todas direcciones. A pesar de la noche que lo había engullido, se sentía iluminado por un dato: el número de teléfono. En ese instante era como si todo, desde la primera carta que recibió en la consulta hasta ese momento, formara parte de la misma corriente arrolladora. Y cayó en la cuenta de que tal vez se remontaba mucho más atrás. Meses y años en su pasado, en que algo lo atrapaba y arrastraba sin que él fuera consciente de ello. Saberlo debería haberle desanimado pero, en cambio, sentía una energía extraña y una liberación igual de extraña. Le pareció que saber que había estado rodeado de mentiras y haber visto de golpe algo de verdad era un acicate que le impulsaba hacia adelante.

Esa noche tenía que viajar kilómetros. Kilómetros de carretera y de espíritu que conducían hacia su pasado a la vez que indicaban el camino hacia su futuro. Se apresuró, como un corredor de maratón que presiente la línea de meta, fuera de su vista pero intuida en el dolor de los pies y las piernas, en el agotamiento que le invade a cada respiración.

31

Ricky llegó al peaje del lado occidental del río Hudson, al norte de Kingston, Nueva York, poco después de medianoche. Había conducido deprisa, al límite de velocidad permitida para evitar que lo parara algún irritado policía de tráfico de Nueva York. Le recordó un poco a un microcosmos de gran parte de su vida anterior. Quería correr, pero no estaba dispuesto a asumir el riesgo de ir volando. Pensó que Frederick Lazarus habría puesto el coche a ciento sesenta kilómetros por hora, pero él no podía hacerlo. Era como si ambos hombres, Richard Lively, que se escondía, y Frederick Lazarus, que estaba dispuesto a luchar, condujeran a la vez. Se percató de que, desde que había preparado su propia muerte, mantenía el equilibrio entre la incertidumbre de asumir riesgos y la seguridad de ocultarse. Pero sabía que seguramente ya no era tan invisible como antes. Supuso que su perseguidor estaba cerca, que habría encontrado todas las migas e hilos dejados a modo de pistas e indicaciones desde Nueva Hampshire hasta Nueva York y, después, hasta Nueva Jersey.

Pero sabía que también él estaba cerca.

Era una carrera con sabor a muerte. Un fantasma que perseguía a un difunto. Un difunto que buscaba a un fantasma.

Pagó el peaje, el único vehículo que en ese momento cruzaba el puente. El empleado de la taquilla estaba a mitad de un ejemplar del *Playboy*, que contemplaba más que leía, y apenas lo miró. El puente en sí es una curiosidad arquitectónica. Se eleva decenas de metros por encima de la franja de oscuras aguas que constituye el Hudson, iluminado por una hilera de farolas de sodio amarilloverdosas, y desciende para encontrarse con la tierra del lado de Rhinebeck en un oscuro terreno de labranza rural, de modo que, desde lejos, parece un collar reluciente suspendido sobre un cuello de ébano, envuelto en la oscuridad de la orilla. Mientras avanzaba hacia la carretera que parecía desaparecer en un foso, se le antojó un viaje inquietante. Sus faros dibujaban débiles conos de luz en la noche que lo rodeaba.

Encontró un lugar donde detenerse y tomó uno de los dos teléfonos móviles restantes. Marcó el número del último hotel donde estaba previsto que se hospedara Frederick Lazarus. Era un establecimiento barato, el tipo de hotel que sólo está un paso por encima de los que reciben a prostitutas y a sus clientes por horas. Supuso que el recepcionista de noche tendría poco que hacer, suponiendo que esa noche no hubieran disparado ni apaleado a nadie en el hotel.

—Hotel Excelsior, ¿en qué puedo servirle?

—Me llamo Frederick Lazarus —dijo Ricky—. Tenía una reserva para esta noche. Pero no llegaré hasta mañana.

—No hay problema —aseguró el hombre, que se rió un poco ante la idea de una reserva—. Habrá tantas habitaciones libres entonces como ahora. No tenemos lo que se dice *overbooking* esta temporada turística.

—¿Podría comprobar si me han dejado algún mensaje?

—Espere —dijo el hombre. Ricky oyó cómo dejaba el auricular en el mostrador. Regresó pasado un minuto—. Pues sí, oiga —soltó—. Debe de ser muy conocido. Tiene tres o cuatro mensajes.

—Léamelos —pidió Ricky—. Y me acordaré de usted cuando llegue.

El hombre lo hizo. Eran sólo los que Ricky se había dejado a sí mismo. Eso le hizo vacilar.

—¿Ha ido alguien a preguntar por mí? Tenía una cita prevista.

El recepcionista dudó de nuevo y, con esa duda, Ricky averiguó lo que quería. Antes de que pudiera mentir diciendo que no, se le adelantó:

—Es preciosa, ¿verdad? Del tipo que logra lo que quiere, cuando quiere y sin preguntas. De una clase muy superior a las que suelen cruzar esa puerta, ¿o me equivoco?

El hombre tosió.

—¿Sigue ahí? —preguntó Ricky.

—No. Se marchó —susurró el recepcionista al cabo de un par de segundos—. Hace poco menos de una hora, después de recibir una llamada en su móvil. Se fue muy deprisa. Lo mismo que el hombre que la acompañaba. Llevan toda la noche viniendo a preguntar por usted.

—¿El hombre es bastante rechoncho, pálido y recuerda un poco al niño al que solíamos pegar en el colegio? —preguntó Ricky.

—Exacto —dijo el hombre, y rió—. El mismo. Una descripción perfecta.

«Hola, Merlin», pensó Ricky.

—¿Dejaron un número o una dirección?

—No. Sólo dijeron que volverían. Y no querían que yo dijera que habían estado aquí. ¿De qué va todo esto?

—Sólo negocios. ¿Sabe qué? Si vuelven deles este número —Ricky leyó el del último móvil—. Pero haga que aflojen algo a cambio. Están forrados.

—De acuerdo. ¿Les digo que va a llegar mañana?

—Sí. Más vale que sí. Y dígales que llamé para saber si tenía mensajes. Nada más. ¿Echaron un vistazo a los mensajes?

—No —mintió el hombre—. Son confidenciales. No se los enseñaría a ningún desconocido sin su autorización.

«Seguro —pensó Ricky—. No por menos de cincuenta dólares.»

Se alegraba de que el recepcionista hubiera hecho justo lo que había esperado. Colgó y se recostó en el asiento. «No estarán seguros —pensó—. Ahora no saben quién más está buscando a Frederick Lazarus, ni por qué, ni qué relación tiene con lo que está pasando. Eso les preocupará y su siguiente paso será algo incierto.»

Era lo que quería. Consultó su reloj. Estaba seguro de que el criador de perros se habría liberado por fin y, después de apaciguar a *Brutus* y de reunir todos los perros que hubiera podido, habría hecho ya su llamada, así que esperaba que en la casa a la que se dirigía habría por lo menos una luz encendida.

Como había hecho antes esa noche, dejó el coche estacionado en el arcén, a un lado de la carretera, fuera de la vista. Faltaban unos dos kilómetros para su destino, pero pensó que el trayecto a pie le iría bien para reflexionar sobre su plan. Sentía cierta agitación interior, como si estuviera cerca por fin de obtener respuestas a algunas preguntas. Pero iba acompañada de una sensación de indignación que se habría convertido en furia si no se hubiera esforzado en dominarla. «La traición puede volverse mucho más fuerte que el amor», pensó.

Tenía el estómago algo revuelto, y supo que obedecía a la decepción mezclada con una rabia desenfrenada.

Ricky, tiempo atrás un hombre introspectivo, comprobó que su arma estuviera bien cargada mientras pensaba que el único plan posible era el enfrentamiento, que es un enfoque que se define a sí mismo, y comprendió que se estaba acercando con rapidez a uno de esos momentos en que el pensamiento y la acción se funden. Corrió a través de la oscuridad y sus zapatillas resonaban en el asfalto para incorporarse a los sonidos de aquel paisaje nocturno: una zarigüeya que escarbaba en la maleza, el zumbido de los insectos en un campo cercano... Deseó formar parte del aire.

«¿Vas a matar a alguien esta noche?», se preguntó mientras corría.

No conocía la respuesta.

Entonces se preguntó: «¿Estás dispuesto a matar a alguien esta noche?»

Esta pregunta parecía más fácil de contestar. Supo que una gran parte de él estaba preparada para hacerlo. Era la parte que había construido durante meses a partir de trocitos de identidad después de que le hubieran arruinado la vida. La parte que había estudiado en la biblioteca local todos los métodos asesinos y violentos y que había adquirido experiencia en el local de tiro. La parte inventada.

Se detuvo en seco al llegar al camino de entrada a la casa. En su interior estaba el teléfono con el número que había reconocido. Recordó por un momento haber ido ahí casi un año antes, expectante y casi aterrado, con la esperanza de alguna clase de ayuda, desesperado por conseguir cualquier tipo de respuestas. «Estaban aquí, esperándome —pensó—, ocultas bajo mentiras. Pero no logré verlas. Jamás se me ocurrió que el hombre que consideraba mi mejor ayuda resultara ser el hombre que quería matarme.»

Desde el camino vio, como esperaba, una luz solitaria en el estudio.

«Sabe que vengo a verle —pensó—. Virgil y Merlin, que podrían ayudarle, siguen en Nueva York.» Aunque hubieran conducido sin parar a toda velocidad desde la ciudad, todavía estarían a una hora larga de distancia. Avanzó y oyó el ruido de sus pies en la grava del camino. Quizás él sabía que Ricky estaba ahí fuera, así que miró alrededor buscando un modo de entrar a escondidas. Pero no estaba seguro de que el elemento sorpresa fuera necesario.

Así que, en lugar de eso, empuñó la pistola y la amartilló. Quitó el seguro y caminó con tranquilidad hacia la puerta principal, como haría un vecino simpático en medio de una tarde de verano. No llamó a la puerta, sino que giró el picaporte sin más. Como imaginaba, estaba abierta.

Tras entrar, oyó una voz en el estudio, a su derecha.

—Aquí, Ricky.

Levantó la pistola, preparado para disparar, y avanzó hacia la luz que salía por la puerta.

—Hola, Ricky. Tienes suerte de estar vivo.

—Hola, doctor Lewis. —El anciano estaba de pie detrás

de la mesa con las manos apoyadas sobre su superficie, inclinado y expectante—. ¿Lo mato ahora o quizá de aquí a unos minutos? —preguntó Ricky con voz inexpresiva, tratando de contener la rabia.

—Supongo que tendrías motivos para disparar en ciertos ámbitos —sonrió el viejo psicoanalista—. Pero quieres respuestas para ciertas preguntas y he esperado esta larga noche para contestar a lo que pueda. Eso es, al fin y al cabo, lo que hacemos, ¿no es así, Ricky? Contestar preguntas.

—Quizá lo hice antes —dijo Ricky—. Pero ya no.

Apuntó al hombre que había sido su mentor. Al hombre que le había formado. El doctor Lewis pareció un poco sorprendido.

—¿De veras has venido hasta aquí sólo para matarme? —preguntó.

—Sí —mintió Ricky.

—Adelante, pues. —El anciano le miraba fijamente.

—Rumplestiltskin siempre ha sido usted —dijo Ricky.

—No, te equivocas —repuso Lewis a la vez que sacudía la cabeza—. Pero yo soy quien lo creó. Por lo menos en parte.

Ricky se desplazó a un lado, adentrándose más en el estudio sin dejar de dar la espalda a la pared. Las mismas estanterías. Las mismas obras de arte. Por un instante, casi pudo creer que el año transcurrido entre las dos visitas no había existido. Era un lugar frío, que parecía reflejar neutralidad y una personalidad opaca; nada en las paredes ni en la mesa que revelara algo sobre el hombre que ocupaba el estudio, lo que, como Ricky pensó de modo sombrío, seguramente lo decía todo. No se precisa un diploma en la pared para acreditar que se es perverso. Se preguntó cómo no se había dado cuenta antes. Hizo un gesto con el arma para indicarle que se sentara en la silla giratoria de piel.

El doctor Lewis se dejó caer en ella con un suspiro.

—Me estoy haciendo viejo y ya no tengo la energía de antes —dijo con aspereza.

—Ponga las manos donde pueda verlas —exigió Ricky.

El anciano levantó las manos y se dio unos golpecitos en la frente con el dedo índice.

—Las manos no son lo verdaderamente peligroso, Ricky. Ya deberías saberlo. Lo verdaderamente peligroso, es lo que tenemos en la cabeza.

—Tiempo atrás podría haber coincidido con usted, doctor, pero ahora tengo mis dudas. Y una confianza absoluta en este chisme, que, por si no lo sabe, es una Ruger semiautomática. Dispara a gran velocidad balas de punta hueca. El cargador contiene quince balas, cada una de las cuales le arrancará una parte del cráneo, incluso la que acaba de señalarse, y le matará con rapidez. ¿Y sabe qué es lo realmente enigmático de esta arma, doctor?

—¿Qué?

—Que está en manos de un hombre que ya murió una vez. Que ya no existe en este mundo. Debería considerar las implicaciones de esa circunstancia existencial, ¿no cree?

El doctor Lewis observó el arma por un instante.

—Lo que dices es interesante, Ricky, pero te conozco. Sé cómo eres por dentro. Estuviste en mi diván cuatro veces a la semana durante casi cuatro años. Conozco cada temor. Cada duda. Cada esperanza. Cada sueño. Cada aspiración. Cada ansiedad. Te conozco tan bien como te conoces tú mismo, y puede que mejor, y sé que no eres un asesino. Sólo eres un hombre muy trastornado que tomó algunas decisiones muy malas en su vida. Dudo que un homicidio demuestre lo contrario.

Ricky sacudió la cabeza.

—En su diván estuvo un hombre al que usted conocía como doctor Frederick Starks. Pero él está muerto y a mí no me conoce. No al nuevo yo. En absoluto.

Dicho esto, disparó.

El tiro retumbó en la pequeña habitación y le ensordeció un momento. La bala pasó por encima de la cabeza de Lewis y dio en una estantería situada detrás. El lomo de un grueso volumen de medicina se partió al recibir el impacto. Era una obra sobre psicología patológica, detalle que casi arrancó una carcajada a Ricky.

Lewis palideció, se tambaleó por un instante y soltó un grito ahogado.

—Dios mío —gimió tras recobrar el equilibrio. Ricky vio algo en sus ojos que no era del todo miedo, sino más bien una sensación de asombro, como si hubiese sucedido algo completamente inesperado—. No creí... —empezó.

Ricky le interrumpió con un ligero movimiento de la pistola.

—Un perro me enseñó a hacer eso.

El doctor Lewis giró un poco la silla y examinó el lugar donde se había incrustado la bala. Soltó un sonido que era a la vez carcajada y grito ahogado, y sacudió la cabeza.

—Menudo disparo, Ricky —comentó despacio—. Muy adecuado. Más cerca de la verdad que de mi cabeza. Quizá quieras tenerlo en cuenta durante los siguientes minutos.

—Deje de ser tan obtuso —dijo Ricky—. Vamos a hablar sobre respuestas. Es extraordinario cómo un arma permite centrarse en las cuestiones importantes. Piense en todas esas horas con todos esos pacientes, incluido yo mismo, doctor. Todas esas mentiras, distracciones, salidas tangenciales y métodos complicados de engaños y rodeos. Todo ese laborioso tiempo dedicado a separar las verdades. ¿Quién habría podido imaginar que las cosas podían volverse sencillas tan deprisa con un objeto como éste? Un poco como el nudo gordiano de Alejandro, ¿no le parece, doctor?

Lewis parecía haber recobrado la compostura. Su semblante cambió deprisa y pasó a observar a Ricky con ceño y ojos entrecerrados, como si aún pudiera imponer cierto control a la situación. Ricky ignoró todo lo que implicaba esa mirada y, de modo muy parecido al año anterior, dispuso una butaca frente al viejo médico.

—Si no es usted, ¿quién es Rumplestiltskin? —preguntó con frialdad.

—Lo sabes, ¿no?

—Explíquemelo.

—El hijo mayor de tu antigua paciente. La mujer a la que no ayudaste.

—Eso ya lo he averiguado. Continúe.

—Es mi hijo adoptivo —comentó encogiéndose de hombros.

—Eso lo he descubierto esta misma noche. ¿Y los otros dos?

—Sus hermanos pequeños. Los conoces como Merlin y Virgil. Por supuesto, sus nombres son otros.

—¿También adoptados?

—Sí. Nos quedamos con los tres. Primero como familia de acogida, a través del estado de Nueva York. Después lo organicé todo para que mis primos de Nueva Jersey nos sirvieran de fachada para la adopción. Fue sencillo burlar la burocracia, a la que, como estoy seguro de que ya habrás averiguado, no le importaba demasiado el futuro de los tres niños.

—Así pues, ¿llevan su apellido? ¿Desechó Tyson y les dio el suyo?

—No. —El anciano sacudió la cabeza—. No tienes tanta suerte, Ricky. No figuran en ninguna guía telefónica como Lewis. Fueron reinventados por completo. Un apellido distinto para cada uno. Una identidad distinta. Un plan distinto. Una escuela distinta. Una educación distinta y un tratamiento distinto. Pero hermanos en el fondo, que es lo que cuenta. Eso ya lo sabes.

—¿Por qué? ¿Por qué este elaborado plan para ocultar su pasado? ¿Por qué no...?

—Mi mujer ya estaba enferma y habíamos superado la edad requerida para adoptar. Mis primos servían para nuestros propósitos. Y, a cambio de dinero, estaban dispuestos a ayudar. Y a olvidar.

—Claro —contestó Ricky con sarcasmo—. ¿Y su pequeño accidente? ¿Una riña doméstica?

—Una coincidencia —aclaró Lewis meneando la cabeza.

Ricky no estaba seguro de creérselo. No pudo evitar una pulla:

—Freud decía que las coincidencias no existen.

—Cierto —asintió Lewis—. Pero hay diferencia entre desear y actuar.

—¿De veras? Creo que se equivoca. Pero da lo mismo. ¿Por qué ellos? ¿Por qué esos tres niños?

—Engreimiento. Arrogancia. Egoísmo. —El viejo psicoanalista se encogió de hombros otra vez.

—Eso sólo son palabras, doctor.

—Sí, pero explican muchas cosas. Dime, Ricky, un asesino..., un auténtico psicópata despiadado y asesino, ¿es alguien creado por su entorno? ¿O nace así debido a un error infinitesimal en el acervo genético? ¿Cuál de las dos cosas, Ricky?

—El entorno. Eso es lo que nos enseñan. Cualquier analista diría lo mismo. Aunque los especialistas en genética podrían discrepar. Pero, psicológicamente, somos resultado de nuestro entorno.

—Estoy de acuerdo. Así que tomé a un niño y a sus dos hermanos. El muchacho era una rata de laboratorio para la maldad. Abandonado por su padre biológico. Rechazado por sus demás familiares. Sin haber gozado de algo parecido a la estabilidad. Expuesto a toda clase de perversidades sexuales. Maltratado por la serie de novios sociopáticos de su madre, la única persona en la que confiaba en este mundo y a la que finalmente vio suicidarse, impotente, sumida en la pobreza y la desesperación. Una fórmula infalible para la maldad, ¿no estás de acuerdo?

—Sí.

—Y yo creí que podría tomar a ese niño y anular el peso de la injusticia. Contribuí a preparar el sistema que lo separaría de ese pasado terrorífico. Pensé que podría convertirlo en un miembro productivo de la sociedad. Ésa fue mi arrogancia, Ricky.

—¿Y no pudo?

—No. Pero, curiosamente, engendré lealtad. Y quizá cierta clase de cariño. Es algo terrible y aun así fascinante, ser amado y respetado por un hombre dedicado al mal. Y así es Rumplestiltskin. Es un profesional. Un asesino consumado. Provisto de la mejor educación que podía darle. Exeter. Harvard. La facultad de derecho de Columbia. Además de un breve período en el ejército para una formación adicional. ¿Sabes lo curioso de todo esto, Ricky?

—Dígamelo.

—Su trabajo no es tan diferente del nuestro. La gente con problemas va a verlo. Le pagan bien por solucionarlos. El paciente que llega a nuestro diván está desesperado por desahogarse, lo mismo que sus clientes. Sus medios son, bueno, más inmediatos que los nuestros. Pero menos profundos.

Ricky respiraba con dificultad. Lewis sacudió la cabeza.

—¿Y sabes qué más, Ricky? Aparte de ser muy rico, ¿sabes qué otra cualidad posee?

—¿Cuál?

—Es implacable. —El viejo analista suspiró antes de añadir—: Aunque quizá ya lo has comprobado. Esperó años mientras se preparaba y después persiguió a todos los que hubiesen hecho daño a su madre alguna vez y los destruyó del mismo modo que ellos hicieron con ella. En cierto sentido, supongo que podría considerarse conmovedor. El amor de un hijo. El legado de una madre. ¿Hizo mal, Ricky, por haber castigado a todas esas personas que arruinaron por malicia o por ignorancia la vida de esa mujer que se vio obligada a dejar desamparados a tres niños pequeños y necesitados en el más cruel de los mundos? Yo no lo creo, Ricky. En absoluto. Pero si hasta los políticos más necios no cesan de decir que vivimos en una sociedad que elude las responsabilidades. ¿No es la venganza limitarse a aceptar las deudas de uno y pagarlas de otro modo? La gente que él eligió merecía un castigo. Eran personas que, como tú, habían ignorado a alguien que suplicaba ayuda. Eso es lo que falla en nuestra profesión, Ricky. A veces queremos explicar tantas cosas, cuando la respuesta real se encuentra en una de ésas... —Señaló el arma de Ricky.

—Pero ¿por qué yo? Yo no...

—Claro que sí. Fue a pedirte ayuda, desesperada, pero tú estabas demasiado ocupado decidiendo el rumbo de tu carrera y no pudiste prestarle atención y la ayuda que necesitaba. Desde luego, Ricky, una paciente que se suicida cuando la estás tratando, aunque sólo haya sido unas pocas sesiones... ¿No sientes ningún remordimiento? ¿Ninguna sensación de culpa? ¿No mereces pagar algún precio? ¿Cómo puedes ignorar que la venganza implica tanta responsabilidad como cualquier otro acto humano?

Ricky no contestó. Pasado un momento, preguntó:

—¿Cuándo supo...?

—¿Tu relación con mi experimento adoptado? Hacia el final de tu análisis. Y decidí ver cómo terminaría con el paso de los años.

Ricky sintió que su rabia se mezclaba con el sudor. Tenía la boca seca.

—Pero cuando él fue a por mí, usted podría haberme advertido.

—¿Traicionar a mi hijo adoptado por un ex paciente? ¿Que ni siquiera era mi favorito, además? —Estas palabras dolieron mucho a Ricky. Aquel anciano era tan malvado como el niño que había adoptado. Quizá peor aún—. Lo consideré un acto de justicia. —El viejo analista rió en voz alta—. Pero no sabes ni la mitad, Ricky.

—¿Cuál es la otra mitad?

—Creo que tendrás que descubrirlo por ti mismo.

—¿Y los otros dos?

—El hombre que conoces como Merlin es abogado de verdad, y muy bueno. La mujer que conoces como Virgil es una actriz bastante prometedora. Sobre todo ahora que ya casi han acabado de atar los cabos sueltos de sus vidas. Lo otro que deberías saber es que ambos creen que fue su hermano mayor, el hombre al que tú conoces como Rumplestiltskin, quien les salvó la vida, no yo, aunque contribuí a su salvación. No; fue él quien los mantuvo juntos, quien evitó que quedaran desamparados, quien se ocupó de que estudiasen y sacaran buenas notas para después tener éxito en la vida. Hay algo que tienes que entender, aunque sea lo único: le profesan devoción. Son leales por completo al hombre que te matará. Que ya te mató una vez y que volverá a hacerlo. ¿No te parece fascinante desde el punto de vista psiquiátrico? Un hombre sin escrúpulos que genera una devoción ciega y absoluta. Un psicópata que te matará con la misma despreocupación con que podrías aplastar una araña que se cruzara en tu camino. Pero que es amado y que ama a su vez. Pero sólo los ama a ellos dos. A nadie más. Excepto, quizás, un poquito a mí, porque le rescaté y le ayudé. Así que a lo mejor me he ganado el cariño de alguien muy leal. Es importante que lo recuerdes, Ricky, porque tienes muy pocas probabilidades de sobrevivir ante Rumplestiltskin.

—¿Quién es? —Cada palabra que decía el viejo analista parecía ennegrecer el mundo que lo rodeaba.

—¿Quieres su nombre? ¿Su dirección? ¿El lugar donde trabaja?

—Sí. —Ricky apuntó al anciano.

Lewis sacudió la cabeza.

—Como en el cuento, ¿verdad? El emisario de la princesa oye cómo el enano saltarín que danza en torno a la hoguera repite su nombre. La reina no hace nada inteligente ni sabio, ni siquiera refinado. Sólo tiene suerte, y cuando él le hace la tercera pregunta, sabe la respuesta gracias a una suerte ciega y tonta, de modo que sobrevive, conserva a su hijo primogénito y vive feliz el resto de su vida. ¿Crees que ocurrirá lo mismo? ¿La suerte que te ha permitido llegar aquí y blandir un arma frente a un viejo te servirá para ganar el juego?

—Dígame su nombre —ordenó Ricky con voz fría e implacable—. Quiero todos sus nombres.

—¿Por qué crees que todavía no los sabes?

—Estoy cansado de tantos juegos.

—La vida no es más que eso —indicó el viejo analista meneando la cabeza—. Un juego tras otro. Y la muerte es el mayor juego de todos.

Los dos se miraron a través de la habitación.

—Me pregunto cuánto tiempo nos quedará —dijo Lewis con cautela, pronunciando las palabras una a una, tras alzar los ojos un momento hacia el reloj de pared.

—El suficiente —contestó Ricky.

—¿De verdad? El tiempo es elástico, ¿no? Los momentos pueden durar una eternidad o evaporarse enseguida. El tiempo depende en realidad de nuestra visión del mundo. ¿No es eso algo que aprendemos en el análisis?

—Sí. Es cierto.

—Y esta noche hay muchos interrogantes sobre el tiempo, ¿no? Estamos aquí, solos en esta casa. Pero ¿por cuánto tiempo? Sabiendo como sabía que venías hacia acá, ¿no crees que tomé la precaución de pedir ayuda? ¿Cuánto faltará para que llegue?

—Lo suficiente.

—Ah, yo no estaría tan seguro. —El anciano sonrió de nuevo—. Pero quizá deberíamos complicarlo un poco.

—¿Cómo?

—Supongamos que te dijera que la información que buscas se encuentra en algún lugar de esta habitación. ¿Podrías encontrarla a tiempo? ¿Antes de que vengan a rescatarme?

—Ya se lo dije: estoy harto de juegos.

—Está a la vista. Y te has acercado más de lo que te imaginarías. Ya está. Se acabaron las pistas.

—No jugaré.

—Bueno, creo que te equivocas. Tendrás que jugar un poco más porque esta partida no ha terminado. —Lewis levantó de golpe las manos y añadió—: Tengo que sacar algo del cajón superior de la mesa. Es algo que cambiará la forma en que está discurriendo el juego. Algo que querrás ver. ¿Puedo?

—Adelante —asintió Ricky a la vez que le apuntaba a la cabeza.

El anciano esbozó una sonrisa desagradable y fría. La mueca de un verdugo. Sacó un sobre del cajón y lo puso en la mesa.

—¿Qué es eso?

—Puede que sea la información que buscas. Nombres, direcciones, identidades.

—Démelo.

—Como quieras... —dijo el doctor Lewis, y se encogió

de hombros. Deslizó el sobre por la mesa y Ricky lo agarró con impaciencia.

Estaba cerrado y Ricky apartó los ojos del viejo un instante para examinarlo. Fue un error, y lo supo al punto.

Levantó la mirada y vio que el anciano exhibía ahora una ancha sonrisa en la cara y un pequeño revólver del calibre 38 en la mano derecha.

—No es tan grande como tu pistola, ¿verdad, Ricky? —Soltó una sonora carcajada—. Pero seguramente igual de eficiente. Has cometido un error que ninguna de las tres personas implicadas cometería. Y mucho menos Rumplestiltskin. Él jamás habría desviado los ojos de su objetivo, ni por un segundo. No importa lo bien que conociera a la persona a la que estaba apuntando, jamás se habría fiado para apartar los ojos ni siquiera un brevísimo instante. Tal vez eso debería advertirte sobre las pocas probabilidades que tienes.

Los dos hombres se miraban de un lado a otro de la mesa, apuntándose mutuamente.

Ricky entrecerró los ojos y sintió que empezaban a sudarle las axilas.

—Esto es una fantasía analítica, ¿no crees? —susurró Lewis—. En el sistema de transferencia, ¿no queremos matar al analista, lo mismo que queremos matar a nuestra madre, a nuestro padre o a cualquiera que ha pasado a simbolizar todo lo malo de nuestras vidas? Y el analista, a cambio, ¿no siente una pasión malsana que le gustaría explotar a su vez?

Ricky guardó silencio.

—El niño puede haber sido una rata de laboratorio para la maldad, como usted ha dicho —masculló por fin—, pero podría haberse corregido. Usted podría haberlo conseguido, pero no quiso, ¿verdad? Era más interesante ver qué pasaría dejándole emocionalmente a su aire, y mucho más fácil para usted echar la culpa a toda la maldad del mundo e ignorar la suya, ¿no?

Lewis palideció.

—Usted sabía que era tan psicópata como él, ¿verdad?

—prosiguió Ricky—. Quería un asesino y encontró uno, porque era lo que usted siempre había querido ser: un asesino.

—Siempre has sido muy astuto, Ricky. —El anciano frunció el entrecejo—. Piensa en lo que podrías haber logrado en la vida si hubieses sido más ambicioso. Y más sutil.

—Baje el arma, doctor. No va a dispararme —dijo Ricky. Lewis siguió apuntándole a la cara, pero asintió.

—No necesito hacerlo, ¿sabes? —dijo—. El hombre que te mató una vez volverá a hacerlo. Y ahora no se contentará con una necrológica en el periódico. Querrá ver cómo mueres. ¿Y tú?

—No, si puedo evitarlo. Cuando encuentre todas estas pistas que, según usted, están aquí, quizá vuelva a desaparecer. Ya lo logré una vez e imagino que puedo repetirlo. Quizá Rumplestiltskin tenga que conformarse con lo que logró la primera vez que jugamos. El doctor Starks está muerto y desaparecido. Ganó la partida. Pero yo seguiré adelante y me convertiré en lo que quiera. Puedo ganar huyendo. Ganar escondiéndome, siguiendo vivo y en el anonimato. ¿No le resulta extraño, doctor? Nosotros que trabajamos tanto para ayudarnos a nosotros mismos y a nuestros pacientes a enfrentarse con los demonios que los persiguen y atormentan, podemos protegernos escapando. Ayudamos a los pacientes a convertirse en algo, pero yo puedo convertirme en nada y de este modo ganar. ¿No le parece irónico?

Lewis sacudió la cabeza.

—Había previsto esta reacción —afirmó despacio—. Imaginé que me darías esta respuesta.

—Pues entonces se lo repito: baje el arma y me marcharé —dijo Ricky—. Suponiendo que la información que busco esté en este sobre.

—En cierto modo —aseguró el anciano. Susurraba con una sonrisa desagradable—. Pero tengo un par de preguntas más, si no te importa.

Ricky asintió.

—Te he hablado del pasado de ese hombre. Y contado

mucho más de lo que has asimilado hasta ahora. ¿Y qué te he dicho de su relación conmigo?

—Habló de una especie de lealtad y amor extraños. El amor de un psicópata.

—El amor de un asesino por otro. ¿No te parece muy interesante?

—Fascinante. Y si todavía fuera psicoanalista, sentiría curiosidad y estaría ansioso por estudiarlo. Pero ya no lo soy.

—Pues te equivocas. —Lewis se encogió de hombros—. Creo que uno no puede dejar de ser analista con la facilidad que tú pareces considerar posible. —El anciano negó con la cabeza. Todavía no había soltado el revólver ni dejado de apuntar a Ricky—. Creo que la sesión ha terminado, Ricky —prosiguió—, y ha sido la última. Pero antes de dar por concluido tu análisis quiero que te plantees la siguiente pregunta: si Rumplestiltskin tenía tantos deseos de ver cómo te suicidabas después de haberle fallado a su madre, ¿qué querrá que te pase cuando crea que me has matado?

—¿Qué quiere decir? —preguntó Ricky.

Lewis no contestó. En lugar de eso, se dirigió el revólver a la sien, sonrió como un demente y apretó el gatillo.

32

Ricky medio gritó y medio aulló de la impresión y la sorpresa. Su voz pareció fundirse con el eco de la detonación.

Se balanceó en la butaca, casi como si la bala que había explotado en la cabeza del viejo psicoanalista se hubiera desviado y le hubiera acertado en el pecho. Para cuando el estruendo del disparo se perdió en el aire de la noche, estaba de pie junto a la esquina de la mesa observando al hombre en quien antes había confiado sin reservas. El doctor Lewis había caído hacia atrás, un poco retorcido por la fuerza del impacto en su sien. Le habían quedado los ojos abiertos y mantenía la mirada fija con macabra intensidad. Una salpicadura escarlata de sangre y materia encefálica había manchado la estantería, y de la herida abierta manaba sangre a borbotones, de un granate intenso, que le bajaba por la cara y el mentón y le goteaba en la camisa. El revólver le resbaló entre los dedos y cayó al suelo, amortiguado por la elegante alfombra persa. Ricky soltó un grito ahogado al ver cómo el cuerpo del anciano se estremecía en un último estertor, cuando sus músculos sintonizaron con la muerte.

Inspiró hondo. Recordó que no era la primera vez que veía la muerte. Cuando era residente y hacía turnos en medicina interna y urgencias, más de una persona había muerto en su presencia. Pero siempre había estado rodeada de aparatos y personas que intentaban salvarle la vida. Incluso cuando su mujer había sucumbido al cáncer, había formado parte de un proceso que le resultaba conocido y que proporcionaba contexto, aunque fuera terrible, a lo que sucedía.

Esto era distinto. Era salvaje. Era asesinato, y especializado. Notó que le temblaban las manos como a un anciano. Tuvo que esforzarse en dominar el impulso de echar a correr dominado por el pánico.

Trató de organizar sus ideas. Todo estaba en silencio y oía su respiración jadeante, como un hombre en la cima de una montaña respirando el aire puro sin sentir demasiado alivio. Parecía como si todos los tendones de su cuerpo se hubieran hecho un nudo, y que sólo salir huyendo liberaría la tensión. Se agarró al borde de la mesa e intentó calmarse.

—¿Qué me ha hecho, doctor Lewis? —dijo en voz alta. Su voz parecía fuera de lugar, como una tos en medio de un solemne oficio religioso.

Al instante supo la respuesta: había intentado matarle. Esa bala podía matar a dos hombres, porque había tres personas en este mundo que no ponían límite a sus reacciones y que se iban a tomar muy mal la muerte del viejo médico. Y culparían a Ricky, con independencia de cualquier indicio de suicidio.

Pero era aún más complicado. Lewis no sólo quería matarlo. Había apuntado a Ricky con un arma y podría haber apretado el gatillo sin problemas, aun sabiendo que Ricky podría devolverle el disparo antes de morir. Lo que el viejo quería era dotar a todas las personas que participaban en el mortífero juego de una depravación moral que igualara la suya. Eso era más importante que la mera muerte de Ricky y de él mismo. Ricky intentó respirar por encima de las ideas que lo ahogaban. Comprendió que nunca se había tratado sólo de la muerte, sino del proceso; de cómo se llegaba a la muerte.

Un juego digno de ser inventado por un psicoanalista.

Inspiró de nuevo el aire cargado del estudio. Rumplestiltskin podía haber sido el agente de la venganza y también el instigador, pero el diseño del juego era obra del hombre que tenía muerto frente a él. De eso estaba seguro.

Lo que significaba que, cuando Lewis afirmaba conocer los hechos, lo más probable es que fuera verdad. O por lo menos, de alguna versión perversa y retorcida de ellos.

Tardó unos segundos en percatarse de que seguía sosteniendo el sobre que su mentor le había entregado. Le costó apartar los ojos del cadáver del anciano. Era como si el suicidio fuera hipnótico. Pero, por fin, lo hizo y, tras abrir el sobre, sacó una única hoja. Leyó con rapidez:

Ricky:

El pago de la maldad es la muerte. Piensa en este último momento como en un impuesto que he pagado por todo lo que he hecho mal. Tienes delante de ti la información que buscas, pero ¿podrás encontrarla? ¿No es eso lo que hacemos? ¿Explorar el misterio que es evidente? ¿Encontrar pistas que tenemos delante de las narices y que nos gritan a la cara?

No sé si tendrás suficiente tiempo ni si eres bastante inteligente para ver lo que tienes que ver. Lo dudo. Creo que probablemente mueras esta noche, de un modo más o menos parecido a mí. Sólo que tu muerte será más dolorosa porque tu culpa es menor que la mía.

La carta no estaba firmada.

Ricky absorbía bocanadas de pánico con cada inspiración.

Empezó a buscar por la habitación. El tictac del reloj de pared señalaba serenamente cada segundo que pasaba, y Ricky fue consciente de repente de ese sonido. Hizo cálculos: ¿cuándo habría llamado el anciano a Merlin y Virgil, y tal vez a Rumplestiltskin, para advertirles que él iba de camino? De la ciudad a esa casa había dos horas, tal vez algo menos. ¿Cuánto le quedaría? ¿Segundos? ¿Minutos? ¿Un cuarto de hora? Sabía que debía irse, alejarse de la muerte que tenía delante de los ojos, aunque sólo fuera para poner en orden su cabeza e intentar decidir el paso siguiente, si es que le quedaba alguno. De golpe, se le antojó que era estar en una partida de ajedrez con un gran maestro e ir moviendo las piezas al azar, sabiendo cada vez que el adversario podía prever ver dos, tres, cuatro o más movimientos.

Tenía la boca seca y se sentía sofocado.

«Justo delante», pensó.

Rodeó con cuidado la mesa para evitar rozar el cadáver del analista y alargó la mano hacia el cajón superior, pero se detuvo. «¿Qué puedo dejar? —pensó—. ¿Algún cabello? ¿Huellas dactilares? ¿ADN? ¿He cometido siquiera un delito?»

Entonces pensó que había dos clases de delitos. La primera provocaba sólo que la policía y los fiscales reclamaran justicia. La segunda también sacudía el corazón de las personas. Y a veces las dos se mezclaban. La mayoría de lo que había ocurrido se inscribía en la segunda, pero lo que le preocupaba realmente era el juez, el jurado y el verdugo que se dirigían hacia allí.

No había forma de esquivar estas cuestiones. Se dijo que debía confiar en el simple hecho de que el hombre cuyas huellas y demás sustancias iban a quedar en el estudio del fallecido también estaba muerto y que eso podría proporcionarle cierta protección, aunque sólo fuera de la policía, que seguramente acudiría a la casa en algún momento de la noche. Abrió el cajón.

Estaba vacío.

Con rapidez, hizo lo mismo con los demás cajones. También vacíos. Era evidente que el doctor Lewis había dedicado tiempo a limpiarlos a fondo. Ricky pasó los dedos bajo la superficie del tablero, pensando que tal vez habría algo escondido. Se agachó y buscó, en vano. Luego devolvió la atención al hombre muerto. Inspiró hondo y metió los dedos en sus bolsillos. También vacíos. Nada en el cuerpo. Nada en la mesa. Era como si el viejo analista se hubiera ocupado de limpiar bien su mundo. Ricky asintió. Un psicoanalista sabe mejor que nadie qué revela la identidad de uno. De lo que se desprende que, al desear borrar la pizarra de la identidad, sabrá mejor que nadie cómo erradicar señales reveladoras de la personalidad.

Recorrió otra vez la habitación con la mirada. Se preguntó si habría alguna caja fuerte. Vio el reloj, y eso le dio una idea. Lewis había hablado sobre el tiempo. Tal vez fuera una pista. Se abalanzó hacia la pared y buscó detrás del reloj.

Nada.

Quería gritar de rabia. «Está aquí», se insistió.

Inspiró de nuevo. A lo mejor, lo único que pretendía el anciano era que siguiera ahí cuando llegara su asesina descendencia adoptada. ¿Cuál era el juego? A lo mejor quería que todo terminara esa noche. Recogió su arma y se volvió hacia la puerta.

Sacudió la cabeza. No, eso sería una mentira sencilla, y las mentiras del doctor Lewis eran muy complejas. En el estudio había algo.

Se volvió hacia la estantería. Hileras de libros de medicina y psiquiatría, la obra completa de Freud y Jung, algunos estudios y ensayos clínicos modernos. Libros sobre la depresión. Libros sobre la ansiedad. Libros sobre los sueños. Decenas de libros que contenían sólo una modesta parte de los conocimientos acumulados sobre las emociones humanas. Incluido el libro que había recibido la bala de Ricky. Observó el título: *Enciclopedia de psicopatología*; el disparo había arrancado las cuatro últimas letras.

Se detuvo, con la mirada fija al frente.

¿Un texto sobre psicopatología? En su profesión se trataba casi exclusivamente con emociones poco alteradas, no con las realmente oscuras y retorcidas. De todos los libros en los estantes, era el único que desentonaba ligeramente, y eso sólo lo captaría otro analista.

El doctor Lewis se había reído al ver dónde había ido a parar la bala, se había reído y había comentado que era adecuado.

Ricky se abalanzó hacia la estantería y cogió el libro. Estaba encuadernado en negro con letras doradas en la cubierta, era grueso y pesado. Lo abrió.

En la primera página había escritas unas gruesas palabras en rojo: «Buena elección, Ricky. ¿Podrás encontrar ahora las entradas correctas?»

Levantó la mirada y oyó el tictac del reloj. No creía que

en ese momento tuviera tiempo de contestar a esa pregunta.

Se alejó un paso de la estantería, a punto de echar a correr, pero se detuvo. Se giró, cogió otro libro de otro estante y lo colocó en el espacio que había dejado libre el que había quitado para ocultar su ausencia.

Echó otro vistazo alrededor, pero no vio nada que le llamara la atención. Lanzó una última mirada al cadáver del viejo analista, que parecía haberse vuelto gris en los pocos instantes que la muerte llevaba con él. Pensó que debería decir o sentir algo, pero no estaba seguro de lo que podría ser, así que salió corriendo.

La noche lo cubrió en cuanto salió con sigilo de la casa. Con unas cuantas zancadas se alejó de la puerta principal y de la luz que salía del estudio, y la oscuridad veraniega lo engulló. Entre las sombras negras, miró atrás con rapidez. Los apacibles sonidos rurales interpretaban su habitual melodía nocturna, sin tonos discordantes que indicaran que una muerte voluntaria formaba parte del paisaje. Se detuvo un instante e intentó valorar cómo ese último año había sido eliminado hasta el último resquicio de su ser. La identidad es una capa de experiencia pero le parecía que quedaba muy poco de lo que había creído ser. Lo único que le quedaba era su infancia. Su vida adulta estaba destrozada. Pero habían separado de él ambas mitades de su existencia, sin que pareciera poder recuperarlas. Esta idea le dio náuseas.

Siguió huyendo.

Adoptó un ritmo cómodo y, con pasos que se mezclaban con los sonidos de la noche, se dirigió al coche. Llevaba la enciclopedia de psicopatología en una mano y el arma en la otra. Sólo había recorrido la mitad de la distancia cuando oyó el ruido de un vehículo avanzando deprisa por la carretera hacia él. Levantó la mirada y vio unos faros aparecer por una curva distante, acompañados del sonido ronco de un motor potente que aceleraba.

De inmediato supo quién se dirigía hacia allí con tanta prisa. Medio se agachó y gateó hacia un grupo de árboles. Se mantuvo agachado y vio un gran Mercedes negro pasar a toda velocidad. Los neumáticos chirriaron en la siguiente curva.

Se levantó y salió disparado. Fue una carrera frenética que provocó que los músculos se le quejaran y los pulmones le quedaran al rojo vivo por el esfuerzo. Alejarse era lo primordial, su única preocupación. Corrió con una oreja puesta en lo que ocurría detrás, atento al sonido del coche. Tenía que ganar distancia. Obligó a sus pies a avanzar, convencido de que no se quedarían mucho rato en la casa; sólo unos momentos para evaluar la muerte del anciano y comprobar si él seguía ahí. O si estaba cerca. Sabrían que sólo habían transcurrido unos minutos entre los hechos y su llegada, y querrían cubrir esa distancia.

En unos minutos había llegado al coche. Buscó a tientas las llaves, que le resbalaron y tuvo que recoger del suelo, jadeando de tensión. Se puso al volante y encendió el motor. Todos sus instintos le decían que acelerara. Que huyera. Que se alejara. Pero contuvo esos impulsos e intentó mantener la atención.

Se obligó a pensar.

No podría escapar con ese automóvil. Había dos rutas de vuelta a Nueva York, la autopista por la ribera occidental del Hudson y la Taconic Parkway por la otra. Tendrían un cincuenta por ciento de probabilidades de acertar y alcanzarlo. La matrícula de Nueva Hampshire en la parte trasera del coche de alquiler era un signo que les revelaría quién iba al volante. Tal vez habían obtenido una descripción del vehículo y su matrícula en la compañía de alquiler de Durham. De hecho, eso era lo más probable.

Tenía que hacer algo que los desconcertara.

Algo que sus tres perseguidores no hubieran previsto.

Mientras decidía qué hacer le temblaban las manos. Se preguntó si le resultaría más fácil jugar con su vida ahora que ya había muerto una vez.

Puso una marcha y condujo despacio hacia la casa del viejo analista. Se apretujó hacia abajo en el asiento todo lo que pudo para no resultar visible y no superó el límite de velocidad. Se dirigió al norte por la vieja carretera, dejando atrás la relativa seguridad de la ciudad.

Se acercaba al camino de entrada de la casa donde acababa de estar, cuando vio los faros del Mercedes bajar hacia la carretera. Oyó el crujido de la grava bajo las ruedas. Redujo un poco la marcha (no quería pasar justo frente a los faros del coche) y les dio tiempo a que salieran a la carretera y se dirigieran en su dirección con una fuerte aceleración. Llevaba puestas las luces largas y, cuando el Mercedes cubrió la distancia, puso las cortas como se supone que hay que hacer y, cuando lo tuvo encima, puso otra vez las largas como cualquier conductor irritado que hace señales al coche que se le acerca. El efecto fue que ambos vehículos pasaron muy cerca con las largas puestas. Ricky sabía que, igual que lo habían deslumbrado un instante, él a ellos también. Pisó el acelerador y se escabulló con rapidez tras una curva. Esperaba que nadie del otro coche hubiese tenido tiempo de volverse y detectar la matrícula.

Dobló a la derecha en la primera carretera secundaria que vio y apagó las luces. Trazó una U a oscuras, iluminado sólo por la luna. Evitó pisar el freno para que no se encendieran las luces rojas en la trasera. Después, esperó para ver si lo seguían.

La carretera permaneció vacía. Esperó cinco, diez minutos, lo suficiente para que los del Mercedes se decidieran por una de las dos rutas alternativas y pusieran el coche a ciento sesenta kilómetros por hora para intentar darle alcance.

Arrancó de nuevo y siguió conduciendo al norte casi sin rumbo, por carreteras y caminos secundarios. Sin dirigirse a ningún sitio en especial. Pasada casi una hora, dio media vuelta para regresar a la ciudad. Era bien entrada la noche y no circulaban muchos vehículos. Condujo a un ritmo constante pensando lo próximo y oscuro que se había vuelto su mundo y tratando de encontrar una manera de devolverle la luz.

Llegó a la ciudad de madrugada. Nueva York parece estar cambiando de manos a esa hora, cuando la energía de los trasnochadores en busca de aventura, tanto la gente guapa como la decrépita, cede paso a los trabajadores, con el mercado de pescado y los transportistas que empiezan a apoderarse del día. La transición en las calles relucientes de humedad y luces de neón es inquietante. Ricky pensó que era un momento peligroso de la noche. Un momento en que las inhibiciones y las moderaciones parecen reducirse y el mundo está dispuesto a correr riesgos.

Había vuelto al apartamento alquilado, donde tuvo que dominar el impulso de echarse sobre la cama y dejarse vencer por el sueño. Se dijo que las respuestas figuraban en aquel libro sobre psicopatología. Sólo tenía que leerlas. La pregunta era dónde.

La enciclopedia tenía setecientas setenta y nueve páginas y estaba organizada alfabéticamente. Hojeó unas cuantas páginas, pero no encontró ningún dato que le indicara nada. Aun así, mientras estaba enfrascado en el libro como el monje de un antiguo monasterio, sabía que lo que buscaba estaba en alguna parte.

Se retrepó en la silla y se dio golpecitos en los dientes con un lápiz. Estaba en el lugar adecuado pero, a no ser que estudiara todas las páginas, no sabía muy bien qué hacer. Se dijo que tenía que pensar como su viejo analista. Un juego. Un desafío. Un acertijo.

«Las respuestas están aquí —pensó—. Dentro de un texto sobre psicopatología.»

¿Qué le había dicho? Virgil era actriz. Merlin, abogado. Rumplestiltskin, un asesino a sueldo. Tres profesiones aunadas. Mientras hojeaba las páginas intentando reflexionar sobre el problema al que se enfrentaba, pasó las dedicadas a la letra V. Casi por casualidad, sus ojos captaron una señal en la primera página de esa letra, que empezaba en la 559. En el margen superior, escrito con el mismo bolígrafo que Lewis había usado para su saludo en la primera página, figuraba el quebrado uno es a tres. Un tercio.

Eso era todo.

Buscó las entradas de la M. En un sitio parecido había otro par de números, pero ahora se trataba de un cuarto, escrito uno barra cuatro. En la página inicial de la R encontró una tercera indicación: dos quintos. Dos barra cinco.

No tuvo la menor duda de que eran claves. Ahora tenía que descifrarlas.

Se inclinó en el asiento y se balanceó despacio atrás y adelante, como si quisiera aplacar un estómago algo revuelto; movimientos casi involuntarios mientras se concentraba en el problema. Era el acertijo sobre la personalidad más complejo que se le había presentado nunca. El hombre que lo había tratado para conducirlo a través de su propia personalidad, que había sido su guía hacia la profesión y que al final había facilitado los medios para su muerte, le entregaba un último mensaje. Ricky se sintió como un antiguo matemático chino trabajando con un ábaco mientras las bolitas negras repiqueteaban al pasarlas de un lado a otro para efectuar cálculos a medida que la ecuación crecía.

«¿Qué sé en realidad?», se preguntó.

Empezó a formarse mentalmente un retrato, empezando por Virgil. El doctor Lewis había dicho que era actriz, lo que tenía sentido porque había actuado todo el rato. La hija de la pobreza, la menor de los tres, que había pasado vertiginosamente de tan poco a tanto. Ricky se planteó cómo le habría afectado eso. Ocultas en su inconsciente habría cuestiones de identidad, dudas sobre quién era en realidad. De ahí la decisión de dedicarse a una profesión que requería rediseñarse a uno mismo sin cesar. Un camaleón. Los papeles predominaban sobre las verdades. Ricky asintió. Un rasgo de agresividad, además, y una tensión nerviosa que indicaba amargura. Pensó en todos los factores que habían intervenido en formarla tal como era y en lo ansiosa que había estado por figurar en el drama que había arrastrado a la muerte al doctor Lewis.

Ricky cambió de postura en la silla. «Haz una suposición —se dijo—. Una hipótesis inteligente.»

Trastorno narcisista de la personalidad.

Buscó en la enciclopedia la N de «narcisismo» y luego esa patología en particular.

El pulso se le aceleró. Lewis había señalado varias letras entre las palabras con un marcador amarillo. Anotó las letras y se recostó de golpe con la mirada fija en el galimatías. No tenía sentido. Volvió a la definición de la enciclopedia y recordó la clave: un tercio. Esta vez anotó la tercera letra después de las señaladas. Fue inútil de nuevo.

Se replanteó el dilema. En esta ocasión, tomó las letras que estaban a tres palabras de distancia. Pero antes de escribirlas se le ocurrió que era uno partido por tres, y buscó las letras tres líneas más abajo.

Al hacerlo, las dos primeras señaladas formaban una palabra: LA.

Siguió con rapidez y obtuvo una segunda palabra: AGENCIA.

Había cinco señales más. Con el mismo esquema, formaban JONES.

Se dirigió a la mesilla de noche, donde había una guía telefónica de Nueva York. Buscó en la sección teatral y, en medio de varias entradas, encontró un pequeño anuncio con un número de centralita a nombre de «La Agencia Jones. Una agencia teatral y de talentos dedicada a las estrellas del mañana».

Uno menos. Ahora, el abogado Merlin.

Se lo imaginó: cabello bien peinado; traje sin arrugas, adaptados a los matices de su cuerpo. Hasta su ropa informal era elegante. Recordó sus manos. Manicuradas. Un hijo mediano: quería que todo estuviera ordenado, porque no soportaba el desbarajuste de la vida anómala de donde procedía. Debía de odiar su pasado, adorar la seguridad que veía en su padre adoptivo, incluso a pesar de que el viejo analista lo había manipulado sistemáticamente. Era el que arreglaba las cosas, el que las hacía posibles, el hombre que se había ocupado de las amenazas y del dinero, y que había arremetido contra la vida de Ricky sin miramientos.

Este diagnóstico fue más sencillo: trastorno obsesivo-compulsivo de la personalidad.

Se dirigió con rapidez a ese apartado de la enciclopedia y vio la misma serie de letras destacadas. Usó la clave proporcionada y enseguida obtuvo una palabra que le sorprendió: ARNESON. No era lo que se dice un revoltijo de letras pero tampoco algo reconocible.

Se detuvo un momento porque no parecía tener sentido. Luego vio que la siguiente letra era una C.

Retrocedió, comprobó la clave, frunció el entrecejo y, de repente, lo comprendió. Las letras restantes deletreaban la palabra: FORTIER.

Un caso judicial.

No estaba seguro del juzgado donde encontraría *Arneson contra Fortier*, pero era probable que una visita a un funcionario con un ordenador y el acceso a la lista de casos en trámite sirviera para averiguarlo.

A continuación pensó en el hombre situado en el centro de todo lo que había ocurrido: Rumplestiltskin. Consultó las entradas de la P que trataban sobre los PSICÓPATAS. Había un subapartado para HOMICIDAS.

Y ahí estaban las señales que esperaba.

Descifró pronto las letras y las anotó en una hoja. Al terminar, enderezó la espalda y suspiró profundamente. Después arrugó el papel y lanzó la bola a la papelera.

Soltó una serie de juramentos, que sólo ocultaban lo que medio había esperado.

El mensaje obtenido decía: ÉSTE NO.

Ricky no durmió demasiado, pero la adrenalina le daba energías. Se duchó, se afeitó y se puso chaqueta y corbata. Una visita a la hora del almuerzo a los tribunales y untar un poco a un funcionario detrás del mostrador le había proporcionado información sobre *Arneson contra Fortier*. Era un litigio civil en un tribunal superior, cuya vista previa estaba fijada para la mañana siguiente. Por lo que entendió, las dos partes litigaban por una transacción inmobiliaria que había salido mal. Había demandas y contrademandas y cantidades considerables de dinero extraviadas entre un par de promotores acaudalados de Manhattan. Ricky supuso que era la clase de caso en el que las partes son ricas y están enfadadas y poco dispuestas a llegar a un acuerdo, lo que significa que todos terminan perdiendo salvo los abogados, que se llevan unos jugosos emolumentos. Era tan mundano y corriente que Ricky casi sintió desdén. Pero con una sombría sensación desagradable, supo que, en medio de todos esos alegatos, actitudes, poses y amenazas entre un puñado de abogados, encontraría a Merlin.

La lista de casos le aportó los nombres de todas las partes involucradas. Ninguno le resultó conocido. Pero uno correspondía al hombre que estaba buscando.

La vista estaba fijada para la mañana siguiente, pero Ricky fue al Palacio de Justicia esa tarde. Permaneció unos instantes frente al enorme edificio de piedra gris contemplando la escalinata que conducía a las columnas de la entrada. Pensó que, años atrás, los arquitectos del edificio habían pretendido dotar a la justicia de grandiosidad e importancia, pero después de todo lo que le había ocurrido, Ricky creía que la justicia era un concepto mucho más pequeño y menos noble, la clase de concepto que cabría en una cajita de cartón.

Entró, recorrió los pasillos entre los juzgados y se sumó al ir y venir de la gente mientras observaba los ascensores y las escaleras de emergencia. Se le ocurrió que, si podía averiguar el juez asignado al caso *Arneson contra Fortier*, seguramente descubriría quién era Merlin con sólo describirlo a la secretaria del juez. Pero eso levantaría sospechas. Alguien le recordaría más tarde, si conseguía la información que quería.

Ricky (sin dejar de pensar como Frederick Lazarus) quería que su proceder resultara totalmente anónimo.

Vio algo que podría ayudarle: había muchos tipos diferenciados que deambulaban por el edificio. Los que llevaban traje con chaleco eran sin duda los abogados con asuntos importantes. También había algunos de aspecto no tan adinerado, pero todavía presentables. Ricky los incluyó en la categoría que comprendía a la policía, los jurados, los demandantes, los acusados y el personal de los juzgados. Todos los que parecían tener más o menos una razón para estar ahí y sabían qué función desempeñaban. Por último, había una tercera categoría, marginal, que le fascinaba: la de los mirones. Su mujer se los había descrito una vez, mucho antes de que le diagnosticaran su enfermedad y su vida se volviera una serie de visitas al médico, tratamientos, dolor e impotencia. Eran jubilados o personas sin nada mejor que hacer a los que les resultaba entretenido ver juicios y pasearse por los juzgados. Como los observadores de aves en el bosque, iban de un caso a otro, buscando declaraciones espectaculares y conflictos interesantes, reservándose quizá los asientos en las salas donde se ventilaban casos prominentes, cargados de publicidad. Su aspecto era modesto, en ocasiones sólo algo superior al de quienes vivían en la calle. Estaban a un paso del hospital para veteranos del ejército o de una residencia de la tercera edad y llevaban prendas de poliéster sin importarles el calor que hiciera. A Ricky le pareció un grupo en el que le sería fácil infiltrarse.

Al salir del Palacio de Justicia ya estaba urdiendo su plan. Tomó un taxi hasta Times Square, donde entró en una de las muchas tiendas de artículos de broma donde se puede comprar una edición falsa del *New York Times* con el nombre de uno en un titular. Pidió al encargado de la impresora media docena de tarjetas de visita falsas. Después tomó otro taxi que lo llevó hasta un edificio de oficinas en el East Side. En la entrada había un guardia jurado que le pidió que firmara, lo que hizo con una floritura estampando el nombre de Frederick Lazarus, y escribió «productor» en la casilla de «ocupación». El guardia le dio un plástico con el número seis, que designaba la planta a la que iba. Ni siquiera echó un vistazo al registro de entradas cuando Ricky se lo devolvió. «La seguridad se basa en impresiones», pensó Ricky. Tenía el aspecto adecuado y actuaba con una confianza brusca que desafiaba al guardia a que le hiciera preguntas. Creía que era una interpretación discreta, pero Virgil habría sabido apreciarla.

Al entrar en las oficinas de la Agencia Jones le recibió una atractiva recepcionista.

—¿En qué puedo servirle? —preguntó.

—He hablado antes con alguien acerca de un anuncio publicitario que vamos a rodar —mintió Ricky—. Estamos buscando caras nuevas y qué talentos hay disponibles. Iba a echar un vistazo a su portafolio...

—¿Recuerda con quién habló? —preguntó la recepcionista, algo recelosa.

—No, lo siento. Telefoneó mi secretaria —dijo Ricky. La mujer asintió—. Tal vez podría echar un vistazo a algunas fotos y usted orientarme después.

—Por supuesto. —La joven sonrió y sacó una carpeta grande, de piel, de debajo de la mesa—. Éstos son nuestros clientes actuales. Si ve alguno que le interese, le dirigiré al agente que se encarga de sus compromisos.

Le señaló un sofá de piel en un rincón. Ricky tomó el portafolio y empezó a hojearlo.

La séptima foto de la carpeta era la de Virgil.

—Hola —dijo Ricky en voz baja cuando volvió la página y vio su nombre real, dirección, número de teléfono y nombre del agente junto con una lista de interpretaciones teatrales *off* Broadway y de intervenciones en anuncios publicitarios. Lo anotó todo en su libreta. Luego, hizo otro tanto con dos actrices más. Devolvió el portafolio a la recepcionista y consultó su reloj.

—Lo siento pero llego tarde a otra cita —se disculpó—. Hay un par que parecen tener el aspecto adecuado, pero habrá que verlas en persona antes de llegar a un acuerdo.

—Por supuesto —dijo la joven.

Ricky siguió aparentando prisa y agobio.

—Mire, voy muy mal de tiempo. ¿Podría llamar usted a estas tres y citarlas para que se reúnan conmigo? Veamos, ésta para almorzar a mediodía en el Vincent's, en la 82 Este. Y las otras dos, pongamos a las dos y a las cuatro de la tarde en el mismo sitio. Se lo agradecería. Es que corre un poco de prisa, no sé si me entiende.

—Los agentes son quienes suelen acordar todas las citas, señor... —indicó la recepcionista, que parecía desconcertada.

—Lo sé. Pero sólo estaré en la ciudad hasta mañana y después regresaré a Los Ángeles. Lamento tener que tratar el asunto con tanta urgencia.

—Veré qué puedo hacer. ¿Me da su nombre?

—Ulysses —dijo Ricky—. Richard Ulysses. Pueden localizarme en este número.

Sacó una de las tarjetas de visita falsas. Ponía PRODUCCIONES EL VELO DE PENÉLOPE. Como si fuera lo más natural del mundo, tomó un bolígrafo de la mesa y tachó el teléfono falso de California para escribir en su lugar el número del último móvil. Se aseguró de tachar bien el número inexistente. Confiaba en que nadie de allí tuviera conocimientos de literatura clásica.

—Vea qué puede hacer —pidió—. Si hay cualquier problema, llámeme a este número. Venga, princesa, oportunidades más grandes han surgido de cosas más pequeñas. ¿Recuerda lo de Lana Turner en el *drugstore*? Bueno, tengo que irme. Más fotografías que ver, ya me entiende. En Nueva York hay muchas actrices. Detesto que alguien pierda una oportunidad por no acudir a una comida gratis.

Y Ricky se volvió y se marchó. No estaba seguro de que su enfoque dinámico y despreocupado funcionara.

Pero creía que sí.

33

Antes de dirigirse al Palacio de Justicia a la mañana siguiente, Ricky confirmó con el agente de Virgil la cita del almuerzo, además de las reuniones posteriores con las otras dos modelos-actrices, a las que Ricky no tenía intención de asistir. El hombre le había preguntado algunas cosas sobre los anuncios que Ricky, el productor, quería rodar, y éste había contestado con toda tranquilidad, mintiendo al detalle sobre la colocación de cierto producto en Extremo Oriente y Europa del Este, y los nuevos mercados que se abrían en esas zonas requerirían que la industria publicitaria promocionara caras nuevas. Ricky pensó que se había vuelto un experto en hablar mucho sin decir nada, lo que, en su opinión, era la clase más efectiva de mentira que se podía decir. Cualquier duda que el agente pudiera haber albergado se disipó con rapidez en el entramado de ficciones de Ricky. Después de todo, de aquellas entrevistas podría salir algo y él recibiría un diez por ciento, o no salir nada, lo que no empeoraba su situación. Ricky sabía que si Virgil hubiese sido una artista de cierto renombre, podría haber tenido problemas. Pero todavía no lo era, lo que le había sido útil cuando le tocó arruinarle la vida, y ahora él se aprovechaba de su ambición sin sentir culpa alguna.

Dejó la pistola en el apartamento. No podía arriesgarse a que se disparara un detector de metal en el Palacio de Justicia. No obstante, se había acostumbrado a la seguridad que le daba el arma, aunque todavía no sabía si sería capaz de usarla para su verdadero propósito; un momento que creía se estaba acercando deprisa. Antes de irse se contempló en el espejo del baño. Se había vestido impecablemente: pantalones, chaqueta, camisa blanca y corbata. Ahora podría mezclarse con facilidad entre las personas que cruzaran los pasillos de los juzgados, lo que, de modo extraño, suponía la misma clase de protección que ofrecía la pistola, aunque fuera menos inapelable en sus acciones. Sabía lo que quería hacer y que era como caminar en la cuerda floja.

Era consciente de que, para él, la línea que separaba matar, morir y ser libre era muy fina.

Mientras se miraba en el espejo, recordó una de las primeras clases que recibió sobre psiquiatría, en la que el profesor de la facultad de medicina había explicado que daba lo mismo lo mucho que supieras sobre la conducta y las emociones, y lo muy seguro que estuvieras del diagnóstico y del comportamiento que esa neurosis y psicosis generaba, pues en última instancia jamás podías prever con total seguridad cómo iba a reaccionar un individuo. Según aquel profesor, había predictores y la mayoría de veces la gente hacía lo que uno esperaba. Pero, en ocasiones, los pacientes desafiaban el pronóstico, lo que ocurría con suficiente frecuencia para que toda la profesión pareciera a menudo una sarta de conjeturas.

Se preguntaba si esta vez habría acertado.

Si era así, recuperaría su libertad. Si no, moriría.

Repasó la imagen reflejada en el espejo. «¿Quién eres ahora? —se preguntó—. ¿Alguien o nadie?»

Este pensamiento le hizo sonreír. Sintió una maravillosa sensación casi de hilaridad. Libre o muerto. Como rezaba la matrícula de Nueva Hampshire del coche: «Vive en libertad o muere.» Por fin tenía algún sentido para él.

Sus pensamientos se dirigieron hacia las tres personas que lo perseguían. Los hijos de su fracaso. Criados para odiar a cualquiera que no les hubiera ayudado.

—Ahora te conozco —dijo en voz alta pensando en Virgil—. Y ahora voy a conocerte a ti —prosiguió, pensando en Merlin.

Pero Rumplestiltskin seguía esquivo, una sombra en su imaginación.

Éste era el último temor que le quedaba. Pero era un temor considerable.

Asintió a la imagen del espejo. Había llegado la hora de actuar.

En la esquina había un supermercado grande, perteneciente a una cadena, con hileras de medicamentos para el resfriado que no precisaban receta, champú y pilas. Lo que tenía pensado para Merlin esa mañana lo recordaba de un libro que había leído sobre los gángsteres en el sur de Filadelfia. Encontró lo que necesitaba en una sección de juguetes baratos. El segundo elemento, en una parte de la tienda que ofrecía una discreta selección de material de oficina. Pagó en efectivo y, después de meterse los objetos en el bolsillo de la chaqueta, salió a la calle y paró un taxi.

Entró en el Palacio de Justicia como el día anterior, con el aspecto de un hombre con un objetivo muy distinto al que en realidad tenía en mente. Entró en los lavabos del segundo piso, sacó los objetos comprados y los preparó en unos segundos. Después, dejó pasar algo de tiempo antes de dirigirse hacia la sala donde el hombre al que conocía como Merlin estaba argumentando una demanda.

Como imaginaba, la sala no estaba del todo llena. Varios abogados esperaban que les tocara el turno a su caso. Una docena de mirones ocupaban asientos en la parte central de la sala; algunos echaban una cabezadita, otros escuchaban con atención. Ricky entró sin hacer ruido con la puerta y se sentó detrás de unas personas mayores. Actuó con sigilo para resultar lo más discreto posible.

Más allá de la balaustrada había media docena de abogados y litigantes, sentados ante sólidas mesas de roble frente al estrado. La zona situada delante de ambos equipos estaba llena de documentos y expedientes. Todos eran hombres, y estaban muy concentrados en las reacciones del juez. En esta vista previa no había jurado, lo que significaba que siempre hablaban hacia delante. Tampoco había necesidad de volverse para actuar ante el público porque eso no tendría ningún efecto en la causa. Por consiguiente, ninguno de los hombres prestaba la menor atención a las personas sentadas aleatoriamente en las filas de asientos detrás de ellos. Tomaban notas, comprobaban citas de textos legales y trabajaban en la tarea que tenían entre manos, que consistía en intentar ganar algo de dinero para su cliente, pero sobre todo para ellos. A Ricky le pareció una especie de teatro estilizado en el que a nadie le importaba nada el público, sino sólo el crítico teatral que tenía delante, de toga negra. Cambió de postura en la silla y se mantuvo oculto y anónimo, que era lo que quería.

El entusiasmo le embargó cuando Merlin se levantó.

—¿Tiene alguna objeción, señor Thomas? —preguntó el juez con brusquedad.

—Por supuesto, señoría —contestó Merlin con petulancia.

Ricky repasó la lista que había preparado con todos los abogados implicados en el caso. Mark Thomas, con despacho en el centro, figuraba en el centro del grupo.

—¿Cuál? —quiso saber el juez.

Ricky escuchó unos instantes. El tono seguro y autosuficiente del abogado era el mismo que recordaba de sus encuentros. Hablaba con idéntica confianza tanto si lo que decía tenía alguna base real o legal como si no. Merlin era el hombre que había invadido la vida de Ricky con resultados tan desastrosos.

Sólo que ahora tenía un nombre. Y una dirección.

Y lo mismo que había ocurrido con Ricky, eso serviría para saber quién era Merlin.

Visualizó de nuevo las manos del abogado. Llevaba hecha la manicura. Y sonrió. Porque en la misma imagen mental observó la presencia de una alianza. Eso significaba una casa. Una esposa. Tal vez niños. Todos los símbolos del que asciende, del joven profesional urbano que se dirige agresivamente hacia el éxito.

Sólo que el abogado Merlin tenía unos cuantos fantasmas en el pasado. Y era hermano de un fantasma de primera. Ricky le escuchó hablar y pensó en el complicado sistema psicológico de aquel hombre. Analizarlo habría sido un desafío apasionante para el psicoanalista que era antes. Para el hombre en que se había visto obligado a convertirse era algo más sencillo. Metió la mano en el bolsillo y tocó el juguete que llevaba en él.

En el estrado, el juez meneaba la cabeza y empezaba a sugerir que la vista se continuase por la tarde. Era la señal para que Ricky se marchara, lo que hizo en silencio.

Tomó posición junto a la escalera de emergencia, junto a unos ascensores. En cuanto vio al grupo de abogados salir de la sala, se escondió en la escalera. Esperó lo suficiente para ver que Merlin llevaba dos pesados maletines, llenos a rebosar de documentos y papeles del caso. Demasiado pesados para pasar del ascensor más cercano.

Ricky bajó las escaleras de dos en dos hasta el segundo piso. Ahí había unas cuantas personas esperando el ascensor para bajar. Se sumó a ellas con la mano alrededor del juguete que llevaba en el bolsillo. Levantó los ojos hacia el dispositivo electrónico que mostraba la posición del ascensor y vio que estaba parado en el tercer piso. Luego, empezó a bajar. Ricky sabía algo: Merlin no era el tipo de persona que se situaría en el fondo para dejar sitio a otro.

El ascensor se detuvo y las puertas se abrieron con un crujido.

Ricky se puso detrás de la gente. Merlin estaba justo en el centro del ascensor.

El abogado alzó los ojos, y Ricky fijó su mirada en ellos.

Hubo un momento de reconocimiento y Ricky vio asomar un pánico instantáneo al rostro del abogado.

—Hola, Merlin —dijo Ricky con calma—. Ahora sé quién eres.

Y a continuación se sacó el juguete del bolsillo y lo apuntó hacia el pecho del abogado. Era una pistola de agua con forma de Lüger alemana de la Segunda Guerra Mundial.

Apretó el gatillo y un chorro de tinta negra acertó a Merlin en el pecho.

Antes de que nadie pudiera reaccionar, las puertas se cerraron.

Ricky regresó deprisa a las escaleras. No bajó corriendo porque sabía que no podía llegar antes que el ascensor. Así que subió hasta el quinto piso y fue al lavabo de hombres. Allí, echó la pistola de agua a una papelera después de limpiarla para borrar sus huellas dactilares, como habría hecho si el arma fuera de verdad, y se lavó las manos. Esperó unos instantes antes de salir y recorrió los pasillos hacia el lado opuesto del edificio. Como había averiguado el día anterior, en esa parte también había ascensores, escaleras y otra salida. Para bajar, se sumó subrepticiamente a un grupo de abogados que salían de otras vistas. Como esperaba, no había ni rastro de Merlin en la zona del vestíbulo a la que accedió. Merlin no estaba en posición de querer dar ninguna explicación sobre el motivo real de las manchas en su camisa y su traje.

Y muy pronto se daría cuenta de que la tinta que Ricky había usado era indeleble. Esperaba haber arruinado mucho más que una camisa, un traje y una corbata esa mañana.

El restaurante que Ricky había elegido para almorzar con la ambiciosa actriz era el favorito de su difunta esposa, aunque dudaba que Virgil pudiese relacionarlo. Lo había seleccionado porque tenía una característica importante: un gran cristal separaba la acera de los comensales. La iluminación del restaurante dificultaba ver el exterior, pero no costaba tanto observar el interior. Y la colocación de las mesas hacía más frecuente ser visto que ver. Era lo que quería.

Esperó hasta que un grupo de turistas, quizás una docena de hombres y mujeres que hablaban alemán y llevaban camisas chillonas y cámaras colgadas al cuello, pasara por delante del restaurante. Y entonces se unió a ellos, como había hecho antes en el Palacio de Justicia. «Es difícil reconocer una cara conocida entre un grupo de desconocidos cuando no se espera», pensó. Mientras la bandada de turistas pasaba, se giró con rapidez y vio que Virgil estaba sentada en un rincón del restaurante, como él había previsto, y aguardaba ansiosa. Y sola.

Una vez pasado el cristal, inspiró hondo una vez.

«Recibirá la llamada en cualquier momento», pensó Ricky. Merlin no lo había hecho de inmediato, como él había imaginado. Antes se había limpiado y disculpado con los demás abogados, que se habrían quedado horrorizados. ¿Qué excusa habría inventado? Un adversario legal disgustado por haber perdido un juicio. Los demás podrían identificarse con eso. Los habría convencido de que no cabía llamar a la policía; él se pondría en contacto con el abogado del chalado de la pistola de tinta y quizás obtendría una orden de restricción. Pero se encargaría de ello él mismo. Los demás habrían estado de acuerdo y se habrían ofrecido a atestiguar o incluso a prestar declaración a la policía, si era necesario. Pero eso le habría llevado algo de tiempo, lo mismo que limpiarse, porque sabía que, pasara lo que pasase, tendría que volver al juzgado esa tarde. Cuando Merlin hiciera por fin su primera llamada, sería a su hermano mayor. Sería una conversación sustancial, que no se limitaría sólo a la descripción de lo ocurrido, sino a efectuar una valoración de sus implicaciones. Analizarían su situación y sus alternativas. Por fin, aun sin saber muy bien qué iban a hacer, colgarían. La siguiente llamada sería para Virgil, pero Ricky se había adelantado a esa llamada.

Sonrió, dio media vuelta bruscamente y entró en el restaurante con rapidez. Una recepcionista lo miró y empezó a hacerle la inevitable pregunta, pero él la interrumpió con un gesto de la mano a la vez que decía «Mi cita ya está aquí» y cruzaba veloz el restaurante.

Virgil estaba de espaldas y se movió al notar que alguien se acercaba.

—Hola —dijo Ricky—. ¿Me recuerdas?

La sorpresa se reflejó en el rostro de ella.

—Porque yo sí te recuerdo a ti —aseguró él, y se sentó.

Virgil no dijo nada, aunque se había echado hacia atrás, atónita. Tenía un *book* y un currículo en la mesa en previsión de la entrevista con el supuesto productor. Ahora, despacio, con parsimonia, los tomó y los dejó en el suelo.

—Supongo que no voy a necesitarlos —comentó.

Ricky captó dos cosas en su respuesta: exploración y necesidad de recobrar un poco la compostura. «Eso lo enseñan en las clases de interpretación —pensó—. Y ahora mismo está buscando en ese compartimiento concreto.»

Antes de que Ricky contestara, se oyó un zumbido procedente del bolso de Virgil. Un teléfono móvil. Ricky meneó la cabeza.

—Será tu hermano mediano, el abogado, para advertirte que aparecí en su vida esta mañana. Y muy pronto recibirás otra llamada, de tu hermano mayor, el que mata para ganarse la vida. Porque él también querrá protegerte. No contestes.

Virgil detuvo la mano a medio camino.

—¿O qué?

—Bueno, deberías hacerte la pregunta: «¿Está Ricky muy desesperado?» Y luego la que es evidente que le sigue: «¿Qué podría hacerme?»

Virgil no hizo caso del teléfono, que dejó de zumbar.

—¿Qué podría hacerme Ricky? —preguntó.

—Ricky murió una vez —contestó éste con una sonrisa—, y ahora tal vez no le quede nada por lo que vivir. Lo que haría que morir por segunda vez fuera menos doloroso y puede que hasta un alivio, ¿no crees? —La observó con dureza, traspasándola con la mirada—. Podría hacerte cualquier cosa.

Virgil se movió incómoda. Ricky había hablado con dureza e intransigencia. Se recordó que la fuerza de su actuación de ese día radicaba en que era un hombre diferente al que se había dejado manipular y aterrorizar hasta el suicidio un año antes. Y se percató de que eso no se alejaba demasiado de la realidad.

—Así pues, ahora soy imprevisible. Inestable. Con una vena maníaca, además. Una combinación peligrosa, ¿no? Una mezcla volátil.

—Sí. Cierto —asintió la joven, que estaba recobrando algo de la compostura perdida mientras hablaba, justo como él había esperado que ocurriera. Sabía que era una mujer muy centrada—. Pero no vas a dispararme aquí, en este restaurante, delante de toda esta gente. No lo creo.

—Al Pacino lo hace —indicó Ricky encogiéndose de hombros—. En *El padrino*. Estoy seguro de que la has visto. Cualquiera que desee ganarse la vida con la interpretación la ha visto. Sale del lavabo de hombres con un revólver en el bolsillo y dispara al otro mafioso y al capitán de policía corrupto en la frente, arroja el revólver a un lado y se va. ¿Lo recuerdas?

—Sí —contestó, inquieta—. Lo recuerdo.

—Pero este restaurante me gusta. Antes, cuando era Ricky, venía con alguien a quien amaba, pero cuya presencia jamás aprecié en realidad. ¿Y por qué querría arruinar el delicioso almuerzo de los demás comensales? Además no es imprescindible que te dispare aquí, Virgil. Puedo hacerlo en muchos otros sitios. Ahora sé quién eres. Conozco tu nombre. Tu agencia. Tu dirección. Y, lo más importante, sé quién quieres ser. Conozco tu ambición. A partir de eso, puedo extrapolar tus deseos. Tus necesidades. ¿Crees que ahora que sé el quién, el qué y el dónde sobre ti no puedo deducir todo lo que necesite saber en el futuro? Podrías mudarte. Podrías incluso cambiarte de nombre. Pero no puedes cambiar quién eres ni quién quieres ser. Y ése es el problema, ¿no? Estás tan atrapada como lo estuvo Ricky. Igual que tu hermano Merlin, un detalle que averiguó esta mañana de forma bastante sucia. Una vez jugasteis conmigo sabiendo todos los pasos que daría y por qué. Y ahora yo jugaré un nuevo juego con vosotros.

—¿Qué juego es ése?

—Se llama «¿Cómo puedo seguir vivo?». Va de venganza. Creo que ya conoces algunas de sus reglas.

Virgil palideció. Cogió el vaso de agua con hielo y tomó un largo trago sin apartar los ojos de Ricky.

—Te encontrará, Ricky —susurró—. Te encontrará y te matará, y me protegerá porque siempre lo ha hecho.

Ricky se inclinó hacia delante, como un sacerdote que comparte un oscuro secreto en un confesionario.

—¿Como cualquier hermano mayor? Bueno, puede intentarlo. Pero ¿sabes qué?, apenas sabe nada acerca de quién soy ahora. Los tres habéis estado persiguiendo al señor Lazarus y creísteis que lo teníais acorralado. ¿Cuántas veces? ¿Una? ¿Dos? ¿Tal vez tres? ¿Pensasteis que había sido cuestión de segundos que se os escapara la otra noche de la casa del hombre que se cruzó en nuestros caminos? Y además, ¡puf!, Lazarus está a punto de desaparecer. En cualquier momento, porque casi ha prestado ya todo su servicio en esta vida. Aunque antes de irse, quizá le cuente a quienquiera que vaya a ser yo a continuación todo lo que necesite saber sobre ti y Merlin, y ahora también sobre el señor R. Y si lo juntamos todo, Virgil, me parece que me convierte en un adversario muy peligroso. —Hizo una pausa y añadió—: Quienquiera que sea hoy. Quienquiera que pueda ser mañana.

Ricky se recostó en la silla y observó cómo sus palabras se reflejaban en la cara de la joven.

—¿Qué me dijiste una vez, Virgil, sobre el nombre que usabas? Todo el mundo necesita un Virgilio que lo guíe hacia el infierno, o algo así.

—Sí. —Ella asintió y tomó otro sorbo de agua.

—Fue una buena observación —dijo Ricky con una sonrisa irónica.

Y entonces se levantó, apartando la silla hacia atrás con rapidez.

—Adiós, Virgil —dijo inclinándose hacia ella—. Creo que no querrás volver a verme la cara porque podría ser lo último que vieras nunca.

Sin esperar respuesta, se volvió y salió con paso decidido del restaurante. No se quedó a ver cómo le temblaba la mano ni la mandíbula a Virgil, reacciones más que probables.

«El miedo es algo extraño —pensó—. Se manifiesta de muchos modos externos, pero ninguno de ellos tan poderoso como el acero que te atraviesa el corazón y el estómago o la corriente que te recorre la imaginación.» Por una u otra razón se había pasado gran parte de su vida teniendo miedo de muchas cosas, en una secuencia interminable de temores y dudas. Pero ahora él provocaba miedo, y no estaba seguro de que la sensación le desagradara. Se perdió entre la masa de gente que iba a almorzar, dejando que Virgil, a la que dejó atrás, como había hecho con uno de sus hermanos, intentase evaluar en qué clase de peligro se encontraban en realidad. Avanzó con rapidez entre la multitud, esquivando los cuerpos de las personas como un patinador en una pista concurrida, pero tenía la cabeza en otra parte. Estaba intentando imaginar al hombre que tiempo atrás le había acechado hasta una muerte perfecta. Se preguntaba cómo reaccionaría ese psicópata cuando las dos únicas personas que quedaban en este mundo por las que sentía estima habían sido seriamente amenazadas.

Avanzó con rapidez por la acera.

«Querrá actuar deprisa —pensó—. Querrá resolver este asunto de inmediato. No querrá elaborar un plan como hizo antes. Ahora dejará que la cólera domine todos sus instintos y toda su preparación. Y, lo más importante: ahora cometerá un error.»

34

Normalmente, una o dos veces cada verano en aquellos años de vacaciones que le parecían ahora tan distantes, cuando su mujer seguía pautas normales y reconocibles, Ricky hacía una reserva con uno de los viejos y consumados guías de pesca que operaban en las aguas de Cape Cod para encontrar róbalos y bancos de anjovas. No era que se considerara un pescador experto, y tampoco estaba especialmente dotado para las actividades al aire libre, pero le gustaba salir en una pequeña embarcación abierta a primera hora de la mañana, cuando la niebla todavía cubre el océano gris, y sentir aquel frío húmedo que desafiaba los primeros rayos de sol en el horizonte mientras el guía pilotaba el esquife por canales, bordeando bancos de arena, hasta las zonas de pesca. Y lo que le gustaba era la sensación de que, entre las olas siempre cambiantes, el guía sabía en qué parte había peces, incluso aunque se escondieran en las aguas profundas. Lanzar un cebo a través de tanto espacio frío con tantas variables como la marea y la corriente, la temperatura y la luz y saber encontrar el objetivo era algo que Ricky, el psicoanalista, había admirado y encontrado siempre fascinante.

Al reflexionar en su apartamento de Nueva York, pensó que se había embarcado en un proceso muy parecido. El cebo estaba en el agua. Ahora tenía que lograr que la presa tragara el anzuelo. No creía que fuera a tener más de una oportunidad con Rumplestiltskin.

Después de enfrentarse a sus hermanos pequeños se le

había ocurrido que podía huir, pero no le serviría de nada. Se pasaría todo lo que le quedaba de vida sobresaltándose con cada ruido en la oscuridad, nervioso al escuchar cualquier cosa detrás de él, temeroso de cada desconocido que entrara en su campo de visión. Una vida imposible, siempre escapando de algo y de alguien imposible de percibir, siempre con él, rondando cada paso que diera.

Sabía, con toda la certeza que podía saber, que tenía que vencer a Rumplestiltskin en esta fase final. Era el único modo de recuperar el control sobre algo parecido a la vida que esperaba vivir.

Pensó que lo conseguiría. Los primeros pasos de su plan ya habían tenido lugar. Podía imaginarse la conversación que estarían manteniendo los hermanos en ese mismo instante, mientras él permanecía en aquel apartamento de alquiler. No sería por teléfono. Tendrían que reunirse, porque querrían verse para asegurarse de que estaban a salvo. Habría voces levantadas. También unas cuantas lágrimas y un enfado considerable, quizás incluso insultos y acusaciones. Todo les había ido sobre ruedas al cobrarse su venganza contra todos los objetivos de su pasado. Sólo uno había salido mal, y ese uno era ahora origen de una ansiedad importante. Podía oír la frase «¡Tú nos metiste en esto!» gritada en la habitación hacia el psicópata que tanto significaba para ellos. Ricky pensó, con cierta satisfacción, que esa acusación contendría pánico, porque había conseguido abrir una brecha en los vínculos que unían al trío. Por muy persuasiva que hubiese sido la necesidad de venganza, por muy astuta que hubiese sido la conspiración contra Ricky y todos los demás, había un elemento que Rumplestiltskin no había previsto: a pesar de su compulsión a secundarlo, los dos hermanos menores seguían aspirando a llevar una vida convencional, normal a su propio modo. Una vida en el escenario y una vida en los tribunales, siguiendo ciertas reglas y restricciones reconocibles. Rumplestiltskin era el único de los tres que estaba dispuesto a vivir fuera de todo límite. Pero los otros no, y eso los volvía vulnerables.

Ricky había descubierto esa diferencia. Y sabía que era su mejor baza.

Sabía que se dirían palabras duras. A pesar de lo cruel y sanguinario que había sido el juego, en realidad los empujones, disparos y asesinatos habían quedado a cargo de uno solo de ellos. Arruinar una reputación o destrozar unas cuentas de inversiones eran trabajos bastante desagradables, pero en ellos no se vertía sangre. Había habido una separación de las maldades, y las más oscuras habían quedado en unas únicas manos.

Estos trabajos habían recaído en el señor R. Del mismo modo que había soportado el peso de las palizas y la crueldad cuando crecían, la violencia en sí era cosa suya. Los demás sólo le habían ayudado y cosechado con ello la satisfacción psicológica que proporciona la venganza. Era la diferencia entre quien facilita las cosas y quien las lleva a cabo. Pero ahora se daban cuenta de que su complicidad se había vuelto en su contra. «Creían que les había salido bien, pero no ha sido así», pensó Ricky. Sonrió para sus adentros. Decidió que no había nada tan devastador como darse cuenta de que ahora eres el perseguido cuando estás acostumbrado a ser el perseguidor. Y ésa era la trampa que había preparado, porque ni siquiera aquel psicópata dejaría de intentar recuperar la posición de superioridad que tan natural le es a un depredador. La amenaza a Virgil y a Merlin lo empujaría en esa dirección. Los pocos jirones de normalidad que conservaba el señor R eran los que lo conectaban con sus hermanos. Si en lo más profundo de su mundo psicopatológico quedaba algún vínculo con la humanidad, procedía de su relación con ellos. Estaría desesperado por protegerlos. Ricky se dijo que, de hecho, era sencillo. Había que asegurarse de que el cazador creyera que está cazando, acercándose a la presa, cuando en realidad estaba siendo conducido a una emboscada.

«Una emboscada basada en el amor», pensó con cierta ironía.

Encontró un papel y se esforzó un rato con un poema.

Cuando le quedó como quería, llamó a la sección de anuncios del *Village Voice*. De nuevo, como antes, se encontró hablando con un empleado. Le dio algo de conversación, como había hecho en otras ocasiones. Pero esta vez procuró hacerle unas preguntas clave y proporcionarle información vital:

—Perdone, pero si estoy fuera de la ciudad, ¿puedo llamar y recibir igualmente las respuestas?

—Por supuesto —dijo el empleado—. Sólo tiene que marcar el código de acceso. Puede llamar desde cualquier sitio.

—Fantástico —contestó Ricky—. Verá, es que este fin de semana tengo que atender unos asuntos en Cape Cod, así que me voy allí unos días y quiero seguir recibiendo las respuestas.

—No será ningún problema —aseguró el empleado.

—Espero que haga buen tiempo. Han pronosticado lluvia. ¿Ha estado alguna vez en Cape Cod?

—En Provincetown. Hay mucha marcha el fin de semana después del Cuatro de Julio.

—Ni que lo diga —corroboró Ricky—. Yo siempre voy a Wellfleet. O por lo menos eso hacía antes. Tuve que vender la casa. Liquidación total por incendio. Ahora voy a ir para arreglar unas cuestiones pendientes, y después de vuelta a la ciudad y a toda esta rutina.

—Ya. Ojalá tuviera yo una casa en Cape Cod.

—Es un sitio especial. —Ricky hablaba con cuidado, pronunciando despacio cada palabra—. Sólo vas en verano, tal vez un poco en otoño y primavera, pero cada estación te acaba calando a su modo. Se convierte en tu hogar. Más que un hogar, en realidad, un lugar para empezar y terminar. Cuando muera, quiero que me entierren allí.

—Yo sólo puedo desearlo —aseguró el empleado, algo envidioso.

—Quizás algún día —respondió Ricky, y se aclaró la garganta para decir el mensaje que deseaba publicar en la sección de clasificados. Lo había incluido bajo un discreto titular: BUSCANDO AL SR. R.

—¿No querrá decir señor Regio? —preguntó el hombre.

—No —contestó Ricky—. Señor R está bien.

A continuación pronunció lo que esperaba fuera el último poema que tuviera que componer nunca:

¿Está aquí? ¿Está allá? Vete a saber.
En cualquier parte puede aparecer.
Puede que a Ricky le guste vagar,
puede que haya vuelto a su hogar.
O quizá Ricky se quiera ocultar
para que no lo puedan encontrar.
Un viejo lugar o un nuevo lugar,
Ricky siempre logrará escapar.
Y aunque lo busque con apuro,
el señor R nunca sabrá seguro
cuándo Ricky pueda estar presente,
no como amigo sino como oponente,
para sembrar la muerte y el mal,
y provocar de alguien el final.

—Vaya —dijo el empleado con un silbido largo y lento—. ¿Y dice usted que se trata de un juego?

—Sí —respondió Ricky—. Pero no habría mucha gente dispuesta a jugarlo.

El anuncio se iba a publicar el viernes siguiente, lo que dejaba a Ricky poco tiempo. Sabía lo que pasaría: el periódico llegaría a los quioscos la noche anterior, y sería entonces cuando los tres hermanos leerían el mensaje. Pero esta vez no contestarían en el periódico. Ricky supuso que sería Merlin, con sus tonos bruscos y exigentes de abogado y unos modales indirectamente amenazadores. Merlin llamaría al supervisor de los anuncios y descendería con rapidez por la jerarquía del periódico hasta encontrar al empleado que había recibido el poema por teléfono. Y le preguntaría a fondo sobre el hombre que llamó. Y el empleado recordaría enseguida la conversación sobre Cape Cod. Ricky imaginó que a lo mejor el hombre incluso recordaría su comentario de que le gustaría que algún día lo enterraran ahí; un pequeño deseo, en cierto sentido, pero que tendría mucho significado para Merlin. Después de obtener la información, la transmitiría a su hermano. Luego, los tres volverían a discutir. Los dos hermanos pequeños estaban asustados, probablemente como nunca desde que eran niños y su madre los abandonó al suicidarse. Querrían acompañar al señor R en su búsqueda, sintiéndose responsables del peligro y también culpables de que tuviera que cuidar de ellos una vez más. Pero no sería verdad, y el hermano mayor tampoco querría aceptar. Esta muerte querría infligirla solo.

«Y, por lo tanto, actuará solo», pensó Ricky.

Solo y con la esperanza de terminar de una vez para siempre lo que le habían hecho creer que ya había concluido. Iba a tener prisa por dirigirse hacia otra muerte.

Dejó el apartamento tras comprobar que no dejaba ningún rastro de su existencia. Luego, antes de salir de la ciudad, efectuó otra serie de tareas. Cerró sus cuentas bancarias en las sucursales de Nueva York y fue a una oficina del centro para buscar un banco con agencias en el Caribe, donde abrió una simple cuenta corriente y de ahorros a nombre de Richard Lively. Cuando hubo terminado el papeleo y depositado una cantidad modesta del efectivo que le quedaba, salió del banco y caminó dos manzanas por la avenida Madison hasta la sucursal del Crédit Suisse frente a la que tantas veces había pasado en los días en que era un neoyorquino más.

Una empleada estuvo más que dispuesta a abrir una cuenta al señor Lively. Era una mera cuenta de ahorros tradicional, pero con una característica interesante. Un día al año, el banco transferiría el noventa por ciento de los fondos acumulados directamente al número de cuenta que Ricky dio del banco caribeño. Sus comisiones se deducirían del resto. Eligió la fecha para esta transferencia con una especie de aleatoriedad cuidada. Al principio pensó en usar el día de su cumpleaños y luego el de su mujer. Después se planteó usar el día en que había fingido su muerte. También consideró usar el cumpleaños de Richard Lively. Pero, por fin, preguntó a la agradable joven, que se había esmerado en asegurarle la confidencialidad total y la inviolabilidad de las regulaciones bancarias suizas, cuándo era su cumpleaños. Como había esperado, no guardaba relación con ninguna fecha que pudiera recordar. Un día de finales de marzo. Eso le gustó. Marzo era el mes que marcaba el final del invierno y anunciaba la primavera, pero estaba lleno de falsas promesas y de vientos engañosos. Un mes variable. Le dio las gracias a la joven y le dijo que ése era el día que elegía para las transferencias.

Una vez terminados sus asuntos, Ricky volvió al coche. Mientras recorría las calles hacia la Henry Hudson Parkway en dirección al norte, no miró hacia atrás ni una sola vez. Tenía muchas cosas que hacer y poco tiempo.

Devolvió el coche de alquiler y se pasó el día acabando con Frederick Lazarus. Cerró, canceló o liquidó cada carné, tarjeta de crédito y cuenta telefónica, todo lo relacionado con ese personaje. Incluso fue a la armería donde había aprendido a disparar, se compró una caja de balas y se pasó una hora productiva en el local de tiro disparando a una diana con la silueta negra de un hombre que él atribuía con facilidad a su implacable perseguidor. Después, charló un poco con el dependiente de la armería y le dejó caer que se iba de la zona por varios meses. El hombre se encogió de hombros, pero Ricky pudo ver que, aun así, tomaba nota de su marcha.

Así pues, Frederick Lazarus se desvaneció. Por lo menos sobre el papel y los documentos. Dejó también las pocas relaciones que ese personaje tenía. Para cuando hubo terminado, lo único que quedaba de aquel individuo eran las posibles venas asesinas que él mismo hubiera absorbido. Por lo menos, creía que eso seguiría pesando en su interior.

Richard Lively no sería tan fácil, porque Richard Lively era un poco más humano que Lazarus. Y era Richard Lively quien tenía que vivir. Pero también necesitaba desaparecer de su vida en Durham, Nueva-Hampshire, con el mínimo de fanfarria y en muy corto plazo. Tenía que dejarlo todo atrás, pero no parecer que lo hacía, por si acaso alguien, algún día, aparecía haciendo preguntas y relacionaba la desaparición con ese fin de semana concreto.

Consideró este dilema y pensó que el mejor modo de desaparecer es dar a entender lo contrario. Hacer creer a la gente que tu marcha es sólo temporal. La cuenta bancaria de Richard Lively permaneció intacta, con un depósito mínimo. No canceló ninguna tarjeta de crédito ni carné de biblioteca. Dijo al supervisor del departamento de mantenimiento de la universidad que un problema familiar en la Costa Oeste requería su presencia allí por unas semanas. El jefe lo comprendió pero le comentó que no podía prometerle que el trabajo le esperaría, aunque haría todo lo posible para que no lo ocupara nadie. Tuvo una conversación parecida con sus caseras, a las que explicó que no estaba seguro del tiempo que estaría fuera. Pagó el alquiler de un mes extra por adelantado. Se habían acostumbrado a sus idas y venidas y no dijeron demasiado, aunque Ricky sospechó que la mujer mayor sabía que no volvería nunca, sencillamente por la forma en que lo miró y asimiló todo lo que decía. Ricky admiraba esta cualidad. Le pareció que era una cualidad típica de Nueva Hampshire aceptar aparentemente lo que otra persona dice, mientras se comprende la verdad subyacente. Aun así, para subrayar la impresión de que iba a regresar, aunque no le creyeran del todo, dejó todas las pertenencias que pudo. Ropa, libros, una radio despertador, las cosas modestas que había reunido al reconstruir su vida. Sólo se llevó un par de mudas y el arma. Lo que tenía que dejar atrás eran indicios de que había estado ahí y de que podría regresar, pero nada que indicara realmente quién era o dónde podría haber ido.

Mientras bajaba por la calle, sintió un arrepentimiento momentáneo. Si sobrevivía al fin de semana, algo de lo que sólo tenía el cincuenta por ciento de probabilidades, sabía que no volvería nunca. Había llegado a estar muy a gusto y familiarizado con aquel pequeño mundo y le entristecía abandonarlo. Pero reestructuró la emoción en su interior y procuró reconvertirla en una fortaleza que lo sostuviera durante lo que iba a suceder.

A mediodía tomó un autobús Trailways hacia Boston, con el que volvió a recorrer una ruta conocida. No pasó mucho rato en la terminal de Boston, sólo el suficiente para preguntarse si el verdadero Richard Lively seguiría vivo; tal vez fuese interesante ir a Charlestown para intentar localizarlo en alguno de los parques y callejones por donde lo había seguido una vez con tanta diligencia. Sabía, por supuesto, que no tenía nada que decir al hombre, aparte de darle las gracias por proporcionarle una vía hacia un futuro dudoso. En todo caso, no tenía tiempo. Tomó el autobús Bonanza del viernes por la tarde a Cape Cod y se apretujó en un asiento trasero con una agitación creciente. «A esta hora ya habrán leído el poema —pensó—. Y Merlin habrá interrogado al empleado de los anuncios. En este preciso momento los tres hermanos estarán hablando.» Podía imaginar cómo las palabras volaban de un lado a otro. Y no necesitaba oírlos porque sabía lo que harían. Miró la hora en su reloj.

«Pronto saldrá —pensó—. Conducirá sin paradas, impulsado a concluir una historia que se ha escrito de modo distinto al que él esperaba.»

Sonrió, viendo la inmensa ventaja que tenía. Rumplestiltskin se movía en un mundo acostumbrado a las conclusiones. El de Ricky era justo lo contrario. Uno de los principios del psicoanálisis es que, a pesar de que las sesiones terminen y la terapia diaria finalice por fin, el proceso no se completa nunca. Lo que la terapia aporta es, en el mejor de los casos, una nueva forma de ver quién es uno, y permitir que esa nueva definición de la vida de uno influya en las decisiones y las elecciones que conlleve el futuro. En el mejor de los casos, esos momentos ya no se verán limitados por los acontecimientos del pasado y las elecciones tomadas estarán liberadas de lo que todo el mundo debe al entorno en que ha crecido.

Tenía la sensación de estar llegando a la misma clase de final inacabado.

Era el momento de morir o de proseguir. Y cuál de los dos iba a ser se sabría en las próximas horas.

Aceptó la frialdad de su situación y contempló el paisaje por la ventanilla. Observó que, a medida que el autobús zumbaba rumbo a Cape Cod, el tamaño de los árboles y los arbustos parecía reducirse. Era como si la vida en la tierra arenosa cercana al océano fuera más dura y le costara crecer cuando los vientos marinos soplaban en invierno.

Una vez fuera de Provincetown, en la carretera 6, Ricky vio un motel que todavía no había colgado el cartel de COMPLETO debido, lo más seguro, a la poco optimista previsión meteorológica. Pagó en efectivo por el fin de semana y el recepcionista cogió el dinero con desinterés. Ricky supuso que lo tomaba por un confuso empresario de mediana edad de Boston que se había rendido por fin a sus fantasías e iba a esa ciudad de alborotada vida nocturna en verano para unos días de sexo y culpa. Ricky no hizo nada por contradecir tal suposición y, de hecho, preguntó al recepcionista por los mejores clubes de la ciudad, la clase de sitios donde los solteros iban a buscar compañía. El hombre le dio algunos nombres y no preguntó nada.

Ricky encontró una tienda de artículos de acampada y compró más repelente de insectos, una linterna potente y un capote verde oliva mayor de lo normal. También compró un sombrero de camuflaje de ala ancha que tenía un aspecto ridículo pero que llevaba cosida al ala una mosquitera que cubría la cabeza y los hombros. De nuevo, la previsión meteorológica para el fin de semana le era favorable: humedad, tormentas eléctricas, cielos grises y temperaturas cálidas. Un fin de semana horrible. Ricky dijo al dependiente que aun así iba a cuidar un poco del jardín, lo que en ese contexto confirió un sentido de normalidad a cada una de las compras.

Regresó fuera y vio cómo por el oeste crecía lo que supuso sería un gran frente de nubes de tormenta. Prestó atención para intentar oír el estruendo distante de los truenos y vio un cielo gris que parecía señalar la llegada de la noche. Percibía el sabor de la inminente lluvia y apresuró el paso para efectuar sus preparativos.

El día se prolongó con una luz que no desaparecía, como si compitiera con las condiciones meteorológicas que avanzaban hacia él. Cuando llegó a la carretera que conducía a su antigua casa, el cielo había adoptado un extraño tono amarronado. El autobús que recorría la carretera 6 le había dejado a unos tres kilómetros y había corrido la distancia sin problemas, la mochila con las compras y el arma a la espalda. Recordó haber efectuado la misma ruta casi un año antes y se acordó de cómo le costaba respirar, cómo sus pulmones absorbían el viento debido al pánico y a la impresión de lo que había hecho y lo que aún le faltaba hacer. Este trayecto era extrañamente distinto. Notaba una sensación de fortaleza y, al mismo tiempo, otra de aislamiento con un matiz de complacencia, como si no corriera hacia donde había dejado tantos recuerdos, sino hacia uno que significaba un cambio. Cada paso de ese recorrido le resultaba familiar y, aun así, surrealista, como si existiera a un nivel distinto de existencia. Aceleró el paso, contento de estar más fuerte que la anterior vez, rogando que ningún antiguo vecino apareciera por un camino de entrada y viera al difunto corriendo hacia la casa incendiada.

Tuvo suerte: la carretera estaba desierta a la hora de la cena. Enfiló el camino de entrada, redujo el paso a una caminata y quedó oculto tras los grupos de árboles y los arbustos que crecen con rapidez en Cape Cod durante los meses de verano. No sabía muy bien qué esperar. Se le ocurrió que el pariente que hubiera logrado hacerse con su finca podría haber limpiado el área, empezado incluso a construir otra casa. Su carta de suicidio indicaba que la tierra se entregara a un grupo de protección del medio ambiente, pero suponía que, cuando los miembros de su lejana familia se hubieran enterado del valor real de ese excelente terreno edificable en

Cape Cod, eso habría quedado paralizado por los pleitos. La idea le hizo sonreír porque le pareció irónico que personas a las que apenas conocía pudieran disputarse su finca, cuando él había muerto meses atrás para proteger a una de ellas del hombre que seguramente se dirigía hacia allí esa noche.

Cuando salió de entre los árboles, vio lo que esperaba: los restos de su casa calcinada. Incluso a pesar de la vegetación que crecía en el terreno, la tierra seguía ennegrecida varios metros alrededor del esqueleto descarnado de la vieja casa.

Ricky se acercó hacia donde había estado la puerta principal a través de los hierbajos de lo que tiempo atrás había sido su jardín. Entró y recorrió despacio las ruinas de la casa. Incluso pasado un año, le pareció oler la gasolina y la madera quemada, pero enseguida comprendió que su imaginación estaba jugándole una mala pasada. Se oyó retumbar un trueno a lo lejos, pero no prestó atención y se movió lo mejor que pudo por los espacios dejando que su memoria añadiera paredes, muebles, obras de arte y alfombras. Y, cuando todos estos recuerdos habían reconstruido su hogar a su alrededor, dejó que su memoria dibujara en él momentos con su mujer, mucho antes de que enfermara y de que el cáncer le arrebatara las fuerzas, la vitalidad y, por último, la vida. A Ricky le resultó agradable y estremecedor a la vez deambular por los escombros. Era, de modo extraño, tanto un regreso como una partida, y se sentía un poco como si fuera a emprender algo que lo llevaría a un lugar muy distinto y que, por fin, podría despedirse de todo lo que el doctor Frederick Starks había sido y prepararse para recibir a la persona que surgiera de la noche que se cerraba deprisa a su alrededor.

El sitio que esperaba encontrar lo estaba aguardando justo a un lado de la chimenea central del salón. Un bloque de techo y unas cuantas vigas gruesas de madera habían caído al lado formando una especie de cobertizo decrépito, casi una cueva. Ricky se puso el capote, se encasquetó el sombrero con la mosquitera y sacó la linterna y la pistola de la mochila. Después retrocedió hacia la oscuridad de los escombros, se escondió y esperó a que llegaran la noche, la tormenta que se acercaba y un asesino.

Le resultó un poco cómico: ¿qué había hecho? Había actuado como un psicoanalista. Había provocado emociones eléctricas y arrolladoras en la persona que quería descubrir. «Hasta los psicópatas son vulnerables a sus deseos», pensó. Y ahora, como había hecho durante años en su consulta, esperaba a que este último paciente llegase trayendo consigo toda su cólera, odio y furia dirigidos contra Ricky, el terapeuta.

Tocó el arma y quitó el seguro. Esta sesión, sin embargo, no iba a ser tan plácida.

Se recostó, midió cada sonido y memorizó todas las sombras a medida que se alargaban en la penumbra. Esa noche la visión iba a ser un problema. Las nubes taparían la luna. La luz de otras casas y de la lejana Provincetown se desvanecería bajo la lluvia. Ricky esperaba contar tanto con la certeza como con la incertidumbre: el terreno donde había decidido aguardar era la zona que mejor conocía. Eso sería una ventaja. Y, aún más importante, la incertidumbre de Rumplestiltskin jugaba a su favor. No sabría con exactitud dónde estaba Ricky. Era un hombre acostumbrado a controlar el escenario en que operaba y Ricky esperaba que ése fuera el terreno menos controlado en que pudiera encontrarse. Un mundo desconocido para el asesino. Un buen lugar para esperarlo esa noche.

Ricky confiaba en que el asesino llegaría, y bastante pronto, para buscarlo. Mientras se dirigía hacia allí, se habría percatado de que Ricky sólo podía estar en dos lugares: la playa donde fingió ahogarse o la casa que había incendiado. Iría a esos dos sitios, a la caza, porque, a pesar de lo que pudiera haberle contado el empleado del *Village Voice*, no creía que ese viaje a Cape Cod tuviera ningún otro motivo que la muerte. Sabría que todo lo demás era pura invención y que el juego real consistía en un conjunto de recuerdos enfrentado a otro.

35

La lluvia cayó a rachas las primeras horas de la noche, con fuerza, con truenos y relámpagos sobre el mar durante el inicio de su espera, antes de reducirse a una irritante llovizna constante. Cuando la tormenta pasó sobre él, la temperatura descendió seis grados o más, lo que aportó a la oscuridad un frío que parecía totalmente fuera de lugar. Algo de viento había acompañado al frente borrascoso; corrientes fuertes que le jalaban de los bordes del capote y hacían que los escombros y los restos chamuscados de alrededor crujieran, como si ellos también tuvieran algún asunto pendiente esa noche. Ricky permaneció oculto, como un cazador en un escondite a la espera de que apareciera la presa. Pensó en todas las horas pasadas en silencio detrás de las cabezas de sus pacientes tendidos en el diván, sentado sin apenas moverse, casi sin hablar, y le pareció divertido que esa experiencia le hubiera preparado bien para la espera de esa noche.

Sólo se movió esporádicamente y sólo para estirar y flexionar los músculos para que no se le agarrotaran y estuvieran listos cuando los necesitara. La mayoría del tiempo estuvo recostado, con la mosquitera sobre la cabeza y el capote extendido sobre el cuerpo, de modo que parecía un bulto más informe que humano. Desde donde estaba escondido podía ver el otro lado del descampado que había dado la bienvenida a las visitas que iban a su casa, en especial cuando algún rayo cruzaba el cielo. Estaba situado en un sitio que le permitía ver los haces de los faros que penetraban los árboles desde la carretera principal y también oír el motor de los coches a través de la densa penumbra.

Sólo temía una cosa: que Rumplestiltskin tuviera más paciencia que él.

Lo dudaba, pero no estaba seguro. Después de todo, el niño había acumulado mucho odio durante años y esperado tanto tiempo antes de acometer su venganza que tal vez ahora, en esta última fase, vacilara y se limitara a apostarse en la línea de árboles y hacer más o menos lo que él estaba haciendo, es decir, esperar algún movimiento delator antes de acercarse. Ése era el riesgo que Ricky corría esa noche. Pero pensaba que era una apuesta bastante segura. Todo lo que había hecho estaba destinado a provocar al señor R. La cólera, el miedo y las amenazas exigen respuestas. Un asesino a sueldo es un hombre de acción. Un psicoanalista no. Ricky creía haber creado una situación en que sus propios puntos fuertes compensaban los de su contrincante. Su formación contrarrestaba la del asesino. «Él dará el primer paso. Todo lo que sé sobre la conducta me dice que será así.» En el juego de recuerdos y muerte en que se encontraban sumidos ambos hombres, Ricky ostentaba el terreno más elevado. Luchaba en un lugar que conocía.

Pensó que era todo lo que podía hacer.

Hacia las diez de la noche el mundo circundante se redujo a un terreno húmedo y oscuro. Tenía los sentidos aguzados, la mente alerta a cualquier matiz de la noche. No había oído ningún coche ni divisado faros durante más de una hora y la lluvia parecía haber alejado los animales nocturnos hacia sus madrigueras, de modo que ni siquiera se oía el ruido de una zarigüeya o una mofeta. Pensó que estaba en ese momento en que el ánimo y la resolución le fallarían, en que la duda se apoderaría de su mente e intentaría convencerle de que estaba esperando tontamente a alguien que no iba a aparecer. Frustró esta sensación insistiéndose en que lo único que sabía seguro era que Rumplestiltskin estaba cerca, y todavía lo estaría más si perseveraba y esperaba. Deseó haber llevado una botella de agua o un termo de café, pero no lo había hecho. «Es difícil planear un asesinato y recordar a la vez las cosas cotidianas», se dijo.

Movía los dedos de vez en cuando y tamborileaba con el índice sobre la culata del arma sin hacer ruido. En una ocasión lo sobresaltó un murciélago que bajó en picado hacia él; en otra, un par de cervatillos salieron unos segundos del bosque. Sólo distinguió sus siluetas, hasta que se asustaron y, al volverse, le enseñaron las colas blancas mientras se alejaban a saltitos.

Siguió esperando. Supuso que el asesino era un hombre acostumbrado a la noche y que se sentía cómodo en ella. El día comprometía mucho a un asesino. Le permitía ver, pero también ser visto. «Te conozco, señor R —pensó—. Querrás terminar todo esto en la oscuridad. Muy pronto estarás aquí.»

Unos treinta minutos después de que los últimos faros de automóvil hubiesen pasado a lo lejos, vio que otro coche se acercaba por la carretera. Éste circulaba más despacio, casi vacilante. Con un mínimo matiz de indecisión en la velocidad a que avanzaba.

El brillo se detuvo cerca del camino de entrada a su finca, y luego aceleró y desapareció en una curva a cierta distancia.

Ricky retrocedió más en su escondite.

«Alguien ha encontrado lo que buscaba pero no quiere demostrarlo», pensó.

Siguió esperando. Pasaron veinte minutos de oscuridad total, pero Ricky estaba enroscado como una serpiente, aguardando. Su reloj de pulsera le servía para valorar lo que estaba ocurriendo más allá. Cinco minutos, tiempo suficiente para dejar escondido el coche. Diez minutos para regresar a pie hasta el camino de entrada. Otros cinco para deslizarse en silencio entre los árboles. «Ahora está en la última línea de árboles —pensó—. Observando las ruinas de la casa a distancia prudencial.» Se hundió más en su guarida y se tapó los pies con el capote.

Se armó de paciencia. Notaba cómo la adrenalina le subía a la cabeza y el pulso se le aceleraba como el de un deportista, pero se calmó recitando en silencio pasajes literarios. Dickens: «Era el mejor y el peor de los tiempos.» Camus: «Hoy mamá ha muerto. O tal vez fue ayer, no lo sé.» Este recuerdo le hizo sonreír a pesar del miedo que sentía. Le pareció una cita adecuada. Sus ojos se movieron con rapidez para escrutar la oscuridad. Era un poco como abrirlos bajo el agua. Había formas en movimiento pero no eran reconocibles. Aun así, aguardó, porque sabía que su única oportunidad consistía en ver antes de ser visto.

La llovizna había parado por fin, dejando el mundo reluciente y resbaladizo. El frío que había acompañado las tormentas desapareció, y Ricky notaba que un calor húmedo y denso se apoderaba del lugar. Respiraba despacio, temeroso de que la aspereza asmática de cada inspiración pudiera oírse a kilómetros. Observó el cielo y vio el contorno de una nube gris recortada contra el negro mientras surcaba el aire, casi como si la propulsaran unos remeros invisibles. Un poco de luz de luna se coló entre las nubes que pasaban y cayó como una saeta a través de la noche. Ricky miró a derecha e izquierda y vio una forma que se apartaba de los árboles.

Mantuvo los ojos fijos en la figura, cuya silueta distinguió un instante bajo la tenue luz: una forma oscura de un negro más intenso que la noche. En aquel momento, la persona se llevó algo a los ojos y giró despacio, como un vigía en lo alto del mástil de un barco que busca icebergs en las aguas de proa.

Ricky retrocedió aún más y se apretujó contra las ruinas. Se mordió el labio con fuerza, porque supo de inmediato a lo que se enfrentaba: un hombre con prismáticos de visión nocturna.

Se mantuvo inmóvil, sabiendo que el estrafalario conjunto del capote y el sombrero con mosquitera era su mayor defensa. Eso le permitía confundirse con las tablas carbonizadas y los montones de escombros quemados. Como el camaleón, que cambia de color según la tonalidad de la hoja que ocupa, permaneció en su sitio con la esperanza de no ofrecer el menor indicio de humanidad.

La silueta se movió con sigilo.

Ricky contuvo el aliento. ¿Lo había detectado?

Le costó hasta el último ápice de energía mental no moverse de su sitio. El pánico acuciaba su mente y le gritaba que huyera mientras todavía podía. Pero se contestó que su única posibilidad consistía en hacer lo que estaba haciendo. Después de todo lo que había pasado, tenía que llevar al hombre que se movía entre los árboles hacia él hasta tenerlo al alcance de la mano. La silueta cruzó el campo visual de Ricky en diagonal. Se movía con cautela, despacio pero sin miedo, algo agazapado para ofrecer poco contorno: un depredador experimentado.

Ricky exhaló despacio: aún no lo había visto.

La silueta llegó al antiguo jardín, y Ricky lo vio vacilar. Llevaba algo que le cubría la cabeza, a juego con sus ropas oscuras. Más parecía parte de la noche que una persona. Volvió a llevarse algo a los ojos, y de nuevo a Ricky lo consumió la tensión cuando los prismáticos de visión nocturna recorrieron las ruinas de la casa donde tiempo atrás había sido feliz. Pero otra vez el capote le convirtió en un escombro más, y el hombre vaciló, como frustrado. Bajó los binoculares de visión nocturna a un costado, como si descartara los alrededores.

Avanzó con más agresividad y se situó en la entrada para escrutar las ruinas. Dio un paso adelante con un ligero tropezón, y Ricky oyó una maldición apagada.

«Sabe que yo debería estar aquí —pensó Ricky—. Pero empieza a tener dudas.»

Apretó los dientes. Sintió un impulso frío, asesino, en su interior. «No estás seguro, ¿verdad? No es lo que esperabas. Y ahora dudas. Sientes duda, frustración y toda esa cólera acumulada por no haberme matado antes, cuando te lo puse tan fácil. Es una combinación peligrosa, porque te obliga a hacer cosas que normalmente no harías. Estás dejando de tomar precauciones a cada paso y tu incertidumbre se refleja en tus movimientos. Y ahora, de repente, estás jugando en mi terreno. Porque ahora el doctor Starks te conoce y sabe todo lo que hay en tu cabeza, porque todo lo que sientes, toda esa indecisión y confusión, es habitual en su vida, no en la tuya. Eres un asesino cuyo blanco de pronto no está claro, y todo por culpa del escenario que he organizado.»

Observó la sombra. «Acércate más», dijo en silencio.

El hombre avanzó y tropezó con un pedazo de viga mientras intentaba cruzar una habitación que no conocía.

Se detuvo y dio un puntapié a la viga.

—Doctor Starks —susurró como un actor que pronuncia en escena un secreto que hay que compartir—. Sé que está aquí.

La voz pareció rasgar el aire de la noche.

—Vamos, doctor. Salga. Ha llegado el momento de terminar con esto.

Ricky no se movió. No contestó. Todos sus músculos se tensaron, pero no había pasado años detrás del diván escuchando las afirmaciones más provocadoras y exigentes para caer ahora en la trampa de ese psicópata.

—¿Dónde está, doctor? —prosiguió el hombre, moviéndose de un lado a otro—. No estaba en la playa. De modo que debe estar aquí, porque es un hombre de palabra. Y aquí es donde dijo que iba a estar.

Avanzó de una sombra a otra. Volvió a tropezar y se golpeó la rodilla con lo que había sido la contrahuella de una escalera. Maldijo por segunda vez y se enderezó. Ricky pudo ver confusión e irritación mezcladas con frustración en el modo en que se encogía de hombros.

El hombre se volvió a izquierda y derecha una vez más. Luego suspiró.

Cuando habló, lo hizo con resignación:

—Si no está aquí, doctor, ¿dónde coño está?

Se encogió de hombros de nuevo y, por fin, dio la espalda a Ricky. Y en cuanto lo hizo, Ricky sacó la mano con que empuñaba la pistola y, tal como le habían enseñado en la armería de Nueva Hampshire, sujetándola con ambas manos, situó el punto de mira en el centro de la espalda de Rumplestiltskin.

—Estoy detrás de ti —contestó en voz baja.

El tiempo pareció entonces perder control sobre el mundo circundante. Los segundos, que normalmente se habrían agrupado en minutos en una progresión ordenada parecieron esparcirse como pétalos arrastrados por el viento. Se mantuvo inmóvil, apuntando a la espalda del asesino y respirando con dificultad. Sentía impulsos eléctricos que le recorrían las venas y le costó mucha energía conservar la calma.

El hombre permaneció inmóvil.

—Tengo un arma —espetó Ricky con voz ronca debido a la tensión—. Estoy apuntándote a la espalda. Es una pistola semiautomática del calibre 380 cargada con balas de punta hueca, y si haces el menor movimiento dispararé. Lograré hacer dos disparos, quizá tres, antes de que te vuelvas y puedas apuntarme a tu vez. Por lo menos uno dará en la diana, y seguramente te matará. Pero eso ya lo sabes, ¿verdad? Porque conoces el arma y la munición. De modo que ya has hecho estos cálculos mentalmente, ¿no?

—En cuanto oí su voz, doctor —contestó Rumplestiltskin con tono sereno e inexpresivo. Si se había sorprendido, no lo reflejaba. De pronto, soltó una carcajada y añadió—: Y pensar que me puse tan campante en su línea de tiro. Ah, supongo que era inevitable. Ha jugado bien, mucho mejor de lo que yo esperaba, y ha hecho gala de recursos que no creía que poseyera. Pero ahora nuestro jueguecito ha llegado a sus últimos movimientos, ¿verdad? —Hizo una pausa—. Creo, doctor Starks, que haría bien en dispararme ahora. En la espalda. En este momento tiene ventaja. Pero, a cada segundo que pasa, su posición se debilita. Como profesional que se ha encontrado antes en esta clase de situaciones, le aconsejaría que no desperdiciara la oportunidad que ha creado. Dispáreme ahora, doctor. Mientras todavía puede hacerlo.

Ricky no contestó.

—Venga, doctor —insistió el hombre—. Canalice toda esa cólera. Concentre toda su rabia. Tiene que reunir esas cosas en su cabeza, convertirlas en algo único y centrado. Así podrá apretar ese gatillo sin sentir la menor culpa. Hágalo ahora, doctor, porque cada segundo que me deje vivir es un segundo que puede estar arrebatándole a su propia vida.

Ricky siguió apuntándole.

—Levanta las manos donde pueda verlas —ordenó.

Rumplestiltskin soltó una carcajada de desdén.

—¿Qué? ¿Lo vio en algún programa de televisión? ¿O en el cine? No funciona así en la vida real.

—Suelta el arma —insistió Ricky.

—No. —El hombre meneó la cabeza—. Tampoco voy a hacer eso. De todos modos es un cliché. Verá, si dejo caer el arma al suelo, renuncio a cualquier opción que pueda tener. Examine la situación, doctor: según mi criterio profesional, ya ha desperdiciado su oportunidad. Sé lo que pasa por su cabeza. Sé que, si quisiera disparar, ya lo habría hecho. Pero asesinar a un hombre, incluso a alguien que te ha dado muchos motivos para ello, es más difícil de lo que había imaginado. Usted vive en un mundo de muerte imaginaria, doctor. Todos esos impulsos asesinos que ha escuchado durante años y contribuido a sofocar. Para usted sólo existen en el reino de la fantasía. Pero esta noche, aquí, no hay nada salvo la realidad. Y en este momento está buscando la fuerza para matar. Y apuesto a que no la está encontrando con facilidad. Yo, por otra parte, no necesito recorrer tanto camino. A mí no me habría preocupado nada la ambigüedad moral de disparar a alguien por la espalda. O por delante, en realidad. Como se dice, las cosas sólo se aprenden con la práctica. Siempre y cuando el blanco esté muerto, ¿qué más da? Así que no dejaré caer mi arma, ni ahora ni nunca. Permanecerá en mi mano derecha, amartillada y a punto. ¿Me volveré ahora? ¿Probaré suerte en este momento? ¿O esperaré un poco?

Ricky guardó silencio. La cabeza le daba vueltas.

—Debería saber algo, doctor: si quiere ser un buen asesino, no debería preocuparse por su penosa vida.

Ricky escuchó aquellas palabras a través de la oscuridad y sintió una terrible inquietud.

—Yo te conozco —dijo—. Conozco esa voz.

—Sí, es verdad —contestó Rumplestiltskin con tono algo burlón—. La ha oído bastante a menudo.

Ricky se sintió de repente como si estuviera de pie sobre hielo resbaladizo.

—Date la vuelta —ordenó, y la inseguridad se reflejó en su voz.

Rumplestiltskin negó con la cabeza.

—Es mejor que no me pida eso. Porque si lo hago, casi toda la ventaja que tiene habrá desaparecido. Veré su posición exacta y le aseguro, doctor, que una vez le tenga localizado, pasará muy poco tiempo antes de que lo mate.

—Te conozco —repitió Ricky en un susurro.

—¿Tanto le cuesta? La voz es la misma. La postura. Todas las inflexiones y los tonos, los matices y las peculiaridades. Debería reconocerlos todos —dijo Rumplestiltskin—. Después de todo, hemos estado viéndonos cinco veces a la semana durante casi un año. Y tampoco me habría vuelto entonces. Y el proceso psicoanalítico, ¿no es más o menos lo mismo que esto? El médico con los conocimientos, el poder y, me atrevería a decir, las armas justo a la espalda del pobre paciente, que no puede ver qué pasa y sólo cuenta con sus recuerdos míseros y patéticos. ¿Tanto han cambiando las cosas para nosotros, doctor?

Ricky tenía la garganta reseca, pero aun así se le atragantó el nombre.

—¿Zimmerman?

—Zimmerman está muerto. —Rumplestiltskin rió de nuevo.

—Pero tú eres...

—Soy el hombre que conoció como Roger Zimmerman. Con una madre inválida y un hermano indiferente, y un trabajo que no iba a ninguna parte, y toda esa cólera que jamás parecía aplacarse a pesar de toda la cháchara que soltaba en su consulta. Ése es el Zimmerman que usted conoció, doctor Starks. Y ése es el Zimmerman que murió.

Ricky estaba mareado. Estaba comprendiendo más mentiras.

—Pero el metro...

—Ahí es donde Zimmerman, el verdadero Zimmerman, que tenía tendencias suicidas, murió. Empujado a la muerte. Una muerte oportuna.

—Pero yo no...

Rumplestiltskin se encogió de hombros.

—Doctor, un hombre va a su consulta y le dice que es Roger Zimmerman y que sufre de esto y aquello, se presenta como un paciente adecuado para el análisis y tiene los medios económicos para pagar sus honorarios. ¿Comprobó alguna vez que ese hombre fuese en realidad quien decía ser? —Ricky guardó silencio—. No creo. Si lo hubiera hecho, habría averiguado que el auténtico Zimmerman era más o menos como yo se lo presenté. La única diferencia consistía en que no era la persona que iba a su consulta. Ése era yo. Y, cuando llegó la hora de que muriese, ya me había proporcionado lo que necesitaba. Me limité a tomar prestada su vida y su muerte. Porque yo tenía que conocerlo a usted, doctor. Tenía que verlo y estudiarlo. Y tenía que hacerlo del mejor modo. Me costó algo de tiempo, pero averigüé lo que necesitaba. Despacio, sí, pero usted sabe que tengo mucha paciencia.

—¿Quién eres? —preguntó Ricky.

—No lo sabrá nunca. Y sin embargo, ya lo sabe. Conoce mi pasado. Sabe cómo crecí. Sabe lo de mis hermanos. Sabe mucho sobre mí, doctor. Pero nunca sabrá quién soy en realidad.

—¿Por qué me has hecho esto?

Rumplestiltskin sacudió la cabeza, como si le asombrara la sencilla audacia de la pregunta.

—Ya conoce las respuestas. ¿Tan difícil es pensar que un niño que ha visto cómo infligían sufrimiento a su madre, cómo la pegaban y la sumían en una desesperación tan profunda que tuvo que suicidarse para lograr la salvación, se dedique a vengarse de todas las personas que no la ayudaron, incluido usted, cuando alcanza una posición en la que puede hacerlo?

—La venganza no resuelve nada —aseguró Ricky.

—Ha hablado como un hombre que nunca se ha dado el gusto —gruñó Rumplestiltskin—. Está equivocado, por supuesto. Como tantas otras veces. La venganza sirve para limpiar el corazón y el alma. Ha existido desde que el primer cavernícola bajó de un árbol y golpeó a su hermano en la cabeza por alguna cuestión de honor. Pero, sabiendo todo lo que sabe sobre lo que le ocurrió a mi madre y a sus tres hijos, ¿aún cree que las personas que nos descuidaron no nos deben nada? Niños que no habían hecho nada malo, pero que fueron abandonados a su suerte por muchas personas que deberían haber actuado de otro modo si hubieran tenido un mínimo de compasión o empatía, o sólo una pizca de humanidad. ¿No nos deben, después de haber superado esos tormentos, nada a cambio? Es una pregunta muy sugerente.

Se detuvo y, al oír el silencio de Ricky como respuesta, habló con frialdad:

—Verá, doctor, la verdadera pregunta que se plantea esta noche no es por qué busco su muerte, sino por qué no debería hacerlo.

De nuevo, Ricky no contestó.

—¿Le sorprende que me haya convertido en un asesino?

No le sorprendía, pero no lo mencionó.

El silencio envolvió a los dos hombres un momento y, luego, igual que pasaría en la inviolabilidad de su consulta, con un diván y la tranquilidad, uno de los hombres interrumpió el fantasmagórico silencio con otra pregunta.

—¿Le puedo preguntar algo? ¿Por qué cree que no merece morir?

Ricky pudo notar la sonrisa del hombre, sin duda una sonrisa fría, cruel.

—Todo el mundo merece morir por algo —añadió—. Nadie es inocente, doctor. Ni usted. Ni yo. Nadie. —Rumplestiltskin pareció estremecerse en ese momento. Ricky se imaginó los dedos del hombre cerrándose sobre su arma—. Mire, doctor Starks —dijo con una fría resolución que indicaba lo que estaba pensando—. Creo que, a pesar de lo interesante que ha sido esta última sesión y aunque hay mucho más que decir, se ha acabado el tiempo de hablar. Ha llegado el momento de que alguien muera. Y usted es quien tiene más números.

Ricky ajustó la mira de la pistola e inspiró hondo. Estaba apretujado contra los escombros, incapaz de moverse y con el camino detrás de él también bloqueado. Toda la vida que había vivido y toda la que tenía por vivir descartadas, todo por un solo acto de negligencia cuando era joven y debió haber actuado de otro modo. En un mundo de opciones, no le quedaba ninguna. Puso el dedo en el gatillo de la pistola y se armó de fuerza y voluntad.

—Olvidas algo —dijo despacio, con frialdad—. El doctor Starks ya está muerto.

Y disparó.

Fue como si el hombre reaccionara al menor cambio en la voz de Ricky, que reconoció en el primer tono duro de la primera palabra, y su preparación y la comprensión de la situación tomaran el control, de modo que su reacción fue incisiva, inmediata y sin vacilación. Cuando Ricky apretó el gatillo, Rumplestiltskin se arrojó a un lado, girando al hacerlo, con lo que el primer disparo, dirigido al centro de su espalda, le desgarró, en cambio, el omóplato y el segundo le atravesó el brazo derecho con un sonido de rasgadura, sordo al dar en la carne y crujiente al pulverizar el hueso.

Ricky disparó una tercera vez, por reflejo, y la bala, sibilante, se perdió en la oscuridad.

Rumplestiltskin se retorció con un grito ahogado mientras una oleada de adrenalina superaba la fuerza de los impactos que había recibido y le llevaba a intentar levantar el arma con el brazo destrozado. Agarró el arma con la mano izquierda y procuró mantenerla firme mientras se tambaleaba hacia atrás en precario equilibrio. Ricky se quedó paralizado al ver elevarse el cañón de la pistola automática, como la cabeza de una cobra, yendo de un lado a otro y buscándole con su único ojo, mientras el hombre que la empuñaba se tambaleaba como al borde resbaladizo de un precipicio.

La detonación fue irreal, como si le pasara a otra persona, a alguien lejano que no guardara relación con él. Pero el silbido de la bala que surcó el aire sobre su cabeza sí fue real y catapultó a Ricky de vuelta a la acción. Un segundo disparo rasgó el aire, y notó el viento caliente de la bala al atravesar la masa informe del capote que le colgaba de los hombros. Inspiró y olió a pólvora y humo. A continuación levantó su arma a la vez que combatía los nervios eléctricos que amenazaban con hacerle temblar las manos y encañonó la cara de Rumplestiltskin mientras el asesino se desplomaba frente a él.

El asesino pareció balancearse hacia atrás en un intento de incorporarse, como si esperara el disparo final, mortífero. Su arma había resbalado hacia el suelo y le colgaba a un lado del cuerpo después de su segundo disparo, sujeta sólo con la punta de unos dedos crispados que ya no respondían a unos músculos destrozados y sangrantes. Se llevó la mano izquierda a la cara, como para protegerse del tiro de gracia.

La adrenalina, la cólera, el odio, el miedo, la suma de todo lo que le había pasado se le juntó, en ese instante, exigiendo, insistiendo, gritándole órdenes, y Ricky pensó sin reflexionar que por fin, en ese preciso momento, iba a ganar.

Y entonces se detuvo porque, de repente, se dio cuenta de que no iba a hacerlo.

Rumplestiltskin había palidecido, como si la luz de la luna le iluminara la cara. Por el brazo y el tórax le corría sangre, que semejaba rayas de tinta negra. Intentó otra vez, débilmente, sujetar el arma y levantarla, pero no pudo. El *shock* se apoderaba con rapidez de su cuerpo, lo que entorpecía sus movimientos y nublaba su raciocinio. Era como si la calma que había descendido sobre los dos hombres cuando los ecos de los disparos se desvanecieron fuera palpable y cubriera todos sus movimientos.

Ricky contempló al hombre que había conocido y, sin embargo, no había conocido como paciente, y supo que Rumplestiltskin moriría desangrado con bastante rapidez. O sucumbiría al *shock*. Pensó que sólo en las películas se podía disparar de cerca balas potentes a un hombre y que éste siguiera teniendo fuerzas para bailar la giga. Calculó que a Rumplestiltskin sólo le quedaban minutos.

Una parte desconocida de él le insistía que se quedara a ver cómo ese hombre moría.

No lo hizo. Se puso de pie y avanzó. Dio un puntapié a la pistola para alejarla de la mano del asesino y luego metió la suya en la mochila. Mientras Rumplestiltskin farfullaba algo en su lucha contra la inconsciencia que anunciaría la muerte, Ricky se agachó e hizo un esfuerzo para levantarlo del suelo y, con el mayor impulso que pudo, se lo cargó al hombro al modo de los bomberos. Se enderezó despacio para adaptarse al peso y, reconociendo la ironía de la situación, avanzó tambaleante a través de las ruinas para sacar de los escombros al hombre que quería verlo muerto.

El sudor le escocía los ojos y tenía que esforzarse para dar cada paso. Lo que transportaba parecía mucho mayor que cualquier cosa que hubiese cargado nunca. Notó que Rumplestiltskin perdía el conocimiento y oyó cómo su respiración se volvía cada vez más ruidosa y dificultosa, asmática con la cercanía de la muerte. Él, por su parte, inspiraba grandes bocanadas de aire húmedo y se impulsaba con pasos firmes, automáticos, cada uno más difícil que el anterior y de un desafío creciente. Se dijo que era el único modo de lograr la libertad.

Se detuvo al borde de la carretera. La noche los envolvía a ambos. Dejó a Rumplestiltskin en el suelo y pasó las manos sobre sus ropas. Para su alivio, encontró lo que esperaba: un teléfono móvil.

A Rumplestiltskin le costaba cada vez más respirar. Ricky sospechaba que la primera bala se había fragmentado al impactar contra el omóplato y que el sonido borboteante que oía se debía a un pulmón perforado. Contuvo lo mejor que pudo la hemorragia de las heridas y llamó al número de Urgencias de Wellfleet que recordaba desde hacía tanto tiempo.

—Servicio de Urgencias de Cape Cod —anunció una voz abrupta, eficiente.

—Escuche con mucha atención —pidió Ricky, despacio, haciendo una pausa entre las palabras—. Sólo se lo voy a decir una vez, así que cáptelo bien. Ha habido un tiroteo accidental. La víctima se encuentra en Old Beach Road, frente a la antigua casa de veraneo del difunto doctor Starks, la que se incendió el verano pasado. Está junto al camino de entrada. La víctima presenta heridas de arma de fuego en el omóplato y en el antebrazo derecho, y se encuentra en estado de *shock*. Morirá si no llegan aquí en unos minutos. ¿Lo ha entendido?

—¿Quién llama?

—¿Lo ha entendido?

—Sí. Estoy enviando los equipos de urgencia a Old Beach Road. ¿Quién llama?

—¿Conoce el lugar que le he dicho?

—Sí. Pero tengo que saber quién llama.

Ricky reflexionó antes de contestar:

—Nadie que todavía sea alguien. —Colgó el auricular. Sacó su arma, extrajo las balas que quedaban del cargador y las lanzó lo más lejos que pudo en el bosque. Luego, dejó caer la pistola junto al hombre herido. También sacó la linterna de la mochila, la encendió y la colocó sobre el tórax del asesino inconsciente. A lo lejos se oían sirenas. Los bomberos estaban a sólo unos kilómetros de distancia, en la carretera 6. No tardarían demasiado en llegar allí. Supuso que el viaje al hospital llevaría quince minutos, quizá veinte. No sabía si el personal de urgencias podría estabilizar al herido o si era capaz de atender heridas graves de bala. Tampoco sabía si estaría de guardia un equipo quirúrgico adecuado. Echó otro vistazo al asesino y no supo si sobreviviría las próximas horas. Tal vez sí. Tal vez no. Por primera vez en toda su vida, Ricky disfrutó de la incertidumbre.

La sirena de la ambulancia se acercaba con rapidez. Ricky se volvió y se alejó, despacio los primeros pasos pero aumentando el ritmo hasta correr con grandes zancadas. Sus pies resonaban en la carretera con un ritmo regular, dejando que la oscuridad de la noche envolviera su presencia hasta ocultarlo completamente.

Ricky desapareció como un fantasma recién conjurado.

36

En las afueras de Puerto Príncipe

Una hora después del alba, Ricky estaba observando cómo una pequeña lagartija verde lima recorría veloz la pared, desafiando la gravedad a cada paso. El animalito se movía por rachas y se detenía de vez en cuando para extender el saco naranja de la garganta antes de salir disparado unos pasos para volver a pararse y girar la cabeza a derecha e izquierda como si comprobara si había algún peligro. Ricky admiraba y envidiaba la maravillosa simplicidad del mundo cotidiano de la lagartija: encontrar algo que comer y evitar ser devorado.

En el techo, un viejo ventilador marrón de cuatro palas chirriaba ligeramente a cada revolución mientras removía el aire caliente y estático de la pequeña habitación. Cuando bajó las piernas de la cama, los muelles del colchón igualaron el ruido del ventilador. Se desperezó, bostezó, se pasó una mano por los cabellos que cubrían su calva incipiente y, tras tomar los raídos pantalones cortos caqui que colgaban del galán de noche, buscó las gafas. Se levantó y llenó una jofaina de agua con una jarra situada en una bamboleante mesa de madera. Se mojó la cara y dejó que parte del agua le bajara por el pecho. Tomó una toallita deshilachada y la enjabonó con una pastilla acre que guardaba en la mesa. Sumergió la toalla en el agua y se lavó lo mejor que pudo.

La habitación era casi cuadrada y sus paredes, estucadas

en su día de un blanco vibrante, con el paso de los años habían adquirido un tono que recordaba el polvo que cubría la calle. Tenía pocas pertenencias: una radio que en primavera emitía los partidos de entrenamiento de las Fuerzas Armadas, varias prendas de ropa. Un calendario actual con una joven en *topless* y una mirada provocativa tenía ese día señalado con bolígrafo negro. Colgaba de un clavo a escasa distancia de un crucifijo de madera tallado a mano que Ricky suponía del anterior ocupante, pero que no había quitado porque le había parecido que descolgar un icono religioso en un país en el que la religión era tan fundamental —de maneras extrañas y conflictivas para tantas personas— era buscarse mala suerte. Y, a fin de cuentas, su suerte había sido bastante buena hasta entonces. En una pared había montado dos estantes que estaban abarrotados de libros desgastados y muy usados de medicina, además de otros nuevos. Los títulos abarcaban desde lo práctico (*Enfermedades tropicales y sus tratamientos*) hasta lo curioso (*Estudios sobre las pautas de las enfermedades mentales para las naciones en vías de desarrollo*). Tenía un grueso cuaderno de piel sintética y unos cuantos bolígrafos que usaba para anotar observaciones y tratamientos, y que guardaba en una mesita junto a un ordenador portátil y una impresora. Sobre ésta tenía una lista manuscrita de farmacias al por mayor en el sur de Florida. También tenía un talego de lona negro lo bastante grande para un viaje de dos o tres días, en el que guardaba algo de ropa. Echó un vistazo a la habitación y pensó que no era gran cosa, pero se ajustaba a su estado de ánimo y a su persona, y aunque sospechaba que le resultaría fácil trasladarse a un alojamiento mejor, no estaba seguro de que fuera a hacerlo, ni siquiera después de haber acabado con los recados que iban a ocuparle el resto de la semana.

Se acercó a la ventana y observó la calle. Estaba a sólo media manzana de la clínica y ya podía ver gente reunida fuera. Enfrente había una pequeña tienda de comestibles, y el propietario y su mujer, dos personas de mediana edad disparatadamente corpulentas, estaban sacando unas cajas y unos barriles de madera que contenían frutas y verduras frescas. También estaban preparando café y el aroma le llegó más o menos al mismo tiempo que la mujer se giró y lo vio en la ventana. Lo saludó con alegría, sonriente, y señaló el café que hervía a fuego lento, invitándole a unirse a ellos. Ricky levantó un par de dedos para indicar que iría en dos minutos, y la mujer volvió a su trabajo. La calle ya empezaba a llenarse de gente, y Ricky intuyó que sería un día ajetreado en la clínica. El calor de principios de marzo era más intenso de lo normal y se mezclaba con un sabor distante a buganvilla, hortalizas y humanidad, mientras que las temperaturas ascendían con la misma rapidez que avanzaba la mañana.

Dirigió la mirada a las colinas, que alternaban un verde exuberante y vivaz con un marrón yermo, elevándose por encima de la ciudad. Haití era verdaderamente uno de los países más fascinantes del mundo. Era el lugar más pobre que había visto nunca pero, en ciertos sentidos, también el más digno. Sabía que, cuando bajara por la calle hacia la clínica, sería la única cara blanca en kilómetros. Esto podría haberle inquietado antes, en el pasado, pero ya no. Le deleitaba ser distinto, y era consciente de que una extraña clase de misterio le acompañaba a cada paso.

Lo que más le gustaba era que, a pesar del misterio, la gente de la calle estaba dispuesta a aceptar su extraña presencia sin hacer preguntas. O, por lo menos, no en la cara, lo que parecía tanto un cumplido como un compromiso con los que él estaba dispuesto a vivir.

Se reunió con el tendero y su mujer para tomar una taza de café amargo y espeso, endulzado con azúcar sin refinar. Comió una corteza de pan recién horneado y aprovechó la ocasión para examinar el furúnculo que había sajado y drenado tres días antes en la espalda del propietario. La herida parecía estar cicatrizando rápidamente y recordó al hombre medio en inglés y medio en francés que la mantuviera limpia y que se cambiara el vendaje otra vez ese día.

El tendero asintió, sonrió, habló unos minutos sobre la floja campaña del equipo local de fútbol y suplicó a Ricky que asistiera al próximo partido. El nombre del equipo era Soaring Eagles y en cada encuentro despertaba las pasiones del barrio con resultados irregulares que no le permitían acabar de despegar. El tendero no aceptó que Ricky pagara su exiguo desayuno. Ya era algo rutinario entre ambos hombres. Ricky se metía la mano en el bolsillo y el propietario hacía señas para rechazar lo que sacara. Como siempre, Ricky le dio las gracias, y le prometió ir al partido de fútbol con los colores rojo y verde de los Eagles. Luego se marchó hacia la clínica, con el sabor del café aún en la boca.

La gente se aglomeraba alrededor de la entrada y tapaba el cartel escrito a mano que rezaba en letras negras y desiguales con algunas faltas ortográficas: EXELENTE CLÍNICA MEDICA DEL DOCTOR DUMONDAIS. HORARIOS 7 A 7 Y CITAS CONCERTADAS. TELÉFONO 067-8975. Ricky pasó a través del gentío, que se apartó para dejarle avanzar. Más de un hombre lo saludó levantando el sombrero en su dirección. Reconoció los rostros de algunos pacientes asiduos y les devolvió el saludo con una sonrisa. Las expresiones de las caras reflejaron respuestas y oyó más de un *«Bonjour, monsieur le docteur»* susurrado. Estrechó la mano a un hombre mayor, el sastre llamado Dupont, que le había confeccionado un traje de lino color habano mucho más elegante de lo que Ricky pudiese necesitar, después de que él le hubiera proporcionado Vioxx para la artritis que le aquejaba los dedos. Como había esperado, el fármaco había obrado maravillas.

Al entrar en la clínica, vio a la enfermera del doctor Dumondais, una mujer majestuosa que parecía medir metro y medio tanto vertical como horizontalmente, pero con una inquebrantable fortaleza en su rechoncho cuerpo y un amplio conocimiento de los remedios tradicionales y las curas de vudú aplicables a infinidad de enfermedades tropicales.

—Bonjour, *Hélène* —dijo Ricky—. *Tout le monde est arrivé ce jour.*

—Sí, doctor. Estaremos todo el día ocupados.

Ricky meneó la cabeza. Él practicaba su francés isleño con ella, quien, a cambio, practicaba su inglés con él, preparándose con la esperanza de reunir algún día dinero suficiente en la caja que guardaba enterrada en el patio de su casa para pagar a su primo una plaza en su viejo barco pesquero, de modo que éste se arriesgara a navegar por el traicionero estrecho de Florida y la llevara a Miami para poder empezar de cero en un lugar donde, según sabía de buena tinta, las calles estaban atestadas de dinero.

—No, no, Hélène, *pas docteur. C'est monsieur Lively. Je ne suis plus un médecin.*

—Sí, sí, señor Lively. Sé lo que me dice esto tantas veces. Lo siento, porque estoy olvidando de nuevo otra vez.

—Esbozó una sonrisa, como si no lo entendiera del todo pero aun así deseara participar de la gran broma que hacía Ricky al contribuir con tantos conocimientos médicos a la clínica y, sin embargo, no querer que lo llamaran doctor. Ricky creía que Hélène atribuía este comportamiento a las peculiaridades extrañas y misteriosas de todos los blancos y, como a la gente reunida a la puerta de la clínica, le daba lo mismo cómo quería Ricky que lo llamaran. Ella sabía lo que sabía.

—*Le docteur Dumondais, il est arrivé ce matin?*

—Sí, *monsieur* Lively. En su, ah, *bureau.*

—Se llama despacho.

—Sí, sí, *j'oublie.* Despacho. Oficina. Sí. Está ahí. *Il vous attend.*

Ricky llamó a la puerta y entró. Auguste Dumondais, un hombre menudo que llevaba bifocales y la cabeza afeitada, estaba tras su destartalada mesa de madera, al otro lado de la camilla, poniéndose una bata blanca. Cuando Ricky entró, levantó la vista y le sonrió.

—Ah, Ricky, estaremos ocupados hoy, ¿no?

—*Oui* —contestó Ricky—. *Bien sûr.*

—Pero ¿no es hoy el día que nos dejas?

—Sólo para una breve visita a casa. Será menos de una semana.

El médico, que semejaba un gnomo, asintió. Ricky advirtió la duda reflejada en sus ojos. Auguste Dumondais no había hecho muchas preguntas cuando Ricky llegó a la clínica seis meses antes y ofreció sus servicios a cambio de un salario más que modesto. La clínica había prosperado después de que Ricky hubiera instalado en ella su consulta, muy parecida a la que él ocupaba en ese momento, empujando a *le docteur Dumondais* a abandonar su pobreza autoimpuesta y permitiéndole invertir en más equipo y más medicinas. Últimamente los dos hombres habían comentado la adquisición de un aparato de rayos X de segunda mano en un centro de liquidación de Estados Unidos que Ricky había descubierto. Ricky veía que el doctor temía que el azar que lo había llevado a su puerta fuera a arrebatárselo.

—Una semana como mucho. Te lo prometo.

—No me lo prometas, Ricky —dijo Auguste Dumondais sacudiendo la cabeza—. Tienes que hacer lo que tengas que hacer, por la razón que sea. Cuando vuelvas, continuaremos nuestro trabajo. —Sonrió, como dando a entender que tenía tantas preguntas que le resultaba imposible decidir por cuál empezar.

Ricky asintió. Se sacó el cuaderno del bolsillo ancho de los pantalones.

—Hay un caso —comentó—. El del niño que vi la otra semana.

—Ah, sí —sonrió el doctor—. Por supuesto, lo recuerdo. Imaginé que te interesaría, ¿no? ¿Cuánto tiene, cinco años?

—Seis. Y tienes razón, Auguste, me interesa mucho. El niño todavía no ha dicho una sola palabra, según su madre.

—Eso es también lo que yo entendí. Interesante, ¿no crees?

—Poco corriente. Sí, es verdad.

—¿Y tu diagnóstico?

Ricky visualizó a aquel niño pequeño, enjuto y nervudo como muchos otros isleños, y algo desnutrido, lo que también era típico, pero no tanto. El niño tenía una mirada furtiva mientras había estado frente a Ricky, asustado a pesar de seguir en el regazo de su madre. Ésta había vertido unas lágrimas amargas que le resbalaron por las mejillas oscuras cuando Ricky le hizo preguntas, porque la mujer creía que el niño era el más inteligente de sus siete hijos, rápido en aprender, rápido en leer, rápido con los números, pero sin decir jamás una palabra. Lo consideraba un niño especial en casi todos los aspectos. La mujer tenía fama de tener poderes mágicos y se ganaba algún dinero extra vendiendo filtros de amor y amuletos que, según se decía, protegían del mal. Y Ricky comprendió que, para ella, llevar al niño a ver al extraño médico blanco de la clínica debía de haber sido una concesión muy difícil de hacer y que indicaba su decepción respecto a las medicinas nativas y su amor por el niño.

—No creo que la dificultad sea orgánica —dijo Ricky despacio.

—¿Su falta de habla es...? —sonrió Auguste Dumondais, y convirtió esa expresión en una pregunta.

—Una reacción histérica.

El pequeño doctor negro se frotó la barbilla y se pasó la mano por el cráneo reluciente.

—Lo recuerdo vagamente de mis estudios. Quizá. ¿Por qué piensas eso?

—La madre insinuó una tragedia, cuando el niño era más pequeño. Había siete hijos en la familia pero ahora sólo son cinco. ¿Conoces la historia de esa gente?

—Murieron dos niños, es cierto. Y el padre también. Recuerdo que fue en un accidente, durante una gran tormenta. Sí, el niño estaba ahí; eso también lo recuerdo. Podría ser el origen. Pero ¿qué tratamiento podríamos aplicarle?

—Lo elaboraré después de estudiar un poco más el caso. Tendremos que convencer a la madre, claro. No será fácil.

—¿Le resultará caro?

—No —contestó Ricky. La petición de Auguste Dumondais de que diera un diagnóstico sobre el niño cuando tenía previsto un viaje fuera del país obedecía a algún motivo. Un motivo bueno, sin duda. Imaginaba que él habría hecho más o menos lo mismo—. Creo que no les costará traerme al niño para que lo vea cuando haya vuelto. Pero primero tengo que averiguar algunas cosas.

—Excelente —dijo Dumondais, que sonrió y asintió. Se colgó un estetoscopio al cuello y entregó a Ricky una bata blanca.

Fue un día muy ajetreado, tanto que Ricky casi perdió su vuelo a Miami en CaribeAir. Un empresario de mediana edad llamado Richard Lively, que viajaba con un pasaporte norteamericano reciente que sólo contenía unos cuantos sellos de varias naciones caribeñas, pasó por la aduana estadounidense sin demasiada dilación. Comprendió que no encajaba en ninguno de los habituales perfiles delictivos, que se habían inventado más que nada para identificar a los traficantes de drogas. Ricky pensó que era un delincuente de lo más especial, imposible de clasificar. Tenía reserva en el avión de las ocho de la mañana a La Guardia, así que pernoctó en el Holiday Inn del aeropuerto. Tomó una larga ducha caliente y jabonosa, que disfrutó tanto desde un punto de vista higiénico como sensual y que le pareció rayar en auténtico lujo tras el alojamiento espartano al que estaba acostumbrado. El aire acondicionado que mitigaba el calor del exterior y refrescaba la habitación constituía un placer recordado. Pero durmió de manera irregular, con sobresaltos, tras una hora dándose vueltas en la cama antes de que se le cerraran los ojos para despertarse después dos veces, una en medio de un sueño sobre el incendio de su casa y otra cuando soñaba con Haití y con el niño que no podía hablar. Yació en la cama, en la oscuridad, un poco sorprendido de que las sábanas le parecieran demasiado suaves y el colchón demasiado mullido, y escuchó el zumbido de la máquina de cubitos de hielo en el vestíbulo y algunos pasos en el pasillo apagados por la moqueta. En medio del silencio, reconstruyó la última llamada que había hecho a Virgil, hacía casi nueve meses.

Era medianoche cuando llegó a la habitación en las afue-
ras de Provincetown. Había sentido una extraña y contradic-
toria sensación de agotamiento y energía, cansado de la lar-
ga carrera y entusiasmado con la idea de haber superado una
noche que debería haber visto su muerte. Se había dejado
caer en la cama y había marcado el número de Virgil en
Manhattan.

Cuando contestó al primer tono, ésta se limitó a decir:

—¿Sí?

—No es la voz que esperabas —contestó Ricky.

Virgil se quedó callada.

—Tu hermano, el abogado está ahí, ¿verdad? Sentado
frente a ti, a la espera de la misma llamada.

—Sí.

—Dile que descuelgue el supletorio y escuche.

En unos segundos, Merlin estaba también en la línea.

—Escuche —empezó el abogado, tempestuoso en su fal-
sa bravata—. No tiene idea...

—Tengo muchas ideas —le interrumpió Ricky—. Ahora
cállate y escúchame, porque las vidas de todos dependen de ello.

Merlin empezó a decir algo, pero Ricky notó que Virgil
le había lanzado una mirada para acallarlo.

—Primero, vuestro hermano. En este momento está en el
Mid Cape Medical Center. Seguirá ahí o lo llevarán a Bos-
ton para que lo operen. La policía querrá hacerle muchas pre-
guntas si sobrevive a sus heridas, pero creo que les resultará
difícil entender qué delito se cometió esta noche, si es que se
cometió alguno. También querrán haceros preguntas a voso-
tros, pero creo que necesitará el apoyo de los hermanos a los
que ama, además del consejo de un abogado, suponiendo que
sobreviva. De modo que lo primero que tenéis que hacer es
ocuparos de él.

Ambos permanecieron en silencio.

—Lo tenéis que decidir vosotros, claro. Quizá prefiráis
dejar que maneje él solo la situación. Quizá no. La elección
es vuestra y tendréis que vivir con vuestra decisión. Pero hay
otros asuntos que hay que atender.

—¿Qué clase de asuntos? —preguntó Virgil con voz monótona en un intento de no revelar ninguna emoción, algo que, como observó Ricky, era tan revelador como cualquier tono que hubiese adoptado.

—Primero, lo mundano: el dinero que me robasteis de mi plan de jubilación y de mis cuentas de inversiones. Devolveréis ese importe a la cuenta número 01-00976-2 del Crédit Suisse. Anotadla. Lo haréis de inmediato.

—¿O? —quiso saber Merlin.

—Creo que es de manual que ningún abogado pregunta jamás nada cuya respuesta no sepa de antemano. —Ricky sonrió—. Así que supongo que ya sabes la respuesta.

Aquello silenció al abogado.

—¿Qué más? —preguntó Virgil.

—Tengo un nuevo juego —dijo Ricky—. El juego de seguir con vida. Está pensado para que juguemos todos nosotros. A la vez.

Ninguno de los hermanos respondió.

—Las reglas son sencillas —indicó Ricky.

—¿Cuáles son? —preguntó Virgil en voz baja.

—Cuando tomé mis últimas vacaciones, cobraba a mis pacientes entre 75 y 125 dólares por sesión. —Ricky volvió a sonreír—. Veía a cada paciente cuatro o cinco veces a la semana, por lo general cuarenta y ocho semanas al año. Podéis hacer los cálculos vosotros mismos.

—Sí —dijo Virgil—. Conocemos tu vida profesional.

—Espléndido —repuso Ricky con énfasis—. Bueno, pues éste es el modo en que funciona el juego de seguir con vida: quien quiere seguir respirando hace terapia. Conmigo. Quien paga, vive. Cuanta más gente entre en la esfera inmediata de vuestra vida, más pagaréis, porque eso garantizará también su seguridad.

—¿A qué te refieres con «más gente»? —preguntó Virgil.

—Dejaré que eso lo defináis vosotros —contestó Ricky con frialdad.

—¿Y si no hacemos lo que dice? —terció Merlin.

—En cuanto deje de llegar dinero, supondré que vuestro

hermano se ha recuperado de sus heridas y me persigue otra
vez —contestó Ricky con fría dureza—. Y me veré obligado
a empezar a perseguiros. —Hizo una pausa antes de añadir—:
O a alguien cercano a vosotros. Una esposa. Un hijo. Un
amante. Un socio. Alguien que contribuya a que vuestra vida
sea normal.

 De nuevo guardaron silencio.

 —¿Cuánto deseáis tener una vida normal? —preguntó
Ricky.

 No contestaron, aunque él ya sabía la respuesta.

 —Es más o menos la misma elección que vosotros me hi-
cisteis tomar tiempo atrás —prosiguió Ricky—. Sólo que esta
vez se trata de una cuestión de equilibrio. Podéis mantener
el equilibrio entre vosotros y yo. Y podéis señalar esa equidad
con la cosa más fácil y menos importante: el pago de cierta
cantidad de dinero. Así que preguntaos a vosotros mismos lo
siguiente: ¿cuánto vale la vida que quiero vivir?

 Ricky tosió para darles un momento, y continuó:

 —En cierto sentido es la misma pregunta que haría a
cualquiera que acudiera a mí para recibir terapia.

 Y, dicho esto, colgó.

 El día era despejado sobre Nueva York y desde su asiento distinguió la estatua de la Libertad y Central Park mientras el avión sobrevolaba la ciudad y se aproximaba a La
Guardia.

 Tenía la extraña sensación de que no regresaba a casa,
sino más bien de que visitaba un espacio largo tiempo olvidado, como ver el campamento de montaña donde uno pasó
un único y desdichado verano durante unas largas vacaciones impuestas por los padres.

 Quería moverse deprisa. Había hecho una reserva para
regresar a Miami en el último vuelo de esa noche y no tenía
demasiado tiempo. En el mostrador de alquiler había cola
y tardó un rato en sacar el coche reservado a nombre del señor Lively. Usó su carné de Nueva Hampshire, que iba a

caducar en medio año. Pensó que, a lo mejor, sería acertado trasladarse ficticiamente a Miami antes de volver a las islas.

Le llevó unos noventa minutos llegar a Greenwich, Connecticut, con poco tráfico, y descubrió que las indicaciones que había obtenido en Internet eran exactas hasta la fracción del kilómetro. Eso le divirtió porque pensó que la vida no es nunca, en realidad, tan precisa.

Se detuvo en el centro de la ciudad y compró una botella de vino caro en una licorería.

A continuación, condujo hasta una casa en una calle que tal vez podría considerarse, según los elevados estándares de una de las comunidades más ricas de la nación, bastante modesta. Las casas eran sólo ostentosas, no insultantes. Las que se incluían en esta segunda categoría se encontraban unas manzanas más allá.

Estacionó al final del camino de entrada de una casa imitación estilo Tudor. En la parte trasera había una piscina y, en la delantera, un roble que no había florecido aún. Ricky pensó que el sol de mediados de marzo no era lo bastante fuerte, aunque resultaba algo prometedor mientras se filtraba entre las ramas que todavía tenían que florecer. Decidió que se trataba de una época del año extrañamente variable.

Llamó al timbre con la botella en la mano.

No pasó demasiado tiempo antes de que una mujer que no llegaría a los treinta y cinco abriera la puerta. Llevaba unos vaqueros y un jersey negro de cuello de tortuga, y el cabello rubio rojizo peinado hacia atrás le dejaba al descubierto unos ojos con patas de gallo y unas arruguitas en las comisuras de los labios que probablemente se debían al agotamiento. Pero su voz era suave y atractiva, y al abrir la puerta, habló casi en un susurro.

Antes de que Ricky pudiera abrir la boca para hablar, la joven se le adelantó:

—Chist, por favor. Los gemelos acaban de dormirse —dijo.

—Deben de dar mucho trabajo —dijo Ricky a la vez que le devolvía la sonrisa.

—No se lo puede imaginar —contestó la mujer, que seguía hablando muy bajo—. ¿Qué desea?

—¿No recuerda cuando nos conocimos? —preguntó Ricky mientras le tendía la botella de vino. Era mentira, por supuesto. No se habían visto nunca—. En la fiesta con los socios de su marido hará unos seis meses.

La mujer le observó. Ricky sabía que la respuesta debería ser no, que no lo recordaba, pero la habían educado mejor que a su marido, de modo que contestó:

—Por supuesto, señor...

—Doctor —indicó él—. Pero llámeme Ricky. —Le estrechó la mano y le entregó la botella de vino—. Le debía esto a su marido. Hicimos unos negocios juntos hará un año y quería darle las gracias y recordarle el éxito del caso.

—Vaya —exclamó ella mientras tomaba la botella, algo perpleja—. Gracias, doctor...

—Ricky —insistió—. Él se acordará.

Se volvió y, con un ligero saludo, se marchó por el camino de entrada hacia el coche de alquiler. Había visto todo lo que quería, averiguado todo lo que quería. Merlin había forjado una bonita vida para su familia. Una vida que prometía ser mucho más bonita en el futuro. Pero esa noche, por lo menos, Merlin no dormiría después de descorchar el vino. Sin duda le sabría amargo.

Es lo que tiene el miedo.

Pensó en visitar también a Virgil pero, en lugar de eso se limitó a encargar en una floristería que le entregaran una docena de lirios en el plató donde había logrado un papel, pequeño pero importante, en una producción costosa de Hollywood.

Ricky había averiguado que era un buen papel y que, si lo hacía bien, podría reportarle otros mucho mejores en el futuro, aunque Ricky dudaba que interpretara nunca un personaje más interesante que Virgil. Unos lirios blancos eran perfectos. Normalmente suelen enviarse a un funeral con una nota de pésame. Supuso que ella lo sabría. Hizo envolver el ramo con una cinta de raso negro y adjuntó una tarjeta que rezaba sólo:

Todavía pienso en ti.

DOCTOR S.

Se había convertido en un hombre de muchas menos palabras, admitió para sí.